CATHY KELLY

Himmelblau ist die Hoffnung

Buch

In guten wie in schlechten Tagen – Freundinnen stehen immer füreinander ein! Abby hat endlich den Stress ihrer TV-Karriere hinter sich gelassen. Doch wie sollen sie und ihr Mann Tom das erträumte Leben zu zweit aushalten? Als Lizzies Ex-Mann Myles plötzlich eine Neue hat, merkt sie, dass sie sich endlich um ihr eigenes Leben kümmern sollte. Und Erin ist ihrem Mann aus den USA nach Irland gefolgt und stellt fest, dass das verträumte Dunmore nicht Chicago ist. Als jedoch ein tragischer Unfall passiert, entdecken die drei Freundinnen, dass im Leben nicht die kleinen Sorgen zählen, sondern Freundschaft, Liebe – und viel Gelächter …

Autorin

Cathy Kelly arbeitete als Redakteurin und Filmkritikerin bei der Dubliner Sunday World, bevor sie sich ganz dem Schreiben widmete. Ihre Romane erobern regelmäßig wochenlang die irischen und englischen Bestsellerlisten und sorgen auch in Deutschland für Furore. Cathy Kelly lebt mit ihrem Lebensgefährten und ihren Zwillingssöhnen in Wicklow. Zuletzt ist bei Blanvalet *Kann denn Küssen Sünde sein?* erschienen.

Cathy Kelly

Himmelblau ist die Hoffnung

Roman

Aus dem Englischen
von Uta Hege

blanvalet

Die englische Originalausgabe erschien 2003 unter dem Titel
»Best of Friends« bei HarperCollins Publishers, London.

MIX
Papier aus verantwortungsvollen Quellen
FSC® C014496

Verlagsgruppe Random House FSC-DEU-0100
Das FSC®-zertifizierte Papier *Holmen Book Cream*
für dieses Buch liefert Holmen Paper, Hallstavik, Schweden

1. Auflage
Deutsche Erstveröffentlichung September 2011 bei Blanvalet,
einem Unternehmen der Verlagsgruppe Random House GmbH, München.

Neuausgabe des 2004 erschienenen Titels »Dann klappt's auch mit dem Nachbarn«.
Umschlagmotiv: © Artwork HildenDesign, München, unter Verwendung
von Motiven von Studio Paggy / Getty Images und Beata Becla / Shutterstock
Redaktion: Petra Zimmermann
DF · Herstellung: sam
Druck und Einband: GGP Media GmbH, Pößneck
Printed in Germany
ISBN: 978-3-442-37746-6

www.blanvalet.de

Für Tamsin

Prolog

Haare kämmen, Zähne putzen, den Eyeliner kannst du vergessen, ein bisschen Mascara und ein Hauch von Tönungscreme müssen genügen. Deo… Mist, kein Deo mehr da. Schreib es sofort auf den Einkaufszettel. Wo ist der Einkaufszettel überhaupt…?

Sally Richardson schossen eine Million und eine Sachen durch den Kopf, während sie eilig ihre Bluse zuknöpfte und mit ihren vom Duschen noch ein wenig feuchten Beinen in eine schlichte schwarze Hose stieg.

Der Freitagmorgen war im Haus der Richardsons noch chaotischer als andere Vormittage, denn freitags und samstags machte der Beauty Spot, der Schönheitssalon, der Sally gehörte und den sie selber führte, nicht erst um halb zehn, sondern bereits um neun Uhr auf. Diese halbe Stunde macht einen Riesenunterschied, dachte Sally, während sie sich wie jeden Freitag abhetzte. Sie musste auf die Minute pünktlich um acht Uhr fünfundvierzig das Haus verlassen, um die Jungen in der Tagesstätte abzugeben, statt wie an den anderen Tagen erst um viertel nach neun.

Sie hatte keine Zeit, um noch gemütlich mit einem Toast und einer Tasse Kaffee am Frühstückstisch zu sitzen – was es bei den Richardsons dank zwei arbeitenden Elternteilen sowieso nur äußerst selten gab.

Wie Sally ihren Freundinnen erzählte, erging sie sich nie in irgendwelchen Fantasien, in denen Jude Law ihr die Kleider vom Leib riss und schwärmerisch gestand, sie wäre die schönste Frau, der er in seinem ganzen Leben je begegnet war. Nein, sie träumte davon, dass der Haushalt wie am

Schnürchen lief, dass sie morgens munter aus dem Bett sprang, spätestens halb acht geduscht, perfekt geschminkt, tadellos frisiert und mit etwas anderem als einer Strumpfhose mit Laufmasche bekleidet dazu bereit war, den dreijährigen Daniel aus dem Bett zu zerren. Der vierjährige Jack wäre um die Uhrzeit schon längst aufgestanden und beschäftigte sich mit einigen seiner Action-Men-Figuren. Das Anziehen der Jungen ginge völlig problemlos, während des Frühstücks würden nicht wie jeden Morgen jede Menge Cornflakes auf dem Fußboden verstreut. Die beiden kleinen Jungen würden sich nicht ständig streiten, und vielleicht fände sie selber sogar noch die Zeit, um eine Tasse Kaffee mit ihrem Mann zu trinken, bevor der um acht Uhr zwanzig das Haus verließ. Natürlich war das der Stoff, aus dem Tagträume bestanden, wie Sally ihrer Schwiegermutter Delia gegenüber bereits zugegeben hatte. (Fast hätte sie ihr auch von Jude Law erzählt, sich dann aber eines Besseren besonnen. Vor allem, da Delia eher an Typen wie Sean Connery Gefallen fand.)

»Es ist sicher nicht gut für das Image eines Schönheitssalons, wenn die Eigentümerin total außer Atem, ohne einen Hauch Make-up und mit falsch geknöpfter Bluse morgens dort erscheint«, hatte Sally einmal unglücklich gestanden.

Delia jedoch, die wusste, wie sehr ihre Schwiegertochter sich abzurackern pflegte, fand, dass Sally mit ihrer cremigweichen Haut und ihren blitzenden dunklen Augen auch ohne Kosmetik schlichtweg bezaubernd aussah. Sie hatte unbekümmert gelacht und konstatiert, dass die morgendliche Hetze halt die Hauptsportart der arbeitenden Mütter war. »Als Steve und Amy klein waren, war ich so schlank wie du«, hatte sie wehmütig erklärt. »Wenn man mich hingegen jetzt sieht... Üppige Polster an den Hüften und Arme wie ein Gewichtheber.«

»Du siehst fantastisch aus«, hatte Sally, die ihre Schwiegermutter liebte, leidenschaftlich protestiert. Nachdem ihre eigene Mutter schon vor Jahren an Krebs gestorben war, war Delia zur Ersatzmutter für sie geworden.

Mit Kindern blieb man eindeutig schlank, überlegte Sally an diesem Freitagvormittag im Februar. Sie war seit einer Stunde auf und hatte es noch nicht geschafft, mehr als an ihrer Teetasse zu nippen, denn Danny hatte seine Rice Pops auf seiner Jeans und seinem Pullover verteilt, weshalb sie ihn noch einmal hatte umziehen müssen. Der Toaster hatte zudem offenbar beschlossen, einen freien Tag zu nehmen, Steves Brotscheibe zu Holzkohle gebrannt und dadurch den Rauchmelder im Hausflur aktiviert.

»Verdammt!«, murmelte Steve, als es ihm nicht gelang, das Gerät zum Verstummen zu bringen.

»Verdammt, verdammt, verdammt!«, wiederholte Danny fröhlich und verteilte kunstvoll weitere Cerealien auf dem Tisch.

»Verdammt, verdammt, verdammt«, quietschte auch Jack, wobei er seinen Löffel gegen den Rand seiner glücklicherweise bereits leeren Schale klirren ließ.

Sally, die wusste, dass die nächsten Tage aus lauter »Verdammts« bestehen würden, seufzte leise auf und formte, als Steve einen Moment später an der Küchentür erschien, tonlos das Wort: »Sprache.«

»Tut mir Leid«, erwiderte ihr Mann und nestelte an einem seiner Hemdsärmel herum. »Ich habe einfach nicht daran gedacht. Der Knopf ist abgesprungen, als ich eben den Arm über den Kopf gehoben habe. Ich brauche Nadel und Faden.«

Sally pulte das letzte Stückchen Kohle aus dem Toaster. »Ehrlich gesagt ist die Chance, ein anderes sauberes Hemd zu finden, deutlich größer als die, dass du das Nähzeug irgendwo entdeckst. Soll ich dir eben ein Hemd bügeln?«

»Nein, Schatz, danke. Du hast keine Zeit. Ich mache es schnell selbst.« Steve beugte sich über seine zierliche Frau und küsste sie zärtlich auf den Kopf.

Mit ihren einen Meter siebenundfünfzig war Sally fast dreißig Zentimeter kleiner als ihr Mann. »Mir ist erst bewusst geworden, wie lächerlich wir beiden nebeneinander aussehen, als ich unsere Hochzeitsfotos angeschaut habe«, pflegte sie zu scherzen. Abgesehen von dem Größenunterschied jedoch passte sie mit ihrer elfengleichen Figur, ihren dunklen Haaren und den nicht minder dunklen Augen wunderbar zu dem schlanken Steve mit seinem fein gemeißelten Gesicht, seinen blonden Haaren und ungewöhnlich leuchtend braunen Augen. Die Jungen schlugen mit ihren rabenschwarzen, schalkhaft blitzenden Augen ihrer Mutter nach.

Steve war kein Naturtalent als Bügler, und so bekämpfte er knurrend das frische Hemd. »Ausgerechnet jetzt, wo der Boss seinen letzten Tag hat und ich sowieso schon zu spät bin…«

»Wenn das Schlimmste, was heute passiert, ein abgesprungener Knopf und zwei kleinen Jungen sind, die deine Mutter, wenn sie heute Nachmittag kommt, mit einem lauten ›Verdammt‹ begrüßen, dann geht es uns noch ziemlich gut«, erklärte seine Frau.

Steve nickte spöttisch. »Da hast du natürlich Recht, Pollyanna.«

»Ich bin nicht Pollyanna«, protestierte Sally. »Es ist nur so, dass Mum gesagt hat, mal soll dankbar sein für alles…«

»… was einem beschert wird. Ich weiß.« Steve zog sein gebügeltes Hemd an und trank hastig seinen Kaffee.

»Ich will bestimmt niemandem damit auf den Geist gehen«, fuhr Sally würdevoll fort, »dass ich die Welt durch eine rosarote Brille sehe, obwohl es nicht angemessen ist.«

»Das tust du garantiert nicht«, antwortete Steve und klappte energisch das Bügelbrett zusammen. »Ganz im Gegenteil ist dein Optimismus eins der Dinge, die ich an dir liebe. Komm her.«

Dieses Mal küsste er sie zärtlich auf den Mund.

»Mami, was heißt ›auf den Geist gehen‹?«, fragte Jack interessiert.

Seine Eltern lachten, und Steve nahm sein Jackett von der Rückenlehne eines Stuhls. »Tschüs, ihr Rangen«, sagte er und küsste auch seine geliebten Söhne.

»Tschüs, Daddy.«

»Tschüs, Pollyanna.« Dabei duckte er sich ängstlich, als würde Sally gleich mit einem schweren Gegenstand nach ihm werfen.

»Du bist die Range!«, rief sie ihm vergnügt hinterher.

Die Haustür fiel ins Schloss, und Sally blickte auf die Uhr. Acht Uhr zweiunddreißig. Verdammt. Sie müssten sofort los, und Danny hatte erst ein Viertel seines Müslis aufgegessen. Also nahm sie neben ihm Platz und drängte ihn, sich etwas zu beeilen, worauf er, stur wie er nun einmal war, natürlich noch langsamer aß.

Liebevoll zerzauste sie sein sowieso schon wirres Haar und dachte, was für ein Glück sie doch im Leben hatte, mit einem Mann wie Steve und zwei derart wunderbaren Jungen. Egal, ob Steve sie deshalb manchmal auf den Arm nahm – der Leitspruch ihres Lebens war immer schon gewesen, dass man nichts als selbstverständlich nehmen durfte, was man Gutes geschenkt bekam.

Wie hatte ihre Mum oft gesagt? Schließlich wusste man nie, wie es im Leben einmal weiterging.

1

Abby starrte in die kalten, unbestechlichen Tiefen des Spiegels bei ihrem Frisör. Als hätte sie nicht schon genug Probleme, war sie sich jetzt völlig sicher, dass sie neue Falten um ihre Augen herum sah. Mit dem Altwerden verhielt es sich wie mit dem St.-Andreas-Graben, dachte sie erbost: Man wusste einfach nie, wann und wo die nächste Falte kam. Ihr vierzigster Geburtstag war der Beginn des Niedergangs gewesen, das stand eindeutig fest. Seither – seit nunmehr unglaublichen *zwei* Jahren – hatte sie das Gefühl, dass es mit ihrem Gesicht unaufhaltsam den Bach hinunterging.

Neben ihr stand Cherise, die dachte, dass Abby in Wirklichkeit noch attraktiver aussah als im Fernsehen, und begutachtete kritisch das gerade geschnittene Haar.

Wie alle anderen Angestellten in Giannis Salon war auch Cherise blutjung, bildhübsch und trug die Uniform des Ladens, die aus einer schwarzen Hüfthose, einem hauteng anliegenden T-Shirt und einem Nabelring bestand. Abby löste ihren neidischen Blick von Cherises flachem, solarium-gebräunten Bauch und sah lächelnd in den Spiegel. Unweigerlich lächelten die Falten mit. Trotz ihrer schicken neuen Frisur, ihrer eleganten Bluse von Armani und der Bewunderung all derer, die sie erkannt hatten und sie, während sie so taten, als wären sie in ihre Zeitschriften vertieft, mit heimlichen Seitenblicken beschossen, hatte Abby einen Kloß im Magen. Gott, sie wurde wirklich alt. Und sie sah alt und müde aus. Zweiundvierzig. Das klang bereits uralt. Egal, ob andere erklärten, sie bilde sich das Altwerden nur ein.

»Gefällt es Ihnen?«, fragte Cherise mit leicht besorgter Stimme.

»Danke, Cherise, es gefällt mir sogar sehr«, antwortete Abby freundlich und schämte sich dafür, dass sie nicht sofort eine nette Reaktion gezeigt hatte.

Abby war stets zu allen Menschen freundlich. Das, sagten die Leute von *Entrümpeln Sie Ihr Heim und Leben*, machte einen Großteil ihres Charmes und zweifellos auch ihres Erfolges aus. Es war keine falsche Freundlichkeit, sie war echt. Abby mochte Menschen und wurde von ihnen gemocht. Die Einschaltquoten von *Entrümpeln* waren dafür ein überzeugender Beweis. Im Verlauf von bisher nur zwei Sendestaffeln hatte Abby Barton die Verwandlung von einer Mutter mit einem bescheidenen Nebenjob zum Fernsehstar geschafft.

Ihr vor kurzem gegründeter privater Entrümpelungs-Service konnte sich vor Aufträgen kaum retten. Es wurde darüber gesprochen, ob Abby nicht ein Buch zu ihrer Serie schreiben könnte, und bald fingen die Dreharbeiten für die dritte Sendestaffel an. Sowohl die Fernsehmacher als auch die Zuschauer hatten sie ins Herz geschlossen. Die Bank schickte der Familie statt strenger Mahnungen freundliche Weihnachtsgrüße, und manchmal winkten ihr völlig fremde Menschen, wenn sie an ihr vorbeifuhren, hysterisch aus ihren Autos zu.

Trotzdem war sie noch ganz die Alte. Wie Abby ihren engsten Freundinnen gestand, wartete sie nur darauf, dass die Leute merkten, dass sie eine Hochstaplerin und ihr die plötzliche Bekanntheit und der gleichzeitige relative Reichtum völlig unverdient zugefallen war.

»Ruhm ist etwas Vorübergehendes – fehlendes Selbstvertrauen aber hat man ewig«, hatte sie einmal scherzhaft gesagt, und die anderen hatten schallend darüber gelacht.

»Niemand könnte je behaupten, dass dir dein Erfolg zu Kopf gestiegen wäre«, sagte dazu ihr Mann Tom, was aus seinem Mund als großes Lob zu werten war.

Tom hatte zerzauste dunkle, inzwischen grau melierte Haare, ein schmales, intelligentes Gesicht, eine randlose Brille und, da er anders als Abby nie der Versuchung von Keksen oder mehr als einem Gläschen Wein zum Essen erlag, eine schlanke, hoch gewachsene Figur. Mit seiner puritanischen Strenge war er wie geschaffen für die Stelle des stellvertretenden Schulleiters, die er bekleidete, hegte allerdings auch gleichzeitig eine tiefe Abneigung gegen jeden, der womöglich seine asketischen Maßstäbe verlor.

Er hätte es außerdem gehasst, wenn aus der liebenswerten, leicht verrückten Abby eine von Kleidern, Autos und Urlauben besessene Karrierefrau geworden wäre.

Intellektuell brillant, doch zugleich ein wenig weltfremd, war ihm nie bewusst gewesen, dass Abby heimlich immer schon gern Geld für ihre Frisur ausgegeben hatte oder für ein im Grunde unerschwingliches Make-up. Und dass einer der Vorteile ihres jetzigen finanziellen Erfolges der war, dass sie die Kosten für den neuen Haarschnitt und für neue Kleider nicht mehr dadurch vor ihm verschleiern musste, indem sie sich im Supermarkt für billigeres Fleisch und Sonderangebote entschied. Wenn Tom eine Ahnung davon hätte, was sie für den heutigen Besuch bei Giannis bezahlte, hielte er ihr garantiert eine Predigt über Sparsamkeit. Das wusste sie genau.

Geld war neuerdings ein Streitthema in der Familie Barton. Nachdem sie über Jahre hinweg gezwungen gewesen waren zu sparen, hatte Abby angenommen, ihre neue Einkommensquelle würde ihnen das Leben deutlich erleichtern. Stattdessen machte das nun vorhandene Geld es in gewisser Hinsicht sogar schwerer. Tom sah sich nämlich unverdrossen als Familienvorstand und der Ernährer von Frau und Tochter.

Auch wenn er in der Schule als moderner Erzieher mit vielen innovativen Ideen galt, hielt er bei sich zu Hause an der traditionellen Rollenverteilung fest. Trotz ihrer zunehmenden Arbeitsbelastung erledigte Abby auch weiter alle Einkäufe und die Wäsche ganz allein. Langsam begann diese einseitige Regelung sie zu stören. Doch sie wusste, dass Tom Schwierigkeiten mit der Tatsache hatte, dass seine Frau mehr verdiente als er.

»Ich finde, die etwas fedrigeren Enden stehen Ihnen fabelhaft«, sagte jetzt Cherise und schüttelte die feinen Haare mit den Fingern noch ein wenig auf. »Sie schmeicheln dem Gesicht.« Dann trat sie lächelnd einen Schritt zurück und bewunderte ihre berühmte Kundin aus der Distanz. »Wissen Sie, damit wirken Sie viel jünger!«

Prompt erinnerte sich Abby daran, dass sie selbst genau diesen Satz von sich gegeben hatte, als ihre Tante Sadie nach fünfzig Jahren endlich ihren leuchtend roten Lippenstift zugunsten eines warmen Pinktons gewechselt hatte. Die weißhaarige Sadie hatte ihren Mund ohne den schmalen, leuchtend roten Strich missbilligend im Spiegel betrachtet. Zwar hatte sie sich durch den Farbwechsel nicht verändert und nach wie vor wie sechsundsiebzig ausgesehen, aber die Farbe ihres neuen Lippenstifts hatte einfach besser zu ihr gepasst. Die jugendliche Cherise sah Abby sicher ähnlich wie Abby ihre Tante Sadie: als zähes, gegen das Alter ankämpfendes Schlachtross. Alles Geld und aller Ruhm der Erde würden das nicht ändern.

Wenig später schleuderte Abby die Tüte mit den Haarpflegeprodukten in den Kofferraum des schimmernd schwarzen Allradfahrzeugs, dessen Kauf fast einen Krieg im Hause Barton heraufbeschworen hatte, öffnete die Fahrertür, schwang sich hinter das Lenkrad und blinzelte kritisch in den Spiegel. Ihre Haare waren wirklich gut geworden, fand sie. Durch die viel diskutierten, kastanienbraunen Strähnen wurde das Meergrün ihrer Augen vorteilhaft betont.

Ein Passant lugte zu ihr in den Wagen. Abby bemerkte das ihr inzwischen vertraute Aufflackern in seinen Augen, bedachte ihn mit einem kurzen, professionellen Lächeln und ließ eilig den Motor an. Sie hoffte, sie wäre aus der Parklücke heraus, bevor der Mann erkannte, dass er keine Bekannte angelächelt hatte, sondern Fernsehberühmtheit und Selbsthilfe-Guru Abby Barton.

Es schockte sie geradezu, wenn die Menschen sie erkannten. Achtzehn Monate nach ihrer ersten Sendung hatte sie sich noch nicht daran gewöhnt, dass völlig fremde Leute sie im Supermarkt freundlich nickend grüßten.

Wenn Abby von ihrer Tochter Jess begleitet wurde, gab diese für gewöhnlich irgendwelche giftigen Kommentare zu den fiktiven Überlegungen der Leute ab.

»Was macht *die* denn hier im Supermarkt? Haben berühmte Leute nicht irgendwen, der für sie die Einkäufe erledigt?«, oder ähnliche Dinge grummelte Jess dann vor sich hin, worauf Abby den Einkaufswagen glucksend vor Heiterkeit die Gänge hinunterschob. »Und guck dir nur mal diese Hose an. Ich dachte, so große Fernsehstars würden im Geld schwimmen. Aber die hier läuft mit einer durchlöcherten Jogginghose in der Gegend herum. Geradezu skandalös.« Mit ihrer spitzen Zunge und ihrem ausgeprägten Blick für komische Situationen schaffte der Teenager es regelmäßig, Abby das Gefühl zu vermitteln, als wäre es tatsächlich lustig, allerorts von Fremden angeglotzt zu werden. Wenn sie jedoch allein war, fand Abby die Begegnungen mit völlig Fremden oft alles andere als amüsant – vor allem, da die Menschen, wie Abby zu ihrer Überraschung herausgefunden hatte, offenbar die Auffassung vertraten, dass gegenüber berühmten Leuten, selbst wenn sich deren Ruhm eher bescheiden ausnahm, nicht mal ein Mindestmaß an höflicher Distanz geboten war.

Eines Tages hatte sie vor dem Regal mit Hygieneartikeln gestanden und müde überlegt, welche Sorte Tampons sie aus dem Riesensortiment auswählen sollte, als sie unvermittelt von hinten angesprochen worden war: »Wow! Dem Fernsehen nach hätte ich Sie viel jünger geschätzt. Anscheinend verwenden die dort wirklich erstaunliches Make-up.«

In der Minute hatte es Abby große Mühe gekostet, ihre legendäre Freundlichkeit nicht zu verlieren. Mit zusammengebissenen Zähnen hatte sie geknurrt: »Allerdings. Und davon nehmen sie stets eine Jumboportion«, wahllos die erste Tamponschachtel, die ihr in die Hand gefallen war – natürlich die falsche –, in ihren Korb geworfen und sich eilig aus dem Staub gemacht. Es war nicht immer leicht, wenn man berühmt war. Das stand eindeutig fest.

Als sie die Stadt hinter sich ließ, hob sich ihre Stimmung langsam. Es war unmöglich, an einem derart Frühling versprechenden Märztag schlecht gelaunt zu sein. Zahllose Narzissen erstrahlten am Rand der Autobahn, reckten ihre langen Hälse, als sähen sie den vorbeifahrenden Wagen neugierig hinterher. Und zwischen den voluminösen weißen Wolken, die über die sanft gewölbten Hügel zogen, von denen Cork schützend umgeben war, tauchten immer größere Flecken leuchtend blauen Himmels auf.

Abby ließ die letzten Ausläufer der Stadt hinter sich und nahm die Abfahrt Richtung Dunmore. Das exklusive Dunmore, früher ein winziges Hafenstädtchen, war inzwischen fast ein Teil von Cork. Sicher würden eines Tages die saftig grünen Wiesen, die die Stadt bisher umgaben, von irgendwelchen Siedlungen verdrängt, sodass der kleine Ort endgültig mit der großen Stadt verschmolz.

Bisher jedoch war Dunmore eine eigenständige Gemeinde mit eigenen Banken, eigenen Geschäften, einer eigenen Industrie, einem kürzlich restaurierten Pier und einem ausgeprägten Sinn für Gemeinschaft, der die fünftausend Bewohner miteinander verband.

Die Bartons waren vor einem halben Jahr dorthin gezogen, und Abby war total begeistert. Sie liebte den hufeisenförmig angelegten Hafen und den historischen Dorfplatz mit dem alten Gerichtshaus (inzwischen eine Bank), das

Bahnhofshotel und die kleine Kirche mit dem hohen, schlanken Turm, die inmitten der beeindruckenden Häuser der wohlhabenden Stadtbewohner lag. Vor hundert Jahren war Dunmore eine Art Ferienort für reiche Viktorianer gewesen, die des schwefelhaltigen Wassers wegen zur Kur angereist waren. Sie ließen die luxuriösen Villen auf dem Knock Hill errichten, von dem aus man über die mit Rhododendren bewachsenen Gärten hinweg einen wunderbaren Ausblick auf die zerklüftete Küste hatte. Inzwischen waren die meisten dieser Häuser in kleine Hotels, Konferenzzentren und Bürohäuser verwandelt worden, und nur noch eine Hand voll wurden von Privatleuten bewohnt. Das Heilwasser war weltweit im Handel, und die Abfüllung sicherte vielen Menschen in der Gegend Arbeit. Die reichen Bewohner von Dunmore waren keine Müßiggänger mehr wie vor hundert Jahren, sondern Menschen, für die das Leben in dieser schönen Gegend der Lohn für harte Arbeit war. Abby fuhr niemals durch das hübsche, sorgsam gepflegte Zentrum, ohne von einem Gefühl der Dankbarkeit erfüllt zu sein.

Die kleine Annie Costello aus den Cottages – wobei Cottages ein Euphemismus für eine Ansammlung von winzigen gemeindeeigenen Wohnhäusern in einer weit von Cork entfernten Kleinstadt gewesen war – hätte niemals zu hoffen gewagt, es je in ihrem Leben derart weit zu bringen. Die Familien in den Cottages hatten sich schon glücklich schätzen können, wenn die nächste Mahlzeit gesichert gewesen war. Und jetzt konnte Abby Barton, geborene Annie Costello, sich einfach das Essen bringen lassen, wenn ihr danach war. Sie hatte ein gut gefülltes Konto, war berühmt, genoss allgemeines Ansehen, und das Haus in Dunmore war die Krönung ihres Glücks.

Ihre Eltern hatten ihren Erfolg nicht mehr miterleben können. Wie hätte sich Mum für mich gefreut, dachte Abby häufig traurig und stellte sich dabei das vor Stolz glühende Gesicht ihrer geliebten Mutter vor. Ihrem Vater hingegen wäre der Erfolg der Tochter gleichgültig gewesen. Hauptsache, er hätte weiterhin genügend Geld für seine tägliche Schnapsration gehabt.

Schließlich hielt Abby vor dem Supermarkt des Dorfes. Zu Anfang ihrer Ehe hatten sie und Tom regelmäßig zusammen an den Wochenenden eingekauft. Heutzutage aber ließ er sie, obgleich sie mehr zu tun hatte als je zuvor, damit allein.

Also hetzte sie jetzt in der Hoffnung, zusätzlich Jess noch vom Bahnhof abholen zu können, durch das Geschäft. Vom Bahnhof bis zu ihrem, in der Briar Lane gelegenen Haus waren es zu Fuß nur zehn Minuten. Aber Jess hatte am Morgen derart müde ausgesehen, dass Abby dachte, das Schleppen ihrer schweren Büchertasche könnte sie vielleicht überanstrengen. Sie hatte sich auf die Lippe beißen müssen, um nichts zu ihr zu sagen. Als sie ihr das letzte Mal angeboten hatte, sie vom Bahnhof abzuholen, hatte Jess empört erklärt, sie hätte endgültig genug davon, behandelt zu werden wie ein kleines Kind.

»Manchmal will ich einfach meine Ruhe haben«, hatte sie geschnauzt und war sich dabei mit den Fingern durch den sandfarbenen Pferdeschwanz gefahren. »Schließlich muss ich auch alleine mit dem Zug zur Schule fahren, da werde ich es ja wohl noch schaffen, zu Fuß vom Bahnhof nach Hause zu gehen.«

Das hatte gesessen. Jess hatte nicht aus der bescheidenen Vier-Zimmer-Doppelhaushälfte ausziehen wollen, in der sie groß geworden war. Weder zu ihren Freundinnen noch zu ihrer Schule war es von dort aus weit gewesen, wohingegen sie in Dunmore Meilen entfernt von allem und, wie sie fand, vollkommen abgeschnitten war.

Heute war Freitag, und Jess wäre bestimmt erschöpft. Sie könnte also nichts dagegen haben, wenn Abby sie am Bahnhof träfe. Sie könnten sich auf der Fahrt nach Hause unterhalten, und vielleicht wäre es wie früher. Bevor die Arbeit so viel von ihrer Zeit beansprucht hatte und bevor sie hierher gezogen waren, hatte Abby Jess und ihre beste Freundin Steph oft von der Schule abgeholt. Die Mädchen hatten vor Freude laut gejuchzt, wenn sie Abbys altersschwachen Fiat vor dem Schultor hatten stehen sehen, und hatten, nachdem sie ihre Sporttaschen, die schmutzigen Turnschuhe und die eselsohrigen Bücher aus der Bibliothek in den Kofferraum geworfen hatten, während der ganzen Fahrt nach Hause fröhlich geplappert. Dabei hatten sie Welt bewegende Dinge erzählt, dass sich beispielsweise die fürchterliche Saffron Walsh aus ihrem Jahrgang, jetzt, wo sie eine pinkfarbene Guess-Armbanduhr besaß, für die Königin der Klasse hielt. Oder dass die O'Brien-Zwillinge wegen Rauchens von der Schule fliegen würden und dass Miss Aston eindeutig in den neuen Geschichtslehrer Mr. Lanoix verschossen war, weil sie jedes Mal, wenn sie im Flur an ihm vorbeilief, einen roten Kopf und verträumten Gesichtsausdruck bekam.

Die Schlange an der Kasse jedoch hatte sich gegen Abby verschworen, und zu allem Überfluss hielt noch eine Frau mit einem voll beladenen Einkaufswagen, die den Geldbeutel vergessen hatte, den Betrieb für zehn Minuten auf. Als Abby endlich ihre Tüten in den Kofferraum geladen und hechelnd den Bahnhof erreicht hatte, spähte sie dort vergeblich nach einem hoch gewachsenen, schlanken Mädchen mit sandfarbenem Haar, einem grauen Rock, einer grauen Strickjacke und einer riesengroßen Schultasche. Außer einem Paar, das einen enormen Koffer die Treppe zum Eingang heraufwuchtete, war niemand zu entdecken.

Da sie wusste, dass ihre Tochter die Abkürzung durch das Einkaufszentrum und die Fußgängern vorbehaltenen kleinen Nebenstraßen nähme, fuhr Abby seufzend nach Hause. Jess würde vor ihr dort sein, und die Gelegenheit zu einer Unterhaltung wäre mal wieder vertan. Im Wagen hörte Jess ihr, wenn auch widerwillig, wenigstens zu. Zu Hause pflegte sie nach der Schule direkt in ihr Zimmer zu gehen, die Tür hinter sich zuzudonnern und den CD-Player anzuschalten. Abby war sich nicht sicher, ob es an Jess' schwierigem Alter lag oder ob es ihre eigene Schuld war, dass es keine echte Bindung zwischen dieser neuen Jess, diesem unbekannten aufsässigen Wesen, das entschlossen die Geduld seiner Eltern auf die Spitze trieb, und seiner Mutter gab. Doch egal aus welchem Grund – sie hatte den Eindruck, dass sie sie verlor.

Glücklicherweise erhellte Abbys Stimmung sich, wie jedes Mal, wenn sie die Briar Lane hinabfuhr. Während der Jeep über die Schwellen in der Fahrbahn hoppelte, empfand sie einen Hauch von Stolz, weil ihnen dank ihrer harten Arbeit der Umzug hierher gelungen war.

Auch ihr vorheriges Haus war durch ihr Talent als Innendekorateurin durchaus heimelig gewesen. Doch die Gartland Avenue war eine ganz normale Straße in einer ganz normalen Siedlung – und mit den ungehobelten Milligans als Nachbarn, die sich Tag und Nacht mit einer Lautstärke von sechzig Dezibel angeschrien hatten, nicht unbedingt eine Idylle.

Die Briar Lane hatte ein völlig anderes Niveau. Die gewundene, von majestätischen Platanen und überwachsenen Lorbeerbüschen gesäumte Straße erschien ihr mit ihrem Sammelsurium aus vom Regency inspirierten Prachtgebäuden, niedrigen, lang gestreckten, alten Bauernhäusern und hübschen kleinen Häuschen wie ein Paradies.

Abby hatte sich auf den ersten Blick in das Lyonnais verliebt. Das einstige Pförtnerhäuschen eines großen, längst verschwundenen Herrenhauses war nach Jahren des vorsichtigen Ausbaus ein großzügiges Gebäude geworden, mit hübschen weißen Giebeln und zweigeteilten Fenstern und Steinmauern, um die sich ein Meer von Kletterrosen rankte.

Selbst der absolut nicht romantische Tom hatte zugegeben, dass das Haus eine angenehme Atmosphäre hätte, als er damals, dicht gefolgt von dem Makler, mit ihr durch die Räume gewandert war.

Abby hatte ihm aufgeregt die Hand gedrückt. »Es ist wunderschön, nicht wahr?«, hatte sie trotz seiner vorherigen Warnung, sich, egal, wie gut ihnen das Haus gefallen würde, nicht allzu angetan zu zeigen, ein ums andere Mal geflüstert. Es war genau die Art von Haus, die ein Fernsehstar besitzen sollte – nicht die Hälfte eines zwanzig Jahre alten Doppelhauses, das aussah wie die übrigen Häuser in der Straße, sondern dieses prächtige, ungewöhnliche Gebäude mit großen, luftigen Zimmern, Ecken und Winkeln, einer phänomenalen Vorratskammer mit einem verborgenen Schrank, und einem ausgedehnten Garten, in dem sogar die armlose Statue einer griechischen Göttin hinter einem Efeukleid versteckt war. Abby hatte sofort gewusst, wie sie das Haus gestalten, wo sie welche Gegenstände platzieren und in welchen Farben sie die Wände streichen würde.

»So etwas ist für uns viel zu teuer«, hatte Tom während der Besichtigung des großzügigen Schlafzimmers unter dem Dach erklärt. Natürlich war es mehr, als er sich von seinem Gehalt als Lehrer jemals hätte leisten können, und es fiel ihm schwer, die Finanzen der Familie aus einem anderen Blickwinkel zu betrachten. Es kam bei ihm nicht so recht an, dass Abby unverdrossen wiederholte: Nachdem sie jahrelang alles von seinem Geld bestritten hätten, wäre es doch nur gerecht, wenn sie jetzt einmal das Geld verdiente. Tom kam damit nicht zurecht. »Wir können uns so was nicht leisten«, hatte er im Anschluss an die Besichtigung des Hauses noch einmal erklärt und dabei die Lippen so fest aufeinander gepresst, dass er ausgesehen hatte wie sein stets gereizter Dad.

Doch Abby hatte zum ersten Mal seit ihrer Hochzeit die Missbilligung ihres Gatten ignoriert und für das, was sie wollte, gekämpft. Sie kämen ganz bestimmt zurecht, hatte sie ihm erklärt. Sie würde einfach noch mehr Privataufträge annehmen, und sicher böten sich ihr durch die Fernsehserie weitere lukrative Arbeitsmöglichkeiten an. Auch wenn sie so etwas hasste, träte sie zum Beispiel halt ab und zu irgendwo auf. Sie würde schlicht – fast – alles tun, um Lyonnais zu kaufen. Dort würden sie glücklich sein, das wusste sie genau. Allerdings sollte Tom aufhören, sich darüber aufzuregen, dass sie mehr verdiente als er.

Seufzend bog sie in die Einfahrt ihres Hauses und blickte wie jedes Mal bewundernd auf den blühenden Magnolienbaum neben dem Tor. Sie liebte dieses Haus, doch war es, seit sie hierher gezogen waren, nicht einfacher geworden. Ihre Beziehung zu Tom wurde zunehmend schlechter, und Jess lebte inzwischen, wie es schien, in einer anderen Welt. Genau in dem Moment, in dem das Leben der Familie Barton hätte perfekt sein sollen, geriet es seltsam aus dem Gleichgewicht.

2

Am frühen Nachmittag desselben Tages hatte Abbys Tochter sehnsüchtig auf die Wanduhr in ihrem Klassenraum gesehen. Noch vierzig Minuten Chemie. Öde. Das Leben eines Teenagers war überwiegend öde. Zahnspangen waren öde, Prüfungen waren öde, Leute, die einen rumkommandierten, waren öde, doch am ödesten war eindeutig eine Doppelstunde in Chemie. Als sie merkte, dass Miss Nevin ihren Blick über die Schüler wandern ließ, senkte Jess, in dem Bemühen, den Eindruck zu erwecken, sie dächte angestrengt über die komplizierte chemische Formel nach, ihren Kopf über ihr Buch. Niemand konnte besser Interesse an der Arbeit heucheln als Jess Barton. Für diese schauspielerische Leistung hätte sie im Grunde eine Oscar-Nominierung verdient.

»Es liegt an dem Winkel, in dem du den Kopf neigst«, hatte sie ihrer besten Freundin und Komplizin, Steph Anderson, die regelmäßig wegen mangelnder Aufmerksamkeit ertappt und unehrenhaft vor die Tür gestellt wurde, ein ums andere Mal erklärt. »Und daran, wie du auf deinem Kugelschreiber kaust. Wenn du möglichst andächtig an deinem Kuli lutschst, siehst du automatisch konzentriert aus. Du musst dich über das Buch beugen und wirken, als ob du dich für das Zeug, das drinsteht, tatsächlich interessierst.«

Jess vertrat die Ansicht, dass alles, was ein Lehrer wollte, eine Klasse voller, in einem Winkel von fünfundvierzig Grad über ihre jeweiligen Tische gebeugter, nachdenklich an ihren Stiften beißender Schüler und Schülerinnen war. Das wusste sie von ihrem Dad. Er sagte, niemand passe ständig auf, doch die Kinder, die er mochte, wüssten sich zumindest dementsprechend zu benehmen.

Und Jess benahm sich gut. Man konnte problemlos in Gedanken eine Million oder auch nur vier Meilen entfernt an der St.-Michaels-Schule für heiße Typen weilen, solange man auf seine Bücher starrte und dadurch den Eindruck erweckte, eine gute Schülerin zu sein. Bisher hatte dieses System reibungslos funktioniert. Jess Barton war noch nie des Klassenraums verwiesen worden und hatte dadurch auch noch nie die gleichzeitig erteilten zehn Strafpunkte kassiert.

Natürlich gingen ihr zurzeit keine chemischen Formeln durch den Kopf. Sie dachte nur an Ian Green. Den tollen Ian mit den leuchtend blauen Augen und dem nie ganz glatt rasierten, wohlgeformten Gesicht. Steph hatte behauptet, Drei-Tage-Bärte wären megaout, aber Jess hatte das heimliche Verlangen, einen Typen zu küssen und dabei männliche, erwachsene Stoppeln auf ihrer Haut zu spüren wie in einer leidenschaftlichen Szene aus irgendeinem Film. Jess hatte schon viele glückselige Stunden mit Tagträumen von sich und Ian zugebracht. Ian war glücklicherweise groß. Groß genug, um sich zu ihr herabbeugen zu müssen, wenn er sie küssen wollte, denn auch sie war groß. Es gab nur ein Problem. Oder eher zwei. Das erste war, dass Ian auf die St.-Michaels-Schule für heiße Typen ging statt aufs Bradley College wie sie selbst. Die Typen am Bradley waren alle blöd. Und das zweite war, dass er bereits eine Freundin hatte, die blöde Saffron Walsh, die in dieselbe Klasse ging wie sie, schon fast sechzehn und leider das Mädchen mit den größten Chancen war.

»Die einzige Erfolgsaussicht, die die hat, ist die, dass sie eventuell irgendwann mal die Wettervorhersage im Fernsehen sprechen darf«, hatte Steph mit herzerfrischender Abneigung erklärt. Man hätte zwar denken können, dass Steph in Saffron eine Konkurrentin sah. Beide waren nämlich weizenblond und hervorragend gebaut. Doch Jess, die bereits seit dem Kindergarten Stephs beste Freundin war, wusste, dass Steph einfach dachte, dass die blöde Saffron nicht gut genug für Ian war. Wenn Ian endlich erkennen würde, was für eine Ziege Saffron war, ließe er sie vielleicht fallen und finge dann auf wundersame Weise etwas mit Jess Barton an. Wobei wundersam das Schlüsselwort des Satzes war.

Jess war halt weder weizenblond noch allzu gut gebaut. Sie war eher die Sorte »zuverlässiges Mädel, das man gerne für die Netzball-Mannschaft nahm«. Schlank und hoch gewachsen wie ihr Vater, brauchte sie weder einen BH noch fand sie irgendwelche Jeans, die lang genug waren für ihre dünnen Storchenbeine. Sie hatte durchaus hübsche Augen – meergrün, mit dichten dunklen Wimpern, genau wie ihre Mum –, doch sie waren, weil sie die Sehschwäche ihres Vaters geerbt hatte, hinter langweiligen Brillengläsern versteckt. Ihre Haare waren unaufregend glatt, hatten die langweilige Farbe nassen Sandes, und auch der Rest ihres Gesichts war gewöhnlich, und zwar mit einem großen G: ein gewöhnlicher Mund, eine gewöhnliche Nase, ein gewöhnliches, recht spitzes Kinn. All das machte sie zu einem Menschen, den jeder übersah. Auch dass sie eine berühmte Mutter hatte, nützte ihr nicht viel. Die Leute erwarteten offensichtlich, dass die Tochter der glamourösen Abby Barton ebenfalls ein glamouröses Wesen war. »Und dann lernen sie mich kennen«, pflegte Jess zu sagen, wobei sie ihre Verletztheit hinter aufgesetzter Knurrigkeit verbarg.

Steph meinte, dass das nicht stimmte und dass sie Jess darum beneidete, dass sie so groß und schlank war und dass sie so tolle Wangenknochen und so wunderschöne Augen hatte, die leidenschaftlich blitzten, wenn sie begeistert war.

»Ich bin mit regelrechten Schlitzaugen geschlagen«, behauptete Steph und trug, um diesen vermeintlichen Makel zu kaschieren, zentimeterdicke Farbe auf ihre Lider auf. »Während deine Augen riesengroß und vor allem deine Wimpern superlang und superdicht sind. Warte, bis du erst Kontaktlinsen bekommst und deine blöde Spange los bist. Dann werden sich die Typen auf dich stürzen, bis du dich vor lauter Angeboten nicht mehr retten kannst.«

Aber Steph wollte Jess damit bestimmt nur trösten. Die Jungs mochten Mädchen nur, wenn sie einen Busen aufzuweisen hatten und dadurch weiblich wirkten. Mit ihrer Größe, ihren fehlenden Rundungen und ihrer Unfähigkeit, auch nur den kleinsten Büstenhalter je zu füllen, war sie ungeachtet ihrer vielleicht akzeptablen Wangenknochen ein totaler Flop.

Dieser Gedanke führte sie zu Problem Nummer drei. Bisher hatte sie nie auch nur ein Wort mit Ian gewechselt. Natürlich lief er wegen Saffron mit Leuten von ihrer Schule durch die Gegend, aber das waren keine Leute, die Interesse hatten an jemandem wie ihr. Es war die Art von Leuten, die die »richtigen Klamotten« trugen und die jede Menge Kohle hatten, am Wochenende in die Stadt zu gehen und sich dort zu amüsieren, Kaffee zu trinken oder CDs zu kaufen. Jess hatte keine Ahnung, wie man so lässig in der Gegend rumhing, dass es bei Mädchen wie Saffron fast als eine eigene Kunstform zu bezeichnen war.

Und was das Allerschlimmste war: Nun, da die Bartons nach Ödland alias Dunmore umgezogen waren, war die Chance gen null gesunken, dass sie jemals zufällig mit Ian, diesem tollen Hecht, zusammentraf.

»Ian & Jess«, schrieb sie auf ihren Block, bedeckte die

Schrift mit ihrer Hand und rahmte die Worte mit einem kleinen Herz. Dann übermalte sie das Ganze hastig, damit ihr Nachbar Gary bloß nichts davon sah. Gary war ein guter Schüler, doch ein schlechter Mensch, und wäre durchaus dazu in der Lage, lautstark zu verkünden, in wen die gute Jess verschossen war. Und Jess würde todsicher sterben, falls irgendjemand außer Steph jemals erführe, was sie für Saffrons Freund empfand.

»Und jetzt zu den Hausaufgaben«, verkündete Miss Nevin mit gut gelaunter Stimme von ihrem Pult aus. »Ich habe eine Liste mit dreißig Fragen vorbereitet, auf die ihr bitte bis zur nächsten Stunde die Antworten finden sollt. Es ist nicht allzu schwierig – nur eine kleine Überprüfung dessen, was wir in dieser Woche durchgenommen haben. Reicht die Blätter bitte von vorn nach hinten durch.«

Während die Fragebögen verteilt wurden, hörte man jede Menge Seufzer, vor allem von den Schülern, die zuvor eine Geschichtsstunde durchlitten und dort einen endlos langen Aufsatz über die Kriege des achtzehnten Jahrhunderts für Montag aufbekommen hatten. Zu blöd, diese Leute im achtzehnten Jahrhundert. Sie hatten sich pausenlos bekriegt. Wie waren die bloß drauf gewesen? Hatten offensichtlich von der Uno keinen blassen Schimmer.

Jess schlug ihr Aufgabenheft auf und starrte trübsinnig auf die Einträge des Tages. Im Juni fänden die ersten offiziellen Prüfungen ihrer Klasse statt, und die Lehrer bürdeten ihnen deshalb jede Menge Hausaufgaben auf. Neben dem Geschichtsaufsatz müsste sie noch für Englisch eine Arbeit über *Paradise Lost* verfassen (für den blöden Mr. Redmond, der anscheinend dachte, Fünfzehnjährige hätten am Wochenende nichts Besseres zu tun als jedes einzelne, je von Milton zu Papier gebrachte Wort genau zu analysieren), jede Menge Aufgaben in Mathe lösen, eine Seite für Französisch schreiben (das war nicht weiter schlimm), ein paar Seiten für Kunstgeschichte lesen (das war locker-flockig), und schließlich noch die letzten vier Kapitel aus Erdkunde angucken, weil Mr. Metcalf Montagnachmittag einen Test schreiben lassen wollte – was als weiterer Beweis für seinen blühenden Wahnsinn anzusehen war, denn die vier Kapitel waren natürlich die längsten im gesamten Buch.

Jetzt schrieb sie noch »Chemie – 30 Fragen bis Dienstag« auf die bereits übervolle Seite und wandte sich, als es endlich schellte, seufzend an Steph.

»Was sind wir? Lauter kleine Einsteins?«, kam Steph ihr mit der Entrüstung zuvor, während sie die Bücher in die Taschen stopften. »Warum lernen wir überhaupt Chemie? Wir hätten stattdessen Hauswirtschaft belegen und uns einen Namen als Mode-Designerinnen machen können.«

»Hauswirtschaft ist etwas anderes als Handarbeiten«, meinte Jess. »In Hauswirtschaft lernst du was über die acht Milliarden Vitamine und Mineralien, die du brauchst, um gesund zu bleiben, was nichts anderes als Chemie ist, weshalb …«

»… wir uns gleich für Chemie entschieden haben«, beendete Steph den angefangenen Satz. »Selbst wenn es Handarbeiten gäbe, hätte ich dazu genauso wenig Talent. Denk bloß dran, was passiert ist, als ich meine Jeans aufpeppen wollte. Perlen sollten aufgeklebt und nicht genäht werden.«

Jess nickte beifällig.

»Was machst du heute Abend?« Steph sah sie fragend an.

»Ich schätze, ich klebe mich mal wieder vor die Glotze«, antwortete Jess elend. Sicher war sie die Einzige aus ihrer ganzen Klasse, der ein öder Freitagabend zu Hause bevorstand. Nein, nicht nur aus ihrer Klasse, sondern auf der ganzen Welt.

»Ich würde mich heute Abend liebend gerne vor die Glotze kleben«, protestierte Steph. »Omas Feier wird sicher total ätzend – all die blöden Verwandten, die einen ständig anjubeln, wie groß man geworden ist, und dass sie sich genau daran erinnern, als man noch ein Baby war und von ihnen mit dem Fläschchen gefüttert worden ist. Das ist doch wohl total krank.«

Jess prustete. Es war immer lustig, wenn Steph von irgendwelchen ihrer zahllosen Verwandten sprach. Heute Abend träfe sich die gesamte Sippe im Hungry Hunter zur Feier des Geburtstags ihrer Oma. Stephs Mutter wollte unbedingt, dass Steph ihrer Großmutter zuliebe diese grauenhafte blaue Bluse und einen vernünftigen Rock anzog, Steph jedoch hatte für diesen Abend eine schicke Chiffonbluse, unter der man die Spitze ihres Büstenhalters hervorlugen sah, und eine hautenge Jeanshose vorgesehen. Schließlich käme auch der Stiefsohn ihres Onkels, der, wie sie verkündet hatte, einfach »un-glau-blich« sexy war. Sie hatte deshalb die Absicht, so lässig und cool auf der Feier zu erscheinen, als kleide sie sich ständig wie die Leute bei Viva oder MTV.

»Wenigstens gehst du aus«, erklärte Jess.

»Ja, tut mir Leid«, meinte Steph entschuldigend. »Aber dafür gehen wir morgen Abend auf die Party von Michelle. Du könntest dir heute Abend schon mal überlegen, was du anziehen willst. Wenn du möchtest, leihe ich dir meinen Wonderbra.«

Jess war ehrlich gerührt. Steph liebte kein Kleidungsstück so sehr wie diesen BH. Doch an Jess wäre er total vergeudet.

»Ich muss mich beeilen«, fügte Steph hinzu. »Ich muss mir noch die Haare waschen.«

Damit bog Steph vor dem Schultor nach links, und Jess wandte sich nach rechts, schob sich umständlich die Knöpfe des Kopfhörers von ihrem Discman in die Ohren und lief schlecht gelaunt zum Bus, der sie zum Bahnhof brachte. Früher, als sie noch beide in der Garland Avenue gelebt hatten, bevor ihre Mutter berühmt geworden und sie gezwungenermaßen mit ihren Eltern nach Dunmore umgezogen war, waren sie zusammen nach der Schule heimgegangen. Wen interessierte es, wenn Dunmore aussah wie ein Dorf aus einem Bilderbuch? Jess kannte dort keine Menschenseele und musste nach der Schule zusätzlich mit dem Zug fahren, um nach Hause zu gelangen. In der Umgebung der Briar Lane hatte sie noch nie irgendwelche Teenager gesehen. Es gab jede Menge Kids, die auf die kleine Schule im Dorfzentrum gingen, und an den Wochenenden von frühmorgens bis spätabends entweder auf ihren Rollerskates oder auf pinkfarbenen Barbierädern durch die Gegend düsten. Jugendliche ihres Alters jedoch gab es dort anscheinend nicht. Sie konnte nicht mal nach der Schule trödeln, um mit Steph zu quatschen, denn wenn sie den Zug verpasste, führe der nächste erst neunzig Minuten später. Das grauenhafte Dunmore hatte ihr Leben ruiniert.

Ein anderer Typ aus ihrer Schule stieg in Dunmore aus dem Zug, doch er war ein Jahr weiter, in der heiß ersehnten, weil examensfreien fünften Klasse. Dazu war er eindeutig zu cool, um ihr auch nur einen Blick zu schenken, geschweige denn, mit ihr zu reden. Anfangs hatte Jess auf dem Weg zur Schule, weil er der einzige vertraute Anhaltspunkt in dieser neuen Landschaft für sie gewesen war, in seiner Nähe Platz genommen. Doch er hatte nichts Besseres zu tun, als verbissen auf den Knöpfen seines dämlichen Game Boys rumzuhacken. Also hatte sie begonnen, ihn ebenfalls zu ignorieren, stürmte jeden Morgen an seinem Platz vorbei in einen anderen Wagen und warf, wenn sie an ihm vorbeikam, lässig ihren Pferdeschwanz nach hinten, damit er ja kapierte, wie gleichgültig er ihr war. Heute war nicht mal dieser Blödmann irgendwo zu sehen.

Im Bus drehte sie das Volumen ihres Discman bis zum Anschlag auf, zog ihren Schal über Mund und Nase und fühlte sich hundeelend. Steph dachte, es war cool, wenn man eine Mutter hatte, die im Fernsehen auftrat. Das Gegenteil war der Fall.

Als sie endlich in Dunmore ankam, wurde sie weder am Bahnhof noch zu Hause von irgendwem erwartet. Nun, das war nichts Neues, dachte sie mit einem Seufzer, und vergaß dabei praktischerweise, dass sie erst vor einer Woche mit ihrer Mutter darüber in Streit geraten war, weil diese sie behandelte wie ein kleines Kind. Ständig machte sie sich irgendwelche bescheuerten Sorgen, und Jess hatte genug davon, ihr pausenlos zu sagen, dass die anderen aus ihrer Klasse jede Menge Freiheit hatten, solange sie zu Hause anriefen und sagten, wo sie waren. Ihre Mutter war eindeutig schlimmer als die Polizei. Ständig wollte sie wissen, was Jess in jedem Augenblick des Tages unternahm.

»Jess, ich hole dich wirklich gern vom Bahnhof ab«, hatte ihre Mutter in dem Du-bist-doch-mein-Baby-Ton gesagt, mit dem sie sie in den Wahnsinn trieb. »Ich würde mir die allergrößten Sorgen um dich machen, wenn ich nicht auf dich warten würde. Schließlich laufen jede Menge unheimlicher Menschen in der Weltgeschichte rum.«

Das war ein altbekanntes Argument. Als wäre Jess nicht schlau genug, um irgendwelche schrägen Typen zu erkennen. Also bitte.

»Ich bin fast sechzehn«, hatte sie entgegengesetzt. »Ich bin kein kleines Kind mehr.«

Dad hatte sie unterstützt, und ihre Mutter hatte ihn dafür mit ihrem, wie Jess es nannte, »Laserblick« bedacht. In den letzten Wochen funkelten zwischen ihren Eltern jede Menge dieser »Laserblicke« hin und her. Schließlich hatte Jess gewonnen und konnte allein vom Bahnhof nach Hause gehen. Trotzdem wäre es ganz nett gewesen, heute einmal nicht zu Fuß gehen zu müssen…

Jetzt inspizierte sie den Terminkalender, den die Mutter neben dem Kühlschrank hatte liegen lassen, und blätterte bis Freitag. »12 Uhr Frisör.« Die Glückliche, fand Jess. Sich vorzustellen, mitten in der Woche, statt in der Schule genervt zu werden, einfach zum Frisör zu gehen und sich dort einen tollen, neuen Look verpassen lassen zu können…

Auch Wilbur war nirgendwo zu sehen. Wilbur war Jess' zehnjähriger Kater, der nicht nur mit ungewöhnlichen grauen Sprenkeln, sondern obendrein mit einem dicken, fedrig weichen Schwanz ausgestattet war, den er, wenn ihm etwas nicht passte, pfeilschnell zucken ließ. Er lag nicht in seinem Bett auf der Heizung in der Küche, und es wäre sinnlos, ihn zu rufen. Wahrscheinlich schlief er dort, wo er nicht durfte: gemütlich zwischen den Handtüchern im Wäscheschrank, der bereits am ersten Tag nach ihrem Einzug sein heimlicher Lieblingsplatz geworden war.

Jess setzte sich an den Küchentisch aus gebeizter Kiefer, breitete ihre Bücher vor sich aus und schaltete den tragbaren Fernseher in der Küchenecke ein. Momentan lief eine Wiederholung von *Sabrina – total verhext!* Jess nahm sich einen Stift, öffnete das Buch, in dem sie sich Stichpunkte zu dem Milton-Aufsatz anstreichen wollte, und machte es sich mit Blick auf den Fernseher bequem.

Zehn Minuten später wankte Abby, schwer bepackt mit Tüten, durch die Tür, warf sie hinter sich zu und öffnete mit einem Seufzer die Reißverschlüsse ihrer hochhackigen Stiefel. Das Problem mit ihrer Größe bestand darin, dass sie meinte, hohe Absätze zu brauchen, doch die brachten sie leider um.

»Jess!«, rief sie und schälte sich aus ihrer Jacke. »Bist du da?« Als keine Antwort kam, setzte Abbys Herzschlag furchtsam aus. Dunmore war wohl kaum eine Hochburg des Verbrechens, doch man wusste nie. Ihr konnte alles Mögliche passiert sein.

Auf Socken eilte Abby in die Küche, wo Jess bei ausgeschaltetem Fernseher über ihren Hausaufgaben saß.

»Hallo, Liebling, du arbeitest«, sagte sie und lächelte erleichtert, als sie den geneigten Kopf der Tochter sah. Früher hätte Jess sie sofort liebevoll umarmt. In letzter Zeit jedoch duckte sich Jess hastig weg, so als wäre die Berührung mehr als sie ertragen konnte.

»Sie ist ein Teenager, was erwartest du von ihr?«, hatte

Tom, als sie ihm erzählt hatte, wie unglücklich sie deshalb war, in scharfem Ton gefragt. »So etwas erlebe ich tagtäglich in der Schule.«

»Ich weiß«, hatte Abby knapp erwidert. Es hatte sie erbost, dass sich Tom, nur weil er Lehrer war, einzubilden schien, er wüsste alles über Teenager im Allgemeinen und Jess im Besonderen. Abby ahnte, dass die nächsten Jahre schwierig werden würden. Aber sie hatte nicht erwartet, dass ihrer liebevollen, verschmusten Jess die Verwandlung von der besten Freundin zur größten Feindin innerhalb von wenigen Monaten gelungen war.

Sie unterdrückte mühsam den Impuls, Jess über das Haar zu streichen, als diese düster und ohne den Kopf zu heben sagte: »Ja, wir haben jede Menge Hausaufgaben übers Wochenende auf. Außerdem muss ich noch lernen.« Je länger Jess an die bevorstehende Prüfung dachte, umso größer wurde ihr Verlangen, ihre schlechte Laune an jemand anderem auszulassen.

»Ich war am Bahnhof, weil ich dachte, du wärst eventuell müde«, erklärte Abby zögernd. »Ich dachte, du würdest dich vielleicht freuen, wenn du nicht laufen müsstest. Aber als ich dort ankam, warst du schon weg.«

Endlich hob Jess den Kopf von ihren Büchern, musterte ihre Mutter und bemerkte tonlos: »Neue Frisur.«

»Ist sie okay?« Unsicher fuhr sich Abby mit den Fingern durch das Haar.

»Ja«, gab Jess, wenn auch ein wenig widerstrebend, zu. »Sie ist sogar ganz toll. Mum, ich wünschte, ich könnte noch mal probieren, mir die Haare zu färben.« Jess hatte das einmal zusammen mit Steph getan. Leider war es total schief gelaufen und für das Zehnfache des Preises für das Färbemittel hatte der Frisör das grausige Ergebnis halbwegs gemildert.

»Sie würden dich in der Schule umbringen«, erklärte ihre Mutter glücklich, weil Jess endlich wieder einmal mit ihr sprach. Nach einer Welle pinkfarbener Haare hatte der Leiter von Jess' College, außer für die letzten beiden Klassen, ein allgemeines Haarfärbe-Verbot verhängt.

»Ganz dezente Strähnen«, flehte Jess. »Dieses Mal würde ich auch gleich zum Frisör gehen. Niemand würde etwas davon merken. Mr. Davies fällt nur auf, wenn jemand rabenschwarze oder leuchtend pinkfarbene Haare hat. Ein paar blonde Strähnen würden ihm bestimmt nicht auffallen. Schließlich gibt es jede Menge Leute, die blonde Haare haben.«

»Wir werden darüber reden«, meinte Abby, die alles versprochen hätte, um den Frieden zu bewahren.

»Das sagst du immer«, maulte Jess.

»Ja, ich weiß, ich bin grausam.« Abby grinste kurz und begann, die Lebensmittel in die Schränke einzuräumen. Jess legte verstohlen die Fernbedienung auf die Anrichte zurück. Ihre Mutter war, was Fernsehen betraf, ein durchaus großzügiger Mensch. Viele ihrer Freundinnen hatten von den Eltern, nun, da sie in der vierten Klasse waren und für die Prüfung lernen mussten, absolutes Fernsehverbot. Doch Mum war eindeutig nicht begeistert, wenn sie bei laufender Glotze ihre Hausaufgaben machte. Und der Preis dafür, dass sie morgen Abend auf Michelles Party gehen durfte, war, dass der ganze Schulkram vorher erledigt war.

»Ich habe frische Pasta mitgebracht und kann Tagliatelle mit Knoblauch und Champignons für dich zum Abendessen machen«, drang Abbys Stimme aus der Tiefe des Kühlschranks an ihr Ohr.

Jess' Miene hellte sich auf. »Super«, meinte sie. Sie war seit über zwei Jahren Vegetarierin und versuchte ständig, ihre Mum dazu zu bewegen, sich ihr anzuschließen. Begriffen die Leute denn nicht, dass auch Tiere Rechte hatten?

»Ich fürchte, dein Vater und ich müssen noch einmal weg«, fuhr Abby fort, ohne zu sehen, dass ihre Tochter dabei das Gesicht verzog. »Beech feiert sein zehnjähriges Bestehen. Wahrscheinlich gibt es nichts als Käse und jede Menge schlechten Wein«, erklärte Abby feixend. Beech, die Gesellschaft, die ihre Fernsehserie produzierte, war berüchtigt dafür, dass sie niemals irgendwelches Geld für irgendwelchen Luxus zum Fenster hinauswarf. »Wir müssen leider hin, aber wenn ich die Pilze jetzt gleich brate –«

»Ich habe keinen Hunger«, kam Jess' genervte Antwort.

Ihre Mutter sah jetzt hoch. »Du musst doch etwas essen.«

»Wenn ich Hunger kriege, bestelle ich mir eine Pizza.«

»Falls du dich einsam fühlst, bin ich sicher, dass Jennifer herüberkommen würde, bis wir wieder da sind«, schlug Abby behutsam vor. Jennifer war die zweiundzwanzigjährige College-Studentin, die vier Häuser weiter unten wohnte und sich als Babysitter gerne etwas Taschengeld verdiente.

»Ich will nicht, dass Jennifer hierher kommt! Ich bin kein kleines Kind mehr, Mum. Ich dachte, darin wären wir uns einig. Wenn Sally Richardson denkt, dass ich alt und zuverlässig genug bin, um auf ihre Kinder aufzupassen, warum denkst du nicht endlich auch mal, dass ich alt genug bin, um allein zu bleiben, wenn ihr beiden ausgeht?«, fragte Jess mit zornbebender Stimme.

Abby verzog unglücklich das Gesicht. Es gefiel ihr nicht, dass Jess den Pizzadienst anrief, wenn sie allein im Haus war. Man las so viele schreckliche Dinge in der Zeitung. Dass sie eine Alarmanlage hatten und dass Jess genauestens wusste, dass sie keinem Fremden öffnen durfte, hieß noch lange nicht, dass dadurch jedes Unglück ausgeschlossen war. Was, wenn der Pizzalieferant ein Vergewaltiger oder ein Mörder war? Abby ging im Geiste all die grausigen Möglichkeiten durch. Jess hatte an ihrem vierzehnten Geburtstag rundheraus erklärt, jetzt wäre sie zu alt, um sich, wenn die Eltern eingeladen waren, noch beaufsichtigen zu lassen. Bereits die Gewährung dieser kleinen Freiheit hatte Abby die größte Überwindung abverlangt, und nun hatte Jess tatsächlich selber angefangen, Sallys kleinen Jungen zu betreuen. Weder spätabends noch über einen allzu langen Zeitraum, sondern ab und zu einmal für eine Stunde. Aber Abby fand es geradezu erschreckend, dass aus ihrem Baby selbst ein Babysitter geworden war.

»Du weißt, dass es mir nicht gefällt, wenn du alleine eine Bestellung an der Tür annimmst.«

Jess schmollte, und Abby suchte angestrengt nach einer Lösung. »Könnte sich nicht Steph von ihrem Vater hierher bringen lassen?«, fragte sie und ahnte bereits, dass das aus irgendeinem Grund nicht ging, denn sonst hätte Jess schon lange selbst etwas in der Richtung vorgeschlagen. Es war leichter gewesen, Jess' Freizeit zu organisieren, als ihre beste Freundin nur ein paar Häuser entfernt gelebt hatte.

»Sie kann nicht«, grunzte Jess. »Ihre Oma hat heute Geburtstag. Und hier in diesem Nest gibt es niemanden, den ich einladen kann.«

Abby schloss seufzend die Tür des Kühlschranks. Daran brauchte Jess sie nicht extra zu erinnern. Das Wissen um die Einsamkeit der Tochter raubte ihr bereits seit Monaten den Schlaf.

Obgleich sie ihr neues Zuhause liebte, drohte ihrer Beziehung zu Jess durch deren Einsamkeit eindeutig Gefahr. Vielleicht lag es aber auch einfach nur daran, dass das Mädchen zurzeit im so genannten schwierigen Alter war.

Abby ließ Geld für eine Pizza auf der Arbeitsplatte liegen und ging, um sich zurechtzumachen, ins Schlafzimmer hinauf. Es war halb sieben, sie müssten um sieben aus dem Haus – doch nach wie vor gab es keine Spur von ihrem Mann. Nicht, dass Abby davon überrascht gewesen wäre. Nach fast siebzehn Jahren Ehe wusste sie, dass Tom mit dem Begriff der Zeit so gelassen umging, als lebe er allein auf einer Insel. Wodurch er, wie sie annahm, einen gesunden Ausgleich zu ihrem Wesen schuf. Sie war impulsiv und ständig angespannt wie eine Feder, während Tom eine endlose, beinahe mönchische Gelassenheit besaß.

»Sei doch nicht immer so hektisch«, war seine Standardreaktion, wenn Abby aufgeregt wurde, weil sie dachte, sie wären mal wieder viel zu spät. Wodurch sie natürlich neben der Hektik zusätzlich schlechte Laune produzierte. Kapierte er denn nicht, wie *nervtötend* er mit seiner verdammten Ruhe manchmal war?

Es war eine Erleichterung für Abby, sich in ihr Schlafzimmer zurückziehen zu können, um sich für den Abend umzuziehen. Es war ein wirklich hübscher Raum, und sie hatte ihn nach ihrem Einzug als einen der ersten renoviert. Schränke vom Boden bis zur Decke (›unerlässlich, um möglichst viel Gerümpel zu verstecken‹, wie Abby selber sagte) und ein mit einem Bettkasten bestücktes, herrlich breites Bett. Alles war in weichem Creme und kühlem Apfelgrün gehalten, und nirgends störte auch nur eine herumliegende Zeitschrift die Aura klassischer Ruhe und Eleganz, die zu erhalten die reinste Sisyphus-Arbeit war. Da Abby im Rahmen ihrer Arbeit Trios dekorativer Schachteln propagierte, in denen man jede Menge Krimskrams aufbewahren konnte, fühlte sie sich verpflichtet, sie auch selber zu benutzen. Nur konnte sie sich einfach nie erinnern, welche Schachtel was genau enthielt. Häufig endete es damit, dass sie auf der Suche nach ihrem Schmuck die Dose mit dem Make-up in ihren Händen hielt. Andererseits fand sie nie einen Stift. Selbst wenn es womöglich Häresie war so zu denken, vermisste sie manchmal das Marmeladenglas mit den bunten Kugelschreibern, das in ihrem alten Haus auf dem Ankleidetisch gestanden hatte, bis sie zur Fachfrau in Sachen Ordnung aufgestiegen war.

Angefangen hatte alles mit den Schränken. Nicht mit ihrem Kleiderschrank – der erst vor kurzem in der Zeitschrift *Style* abgebildet worden war – und auch nicht in ihrem Badezimmer, einem Schrein der Badefreuden streng nach Zen, für das sie ein Vermögen ausgegeben hatte –, sondern mit ihren Küchenschränken, mit dem dort herrschenden schlichten

Rotationssystem, nach dem sie neu gekaufte Dosen oder Gläser gewissenhaft hinten hinstellte, um niemals etwas fortwerfen zu müssen, weil es nie nachrückte und dadurch das Verfallsdatum irgendwann überschritten war. Auch die Liste an der Pinnwand war dabei eine große Hilfe. Und alles, was aus dem Kühlschrank, der Vorratskammer oder einem Schrank genommen wurde, wurde in das praktische Notizbuch mit dem angehängten Kugelschreiber eingetragen, sodass Abby, wenn sie einmal pro Monat ihre Vorräte auffrischte, genau wusste, was zu besorgen war.

Sie war von Natur aus ein ordentlicher Mensch, und als Jess zehn geworden war und sie plötzlich wieder mehr Zeit für sich gefunden hatte, war sie auf die Idee gekommen, mit ihrem angeborenen Ordnungssinn anderen zu helfen, ihr Leben zu sortieren.

Ursprünglich hatte sie nur den Inhalt von Kleiderschränken sortiert. Hatte Frauen mit Dutzenden identischer schwarzer Kleidungsstücke dabei geholfen, sich von den Sachen zu trennen, die sie schon seit Jahren nicht mehr angezogen hatten. Es war nicht mehr als ein kleiner Nebenjob gewesen – ein paar Vormittage in der Woche, in denen sie die Frauen beraten hatte, heiß geliebte, doch fadenscheinige Stücke fortzuwerfen und andere, kaum getragene, einfach zu verkaufen. Sie war keine Stylistin, sondern eine Entrümplerin, hatte sie ihren Kundinnen erklärt.

»Anschließend können Sie sich dann neue Kleidung kaufen – ich helfe Ihnen nur, die alten Sachen zu entsorgen.«

Der Durchbruch war nach zwei Jahren erfolgt, als eine Kundin angesichts des perfekten Zustands von Abbys Küchenschränken abgrundtief geseufzt und den Wunsch geäußert hatte, wenigstens nur halb so gut organisiert zu sein.

Abby hatte sich erboten, ihr die Hauptpunkte ihres Systems auf einem Zettel zu notieren.

»Nein, bitte machen Sie das«, hatte die Frau sie angefleht, und bald begann Abby, gerümpelfreie Systeme für Privatbüros zu entwerfen und für Häuser, die so voll waren, dass man dort kaum noch etwas fand. Gegenüber alten Postkarten, Zeitungsausschnitten und Briefen alter Liebschaften ließ sie keine Gnade walten. Mit den Menschen, die sich stets nur widerstrebend von ihren alten Schätzen trennten, ging sie jedoch sehr behutsam um.

»Nicht Sie benutzen diese Dinge, sondern die benutzen Sie!«, war ihr oberster Leitsatz. »Wenn etwas weder schön noch nützlich ist, werfen Sie es weg! Sie werden sich viel besser fühlen, wenn Ihr Leben frei von Gerümpel ist.«

Irgendwann hatte sie das Arbeitszimmer einer Journalistin aufgeräumt, und deren begeisterter Artikel über die stärkende Erfahrung der Entsorgung großer Säcke voller Müll hatte schließlich das Fernsehen auf sie aufmerksam gemacht …

Kurz vor sieben kam endlich Toms zehn Jahre alter Volvo quietschend vor dem Haus zu stehen.

»Tut mir Leid«, rief er und warf die Haustür schwungvoll hinter sich zu. »Ich wurde von der Theatergruppe aufgehalten.«

Oben warf die fertig umgezogene Abby einen Blick auf ihre Uhr und seufzte leise. Typisch Tom. Die Leitung der Theatergruppe gehörte nicht einmal zu seinem Job. Was nützte es ihm, zweiter Schulleiter zu sein, wenn er all die zusätzliche Arbeit weiter selber machte, statt sie zu delegieren? Zu Hause ließ er Abby alles für sich machen, aber in der Schule vollzog er blitzartig die Wandlung zum Herrn »Nein-lassen-Sie-*mich*-das-erledigen«.

Sie wartete noch fünf Minuten vergeblich, dass Tom heraufkam, um sich umzuziehen. Augenrollend marschierte sie dann nach unten. Sie würde kein Wort verlieren, aber demonstrieren, dass sie fertig war und sie endlich los müssten.

Tom und Jess waren zusammen in der Küche und lachten über irgendeinen Scherz.

»Dad, du alter Hippie«, meinte Jess mit weicher Stimme.

Sie hatte ihren Stuhl vom Tisch zurückgeschoben und die langen Beine in der schwarzen Strumpfhose auf einem zweiten ausgestreckt. »Hör du besser weiter Jethro Tull. Du wirst bestimmt nie cool.«

»Ich habe kein Problem mit MTV«, versicherte Tom und gab seiner Tochter einen spielerischen Klaps auf den Arm. »Ich habe nur gesagt, dass mir dieser Chad-Kruger-Song gefällt. Schick mich also bitte nicht sofort ins Altersheim, okay?«

»Also gut, ich warte noch bis nächste Woche«, erklärte Jess mit einem Grinsen. »Aber jetzt hau endlich ab. Ich muss noch meine Chemie-Hausaufgaben machen und ihr müsst auf euer tolles Fest.«

Tom zauste Jess die Haare und statt den Kopf zurückzuziehen, sah sie ihn liebevoll an.

Abby stand schweigend in der Tür. Einerseits war sie dankbar, weil Vater und Tochter sich so gut verstanden, andererseits jedoch empfand sie, weil ihre eigene Beziehung zu den beiden längst nicht mehr so locker war, einen gewissen Neid. Es war, als bildeten Jess und Tom eine feste kleine Einheit, in die sie nicht einbezogen war.

Selina Carson schob sich mit der Geschmeidigkeit des Menschen, der selbst im Schlaf problemlos eine Party für dreihundert Leute schmeißen konnte, durch das lärmende Gedränge. Eins ihrer besonderen Talente als PR-Frau der Produktionsgesellschaft war es, das Budget zu strecken und die Menschen dazu zu bewegen, ihr irgendwelche kleinen oder größeren Gefälligkeiten zu erweisen. Ohne ihre Hilfe hätte die Party zum zehnjährigen Bestehen des Unternehmens sicher in irgendeinem schmierigen Pub stattfinden müssen, mit Würstchen und Pommes frites und pro Gast einem Glas abgestandenen Sekts. Ihr alleine war es zu verdanken, dass die Feier in einer schicken neuen Galerie ausgerichtet werden konnte, einem Hort provokativer, hochmoderner Kunst wie zum Beispiel einer modernen Version von Ingres' üppigen Haremsdamen, die besonders bei den männlichen Besuchern großen Anklang fand.

Der Wein war gut und billig (»Denken Sie an die Publicity, mein Lieber!«, hatte sie dem geplagten Weinimporteur erklärt, dessen Dienste sie für jede von ihr organisierte Party in Anspruch nahm), und sie konnte nur hoffen, dass niemand eine Lebensmittelvergiftung bekäme, denn der Partyservice, den sie angeheuert hatte, war neu und geradezu erschreckend günstig. Nun, irgendwo musste man sparen.

»Abby, meine Liebe, schön, dass Sie gekommen sind. Und Tom.«

Da Selina die Berühmtheiten, die sie den großen Anzeigekunden und den Sponsoren ihres Unternehmens hätte zuführen können, inzwischen ausgegangen waren, seufzte sie erleichtert auf. Abby wäre hervorragend geeignet, um die leicht gelangweilte Gruppe aufzumuntern und den Leuten das Gefühl zu geben, wichtig und vor allem etwas Besonderes zu sein. Besser noch, Selina konnte Abby diesen Sachverhalt erklären, ohne dass Abby daran auch nur den geringsten Anstoß nahm. Sie arbeitete durch und durch professionell, was, wie Selina dachte, eine direkte Folge der Tatsache war, dass sie zum Zeitpunkt ihres Erfolges nicht mehr die Jüngste gewesen war.

»Ihre Frisur ist wirklich toll.«

»Danke, Selina.« Abby grinste. Sie glaubte nie wirklich, dass irgendwelche Komplimente, die Menschen ihr machten, ehrlich gemeint waren. Sicher wollten die Leute einfach nur freundlich sein. Schließlich war sie nichts weiter als eine kleine Hausfrau, der eine gehörige Portion von Glück zuteil geworden war.

»Und, Tom, auch Sie sehen fantastisch aus. So, Abby…« Selina packte ihren Star entschieden bei der Schulter, flüsterte ihm kurz etwas ins Ohr und führte ihn in Richtung einer kleinen Gruppe mit Anzügen bekleideter Männer.

»Meine Herren, Sie müssen unbedingt Abby Barton kennen lernen.«

Ein Zigarre kauender Anzeigen-Mogul, dem es allmählich reichte, sich mit irgendwelchen rangniederen Chargen abgeben zu müssen, packte Abbys Hand und schüttelte sie kräftig.

»Freut mich, Ihre Bekanntschaft zu machen. Meine Frau ist von Ihrer Sendung regelrecht begeistert.«

»Wie nett von Ihnen, das zu sagen«, antwortete Abby. Für Selina war ein solcher Abend und waren vor allem derartige Gespräche nichts anderes als Arbeit, für Abby aber nicht. Die meisten Menschen waren in ihren Augen schlicht süß.

Selina hatte ihre erste Aufgabe erfüllt, und so schnappte sie sich Tom und führte ihn ans hintere Raumende, wohin sich einige kleine Gruppen von Besuchern zurückgezogen hatten. Zu ihrer Linken standen zwei auffallend junge Frauen, die, während sie sich leise miteinander unterhielten, wiederholt sehnsüchtig in Richtung des Gedränges schielten, als wollten sie zwar gern dazugehören, wussten aber nicht, wie sie das anstellen sollten.

»Tun Sie mir einen Riesengefallen und unterhalten sich ein bisschen mit den beiden, ja?«, flehte Selina. »Der Rotschopf ist die Nichte unseres Bosses. Sie fängt nächste Woche als Praktikantin bei uns an, kennt aber bisher hier noch niemanden. Er möchte halt, dass sich jemand ein bisschen um sie kümmert.«

»Eher warten die beiden auf irgendwelche Fernsehleute«, erklärte Tom mit einem Grinsen. »Ein langweiliger Pauker ist für sie bestimmt nicht weiter interessant.«

»Das sagen Sie doch nur, weil Sie von mir ein Kompliment hören wollen«, schalt Selina scherzhaft. Was hatte Abby Barton doch für ein Glück! Mit seinem leicht zerzausten, grau melierten Haar, dem kantigen Gesicht und den rabenschwarzen Augen entsprach Tom Barton ganz sicher nicht der Vorstellung eines langweiligen Paukers. Dass er nicht die geringste Eitelkeit besaß und es ihm eindeutig völlig schnuppe war, in was für Klamotten er durch die Gegend lief, schmälerte nicht im Geringsten seine außerordentliche Attraktivität. Seine Intellektualität wirkte sexy, und mit seiner Weltfremdheit erinnerte er sie an einen edlen Ritter der berühmten Tafelrunde, der sich, weil es nobel war zu leiden, stets für den schweren Weg entschied. Tom war total anders als all die aufstrebenden jungen Kerle, die sie vom Fernsehen kannte. Die trugen zwar eindeutig bessere Anzüge, konnten jedoch über nichts anderes sprechen als über ihre neuen Autos oder ihre hochmodernen Handys. Tom zog einen mit seinen brillanten Ausführungen zum Untergang des byzantinischen Reiches regelrecht in seinen Bann – das wusste Selina aus Erfahrung. Denn obgleich sie nie zuvor im Geringsten an Geschichte interessiert gewesen war, hatte sie ihm damals andächtig gelauscht. Außerdem wurde er mit zunehmendem Alter eindeutig immer attraktiver. Glücklicher Tom, dachte Selina. Nein, glückliche Abby, verbesserte sie sich.

Sicher war er auch daheim der reinste Schatz. Gentlemen wie er hielten einer Frau ständig die Tür auf und trugen ihr die Einkäufe ins Haus. Als Single musste Selina ihre Tüten naturgemäß selber schleppen, und das war ihr ein Graus.

Während der nächsten dreiviertel Stunde bekamen Abby und Tom einander nicht mehr zu Gesicht. Abby becircte die Menschen mit ihrem angeborenen Charme und wusste, ihr Mann käme problemlos ohne sie zurecht. Tom erwähnte schließlich oft, dass es, nachdem er seit Jahren regelmäßig Elternabende durchlitt, keinen gesellschaftlichen Anlass gab, an dem er um Worte verlegen war.

Es war beinahe neun, bis Abby der letzten Gruppe gut gelaunter Menschen, die bereits überlegten, wo sie im Anschluss an die Party noch weiterfeiern sollten, glücklich entwischte. Sie selber hatte ihren Alkoholgenuss – da sie an der Reihe war zu fahren – auf ein kleines Gläschen Wein beschränkt.

Nach kurzer Suche entdeckte sie Tom in einer Ecke zusammen mit zwei attraktiven jungen Frauen. Sie waren vielleicht Anfang zwanzig und trugen statt eines Designer-Wildlederrockes und eines Kaschmirpullovers wie das Abby tat, Klamotten, die man in den trendigen Billigläden für Teens und Twens bekam.

Die drei schienen sich köstlich zu amüsieren und lachten, als hätten sie weitaus anregendere Themen als Einschaltquoten und Steuervergünstigungen für Produktionsfirmen entdeckt. Die Blondine war beinahe so groß wie Tom und rückte sich bewusst in ein möglichst vorteilhaftes Licht. Sie reckte ihm ihre knochige Hüfte verführerisch entgegen, lächelte ununterbrochen und strich sich pausenlos kokett die Haare aus der Stirn.

Abby verspürte einen Hauch von Ärger. Nicht, dass sie sich über Tom Gedanken machen müsste – oh, nein, sicher nicht. Tom war gegen Flirtversuche völlig immun. Vor die Wahl gestellt, ob er lieber über das intellektuelle Konzept der neuen Stundenpläne diskutierte oder eine heiße Nummer mit einem Supermodell schieben dürfte, entschiede er sich jederzeit für die Diskussion. Das Mädchen setzte ihre Präferenzen allerdings garantiert anders.

»Hallo«, grüßte Abby betont fröhlich und hakte sich bei ihrem Gatten ein. »Können wir gehen?«

»Oh, Sie dürfen noch nicht gehen«, jammerte die Blondine und verzog schmollend das Gesicht. »Wir haben so viel Spaß. In der Schule hat mir niemand die Dinge je so wunderbar erklärt wie Tom. Er erzählt uns gerade alles über die Haremsfrauen, die man auf dem Bild dort drüben sieht.«

Abby fragte sich, wer dieses Mädchen war. Vielleicht die hübsche Freundin irgendeines Gastes? Oder strebte sie selbst eine Fernsehkarriere an?

»Wenn meine Frau sagt, dass wir gehen müssen, müssen wir wohl gehen«, antwortete Tom und zwinkerte die Blondine mit einem warmen Lächeln an.

Abbys Verärgerung wuchs. Aus Toms Mund klang dieser Satz, als wäre sie eine alte Xanthippe, der ihm jeden Spaß verdarb. Alles, was ihr jetzt noch fehlte, war ein Nudelholz, um ihm damit eins über den Schädel zu ziehen.

»Natürlich möchte ich dich nicht bedrängen, Liebling«, säuselte sie, wobei die Betonung auf dem Wort Liebling lag.

»Ja, bleiben Sie doch noch ein bisschen«, bat die blonde, langbeinige Sektion seines Auditoriums. »Nur noch auf einen Drink?«

»Ja, bleiben Sie noch etwas«, bettelte auch das zweite Mädchen.

Tom sah seine Gattin fragend an. Seine Schwäche für begeisterte Zuhörer war legendär.

»Aber sicher, bleib ruhig noch ein bisschen«, meinte Abby, die den in ihr aufsteigenden Zorn hinter der Maske professioneller Freundlichkeit verbarg. »Schließlich muss ich selber noch mit jeder Menge Leute reden. Ich dachte nur, wir sollten nicht zu spät nach Hause kommen. Wegen Jess. Wegen *unserer Tochter*«, erklärte sie der Blondine, kehrte lächelnd zurück zu den anderen Leuten und fragte Selina: »Soll ich sonst noch mit irgendjemandem reden?«

»Sie wirken irgendwie aufgebracht, Abby«, meine Selina überrascht. »Ist alles okay?«

Die Fahrt zurück nach Hause verlief schweigend. Abby, die froh war, dass sie fahren musste, starrte grimmig auf die Straße und versuchte sich einzureden, sie hätte schlicht überreagiert. Tom war lediglich höflich gewesen, weiter nichts. Selina hatte ihn gebeten sich mit den Mädchen zu unterhalten, hatte er ihr erklärt.

Er hatte nichts weiter getan, als sich nach einem langen Arbeitstag mit einem Gläschen Wein und freundlichen Gesprächen zu entspannen, beruhigte sich Abby. Wahrscheinlich war es halt einfach nett gewesen, aufmerksame Zuhörer zu haben, während er über ein Thema, das ihn interessierte, sprach. Schließlich erzählte er ihr häufig, dass sich die Jungen an seiner Schule derart auf die Examen konzentrierten, dass sie nichts anderes hören wollten, als das, was für die Prüfung nützlich war.

»Ich bin müde«, sagte er und riss den Mund, ohne die Hand davor zu halten, zu einem breiten Gähnen auf. »Diese Pflichtveranstaltungen strengen entsetzlich an.«

Erneut kochte Ärger in Abby hoch, und sie musste sich auf die Lippe beißen, um nicht anzumerken, dass er noch vor wenigen Minuten topfit gewesen war. »Mmm«, war ihr einziger Kommentar.

»Alles in Ordnung?«, fragte er.

»Ich habe Kopfweh.« Was sogar tatsächlich stimmte, dachte sie erbost. Wenn sie wütend war, biss sie derart fest die Zähne aufeinander, dass sie davon Kopfschmerzen bekam.

»Oh.« Damit legte Tom den Kopf zurück und schloss die Augen. Er konnte überall problemlos schlafen, und prompt schlief er auch jetzt innerhalb von wenigen Sekunden ein.

Abby umklammerte das Lenkrad noch fester und fuhr mit dem Gedanken an all die schlauen Sätze, mit denen sie das blonde Gift hätte in seine Schranken verweisen sollen, weiter durch das Dunkel in Richtung ihres Hauses. Ach, würde sie selbst von Tom doch mit derselben Aufmerksamkeit wie diese blonde Zimtzicke bedacht.

3

Am Wochenende puzzelte jeder für sich. Jess brachte den Samstagmorgen in ihrem Zimmer über ihren Hausaufgaben zu, und dann fuhr Abby sie zu ihrer Freundin Steph. Abby hatte Jess erlaubt, im Anschluss an die Party bei Michelle bei Steph zu übernachten. Sie konnte auch nicht protestieren, als Stephs Mutter Sonntagmorgen anrief, um zu sagen, die Familie ginge essen, und sie hätten Jess liebend gern dabei.

Tom verbrachte den gesamten Samstag mit den Proben der Theatergruppe seiner Schule, kam erst am späten Abend heim, erklärte seiner Gattin am Sonntag, dass er noch jede Menge Hausarbeiten durchzusehen hätte, setzte sich an den Küchentisch und breitete mit feierlicher Miene die Papiere vor sich aus. Abby, die sich seltsam im Stich gelassen fühlte, zog sich mit den Zeitungen ins Wohnzimmer zurück, nickte irgendwann vor dem Fernseher ein und wurde erst am Abend, als Jess die Haustür hinter sich ins Schloss warf, wieder wach.

»Wie war die Party?«, fragte Abby sofort, nachdem sie, um die Tochter zu begrüßen, in den Flur gelaufen war.

Jess bedachte sie mit einem genervten Blick. »Öde«, antwortete sie, was sogar stimmte. Natürlich waren Jungen dort gewesen, Jungen, die sie nicht kannte – und die hatten nicht das mindeste Interesse an einem Gespräch mit ihr gezeigt. Die Tatsache, dass Steph im Mittelpunkt gestanden hatte, hatte Jess' Gefühl der Peinlichkeit verstärkt. Sie und Steph hatten, seit sie fünf gewesen waren, regelmäßig alles gemeinsam unternommen. Nun aber sah es so aus, als würde Steph problemlos in diesen wunderbaren, geheimnisvollen Club der Erwachsenen aufgenommen, während Jess von außen zusah wie ein kleines Kind, das sich erfolglos die Nase an der Scheibe eines Süßwarengeschäfts platt drückte. Aber es wäre sinnlos, all das Abby zu erzählen. Sie würde so was nicht verstehen.

»Ich gehe in mein Zimmer«, sagte sie deshalb nur, stürmte die Treppe hinauf in die obere Etage und ließ ihre Mutter unglücklich zurück.

Schließlich kam der Montag, und Abby wurde davon wach, dass Tom ihr die obligatorische Tasse Tee ins Schlafzimmer brachte. Mehr trug er nicht zur Haushaltsführung bei, doch selbst nach siebzehn Jahren war es bisher nie vorgekommen, dass er dieses Ritual vergaß.

»Es ist viertel nach sieben«, erklärte er ihr knapp.

Da Abby kaum ein Auge zugetan hatte, überlegte sie stöhnend, ob sie vielleicht noch fünf Minuten liegen bleiben sollte. Doch dann würde sie garantiert bis mittags durchschlafen. Also hob sie mühsam ihren Kopf und nippte an dem dampfend heißen Tee. Sie liebte es, wenn sie sich fast daran verbrannte, und Tom war einer der ganz wenigen Menschen, die den Tee genau so kochten, wie sie ihn gerne trank. Als Frühaufsteher hätte er, bis sie in der Küche auftauchte, bereits die halbe Zeitung durchgelesen, Brot für sich getoastet und den Kaffee aufgesetzt. Jess hatte einmal zur allgemeinen Belustigung erklärt, der Grund dafür, dass sie ein so glückliches Familienleben führten, wäre, dass ihr Vater schon um sechs Uhr morgens richtig wach war, ihre Mutter gegen Mittag und sie selbst erst gegen Abend, weshalb man sich nur äußerst selten traf. Diese heitere Feststellung gehörte jedoch schon seit langer Zeit der Vergangenheit an.

Abby nippte erneut an ihrem Tee und nahm die Fernbedienung in die Hand. Sie liebte Frühstücksfernsehen, wusste aber, dass es nicht weniger gefährlich war als weiterzuschlafen. Jeder Beitrag endete mit einer kurzen Vorschau auf etwas, was noch interessanter zu werden versprach. Es war also zu verführerisch, sich noch den Bericht über die neue Frühjahrsmode, den Beitrag über mexikanische Küche oder… oh, sieh nur, Ferien in Österreich, wie interessant… gemütlich reinzuziehen.

Also zwang sie sich aus dem Bett, schlurfte ins angrenzende Bad und starrte auf das Spiegelbild einer Frau mit wild zerzausten Haaren, roten, verquollenen Augen, müder Haut und einem bleichen, eingefallenen Mund. Ohne ihr Make-up sah sie mit den neuen kupferroten Strähnen aus wie Bobo, der Clown.

Sie brauchte unbedingt einen Termin bei Sally im Salon.

Mann und Tochter wirkten ehrlich überrascht, als Abby eine halbe Stunde später vollständig geschminkt und mit einem ihrer besten Pullover, einem karamellfarbenen Angora-Rolli, über ihren Jeans zu ihnen in die Küche kam.

»Ich wusste gar nicht, dass du heute Morgen einen Termin hast«, bemerkte Tom, während er Butter auf die letzte Ecke seines Toastbrots strich.

Abby funkelte ihn böse an. Doch da er sich schon wieder hinter seine Zeitung verschanzt hatte, bemerkte er es nicht.

»Ich dachte, du hättest gesagt, dass du heute zu Hause arbeiten willst«, fügte Jess hinzu.

»Das tue ich auch«, erklärte Abby und sah ihre Tochter strahlend an. »Aber das ist noch lange kein Grund, nicht auf sein Aussehen zu achten. Weshalb sollte man sich schlampig kleiden, nur weil man zum Arbeiten nicht aus dem Haus geht?«

Sie zerrte den Mixer aus dem Schrank und suchte im Kühlschrank nach Obst für einen Saft.

»Es ist Blödsinn, sich für daheim extra schick zu machen, totale Zeitvergeudung«, erklärte Tom geistesabwesend und ohne hinter seiner Zeitung hervorzusehen.

»Was, wenn plötzlich jemand vorbeikommt? Dann will ich schließlich gut aussehen«, antwortete Abby.

»Weshalb solltest du bloß für den Fall, dass zufällig jemand vorbeikommt, extra auf deine Garderobe achten?«, beharrte Tom auf seinem Standpunkt. »Schließlich bist du, so wie du normalerweise rumläufst, völlig okay.«

Abbys Hand, die gerade die Himbeeren aus dem Kühlschrank nehmen wollte, hielt mitten in der Bewegung inne. Okay? Ihr Aussehen war okay? Weshalb hatte sie den Eindruck, dass der Satz wie ein Todesurteil klang? Vielleicht weil Tom ihn mit seiner Lehrerstimme gesprochen hatte? *»Ihr Sohn kommt im Unterricht zurecht, Mrs. X. Er ist zwar nicht der allerbeste Schüler, aber seine Leistungen sind völlig okay.«*

Abby wollte nicht, dass ihr Aussehen *okay* war. Sie wollte fantastisch aussehen – wie die blonde Ziege, die sich auf der Party ihrer Produktionsgesellschaft an Tom rangeschmissen hatte. Sie zerrte die Himbeeren aus dem Fach und knallte sie wütend auf die Arbeitsplatte, wo bereits der Mixer stand. War ihr Mann schon immer derart wenig einfühlsam gewesen – oder war diese Entwicklung neu?

Als Tom und Jess verschwunden waren, brachte Abby eine Stunde mit Saubermachen und dem Befüllen der Waschmaschine zu. Dann setzte sie sich an den großen cremefarbenen Schreibtisch in ihrem Büro und blätterte ihren Terminkalender durch. Inzwischen hatte sie derer zwei: den offiziellen, großen ledergebundenen Kalender, den ihre Assistentin Katya führte, und ihr eigenes, kleineres, geblümtes Buch, in das sie Dinge eintrug, die sie nicht vergessen durfte. Wie zum Beispiel, was sie morgen zu der Besprechung mit der neuen Produktionsleiterin, einem jungen Heißsporn, der auch die neue Anzeigenabteilung des Unternehmens leiten würde, alles in ihre Tasche packen müsste.

Je nachdem, wie viel Abby zu tun hatte, kam Katya zwei- bis dreimal in der Woche. Als junge Mutter zweier kleiner Kinder kam ihr dieses Arrangement durchaus zupass. Wenn Abby drehte, kümmerte sich Katya um die Fanpost und nahm Anrufe und Aufträge entgegen, wenn Abby selbst daheim war, arbeitete auch Katya von zu Hause aus, und wenn etwas besprochen werden musste, riefen sie einander einfach an.

Heute war Katya nicht gekommen, denn Abby musste an der Rede feilen, die sie zur Eröffnung der in drei Monaten stattfindenden Messe zum Thema »Das ideale Haus« halten sollte. Nur fiel ihr dazu absolut nichts ein. Normalerweise sah sie, wenn sie ein Haus betrat, bereits auf den ersten Blick, wie dort am besten Ordnung geschaffen werden konnte. Sie hatte ein untrügliches Gespür dafür, worin das Problem des jeweiligen Haushalts begründet war. Aber momentan waren ihre Einfälle versiegt. Also nahm sie sich einen großen Block und schrieb mit blassblauer Tinte das Wort »Ideen« auf die erste Seite.

Normalerweise förderte das leere, cremefarbene Papier ihre Kreativität. Heute aber nicht. Nachdem sie eine Weile auf das jungfräuliche Blatt gestiert hatte, gab sie auf und blätterte auf der Suche nach Inspiration in ein paar Ausgaben von *House Today*. In einer der Nummern fanden sich Bilder einer Fernsehmoderatorin namens Candy, die Gastgeberin einer nachmittäglichen Talkshow war. Abby war ihr einmal in Dublin begegnet und hatte, naiv, wie sie halt war, angenommen, weil sie beide beim Fernsehen waren, gäbe es zwischen ihnen automatisch irgendeine Art von Kameraderie.

»Sie machen dieses niedliche Programm, in dem es darum geht, irgendwelche Häuser aufzuräumen, nicht?«, hatte Candy sie stattdessen süffisant gefragt. »Ich freue mich immer, wenn irgendwelche Newcomer mit ihren Sachen erfolgreich sind. Auch wenn die meisten Erfolge nicht unbedingt von Dauer sind. Ich sehe so viele Leute kommen, um, wenn die Einschaltquoten zurückgehen, grußlos wieder in der Versenkung zu verschwinden.« Dann hatte sie sich weiter über ihre eigene Karriere ausgelassen und Abby damit deutlich machen wollen, dass deren Erfolg mit *Entrümpeln* nur vorübergehend war.

Abby war dadurch etwas unsicher geworden, doch einfach überfahren ließ sie sich nicht.

»Richtig, man kann nie wissen, wann das Interesse der Zuschauer an einer Sendung nachlässt«, hatte sie Candy mit einem unschuldigen Augenaufschlag zugestimmt. »Zwar waren meine Einschaltquoten phänomenal – bei der letzten Folge der ersten Staffel sogar noch höher als die von *EastEnder*s –, aber natürlich dürfen wir uns nicht auf unseren Lorbeeren ausruhen. So, und jetzt muss ich weiter. War wirklich nett, Ihre Bekanntschaft zu machen. Schließlich sind Sie, nachdem Sie schon so viele Jahre im Geschäft sind, eine regelrechte Veteranin in diesem Metier.« Damit war sie entschwunden und hatte Candy Gift und Galle spucken lassen wegen der Erwähnung von Abbys Mega-Einschaltquoten und dem Wort »Veteranin«, das signalisierte, wie alt sie inzwischen geworden war. Obwohl sie auf den Fotos in der Zeitschrift wahrhaftig nicht alt aussah, wie Abby grimmig feststellte.

»Candy heißt das Team von *House Today* in ihrem wunderbaren Heim willkommen«, stand unter zwei riesengroßen Fotos, auf denen man eine Küche und ein Schlafzimmer sah. So, wie die Granit-Arbeitsflächen in der Küche blitzten, hatte sicher eine ganze Armee philippinischer Putzfrauen jede Menge Überstunden dafür gemacht.

Abby beachtete das Haus nicht weiter und übersah sogar die allseits so beliebten Raff-Gardinen, die sie persönlich hasste. Stattdessen studierte sie Candy, die mit ihren langen, eleganten Gliedern, ihren großen blauen Augen und ihrer taufrischen, pfirsichweichen Haut geradezu gespenstisch jung wirkte.

»Sie ist mindestens achtundvierzig«, schnaubte Abby. »Die Fotos sind garantiert retuschiert.«

Sie zog eine Lupe aus der Schublade des Schreibtischs und fixierte die Bilder genauer. Candy in einer coolen Hüftjeans, mit einer Pfanne in der Hand. Candy, die barfuß und mit angezogenen Beinen in einem riesengroßen Ohrensessel saß. Trotz genauen Hinsehens war nirgendwo nur die kleinste Falte zu entdecken. Diese blöde Ziege. Bestimmt war sie von Kopf bis Fuß geliftet, eine andere Erklärung gab es einfach nicht. Abby schlug die Zeitschrift zu und starrte zornig an die Wand vor ihrem Schreibtisch. Dort hing das große »Star-Zertifikat«, das ihr zum Ende der letzten Staffel ihrer Sendung scherzhaft von den anderen Mitgliedern des Teams überreicht worden war.

»Danke, Abby«, stand darauf. »Es macht einen Riesenspaß, mit Ihnen zu arbeiten. Sie sind ein echter Star.« Und über diesen Worten prangte ein enormer goldener Stern.

Wie gerührt sie damals gewesen war…

Nun jedoch schüttelte sie den Kopf und erklärte frustriert: »Heute fühle ich mich absolut nicht wie ein Star.«

Am Dienstag war Abby als Erste auf den Beinen. Heute wollte sie noch besser aussehen als am Vortag, denn sie träfe die frisch engagierte Produktionsleiterin von Beech, eine gewisse Roxie O'Halloran, der »ein paar neuen Ideen für ihre Sendung« eingefallen waren, wie es hieß. Abby hatte bei dieser Begegnung kein gutes Gefühl. Auch wenn sie nicht viel Erfahrung in diesen Dingen hatte, sagte ihr ihr Instinkt, dass »ein paar neue Ideen« in diesem Metier die Umschreibung für »totale Veränderungen« war. Sie hatte bei Flora, Regisseurin ihrer Show und gleichzeitig gute Freundin, angerufen, um ein paar Informationen über die Neue zu bekommen. Aber Flora hatte nichts gewusst und ihr gut gelaunt erklärt, Beech würde doch wohl kaum eine derart erfolgreiche Sendung ändern, oder?

»Hör auf, dir Gedanken zu machen, Abby. Wir haben das Rezept für eine Super-Serie, und du bist dabei unser Trumpf.«

Ganz hinten im Badezimmerschrank fand Abby ihre superteure und nur selten benutzte Eve-Lom-Reinigungs-und-Feuchtigkeitslotion. Wenn sie gut genug war für irgendwelche Superstars, war sie auch gut genug für sie. Eine gründliche Reinigung hielte die Faltenbildung vielleicht noch etwas auf.

»Warum bist du denn schon so früh auf?«, murmelte Tom, der zehn Minuten später ins Bad geschlurft kam. Seine Beine ragten unter dem überdimensionalen T-Shirt wie zwei dünne, bleiche Fahnenmasten hervor. Er hatte die Beine eines Langstreckenläufers, hatte er früher oft gescherzt. Jetzt überlegte Abby, ob es ihn verletzen würde, wenn sie sagte, sie wären völlig okay und nicht, sie fände sie unglaublich sexy. Wie sie ihm bisher jedes Mal versichert hatte, wenn er gestöhnt hatte, sie wären viel zu dürr.

Sie rieb sich weiter ihre Schultern und den Rücken mit Körperlotion ein. Tom fragte nicht, ob er ihr helfen sollte, die schwer zugänglichen Stellen zu erreichen. Früher hatte er das mit Begeisterung getan und die zärtliche Massage ganz allmählich auf die interessanteren Regionen ihres Körpers ausgedehnt.

Abby versuchte sich einzureden, es wäre normal, dass sein diesbezüglicher Enthusiasmus mit der Zeit erloschen war.

»Ich habe heute Morgen eine Besprechung mit dem Produktionsteam, bei der es um mögliche neue Ideen für meine Sendung geht«, erklärte sie knapp.

Abby hatte Besprechungen von vornherein geliebt. Sie fühlte sich durch und durch wie eine erfolgreiche Geschäftsfrau, wenn sie und die anderen, bewaffnet mit dicken Blöcken, an dem langen Tisch in dem modernen Beech'schen Konferenzraum zusammentrafen, Wasser tranken, neue Konzepte entwickelten und die allgemeine Kreativität beinahe mit Händen greifbar war. Wortgewandt und schick gekleidet, zugleich allerdings erfüllt von dem Gefühl, irgendwie eine Betrügerin zu sein, kam sie sich dann vor wie Melanie Griffith in dem Film *Die Waffen der Frauen*. Hoffentlich verliefe auch das heutige Meeting angenehm. Flora hatte Recht: Wahrscheinlich machte sie sich völlig unnötige Gedanken, nur weil jemand Neues in ihr Team gekommen war.

»Wenn du nachher noch einkaufen gehst«, erklärte Tom und drehte gleichzeitig den Duschhahn auf, »vergiss nicht, dass ich neue Rasierklingen brauche – du weißt ja, welche ich immer will –, und außerdem haben wir kaum noch Espresso.«

Damit trat er unter die Dusche.

Abby wäre bei diesen Sätzen am liebsten in Tränen ausgebrochen. Nicht, weil ihr Mann das System, dank dessen er niemals ohne Kaffee oder Rasierklingen leben musste, anscheinend nicht im Mindesten durchschaute, und das – Ironie des Schicksals – die Grundlage ihres beruflichen Erfolges und dadurch auch ihres komfortablen Lebensstiles war. Sondern weil sie mit einem Mal erkannte, dass er in ihr offensichtlich inzwischen so etwas wie seine zweite Mutter sah. Der einzige Unterschied war der, dass sie ab und zu – wirklich äußerst selten – noch miteinander schliefen. Sie machte sich gar nicht erst die Mühe, sich daran zu erinnern, wann es das letzte Mal passiert war. Abgesehen vom Sex war sie inzwischen eine regelrechte Doppelgängerin der verstorbenen Mrs. Beryl Barton, Rasierklingenlieferantin und Waschfrau, der ein gelegentliches Kompliment genügte, um weiterzulaufen wie gut geölt.

Okay. Du siehst okay aus.

Vergrämt begann Abby sich mit dem Geschick zu schminken, das sie in der Maske bei *Entrümpeln* gelernt hatte. Möglicherweise hatte sie nicht so lange Beine, war nicht blond und auch nicht mehr Anfang zwanzig, doch schaffte sie es bestimmt, besser auszusehen als lediglich *okay*.

Wenigstens die kesse junge Empfangsdame bei Beech freute sich, sie zu sehen.

»Hallo, Abby!« Livia lächelte sie hinter ihrem trendigen Glas-und-Chromtisch hervor an. »Sie werden bereits erwartet. Soll ich oben anrufen, damit jemand Sie abholt, oder wollen Sie allein rauffahren?«

»Rufen Sie bloß nicht extra an, Livia«, wehrte Abby ab. »Ich hasse es, wenn man einen solchen Zirkus um mich macht.«

»Ich weiß«, erklärte Livia mit einem leisen Seufzen. Abby hob sich mit ihrem angenehmen Wesen deutlich von den meisten Menschen ihres Berufszweigs ab. Sie hatte noch nie etwas *verlangt* – im Gegensatz zu ein paar der Stars, die, wenn sie bei Beech verkehrten, stets darauf bestanden, *sofort* ein Taxi zu bekommen und mit Livia umsprangen, als könnte sie nur hören, wenn man mit ihr schrie.

Wenn Abby mal ein Taxi brauchte, fragte sie Livia höflich,

ob es ihr auch keine Mühe mache, eins für sie zu bestellen. Sie sagte immer danke und vergaß nie, nach Livias Mum zu fragen, die ein Fan ihrer Sendung war.

Als Abby zum Besprechungszimmer lief, wurde ihr das Rascheln ihres langen Lederrocks bewusst. Als sie ihn zusammen mit modernen Lycra-Stiefeln und einer weißen Bluse mit extra langen Manschetten angezogen hatte, hatte ihr der klassische und gleichzeitig moderne Look durchaus gefallen. Nur hatte sie vergessen, wie laut der Rock beim Gehen war. Bei jedem ihrer Schritte klang sie wie eine Legion von Russel-Crowe-Mutanten auf dem Marsch nach Rom.

Vier Menschen hatten sich bereits im Konferenzraum versammelt: Stan, der Produzent; Flora, die Regisseurin; Brian, der Manager von Beech; und Roxie, die neue Produktionsleiterin. Mit den ersten drei kam Abby prima zurecht, der Anblick der Neuen jedoch schüchterte sie leicht ein. In ihrem eleganten Gucci-Anzug und mit dem etwas spitzen, intelligenten Gesicht wirkte Roxie elegant und glamourös und erweckte nicht den Eindruck, als würde sie auch nur einen kurzen Gedanken daran verschwenden, sich in der Geschäftswelt wie eine Hochstaplerin zu fühlen.

Welche Rolle würde Roxie genau in dem Unternehmen spielen, und was hatte sie mit Abbys Sendung zu tun?

Es sollte nicht lange dauern, bis Abby die Antwort auf diese Fragen bekam.

Nachdem man sich zehn Minuten lang gegenseitig wegen des Erfolgs der letzten Staffel beweihräuchert hatte, übernahm Roxie unaufgefordert das Kommando. Sie zog entschieden die Jalousien herunter, die damit den wunderbaren Ausblick auf den Fluss versperrten, und nahm mit einem Knopfdruck den großen Wandfernseher in Betrieb.

»Das hier ist eine amerikanische Sendung ähnlich wie *Entrümpeln*«, begann Roxie, während der Vorspann ablief. »Ich schätze, Sie alle werden gleich verstehen, was ich meine.«

Was sollten sie verstehen? Abby hatte das Gefühl, irgendwie nicht ganz auf dem Laufenden zu sein.

Die Sendung hatte tatsächlich Ähnlichkeit mit ihrer Serie, denn auch dort überließen Menschen ihre Häuser dem Expertenteam von *Schmeiß den Krempel endlich raus!* Nur, dass es sich bei den Experten um drei gleichermaßen junge wie attraktive, dem Aussehen nach ehemalige Cheerleaderinnen handelte, für die Sensibilität eindeutig ein Fremdwort war. Statt den Menschen möglichst sanft lieb gewonnene Gegenstände oder Kleidungsstücke eines geliebten, längst verstorbenen Elternteils zu entwinden, zwangen die Mädchen die Leute dadurch, dass sie sich benahmen wie die fiesen Oberhexen in den Schulen, die Außenseiterinnen malträtierten, sich von all dem *Müll* zu trennen.

»Weshalb sollte irgendjemand *so was* aufheben wollen?«, wollte eins der Mädchen wissen und hielt einen zerzausten Stoff-Teddybären in die Höhe, den die tränenüberströmte Kundin aufgehoben hatte, seit ihr inzwischen erwachsener Sohn auf die Welt gekommen war.

»Weil es ihr etwas bedeutet?«, antwortete Abby stumm.

»Was sagen wir dazu?«, fragte die US-Schönheit im Film und ließ den Teddy an einem Bein über einem Müllsack baumeln.

»Schmeiß den Krempel endlich raus!«, riefen ihre beiden Kolleginnen im Chor.

»Die Show ist ein Riesenerfolg«, bemerkte Roxie und spulte sich im Schnellgang durch die Werbung. »Zugegeben, sie ist ziemlich gemein, aber die Einschaltquoten sind phänomenal, weil alle gerne sehen, wenn jemand in die Pfanne gehauen wird. Das ist das Sendeformat der Zukunft.«

Abby spürte eine wachsende Abneigung gegen diese Frau mit dem schmalen, cleveren Gesicht. Roxie bewahrte bestimmt nirgendwo alte Briefe oder einen einzelnen kaputten Ohrring, den sie von einem längst aus ihrem Leben verschwundenen, geliebten Menschen geschenkt bekommen hatte, auf. Man konnte das Leben eines Menschen nur entrümpeln, wenn man eine Ahnung davon bekam, wie er empfand. Erinnerungsstücke waren wertvoll, und über die behüteten Lieblingssachen eines anderen zu lachen, war schlicht und einfach grausam. Es war wie eine Therapie mit dem Skalpell.

Aber Roxie war noch längst nicht fertig. Sie drückte auf »play«, die Show ging weiter, und Abby schrieb sich auf, was ihr nicht daran gefiel.

Zu hart gegenüber den Menschen.

Ohne jedes Mitgefühl.

Es wird schwer, neue Gäste zu bekommen, wenn die Leute erst mal sehen, wie traumatisch der Besuch dieser so genannten Expertinnen möglicherweise ist.

Da sie davon ausging, dass auch Stan, Brian und Flora an diesem Format keinen Gefallen finden würden, lugte sie in ihre Richtung, musste jedoch feststellen, dass sie mit gespanntem Interesse zu verfolgen schienen, was weiter in der Sendung geschah. Flora spielte mit ihrem langen schwarzen Zopf, und ihr Blick drückte beinahe so etwas wie Enthusiasmus aus.

»Das ist der Weg zu noch höheren Einschaltquoten«, meinte Roxie. »Nicht, dass ich kritisieren möchte, was hier bisher gelaufen ist, aber wir müssen das Ganze ein bisschen steigern. Außer den echt erfolgreichen Quizshows befinden sich siebzig Prozent aller Serien bereits nach der zweiten Staffel auf dem absteigenden Ast. Wir aber wollen zu den dreißig Prozent gehören, deren Sendung läuft und läuft und läuft. Bei der neuen, dritten Staffel geht es also ums Ganze. Top oder flop, lautet die Devise. Und damit sie top wird, müssen wir frischen Wind reinbringen.«

Abby saß versteinert auf ihrem Stuhl. Sie wartete darauf, dass einer von den anderen etwas in der Richtung sagte wie:

»Nein, bei *Entrümpeln* geht es nicht darum, die Menschen bloßzustellen, sondern darum, ihnen tatsächlich zu helfen.«

Doch alle – außer ihr – nickten nachdenklich.

Abby spürte, wie das Blut in ihren Adern zu rauschen begann. Zum ersten Mal war sie gefährlich nahe dran, im Rahmen ihrer Arbeit die Beherrschung zu verlieren. Sie konnten doch kaum von ihr erwarten, sich in eine solche Hexe zu verwandeln. Das könnte und das würde sie nicht tun.

»Ein derartiges Benehmen ist mir fremd, ich kann es einfach nicht«, erklärte sie entschlossen, stand auf und funkelte die drei Menschen, von denen sie bisher angenommen hatte, dass sie auf ihrer Seite stünden, giftig an. »Die Menschen vertrauen mir. Sie wissen, dass mir ihr Wohlergehen am Herzen liegt und dass ich ihnen helfen will, ihr Leben zu vereinfachen. Das ist es, worum es in meiner Sendung geht – den Menschen helfen, sich weiterzuentwickeln, nicht sie zu zerstören oder lächerlich zu machen.« Diese Sendung war ihr Baby, sie hatte sie zu dem gemacht, was sie heute war. Und wenn die anderen sie ruinieren wollten, warf sie ihre Arbeit hin. »Bevor ich anfange, so mit irgendwelchen Leuten umzuspringen, höre ich lieber auf.«

»Abby, das verstehen wir ja«, antwortete Roxie mit seidigweicher Stimme. »Schließlich sind ja gerade Ihre Freundlichkeit und Sanftheit Teil des Ihnen eigenen Charmes.«

Abby verzog angewidert das Gesicht. Aus Roxies Mund klang das Wort »Sanftheit« wie der Bestandteil einer ansteckenden Krankheit.

»Kommt nicht in Frage, dass Sie aufhören«, erklärte auch Brian. »Schließlich *sind Sie* die Sendung, Abby.«

»Sie vermitteln den Menschen ein Gefühl von Geborgenheit und Wärme, das ist wirklich toll«, bemühte sich Roxie, Brian noch zu überbieten. »Aber trotzdem dürfen wir nicht aufhören, uns beständig weiterzuentwickeln. Wir brauchen etwas mehr Härte. Jemanden, der strenger mit den Leuten umspringt, als Sie es bisher tun.«

Abby verschlug es nun tatsächlich die Sprache. Sie ließ sich wieder auf ihren Stuhl fallen und starrte Roxie wortlos an.

»Mein Plan ist es, ein oder zwei Co-Moderatoren für Sie anzuheuern, Abby. Sie werden natürlich weiterhin das Ganze leiten, aber wir brauchen ein paar frische Gesichter. Ich denke da an ein junges Mädchen und einen jungen Mann«, wandte sie sich jetzt an Stan und Flora. »Abby wird durch die Sendung führen, wird die Hauptpassagen sprechen und natürlich auch die Oberaufsicht über die Entrümpelungsaktionen haben. Aber wir bieten den Zuschauern den zusätzlichen Anreiz, dass es noch zwei neue, andere Experten gibt. Mit drei Leuten könnten wir pro Show ein ganzes Haus entrümpeln. Und«, endete sie triumphierend, »das wird die größte Veränderung: Wir dehnen die Länge der Sendung auf eine Stunde aus. Die Anzeigenkunden werden uns dafür lieben.«

Das brauchte sie Brian nicht erst zu erklären, erkannte Abby, und ihre Kampfeslust schmolz wie Butter in der Sonne. Er hatte sich bequem auf seinem Stuhl zurückgelehnt und verfolgte die Reaktionen seines Teams. Er hatte offenbar bereits von vornherein gewusst, wovon Roxie sprechen würde, und war eindeutig ihrer Meinung.

»Denken Sie darüber nach«, fuhr Roxie fort. »Dadurch, dass wir zwei neue Leute präsentieren, zwischen denen es vorzugsweise reichlich knistert, werden wir den Reiz der Sendung steigern, eine längere Sendezeit bekommen und, indem wir drei statt einer Werbepause machen können, wesentlich größere Einnahmen erzielen.«

Abby fühlte sich wie ein Kojote, der hilflos mit ansehen musste, wie ihm ein riesengroßer Felsblock auf den Schädel krachte, während Road Runner gut gelaunt davonlief. Sie würde hundertprozentig nicht die Oberhexe spielen. Also fänden sie einen Ersatz – was hieß, dass sie in der Falle saß.

»Ich weiß nicht«, meinte Stan. »Würde die Show mit einem einstündigen Format nicht irgendwie verlieren? Und sollten wir, bevor wir irgendwelche neuen Moderatoren suchen, nicht erst einmal versuchen rauszufinden, wie groß das Verlangen der Zuschauer nach so was ist? Schließlich sollten wir nichts unnötig riskieren. Wie sagt man so schön? Man sollte nichts reparieren, was nicht kaputt ist.«

Natürlich hatte Roxie auch darauf eine Antwort. »Wir könnten einfach eine Pilotsendung machen, um zu prüfen, ob die Idee Erfolg versprechend ist«, erklärte sie ihm glatt.

»Jugend ist der Weg nach vorne«, philosophierte Brian und lehnte sich in seinem Ledersessel zurück, wobei sein teures Charvet-Hemd sich für alle deutlich sichtbar über seinem Bauch spannte.

Handgenähte französische Hemden hatte er sich garantiert nicht leisten können, bevor Beech dank *ihrer* Sendung deutlich in die schwarzen Zahlen geklettert war, dachte Abby zynisch.

»Jugend übt eine geradezu magische Anziehungskraft auf die Zuschauer aus«, meinte er und fügte tatsächlich noch hinzu: »Womit ich Ihnen natürlich nicht zu nahe treten möchte, Abby.«

»Keine Sorge«, knurrte sie erbost.

»Die Moderatoren werden zunehmend jünger«, haute Roxie selbstverständlich in die gleiche Kerbe.

»Jugend ist ganz einfach in«, setzte Brian noch einen drauf – und alle nickten weise.

Abby musterte die Anwesenden stirnrunzelnd. Jugend? Was wussten sie schon von Jugend? Brian war ein schütterer, kinderloser Typ Anfang fünfzig, dessen einzige sportliche Betätigung darin bestand, sich nach einem Fußballspiel im Fernsehen, auf irgendeinen Barhocker zu hieven; Stan war Ende dreißig, Single, klapperdürr, rauchte täglich mindestens vierzig Zigaretten, hatte eine Vorliebe für Junkfood und die ungesunde Blässe eines Menschen, dessen Arterien mit der Geschwindigkeit eines Formel-Eins-Rennwagens verstopften; und Flora hatte kürzlich anlässlich ihres vierzigsten Geburtstags zu einer Riesenfete mit jeder Menge Alkohol geladen und dramatisch auf schwarzer Kleidung bestanden, zum Zeichen der Trauer um ihre verlorene Jugend.

All diese Menschen konnten sich im besten Fall nebulös daran erinnern, dass sie einmal jung gewesen waren. Und trotzdem waren sie so dreist und hielten ihr ihr Alter vor. Nur Roxie, die höchstens fünfundzwanzig war und mit der Überheblichkeit der Jugend sicher dachte, nur andere würden älter, könnte behaupten, dass sie die Jugendkultur tatsächlich verstand.

Nach einem kurzen Gespräch über das Casting möglicher neuer Talente, während dessen Abby mit einem starren Lächeln stumm auf ihrem Platz saß, löste sich die Gesellschaft auf.

»Hat mich echt gefreut, Sie kennen zu lernen«, verabschiedete sich Roxie von ihr. »Ich finde, Sie machen Ihre Arbeit toll.«

»Danke«, antwortete Abby. Mehr brachte sie nicht heraus.

Eilig verschwand sie in die Damentoilette am Ende des Ganges, doch Flora folgte ihr.

»Ich weiß, dass das hart für dich gewesen ist«, meinte Flora, als Abby wieder herauskam und sich die Hände wusch. »Aber Roxie hat nicht völlig Unrecht, Abby. Jugend ist halt einfach in.«

»Das weiß ich«, meinte Abby und schaffte es irgendwie, sich nicht anmerken zu lassen, wie verletzt sie war.

»Wir alle fänden es schrecklich, wenn du deshalb unglücklich wärst. Schließlich bist du unsere Freundin, Abby – und diese Freundschaft geht über das Fernsehen hinaus.«

»Ich bin nicht unglücklich.« Abbys Hände zitterten, als sie ihren Kosmetikbeutel aus der Tasche nahm. Sie wagte es deshalb nicht, ihren Lipliner zu benutzen. Im Spiegel musterte sie ihr bleiches Gesicht. Die neuen kastanienbraunen Strähnen hoben sich gerade lächerlich von ihren fahlen Wangen ab. Ihr natürliches Rehbraun passte eindeutig besser zu ihrem hellen Teint.

Abby merkte, wie Flora sie von der Seite fixierte, und riss sich zusammen.

»Schließlich ist das hier nichts weiter als ein Job, und manchmal kommt es eben vor, dass sich die Arbeitsvoraussetzungen ändern. Ich bin keine Amateurin, Flora. Das solltest du eigentlich wissen.«

»Tut mir Leid.« Flora drückte Abby aufmunternd die Schulter. »Daran habe ich nicht gedacht. Es ist klar, dass du nicht umsonst als die bodenständigste Moderatorin gehandelt wirst.«

Obwohl sie sich am liebsten auf den Boden der Damentoilette geschmissen, mit den Beinen gestrampelt und vor lauter Zorn über das ihr zugefügte Unrecht laut gekreischt hätte, gab Abby sich die größte Mühe, tatsächlich möglichst bodenständig auszusehen.

»Weißt du, ehrlich gesagt war ich mir anfangs nicht ganz sicher, ob ich Roxie mag«, erklärte Flora und flocht an ihrem Zopf. »Aber sie hat ein paar wirklich fantastische Ideen und ist hinter der toughen Fassade eine durchaus sympathische Person.«

»Ja, sicher.« Abby zog energisch den Reißverschluss ihrer Tasche zu. »Aber jetzt muss ich wirklich los. Ich rufe dich in den nächsten Tagen an.«

Es gelang ihr, das Gebäude zu verlassen, ohne dass sie noch auf Brian oder Roxie traf.

»Oh, Abby«, flötete Livia, als Abby an ihr vorbei zum Ausgang hastete. »Mr. Redmond hat Sie schon gesucht.«

»Tut mir Leid, Livia. Ich habe keine Zeit mehr«, antwortete Abby freundlich. Ein Gespräch mit Brian Redmond wäre mehr, als sie im Augenblick ertrüge. »Tschüs.«

Mit laut knirschendem Lederrock eilte sie zum Parkplatz, und erst als sie ihren Wagen auf die Straße lenkte, brach sie in Tränen aus.

4

Am selben Nachmittag zog in einer Arztpraxis im Zentrum Dunmores Lizzie Shanahan aus dem Korrespondenzstapel das Schreiben an den Spezialisten hervor. Mrs. Pender stand vor dem Empfangstisch und wirkte noch ebenso schockiert wie einen Tag zuvor. Sie und Mr. Pender hatten gestern mit der zwar vorsichtig überbrachten, deshalb jedoch nicht weniger erschreckenden Botschaft das Sprechzimmer verlassen, dass infolge der Ergebnisse seines Bluttests der Besuch bei einem Urologen angeraten war.

Lizzie fand das Fax und die von ihr in weiser Voraussicht beigefügte Wegbeschreibung und hielt Mrs. Pender beides mit einem warmen Lächeln entgegen. Sie gab sich die größte Mühe, Gelassenheit und vollkommene Unwissenheit bezüglich des Briefinhalts zu suggerieren, obwohl sie ihn genauestens kannte, weil sie ihn persönlich in den Computer eingegeben hatte. Als Arzthelferin war sie generell mit den Problemen der Patienten fast ebenso vertraut wie der behandelnde Arzt.

»Ich habe letzte Nacht kaum ein Auge zugetan«, erklärte Mrs. Pender mit schwacher Stimme. »Glauben Sie, dass das Resultat schlimm ist, weil mein Mann so rasch einen Termin bekommen hat?«

Lizzie, die auf einen sofortigen Termin bei dem Spezialisten hatte dringen müssen, weil die Ergebnisse von Mr. Penders Bluttest Prostata-Krebs vermuten ließen, empfand großes Mitleid mit der Frau, schaffte es aber trotzdem, mit einem unschuldigen Gesichtsausdruck zu sagen: »Wahrscheinlich hat einfach jemand abgesagt, Mrs. Pender.« Sie war zu dem Schluss gekommen, es wäre gnädiger zu lügen, weil der Befund nicht dadurch besser würde, dass sich die arme Frau auch heute Nacht schlaflos rumwälzte.

Schlaflosigkeit war ein Problem, das Lizzie kannte. Außerdem war sie sich der Tatsache bewusst, dass sich Frauen schneller Sorgen um die Gesundheit ihrer Männer machten als um ihre eigene. Das war allerdings ein Problem, das Lizzie nicht mehr hatte.

»Ja, möglich. Das könnte natürlich sein.« Bei diesem Gedanken hellte sich Mrs. Penders Miene sichtlich auf, und einigermaßen erleichtert machte sie sich mit dem Brief auf den Weg heim zu ihrem Mann.

Lizzie spähte ins Wartezimmer. Es war Viertel vor fünf, und es warteten noch zwei Patienten: ein älterer Herr, dem die Nachricht, dass die Ärztin Dr. Morgan heute Dienst tat, sichtliches Unbehagen bereitete, und eine erschöpft wirkende junge Frau mit einem Säugling. Das Baby schrie nach Leibeskräften, und die junge Frau bedachte Lizzie mit einem entschuldigenden Blick, als das Kleine nach einer allzu kurzen Pause mit der nächsten ohrenbetäubenden Arie begann. Lizzie kannte dieses Elend aus eigener Erfahrung und zwinkerte der jungen Mutter mit einem verständnisvollen Grinsen zu. Lizzie hatte ein äußerst ansteckendes Grinsen, vermutlich durch ihren breiten Mund, den stets rosigen Wangen, den leuchtend schokoladenbraunen Augen und den aschblonden, nie zu bändigenden Locken.

Es war zehn vor fünf, als Dr. Morgan den älteren Herrn zu sich hereinrief. Lizzie sollte um fünf Uhr Feierabend haben, und Clare Morgan, die rücksichtsvollste Chefin, die Lizzie je erlebt hatte, lugte aus dem Türspalt zum Sprechzimmer und sagte: »Schließen Sie bitte die Tür hinter sich ab, Lizzie. Ich lasse die Patienten, wenn wir fertig sind, dann einfach selber raus.«

Lizzie lächelte strahlend, räumte ihren Schreibtisch auf und legte Dr. Jones, der um sieben für zwei Stunden käme, die Liste der abendlichen Patienten deutlich sichtbar hin. Abends waren die Ärzte allein, und obwohl Lizzie das Geld hätte brauchen können und eigentlich auch die Zeit hatte, hätte sie niemals vorgeschlagen, zusätzlich abends in der

Praxis zu erscheinen. Dr. Morgan, die nach ihrer Scheidung die Freundlichkeit in Person gewesen war, hätte der Gedanke, dass Lizzie ihre Zeit mit nichts anderem als Arbeiten verbrachte, sicherlich schockiert. Die Ärztin, ebenfalls geschieden und Mutter zweier erwachsener Kinder, war der felsenfesten Überzeugung, dass sich plötzlich allein stehende Frauen in ein neues, aufregendes Leben stürzen sollten. Lizzie stimmte vorgeblich mit ihr darin überein, während sie sich heimlich fragte, ob Clare Morgan wie sie selbst am Samstag ihr wöchentliches Fernsehprogramm plante, also die Sendungen, die sie sehen wollte, in der Programmzeitschrift markierte und besonders interessante Filme sogar mit kleinen Sternchen versah. Nein, wahrscheinlich nicht.

Lizzie schloss die Praxistür hinter sich ab, lief zwanzig Minuten später, einen Korb über dem Arm, durch den Supermarkt in Dunmores Cork Road, und überlegte, wonach ihr zum Abendessen zumute war. Das war eins der schönen Dinge am Alleinleben, versuchte sie sich aufzumuntern. Man konnte essen, was man wollte. Myles hatte Dosenthunfisch regelrecht verabscheut, Lizzie hingegen hatte das Zeug von klein auf geliebt. Außerdem hatte Myles stets auf »richtigen« Abendmahlzeiten bestanden – statt Bohnen auf Toast oder irgendeinen anderen kleinen Snack zu akzeptieren. Jetzt konnte sie Bohnen und Thunfisch mischen, wenn ihr danach war. Sie bog um die Ecke mit den Tiefkühlpizzen und stieß im nächsten Regalgang mit Josephine zusammen. Josephine, die vier Häuser weiter lebte und als professionelle Klatschbase galt, kämpfte mit einem voll beladenen Einkaufswagen, der aller Welt verkündete, dass sie einen hungrigen Mann und vier erwachsene Söhne hatte. Riesige Familienpackungen mit Fleisch und unzählige Brote waren gefährlich übereinander aufgetürmt, und wenn ihr Einkaufswagen hätte sprechen können, hätte er bestimmt gewimmert: »Hab Erbarmen.«

»Oh, hallo, Lizzie«, grüßte Josephine. »Wie schön, Sie wieder mal zu sehen.«

Lizzie fasste einen spontanen Entschluss. Josephines mehr oder weniger vorsichtige Nachforschungen ertrüge sie nicht. Ihr Ein-Personen-Einkaufskorb machte bereits deutlich, dass sie mit der Karaffe Rotwein, die es im Sonderangebot gegeben hatte, ihr Singledasein runterspülen wollte.

»Freut mich auch!«, sagte sie fröhlich, blieb jedoch nicht stehen. »Entschuldigen Sie, aber ich bin ziemlich in Eile. Ich bekomme noch Besuch und bin furchtbar spät dran!« Ihr breites Lächeln sollte klar machen, dass sie sehr beschäftigt und ihr Leben voller Action war. Ihr blieb keine Zeit für besorgte »Wie-geht-es-Ihnen-denn?-Gespräche«.

Aus dem Augenwinkel konnte Lizzie gerade noch sehen, dass sich Josephines redseliger Ehemann zu seiner Gattin gesellte. Gott sei Dank war ihr die Flucht rechtzeitig gelungen. Beide zusammen wären eindeutig ein Nagel zu ihrem Sarg gewesen. Rasch bog sie um die nächste Ecke, hastete zwischen den Tee- und Kaffeeregalen entlang und wusste dabei genau, dass Josephine jetzt seufzte: »Arme Lizzie. Dabei ist sie eine so wunderbare Frau.«

Lizzie wusste, dass die Leute unisono die Meinung vertraten, sie wäre eine wunderbare Frau, jedoch in einem Ton, als wäre sie reichlich stupide, hätte aber wenigstens gelernt, sich die Schuhe selber zuzubinden. Was sie wirklich meinten, war: »Ist es nicht fantastisch, dass sie, nachdem Myles sie verlassen hat, nicht total verbittert und womöglich medikamentenabhängig geworden ist?« Sie hatte ein Gespür für Menschen, wusste intuitiv, was sie tatsächlich dachten, und hasste diese Mischung aus Überheblichkeit und Mitgefühl zutiefst. Nachdem sie und Myles sich vor fünf Jahren hatten scheiden lassen, warteten ihre Freunde nahezu auf ihren sozialen und persönlichen Verfall. Doch sie hatte ihnen bewiesen, was in ihr steckte. Nie hatte sie behauptet, Myles und sie nähmen nur eine kurze »Aus-Zeit«. Auf dieser Version beharrte lediglich eine Nachbarin, die hartnäckig erklärte, dass Lizzies Mann nur einen Job in einer anderen Stadt angenommen habe. Dabei wusste jeder, dass er mit einer Kollegin zusammengezogen war.

Schwindeleien waren nicht Lizzies Sache. Als Myles ausgezogen war, hatte sie die Leute wahrheitsgemäß informiert: »Wir lassen uns scheiden. Es ist vorbei«, aber dabei verschwiegen, welcher Schock, welches Unglück und welche Erniedrigung dieses abrupte Ende ihrer Ehe für sie war.

Seltsamerweise war niemand überrascht gewesen. Sowohl ihre Freunde als auch ihre Familie hatten es anscheinend regelrecht erwartet. Nur Lizzie, die so stolz auf ihre Menschenkenntnis war, hatte nicht das Mindeste geahnt.

»Ich weiß, dass es zwischen euch beiden schon seit Jahren nicht mehr ganz gestimmt hat«, hatte ihre ältere Schwester Gwen sie getröstet. »Bestimmt ist es so das Beste.«

Lizzie, die nur selten sprachlos war, hatte keinen Ton herausgebracht. Gwen vertrat seit Jahren die Auffassung, unverheiratete Frauen hätten eine Schraube locker und wären zu bedauern. Wie musste es also um Myles' und Lizzies Ehe bestellt gewesen sein, wenn sogar Gwen die Auffassung vertrat, dass eine Trennung besser für sie beide war?

Unglücklicherweise hatte Lizzie in den Monaten nach seinem Auszug jede Menge Zeit gehabt, um darüber nachzudenken, was in ihrer Ehe schief gelaufen war.

Der achtzehnte Geburtstag ihrer Tochter Debra und ihr Umzug nach Dublin waren wohl die Auslöser gewesen. Bis dahin hatte in der Familie Shanahan alles durchaus rosig ausgesehen. Sie hatten ein hübsches kleines Häuschen in einer der älteren, baumbestandenen Straßen Dunmores: eine Doppelhaushälfte aus rotem Backstein mit vier Schlafzimmern, einem Esszimmer, in dem sie zugegebenermaßen immer seltener gesessen hatten, und einem kleinen Garten, in dem Lizzie häufig anzutreffen gewesen war. Sie hatte ihren Job gehabt, ihre Freundinnen, den Garten, und Myles seine Arbeit im Planungsbüro des Stadtrats und sein geliebtes Squash.

Über die Tatsache, dass ihr Leben nicht besonders aufregend verlaufen war, hatte sich Lizzie mit dem Gedanken hinweggetröstet, dass alles spannender werden würde, wären erst die Kinder aus dem Haus.

Sie und Myles waren in der, wie sie angenommen hatte, durchaus beneidenswerten Situation, dass sie ihre Kinder früh bekommen hatten. Sehr früh, hatte sie in Anspielung an ihre Hochzeit im Umstandskleid oft lachend gesagt. Nachdem der einundzwanzigjährige Joe an die Kunsthochschule in London und Debra an die Krankenpflegeschule nach Dublin gegangen war, waren sie und Myles für sich allein gewesen. Seltsam, sie hatte sich kaum daran erinnern können, wie das Leben vor ihrer Heirat ohne Kinder gewesen war.

Doch gäbe es kein Leeres-Nest-Syndrom in ihrem Haus. Nie im Leben. Sie war nicht der Typ, der traurig auf die leeren Plätze am Abendbrottisch stierte. Sie liebte ihre Kinder, betete sie an, doch würden sie es ihr bestimmt nicht danken, wenn sie alt und verbittert würde, nur, weil sie selbständig geworden waren und sie kaum mehr brauchten. Nein, Lizzie und Myles Shanahan würden ihr neues, kinderloses Leben in vollen Zügen genießen. Hatte sie gedacht.

Sie hatte überlegt, ob sie eventuell einen Wintergarten bauen oder endlich einmal den Traumurlaub machen könnten, den sie sich bisher niemals hatten leisten können, weil immer irgendetwas für die Kinder wichtiger gewesen war. Vielleicht eine Safari, hatte sie gedacht und sich bereits vorgestellt, wie sie bei Sonnenaufgang in einem Jeep hinaus in die Steppe fuhr.

Auch auf ihr Äußeres hatte sie während des Älterwerdens stets sorgfältig geachtet. Sie war nicht der Typ, der sich mit zunehmender Vertrautheit gehen ließ. Als sich die ersten grauen Strähnen in ihre braunen Locken verirrt hatten, hatte sie sie umgehend gefärbt. Myles schien mit allem, was sie tat, durchaus einverstanden gewesen zu sein.

Auch er selbst hatte auf sein Äußeres geachtet. Zu der Zeit waren sie beide vierundvierzig. Manche Leute heirateten erst in diesem Alter oder hatten zumindest noch ganz kleine Kinder. Sie beide jedoch hatten diese Dinge längst erfolgreich hinter sich gebracht!

Sie hatte Wintergartenprospekte und eines Tages aus Spaß sogar ein paar Broschüren über Safaris mitgebracht.

An dem Abend hatte Myles in seinem Sessel vor dem Kamin gesessen und stumm auf die Hefte gesehen, die Lizzie auf dem Kaffeetischchen hatte liegen lassen. Dann hatte er ihr in ruhigem Ton erklärt, dass er sich scheiden lassen wollte. Natürlich täte es ihm furchtbar Leid, aber ihr wäre doch sicherlich bewusst, dass ein derartiger Schritt für beide das Beste war.

Lizzie, die bereits in Myles' Terminkalender geblättert hatte, um den günstigsten Termin für einen Safari Urlaub rauszufinden, hatte wie erstarrt dagesessen.

»Du weißt, wie es um uns beide steht. Ich denke, wir sind da einer Meinung.« Myles hatte sie emotionslos betrachtet. »Schließlich hat sich jeder von uns bereits seit Jahren ein eigenes Leben aufgebaut. Wir waren nur der Kinder wegen all die Zeit zusammen und jetzt, nachdem sie aus dem Haus sind, nun …« Er hatte sich achselzuckend unterbrochen, und mit grauenhafter Klarheit hatte Lizzie erkennen müssen, dass es ihm tatsächlich ernst gewesen war.

»Wir waren bei unserer Hochzeit einfach viel zu jung, Lizzie«, hatte er hinzugefügt. »Wir hatten keine Zeit, über die Zukunft oder darüber nachzudenken, ob wir wirklich zueinander passen. Wenn du nicht schwanger gewesen wärst, hätten wir niemals geheiratet, oder?«

Lizzie hatte ihn entgeistert angestarrt. Der Schock über diese Worte rief die Erinnerung an einen anderen Schock in ihrem Innern wach: den Schock, als sie auf der Toilette des

Restaurants, in dem sie gejobbt hatte, gestanden und entdeckt hatte, dass sie ein Kind erwartete. Das Testergebnis musste falsch sein, etwas anderes war vollkommen unmöglich, war ihr erster Gedanke gewesen. Sie war nur einmal mit Myles im Bett gewesen, und sie kannte jede Menge Mädchen, die ständig folgenlos mit irgendwelchen Männern schliefen. Weshalb also traf es ausgerechnet sie? Ihre Eltern waren gute Menschen, doch ihre Moralvorstellungen waren von vorgestern. Dass ihre geliebte Tochter ein Kind erwartete, ohne verheiratet zu sein, würde sie in ihren Grundfesten erschüttern, das stand für Lizzie fest.

Nie würde sie die Erleichterung vergessen, als Myles krächzend verkündet hatte, dann würden sie halt heiraten, und er würde für sie und das Baby sorgen.

An dem bewussten Abend hatte Myles in ähnlichem Ton gesprochen, als würde sie durch die pure Kraft seiner Argumente überzeugt.

»Lizzie, ich sage nicht, dass ich irgendwas bereue, aber wir *mussten* heiraten. Damals dachte ich, wir hätten keine andere Wahl. Also haben wir es getan und sind über Jahre hinweg zusammengeblieben, obgleich wir beide wussten, dass es nicht das war, was wir im Grunde unseres Herzens wollten. Hast du nicht ebenfalls oft gedacht, dass es bestimmt noch etwas anderes geben muss?«

Nein, das hatte sie niemals gedacht. Es stimmte, sie hatte, wenn Myles sie küsste, nie Violinenklänge – oder Ähnliches – im Kopf gehabt. Aber ob das bei ihren Eltern anders gewesen war? Eine gute Ehe funktionierte doch bestimmt anders, oder? Hielten ihre Schwester und ihr Schwager, die unverdrossen miteinander zankten, etwa heimlich Händchen, wenn sie meinten, dass niemand es sah? Nie im Leben. Einen Himmel voller Geigen gab es in rührseligen Filmen, nicht aber in der Realität.

»Wir sind jung genug, um das Leben endlich zu genießen«, hatte Myles in dem verzweifelten Bemühen, dass sie ihn verstand, geradezu flehentlich erklärt. »Noch können wir die verlorene Zeit nachholen.«

Plötzlich hatte Lizzie ihre Stimme wiedergefunden und ihn rundheraus gefragt: »Wie heißt sie? Ich will wissen, wie sie heißt.«

»Oh, Lizzie …« Myles hatte sie voller Mitleid angesehen. »Es gibt keine andere. Dunmore ist doch viel zu klein, als dass ich ein solches Geheimnis vor dir hätte bewahren können. Ich will einfach meine Freiheit wiederhaben, bevor ich zu alt bin und das Selbstvertrauen verliere, um diesen Schritt zu tun.«

Das war das Allerschmerzlichste gewesen. Es hatte keine andere gegeben. Keine andere hatte Myles dazu verlockt, Lizzie zu verlassen. Die einzige Frau, die ihn zu diesem Schritt bewogen hatte, war eindeutig sie selbst. Es war einzig und alleine die Natur ihrer Beziehung, von der er aus dem Haus getrieben worden war.

Nachdem er ausgezogen war, hatte Lizzie sich über Monate hinweg gefragt, wie sie, die sich doch ihr Leben lang eingebildet hatte, sie wäre alles andere als naiv, hatte übersehen können, was anscheinend aller Welt klar gewesen war – dass es irgendein magisches Element in einer Ehe geben musste, und dass dieses Element in ihrer eigenen Ehe nie existent gewesen war.

Unablässig hatte sie an Myles' Worte denken müssen: »Willst du das wirklich, Lizzie? Willst du wirklich, dass wir beide aus bloßer Notwendigkeit heraus und vielleicht der Kinder wegen auch weiterhin zusammenbleiben, unfähig, gemeinsam das Leben zur Gänze auszuschöpfen, doch zugleich ohne den Mut, es je auch nur alleine zu versuchen?«

Debra war heulend aus der Schule heimgekommen und hatte ihre Mutter angeschrien: »Wie konntet ihr uns so was antun? Wie konntet ihr nur?«

Und Lizzie, die sich gewünscht hätte, dass Myles nicht

ginge, die ihn jedoch nicht gegen seinen Willen halten wollte, hatte der Tochter in ruhigem Ton erklärt, manchmal entwickelten die Menschen sich eben auseinander und, statt eine Lüge zu leben, gestünde man sich diese Tatsache besser ein.

»Trotzdem geht das Leben weiter«, hatte sie mit einer Gelassenheit erklärt, die sie bis heute nicht empfand. »Dies bleibt auch weiter dein Zuhause, nur, dass dein Vater nicht mehr hier leben wird. Dafür wird seine neue Wohnung für dich ein zweites Zuhause sein.« Lizzie hatte keine Ahnung, woher sie ihre äußere Gelassenheit genommen hatte. Doch sie hatte es geschafft, dass Debras Schluchzen versiegt war. Hörten Mütter jemals auf, ihre Kinder zu bemuttern, hatte Lizzie, während sie Debra zärtlich über den Kopf gestrichen hatte, überlegt.

Joe hatte total anders reagiert. Mit seinen damals einundzwanzig Jahren war er für ein paar Tage aus London heimgekommen und hatte seine Mutter, als diese ihm anvertraut hatte, wie schockiert und getroffen sie von Myles' Entscheidung war, zum ersten Mal in seinem Leben verlegen und sprachlos gemustert.

»O Mum«, hatte er schließlich unglücklich rausgebracht. »Schon vor Jahren war mir klar, dass du und Dad nur wegen mir und Deb zusammengeblieben seid. Ich dachte, das hättet ihr absichtlich so arrangiert. Deshalb bin ich von der Trennung auch nicht weiter überrascht.«

Lizzie hatte ihn entgeistert angestarrt. Mit seiner drahtigen Figur, dem wirren dunklen Haar und den sanften braunen Augen war er das genaue Abbild seines Vaters. Selbst für ihren Sohn war es ein offenes Geheimnis, dass die Ehe seiner Eltern ein Trugbild gewesen war!

Joes Antwort hatte sie nie jemandem erzählt, doch von dem Moment an hatte sie die Trennung mit stoischer Gleichmütigkeit ertragen.

»Menschen verändern sich nun einmal und schlagen neue Wege ein«, hatte sie gesagt, wenn jemand sie bedauert hatte.

»Myles und ich hatten gute Zeiten miteinander, aber du weißt, dass wir viel zu jung und aus den falschen Gründen geheiratet haben«, hatte sie ihrer Schwester Gwen erklärt. »Was wussten wir in dem Alter schon von der Liebe? Es sollte ein Gesetz geben, das die Eheschließung für unter Dreißigjährige verbietet!«

»Wir hätten uns schon vor Jahren trennen sollen«, hatte sie Dr. Morgan anvertraut.

Sie hatte niemandem je merken lassen, wie elend und erschüttert sie nach wie vor über diese Entwicklung war.

Myles hatte es ihr dadurch etwas einfacher gemacht, dass er nach Cork gezogen war. Und dass es tatsächlich keine andere Frau in seinem Leben gab – auch wenn ihm das zu Anfang niemand wirklich glaubte.

»Es muss doch eine andere geben«, hatten die Leute geargwöhnt und die allein stehenden Frauen aus dem Squash Club hatten auf die steten Fragen nach Myles Shanahan irgendwann nur noch verärgert reagiert.

»Er ist nicht der Typ, der sich an Frauen ranschmeißt«, hatten sie ein ums andere Mal erklärt. »Er war stets höflich und wirkte irgendwie ein bisschen einsam.«

Im Verlauf der Zeit war klar geworden, dass er sowohl glücklich als auch allein war. Und so waren die Gerüchte über ihn irgendwann verstummt.

Inzwischen galten Myles und Lizzie als der Inbegriff moderner Menschen: Sie hatten die Entscheidungen getroffen, mit denen sie nun – mehr oder weniger – glücklich leben konnten. Sie hatten Mut bewiesen und zwei Paar ausgelatschte Hausschuhe vor dem gemütlichen Kamin gegen ein Leben als Single eingetauscht.

Myles hatte angefangen zu segeln und während eines einmonatigen Urlaubs an einer Regatta teilgenommen. Wer hätte das gedacht? Der zurückhaltende Myles hatte den Atlantik überquert und barst nahezu vor Energie. Mit einem vom Wind und Sonne gezeichneten Gesicht, einigen Kilo weniger und dem Aussehen nach zehn Jahre jünger war er nach Cork zurückgekehrt.

Ihre Mitmenschen sprachen nun völlig unverkrampft mit Lizzie über deren neues Leben. Schließlich konnten sie registrieren, dass Myles, sie und die Kinder unbeirrt zusammen Weihnachten in Dunmore feierten. Sie gingen an Festtagen zum Essen in das Hotel am Markt, und im ersten Jahr hatten die Leute die Familie tuschelnd angeglotzt, die lächelnd und unbeeindruckt ihren Truthahn genossen hatte, mit fröhlichen Papphütchen auf den Köpfen, als wäre alles ganz normal, durch und durch zivilisiert. Auch wenn jeder in Dunmore Bewunderung für diese Haltung empfand, konnte niemand ganz verstehen, wie ihnen das gelang.

Es war totenstill im Haus, als sie die Tür aufschloss. Sieh es positiv, dachte Lizzie. Ein ruhiges Haus bedeutete, dass nicht gerade eine Horde mit Drogen aufgeputschter Einbrecher vergeblich auf der Suche nach Geld oder Wertgegenständen rumtobte.

Das Lämpchen des Anrufbeantworters blinkte hektisch und Lizzies Laune hob sich. Vielleicht war es ja Debra. Sie hatte schon seit ein paar Tagen nicht mehr angerufen, doch verging nie mehr als eine Woche, ohne dass sie miteinander sprachen.

Ohne den Mantel abzulegen, drückte Lizzie auf den Knopf und lächelte erneut, als die helle Stimme ihrer Tochter die Stille vertrieb.

»Hi, Mum! Himmel, du wirst es nicht glauben: Barrys Schwester ist total *unmöglich.* Ihr gefällt das Muster des Stoffes nicht, das ich für ihr Brautjungfernkleid ausgewählt habe. Dabei ist es total dezent – ich verstehe echt nicht, was für ein Problem sie damit hat. Wahrscheinlich will sie nur wieder mal Schwierigkeiten machen. Sie sagt, dass sie sich ihr Kleid allein aussuchen will, aber das geht doch nicht. Das wäre nicht das, was *ich* will. Ich glaube, wenn sie mir das nächste Mal über den Weg läuft, kriegt sie von mir eine gescheuert. Kann ich schnell rüberkommen und mit dir darüber reden?«

Die gute Debra.

Sicher war es Ironie des Schicksals, dass Debra, die nicht schwanger war, die Absicht hatte, ihre Jugendliebe zu ehelichen. Sie gehörte doch schließlich zu der Generation, die ohne weiteres ein Dutzend Kinder haben könnte, ohne den Vater deshalb gar heiraten oder ihrer Familie vorstellen zu müssen. Bereits das Wort »Jugendliebe« ließ Lizzie erschaudern.

Sie und Myles hatten unabhängig voneinander vorsichtig versucht, Debra dazu zu bewegen, erst ein paar Jahre ohne Trauschein mit Barry zu leben. Dass sie seit der Schulzeit zusammen waren und seit fünf Jahren gemeinsam in den Urlaub fuhren, war noch lange keine Garantie für eine gute Ehe.

Davon aber wollte Debra nichts hören. »Heiraten ist in«, hatte sie ihrer Mutter in einem Ton erklärt, als spräche sie mit einer uralten und hoffnungslos verblödeten Person. »Es ist wichtig, Verantwortung zu übernehmen. Ich glaube nicht, dass ältere Menschen das verstehen. Es sind die Jüngeren, die wissen, was angesichts von Terrorismus und all den anderen schlimmen Sachen, die auf der Welt passieren, wirklich wichtig ist. Barry und ich wollen einen feste Bindung eingehen, und das ist der Beweis. Außerdem wollen wir auf der Feier Tauben fliegen lassen als Symbol des Friedens. Und dass du gegenüber der Ehe voreingenommen bist, Mum«, hatte sie spitz hinzugefügt, »ist noch lange kein Grund, dass ich darauf verzichte.«

Lizzie, die der Gedanke schmerzte, gegenüber irgendetwas voreingenommen zu sein oder Debras Glück ihrer eigenen Probleme wegen vielleicht im Weg zu stehen, hatte ihre leisen Vorbehalte daraufhin für sich behalten und begonnen, ihrer Tochter bei der Planung des großen Tags zu helfen.

»Verantwortung, Verantwortung«, hatte sich Myles Lizzie gegenüber später am Telefon beschwert. »Am liebsten würde ich ihr unter die Nase reiben, dass ihr Verantwortungsgefühl, als sie die Ausbildung zur Krankenschwester abgebrochen hat, ja wohl nicht allzu ausgeprägt gewesen ist.« Inzwischen arbeitete Debra im Büro einer Fensterfirma und teilte ein Haus mit Freunden.

»Das kannst du nicht tun«, hatte Lizzie protestiert. »Damit würdest du sie sicher verletzen.«

»Trotzdem würde ich sie gerne damit konfrontieren«, hatte Myles erwidert, im Endeffekt allerdings nichts gesagt. Schließlich war Debra sein besonderer Liebling.

Jetzt rief Lizzie ihre Tochter auf deren Handy an.

»Hi, Schätzen. Klar kannst du rüberkommen. Ich bin jetzt zu Hause.«

»Bin schon auf dem Weg«, antwortete Debra. »Spätestens in fünf Minuten bin ich da.«

»Super. Dann setze ich schon mal den Tee auf.«

Eilig rückte Lizzie die Sofakissen zurecht und prüfte, ob das Haus noch immer das einladende Heim aus Debras Kindertagen war. Dann schminkte sie sich sorgfältig die Lippen und stellte Tee und selbst gebackene Plätzchen (die Debra liebte und die es deshalb für den Fall, dass sie vorbeikam, allzeit gab) auf den Küchentisch, als der Mini ihrer Tochter quietschend vor dem Haus zum Stehen kam. Der dunkelrote Wagen war ihr ganzer Stolz, und jedes Mal, wenn Lizzie ihn sah, freute sie sich, dass sie und Myles der Tochter hatten helfen können, das Prachtstück zu erwerben. Lizzies Anteil an dem Wagen hatte aus dem Geld bestanden, das für die Reparatur des Hausdachs vorgesehen gewesen war. Doch das konnte warten. Was machte angesichts der Freude ihrer Tochter ein bisschen Feuchtigkeit schon aus?

Debra schloss die Haustür mit ihrem eigenen Schlüssel auf und kam direkt in die Küche.

»Eigentlich sollte ich keine Plätzchen essen«, erklärte sie zur Begrüßung, gab zwei Stücke Zucker und jede Menge

Milch in ihren Tee und schob sich genüsslich einen der Kekse in den Mund.

»Wie geht es dir, Schätzchen?«, fragte Lizzie in der Hoffnung, dass sie nicht wie die besorgte Mutter klang. Debra hasste ihren fürsorglichen Ton.

»Gut«, erklärte Debra ihr mit vollem Mund. »Aber was soll ich bloß mit Sandra machen? Mit ihr habe ich mir wirklich eine tolle Brautjungfer geangelt. Man sollte meinen, sie freut sich darüber, dass ich extra ein Kleid für sie nähen lassen will. Schließlich hat sie die Figur eines Elefanten.«

»Nicht jede ist so dünn wie du.« Lizzie hatte Mitleid mit der armen Sandra, einem durchaus netten Mädchen, das weder mit dem guten Aussehen noch mit der schlanken Figur des Bruders gesegnet war.

»Das ist doch nicht meine Schuld«, verkündete Debra mit der Verächtlichkeit des Menschen, der mit seinem Aussehen durch und durch zufrieden war. Sie kaute ihr Plätzchen runter und griff sofort nach dem nächsten. »Ich will nur nicht, dass sie mir meinen großen Tag verdirbt. Bis zur Hochzeit sind es nur noch ein paar Monate. Wenn ihr was nicht passt, hätte sie das schon früher sagen können, oder? Aber das ist typisch Sandra. Sie bereitet halt gerne Schwierigkeiten.«

Debra hatte ein zornrotes Gesicht, und Lizzie strich ihr tröstend übers Haar.

»Es wird alles gut werden, mein Schatz. Barry wird mit Sandra reden. Er wird ihr erklären, dass es euer großer Tag ist, dass deshalb alles möglichst perfekt sein sollte und dass es durchaus logisch ist, dass du die Kleider selbst aussuchen willst.«

Lizzie dachte kurz an ihre eigene, hastig arrangierte Hochzeit, auf der sie ein extrem weites Kleid getragen hatte, damit niemand ihren stark gewölbten Bauch sah, und auf der ihren jeweiligen Eltern die Erleichterung darüber, dass sie den Anstand wahrten, deutlich anzumerken gewesen war. Niemand hatte damals das Geld für eine große Feier mit drei Brautjungfern, einer fünfstöckigen Hochzeitstorte und einer Abba-Revival-Band gehabt. Debra aber hatte nun einmal ihr Herz an diesen einen großen Juli-Tag gehängt, und weder Lizzie noch ihr Ex-Mann wollten ihr den Traum zerstören.

In diesem Moment kam ihr eine Idee.

»Kannst du dich noch an die wunderbaren Brautjungfer-Kleider bei dem Hochzeitsausstatter in der Patrick Street erinnern? Wir könnten ja hinfahren und sie uns noch einmal ansehen«, schmeichelte sie ihrer Tochter.

»Ich dachte, wir könnten uns die Kleider nicht leisten, die mir dort gefallen haben«, meinte Debra voller Argwohn. Angesichts der täglich steigenden Kosten für die Feier hatte sie einen Kompromiss eingehen müssen. Auf etwas musste sie verzichten, und sie hatte das Gefühl, dass es kein allzu großes Opfer wäre, die Qualität der Brautjunfgerkleider zu senken. Wer würde schon auf die Brautjungfern achten? Der Star des Tages wäre sie. Ihr eigenes kostspieliges Kleid war sein Geld wert, allzu viel für die Garderobe der Brautjungfern zu zahlen wäre lediglich Verschwendung. »Die Kleider sind total in Ordnung. Sandra ist diejenige, die eindeutig ein Problem hat.«

»Tja, vielleicht könnten wir ja für Sandra doch ein Kleid dort kaufen. Schließlich tragen die drei Brautjungfern sowieso verschiedene Farben«, setzte Lizzie an.

»Ich weiß nicht«, antwortete Debra, die nicht über das Verhalten ihrer zukünftigen Schwägerin hinwegzukommen schien. »Ehrlich, allmählich habe ich von dieser ganzen Sache sowieso die Nase voll. Es ist alles total ätzend. Am liebsten würde ich Barry sagen, dass die ganze Feier ausfällt.«

Lizzie seufzte leise auf. Debra war derart von sich überzeugt, dass sie sich manchmal damit schwer tat, andere zu verstehen. Ganz anders als ihre Mutter, die immer alles auch aus der Perspektive der anderen anschaute. Mutter und Tochter sahen sich mit ihren großen runden Augen und den offenen Gesichtern durchaus ähnlich, charakterlich jedoch waren sie völlig verschieden. Früher hatte Lizzie sich ab und zu gewünscht, Debra wäre nicht ganz so rücksichtslos. Doch vom heutigen Standpunkt aus betrachtet hatte sie sich eine andere Einschätzung zugelegt: Als sanfter, nachgiebiger Mensch kam man im Leben nicht voran.

Mittwoch herrschte das reinste Chaos in der Praxis. Als Erste kamen Punkt neun Mrs. Donaldson, eine kräftige, rotgesichtige Stütze der Gemeinde, und ihre Tochter Anita, eine schüchterne, hochschwangere Endzwanzigerin, die eine absolut normale Schwangerschaft genossen hätte, hätte sich nicht ihre Mutter stets in alles eingemischt. Mrs. Donaldson, selbst Mutter von fünf Kindern und obendrein der festen Überzeugung, etwas Besonderes zu sein, bestand hartnäckig darauf, Termine bei Dr. Morgan zu bekommen. Männliche Ärzte hatten ihrer Auffassung nach keine Ahnung vom weiblichen Geschlecht, während sie höchstpersönlich eindeutig eine Expertin auf dem Gebiet der Frauenheilkunde war…

Sie, als Mrs. Donaldson, hatte eine »zarte Konstitution«, verkündete sie einer perplexen Lizzie am Anfang von Anitas Schwangerschaft. »In meiner Familie sind die Frauen klein und zierlich, weshalb die Schwangerschaften für mich alle eine große Belastung waren«, hatte Mrs. Donaldson geseufzt und ihre dicken Arme über ihrer, von einer engen Seidenbluse mit einer unpassenden Schleife noch betonten, üppigen Oberweite gekreuzt. »Dr. Morgan will einfach nicht erkennen, dass es der armen Anita haarscharf genauso geht. Das arme Lämmchen braucht besondere Fürsorge, und vor allem müsste man sie viel öfter untersuchen. Ich frage mich allen Ernstes, weshalb das außer mir niemand zu erkennen scheint.«

Die ganze Zeit über hatte Anita sanft gelächelt und war ihrer Mutter klaglos zu jedem unnötigen Arztbesuch ins Sprechzimmer gefolgt.

Clare Morgan, normalerweise der Inbegriff der Diskretion, hatte Lizzie einmal gestanden, dass ihr Mrs. Donaldson ein echter Dorn im Auge war.

»Anita geht es bestens, und ich bin der festen Überzeugung, dass das Theater, das ihre Mutter um sie macht, wesentlich mehr Stress als die gesamte Schwangerschaft für sie bedeutet«, hatte sie erklärt.

Heute Morgen war Mrs. Donaldson in heller Aufregung, weil die Katze der Nachbarn in Anitas Garten gesichtet worden war.

»Toxoplasmose«, sagte Mrs. Donaldson mit Grabesstimme. »Man sollte alle Katzen erschießen.«

Lizzie lugte wie zufällig Richtung Fenster, auf dessen Sims Clare Morgans Kater Tiger gerne Platz nahm und, obwohl er genau wusste, dass er nicht in die Praxis durfte, oft mit herzzerreißendem Miauen darum bat, dass man ihn einließ. Glücklicherweise war sein geflecktes, rundliches Fellknäuel nirgendwo zu entdecken. Lizzie hätte Mrs. Donaldson durchaus zugetraut, dass sie, falls sie das gefährliche Tier erblickte, zornbebend ans Fensters stürzte und es mit ihrer Handtasche verdrosch.

»Die Frau Doktor hat heute Morgen jede Menge Termine, aber ich bin sicher, dass sie Sie und Ihre Tochter dazwischenschieben kann«, erklärte Lizzie, da sie wusste, es wäre völlig sinnlos, etwas anderes zu sagen. Der Gedanke, ein »Nein« zu akzeptieren, war Mrs. Donaldson so fremd wie der Mars.

Um halb eins, nach einem hektischen Morgen mit einer Praxis voller niesender, hustender Geschöpfe, einschließlich eines weißgesichtigen Mannes, der ständig auf die Toilette hatte laufen müssen, um sich dort zu übergeben, war Lizzie total erschöpft. Sämtliche Termine hatten sich verzögert, und immer gab es ein paar ungeduldige Patienten, die der unmissverständlichen Überzeugung waren, es wäre Lizzies Schuld, dass sie so lange warten mussten. Irgendwann jedoch waren alle verarztet. Soeben war der letzte Patient im Sprechzimmer verschwunden, und Lizzie holte sich ein Glas Preiselbeersaft aus dem winzigen Kühlschrank, in das sie eine großzügige Dosis Echinacea gab. Sie hatte keine Ahnung, ob es an dem Mittel zur Stärkung des Immunsystems oder vielleicht einfach daran lag, dass sie täglich allen möglichen Viren und Bakterien ausgeliefert war, doch sie wurde so gut wie niemals krank.

Um den Augenblick der Stille zu genießen, lehnte sie sich auf ihrem Stuhl zurück und streckte ihren schmerzenden Rücken.

»Kling« machte die Glocke über dem Praxiseingang, und Lizzie richtete sich hastig wieder auf.

»Hi, Sally«, grüßte sie erleichtert und nahm wieder eine entspannte Haltung ein. Sally Richardson war eine gute Freundin. Sie, Steve und ihre beiden Söhne lebten seit vier Jahren eine Straße weiter, und Lizzie kannte sie nicht nur aus der Praxis, sondern auch aus dem kleinen Eckgeschäft, in dem sie einander oft begegneten. Dort kauften beide ihre Zeitungen und in Notfällen auch einmal eine Tüte Milch. Steves inzwischen legendäre Geburtstagsparty vor einem halben Jahr hatte sie zwar verpasst, jedoch bereits an vielen anderen Festen im Haus Richardson teilgenommen. Und Lizzie genehmigte sich, wenn sie es sich leisten konnte, ab und zu einen Besuch im Beauty Spot, dem wunderbaren Schönheitssalon, der vor ein paar Jahren von Sally hier in Dunmore eröffnet worden war.

»Hallo, Lizzie«, schnaufte Sally und zerrte einen kleinen Jungen am Ärmel seines Anoraks hinter sich her. Sein jüngerer Bruder klammerte sich um den Hals der Mutter und bedachte Lizzie mit einem argwöhnischen Blick. »Schon wieder Mandelentzündung. Sie waren beide schon gleich nach dem Aufstehen nicht ganz fit, aber jetzt fängt Daniel auch noch an zu brechen.«

Daniel, der es offenbar gewohnt war, dass man seine Mandeln untersuchte, streckte zum Beweis für die Erkrankung die Zunge weit heraus.

»Armer Daniel«, meinte Lizzie. »Hast du Halsweh?«

Er nickte, und seine tränennassen großen, braunen Augen sahen aus wie die eines traurigen kleinen Hundes.

»Und, bist du auch krank, Jack?«, fragte Lizzie seinen Bruder.

»Ja«, krächzte Jack und schaute sie absolut erbärmlich an.

Es waren beides große Kinder, viel zu groß, um sich noch von der kleinen, zarten Sally durch die Gegend schleppen zu lassen, dachte Lizzie. Sie wirkte vollkommen erschöpft.

Sie holte die Kiste mit dem Spielzeug, das sie bereits eingesammelt hatte, und sofort schnappte sich Jack den bunten kleinen Zug mit Dschungeltieren, die man kreischen, brüllen oder plappern lassen konnte, indem man sie kraftvoll aneinander krachen ließ. Daniel aber klammerte sich weiter an seiner Mutter fest.

»Es wird nicht lange dauern, Sally«, versicherte ihr Lizzie.

»Ich fühle mich entsetzlich. Ich hätte früher mit ihnen kommen sollen«, erklärte Sally schuldbewusst. »Ich dachte, ich gucke erst mal, ob es vielleicht von alleine besser wird. Aber dann hat Daniel angefangen zu brechen, und jedes Mal, wenn ich ihn umgezogen hatte, ist es von vorne losgegangen. So haben wir eine halbe Ewigkeit gebraucht, um loszumarschieren. Steve ist zu allem Überfluss total fertig, weil er seit der Kündigung seines Bosses alles alleine machen muss.« Ihre normalerweise seidig schimmernden, dunkelbraunen Haar hatte sie zu einem strengen Knoten aufgesteckt, und auf ihrem grauen Fleecepullover prangte zum Zeichen dafür, dass Daniel übel war, ein großer brauner Fleck.

Lizzie musste dringend etwas für sie tun.

»Du brauchst erst mal eine Tasse Tee«, erklärte sie entschieden und nahm den Wasserkocher in Betrieb.

Dann beschloss sie, die Kinder mit Schokolade zu bestechen, worauf sich Daniel, wenn auch unter leisem Murren, endlich von der Mutter auf den Boden setzen ließ.

»Sie ist ganz weich und tut im Hals bestimmt nicht weh«,

lockte Lizzie, teilte die Schokolade zwischen beiden Jungen auf und hielt Sally neben einer Tasse Tee ein süßes Vollkornplätzchen hin.

»Das ist die beste Medizin.« Aufmunternd lächelnd nahm sie neben Sally Platz.

»Du bist immer so lieb, Lizzie. Ich schätze, das ist der Grund, weshalb die Menschen sich dir ständig anvertrauen«, meinte Sally und nippte dankbar an dem Tee.

»Dir vertrauen sie sich doch genauso an«, erklärte Lizzie. »In deinem Salon ist es wie in einem Beichtstuhl, wo die Menschen, während sie da liegen und sich verwöhnen lassen, alles Mögliche erzählen.«

Ein erschöpftes Grinsen tauchte auf Sallys Gesicht auf. »Ich glaube, diese Woche bin ich viel zu abgelenkt, als dass sich irgendwer mir würde anvertrauen wollen«, gab sie zu. »Ich mache mir nicht nur Sorgen um die Jungen, weil sie schon wieder Mandelentzündung haben, sondern auch um den armen Steve. Er rackert sich ohne Pause im Büro ab. Und eigentlich sollte ich auch für mich selbst mal einen Termin bei Dr. Morgan machen. Es ist nichts Besonderes, aber in letzter Zeit bin ich pausenlos schlapp und müde. Aber schließlich geht es uns allen manchmal so.«

»Es freut mich zu hören, dass du dich selbst nicht völlig vergisst.« Lizzie klappte bereits den Terminkalender auf. »Du leistest einfach zu viel, Sally. Du führst den Salon, kümmerst dich um die Jungen und um Steve...«

Sally lachte. »Ich leiste nicht zu viel, sondern eher zu wenig. Du müsstest mal den Stapel Bügelwäsche sehen, der sich bei uns zu Hause türmt...«

»Du gönnst dir viel zu selten eine Pause«, klärte Lizzie sie unmissverständlich auf.

»Spar dir die Mühe, jetzt schon einen Termin für mich einzutragen, Lizzie«, meinte Sally. »Im Moment habe ich schlicht keine Zeit. Solange Ruby frei hat, habe ich im Salon alle Hände voll zu tun. Da noch dazu Steves Mutter bald in

Urlaub fahren wird, kann sie sich nicht um die Kinder kümmern. Deshalb werde ich in den nächsten Wochen irgendwie alleine über die Runden kommen müssen. Aber sobald es wieder etwas ruhiger für mich wird, rufe ich dich wegen eines Termines an.«

»Du musst auf deine Gesundheit achten«, erklärte Lizzie streng und hob mahnend einen Finger.

»Ich verspreche dir, ich rufe an, sobald ich kann«, antwortete Sally.

Im selben Moment wurde die Tür des Sprechzimmers geöffnet, und der letzte Patient kam, gefolgt von Dr. Morgan, aus dem Raum und verließ dann die Praxis.

Clare Morgan nickte sofort verstehend, als sie die Versammlung entdeckte, und führte Jack, der bereits eifrig aufgesprungen war, in ihr Behandlungszimmer.

»Danke, Lizzie, du bist ein wahrer Engel«, wisperte Sally, ehe sie aufstand und zusammen mit Daniel ebenfalls das Sprechzimmer betrat.

Donnerstag war Lizzies freier Tag, und Gwen besuchte sie, um später mit ihr zusammen einzukaufen. Sie suchten nichts für Lizzie, denn die Garderobe für die Hochzeit ihrer Tochter hing bereits seit Monaten in ihrem Schrank. Ein zitronengelbes Kostüm, von dem sie wünschte, es wäre nicht ganz so grell. Als sie es während des Sommerschlussverkaufs letzten August erstanden hatte, hatte der Gedanke daran, wie günstig es gewesen war, alle anderen Überlegungen verdrängt. Nun jedoch wankte sie gewaltig in ihrem Entschluss.

»Ob ich es in die Zeitung setzen soll?«, fragte sie jetzt ihre Schwester. »Brautmutterkostüm. Ungetragen. Verleiht der Mutter der zukünftigen Braut das gewisse Etwas.«

»Du würdest das Geld, das du investiert hast, nie zurückbekommen«, meinte Gwen. »Schmink dich vor der Hochzeit einfach etwas stärker, und du siehst super aus.« Heute wollten sie Kleidung für Gwens und Shays bevorstehende

Kreuzfahrt erstehen. Für die zehn Tage, die sie im April an Bord des *Stern des Mittelmeers* verbringen würde, bräuchte sie jede Menge toller Outfits. Normalerweise interessierte sie sich nicht im Geringsten für Mode. Doch für diese Reise hatte sie bereits sämtliche Boutiquen Dunmores nach passenden Klamotten durchstöbert und war sogar so weit gegangen, eine Liste der vorhandenen Abendgarderobe zu erstellen, damit sie nicht irgendetwas kaufte, was sie bereits besaß.

Lizzie fand dieses Vorgehen reichlich merkwürdig. Gwens bisheriges Leben hatte nicht unbedingt aus Cocktailkleidern und Zubehör bestanden. Da sie leidenschaftlich strickte, lief sie meistens in einem ihrer unzähligen weizenfarbenen Strickpullovern durch die Gegend, in denen man selbst im allertiefsten Winter nie fror. Anders als Lizzie, die schon immer eine Vorliebe für farbenfrohe Tops und weich fließende Röcke im Zigeunerlook gehabt hatte, bevorzugte Gwen vernünftige Garderobe. Selbst ihre Frisur war durch und durch vernünftig: Sie hatte kurz geschnittenes, graues Haar.

»Shay regt sich maßlos darüber auf, dass er sich ein Dinnerjackett für die Reise kaufen soll«, erklärte Gwen, als sie beide schließlich im Wagen saßen und Lizzies Straße hinunterfuhren. »Aber ich habe gesagt, dass er die Klappe halten und endlich aufhören soll zu jammern. Und mit der Drohung, dass ich sonst dich an seiner Stelle mit auf die Reise nehmen würde, hatte ich Erfolg.«

Lizzie grinste amüsiert. Gwen und Shay hatten sie mehrfach herzlich eingeladen, sie zu begleiten. Sie hätte schon seit Jahren keinen Urlaub mehr gemacht und sie hätten sie liebend gern dabei.

»Das ist nicht euer Ernst«, hatte Lizzie widersprochen. »Ihr beiden habt seit Jahren für diese Kreuzfahrt gespart, und sie ist etwas ganz Besonderes.« Was sie nicht laut ausgesprochen hatte, war, dass sie abgesehen davon, dass sie sich die Reise niemals leisten könnte, das Gefühl gehasst hätte, ein Anhängsel zu sein. Selbst wenn Gwen und Shay mit ihrem steten, mehr oder weniger liebevollem Gezanke nicht dem Idealbild des jungen Liebesglücks entsprachen, wäre die ständige Gesellschaft einer Dritten absolut unpassend.

In den letzten Jahren hatte Lizzie den Eindruck, die Welt bestünde ausschließlich aus Paaren, und kam sich fast regelmäßig wie das fünfte Rad am Wagen vor.

»Habe ich dir von dem Pullover erzählt, den ich bei Marks erstanden habe?«, fuhr Gwen fort. »Blassblaue, gerippte Baumwolle. Das Mädchen an der Kasse hat gesagt, das Ding sähe aus wie von Ralph Lauren, wer auch immer der Typ ist. Also habe ich ihr erzählt, dass ich eine Kreuzfahrt unternehme, und ich kann dir sagen, sie wäre um ein Haar vor Neid geplatzt. So geht es jedem, der von meiner Reise hört!«

Im Einkaufszentrum marschierte Gwen direkt in eine der eleganten Boutiquen, die sie nie zuvor interessiert, geschweige denn betreten hatte. Ohne die Tweedröcke und vernünftigen Mäntel eines Blickes zu würdigen, steuerte sie schnurstracks zu den Abendkleidern. Nach wenigen Minuten war sie bereits in eine königsblaue, bodenlange Jersey-Kreation gehüllt, die ihre hübschen Rundungen vorteilhaft betonte. Von den drei Verkäuferinnen ließ sie sich beraten, um wie viel der Rock zu kürzen war.

»Er darf nicht zu lang sein, damit du während deiner Kreuzfahrt Tango tanzen kannst«, erklärte Lizzie ernst.

Den drei Verkäuferinnen klappten schier die Kinnladen herunter.

»Sie ist eine fantastische Tänzerin«, klärte Lizzie die drei Damen auf. »Und ihr Mann …«

Die blaue Jersey-Säule begann schallend zu lachen. Shay hatte sich zum letzten Mal auf seiner eigenen Hochzeit auf die Tanzfläche gewagt und sich seither standhaft geweigert, jemals wieder etwas Ähnliches zu unternehmen.

»Hören Sie nicht auf meine Schwester«, empfahl Gwen.

»Sie redet puren Unsinn. Ausgerechnet Tango. Da würde er eher in der Orthopädie landen als ich in seinen Armen.«

Lizzie biss sich glucksend auf die Lippe, und als sie das Geschäft verließen, waren alle Beteiligten einheitlich zu dem Schluss gekommen, dass der königsblaue Traum genau das Richtige für das Captain's Dinner war, und dazu das silbrigblaue Tuch fantastisch zu dem langen schwarzen Rock und der blassblauen Crepebluse passte.

»Stell dir vor, ich beim Captain's Dinner«, seufzte Gwen. »Wer hätte je gedacht, dass Shay und ich einmal auf eine Kreuzfahrt gehen würden?«

»Du wirst der Star des Schiffes werden«, prophezeite Lizzie und hakte sich fröhlich bei ihrer Schwester ein. »Dieses blaue Kleid ist nicht nur wunderschön, sondern regelrecht perfekt.« Dann jedoch brach sie ab. Sie und Myles hatten nie so etwas wie eine Kreuzfahrt unternommen. Und jetzt würden sie es auch nie mehr tun... Gwen war diejenige, die sich in fremde Gewässer wagte und die im Anschluss wüsste, welches Trinkgeld man den Kellnern an Bord des Schiffes gab und ob das Mitternachtsbuffett tatsächlich so fantastisch war.

»Du musst mir alles ganz genau erzählen«, fuhr sie fort. »Ich verlange einen ausführlichen Bericht über alles – von der Größe der Kabinen bis hin zu den Kleidern, die man abends sieht.«

»Du weißt, dass du hättest mitkommen können«, erinnerte Gwen sie.

»Unsinn«, entgegnete Lizzie. »Schließlich habe ich hier jede Menge zu tun. Bis zu Debras Hochzeit sind es nur noch ein paar Wochen, und wir müssen noch alles Mögliche organisieren.«

Gwen, deren beide Söhne ohne allzu großen Aufwand geheiratet hatten, verkniff sich einen Kommentar. Sie wusste, dass Lizzie der hohen Ansprüche der Tochter wegen auf diese Kreuzfahrt verzichten musste, und diese Tatsache wurmte sie.

Sie sammelten neue Kräfte bei einer Tasse Kaffee, und Lizzie begann, von Debras neuesten Wünschen zu erzählen.

»Ich habe noch nicht mit Myles über die dadurch entstehenden zusätzlichen Kosten gesprochen, aber ich bin sicher, dass er sie teilweise übernehmen wird«, beendete sie den Bericht. »Schließlich wollen wir beide, dass der Tag für Debra perfekt wird, und wenn es dazu eines anderen Brautjungferkleids bedarf, wird eben eins gekauft.«

Gwen bedachte ihre jüngere Schwester mit einem ernsten Blick. Ihre Mutter war eine tolle Frau gewesen, nur außerordentlich direkt. Was Gwen geerbt hatte.

»Ohne Rücksicht auf Verluste«, hatten die beiden Schwestern oft gesagt und sich deshalb ihrerseits stets um größte Zurückhaltung bemüht. Lizzie hatte sich ihre berühmte Sanftmut und ein ausgeprägtes Gespür für Menschen angeeignet, das sie jedoch, wie Gwen oft seufzend feststellte, in Bezug auf ihre eigene Familie leider total verließ.

Gwen, die wusste, dass sie die Direktheit ihrer Mutter besaß, gab sich regelmäßig große Mühe, niemanden irgendwie zu verletzen. Heute jedoch hätte sie, da die liebe, gute Lizzie sich gegenüber ihrer extrem verwöhnten Tochter zur Närrin machte, gerne was gesagt.

»Ich finde es schlimm, dass ihr beide so viel Geld für diese Hochzeit ausgebt«, begann sie vorsichtig.

»Wo wäre mein Geld wohl besser investiert als in die Hochzeit meiner einzigen Tochter?« Lizzie zuckte mit den Schultern.

»Aber, Lizzie –« Gwen brach ab, da sie nicht noch direkter werden und der Schwester erklären wollte, dass Debra, wenn sie einen Funken Anstand hätte, angesichts der Tatsache, dass ihre Eltern keine reichen Leute waren, etwas bescheidener mit ihren Wünschen wäre. War sich Debra überhaupt bewusst, wie sehr ihre Mutter sparen musste, nur damit sie ihren Traum von einem großen, exklusiven Hochzeitsfest erfüllt bekam?

»Ich möchte ja auch, dass Debra einen wunderbaren Hochzeitstag erlebt«, gab sie sich die größte Mühe, ihre Nichte nicht allzu sehr zu kritisieren. »Aber, Lizzie, so, wie sie die Feier plant, kostet sie ein Vermögen. Vielleicht solltest du sie endlich mal aufklären, dass du es dir nicht leisten kannst, derart viel Geld rauszuschmeißen…«

»Keine Sorge«, erwiderte Lizzie. »Ich kann es mir leisten. Und Debra hat es verdient, dass an ihrem großen Tag alles genau ihren Vorstellungen entspricht.«

Genau das war Lizzies Fehler, konstatierte Gwen betrübt. Sie dachte so oft an andere, dass sie sich selbst meistens vergaß. Selbst das Scheitern ihrer eigenen Ehe hatte sie übersehen. Und jetzt steckte sie ihre ganze Energie in ihre beiden, oder besser gesagt, in eines ihrer Kinder. Joe lebte weit weg in London und war ein praktischer und selbstständiger Mensch, sodass es außer Debra in Lizzies Leben nichts und niemanden mehr gab.

»Warum kommst du nicht doch mit auf die Kreuzfahrt?«, drängte Gwen. »Noch kannst du sicher buchen. Schließlich treten immer irgendwelche Leute von einer Reise zurück, eventuell hast du also Glück.«

»Nein, Gwen«, antwortete Lizzie entschieden. »Das ist euer beider großer Urlaub. Und außerdem« – sie zog ihren Mantel von der Rückenlehne ihres Stuhls – »kann ich es mir momentan nicht leisten. Nächstes Jahr werde ich den Urlaub meines Lebens machen und euch alle dadurch schockieren, dass ich irgendwelche exotischen Tänze lerne oder so.«

»Shay hat ein bisschen was für den Notfall angespart«, beharrte Gwen. »Wir könnten es dir leihen, und du zahlst es uns irgendwann zurück. Ich fände es einfach schön, wenn du eine Zeit lang dem Alltagstrott entkämst.«

»Danke, aber nein. Wie gesagt, Gwen, nächstes Jahr«, meinte Lizzie. »Nächstes Jahr wird alles anders.«

Auch wenn es sie Überwindung kostete, sah sie ihre Schwester mit einem breiten Lächeln an. Im Grunde ihres

Herzens glaubte Lizzie nämlich nicht an ihre Voraussage. Ein Ende der finanziellen Talfahrt war überhaupt nicht abzusehen. Sie steckte in einem derart tiefen Loch, dass es eines kompletten Wunders bedurfte, da je wieder rauszufinden.

5

Die Reisenden des Fluges NR 706 von Chicago nach Cork beäugten neugierig das hoch gewachsene, elegante junge Paar, das mit ihnen zusammen an diesem Samstagmorgen in der Abflughalle stand. Trotz ihrer verblichenen Jeans und der freundlichen Gelassenheit, mit der sie das grässliche Gedränge und die Verspätung des Flugzeuges ertrugen, stellten sie eindeutig etwas Besonderes dar.

Martine Brady, die nach einem Monat bei ihrer Schwester wieder nach Hause fliegen würde, beobachtete die beiden sinnend. Während ihrer ganzen Zeit hier in Chicago hatte sie keinen einzigen berühmten Menschen entdeckt. Nicht mal einen Blick auf Oprah Winfrey, angeblich ein Urgestein Chicagos, hatte sie erhascht. Martine, die fünf Plätze hinter den schicken Leuten in der Schlange stand, vertrieb sich die Zeit damit zu überlegen, wer die beiden waren.

Die Frau war eindeutig beim Fernsehen. Ihr kastanienbraunes Haar schimmerte so seidig wie das Fell eines Vollblutpferdes aus Kentucky. Sie hatte ein fein gemeißeltes Gesicht, einen klaren, frischen Teint und war dezent geschminkt. Der kamelfarbene Mantel, den sie gegen die Chicagoer Kälte trug, war eindeutig aus Kaschmir. Martine hätte selber gerne einen solchen Mantel gehabt, doch musste man groß, schlank und vor allem reich sein, damit er einem stand. Nachrichtensprecherin, genau. Sie sah aus wie eine Nachrichtensprecherin – elegant und intelligent, obwohl sie sicher nicht viel älter als Martine mit ihren fünfundzwanzig Jahren war. Ein Filmstar war sie nicht. Die Schönheit von Filmstars war perfekt. Diese Frau hingegen hatte eine etwas zu groß geratene Nase und ein etwas zu langes Gesicht. Ihr Aussehen war eher interessant als wirklich schön. Der Mann sah echt gut aus, wenn auch nicht ganz so elegant. Sein weiter, marineblauer Mantel hätte die meisten Männer wie Zwerge aussehen lassen. Er jedoch war groß und breitschultrig genug, um darin nicht zu versinken. Mit seinem rabenschwarzen Stoppelschnitt war er womöglich ein berühmter Sportler, den Martine als Irin nicht erkannte – ein Football-Spieler oder so. Diese amerikanischen Footballspieler waren ausnahmslos die reinsten Schränke. Die beiden waren eindeutig Amerikaner. Reiche amerikanische Frauen umgab ein ganz bestimmter, unverkennbarer Glamour, und Martine überlegte, wie er wohl entstand. Sicher lag es an all der Maniküre und an den vielen Frisörbesuchen, dachte sie neidisch.

Die Schlange bewegte sich ein Stückchen weiter, und das Paar ging vor Martine an Bord. Als sie über die Schwelle traten, ließ der Mann seiner Partnerin den Vortritt und verzog dabei den Mund zu einem aufregenden Lächeln. Das weckte in Martine die Gewissheit, dass die beiden kein Ehepaar waren, sondern eventuell Kollegen, denen es bei dieser Reise bestimmt um mehr als die Arbeit ging. Garantiert würden die beiden abends zusammen ein schickes Restaurant besuchen und anschließend gemeinsam ein luxuriöses Zimmer nehmen. Dort tränken sie Champagner und schalteten ihre Handys vorsichtshalber aus …

»Ihre Platznummer, bitte«, sagte die Stewardess, und Martine riss sich von den Tagträumereien über die beiden los, die gerade ihre Plätze in der Business-Class gezeigt bekamen.

»Sechsundfünfzig«, antwortete sie und kehrte damit in die raue Wirklichkeit zurück.

»Der rechte Gang, ganz hinten«, lächelte die Flugbegleiterin.

»Ganz hinten«, wiederholte Martine und dachte, eines Tages, o ja, eines Tages flöge sie genauso erster Klasse wie die

Frau mit der schimmernden Haarpracht samt ihrem umwerfenden Begleiter.

Erin zog ihren neuen Kaschmirmantel aus und strich voller Ehrfurcht über den seidig weichen Stoff. Es war das schönste Kleidungsstück, das sie in ihrem ganzen Leben je besessen hatte, und der Gedanke an den Preis ließ sie immer noch erschaudern. Greg hatte ihn ihr, verpackt in einer riesigen Schachtel von Boomingdale's, am Vorabend mitgebracht.

»Damit möchte ich dir danken, dass du mich nach Irland begleitest«, hatte er gesagt und sie zärtlich geküsst.

»Der muss doch ein Vermögen gekostet haben«, hatte Erin ehrfürchtig gehaucht, während sie hineingeschlüpft war. »Er ist einfach wunderschön.« Sie hatte sich im Flurspiegel bewundert, der noch, nachdem fast alle anderen Möbelstücke schon verschifft waren, an der Wand hing. Der Mantel schmeichelte ihrer schlanken, hoch gewachsenen Gestalt und verwandelte die ganz normale Frau in Jeans und Sweatshirt in eine echte Dame, die wirkte, als ob sie niemals etwas anderes als Designerstücke trug.

»Er ist wirklich wunderschön«, hatte sie wiederholt. »Aber so etwas können wir uns nicht leisten.«

Zwar waren sie nicht völlig pleite, aber Kaschmirmäntel überstiegen eindeutig ihr Budget, und Erins zwei Jahre alter schwarzer Wollmantel hätte auch für den nächsten Winter sicher noch genügt.

»Ein neuer Mantel als Zeichen für einen neuen Anfang«, hatte Greg erwidert. »Und schließlich willst du zu Hause doch wohl Eindruck schinden, oder?«

Jetzt legte sie den Mantel behutsam zusammen, um ihn mit ihrer Tasche in dem Gepäckfach über ihren Köpfen zu verstauen. Doch eine hübsche blonde Stewardess tauchte neben ihrem Platz auf und bot an, das edle Stück aufzuhängen.

»Der Mantel ist zu schön, um Falten zu bekommen.«

»Das ist er«, meinte Erin und lächelte die junge Frau an.

»Ich erkenne den Akzent. Sind Sie beide Iren?«, fragte die Stewardess, deren melodiösem Tonfall deutlich die Nordirin anzuhören war.

»Ja«, antwortete Erin.

»Haben Sie Urlaub in Chicago gemacht? Was für eine Kälte. Ich glaube, dass es keinen kälteren Zwischenstopp als Chicago gibt.« Die Stewardess schüttelte sich, als spüre sie noch immer den eisigen Wind.

»Nein, wir haben hier keinen Urlaub gemacht. Wir haben fünf Jahre in Chicago gelebt. Und vorher war ich vier Jahre in Boston«, ging Erin auf die Freundlichkeit der Stewardess ein. »Aber jetzt verlassen wir die Staaten und kehren zurück nach Irland, weil mein Mann einen neuen Job in Cork bekommen hat.«

»Sie kehren nach Hause zurück«, strahlte die Flugbegleiterin und nahm den Mantel in Empfang. »Willkommen daheim!«

»Danke.« Erin sank auf ihren Sitz und machte es sich bequem. Obwohl sie ihre riesengroße Handtasche unter den Vordersitz verfrachtet hatte, hatten ihre langen Beine anders als in der Touristenklasse noch jede Menge Platz. Greg setzte sich neben sie und drückte ihren Arm.

»Endlich«, erklärte er lächelnd. »Endlich geht es los. Jetzt fängt unser neues Leben an.«

»Champagner oder Saft?«, wollte eine andere Stewardess von ihnen wissen.

Mit einem breiten Grinsen nahm Greg zwei Gläser Champagner vom Tablett und reichte eines seiner Frau.

»Die Business Class ist super«, stellte er anerkennend fest. »Nicht nur, dass man eine erstaunliche Beinfreiheit genießt, bekommt man auch noch die Getränke gratis! Lass uns hoffen, dass wir in Zukunft nie mehr anders reisen werden. Auf unser neues Leben!«

Erin erwiderte sein Lächeln und nippte an dem prickelnden Getränk. »Das ist wahrhaftig keine schlechte Art zu fliegen«, stimmte sie ihm in Gedanken an ihre bisherigen Urlaubsflüge, während derer sich der langbeinige Greg auf den engen Sitzen hatte bonsaimäßig zusammenfalten müssen, aus vollem Herzen zu. »Wenn deine neuen Bosse unsere Tickets nicht bezahlt hätten, müssten wir nach Irland schwimmen, was mein toller neuer Mantel nicht schadlos überlebt hätte.«

»Du siehst darin wirklich fantastisch aus.«

»Trotzdem können wir uns so etwas eigentlich nicht leisten«, erinnerte sie und drückte ihm die Hand.

»Doch, wir können«, widersprach er. »Ich habe nämlich meine David-Bowie-Special-Edition-Plattensammlung an Josh verkauft. Er hatte es bereits seit Jahren darauf abgesehen. Das *Ziggy-Stardust*-Album beispielsweise gibt es nur fünfhundert Mal.«

»O Greg«, seufzte Erin voller Rührung. »Das hättest du nicht tun sollen.« Sie wusste, wie sehr er an seiner kostbaren Plattensammlung hing.

»Was soll's, wir haben auch so noch jede Menge Krempel.« Greg trank einen zweiten Schluck Champagner. »Das Zeug ist wirklich gut. Ich glaube, ich genehmige mir noch ein Gläschen.«

Erin erklärte mit gespielter Strenge: »Greg Kennedy, wenn der Flieger in Neufundland zwischenlanden muss, weil sie dich wegen groben Unfugs und Belästigung der Stewardessen verhaften, bist du auf dich allein gestellt.«

»Sehr wohl, Ma'am«, antwortete Greg und tippte salutierend an seine Stirn. »Nur ein kleines Glas noch, dann steige ich um auf Wasser. Ich verspreche dir, dass ich dich nicht blamiere.«

Erin gab ihm einen spontanen Kuss. Äußerlich der Inbegriff von Seriosität, schlummerte in Greg ein unverbesserlicher Spaßvogel. Er konnte stundenlang über Gary-Larson-Comicbüchern grinsen, liebte blöde Witze und Comedy-Serien und konnte den Abbott-und-Costello-Baseball-Sketch im Schlaf zitieren.

Außerdem empfand er eine geradezu jungenhafte Begeisterung über den Umzug nach Irland. Für Greg war es ein Abenteuer wie Helicopter-Skiing. Er liebte es, dass Erin für gewöhnlich mindestens genauso abenteuerlustig und auf solche Dinge wie Wildwasserkanufahrten oder irgendwelche anderen waghalsige Unternehmungen versessen war wie er. Nur, dass für sie der Umzug, beziehungsweise die Rückkehr nach Europa kein Grund zu übergroßer Freude war. Sie tat es ausschließlich für ihn.

Anfangs hatte sie kein Problem damit gehabt. Dieser neue Job war ihre Rettung, nachdem das Unternehmen, bei dem sie beide tätig waren, durch sinkende Aktienkurse erschüttert worden war. Gerüchte über massenhafte Arbeitsplatzverluste hatten die Runde gemacht. Und weder Greg, der die Karriereleiter im Eiltempo erklommen hatte, noch Erin, die in der Personalabteilung angestellt gewesen war, hatten eine Garantie für eine weitere Beschäftigung gehabt. Wenig später hatte das Unternehmen Konkurs angemeldet.

Lange hatten sie nach dieser niederschmetternden Nachricht im Wohnzimmer ihres noch nicht abbezahlten Appartements gesessen und sich Gedanken über ihre Zukunft gemacht. Das Sinnvollste wäre eventuell heimzukehren, hatte er wehmütig vorgeschlagen.

Zuhause bedeutete für Greg ein Vorort von Wicklow, einer aufstrebenden großen Stadt, wo sein Vater lebte, ein ehemaliger Postbeamter, der schon in Pension war. Er selber war seit vier Jahren nicht mehr dort gewesen. Seine Familie hatte sie einmal anlässlich ihrer Hochzeit in Amerika besucht. Natürlich hatten sie sich darüber gewundert, dass von Erins Seite niemand zu dem Fest gekommen war. Doch das war sie gewohnt.

»Ich bin bei meiner Großmutter aufgewachsen, und sie ist zu alt zum Reisen«, hatte sie behauptet. Was nicht der Wahrheit entsprach.

Dass Erin seit neun Jahren nicht mehr zu Hause in Dublin

gewesen war und dass keiner von ihrer Familie an ihrer Hochzeit in Chicago teilgenommen hatte, hatte mit dem Alter ihrer Großmutter nicht das Mindeste zu tun. Kurz nach ihrem achtzehnten Geburtstag hatte Erin, um ihrer Familie zu entfliehen, ihrem Zuhause, und damit ganz Irland, den Rücken gekehrt. Seither war der Kontakt abgebrochen. Nun, mit siebenundzwanzig, verursachte die Tatsache ihres überstürzten Fortgangs ununterbrochene Schuldgefühle in ihr. Als sie die Bande zu ihrer Familie so abrupt gekappt hatte, hatte sie nicht wissen können, dass sie dadurch ihre Wurzeln und jede Sicherheit verlor. Obwohl Greg all diese Dinge wusste, konnte sie das der ehrlichen, liebevollen Familie Kennedy unmöglich erklären. Seinen Eltern war Familie äußerst wichtig. Und sie hegten sicher die Meinung, dass mit Menschen, die ihre eigene Familie vergessen wollten, irgendwas nicht stimmen konnte.

Erin liebte Greg und wollte, dass seine Familie sie schätzte. Sie konnte ihnen aber nicht die Wahrheit auf die Nase binden. Deshalb hatte sie die Sache mit ihrer Großmutter erfunden.

»Ich nehme an, dann fliegt ihr beiden innerhalb der nächsten Monate mal hin«, hatte Mrs. Kennedy in hoffnungsvollem Ton erklärt und damit gleichzeitig zu verstehen gegeben, dass sie in Wicklow hochwillkommen wären.

»Vielleicht«, hatte Erin höflich erwidert und dabei gedacht, eher würde sie als Spieler für die New York Yankees aufgestellt, als dass sie eine Reise nach Dublin unternahm. Ihre Familie würde sie sowieso nicht sehen wollen. Einfach wegzulaufen und sich – abgesehen von ein paar anfänglichen Anrufen, um ihnen mitzuteilen, dass sie lebte – nie mehr bei ihnen zu melden: Welche Familie könnte so etwas verzeihen? Sie hatten sich eindeutig von ihr abgewandt. Denn nach ihrer Verlobung mit Greg war das Heimweh nach ihrer Familie derart stark geworden, dass sie ihnen mehrmals geschrieben hatte, ohne dass sie jemals eine Antwort erhalten hatte.

Vier Jahre nach der Hochzeit hatte sich dann Erins und Gregs Situation total verändert.

Am Tag nach dem schicksalsschweren Gespräch über ihre Zukunft hatte Greg über einen befreundeten Headhunter von einer freien Führungsposition bei der irischen Abteilung eines multinationalen Telekommunikations-Unternehmens gehört. Dass sie jemanden suchten, der internationale Erfahrung aufzuweisen hatte, erschien ihm wie ein gutes Omen.

Das Geld, das sie für den Umzug erhielten, würde für die Begleichung ihrer Schulden reichen, bis sie einen Käufer für die Wohnung hätten. Ihr Freund, der Headhunter, hatte Erin versichert, dass eine Personalmanagerin ihres Kalibers garantiert ebenfalls sofort eine neue Arbeit fände. Und was das Allerbeste war – die Leute von Cuchulainn, Gregs neue Bosse, hatten versprochen, für das erste halbe Jahr ein herrliches Haus für die beiden anzumieten, damit ihnen die Umgewöhnung leicht fiele.

Das alles hatte nach der Art von Herausforderung geklungen, wie Greg sie liebte. Von dem neuen Team und Steve Richardson, der kürzlich zum zweiten Teamleiter befördert worden war, hatte man ihm in den höchsten Tönen vorgeschwärmt. Ebenfalls ein Plus wäre die Lage seines neuen Unternehmens: Es war in der Nähe von Cork in einem kleinen, alten Städtchen angesiedelt, das den Bildern im Internet zufolge bezaubernd aussah. Zwar war keiner der beiden jemals in Dunmore gewesen, doch sie hatten schon viel davon gehört.

Greg hatte das Unternehmen wissen lassen, dass sie interessiert seien, aber Bedenkzeit bräuchten.

»Das bedeutet eine gewaltige Veränderung, Liebling«, hatte er Erin erklärt. »Und ich möchte dich auf gar keinen Fall zwingen, nur meinetwegen nach Irland zurückzugehen.«

»Ja, wer sagt denn überhaupt, dass ich dich dorthin begleite?«, hatte sie ihn geneckt. »Vielleicht bleibe ich ja einfach hier und werfe, während du in Cork bis zum Umfallen schuftest, unser Geld hier zum Fenster raus.«

»Geld? Wo haben wir Geld?«, hatte er gefragt und an ihrem Ohrläppchen geknabbert.

»Das Glas mit den Fünfundzwanzig-Cent-Stücken in der Küche ist inzwischen ganz schön schwer. Das müssten gut und gerne mindestens vierzig Dollar sein.«

»Vierzig Dollar! Damit kannst du dir wahrhaftig wilde Partys leisten! Unter der Voraussetzung kann ich dich unmöglich allein in Chicago lassen. Wenn du nicht willst, dass ich mich vor Kummer verzehre, kommst du also besser mit.«

Erin hatte ihn zärtlich angesehen. Was auch immer sonst in ihrem Leben schief gelaufen war – mit Greg hatte sie das große Los gezogen. Das war sonnenklar. Andere Ehemänner hätten eventuell argumentiert, dass eine brave Frau sich stets den Jobanforderungen ihres Mannes beugen musste. In ihrer Ehe jedoch gaben sie ihr Geld gemeinsam aus und auch »die Macht« war innerhalb ihrer Beziehung gleichmäßig verteilt. Wenn Erin also erklärte, dass sie in den Staaten bleiben wollte, und wenn Greg deshalb als einzigen Job den einer Putzhilfe in einem Schnellrestaurant bekäme, würde er halt die beste Putzhilfe des Landes – so sehr liebte er sie.

Dank dieser Liebe und der Gewissheit, dass er sich ihr gegenüber stets loyal verhalten würde, hatte sie ihre Irland-Phobie schließlich beendet. Als sie Greg Kennedy lieben lernte, war Erin bewusst geworden, dass man auch bei einem Menschen zu Hause sein konnte, und dass ihr Zuhause in aller Ewigkeit dort sein würde, wo Greg war. Als zusätzlicher Pluspunkt war er ein Bild von einem Mann. Erin war sehr groß, doch Greg war in der Lage, sie auf den Arm zu nehmen als wäre sie ein Kind. Als er sie nach der Rückkehr von der Hochzeitsreise über die Schwelle ihrer Wohnungstür getragen hatte, hatte sie sich gefühlt wie die Heldin in einem Märchen, der endlich der Prinz begegnet war.

Ihr Entschluss konnte demzufolge kaum anders ausfallen.
»Was soll's?«, hatte sie zu Greg gesagt. »Womöglich reichen die vierzig Dollar in Cork ja länger als in Chicago. Außerdem hast du, seit ich dich kenne, davon gesprochen, dass du irgendwann zurück nach Irland willst. Also tun wir es.«

Bis alles unter Dach und Fach gewesen war, rollte die Welle der Kündigungen in ihrem Unternehmen an. Erin hatte vorsorglich ihren Wagen verkauft, um, wie sie trocken erklärte, nicht völlig mittellos zu sein, bis sie selber in Irland einen neuen Job bekäme. Sie hatten gepackt, hatten jede Menge Freunde zu Abschiedsessen eingeladen, überall ihre neue Adresse bekannt gegeben und ihre Konten aufgelöst. Sie beide hatten derart viel zu tun gehabt, dass keine Zeit für Trauer oder Wehmut wegen des bevorstehenden Abschieds blieb.
Dann, vor einer Woche, war etwas Seltsames passiert. Erin hatte in der Reinigung angestanden, um etliche Anzüge abzuholen. Sie hatte sich die Handtasche über die Schulter gehängt, um in ihrem kleinen roten Notizbuch Dinge abzuhaken, die sie bereits erledigt hatte, als ihr plötzlich mit aller Wucht das Ausmaß der Veränderungen, die sie ansteuerten, bewusst wurde. Sie hatte das Gefühl gehabt, als weiche alle Luft aus ihren Lungen, hatte angefangen zu schwanken und wäre, als ihre Beine ihren Dienst versagten, beinahe gestürzt.
»Setzen Sie sich, Missy, setzen Sie sich«, hatte die nette Koreanerin, der die Reinigung gehörte, eilig zu ihr gesagt und Erin auf einen Plastikstuhl dirigiert, was Erin, da ihr die Frau kaum bis zu den Schultern reichte, trotz ihres verwirrten Zustands ziemlich komisch vorgekommen war.
»Sind Sie vielleicht schwanger?«
Erin hatte gelacht. Das war zum Glück unmöglich. Vor ihrer Hochzeit hatte sie Greg ehrlich gesagt, dass sie angesichts ihrer Erfahrungen mit ihrer eigenen Mutter nicht mit Bestimmtheit wüsste, ob sie jemals Kinder haben wollte. Es

war nicht so, dass sie Kinder nicht mochte, nur befürchtete sie, dass sie als Mutter eine Katastrophe würde. Greg hatte erwidert, dass er das verstünde. Ein Grund mehr, ihn zu lieben, denn sie war sich sicher, dass es für ihn nicht leicht war, ihren Entschluss zu akzeptieren.

Kopfschüttelnd hatte sie geantwortet: »Nein, gewiss nicht. Mir ist nur etwas schwindlig. Vermutlich bin ich ein wenig unterzuckert.«

Die anderen Kunden hatten sich wieder in die Warteschlange eingereiht, und in sich zusammengesunken wie ein Junkie auf Entzug, hatte Erin auf dem Plastikstuhl gesessen, bis die Panik langsam abgenommen hatte.

Sie flöge zurück nach Hause, auch wenn das niemals ihre Absicht gewesen war. Klar, sie hatte ab und zu davon gesprochen. Wer machte das wohl nicht? Für viele ihrer Freunde bedeutete Zuhause eine magische, stets gleich bleibende Welt aus ihrer Kindheit. Egal, ob sie aus Schottland kamen, Australien, Irland, Italien – sie alle sprachen verträumt und völlig unkritisch von ihrer jeweiligen Heimat, als wäre dort nicht nur das Gras viel grüner, sondern das gesamte Leben geradezu paradiesisch.

»Das waren noch Zeiten«, pflegten sie zu seufzen, wenn sie genug getrunken hatten und heimische Musik an ihre Ohren drang.

Erin vermutete, dass die Menschen, die zurückkehrten, alle in ihren jeweiligen Heimatländern dadurch in den Wahnsinn trieben, dass sie ihnen dann umgekehrt lang und breit erklärten, wie herrlich doch die Staaten waren, wie sehr sie ihnen fehlten, und dass es dort viel bessere Straßen, aromatischeren Kaffee und modernere Krankenhäuser gab.

Sie hingegen hatte niemals irgendeine Form der Nostalgie für das Land, in dem sie geboren war, gehegt. Auch wenn das wohl niemandem jemals aufgefallen war. Mit einem solchen Namen und ihrer Mähne seidig weicher, hell kastanienroter Haare wirkte sie derart irisch, dass die Menschen automatisch glaubten, sie sehne sich danach, am St. Patrick's Day in einem irischen Pub zu sitzen, voller Stolz ein vierblättriges Kleeblatt am Rockaufschlag zu tragen und wehmütig in ihr Guinnessglas zu seufzen. Sie hatten keine Ahnung, dass sie an dem Tag, an dem sie ihre Familie verlassen hatte, gleichzeitig Irland – eigentlich – abgehakt hatte.

Als ihre Freunde hörten, dass sie und Greg Amerika verlassen würden, hatten alle einmütig behauptet: »Das haben wir die ganze Zeit gewusst.«

Am liebsten hätte Erin daraufhin erwidert: »Dann wart ihr schlauer als ich.«

Das Gedränge in der Reinigung hatte sich gelichtet, Erin jedoch fand kaum die Energie, endlich aufzustehen, sich die gereinigten Anzüge geben zu lassen und aus dem Laden zu gehen. Sie flöge zurück nach Hause, und sie hatte keine Ahnung, wie sie mit den Schuldgefühlen fertig werden sollte, die sie wegen ihrer damaligen Flucht ihrer Familie gegenüber empfand.

Greg schlief mitten während des neuesten Spielberg-Films ein. Erin, die auf dem kleinen Bildschirm vor sich den neuesten Nicole-Kidman-Film verfolgte, beugte sich zu ihm hinüber, zog ihm vorsichtig den Kopfhörer von den Ohren, legte ihm eine Decke um die Schultern, damit er keinen Zug bekäme, und stellte sein leeres Wasserglas, damit er es nicht umwarf, auf ihr eigenes Tablett. Die Erkenntnis, dass sie Greg nur wenn er schlief, jemals bemutterte, brachte ein wehmütiges Lächeln auf ihr schmales Gesicht.

Um nicht während des Flugs zu dehydrieren, trank sie noch einen Schluck Wasser, lehnte sich, um den Film weiterzuverfolgen, auf ihrem Platz zurück, konnte sich aber nicht mehr konzentrieren.

Während sie durchs Dunkel flogen, dachte Erin an die letzten Stunden in Irland zurück. Sie sah das entgeisterte Gesicht der Frau vor sich, die sie immer Mum gerufen hatte, die jedoch in Wahrheit ihre Großmuter gewesen war. Sie hatte ihre Großmutter angeschrien, dass sie wegginge, weil alle sie Zeit ihres Lebens belogen hatten. Ungeachtet der Schätze ihrer Kindheit hatte sie sie Knall auf Fall hinter sich gelassen. Sie spürte erneut den Schmerz, als sie herausgefunden hatte, dass die wichtigsten Menschen in ihrem Leben – ihre Mutter, ihr Vater, ihre Schwester – nicht die waren, die sie vorgegeben hatten zu sein. Durch ihre schockierende Entdeckung hatten sich sämtliche Beziehungen innerhalb ihrer Familie total verändert. Dad war in Wirklichkeit ihr Opa, die kesse Kerry war nicht ihre Schwester, sondern ihre Tante, und die unbekannte Schwester Shannon, die wilde junge Frau, die zwar niemals heimkam, aber in unregelmäßigen Abständen eine Karte von irgendwoher an sie schickte, war in Wahrheit ihre Mutter.

Das Erste, was Erin auffiel, als sie und Greg dem von Cuchulainn geschickten Fahrer auf den Parkplatz des Cork'schen Flughafens folgten, war die angenehme Wärme. Nirgends gab es eine Spur des unablässigen Regens, der Teil ihrer Erinnerung an Irland gewesen war. Eine milde Frühlingsbrise strich ihr wie ein seidiges Tuch übers Gesicht. Es war, als läge die beißende Kälte des Windes in Chicago Jahrzehnte zurück.

»Ein wunderbarer Tag«, erklärte Greg zufrieden und sog, nachdem er endlich der stickigen Kabine des Flugzeuges entronnen war, die reine, frische Luft tief in seine Lungen ein.

Das Zweite, was Erin bemerkte, war, dass der Fahrer nicht im Geringsten dem Klischee des gesprächigen irischen Taxifahrers entsprach. Keine der erwarteten Schmeicheleien kam über seine Lippen, keine Fragen, ob sie Verwandte in Cork hatten oder bestimmte Leute in Chicago kannten, wie sie es früher von ihrem Zuhause gewohnt gewesen war. Ach, was soll's, sagte sie sich schulterzuckend. Sie hatte sich verändert, also konnte sie davon ausgehen, dass auch in Irland nicht mehr alles so wie früher war.

In dem Bestreben, einen ersten Eindruck von der Umgebung zu bekommen, bat Greg den Fahrer, statt des Direktweges ins Haus nach Dunmore ruhig einen Umweg durch Cork zu wählen. Also lenkte der Mann den Wagen die Patrick Street hinunter und wies dabei auf diverse Sehenswürdigkeiten hin.

Erin versuchte, sich auf die Ausführungen zu konzentrieren, wurde jedoch vom Anblick der gut gekleideten Menschen abgelenkt, die wirkten, als kämen sie direkt aus Manhattan. An derartige Eleganz konnte sie sich ebenfalls nicht erinnern.

Natürlich liefen ab und zu auch Männer in Jacken rum, die gut in eine Ausstellung über die Jahrhundertwende gepasst hätten, doch die meisten Leute in Cork sahen … fantastisch aus.

Schließlich erreichten sie zwischen den Hügeln hindurch Dunmore. Das kleine Städtchen verströmte eine Postkartenidylle wie die alten Städte, in denen sie mit Greg während ihrer Hochzeitsreise in Neuengland gewesen war.

»Dunmore hat bereits im Internet toll ausgesehen, aber die Bilder werden dem Städtchen nicht annähernd gerecht«, erklärte Greg begeistert und bewunderte den von der Statue eines längst verstorbenen Bürgermeisters beherrschten alten pittoresken Markt. »Ich kann es kaum erwarten, unser Haus zu sehen.«

Nachdem sie im Herzen Dunmores an unzähligen hübschen Häusern vorbeigefahren waren, war das Haus, das die Firma für sie angemietet hatte, eindeutig eine Enttäuschung. Das kastenförmige Gebäude inmitten einer heruntergekommenen Siedlung aus den achtziger Jahren war so klein, dass neben ihren Kisten und den Möbeln, die am Tag zuvor geliefert worden waren, kaum noch ein freier Platz zu finden war. Auch das entschuldigende Schreiben ihres Maklers, das sie in der Küche fanden, tröstete sie nicht. In dem erklärte er, aufgrund unvorhergesehener Umstände wäre das Haus, das sie hätten bekommen sollen, leider nicht mehr zu vermieten.

»›Ich bitte Sie und Mrs. Kennedy, die behelfsmäßige Unterbringung zu verzeihen‹«, las Greg Erin laut vor. »›Spätestens in ein paar Wochen haben wir für Sie ein anderes, passenderes Haus.‹ Ich werde sofort mit Steve Richardson über diese Sache sprechen. Sein Büro war mit der Suche nach einer Unterkunft für uns betraut. Oh, in dem Brief steht noch, dass als Entschädigung im Kühlschrank eine Flasche Champagner steht«, fügte er feixend hinzu.

Erin sah sich in der Küche um. Trotz des heroischen Bemühens irgendeiner armen Seele, ein gewisses Maß an Sauberkeit in den Raum zu bringen, war nicht zu übersehen, dass hier zuvor irgendwelche Leute gehaust haben mussten, für die Reinlichkeit ein Fremdwort war. An der Wand, an der offenbar der Küchentisch gestanden hatte, fanden sich jede Menge unappetitlich merkwürdiger Flecken. Die grellfarbenen Schränke und die pinkfarbenen Tapeten deuteten auf einen zumindest farbenfrohen Menschen, der Geruch nach Katzenurin, der aus der oberen Etage wehte, war jedoch mehr, als sie ertrug.

»Zwei Flaschen wären das absolute Minimum«, meinte Erin, während sie die Arme um Gregs Taille schlang. »Wenn ich nämlich feststelle, dass Katzen ins Schlafzimmer gepinkelt haben, brauche ich eine Flasche ganz für mich allein.«

»Am liebsten würde ich dich auf der Stelle flachlegen, holde irische Maid«, erklärte Greg und knabberte verführerisch an ihrem Hals. »Aber ich denke, erst müssen wir eine gewisse hygienische Grundlage schaffen.«

»Gute Idee, Casanova«, antwortete Erin und küsste ihn liebevoll auf den Mund. »Wer weiß, was man sich hier alles holen kann. Ich ziehe mich eher noch mehr an als aus, bevor die Bude nicht so glänzt, dass man sich, ohne Infektionen einzufangen, die Kleider vom Leib reißen kann.«

»Oh, hör auf, mir den Mund wässrig zu machen«, stöhnte Greg.

»Freu dich auf später.« Da sie es liebte, wenn sein Herz direkt an ihrer Brust schlug, zog sie ihn dicht an sich heran. »Öffne du schon mal die Flasche, und ich such den Karton, in dem die Gummihandschuhe liegen.«

Drei Tage später hatte Erin die Nase gestrichen voll. Am Tag nach ihrer Ankunft war das Wetter umgeschlagen. Es wurde eiskalt – und die Heizung war plötzlich ausgefallen.

Greg nestelte zwar am zweiten Abend stundenlang an der Pumpe, doch war er aufgrund des Jetlags und seiner neuen Arbeit derart müde, dass ihm kein Erfolg beschieden war.

»Tut mir Leid, Schätzchen«, erklärte er am Ende. »Ich weiß, du frierst. Lass uns morgen mit dem Makler sprechen.« Dann war er erschöpft eingeschlafen, und Erin hatte trotz der dicken Socken und des Fleecepullovers, den sie angezogen hatte, bibbernd neben ihm gelegen und kein Auge zugemacht.

Der Makler versprach, einen Klempner zu schicken, doch nichts passierte. Am nächsten Vormittag rief sie noch einmal an und bekam zu hören, am selben Tag käme bestimmt ein Installateur vorbei.

Erin, die sich seltsam unausgeglichen fühlte und wie Greg noch unter der Zeitverschiebung litt, war alles andere als amüsiert. »Das haben Sie gestern schon gesagt«, erwiderte sie trocken. »Ziehen Sie vielleicht Lose oder Derartiges? Werfen alle Namen in einen großen Hut, und wenn ich Glück habe, steht mein Name auf dem Zettel?«

Die Sekretärin klang leicht indigniert, als sie erklärte, aufgrund der jäh hereingebrochenen Kälte wären jede Menge Leitungen in der Gegend geplatzt, und deshalb hätten ihre Klempner halt alle Hände voll zu tun.

»Wenn erst eine Leitung platzen muss, damit einer Ihrer Männer hier auftaucht, sagen Sie mir einfach, wo ich die entsprechende Leitung finde, damit ich sie zum Platzen bewegen kann.«

Zornig legte sie auf und sah sich in der ungemütlichen Küche um. Zum Einräumen der Küchenutensilien war es schlicht zu kalt. Bisher hatte sie nur die Kisten in dem von einem kleinen Gasofen beheizten Wohnzimmer geöffnet. Außerdem machte es keinen Sinn, alles auszupacken, wenn sie sowieso in absehbarer Zeit wieder umzogen. Also kochte sie sich, um sich wenigstens von innen aufzuwärmen, eine neue Tasse Kaffee, stapfte ins Wohnzimmer hinüber, riss auf dem Weg dorthin Gregs alte Skimütze vom Treppengeländer und stülpte sie sich aufs Haupt.

Sie trug bereits eine lange Unterhose unter ihren Jeans, zwei Pullover und eine leuchtend blaue, dick wattierte Weste, was sie zwar unmöglich aussehen ließ, aber das war ihr egal. Sie kannte keine Menschenseele in dieser Stadt, sodass sich niemand wundern würde, was aus der normalerweise so gepflegten, eleganten Erin Kennedy geworden war.

Sie setzte sich mit gekreuzten Beinen auf den Boden, zog eine Kiste mit Sachen für das zukünftige Arbeitszimmer zu sich heran und hatte sich gerade in einen Stapel alter Zeitungsausschnitte vertieft, von denen sie geschworen hätte, dass sie sie vor dem Umzug weggeworfen hatte, als es schellte.

Na, super. Offensichtlich konnte man bei ihrem Makler nur etwas erreichen, wenn man die Geduld verlor.

Doch statt eines Klempners stand eine kleine Frau mit runden, dunklen Augen, dichten schwarzen Locken und einem roten Wollmantel mit riesiger Kapuze vor der Tür.

»Vielleicht sollte ich Ihnen sagen, dass meine Großmutter krank im Bett liegt und der große, böse Wolf ganz in der Nähe rumstreunt«, rutschte es Erin heraus.

Das kehlig-dunkle Lachen ihres Gegenübers stand in seltsamem Kontrast zu ihrer Rotkäppchen-Erscheinung. »Ich muss diesen blöden Mantel endlich aussortieren«, prustete sie und schob sich die Kapuze aus der Stirn.

»Tut mir Leid«, entschuldigte sich Erin.

»Nein, Sie haben Recht«, widersprach Rotkäppchen. »Erwachsene Frauen sollten keine Klamotten kaufen, weil sie niedlich sind. Dann nennen die Leute einen auch niedlich, und das finde ich entsetzlich. Niedlich ist ein total überstrapaziertes Wort. Übrigens, ich bin Sally. Sally Richardson, Steves Frau.« Auf Erins verständnislosen Blick hin fügte sie hinzu: »Steve Richardson und Ihr Mann Greg arbeiten zusammen bei Cuchulainn.«

Erin verzog über ihre Begriffsstutzigkeit irritiert das Gesicht. Greg hatte ihr jeden Abend stundenlang von Steve Richardson erzählt. Zu seiner großen Freude hatte nämlich sein engagierter Stellvertreter, der gerade erst befördert worden war, nicht den kleinsten Anspruch auf die Führungsposition erhoben. Er war im Gegenteil glücklich, ihn als neuen Boss zu haben.

»Verzeihung«, entschuldigte sich Erin bereits zum zweiten Mal. »Irgendwie scheint sich mein Gehirn grußlos verabschiedet zu haben. Möglicherweise liegt es noch am Jetlag oder einfach daran, dass mir sämtliche Hirnzellen eingefroren sind. Die Heizung ist seit Tagen kaputt.«

»Das habe ich bereits gehört. Steve sagt, dass sich Greg große Sorgen um Sie macht, weil Sie den ganzen Tag zu Hause festsitzen und sicher langsam Frostbeulen bekommen.«

»Wie Sie sehen, habe ich mich so gut es geht eingepackt«, erklärte Erin und deutete auf ihre Kleidung, die dem des Michelinmännchens erschreckend ähnlich sah. »Ich hätte nicht gedacht, dass es derart kalt wird.«

»Wir haben die niedrigsten Märztemperaturen der letzten fünfzig Jahre«, erwiderte Sally. »Normalerweise wird es nicht so kalt hier, denn schließlich liegt Dunmore unmittelbar am Meer. Wie wäre es, wenn wir zusammen Mittagessen gehen würden? Steve hat mich angerufen und erzählt, dass er Cindy von der Personalabteilung darum gebeten hat, ein paar Worte mit dem Boss der Immobilienagentur zu wechseln. Cindy ist eine äußerst durchsetzungsfreudige Person.« Sally grinste breit. »Und deshalb kommt der Klempner heute Nachmittag vorbei.«

»Vielleicht sollte ich ihm vor lauter Dankbarkeit anbieten, mit ihm ins Bett zu gehen«, meinte Erin mit todernster Stimme. »O Verzeihung, das war ein extrem blöder Witz. Also, das ist echt nett von Ihnen und Steve. Und Mittagessen klingt fantastisch.«

Während Sally inmitten der Kisten in der Küche Platz nahm, lief Erin ins Schlafzimmer hinauf und stieg aus dem wattierten Outfit. Da sie sich die Haare seit dem Tag nach ihrer Ankunft nicht mehr hatte waschen können, versteckte sie sie unter einem schwarzen Pelzhut, nachdem sie sich die Augen und die Lippen geschminkt hatte.

»Oh, ich wünschte, ich könnte Hüte tragen«, erklärte Sally mit ehrlicher Bewunderung, als sie Erin in einem Mantel aus mokkabraunem Cord und weichen Wildlederstiefeln herunterkommen sah. »Ich bin dafür zu klein, aber Sie sind derart elegant und toll groß, dass Ihnen so was steht.«

Lächelnd antwortete Erin: »Das Ding trage ich aus bloßer Faulheit. Zum Haare waschen war es mir einfach zu kalt, und deshalb traue ich mich ohne Hut nicht aus dem Haus.«

»Tja, bei diesem Aussehen bin ich gespannt auf Ihre ›fleißige‹ Ausgabe. Die haut vermutlich jeden vor Begeisterung um.«

Sie gingen in einen kleinen, gemütlichen Pub, setzten sich in die Nähe des Kamins, in dem ein Feuer prasselte und bestellten Chili-Wraps und fetttriefende Pommes frites.

Sally schien zu spüren, dass Erin kein Interesse daran hatte zu erzählen, woher sie und Greg ursprünglich kamen und was der Grund für ihren Aufenthalt in Amerika gewesen war. Also erzählte sie im Plauderton von Dunmore und von Cork, erklärte, dass die Leute aus Cork Dunmore als ein verschlafenes Nest betrachteten, und die Leute aus Dunmore Cork für eine allzu laute, große Stadt.

»Ich selbst stamme aus Cork. Eine wirklich tolle Stadt, dort ist immer etwas los. Aber ich liebe auch Dunmore. Hier herrscht eine wunderbare Ruhe. Man empfindet sich als Teil einer kleinen, überschaubaren Gemeinde, und zugleich sind es nur ein paar Meilen zur lebhaften Stadt. Man genießt also die Vorteile von beidem. Wir sind hierher gezogen, weil ich den Traum hatte, einen eigenen Schönheitssalon zu eröffnen, und weil es in der Lee Road die perfekten Räumlichkeiten dafür gab.«

Erin, die Greg erklärt hatte, sie ließe sich nicht eher mit den Menschen in Dunmore ein, als bis sie sich einigermaßen heimisch fühlte, hörte sich zu ihrer Überraschung sagen, sie käme gerne bald einmal vorbei.

»Ich habe seit zwei Wochen keine Maniküre mehr gehabt und habe von der Kälte eine total rissige Haut«, erklärte sie und inspizierte kritisch ihre langen, schlanken Finger.

Sie hätte sich im selben Moment auf die Zunge beißen können. Jetzt würde Sally ihre Chance nutzen und – wutsch – hätte sie schon einen Termin.

Aber nein. »Kommen Sie, wenn Sie dazu bereit sind«, antwortete Sally. »Erst einmal gewöhnen Sie sich in Ruhe ein. Sie haben sicher kein Interesse daran, sofort jede Menge neuer Freundschaften zu schließen, um dann die nächsten beiden Jahre verzweifelt zu versuchen, sie wieder zu beenden.«

Das entsprach derart genau den Befürchtungen, die Erin hatte, dass sie Sally sprachlos ansah.

»Ich weiß, wie es ist, wenn man in eine neue Gegend zieht«, fügte Sally deshalb hinzu. »Die Leute wollen nett zu einem sein, und bereits nach einer Woche ist man mit der Hälfte der Bevölkerung auf geradezu intime Art bekannt und hat der anderen Hälfte zugesagt, sich zumindest bald auf einen Drink mit ihr zu treffen.«

»Das klingt wie das Irland, das ich kenne und liebe«, antwortete Erin trocken. »Ich komme ursprünglich aus Dublin, und wenn irgendwelche neuen Leute in unsere Gegend zogen, wurden sie als arrogante Eigenbrötler angesehen, wenn sie die Nachbarn nicht schon innerhalb der ersten Woche zu Tee und Plätzchen eingeladen und die Geschichte ihres Lebens vor ihnen ausgebreitet hatten.«

Sally grinste amüsiert. »So war es bei uns auch. In unserer Gegend wussten immer alle genauestens über alles und jeden Bescheid. Meine Mutter hat oft gesagt, statt die Lokalzeitung zu abonnieren, bräuchte man nur kurz in den Laden an der Straßenecke zu gehen. Dort bekäme man zu jeder Tageszeit sämtliche Neuigkeiten aus dem Umkreis brühwarm erzählt.«

Die beiden Frauen lachten, und bald tauschten sie Geschichten von tratschsüchtigen Nachbarn und Nachbarinnen aus, die schneller Gerüchte aufzuschnappen vermochten als der Radar eines U-Boots ein gegnerisches Schiff.

»Als ich Steve kennen gelernt habe, fuhr er einen klapprigen, alten Lieferwagen. Nachdem er mich am ersten Abend heimgefahren hatte, saßen wir noch eine Stunde vor dem Haus und haben uns unterhalten«, meinte Sally. »Prompt hat sich am nächsten Morgen, als ich zur Arbeit gehen wollte, unsere Nachbarin aus dem Küchenfenster gehängt, trompetet, er sähe wirklich gut aus – wie ein jüngerer, blonder Rock Hudson – und mich gefragt, ob es etwas Ernstes wäre.«

»So, so, ein blonder Rock Hudson«, wiederholte Erin lächelnd.

Sally nickte. »Die Gute war ein totaler Hudson-Fan. Ich glaube, sie hat nie wirklich begriffen, dass das wahre Leben nicht unbedingt mit seinen Filmen war.«

»Aber, wow, er hat wirklich klasse ausgesehen. Und Steve sieht ihm tatsächlich ähnlich?«

Jetzt strahlte Sally geradezu. »Er ist weitaus attraktiver, obwohl er inzwischen die ersten grauen Strähnen kriegt, weswegen ich ihn gerne aufziehe.« Sie begann, Erin freimütig zu erzählen, wie sie sich kennen gelernt, ineinander verliebt, geheiratet und eine Familie gegründet hatten.

Als Erin Sally von ihrem Mann und ihren beiden wunderbaren, stets zu irgendwelchen Streichen aufgelegten Söhnen erzählen hörte, wurde ihr bewusst, dass es wie ein frischer Lufthauch für sie war, jemanden zu treffen, der mit seinem Leben wirklich zufrieden war. Sally endete damit, dass sie erklärte, Steve hätte gehofft, sich seinen Lebensunterhalt als Kunstlehrer verdienen zu können, wäre dann aber aus finanziellen Gründen zurückgekehrt in die Welt der Unternehmen.

»Er arbeitet gerne bei Cuchulainn«, fügte sie, für den Fall, dass es womöglich geklungen hatte, als tausche Steve mit größter Freude seine Arbeit gegen ein Leben für die Kunst. »Sein Traum war es, von der Kunst leben zu können. Aber wir sind beide Realisten. Und wir brauchen Geld zum Leben. So einfach ist das.«

»He, Sie brauchen sich nicht bei mir zu entschuldigen«, meinte Erin feixend. »Ich war jahrelang als Personalleiterin tätig, und ich kann Ihnen versichern, dass nicht jeder unbedingt versessen auf seine Arbeit ist. Schließlich haben die Leute nicht zum puren Vergnügen Lotterielose gekauft. In meiner letzten Firma hatten sich drei große Tippgemeinschaften gebildet, und wenn eine von ihnen tatsächlich gewonnen hätte, wäre bereits am nächsten Tag das Büro verwaist gewesen.«

»Dann habe ich wohl echtes Glück«, stellte Sally dankbar fest. »Ich liebe meinen Salon.«

Erin lehnte sich wohlig gesättigt auf ihrem Stuhl zurück und sah die neue Freundin an. »Es ist wunderbar, jemanden zu treffen, der mit seinem Leben rundum glücklich ist.«

Sally zuckte mit den Schultern. »Die Leute möchten immer gerne hören, Steve und ich hätten beide irgendwelche Höllenqualen durchleiden müssen oder hätten schreckliche Kindheiten erlebt, weshalb wir jetzt derart glücklich miteinander sind. Aber so ist es absolut nicht. Wir hatten beide eine tolle Kindheit und fantastische Familien. Wir wissen einander halt lediglich sehr zu schätzen und sind dankbar für alles, was wir haben.« Erin nickte ernst. »Wir wissen, dass uns etwas ganz Besonderes zuteil wird. Nicht viele Menschen haben ein solches Glück. Wenn man ein solches Glück gefunden hat, muss man sich darüber freuen. Denn genau wie meine Mutter gesagt hat: Man kann nie wissen, wie es im Leben einmal weitergehen wird.«

Erin musterte Sally. Sie war eine ungewöhnliche Person: lebendig, warm und herzlich, doch mit einer alten Seele in einem jungen Körper. Es war, als hätte Sally das Geheimnis des Glücklichseins ergründet und wollte es mit jedem teilen. Trotz ihrer Lebenslust wirkte sie jedoch irgendwie zerbrechlich. Sie war zu dünn, hatte violette Ränder unter ihren blitzenden dunklen Augen und einen bleichen Teint.

»Wie steht es mit Ihnen? Ich meine, mit Ihnen und Greg. Wie haben Sie beide sich kennen gelernt?«

Erin gab der Versuchung nach und öffnete den Knopf ihrer Hose. »Bitte sagen Sie mir vorher, dass es hier in der Gegend ein gutes Fitness-Studio gibt«, stöhnte sie mit einem Blick auf ihren Bauch.

»Sogar zwei.«

»Morgen«, schwor sich Erin. »Gleich morgen werde ich dort Mitglied. Also gut, wie ich Greg kennen gelernt habe. Um es gleich vorwegzunehmen, es ist keine allzu romantische Geschichte. Er war relativ neu bei dem Unternehmen, bei dem ich beschäftigt war, und beschwerte sich in meinem Büro über seine Assistentin, die bereits seit Jahren bei der Firma und auch schon für seinen Vorgänger tätig gewesen war. Wie gesagt, ich war in der Personalabteilung«, fuhr sie fort. »Gleichzeitig hatte ich ein Gerücht gehört, dass ein Typ aus seiner Etage seine Assistentin sexuell belästigt haben sollte, dass sie sich jedoch aus Angst, ihren Job zu verlieren, nicht traute, ihn zu melden. Also habe ich zwei und zwei zusammengezählt, kam dabei auf sechs, und ging fälschlicherweise davon aus, dass Greg der Übeltäter war.«

»Aua.« Sally zuckte zusammen.

»Allerdings, aua. Ich habe ihm das Leben reichlich schwer gemacht mit meinen Fragen und Verdächtigungen. Als ich meinen Irrtum endlich erkannte, hat er super reagiert. Er hat mir erklärt, ich hätte ihm von Anfang an gefallen, und er hätte gedacht, ich versuche ihn mir dadurch vom Leib zu halten, indem ich die Xanthippe spiele.«

»Oh.« Sally entfuhr ein Seufzer. »Wie in einer klassischen Romanze. Erst Hass, dann Liebe.«

»Nein, erst Hass und dann totale Verlegenheit«, widersprach Erin. »Ich wäre am liebsten im Boden versunken, als ich meinen Fehler einsah. Zwar hatte ich ihn nicht direkt der sexuellen Belästigung beschuldigt, aber um ein Haar wäre es dazu gekommen. Der Gedanke, wie unhöflich ich mich ihm gegenüber benommen hatte, nach dem Motto: ›Und was *genau* ist es, was Ihnen das Gefühl gibt, dass Sie nicht länger mit Ihrer Assistentin zusammenarbeiten können?‹ war mir entsetzlich peinlich.«

»Doch er verzieh Ihnen?«

»Nach einem Abendessen mit köstlichem Hummer, zu dem er zum Zeichen der Wiedergutmachung von mir eingeladen worden war.«

Sie gluckste und erzählte weiter von der Hochzeit, von ihrem Umzug in eine wunderschöne Wohnung und davon, dass sie aufgrund einer Veränderung des Arbeitsmarktes in den Staaten hierher nach Dunmore gekommen waren.

Obwohl Sally auffiel, dass sich Erins Erzählung, abgesehen von der kurzen Erwähnung ihrer Kinderzeit in Dublin, ausschließlich auf ihre Zeit in Amerika beschränkte, enthielt sie sich eines Kommentars. Es war, als ob Erin den irischen Teil ihres Lebens völlig ausgeblendet hätte, denn ihre Geschichte fing mit ihrer ersten Zeit in Boston, als sie sich als Kellnerin und Zimmermädchen hatte über Wasser halten müssen, an. Bezüglich ihrer Kindheit musste irgendwo eine Bombe lauern. Doch Sally war eine gute Zuhörerin, die wusste, wann es nachzuhaken und wann es einfach leise

»mmh« zu sagen galt. Während der Jahre im Beauty Spot hatte sie gelernt, dass die Leute immer dann von selber sprachen, wenn ihnen danach war oder es sich von alleine ergab.

»Wissen Sie, es ist eine wahre Schande. Jetzt bin ich schon eine halbe Woche hier und habe bisher weder eine Bewerbung abgeschickt noch einen der Headhunter angerufen, deren Namen man mir gegeben hat«, beendete Erin ihren Bericht. Ihre Arbeitsmoral war so beständig wie ihr Pulsschlag, weshalb es sie ehrlich überraschte, dass der ihr eigene Tatendrang durch den Umzug aus den Staaten derart in Mitleidenschaft gezogen worden war. Und schlimmer noch, fühlte sie sich beinahe… deprimiert oder zumindest eigenartig ängstlich. Was, wie sie dachte, vielleicht an der Rückkehr in ihre alte Heimat lag. Anscheinend brachen sämtliche alten Wunden wieder auf.

»Lassen Sie sich damit ruhig Zeit. Schließlich sind Sie gerade erst hier angekommen und müssen sich erst eingewöhnen«, riet ihr Sally und winkte nach der Rechnung.

»Von irgendetwas müssen wir beide schließlich leben«, widersprach Erin. »Der Umzug hat unsere letzten Geldreserven aufgebraucht, und wenn ich keine Arbeit habe, macht mir das irgendwie Angst. Es erinnert mich zu sehr an meine erste Zeit in Boston, als ich ohne einen Cent in den Taschen herumgelaufen bin.«

»Entspannen Sie sich erst mal. Nächsten Monat können Sie sich dann mit voller Energie in Ihre Arbeitssuche stürzen. Das ist bestimmt früh genug.«

»Wenn ich weiter so viel esse ohne Sport zu treiben, habe ich bis dahin sicher so viel Energiereserven, dass ich mich als Kraftwerk anstellen lassen kann«, kalauerte Erin. »Trotzdem danke für das Essen, Sally.«

»Nichts zu danken«, meinte Sally. »Aber ich hätte einen Wunsch: dass wir bald wieder miteinander etwas essen oder trinken gehen.«

»Das fände ich wunderbar.«

6

Drei Tage später, am Freitagmorgen, hatte Abby einen privaten Entrümpelungsauftrag und fuhr zu einem großen Haus in einem eleganten Cork'schen Vorort. Viele Leute dachten, wegen ihres Erfolgs mit ihrer Fernsehserie nähme Abby keine privaten Aufträge mehr an, doch war das Gegenteil der Fall. Obgleich das Fernsehen gut bezahlte, war es nicht so lukrativ wie alle glaubten. Die Riesensummen, von denen in den Wer-verdient-wie-viel-Artikeln in den Zeitungen die Rede war, waren absolut illusorisch. Eine erfolgreiche Fernsehserie bedeutete einen vernünftigen Betrag auf ihrem Konto und, falls die Serie auch in Zukunft hohe Einschaltquoten erzielte, die Möglichkeit, weiter recht gut zu verdienen. Allerdings nicht ohne ihre Haupteinnahmequelle, nämlich die Sichtung der Bestände von Privathaushalten.

Der Auftrag dieses Morgens jedoch war ihr nicht ganz geheuer: Tanya Monaghan, eine lokale Diva, der sehr daran gelegen war, regelmäßig mit Foto in der Klatschspalte der Zeitung zu erscheinen, wollte Abbys Hilfe beim Entrümpeln ihres Haushalts. Kein Problem. Nur dass Abby die Vermutung hegte, dass Tanyas Haus garantiert keiner Entrümpelung bedurfte und dass sie Abbys Dienste einzig des Berühmtheitsfaktors wegen für sich in Anspruch nahm. Es war, als ob man das Abendessen für irgendwelche Gäste von einem angesehenen Koch zubereiten oder seinen Garten von einem bekannten Gärtner gestalten ließ.

»Abby Barton – Sie wissen schon, die aus dem Fernsehen – nun, sie hat mein Haus für mich entrümpelt«, würde Tanya hinterher bestimmt in nonchalantem Ton erklären.

In die Mauer neben dem elektrisch zu öffnenden Tor des Monaghan'schen Anwesens war eine Gegensprechanlage eingelassen. Tanyas Gatte verdiente als Bauunternehmer eindeutig genug. Abby kurbelte das Fenster ihres Jeeps hinunter und rief: »Abby Barton. Ich möchte zu Mrs. Monaghan.«

»Kommen Sie herein«, bat eine sanfte Stimme mit unüberhörbar ausländischem Akzent. Sie gehörte gewiss nicht Tanya, sondern irgendeiner Hilfskraft. Was zudem hieß, dass das ganze Haus voraussichtlich vom Keller bis unter das Dach in einem tadellosen Zustand war. Abby parkte in der makellosen Kieseinfahrt und brauchte nicht einmal zu klingeln, damit ihr jemand die Tür öffnete.

Eine scheue, dunkelhaarige Frau, die in einem Paar klobiger Schuhe steckte, musterte sie freundlich.

»Willkommen«, sagte sie mit leiser Stimme.

Oben an der Treppe erschien Tanya. »Ich mache das schon selber, Manuela«, erklärte sie in gebieterischem Ton.

»Danke«, sagte Abby höflich zu Manuela, die sie dafür derart entzückt anlächelte, als würde ihr in diesem Haus nicht allzu oft ein Dankeschön zuteil. Sicher könnte Manuela einiges von ihrer Arbeitgeberin erzählen. Vielleicht könnten sie beide ihre Notizen ja anschließend vergleichen.

»Nett, dass Sie hier sind«, meinte Tanya und winkte lässig mit der Hand. Pinkfarbene Versace-Jeans in Größe 32 lagen eng um ihre klapperdürren Hüften, ihre platinblonden Haare waren tadellos frisiert, und ihr betont desinteressierter Blick sollte Abby demonstrieren, dass sie sich auch durch das Erscheinen einer Fernsehgröße nicht aus der Ruhe bringen ließ.

Ms. Größe-32 zündete sich die erste einer ganzen Reihe von Zigaretten an und führte Abby durch das Haus. Es war so groß, dass Abby froh war, flache Schuhe angezogen zu haben. Außerdem war es so aufgeräumt wie eins der Häuser, die man in trendigen Wohn-Zeitschriften sah.

Schließlich marschierten sie nach oben.

»Wie Sie sehen, habe ich hier drinnen einfach keinen Platz«, erklärte Tanya, als sie einen begehbaren Kleiderschrank in derselben Größe wie Abbys Schlafzimmer betrat. Voll gestopft bis oben hin, war es eindeutig das chaotischste Zimmer im gesamten Haus, jedoch nicht annähernd so furchtbar wie das, was Abby im Rahmen ihrer Sendung zugemutet bekam. Einmal war sie in einem Haus gewesen, dessen Bewohner die Kleidung in Plastikmüllsäcken verwahrt hatten, weil in ihren Schränken neben all den wirklich alten, unbrauchbaren Stücken kein Platz mehr gewesen war und weil keiner von ihnen es gewagt hatte, etwas wegzugeben. Verglichen damit hätte Tanyas »Schrank« in die Auslage einer Edelboutique gepasst.

»Glauben Sie, dass Sie hier Ordnung schaffen können?«, meinte Tanya und betrachtete, statt Abby bei der Frage anzusehen, einen ihrer makellosen Nägel.

Abby dachte an die unzähligen tadellosen Zimmer, in denen es so gut wie nichts für sie zu tun gab, und kam zu dem Ergebnis, dass es unmoralisch wäre, einen solch unnötigen Auftrag anzunehmen. Höchstens in diesem begehbaren Schrank könnte sie etwas verändern. Angesichts der Schilder, die an vielen der eindeutig noch nie getragenen Kleidungsstücke hingen, wäre die allerbeste Lösung, irgendjemand nähme Tanya ihre goldene Kreditkarte ab. Das Geld, das sie für diesen Job bekäme, wäre natürlich nicht verkehrt, doch Abby war halt grundehrlich und hatte außerdem keine Lust, länger als unbedingt erforderlich mit der egozentrischen, unhöflichen Tanya Monaghan zu verbringen.

»Tanya, hier gibt es für mich kaum etwas zu tun«, erklärte sie deshalb. »Für das Aufräumen des Schrankes brauche ich höchstens einen Tag, aber das ist dann auch schon alles.«

»Hmm.« Tanya wirkte beinahe beleidigt, weil ihr Haus kein passendes Objekt für Abbys Arbeit war. »Können Sie nicht *irgendetwas* tun?«

»Tanya, es wäre schlichtweg eine Lüge, wenn ich behaupten würde, dass das ganze Haus entrümpelt werden muss. Sie haben nirgendwo Gerümpel.«

»Dann zumindest diesen Schrank«, bat Tanya mit hoffnungsvoller Stimme.

»Meinetwegen.«

»Super. Ich schicke Ihnen Manuela, falls Sie einen Tee oder einen Kaffee haben möchten.« Nun, da sie ihren Willen bekommen hatte, lächelte sie sogar. »Ich selbst muss leider weg und komme erst in ein paar Stunden wieder. Viel Vergnügen.«

Damit war sie verschwunden und ließ eine kopfschüttelnde Abby allein zurück.

Das Aufräumen des Schranks hatte noch einen anderen großen Nachteil, dachte Abby, als sie mit der Arbeit fertig war und ihre Jacke wieder anzog. Die Spiegel, die vom Boden bis zur Decke reichten, waren ebenso ungnädig wie die bei ihrem Frisör. Denn in ihnen sah man jede noch so kleine Falte wie unter einem Mikroskop. Sie hätte Tanya nach ihrem Schönheitschirurgen fragen sollen. Tanya war bestimmt die Art von Frau, die genauestens wusste, welches die beste Adresse für die Entfernung von Tränensäcken war. Nur war ein solcher Eingriff sicher schmerzhaft, und es bestand immer die Gefahr, dass er nicht erfolgreich war. Um das zu wissen, brauchte man sich nur all die Frauen mit Lippen, die aussahen wie aufgeblasene Luftmatratzen, anzuschauen. Nein, Abby würde sich nur liften lassen, wenn sie die Garantie bekäme, dass sie weiter aussähe wie sie selbst, nur eben etwas jünger.

Auf der Fahrt nach Hause hielt sie vor einem Laden, um eine Banane und eine Flasche Wasser zu erstehen, und auf dem Weg zurück zu ihrem Wagen zogen die schimmernd neuen Lippenstifte im Schaufenster der Drogerie sie geradezu magisch an. Der Tag war furchtbar öde, doch lukrativ gewesen, und deshalb hatte sie irgendwas Besonderes, eventuell einen neuen Lidschatten oder einen neuen Nagellack, verdient. Nach vergnüglichen zehn Minuten, in denen sie sich gründlich umgesehen hatte, beschloss Abby, sich nicht nur eine neue, teure Augencreme zu leisten, sondern dazu eine Lotion, die angeblich die Lippen voller wirken ließ, eine Gesichtsmaske und einen Mascarastift, der lange, spinnengleiche Wimpern wie von einer verführerischen französischen Filmschauspielerin versprach. Wenn sie erst mit superlangen, rabenschwarzen Wimpern klimpern konnte, würde vielleicht niemand mehr auf ihre Krähenfüße achten.

Angesichts der Summe, die ihr an der Kasse abverlangt wurde, kam Abby zu dem Schluss, dass langfristig womöglich Augenlifting günstiger wäre. Trotzdem unterschrieb sie kommentarlos die Quittung, wandte sich zum Gehen und prallte gegen einen in einen Regenmantel gekleideten Herrn.

Der Zusammenstoß war derart heftig, dass sie mit einem lauten Krachen ihre Einkäufe fallen ließ.

»Verzeihung«, murmelte sie und bückte sich, ohne ihr Gegenüber anzublicken, in der Hoffnung, dass nichts kaputtgegangen wäre, nach ihrer Tüte. Sie war also nicht nur faltig, sondern obendrein noch unbeholfen. Kein Wunder, dass ihr Ehemann sie kaum mehr wahrnahm.

»Abby Barton«, sagte eine amüsierte Stimme. »Wir haben uns seit einer Ewigkeit nicht mehr gesehen.«

Aus der Hocke spähte sie nach oben, und ihr Magen machte einen Purzelbaum.

Der Eigentümer des teuer aussehenden Regenmantels, der über seine lange Aristokratennase hinweg auf sie hinunterspähte, war tatsächlich Jay Garnier.

Ein Mann, dem sie zum letzten Mal vor… achtzehn, neunzehn Jahren über den Weg gelaufen war. Wenn sie sich recht entsann, auf irgendeiner Hochzeit. Vor der Feier hatte sie sich überlegt, ob der alte Zauber zwischen ihm und ihr noch bestünde, und war enttäuscht gewesen, als Jay mit einer attraktiven Brasilianerin mit rabenschwarzen Haaren und einer superschlanken Taille, deren Kleidergröße ihr Alter bei weitem überstiegen hatte, auf dem Fest erschienen war.

»Typisch«, hatten alle anderen geraunt, als die beiden hoch gewachsenen Gestalten im Rhythmus der Musik über das Parkett gewirbelt waren, als wären sie völlig allein und fielen jede Sekunde übereinander her. »Jay hat sich schon immer die bestaussehendsten Mädchen geschnappt.«

Abby hatte sich damit getröstet, dass auch sie einmal die Freundin von Jay gewesen war, dass alle genau wussten, dass er sich nicht binden wollte, und dass der Überlebenstrick darin bestand, sich nicht daran zu stören. Um Jay zu demonstrieren, wie wenig es sie störte, dass er sie nicht mal grüßte, hatte Abby mit ihrem damaligen Freund – dem Vorgänger von Tom – genauso wild getanzt und sich total betrunken.

»Abby«, lachte er jetzt leise. »Ich kann gar nicht glauben, dass du es wirklich bist. Es ist einfach fantastisch, dich plötzlich zu sehen – du kannst dir gar nicht vorstellen, wie froh ich über dieses Treffen bin. Nein, ich bin nicht froh, ich bin total begeistert!«

Abby schmolz dahin. Nicht nur aufgrund des Wiedersehens fühlte sie sich plötzlich zwanzig Jahre jünger, sondern auch wegen der Art, in der er ihren Namen sprach. Seine dunkle, leicht rauchige Stimme hatte sie von Anfang an betört. Er wurde niemals laut. Linda, ihre Mitbewohnerin zu Collegezeiten, hatte stets behauptet, er spräche einzig deshalb derart leise, damit die Frauen sich dicht zu ihm herüberbeugen müssten und er einen freien Blick auf ihren Ausschnitt bekam. Aber Linda hatte Jay halt nicht gemocht. Abby erinnerte sich, dass Jay mit ihr gesprochen hatte, als wäre sie der einzig andere Mensch auf dem Planeten. Wenn er sie aus seinen grauen Augen angesehen hatte, war glühendes Verlangen zwischen ihnen beiden aufgeflammt.

»So wie für dich habe ich noch nie in meinem Leben für irgendwen empfunden«, hatte er zu ihr gesagt. Doch auch wenn es ihr genau wie ihm ergangen war, hatte ihre Liebe die Rückkehr in den Alltag keine zwei Tage überstanden. Urlaubsromanzen wie die ihre waren eben nicht auf Dauer angelegt.

»Wie gesagt, es ist einfach fantastisch, dich nach all der Zeit zu sehen.« Jay half ihr auf die Füße, zog sie an seine Brust, und Abby schlang ihm ebenfalls vor lauter Freude über dieses unverhoffte Zusammentreffen die Arme um den Hals.

Er hatte sich nur unmerklich verändert. Er hatte noch dasselbe kantige Profil und denselben kräftigen Kiefer, dessen Strenge einzig durch die überraschend volle Unterlippe ein wenig abgemildert wurde, die er gerade zu einem erfreuten Lächeln verzog. Er sah noch immer fit genug aus, um mit einem Rugbyball quer über das Feld zu stürmen, und sein Haar war, wenn auch kürzer als zu Collegezeiten, noch von demselben leicht scheckigen Kastanienbraun. Er sah bestimmt nicht aus wie zweiundvierzig. Sie waren beide nämlich derselbe Jahrgang.

Jetzt hielt er sie auf Armeslänge von sich fort und begann sie beifällig zu mustern. »Du siehst fantastisch aus, Abby. Hast du vielleicht Zeit für einen schnellen Drink, damit wir uns erzählen können, was sich, seit wir uns zum letzten Mal gesehen haben, alles ereignet hat?«

Wenig später saßen sie zusammen in der Bar des Hotels auf der anderen Straßenseite und tauschten Erinnerungen aus. Abby hatte noch Kontakt zu ein paar Leuten aus ihrer damaligen Clique, und da es sie eigenartig erregte, wenn er sie zufällig berührte, sprach sie ohne Unterlass davon, dass zum Beispiel Peter und Fiona am Ende doch geheiratet hatten und nach Stockholm gezogen waren, und dass Denessa vor ein paar Jahren aus Cork verschwunden war.

Jay, der geschäftlich in Cork zu tun hatte, lebte in Dublin und leitete dort die Verkaufsabteilung eines erfolgreichen Unternehmens für Bürobedarf. Er war verheiratet mit einer gewissen Lottie und machte irgendwie den Eindruck, als stünde es mit seiner Ehe nicht unbedingt zum Besten. Abbys weiches Herz litt mit, als er Schulter zuckend meinte, selbst in der allerbesten Ehe gäbe es eben schwierige Phasen, oder etwa nicht?

»Die Jungen sind fünf und sieben, und sie sind einfach fantastisch«, beeilte er sich zu erklären. »Und wie steht es mir dir? Du hast eine Tochter, oder?«

Erleichtert erzählte Abby ihm von Jess und Tom, wobei sie die Interview-Version ihres Lebens zum Besten gab: wie aufregend sie all den Ruhm fand, dass jedoch ihre Familie wichtiger als alles andere für sie war.

Jay sprach von seinen beiden kleinen Söhnen, meinte, er hätte spät geheiratet, aber die beiden Jungen würden ihn jung halten.

»Ich fürchte, ich muss los«, sagte er nach einer Stunde. »Ich habe noch einen Termin.«

»Natürlich«, antwortete Abby. »Ich auch. Ich meine, ich habe ebenfalls noch einen Termin.«

Als sie nach der Rechnung griffen, berührten sich abermals zufällig ihre Finger, und Abby hatte das seltsame Gefühl, als stünde sie urplötzlich unter Strom. Reglos saß sie da und starrte auf Jays ausgestreckte Hand.

»Lass mich bezahlen«, bat er. »Wenn man sich nicht von einem alten Freund auf einen Drink einladen lassen kann, von wem denn bitte dann? Und ich bin ja wohl ein wirklich alter Freund«, fügte er lachend hinzu. »Schließlich habe ich schon jede Menge grauer Haare.«

Abby begann ebenfalls zu lachen. »Du siehst aus wie höchstens siebenunddreißig. Ich nehme also an, dass du wie Dorian Gray irgendein Bildnis deiner selbst aus jungen Jahren auf dem Speicher hängen hast.«

»Das sagt gerade die Richtige«, meinte er mit entspannter Stimme, beugte sich über den Tisch und strich ihr über das Haar. »Du siehst einfach super aus. Die Berühmtheit steht dir gut.«

Sie sahen einander ins Gesicht, und in dieser Minute erkannte sie, was sie empfunden hatte, als sie von ihm berührt worden war: herrliches, erregendes, sinnliches Verlangen. Sämtliche Nervenenden bebten, und sie hatte das Gefühl, unter Hochspannung zu stehen. Gleichzeitig jedoch wurde ihr bewusst, dass es hochgefährlich wäre, gäbe sie dieses Empfinden Jay gegenüber zu. Wie peinlich, dass sie derart von einem Ex-Freund, noch dazu einem verheirateten Ex-Freund, hingerissen war.

Gerade noch zur rechten Zeit setzte sie die Maske der Souveränität, die sie sich im Rahmen ihrer Arbeit vor der Kamera so mühsam angeeignet hatte, auf und meinte: »Du bist und bleibst ein Charmeur. Ich wette, das sagst du zu allen deinen alten Flammen.«

»Nein.« Jays nonchalantes Lächeln war verschwunden. »Das tue ich nicht.«

»Tja, dann sag es besser auch nicht zu mir«, erklärte sie mit aufgesetzter Strenge. »Ich bin eine alte, verheiratete Frau und habe längst vergessen, wie man flirtet.«

»Das glaube ich dir nicht«, antwortete er mit sanfter Stimme. »Du warst nämlich schon immer ein äußerst verführerisches Wesen.«

Damit befanden sie sich wieder auf sicherem Terrain. Sie waren nichts als alte Freunde, die sich über ihr Wiedersehen freuten und mit Vergnügen in Erinnerungen schwelgten.

»Wir müssen uns unbedingt mal zum Abendessen treffen«, meinte Jay und stand auf.

Abby, die gerade in ihrer Tasche nach ihrem Wagenschlüssel suchte, hob zögernd ihren Kopf. Meinte er es ernst?

»Ich bin wirklich gespannt auf Tom, und ich weiß, dass du und Lottie euch wunderbar verstehen würdet«, fuhr er geschmeidig fort.

»Sehr gern«, erwiderte Abby einerseits erleichtert und andererseits enttäuscht. Es wäre nett gewesen, wenn auch er sich von ihr angezogen fühlte. Doch natürlich war es besser, dass dem nicht so war. Ihr Leben war kompliziert genug. »Ein gemeinsames Abendessen wäre schön. Hier ist meine Karte. Ruf mich einfach an, damit wir einen Termin ausmachen können.«

Während des gesamten Nachmittags dachte sie an Jay. Es war aufregend gewesen, jemanden zu treffen, der ihr, anders als ihr Mann, das Gefühl gegeben hatte, sie wäre jung und attraktiv. Jay hatte sich zudem voll auf sie konzentriert, hatte ihr ein Maß an Aufmerksamkeit geschenkt, wie sie es zu Hause längst nicht mehr bekam. Natürlich war es nichts Besonderes, dass ein alter Freund sich dafür interessierte, wie ihr Leben verlaufen war. Doch es hatte Spaß gemacht, dachte sie mit leichter Wehmut. Riesengroßen Spaß, den sie seit Jahren nicht mehr erlebt hatte.

Vier Meilen weiter hatten Jess und Steph nicht den geringsten Spaß. Sie standen zitternd in ihren dünnen Aertex-T-Shirts auf dem Fußballplatz der Schule. Der Sportlehrer, Mr. Hutton, stand vor den nebeneinander aufgereihten Schülern und erklärte, dass die Sportstunde an diesem Nachmittag wunderbar werden würde. Durch Staffellauf und Fußball würde die Klasse von der bevorstehenden Prüfung abgelenkt. Nichts jedoch lenkte die Jugendlichen von dem kalten Wind ab, der ihnen frostig aus Richtung Hafen um die Ohren pfiff. Die Jacken ihrer Trainingsanzüge lagen auf den Bänken, denn Mr. Hutton war der Ansicht, nach ein paar Minuten Staffellauf wäre ihnen allen furchtbar heiß.

»Ich weiß nicht, warum er sich einbildet, bei diesem Mist würden wir uns entspannen«, knurrte Steph und rieb sich bibbernd ihre kalten Arme. »Er hat gut reden: Er hat schließlich einen dicken Fleecepullover an.«

»Ich habe Wettrennen immer schon gehasst«, murmelte Jess. Ihre Arme wurden langsam blau. Zusätzlich hatte während der Französischstunde ihre Periode eingesetzt, sodass sie den Eindruck gewann, eine Horde Pit Bull Terrier beiße sich in ihrem Inneren fest. Bereits der Gedanke an den dämlichen Staffellauf war Höchststrafe. Das aber konnte sie dem bescheuerten Mr. Hutton nicht erklären. Wie sollte sich eine Schülerin mit Menstruationsproblemen einem Lehrer anvertrauen? Unmöglich. Ihre Mutter hatte häufig über ihre damalige reine Mädchenschule geklagt. Doch in dieser Hinsicht bedeutete das einen absoluten Vorteil.

»Aufstellen«, brüllte ein gut gelaunter Mr. Hutton.

Widerwillig teilten sich die Schüler in verschiedene Gruppen ein.

Steph, die von ihrer Gruppe ganz nach vorn und somit drei Schüler vor Jess geschoben wurde, flüsterte verstohlen: »Tut mir Leid.«

Jess zuckte resigniert mit ihren Achseln.

In der Mannschaft neben ihr stand Saffron, die schimmernd blonden Haare zu einem kessen Pferdeschwanz gebunden, mit frischem, klarem Teint, als wolle sie Jess durch ihre Perfektion daran erinnern, dass auf ihrer Stirn ein dicker Pickel im Erblühen war. Super. Bauchkrämpfe und dazu ein Horn auf der Stirn.

Erfüllt von einem glühend heißen Hass auf alles und auf jeden trat sie mit verbissener Miene einen Schritt nach vorn. Sie gab sich die größte Mühe, Derek und Alan zu ignorieren, die auf der anderen Seite standen. Denen quollen nämlich beim Anblick von Saffrons hohen, vollen Brüsten, die in dem engen T-Shirt unübersehbar waren, schier die Augen aus dem Kopf. Das war die Geschichte ihres Lebens, ging es Jess elend durch den Kopf. Nicht, dass sie gewollt hätte, dass diese zwei Neandertaler sie mit großen Augen anglotzten. Doch es wäre durchaus nett gewesen, so verführerisch wie Saffron auf die Jungs zu wirken.

»LOS!«, schrie Mr. Hutton, und die ersten Läufer starteten. Die nächsten rückten lustlos ein kleines Stück auf. Sie schienen sich nicht weniger zu langweilen als Jess, denn nur

Mr. Hutton und die krankhaft ehrgeizigen Typen aus der Fußballmannschaft feuerten die Sprinter an.

»Es wird sicher fantastisch werden«, hörte Jess Saffron zu ihrer Freundin flüstern.

»Eigentlich gibt es nur Tickets für Schüler der oberen beiden Klassen, aber Ian sagt, ihr alle seid willkommen. Er kriegt das sicher hin. Ich kann es kaum erwarten.«

Wäre Steph bei ihr gewesen, hätte Jess jetzt theatralisch mit den Augen rollen können. Die Blondinen ihrer Klasse sprachen nie von irgendetwas anderem als von irgendwelchen Partys. Dieses Mal ging es um die Feier am Abend des Fußballturniers zwischen den verschiedenen Schulen. Garantiert total öde.

»...in das Ding sind Stäbchen eingenäht, weißt du, und deshalb drückt es den Busen super hoch.« Zur Demonstration schob Saffron ihre Brüste bis unter ihr Kinn. Jess wusste nicht, was schlimmer war: das erstickte Keuchen von Alan und Derek oder der Gedanke an Ians Gesicht, wenn er Saffron geschmückt wie einen Christbaum, mit aus dem Kleid quellenden Brüsten und dem »Geöffnet«-Flackern in den Augen sah.

Am Ende ging es einzig darum, dass frau üppige Titten hatte, oder?

Der Typ vor ihr rannte los, und Jess versuchte so zu wirken, als wäre sie bereit zum Start. Sie hatte sich nicht richtig aufgewärmt und so streckte sie mühsam ihre steifen Waden. Was, wenn sie den Stab fallen lassen würde? Sie hasste Staffellaufen.

Ihr Mannschaftskamerad kam auf der anderen Seite an und machte kehrt. Inzwischen feuerten auch andere die Läufer lautstark an, doch es war problemlos zu erkennen, welches Team die Siegermannschaft werden würde: die Fußballer, in deren Reihen auf wundersame Weise keiner der unsportlichen Jungen und kein einziges Mädchen anzutreffen war.

Jess begann auf der Stelle zu laufen.

Der Läufer ihrer Mannschaft kam in schnellem Tempo näher, hielt ihr den Stab hin und das Ding … fiel ihr tatsächlich aus der Hand. Jess machte einen Hechtsprung, doch der Stab plumpste in den Matsch.

»Los, Jess, gib dir ein bisschen Mühe«, brüllte Mr. Hutton.

»Los, Jess«, heulten ihre Mannschaftskameraden.

Ihre kalten Finger umklammerten nun den Stab, und sie rannte unbeholfen los. Die Leute, gegen die sie laufen musste, waren bereits auf dem Rückweg, und sie gab sich die größte Mühe, deren Vorsprung zu verringern. Doch die Verlegenheit wegen des fallen gelassenen Stabes und der Schmerz in ihrem Unterleib forderten ihren Tribut. Ihr Beine waren schwer wie Blei, und sie fühlte sich wie in einem Alptraum, in dem eine Horde Dämonen langsam, aber sicher näher kam, während sie im Treibsand steckte, sodass sie ihnen hilflos ausgeliefert war.

»Jess, schneller, Jess!«, kreischten alle, als sie kehrtmachte und sah, dass die anderen Läufer schon fast das Ziel erreicht hatten. Sie steckte ihre gesamte Energie in den Sprint zurück und drückte dem letzten Läufer ihrer Mannschaft atemlos den Stab in die Hand. Keuchend drehte sie sich um und merkte, dass sie zu langsam gewesen war. Ihr Team würde verlieren. Das war allein ihre Schuld.

»Pech, Mädel«, sagte Steph mitfühlend und tätschelte ihr aufmunternd den Arm. »Ich dachte, Hooty bekäme einen Herzinfarkt, als dir der Stab runtergefallen ist. Irgendjemand sollte ihm dringend ein Beruhigungsmittel geben. Sport ist ja so was von uncool.«

»Du sagst es«, murmelte Jess und hatte das Gefühl, dass alle Welt sie anstierte und im Geiste als unbeholfene Idiotin abstempelte.

Unter wildem Geschrei, vor allem von Saffron und ihren Freundinnen, kam natürlich der Läufer aus dem Fußball-Team als Erster bei der Mannschaft an.

»Gut gemacht«, kreischte Saffron, warf ihren Pferdeschwanz zurück und bedachte Tony, den bestaussehendsten Sportler, mit einem verführerischen Blick. Der Riese mit der rauen Stimme saß in Mathe neben Jess und hatte einmal ihren silbernen Gel-Stift für sie aufgehoben, als er auf den Boden gefallen war.

»Danke, Saffron«, antwortete Tony und schenkte ihr ein derart verheißungsvolles Lächeln, dass Jess bereits rote Ohren kriegte, nur, weil sie in der Nähe stand. »Du warst selber ziemlich heiß.«

Jess wusste, hätte Tony so etwas zu ihr gesagt, wäre ihr die Kinnlade heruntergefallen und hätte damit ihre grässliche Zahnspange entblößt. Saffron jedoch lächelte ihn unter ihren langen dunklen – wie Jess voller Ingrimm dachte, eindeutig mit verbotenem Mascara geschminkten – Wimpern hervor an und zwinkerte ihm wissend zu.

Auch wenn sie Saffron abgrundtief hasste, zollte Jess ihr gleichzeitig, wenn auch widerwillig, Respekt. Irgendwie hatte Saffron das Geheimnis des Umgangs mit dem anderen Geschlecht voll drauf. Sie wartete nicht darauf, dass einer von ihnen ihr, während sie mittags auf die Essensausgabe warteten, eine Gesprächskrume hinwarf. Sie lag nicht abends im Bett und stellte sich die Frage, ob sie sie überhaupt bemerkten. Sie ging los und schnappte sich den Jungen, den sie wollte, wie ein Cowboy, der mit einem Lassowurf das widerspenstigste Pferd fing. Und vor allem brach sie nicht in Panik aus bei dem Gedanken, dass Ian womöglich mitbekäme, dass sie mit Tony flirtete. Während eines kurzen, wohligen Moments stellte Jess sich vor, sie würde Ian trösten und er würde daraufhin erklären: »Ich dachte, ich käme niemals über Saffron hinweg, aber sie war doch nicht meine wahre Liebe. Die bist nämlich du, Jess. Ich bin so froh, dass sie mit Tony zusammen ist. Dadurch habe ich die Chance bekommen …«

»… den Stab zu übernehmen, ohne ihn dabei fallen zu lassen, und sofort loszulaufen.«

Jess kehrte aus ihrer Traumwelt in die raue Wirklichkeit

zurück und stellte fest, dass Mr. Hutton ihr einen Vortrag über Teamarbeit im Rahmen des Mannschaftssportes hielt. »Wenn du keine Lust zum Staffellaufen hattest, hättest du was sagen sollen, Jess«, fügte er erbost hinzu.

Getroffen von der Ungerechtigkeit dieser Attacke hätte Jess gerne eingewendet, dass es eine freie Wahl nie gegeben hatte, doch er fuhr bereits fort. »Das ist es, worum es bei Mannschaftssportarten geht. Dass man das tut, was für das Team das Beste ist. Du bist groß und athletisch – du müsstest also so schnell sein wie die Jungen.«

»Jess ist doch auch ein halber Junge«, sagte Derek kichernd zu Alan und blinzelte dabei viel sagend auf ihren nicht vorhandenen Busen.

Mit vor Zorn und Elend hochrotem Gesicht starrte Jess auf ihre Schuhe und entdeckte, dass sie total verdreckt waren durch das Rumgegrapsche nach dem Stab.

Wenn Mr. Hutton auch nur einen Hauch von Einfühlungsvermögen besessen hätte, wäre ihm bewusst gewesen, dass Jess einzig deshalb zu Boden blickte, damit niemand die Tränen in ihren Augen bemerkte. Mr. Hutton jedoch kam zu dem Schluss, dass die schlaksige kleine Barton aufsässig und widerspenstig war. Schließlich sah sie ihm, während er mit ihr sprach, nicht mal ins Gesicht!

»Halt das, wie du willst, Jess. Stell dich ins Abseits und guck, wie weit du mit einer solchen Einstellung im Leben kommst. Ich kann dir versichern, dass du es mit deiner Haltung nicht weit bringen wirst. Nach dem Unterricht bleibst du noch hier und bringst die Stangen und Markierungen zurück in den Schuppen. Den Schlüssel gibst du anschließend beim Platzwart ab.«

Sport war die letzte Stunde dieses Tages, und wenn sie länger bleiben musste, hieß das, dass sie ihren Bus zum Bahnhof nicht rechtzeitig bekäme. Mum würde verrückt.

»Ich helfe dir«, erklärte Steph, nachdem Hutton davongestapft war, um ein Fußballspiel zu organisieren.

Jess schüttelte stumm den Kopf.

»Doch«, insistierte die stets loyale Steph.

»Du hast doch keine Zeit. Heute kommt doch noch dein Schinder«, erinnerte Jess sie mit dünner Stimme.

»Scheiße, stimmt. Du hast Glück, dass du einen Dad hast, der diese Sachen mit dir lernen kann.« Steph kam in Mathe nicht gut mit. Deshalb hatten ihre Eltern einen von den Mädchen spaßeshalber Schinder genannten Nachhilfelehrer für sie engagiert.

Zum ersten Mal an diesem Nachmittag verzog Jess das Gesicht zu einem Grinsen. »Dad hält nichts von privater Schinderei. Er denkt, sie ist ein Zeichen für schlechten Unterricht.«

»Und warum schickt er dich dann überhaupt hierher?«, wollte ihre Freundin wissen. »Schließlich gibt es keine Schule ohne Schinderei.«

»Wirklich witzig, haha«, seufzte Jess.

»Wie wär's, wollen wir am Samstag vielleicht ins Kino gehen?«, schlug Steph in dem dringenden Wunsch, Jess etwas aufzuheitern, nach kurzem Schweigen vor.

»Ich weiß nicht, ob ich kann.« Wieder entfuhr Jess ein abgrundtiefer Seufzer. »Samstagabend haben mich die Richardsons zum Babysitten engagiert, und Mum besteht darauf, dass ich vorher meine gesamten Hausaufgaben fertig haben muss.«

»Sag ihr, dass du die doch genauso gut während des Babysittens machen kannst.«

Bis Jess endlich alle Stücke im Geräteschuppen hatte, war sie völlig erschöpft. Statt in dem unheimlichen, weil inzwischen menschenleeren Umkleideraum des Sportplatzes zu duschen, nähme sie daheim ein Bad, überlegte sie, und zog ihren Mantel über das schmutzige Sportzeug.

Von der Bushaltestelle aus versuchte sie zu Hause anzurufen, um zu sagen, dass sie später kommen würde. Doch niemand meldete sich, und auch der Anrufbeantworter sprang, obwohl sie endlos läuten ließ, aus irgendeinem Grund nicht an. Gerade, als sie versuchen wollte, ihre Mutter auf dem Handy zu erreichen, kam der voll besetzte Bus. Nie im Leben würde sie eins der kindischen Gespräche nach dem Motto »Ich komme etwas später, Mum, mach dir keine Sorgen«, führen, wenn es dafür tausend Zeugen gäbe. Also warf sie sich auf den letzten freien Sitz, schob sich die Knöpfe ihres Discmans in die Ohren und stellte ihn so laut es ging.

Auch im Zug herrschte entsetzliches Gedränge. Sämtliche Sitzplätze waren belegt und die Waggons mit schlecht gelaunten, mit Aktentaschen, Kinderwagen und Einkaufstüten bewehrten Fahrgästen besetzt.

Da sie nirgends sitzen konnte, quetschte sich Jess am Ende des Wagens gegen die Wand, stellte ihre Tasche dicht neben ihre Füße und versuchte, die Langeweile der täglichen Heimfahrt durch Musik zu übertönen. Als sie irgendwann den Kopf hob, merkte sie, dass der Typ, der eine Klasse weiter als sie war, sich einen Weg in Richtung eines halbwegs freien Stehplatzes bahnte. Dabei bildete sie sich während einer unglaublichen Sekunde allen Ernstes ein, er hätte sie mit einem Lächeln angesehen. Um sich neben der Müdigkeit, der Enge und der schlechten Laune, die sie plagten, nicht auch noch lächerlich zu machen, ignorierte sie ihn besser. Doch er schob sich weiter durch den Wagen, lehnte sich an das letzte Stückchen freie Wand in ihrer Nähe, und – dieses Mal war jeder Irrtum ausgeschlossen – er sah sie freundlich an! Also bedachte sie ihn mit einem scheuen Lächeln und fixierte danach rasch wieder den Boden. Wow! Dies war der erste Lichtblick an einem bisher grauenhaften Tag.

Doch sollte es der erste und der letzte Lichtblick an diesem Abend sein. Als der Zug noch langsamer als sonst in den Bahnhof rollte, sah Jess ihre Mutter bereits aufgeregt auf dem Bahnsteig stehen. Sie trug diesen lächerlichen schokoladenbraunen Kunstpelzmantel, den sie so sehr liebte, und suchte, während der Zug einfuhr, mit den Augen aufmerksam sämtliche Abteile nach ihr ab.

»Jess!«, rief sie und stürzte, als Jess müde ausstieg, auf ihre Tochter zu. »Ich habe mir solche Sorgen um dich gemacht. Ich habe versucht dich zu erreichen, aber du bist nicht an dein Handy gegangen und …«

Jess bedachte sie mit einem entnervten Blick, doch Abby war viel zu erleichtert, um zu merken, wie peinlich die Szene ihrer Tochter war.

»Reg dich ab, Mum«, fauchte Jess sie deshalb schließlich an. »Ich habe angerufen, um zu sagen, dass ich später kommen würde, aber du warst nicht zu Hause, und der Anrufbeantworter war aus.«

Jess versuchte, sich aus der Umarmung ihrer Mutter zu befreien und bemerkte, dass der Typ aus ihrer Schule den Bahnsteig hinunter Richtung Fußgängerbrücke schlenderte. Er würde sie nie wieder lächelnd ansehen, das stand eindeutig fest. Nicht, nachdem ihre Mutter öffentlich bekannt gegeben hatte, dass sie ein kleines Kind war, das nicht mal fünf Minuten später als gewöhnlich aus der Schule kommen durfte, ohne dass es einen Riesenaufstand deshalb gab. Coole Typen aus der fünften gaben sich nicht mit kleinen Kindern ab.

»Warum bist du nicht ans Handy gegangen, als ich angerufen habe?«, wollte ihre Mutter wissen.

»Ich hab's nicht gehört«, murmelte Jess genervt.

»Du solltest die Musik nicht derart laut stellen, dass du das Handy nicht mehr hörst«, erklärte Abby streng. »Hast du eine Vorstellung davon, was für Sorgen ich mir um dich gemacht habe?«

»Um Himmels willen«, schnauzte Jess sie wütend an. »Die Leute starren uns schon an. Verdammt, du bist hier nicht im Fernsehen.«

Schweigend fuhren sie nach Hause, und nicht einmal das vergnügte Geplauder des Radiomoderators brach den Bann.

Abby, die Schuldgefühle hatte wegen ihrer kurzen Rückkehr in die Vergangenheit mit Jay, die sich fragte, ob sie Tom davon erzählen sollte, und die, nachdem sie Jess nach ihrer Heimkehr nicht angetroffen hatte, außer sich vor Sorge zum Bahnhof gehastet war, empfand heißen Zorn, weil Jess sie nicht informiert hatte.

Was war nur aus Jess geworden, fragte sie sich grimmig. Ihre umgängliche, stets lächelnde Tochter war zu einem schlecht gelaunten, reizbaren Teenager geworden, der ihr jedes Mal, wenn sie den Mund aufmachte, fast den Kopf abriss. Was hatte Abby falsch gemacht? Oder, fragte sie sich plötzlich, hatte ihre Tochter vielleicht irgendein ernsthaftes Problem?

Sie versuchte es noch einmal, nachdem sie zu Hause angekommen waren.

»Wie war es denn in der Schule?«, fragte sie Jess interessiert.

Jess dachte daran, wie fürchterlich der Tag gewesen war. Dass der blöde Mr. Hutton zu Unrecht auf ihr herumgehackt hatte. Und, was noch viel schlimmer war, an Dereks gemeinen Kommentar. Sie konnte schließlich nichts dafür, dass sie groß, schlaksig und flachbrüstig war. Sie hätte gern gewusst, wie ihre Mutter als Teenager ausgesehen hatte. Doch ihre Mum war eine zierliche, hübsche, selbstbewusste Frau. Wie sollte sie Jess also jemals verstehen? Mum erzählte ständig, sie wünschte sich, ihr Busen wäre kleiner, denn sie würde es hassen, derart »üppig« zu sein. Das war alles so ungerecht.

»Wir haben jede Menge Hausaufgaben auf«, antwortete sie ausweichend. »Wie sollen wir jemals irgendetwas für die Prüfung wiederholen, wenn wir von allen Lehrern Unmengen von neuen Sachen aufgebrummt bekommen?«, fragte sie, riss die Tür des Kühlschranks auf, griff nach kurzem Überlegen nach dem Käse und schmierte sich ein Brot.

Abby war erleichtert. Jess war also lediglich der Hausaufgaben wegen derart daneben.

»Sie würden euch nicht so viel aufgeben, wenn sie nicht dächten, dass ihr die Übung braucht«, erklärte sie im Ton der Lehrersgattin. »Und wenn du jetzt ein Brot isst, hast du nachher keinen Hunger, wenn es Abendbrot gibt.«

»Ich werde keine Zeit zum Abendessen haben«, schnauzte Jess. »Ich werde nämlich, während ihr gemütlich esst, über meinen ach-so-sinnvollen Hausaufgaben sitzen.« Damit stürmte sie die Treppe hinauf in ihr Zimmer.

»Tut mir Leid, Jess«, rief Abby ihr unglücklich hinterher. »So habe ich es nicht gemeint. Aber eure Lehrer wissen, dass ihr den Stoff der vierten Klasse bis zu den Prüfungen durchhaben müsst, und auch wenn es momentan sicher schwer ist, wird es sich am Ende lohnen ...«

Die einzige Antwort, die sie darauf bekam, war das Zuknallen von Jess' Zimmertür.

Abby legte die Dinge, die sie für Jess' Lieblingsessen, eine vegetarische Lasagne, für die man viel Zeit brauchte, vor sich auf den Tisch. Wenn sie ihrer Tochter ihre Liebe nicht mit Worten deutlich machen konnte, würde sie sie ihr halt zeigen.

Die Lasagne wurde kalt, und als Jess auch nach mehrmaligem Rufen nicht in die Küche kam, gab Abby schließlich auf, ging ins Wohnzimmer hinüber, aß eine Packung Chips und sah im Fernsehen eine Seifenoper, als Tom endlich nach Hause kam.

»Wie war dein Tag?«, fragte er, während er schwungvoll seine prall gefüllte Aktentasche in seinen Sessel warf.

»Frag mich lieber nicht«, antwortete sie und wollte gerade anfangen ihm zu berichten, was für eine Zicke ihre Kundin gewesen war, dass Jess unglücklich über ihre Hausaufgaben war, dass sie selber sich entsetzlich fühlte, weil sie nicht mehr mit ihr sprechen konnte, und er solle doch mal raten, wen sie heute zufällig getroffen hatte, als Tom ihr in dem dringenden Verlangen, von seinem Tag zu sprechen, zuvorkam.

»Ich kenne das Gefühl«, murmelte er, löste seine Krawatte und warf sie neben seine Tasche. »Irgendein Scherzkeks aus der Zweiten hat heute Nachmittag den Feueralarm ausgelöst, und wir haben das Ding nicht wieder aus gekriegt. Sieht aus, als hätte die teure neue Anlage, die wir erst im letzten Jahr eingebaut haben, irgendeinen Defekt. Wir mussten extra einen Typen von der Firma, die sie installiert hat, heranbeordern. Und dann erzählt mir auch noch Gina«, Tom ließ sich in den zweiten Sessel sinken, »du weißt schon, die neue Physik- und Mathelehrerin, sie käme mit den Schülern nicht zurecht und wollte deshalb kündigen. Sie klagt darüber, dass es so schwer ist, Jungen zu unterrichten. Blöde Kuh. Und ich schwöre, dass Bruno regelmäßig an den Tagen freimacht, wenn es derartige Schwierigkeiten gibt. Er scheint ein verdammter Hellseher zu sein. Er kriegt das Schulleitergehalt und hat nicht die mindesten Probleme, während ich, der ich doch nur sein Stellvertreter bin, mit jeder verdammten Katastrophe alleine bin.« Er setzte sich bequemer hin und sah sich suchend nach der Fernbedienung um. »Was gibt es zum Abendessen?«

Abby zählte stumm bis zehn. »Gemüse-Lasagne«, erklärte sie mit ruhiger Stimme, ging hinüber in die Küche, schnitt eine Portion für ihren Gatten ab, schob sie in die Mikrowelle, warf noch ein Stück schlabberigen Salat und ein paar ungewaschene Cocktailtomaten auf den Teller, knallte ihn auf ein Tablett und stellte alles unsanft vor Tom auf den Tisch.

»Danke«, murmelte er.

Bewaffnet mit Wein und einer zweiten Tüte Chips stiefelte Abby nach oben und klopfte vorsichtig bei ihrer Tochter an.

»Hi, Jess, ich bin es, Mum. Kann ich dir irgendetwas bringen?«

»Nein«, drang die knappe Antwort durch die Tür.

Also tapste Abby in ihr Schlafzimmer, schaltete dort den Fernseher an und machte es sich mit ihrem Snack auf dem

Bett bequem. So viel also zu dem moralischen Dilemma, ob sie ihrem Mann von Jay erzählen sollte oder nicht. Sie konnte es kaum glauben, dass sie auch nur einen Gedanken daran verschwendet hatte. Sicher ließe es Tom sogar kalt, wenn Jay sie in der Drogerie gegen das Regal mit den Wärmflaschen gedrängt, sich ihre Beine um die Hüften geschlungen und sie vor den Augen der Leute zum Höhepunkt getrieben hätte.

Solange Tom sein Abendessen vorgesetzt bekam und irgendjemand schweigend seine Klagen über seine Arbeit über sich ergehen ließ, schien er nichts anderes zu brauchen. Weshalb also sollte sie ihm von ihrem zufälligen Treffen mit einer alten Flamme überhaupt etwas erzählen? Falls Jay anriefe, um einen Termin für ein Essen festzulegen, wäre es dafür noch immer früh genug. Bis dahin jedoch behielte sie die Sache, genau wie das beunruhigende Gefühl, das Jays Berührung in ihr wachgerufen hatte, besser für sich.

7

An diesem Wochenende konnte Lizzie den Rosen auf dem samstäglichen Markt einfach nicht widerstehen. Ihre samtig weichen, dunkelroten Blütenblätter begannen gerade, sich zu öffnen, und mit dem Gedanken, wie hübsch sich ein solcher Strauß in der alten Kristallvase auf dem blank polierten Flurtisch ausnahm, warf sie alle finanzielle Vorsicht über Bord. Sie kaufte zwei Bouquets und lief die Hauptstraße hinunter zu ihrem Wagen, als Mrs. Hegarty, eine der häufigsten Besucherinnen ihrer Praxis, aus dem Postamt kam.

»Oh, Lizzie, was für wunderschöne Blumen«, seufzte die alte Dame.

»Nicht wahr?«, fragte Lizzie und musterte die beiden Sträuße geradezu verliebt. Anders als ihre eigenen Rosen dufteten sie nicht. Doch es würde noch Wochen dauern, bis in ihrem Garten alles blühte, und es war halt einfach schön, wenn man heimkam und gleich einen solch fröhlichen Farbfleck als Empfang hatte.

»Ich hoffe doch, dass sie für jemand Besonderen gedacht sind?«, meinte Mrs. Hegarty.

Lizzie grinste vergnügt. »Das können Sie wohl annehmen«, scherzte sie. Ehe sie jedoch erklären konnte, dass sie damit sich selber meinte, hatte Mrs. Hegarty bereits den falschen Schluss aus diesem Satz gezogen.

Ihr schmales, runzliges Gesicht begann zu strahlen. »Ach, der gute Myles. Grüßen Sie ihn doch von mir. Es ist wirklich schön, dass Sie beide sich regelmäßig sehen und so gute Freunde geblieben sind.« Dann fingen ihre dunklen Augen an zu blitzen. »Wir alle hoffen ja nach wie vor, dass Sie beide Vernunft annehmen und sich wieder zusammenraufen.«

»Tja, ich treffe ihn tatsächlich gleich«, gab Lizzie zu. Myles hatte sie dringend sehen wollen, jedoch nicht gesagt, warum. Allzu häufig trafen sie sich nicht, und obgleich sie oft wegen ihrer Kinder telefonierten, schien es heute um etwas anderes zu gehen. Wie hatte er sich ausgedrückt? »Es gibt da etwas, über das ich mit dir reden muss.«

Mrs. Hegarty jedoch war in Gedanken bereits bei den Krampfadern ihres Mannes angelangt.

»Sie machen ihm mal wieder fürchterlich zu schaffen, und ich habe gesagt, wenn du doch nur Stützstrümpfe tragen würdest, Liam, dann ginge es dir besser, aber nein, er meint, Männer tragen so was nicht. Also habe ich ihm geraten …«

Lizzie wartete geduldig auf das Ende von Mrs. Hegartys ausführlichem Monolog. Einige Patienten stellten sie auf eine Stufe mit der Ärztin, so als hätte Dr. Morgans jahrelanges Studium im Verlauf der Zeit auf Lizzie abgefärbt.

»Er sollte sich einen Termin bei Dr. Morgan geben lassen«, gab sie schließlich ihre Standardantwort. »Ich muss mich beeilen, Mrs. Hegarty, sonst komme ich zu spät.«

»Ah.« Der Gedanke, dass Lizzie auf dem Weg zu ihrem Ex-Mann war, zauberte ein weiches Lächeln in Mrs. Hegartys Gesicht, und Lizzie seufzte innerlich auf. Nach dem Missverständnis mit den Blumen würde es nicht lange dauern, und überall im Ort spräche man von der vermeintlichen bevorstehenden Versöhnung des geschiedenen Paars. In Dunmore funktionierte die Buschtrommel reibungslos. Trotzdem lächelte sie, wünschte Mrs. Hegarty noch einen schönen Tag und wandte sich zum Gehen.

Als sie ihren alten, klapprigen Golf langsam aus dem Ort hinauslenkte, wanderte ihr Blick immer wieder auf den neben ihr liegenden Strauß. Myles war nie ein großer Blumenfreund gewesen. Er hatte ihr unverdrossen entweder etwas Praktisches oder irgendwelche Gutscheine geschenkt.

»Weshalb sollte ich dir irgendwelchen unnötigen Schnickschnack kaufen?«, hatte er lächelnd gefragt, »wenn ich dir stattdessen einen Gutschein schenken kann, den du gegen etwas eintauschst, was du wirklich haben willst?«

Das hatte Lizzie eingeleuchtet. Männer, und besonders Myles, hassten es, einkaufen zu gehen. Das war aller Welt und vor allem ihr als seiner Frau hinlänglich bekannt.

Myles saß bereits an einem Tisch in dem kleinen italienischen Café, in dem es nach Amaretto-Plätzchen und nach frisch gemahlenen Kaffeebohnen duftete. Er hatte versucht, sich mit einem Kreuzworträtsel abzulenken, war jedoch derart nervös, dass er am Schluss die Zeitung neben sich auf einen Stuhl warf und in seinen Organizer blickte, um zu sehen, wie viel Zeit noch bis zur Hochzeit seiner Tochter war. Fünfzehn Wochen. Höchste Zeit also, um die Dinge in der Hoffnung zu klären, dass sich bis zu Debras großem Tag die Familie an die Veränderung gewöhnt hatte.

Er hatte das alles nicht geplant. Als er Lizzie verlassen hatte, hätte er nie erwartet, sich je in eine andere zu verlieben. Das war nicht sein Ziel gewesen und absolut nicht der Grund, weshalb er zu Hause ausgezogen war.

Seine Freunde hatten hartnäckig angenommen, er wäre aus der Ehe ausgebrochen, weil er sich dort langweilte und irgendwelche anderen Frauen kennen lernen wollte. Doch das war es nicht gewesen. Er und Lizzie hatten heiraten müssen, und während all der Jahre seiner Ehe hatte Myles ab und zu sehnsüchtig daran gedacht, nach Erfüllung seiner Pflicht der Familie gegenüber endlich sein Leben nach seinen eigenen Vorstellungen zu gestalten. Er bereute keinen Tag seines Familienlebens, nur war es einfach so, dass er viele Interessen hatte, die er im Zusammensein mit Lizzie nicht hatte verfolgen können. Er wollte die Chance nutzen, diese Dinge nachzuholen, solange er noch mutig genug dazu war. Er hatte die Freiheit haben wollen, schlichtweg er selbst zu sein – nicht die Freiheit zu irgendwelchen Bettgeschichten mit anderen Frauen. Bereits der Gedanke war völlig absurd. Myles machte sich keine Illusionen. Er wusste nur zu gut, dass er nicht plötzlich ein Adonis würde. Sein Aussehen signalisierte, was für ein zurückhaltender Mensch er war.

Sein Sohn Joe schaffte es, durch eine trendige Frisur, eine coole, schwarz gerandete Brille und lässig schicke Kleidung dem eher schlichten Aussehen der Männer der Familie Shanahan eine interessante Note zu verleihen. Myles hingegen war noch nie ein Trendsetter gewesen und würde es nie werden. Er war ein ausgeglichener, ruhiger, unaufdringlicher Mann. Die Freunde, die sich nach der Trennung von Lizzie um ihn gekümmert hatten, hatten ihm auch mehr oder weniger mitfühlend erklärt, die meisten Frauen wären an einem stillen, frisch geschiedenen kleinen Beamten mit schmalem Geldbeutel nicht allzu interessiert.

Was für Myles okay gewesen war. Er hatte sich nach seiner Trennung keine wilde Leidenschaft erhofft. Nun aber war Sabine in sein Leben getreten, von der er äußerst angetan gewesen war. Und dann hatte er die schier unglaubliche Entdeckung machen dürfen, dass das auf Gegenseitigkeit beruhte. Die Zeit auf dem Atlantik hatte ihm ein frisches, durchtrainiertes Aussehen verliehen, und die Zufriedenheit mit seinem neuen Leben, die man ihm anscheinend deutlich ansah, machte ihn so attraktiv wie nie zuvor. Trotzdem hatte es ihn überrascht, dass er ihr offensichtlich mehr als nur gefiel. Anfangs hatte er getan, als wären sie beide, genau wie alle anderen Teilnehmer des Tauchlehrgangs, lediglich oberflächlich befreundet. An vier Wochenenden nacheinander waren sie zu zehnt mit einem Minibus nach Donegal gefahren, um dort die vorgeschriebenen Tauchgänge zu absolvieren und sich abends lachend, scherzend und mit fröhlichem Gesang im Pub zu amüsieren. Sabines zurückhaltende Art und das leichte Zittern ihrer hellen, reinen Stimme, wenn sie hatte alleine singen sollen, hatten ihn gerührt. Und ihr heller, mit Sommersprossen übersäter, im klaren Licht fast durchsichtiger Teint und das Lächeln, mit dem sie ihn angesehen hatte, hatten ihn fasziniert…

Die Tür des Cafés wurde geöffnet, und Lizzie kam mit vom Laufen geröteten Wangen in den Raum. Lizzie hatte es immer eilig. Myles' früheste Erinnerung an sie war die an ein lachendes junges Mädchen, das mit wild flatternden Haaren, eine riesengroße Tasche über ihrer Schulter, in die Schule gehastet kam. Natürlich war sie inzwischen älter, doch hatte sie noch immer dieselben schulterlangen, wirren Locken und trug unverändert eine riesengroße, prall gefüllte Tasche mit sich herum. Über diese voluminöse Art der jeweiligen Taschen hatte die Familie jahrelang gescherzt.

»Der reinste Müllbeutel«, hatte Joe gesagt, sie hochgehoben und getan, als bräche er unter der Last zusammen. »Kein Wunder, dass du solche Muskeln hast, Mum. Schließlich schleppst du dieses Ding Tag und Nacht mit dir herum.«

»Tut mir Leid, dass es ein bisschen später geworden ist«, erklärte Lizzie keuchend. »Ich habe keinen Parkplatz finden können.«

Nun, da Lizzie hier war, hätte Myles am liebsten gar nichts mehr gesagt. Sein Magen zog sich vor lauter Aufregung zusammen, doch als Lizzie fröhlich fragte: »Du hast deinen Kaffee schon getrunken, soll ich dir noch einen zweiten holen?«, nickte er beinahe dankbar.

Als sie mit den Getränken zurück an den Tisch kam, hatte er nervös die beiden leeren Zuckerpäckchen von seiner ersten Tasse zu zwei strammen Würsten aufgerollt.

»Und, wie geht's?«, wollte Lizzie wissen und leckte genüsslich ihren Cappuccino-Löffel ab. »Ich wette, dass du mit mir über die Hochzeit reden willst. Gestern Abend hat Debra bei mir angerufen und sich endlos über die Musiker aufgeregt. Scheint, als hätte die Band das Angebot bekommen, auf einer riesigen Abba-Revival-Party in Deutschland aufzutreten und versuche deshalb verzweifelt, sich irgendwie aus der Verpflichtung für die Hochzeit rauszuschwindeln. Aber zum Glück hat Barry bereits eine Anzahlung geleistet, und meint, das ist so gut wie ein Vertrag, und deshalb müssten sie auch kommen. Ehrlich, im Zusammenhang mit dieser Hochzeit passieren mehr Dramen als in einer Oper!«

Auf ihren Wangen lag ein zart rosiger Schimmer, ihre großen schokoladenbraunen Augen glänzten, und auf ihrer Oberlippe hatte die Milch des Cappucinos einen leichten Schaumbart hinterlassen.

Myles hatte das Gefühl, als stünde er im Begriff, mit einem dicken Knüppel auf ein Robbenbaby einzuprügeln. Nie würde er vergessen, wie verletzt und erschüttert sie von seinem Wunsch nach Scheidung gewesen war. Dabei war er ehrlich davon ausgegangen, sie wäre ebenso erpicht auf eine Trennung wie er selbst. Und nun, da Lizzie – die tapfere, zähe Lizzie – den Schock über die Scheidung halbwegs überwunden hatte, bekäme sie von ihm den nächsten Schlag versetzt. Er war es ihr schuldig, ihr von Sabine zu erzählen, bevor ihr ein Fremder zuflüsterte, dass er Händchen haltend mit einer sommersprossigen Blondine gesichtet worden war.

»Ich habe da jemanden kennen gelernt, Lizzie«, begann er zögernd und fixierte angestrengt das zusammengerollte Zuckerpapier auf dem Tisch.

»Kennen gelernt«, wiederholte sie, als hätte sie ihn nicht richtig verstanden, und hoffte, dass er ihr widersprach.

»Ja.« Myles musterte sie vorsichtig. Alle Fröhlichkeit war aus ihrem Gesicht verschwunden, und auch das Blitzen ihrer Augen war erloschen. »Bei meinem Tauchkurs. Tut mir Leid, aber ich musste es dir sagen.«

»Das braucht dir doch nicht Leid zu tun. Weshalb sollte es dir Leid tun?«, meinte Lizzie tonlos. »Schließlich sind wir geschieden, also brauchst du es mir nicht mal zu erzählen.«

Myles und eine andere Frau? Sie war mehr als erschüttert, sie war total betäubt. Als er sie verlassen hatte, hatte er versichert, es ginge ihm nicht um andere Frauen, oder um *eine* andere, und sie hatte ihm geglaubt. Doch sie würde Myles das Ausmaß ihres Schocks nicht zeigen. O nein, sie würde es vor ihm verstecken, wie verletzt sie war.

»In der Tat geht es mich nicht mehr das Geringste an, was du in deinem Leben treibst«, erklärte sie ihm spitz.

»Ich wollte es dir sagen, bevor du es von jemand anderem erfährst. Du weißt, wie schnell sich alles hier in Dunmore rumspricht, und wenn jemand Sabine und mich irgendwo gesehen und dir davon erzählt hätte, bevor ich selber dazu komme, tja…«

»Was, tja?«, hakte sie nach und gab den Versuch auf, ihre Gefühle zu verbergen. »Hattest du vielleicht Angst, ich wäre unglücklich deshalb, erniedrigt oder irgendwie verlegen? All das bin ich schon gewesen, Myles.« Ihre Stimme hatte einen schrillen Ton bekommen, und Myles spürte, dass die anderen Cafébesucher neugierig die Köpfe wandten, um zu sehen, was sich da tat. »Bereits als du mich verlassen hast, war ich unglücklich und fühlte mich erniedrigt. Und kaum habe ich diesen Schock halbwegs überwunden, kommt schon wieder etwas Neues.« Sie brach ab und rang erstickt nach Luft.

»Es war doch wohl klar, dass einem von uns beiden früher oder später so etwas passieren würde, Lizzie« antwortete ihr Ex-Mann in der Hoffnung, sie dadurch irgendwie zu trösten. Was er dabei dezent außer Acht ließ, war, dass nun einmal nicht ihr, sondern halt ihm – wenn auch gegen seine Absicht – eine neue Liebe zuteil geworden war.

Lizzie sah ihm ins Gesicht. »Mir ist es nicht passiert«, erwiderte sie heftig. »Wie sagst du, heißt sie?«

Myles hatte den Namen eigentlich nicht erwähnen wollen, nun aber wurde ihm bewusst, dass ihm der bereits herausgerutscht war. »Sabine.«

»Sehr exotisch«, sagte Lizzie mit brüchiger Stimme, schnappte sich ihre Tasche und stand auf. »Ich muss los. Ich hoffe, dass ihr beide glücklich miteinander werdet.« Damit stürzte sie grußlos zur Tür.

Auf der Straße angekommen, gestattete es Lizzie sich, wieder langsamer zu gehen. Myles würde ihr nicht nachgelaufen kommen, das wusste sie. Er war nicht die Art von Mann, die anderen hinterherlief. Oder vielleicht dann, wenn eine gewisse Sabine ihn schnöde sitzen ließ.

Ihr Name klang wirklich ausnehmend exotisch. Anders als Lizzie, die gute, bodenständige, zuverlässige Lizzie, der man alles sagen konnte, ohne dass sie jemals die Beherrschung verlor. Zurzeit aber hätte sie gerne die Beherrschung verloren. Sie hätte am liebsten laut geschrien. Das alles war so unfair. Sie war ein guter Mensch gewesen. Sie hatte sich wie eine erwachsene Frau benommen, hatte weder getobt noch bösartige Gerüchte in die Welt gesetzt, als sie von Myles verlassen worden war. Sie war nicht dem von Clare Morgan Vettel-Club genannten Verein geschiedener Frauen beigetreten, hatte nicht gebetet, dass der Penis ihres Ex-Mannes verrottete.

Sie hatte den vernichtenden Schlag in ruhiger Würde irgendwie verkraftet. Und was hatte ihr diese Zurückhaltung genützt? Nichts, nicht das Geringste. Myles hatte jemand anderen gefunden, und sie war einsamer denn je.

Sie erreichte den Parkplatz, marschierte an den Automaten, um dort zu bezahlen und nestelte in ihrer Tasche nach dem Ticket. Fahrig ließ sie es zusammen mit dem offenen Geldbeutel fallen, und die Münzen rollten wie eine Horde flüchtender Laborratten in alle Richtungen davon.

»Scheiße«, schimpfte sie aus vollem Herzen, krabbelte über die Erde, fand das Ticket und sammelte ein paar der Münzen wieder ein. »Verdammt, verdammt, verdammt.« Vor lauter Wut trat sie noch so kräftig gegen den Automaten, dass sie sich dabei fast den Zeh in ihren weichen Lederstiefeln anknackste. Der Schock über Myles' Geständnis machte sie für Schmerzen unempfindlich.

Die beiden jungen Mütter, die in ihrer Nähe zwei Kinderwagen vorbeischoben, rangen erstickt nach Luft. Lizzie riss ungerührt das Ticket aus den Klauen der Maschine, wandte sich den beiden aufgebracht zu, knurrte: »Zur Hölle mit den Kerlen!«, und stürmte erbost zu ihrem Wagen.

Lizzies wilder Zorn hielt sich ein paar Tage. Eine positive Folge dieser Wut war der Feuereifer, mit dem sie den Speicher und das Gästezimmer ihres Hauses leerte – genauso, wie es Entrümpelungsguru Abby Barton den Leuten im Fernsehen empfahl. Während sie voller Ingrimm die Überreste ihres alten Lebens aussortierte, überlegte Lizzy, ob Abby, wenn sie ihre Tipps gab, wohl auch an Menschen dachte, die Ordnung in ihr Leben brachten, weil ihr Ex-Mann einer anderen Frau begegnet war? Nein, wahrscheinlich nicht. Schwungvoll warf Lizzie ganze Säcke voller einst kostbarer Karten und anderer Souvenirs an ihre Ehe, einschließlich des verblichenen Bandes ihres Hochzeitssträußes, in den Müll.

»Ich. Will. Dich. Nicht. Mehr. Haben!«, erklärte sie entschieden, während sie das ehemals pinkfarbene Band über einen Müllsack hielt und mit ihrer Küchenschere in kurze Stücke schnitt. Es folgten Fotos ihrer Hochzeit und ein großer Stapel Karten, die sie im Verlauf der Jahre von Myles bekommen hatte. Beim Anblick einer Karte, auf der nicht mal so was Ähnliches wie »Für meine liebe Frau zu ihrem Geburtstag«, sondern nur ein schlichtes »Herzlichen Glückwunsch« neben ein paar hässlichen Veilchen zu sehen war, hielt sie kurz im Sortieren inne. Es war die Art von Karte, die man jemandem schickte, den man eigentlich nicht recht mochte, der einem aber aus unerfindlichem Grund hartnäckig zum Geburtstag schrieb. Innen in die Karte hatte Myles geschrieben: »Ich hoffe, dass dir die Bratpfanne gefällt.«

Eine Pfanne. Lizzie konnte sich gut an den Geburtstag erinnern. Er lag fast zehn Jahre zurück. Sie war neununddreißig Jahre alt geworden. Zu ihrem vierzigsten Geburtstag hatte Myles ihr einen Gutschein aus einem Kleidergeschäft geschenkt. Die Pfanne hatte sie noch immer. Der schwere, rostfreie Stahl war dazu geschaffen, ein Leben lang zu halten. Anders als ihre Ehe mit Myles.

Sie konnte nicht sagen, auf wen sie eine größere Wut empfand: auf sich selbst, weil sie zu blind gewesen war, um die Zeichen zu erkennen, oder auf Myles, weil er die Dreistigkeit besessen hatte, ihr zum Geburtstag eine Bratpfanne zu schenken.

Eine negative Auswirkung des Schocks war, dass sie nachts nicht schlafen konnte und sich auf der Matratze hin und her warf, bis sie schließlich aufgab. Dann knipste sie sowohl die Lampe als auch den Fernseher im Schlafzimmer an und glotzte irgendwelche alten Filme, bis es dämmerte.

Auch Debra war ihr keine Hilfe. Die Nachricht, dass ihr Vater jetzt mit einer anderen Frau zusammen war, schien sie nicht besonders zu erschüttern.

»Tja, Mum, man muss nach vorne blicken und den alten Schmerz vergessen. Das habe ich immer schon gesagt.«

Lizzie war die Fähigkeit der Tochter, alte Schmerzen zu vergessen und nach vorn zu blicken, bisher unbekannt gewesen. Sie hatte sich auf die Zunge beißen müssen, um sie nicht daran zu erinnern, wie lange sie nach Abbruch ihrer Krankenpflegeschule angefangen hatte laut zu schluchzen, sobald im Fernsehen eine Krankenhausserie gekommen war. Joe war der Einzige in der Familie gewesen, der sie, statt sie zu trösten, derb darauf hingewiesen hatte, dass sie ihre Ausbildung nicht hätte vorzeitig beenden müssen, wenn sie während des ersten Jahres gelernt hätte, statt mit den jungen Assistenzärzten die Kneipen und Diskotheken Dublins abzuklappern.

Natürlich hatte diese Theorie keinen allzu großen Anklang bei Debra gefunden. »Du verstehst das einfach nicht«, hatte sie gejammert und nach einem Taschentuch gegriffen. »Ich habe mein Möglichstes getan. Nur ging mir das alles viel zu nahe. Man muss einen harten Kern haben, um als Krankenschwester arbeiten zu können. Ich bin einfach zu sensibel.«

In der Situation jedoch, in dem ihre Mutter diese angebliche Sensibilität hätte gut gebrauchen können, ließ sie sie im Stich.

»Mum, ihr seid seit fünf Jahren geschieden«, erklärte sie der schluchzenden Lizzie in genervtem Ton. »Wie gesagt, du musst endlich nach vorne blicken, statt pausenlos zurück.«

Wie konnte ihre Mutter nur derart egoistisch sein? Sie, Debra, war diejenige, die Unterstützung brauchte. Sie war diejenige, die beinahe allein eine Hochzeit organisierte und dabei mit allen möglichen Krisen fertig werden musste. Barrys blöde Schwester hatte sich endlich zu dem teuren violetten Taftkleid mit dem von violetten Seidenrosenknospen gesäumten tiefen Ausschnitt überreden lassen, sich in der Zwischenzeit jedoch ein paar zusätzliche Kilos angefuttert – und jetzt war das Ding zu eng. Selbst mit einem Korsett käme Sandra unmöglich hinein. Debra hatte ihr ein Abführmittel angeboten, aber Sandra hatte verächtlich ihre Knollennase gerümpft. Tja, wenn sie aussehen wollte wie Miss Piggy in einem Hauszelt, bitte schön. Debra schwor sich, die Blumenmädchen für die Hochzeitsfotos vor ihr aufzustellen, damit man möglichst wenig von der fetten Kuh sah. Wie konnte ihre Mutter, während sie selbst solche Probleme hatte, ein derartiges Theater um irgendwelche Nebensächlichkeiten machen? War ihr denn nicht bewusst, dass der wichtigste Tag im Leben ihrer Tochter in weniger als fünfzehn Wochen war?

Gwen ging die Sache von der praktischeren Seite an: »Entschließ dich endlich, doch mit auf die Kreuzfahrt zu kommen«, drängte sie erneut. »Wir leihen dir das Geld. Womöglich triffst du auf dem Schiff ja einen großen, dunklen, attraktiven Fremden. Allerdings«, fügte sie nachdenklich hinzu, »nehmen angeblich doppelt so viele Frauen wie Männer an dieser Reise teil, weshalb ich wahrscheinlich den guten Shay keine Sekunde aus den Augen lassen darf.«

»Weglaufen ist keine Lösung«, erklärte Lizzie müde. Nicht einmal die Vorstellung, dass irgendeine andere Frau als Gwen es auf Shay abgesehen haben könnte, fand sie amüsant. Eigentlich war der Gedanke wegzulaufen durchaus reizvoll, nur war sie schlicht pleite, und der Schaden im Hausdach wurde zunehmend Besorgnis erregender. »Wirklich, Gwen, ich komme schon zurecht.«

Obwohl Gwen deutlich sehen konnte, dass ihre Schwester nicht zurechtkam, war ihr klar, dass Lizzie ihre Wunden in Ruhe lecken musste, sodass sie sich eine Antwort auf diese Behauptung verkniff.

In einem schwachen Moment vertraute sich Lizzie auch Clare Morgan an, der auffiel, wie elend Lizzie aussah. Clare schüttelte mitfühlend den Kopf. »Sie dürfen sich davon nicht unterkriegen lassen. Natürlich ist es ein Schock, wenn sich der Ex-Mann neu orientiert. Aber ich hoffe, Sie haben sich nicht eingebildet, ihn sozusagen runderneuert zurückzukriegen, Lizzie. Das klappt nämlich nie. Außerdem haben Sie schließlich ohne ihn ebenfalls ein ausgefülltes Leben, oder? Sie brauchen diesen Menschen nicht. Ziehen Sie los, und amüsieren Sie sich. Sie sind eine noch junge Frau. Versinken Sie bloß nicht vorzeitig im Phlegma, weil Sie sich womöglich alt fühlen.«

»Ja«, antwortete Lizzie schwach und wünschte sich, sie hätte Clare nicht ganz so erfolgreich davon überzeugt, dass sie mit ihrer Freiheit durchaus nicht unzufrieden war. Clare war eine tatkräftige Person und würde nie verstehen, dass Lizzies Leben mit dem Auszug ihres Mannes einfach stehen geblieben war. Alles war noch ganz genau wie früher, außer, dass die Essensmenge, die sie abends kochte, kleiner geworden war.

Das Telefon auf ihrem Schreibtisch schrillte, und Clare sagte, bevor sie an den Apparat ging: »Lizzie, das Leben ist zu kurz, um es damit zu vergeuden, den Dingen hinterherzutrauern, die hätten sein können, aber nun einmal nicht sind. Gucken Sie sich all die Leute an, die täglich hier in die Praxis kommen und nicht mehr lange zu leben haben, wie der arme Maurice Pender. Er würde alles dafür geben, sein Leben noch ein wenig zu verlängern.« Damit wandte sie sich dem Telefon zu.

»Ich weiß«, murmelte Lizzie, sagte damit jedoch nur, dass sie verstand, was Clare ihr damit sagen wollte. Sie hatte durchaus Mitgefühl mit dem bedauernswerten Maurice Pender. Doch dadurch wurde ihr eigenes Unglück nicht gelindert.

An jenem Abend setzte Lizzie sich zu Hause mit Nudeln und Hühnchen auf die Couch und schaltete eine Seifenoper an. Irgendwie jedoch konnte sie sich nicht auf die Sendung konzentrieren, denn immer wieder kamen ihr Clare Morgans Worte in den Sinn.

Versinken Sie bloß nicht vorzeitig im Phlegma, nur weil Sie sich womöglich alt fühlen.

Lizzie war tatsächlich phlegmatisch. Sie war zu müde und zu unglücklich, um irgendetwas zu tun. Eventuell sollte sie sich endlich entscheiden zwischen einem neuen Leben und dem zwar bequemen, dafür aber einsamen täglichen Einerlei. Plötzlich fühlte sie sich wie die Heldin eines Märchens, die eine Weggabelung erreichte. In einer Richtung lag das Alter mit Hüfthaltern, beigefarbenen Strickjacken und weiten Faltenröcken, wie ihre Oma sie so gerne getragen hatte. Und in der anderen wartete ein neues Leben mit einem Mann wie Myles, der aus einer unglücklichen Ehe ausgebrochen war, schnell auf einem Segelboot den Ozean überquerte und dann mit einer neuen Frau ins Bett hüpfte.

Nur, dass man im Märchen irgendwelche nützlichen Hinweise bekam. Hübsche Elfen tauchten auf, sangen mystische Lieder und wiesen einem mit ihren schlanken Elfenfingern den rechten Weg. Oder das einzige Kaninchen in der Gruppe wackelte mit seinen Schnurrbarthaaren und weigerte sich standhaft, die Richtung des großen dunklen Turmes einzuschlagen, aus dessen Spitze man schon aus der Ferne hohe Flammen schlagen sah. Im wahren Leben jedoch war die Wahl des Weges schwierig, da es keine hilfreichen Geister gab.

Wie also sollte sie entscheiden, welcher Weg für sie der Beste war?

Wenn sie den Weg ohne die Oma-Kleider nähme, wie groß wäre ihre Chance, jemals das Interesse eines Mannes zu gewinnen? Lizzie stellte das Essen vor sich auf den Boden und starrte kritisch in den Spiegel über dem Kamin. Mit ihren lockigen Haaren hatte sie bereits ihr Leben lang gekämpft. Zumindest hatte sie noch eine fast faltenfreie Haut. Sie mochte ihre blitzenden braunen Augen, hasste jedoch die rosigen Wangen, mit denen sie stets kerngesund und energiegeladen wirkte, statt bleich und interessant.

Und ihre Brüste – früher einmal eines ihrer schönsten Attribute – hatten im Verlauf der Jahre leider einen Großteil ihrer Straffheit eingebüßt. Um sich ein wenig aufzumuntern, dachte sie an den Witz von der neunzigjährigen Frau, die sich erschießen wollte. Man sagte ihr, sie müsste die Pistole rechts der linken Brustwarze ansetzen, worauf sie mit einer Schussverletzung in Höhe ihres linken Knies auf den OP-Tisch kam.

Das Gleiche galt für sie nun bereits mit neunundvierzig, dachte Lizzie betrübt.

Sie lehnte sich zurück und zappte sich durch die verschiedenen Kanäle, bis sie zu einem spannenden Ärztedrama kam. Mit Aufregung kam man deutlich problemloser zurecht, überlegte sie, wenn sie im Fernseher stattfand. Doch wenn sie weiter nur zu Hause vor der Glotze säße, rauschte das wahre Leben auch in Zukunft an ihr vorbei.

8

Greg und Erin Kennedy gehörten nicht zu der Art Leute, an denen das Leben vorbeilief – dazu streckten sie zu schnell die Hände aus und griffen zu entschieden zu.

Als jetzt beispielsweise wegen einer schlimmen Grippe von Gregs Mutter das Familientreffen der Kennedys verschoben werden musste, beschlossen die beiden, den eingeplanten Urlaubstag trotzdem zu nutzen. Sie buchten rasch ein Zimmer in einem kleinen Hotel in Glengarriff, packten ihre Wandersachen sowie ein paar elegantere Kleidungssachen in den Koffer und machten sich vergnügt auf den Weg.

Es war zwei Jahre her, seit sie zum letzten Mal gewandert waren. Die einwöchige Tour damals entlang des Appalachen-Trails zählte, wie Greg erklärte, nämlich nicht. »Das war ein gemütlicher Spaziergang!«, behauptete er hartnäckig und blieb bei seiner Meinung, dass das lange Wochenende in den Rocky Mountains ihre letzte anständige Wanderung gewesen war.

Erin wusste noch genau, mit was für einem Muskelkater sie von jenem Trip zurückgekehrt war und hätte nicht erwartet, dass sich eine Tour in den herrlichen Bergen Kerrys als ebenso anstrengend erwies. Auf jeden Fall war sie bereits nach kurzer Zeit total erschöpft.

Bis Greg nach zwei Stunden bergauf zu dem Schluss kam,

sie könnten eine erste Pause machen, war Erin bereits derart k. o., dass sie kaum noch einen Fuß vor den anderen bekam.

»Nun komm schon, du alte Schnecke. Gleich hast du es geschafft. Nur noch ein paar Meter. Ich habe schon die Schokolade ausgepackt …«

»Wenn du sie allein isst, bringe ich dich um«, keuchte Erin, hievte sich den mit Schafskötteln übersäten schmalen, steilen Pfad hinauf, und erreichte nach einer halben Ewigkeit den Felsen, auf dem Greg bereits mit ihrem Picknick saß.

»Ich bin total kaputt. Wie hoch ist dieser Berg, hast du gesagt?«

Sie sank auf einen Stein, streckte ihre Beine aus und lehnte sich, den Rucksack wie ein Kissen hinter sich, gegen den kühlen Fels. Es war verstörend merkwürdig, wie erschöpft sie von dem Aufstieg war. Wo war die athletische junge Frau geblieben, die davon geträumt hatte, eines Tages zusammen mit Greg einen echten Berg, wie zum Beispiel den Mount Everest, zu besteigen?

Greg reichte ihr einen Riegel Schokolade und schenkte ihr aus der mitgebrachten Thermoskanne Kaffee in einen Plastikbecher ein.

»Hoch genug, um auf dem Weg nach unten all das Essen wieder loszuwerden«, meinte er und wickelte die dicken Käse-Schinken-Brote, die die Wirtin des Hotels ihnen mitgegeben hatte, aus. »Was für eine Aussicht! Fantastisch, findest du nicht auch?«

Erin seufzte wohlig auf. Obwohl es bis zum Gipfel noch ein gutes Stückchen war, hatten sie bereits den Großteil des steilen Aufstieges bewältigt. Unter ihnen erstreckte sich ein regelrechtes Meer aus pinkfarbenen Azaleen, und zu ihrer Rechten, in Richtung Nordwesten, ragten steil weitere Berge auf. Die Umgebung war wunderschön, ungezähmt und völlig einsam. Nur die Telefonmasten und ein paar verstreute, zwischen den Bäumen versteckte Häuser sehr weit unten, verrieten ein gewisses Maß an Zivilisation.

Weit entfernt wand sich auch die Straße, wo sie ihren Wagen zurückgelassen hatten – ein schmales, graues Band.

Trotz des Sonnenscheins, aufgrund dessen ganz Glengarriff behauptete, es wäre »ein für Anfang April ungewöhnlich schöner Tag«, war es auf dem Berg so frisch, dass Erin dankbar einen Schluck von dem dampfend heißen Kaffee nahm. Trotz ihrer wattierten Skijacke, der gefütterten Hose, der extra dicken Socken und der Mütze, spürte sie den eisigen Wind.

Nachdem sie alles aufgefuttert hatten, setzte Greg sich neben Erin auf den Felsen, legte einen Arm um ihre Schulter und rieb seine unrasierte Wange an ihrem samtigen Gesicht.

Mit seinen dunklen Stoppeln, dem weichen grauen Hut und der schicken Sonnenbrille sah er aus wie ein glamouröser französischer Skifahrer, der soeben eine Piste heruntergeschossen war.

»War es nicht eine gute Idee, übers Wochenende fortzufahren?«, wollte er wissen, und sie küsste ihn auf die Wange.

»Allerdings«, stimmte sie ihm zu. »Ein bisschen Abwechslung hatten wir beide bitter nötig. Dass deine Mutter krank geworden ist, tut mir natürlich Leid. Aber trotzdem ist es schön, mal rauszukommen, findest du nicht auch? Und das Wiedersehen mit deiner Familie holen wir so bald wie möglich nach.«

»Erin«, begann Greg. »Wir sind jetzt seit fast einem Monat hier ...« Er machte eine Pause, und Erin musterte ihn, da sie wusste, was er sagen würde, ohne mit der Wimper zu zucken.

»Meinst du nicht, dass es an der Zeit ist, deine Familie mal aufzusuchen oder dich zumindest bei ihnen zu melden?«

Statt einer Antwort kramte sie noch einen Schokoriegel aus der Seitentasche ihres Rucksacks. Glaubte er allen Ernstes, sie könnte nach neun Jahren einfach anrufen, und alle wären glücklich?

»Okay, okay, vergiss, was ich gesagt habe«, entschuldigte

sich Greg. »Ich möchte dir wirklich nicht den Tag verderben.«

»Nein«, meinte Erin. »Schließlich sind wir hier, um alles zu vergessen: den Stress mit deiner Arbeit, den Mangel an Stress, weil ich noch keine Arbeit habe, und das fürchterliche Haus. Ich weiß, dass der Makler bereits auf der Suche nach was Neuem für uns ist, aber trotzdem ist die Wohnsituation zurzeit grässlich.«

»Stimmt, wir sind hier, um zu vergessen«, pflichtete er ihr bei und nahm sich ebenfalls ein Stück von der Schokolade. »Ich glaube, wir sitzen hier schon ein bisschen zu lange. Mir wird allmählich kalt, und meine Glieder werden steif.«

»Mir geht es genauso«, gestand Erin. »Glaubst du, wir können die Bergwacht rufen, damit sie uns mit einem Hubschrauber zurückfliegt?«

Greg tat, als dächte er angestrengt darüber nach. »Ich nehme an, sie reagieren netter bei echten Notfällen, als bei faulen, fetten Touristen, die lediglich zurück zu ihrem Auto transportiert werden wollen, um dann im Hotel einen Irish Coffee genießen können.«

»Nennst du mich etwa fett?« Erin stibitzte ihm das letzte Stückchen Schokolade aus der Hand und schob es sich mit einem kecken Grinsen in den Mund.

»O nein, so etwas würde ich mich nie trauen.« Er feixte breit. »Aber nachdem du alles aufgegessen hast, können wir wohl gehen.« Greg stand schwungvoll auf, streckte eine Hand aus und zog Erin hoch. »Ich fürchte, es geht noch ein kurzes Stück den Berg hoch, bis wir auf den Weg stoßen, der zurück nach unten führt.«

Schweigend setzten sie den Aufstieg fort. Da Erin alle Energie fürs Laufen brauchte, konnte sie nicht reden. Und nach einer Weile meldeten sich unerwünschte, nicht zu verscheuchende Gedanken an ihre Familie.

Greg konnte nicht verstehen, weshalb sie derart zögerte, sich bei ihnen zu melden. Für ihn war klar, dass sich die Mitglieder einer Familie liebten, und dass kein Streit schlimm genug sein konnte, um sie daran zu hindern, allzeit füreinander da zu sein.

Doch war es lange her, seit sie ihr Elternhaus verlassen hatte. Erin wusste, dass sie sich seit damals total verändert hatte. Sie war nicht mehr das impulsive achtzehnjährige Mädchen, das eines Abends im Zorn gegangen war. Was, wenn im Verlauf der Jahre auch in Dublin alles anders geworden war? Was, wenn ihre Großeltern gestorben waren? Bereits dieser Gedanke war zu schmerzlich.

Kerry war elf Jahre älter, also wäre sie jetzt achtunddreißig. Vielleicht war sie verheiratet und hatte eine Horde Kinder, vielleicht aber auch nicht. Kerry hatte früher ein äußerst kompliziertes Liebesleben gehabt. Sie sah Erin ziemlich ähnlich, hatte die gleiche lange Nase, nur nicht ihr leuchtendes Haar. Dad hatte oft im Scherz gesagt, obwohl Kerrys braune Haare, die sie sich blond gefärbt hatte, von Natur aus reichlich fade waren, stünde sie bezüglich ihres Temperaments keinem Rotschopf nach. Was tatsächlich stimmte. Weshalb Kerry, egal, wie die übrige Familie auf die Rückkehr des verlorenen Kindes reagierte, Erin sicher nicht so leicht verzieh.

Die Wirtin des Mountain Arms Hotel war eine attraktive Frau mittleren Alters mit einem einnehmenden Wesen und einem Blick, dem nichts verborgen blieb. Seit sie vor dreißig Jahren den Sohn des Hotelbesitzers, Teddy, zum Mann genommen hatte, hatte sie aus dem einstigen kleinen Familienunternehmen mit zehn schäbigen Zimmern einen erfolgreichen Betrieb mit dreißig Zimmern, einem großen Festsaal, einer gemütlichen Bar namens The Devils Elbow und einem kleinen, doch eleganten Speiseraum gezaubert. Dass der gute Teddy bei der Führung des Hotels nicht die geringste Hilfe bot, hatte Meg erst Jahre später, als seine Eltern in den Ruhestand gegangen waren, realisiert.

Teddy teilte sein Leben zwischen dem Buchmacher und einer kleinen Ecke im The Devils Elbow auf, wo er mit Vorliebe für ein paar kleine Gläschen Bier in der Zeitung die Ergebnisse der Pferdewetten studierte.

»Ich kümmere mich darum, dass im Devils Elbow alles glatt geht«, erklärte er den Leuten, wenn sie ihn danach fragten, worin sein Anteil bei der erfolgreichen Führung des Hotels bestand.

In allen anderen Bereichen ließ er seiner Gattin vollkommen freie Hand. Meg wachte mit Argusaugen über die Küche und das Personal. Zusätzlich stand sie vorne am Empfang, da ihr bereits vor langer Zeit bewusst geworden war, dass sich die Gäste noch wohler fühlten, wenn die Chefin sie persönlich willkommen hieß.

Auch als das junge Paar aus Dunmore eingetroffen war, hatte sie dort gestanden und zunächst gedacht, die beiden wären frisch vermählt.

»Wir sind bereits seit vier Jahren verheiratet«, hatte der Ehemann gegrinst.

»Und ich fürchte, die Hochzeitssuite können wir uns dieses Mal nicht leisten«, hatte seine Frau hinzugefügt und liebevoll die Hand auf seinen Arm gelegt. »Aber das tut dem Wochenende garantiert keinen Abbruch.«

Trotzdem hatten sie wie jung Vermählte gewirkt, und es hatte Meg beeindruckt, dass sie so erfrischend offen zugegeben hatten, dass es um ihre Finanzen nicht gerade zum Allerbesten stand.

»Lassen Sie mich gucken, was wir für Sie haben«, hatte sie gesagt und im Hotelcomputer, den sie außerordentlich schätzte, während Teddy sich nicht mal in seine Nähe wagte, nachgesehen. Das Hotel hatte tatsächlich eine Hochzeitssuite, aus deren hübschem Wohnzimmer man direkt auf die Bucht hinuntersehen konnte, dazu ein großes, altmodisches Bett, auf dessen Überwurf aus rotem und goldenem Brokat man mittelalterliche Szenen, komplett mit Jungfrauen, Einhörnern und von Bächen durchzogenen Waldlandschaften, sah. Erst in der nächsten Woche wäre die Suite genau wie alle anderen Zimmer von einer großen Hochzeitsgesellschaft belegt.

Die Ehe mit Teddy hatte bereits vor Jahren alle romantischen Gefühle in Meg ersterben lassen, die Kennedys jedoch hatten sie aus irgendeinem Grund gerührt.

»Ich habe genau das Richtige für Sie«, hatte sie deshalb erklärt. »Es ist ein bisschen exklusiver, aber trotzdem bleibt es bei dem vereinbarten Preis.«

Die Kennedys hatten einander erfreut angestrahlt und sich wie aus einem Mund bei ihr herzlich bedankt. Mit einem melancholischen Lächeln hatte Meg gedacht: Wartet nur, bis ihr das Zimmer erst seht.

Greg und Erin waren hellauf begeistert von ihrer luxuriösen Suite. Statt nach der Wanderung also der Versuchung zu erliegen, sich einfach in den schmutzigen Klamotten auf das breite, einladende Bett zu werfen, zogen sie sich aus, und Erin ließ heißes Wasser in die Badewanne ein.

»Wenn ich mich nicht sofort in die Wanne lege, kann ich mich morgen bestimmt nicht mehr bewegen«, meinte sie und schraubte die Flasche mit dem hoteleigenen Lavendel-Badezusatz auf.

»Darf ich dir Gesellschaft leisten?« Greg sah sie flehend an.

Erin blickte auf die Wanne. Greg war ein solcher Riese, dass er kaum allein in eine Wanne passte… und dann auch noch mit ihr zusammen…

Doch dieses alte, klauenfüßige Monstrum war eindeutig für große Menschen und böte womöglich sogar drei Leuten auf einmal Platz.

»Eventuell krachen wir mit unserem Gewicht dann durch die Decke.« Sie testete das Wasser mit ihrem großen Zeh. »Aber warum nicht?«

Einander gegenüber saßen sie wenig später im dampfenden Wasser, genossen die Hitze und den aufsteigenden Duft und spürten, wie sich ihre Muskeln allmählich entspannten.

»Ist das etwa dein Fuß?«, erkundigte Erin sich, als etwas gegen ihren Brustkorb stieß. »Wag es ja nicht, mich zu kitzeln.«

»Spielverderberin.« Greg sank noch ein bisschen tiefer, und Erin spürte, dass er mit seinen Zehen unter ihren Achselhöhlen krabbelte.

»Dieses hier ist die Hochzeitssuite – wir haben also eine Verpflichtung«, erklärte er und robbte näher an sie heran.

»Meinst du, so?«, fragte seine Gattin, tauchte unter, und er pfiff, als ihr großer Zeh auf seine Lenden traf. Mit nassem Haar wie eine Wassernymphe tauchte sie wieder auf und schüttelte den Kopf.

»Sie wollen also spielen, Missy?«, meinte Greg, packte ihre Knöchel und zog sie bis zu seinem Schoß.

»Ist das Sehrohr ausgefahren?«, murmelte sie an seinem Hals.

»Fast. Warum gehen wir nicht an Land?«, fragte Greg und strich mit den Fingerspitzen über ihre nassen Nippel.

Erin kletterte lachend aus der Wanne, hüllte sich in eins der Badetücher und trocknete sich, um das Bett nicht nass zu machen, erst einmal gründlich ab. Währenddessen tat das dampfend heiße Wasser seine Wirkung. Das Bett war, als sie die Decke aufschlug, herrlich einladend und weich. Nie zuvor in ihrem Leben hatte sie eine solche Müdigkeit, eine solche Wärme und eine solche Ausgeglichenheit verspürt.

»Was für ein Bett! Können wir nicht so eins kaufen?«, stöhnte sie, während sie sich bereits unter die Decke gleiten ließ.

»Das wäre wirklich toll«, gähnte Greg und rückte sein Kopfkissen zurecht. »Es ist unglaublich bequem. Letzte Nacht habe ich geschlafen wie ein Stein.«

Sie schmiegten sich wohlig aneinander, und Greg strich mit seiner rechten Hand über Erins Rücken.

»Wie wäre es mit einem kurzen Nickerchen?«, nuschelte er. »Dann sind wir gleich topfit.«

»Meinetwegen«, stimmte Erin schläfrig zu. »Aber höchstens zehn Minuten.« Irgendwie gelang es ihr, den Kopf zu heben, um auf ihre auf dem Nachttisch liegende Armbanduhr zu schielen. »Jetzt ist es zehn vor vier. Also sagen wir, bis vier.«

»Oder ein paar Minuten länger ...«

Als sie die Augen wieder aufschlug, war es um sie herum stockdunkel, und während eines schreckhaften Moments hatte sie keine Ahnung, wo sie sich befand. Dann hörte sie Gregs gleichmäßigen Atemzüge, und es fiel ihr wieder ein. Körperlich war sie noch immer müde, geistig jedoch so wach, dass erneut ungebeten die Erinnerung an damals kam.

Alles war nur passiert, weil Erin zu ihrem achtzehnten Geburtstag Geld hatte haben wollen, statt eines »ordentlichen« Geschenks. Sie hatte sich danach gesehnt zu reisen, die Welt kennen zu lernen. Wenn sie genug Geld für ein Flugticket bekäme, könnte sie sich ihren Unterhalt an den Orten erarbeiten, in die es sie während ihrer Reise führte.

Mum hatte der Gedanke nicht gefallen. »Ich wünschte mir, du wolltest statt Geld ein richtiges Geschenk«, hatte sie missbilligend gesagt. »Kerry und Shan –« Gerade noch rechtzeitig hatte sie sich unterbrochen. Sie hatte etwas über Shannon, Erins fast unbekannte älteste Schwester, sagen wollen, doch das fiel ihr immer schwer.

Shannon hatte ihr Zuhause verlassen und war ins Ausland gegangen, als Erin noch ein Säugling gewesen war. Seither schrieb sie nur ab und zu mal eine Karte, um die Menschen daran zu erinnern, dass es sie noch gab. Erin hasste Shannon für das, was sie ihrer Mutter angetan hatte. Kerry sagte, Shannon wäre eine selbstsüchtige Ziege, der schon immer egal gewesen war, wenn sie andere verletzte, und dass sie die Schuld an Mums frühzeitig ergrauten Haaren trug.

»Was habt ihr Kerry geschenkt, als sie achtzehn geworden ist?«, hatte Erin gefragt, um ihre Mutter vom Schmerz über Shannon abzulenken.

»Die goldenen Ohrringe mit den Opalen, die sie auch heute noch zu besonderen Anlässen trägt. Dein Vater und ich würden auch dir gern etwas schenken, von dem du ewig etwas hast«, hatte Mum erwidert. »Geld ist so schnell vergessen, Erin.«

»Ich weiß, Mum.« Erin hatte die Mutter umarmt. »Aber ich will Erinnerungen sammeln, die ich für ewig haben kann. Und wenn mir jeder Geld schenkt, ist das endlich möglich. Es gibt so viele Gegenden, die ich sehen möchte – den Fernen Osten, Australien, Amerika…« Angesichts ihres verträumten Blickes hatte ihre Mutter unglücklich geseufzt. Sie hatte gewusst, die Wanderlust lag Erin ebenso wie Shannon im Blut.

Anlässlich ihres Geburtstags hatte die Familie eine Party im Nebenzimmer eines kleinen Pubs gegeben, die ein großer Erfolg gewesen war. Toasts waren ausgesprochen worden, die Leute hatten Bier getrunken und Erin ihren ersten legalen Wodka-Tonic.

Sie hatte tatsächlich Geld bekommen – nicht genug für eine Reise um die Welt, doch genug für einen Flug ins Ausland. Sie hatte nicht gewusst, wohin sie fliegen wollte, aber das war egal. Sie hatte Irland noch nie verlassen. Die alle zwei Jahre stattfindenden Urlaube auf einem Campingplatz waren zwar durchaus nett gewesen, aber nicht gerade exotisch. Jetzt endlich würde sie ins aufregende Ausland gehen. Australien war zu weit und würde ein Vermögen kosten, aber Indien… Erin war von Indien fasziniert gewesen und hatte sich bereits mit einem Rucksack das Land durchqueren sehen. Sie würde in schäbigen kleinen Pensionen übernachten, leben wie die Menschen dort und würde ganz sicher nicht krank. Sie hatte die Konstitution eines Ochsen, das hatte ihre Mutter ihr von klein auf gesagt.

Es gäbe viel zu planen für ihre große Reise. Als Allererstes jedoch bräuchte sie einen Pass. Nach Ausfüllen des Antragsformulars und Beglaubigung der Fotos durch die Polizei hatte sie noch das Original ihrer Geburtsurkunde gebraucht. Sie hatte Mum danach gefragt, doch Mum, die alle Dokumente der Familie in einem abgewetzten Ordner in ihrem Schlafzimmer verwahrte, hatte ihr erklärt, sie könne sie unerklärlicherweise nicht finden.

Also hatte Erin dieses Dokument einfach auf dem Standesamt bestellt.

Ein paar Wochen nach der Party war die Urkunde gekommen. Dad und Kerry waren bereits zur Arbeit gegangen und Mum war zum Einkaufen unterwegs. So hatte sie an jenem Morgen das Haus für sich allein gehabt. In ihrem Snoopy-T-Shirt und ihrer Unterhose war sie die Treppe hinuntergetrottet und hatte beiläufig die Post vom Boden aufgehoben, die durch den Türschlitz gefallen war.

In der Küche hatte Erin die Packung mit den Cornflakes aus dem Schrank genommen und schlaftrunken den Briefstapel durchgesehen. Sie bekam nie Post, doch an jenem Morgen hatte sie einen offiziell wirkenden Umschlag mit ihrem Namenszug entdeckt. »Ms. Erin Flynn« hatte jemand mit einer Schreibmaschine getippt.

Sie hatte den Umschlag aufgerissen und einen Moment geglaubt, sie hätten ihr das falsche Dokument geschickt. Ihr Name stimmte, aber alles andere machte keinen Sinn. Unter »Mutter« stand dort »Shannon Flynn«, was schon einmal nicht stimmen konnte, und unter »Vater« hatten sie tatsächlich »unbekannt« vermerkt. Das Geburtsdatum war richtig, doch die Leute auf dem Standesamt hatten sich bestimmt geirrt. Geistesabwesend hatte sie sich ein paar Cornflakes in den Mund geschoben und dabei stirnrunzelnd die Geburtsurkunde studiert.

Und dann war ihr plötzlich alles klar. Es traf sie wie ein Blitz. Das Dokument war richtig. Shannon, die sie für die geheimnisvolle abwesende Schwester gehalten hatte, war in Wahrheit ihre Mutter. Kerry war nicht ihre Schwester, sondern ihre Tante. Und Mum und Dad waren nicht ihre Eltern, sondern die ihrer Mutter, also waren sie ihre Großeltern. Oma und Opa, nicht Mum und Dad. Das alles war ein Riesenschock für sie gewesen.

Während sie versteinert dagesessen hatte, war ihr bewusst geworden, dass das Schlimmste für sie war, dass Mum sie jahrelang belogen hatte. Mum war der vertrauenswürdigste Mensch in Erins Welt gewesen. Als ein Junge aus ihrer Klasse ihr zum ersten Mal das Herz gebrochen hatte, hatte Mum sie in den Arm genommen und versprochen, dass sie sich bald besser fühlen würde. Und Erin hatte ihr geglaubt, denn ihre Mutter hatte sie niemals belogen. Bis zu diesem schicksalhaften Tag. Nein, andersrum wurde ein Schuh draus: Sie hatte sie belogen, seit sie auf die Welt gekommen war!

Sie war die Treppe hinaufgerannt und hatte den Koffer auf dem alten Kleiderschrank im Schlafzimmer gefunden. Er war schwer gewesen, und dicke Staubflocken waren aufgewirbelt, als sie ihn heruntergewuchtet hatte. In dem Koffer hatte ihre Mutter alte Kleidungsstücke aufbewahrt, auch einen großen, braunen Mantel, den ihr Vater jahrelang getragen hatte, sowie ein paar Schachteln, deren leuchtend blaue Farbe im Lauf der Zeit verblasst war. In der ersten Schachtel hatte ihre Mutter alte Karten und Erinnerungsstücke aufbewahrt. Aus Furcht, dass sie womöglich ihre eigenen, kindlichen, sorgfältig in der Schule bemalten und mit Glitter beklebten Karten in dem Kasten fände, hatte Erin den Deckel sofort wieder draufgestülpt.

In der zweiten Schachtel hatten ein paar Dokumente gelegen, wie sie normalerweise in dem großen Aktenordner abgeheftet waren. Dort lag das Original ihrer Geburtsurkunde, zusammen mit ein paar Briefen und Fotos. Im Mittelpunkt der Bilder hatte Shannon gestanden, von der im Familienalbum nie etwas zu sehen gewesen war. Erin war die große Ähnlichkeit zwischen ihr und ihrer Mutter aufgefallen. Sie hatten die gleichen hellen kastanienroten Haare und das gleiche breite Lächeln, nur hatte Shannon leuchtend blaue Augen wie Kerry und Mum. Erin musste ihre bernsteinfarbenen Augen also von ihrem Vater haben, wer auch immer dieser Vater war. Plötzlich hatte der Gedanke, dass sie weder ihre Mutter noch ihren Vater kannte, sie mit heißem Zorn erfüllt. Weshalb hatte Mum ihr nie die Wahrheit über ihre Geburt gesagt? Wusste Kerry ebenfalls Bescheid? Sie hatte zwischen den Fotos und den Briefen ihrer wahren Mutter auf dem Fußboden gesessen und mit der vernichtenden Tatsache gekämpft, dass sie jahrelang belogen und betrogen worden war. Dann hatte sie ihre Papiere und ihr neues Scheckbuch eingesammelt und war aus dem Haus gestürzt.

Als sie am späten Nachmittag zurückgekehrt war, war Kerry bereits zu Hause, und Mum hatte in der Küche Kartoffeln für einen Shepherd's Pie gestampft.

»Hallo, Schätzchen. Wo hast du den ganzen Tag gesteckt?«, hatte Mum gerufen, als sie den vertrauten Klang von Erins Schritten gehört hatte.

Erin war wortlos in ihr Zimmer gelaufen und hatte die Unterlagen des Au-Pair-Vermittlungsdienstes zusammen mit dem Flugticket nach Amsterdam auf ihr Bett geworfen. Der Flug ginge erst in ein paar Tagen, doch sie hatte nicht die Absicht, in der Carnsfort Terrace 78 auszuharren, bis es so weit war. Da sie bei der Behörde unter Vorlage des Tickets angegeben hatte, es handele sich um einen Notfall, würde sie ihren Ausweis bereits am nächsten Tag erhalten. In der Zwischenzeit bliebe sie bis zur Abreise bei ihrer Freundin Mo, die vor kurzem mit zwei anderen Mädchen in eine kleine Wohnung in Smithfield gezogen war. Das Packen würde nicht lange dauern. Sie müsste also nur noch ihre Mutter und Kerry zur Rede stellen, weil sie von den beiden jahrelang belogen worden war.

Aus der Küche war ihr der vertraute Duft von gutem Essen und des von Mum regelmäßig benutzten Zitronenscheuermittels entgegengeweht. Kerry hatte am Küchentisch gesessen, die in Strümpfen steckenden Füße bequem auf einen Stuhl gestellt, und die Abendzeitung gelesen. Mum hatte schon den Tisch fürs Abendbrot gedeckt, bei einer Tasse Tee auf einem Stuhl gesessen und die Quittungen in ihrer Handtasche sortiert.

»Hallo, Faulpelz. Was hast du heute getrieben, während ich mir die Finger wund gearbeitet habe?«, hatte Kerry sie gefragt, ohne auch nur von dem Artikel über die Diäten irgendwelcher berühmten Leute aufzusehen.

Zur Antwort hatte Erin das Antragsformular für ihren Ausweis auf den Tisch gelegt.

»Was ist das?«, hatte Kerry sie gefragt. »Hast du deinen Pass beantragt oder was?«

Sie hatte die Bedeutung dieses Antrags nicht begriffen. Mum hingegen schon. Mum hatte sie sofort alarmiert angesehen.

»Warum habt ihr es mir nie gesagt?«, hatte Erin die beiden in für sie selber überraschend ruhigem Ton gefragt.

»Was gesagt?«, hatte Kerry verdutzt gefragt und endlich aufgeblickt.

»Dass Shannon meine Mutter ist.«

»Oh.« Kerrys Füße rutschten auf den Fußboden. Sie hatte es also die ganze Zeit gewusst, war Erin klar geworden, und diese Erkenntnis hatte ihren Zorn verstärkt. Kerry hatte es gewusst! Sie selbst jedoch, der Mensch, den diese Sache doch am meisten anging, hatte keinen blassen Schimmer von all dem gehabt.

»Ich musste einen Antrag für meine Geburtsurkunde stellen«, hatte Erin Mum in beißendem Ton erklärt. »Du hast behauptet, du hättest sie verloren. Du wusstest, dass ich es rausfinden würde, warum also hast du mir nicht selbst die Wahrheit gesagt?«

»Erin, mach bitte kein solches Theater.« Kerry war vor den Kühlschrank getreten und hatte geguckt, ob sich darin etwas fände, um den Hunger zu vertreiben, bis es endlich Abendessen gab.

»Ich soll kein Theater machen?«, hatte Erin sie ungläubig gefragt. »Ich habe ja wohl allen Grund, jedes Theater dieser Welt zu machen. Schließlich ist das hier das größte Geheimnis meines Lebens, und ihr alle habt davon gewusst. Hast du nichts dazu zu sagen?«, hatte sie sich wieder ihrer Großmutter zugewandt, die völlig stumm geblieben war.

»Das ist doch nicht ihre Schuld«, hatte Kerry Erin wütend angefahren. »Deine verdammte Mutter hat diesen ganzen Schlamassel verursacht, indem sie unüberlegt mit irgendeinem Typen ins Bett gestiegen und dabei schwanger geworden ist –«

»Gib ja nicht ihr die Schuld an dieser Sache«, hatte Erin außer sich vor Zorn gekreischt. »Wag ja nicht, ihr die Schuld daran zu geben. Ihr hättet mir die Wahrheit sagen, und ich hätte mich auf die Suche nach ihr machen können. Ich bin ihr Kind, und ihr habt es mir all die Jahre verschwiegen. Wie zum Teufel konntet ihr das tun? Wer hat euch das Recht gegeben, euch zu Göttern aufzuschwingen und mir nur zu sagen, was euch gefiel?«

Ihre Großmutter hatte nach wie vor stumm am Tisch gesessen und geschockt den Kopf zwischen den Händen abgestützt.

»Sprich mit mir, Mum«, hatte Erin sie angeschrien. »Warum sagst du nichts dazu?«

Ihre Großmutter hatte den Kopf gehoben und sie unglücklich betrachtet. »Ich weiß nicht, was ich sagen soll, Liebling. Es tut mir furchtbar Leid, dass wir dich verletzt haben. Aber irgendwie war nie der rechte Zeitpunkt, um dir davon zu erzählen. Erst warst du zu klein, und dann bist du so schnell groß geworden, und die Chance war verpasst.« Sie hatte eine ihrer müden, abgearbeiteten Hände ausgestreckt, Erin jedoch hatte sie nur reglos gemustert und sich geweigert, auf die Geste der Versöhnung einzugehen.

»Das ist totaler Unsinn. Du wusstest, dass ich früher oder später dahinter kommen würde.«

In den Augen ihrer Oma waren Tränen aufgestiegen. »Ich wusste, dass du es erfahren würdest, aber ich hatte die Hoffnung, dass du verstehen könntest…«

»Was soll ich verstehen? Dass du mich bezüglich der wichtigsten Sache meines Lebens angelogen hast?«

Ihre Großmutter hatte angefangen zu weinen, und Kerry war der Geduldsfaden gerissen. Sie hatte erregt argumentiert, dass alle angenommen hätten, Erin wüsste längst Bescheid, und wie zum Teufel könne sie es wagen, anderen die Schuld daran zu geben, dass sie die ganze Zeit so dumm gewesen war? Mum hatte stärker geschluchzt, und Erin hatte ihre Tränen kaum ertragen, es jedoch nicht geschafft, irgendetwas Tröstliches zu sagen. Sie fühlte sich derart hintergangen, dass kein Raum für Verständnis oder gar Trösten in ihr gewesen war.

Sie hatte Kleidung und ein paar Fotos eingepackt, alles andere – das goldene Armband, das ihr Konfirmationsgeschenk von Mum und Dad gewesen war, und die kostbaren Ohrringe, die sie von Kerry zur Feier ihrer ersten Festanstellung geschenkt bekommen hatte – auf dem Ankleidetisch zurückgelassen, und war, ohne Lebewohl zu sagen, aus dem Haus gestürmt.

Drei Tage hatte sie bei Mo gewohnt und halb gehofft, dass jemand aus ihrer Familie sie dort fände. Als das nicht geschah, war sie ein halbes Jahr quer durch die Welt gereist, hatte in Kneipen und Restaurants gejobbt, war schließlich als Au-pair-Mädchen bei einer amerikanischen Familie in

Griechenland gelandet und hatte sie begleitet, als die nach Boston zurückgegangen war.

Ein leises Klopfen an der Tür weckte schließlich auch Greg. »Was zum …?« Mit vom Liegen platt gedrückten Haaren setzte er sich verschlafen auf.

Die Tür wurde einen Spalt breit geöffnet, und ein Paar blauer Augen spähte vorsichtig herein. »Soll ich vielleicht das Bett aufdecken?«, fragte eine Stimme.

»Nein danke«, knurrte Greg. Er sah nichts außer dem Licht, das durch den Türspalt fiel. »Wie viel Uhr ist es?«

»Zehn vor sieben.« Die Tür ging geräuschlos wieder zu. Greg tastete nach dem Knopf der Nachttischlampe und schwang die Beine aus dem Bett. »Wir haben für sieben einen Tisch bestellt. Also Beeilung, meine Süße.«

Erin, deren Haar ebenfalls aussah, als wäre sie rückwärts durch ein Gebüsch gekrochen, richtete sich auf. Sie war hundemüde und hatte überhaupt keine Lust aufzustehen und sich zum Essen anzuziehen. Sie plumpste zurück auf das dicke Kissen. Sie und Greg hätten in Chicago bleiben sollen. Dort hatte sie nicht so intensiv an ihre Familie gedacht. Das hieß, natürlich hatte sie auch dort an sie gedacht, doch hatte die Entfernung diese Gedanken irgendwie gedämpft. Missmutig krabbelte sie aus dem warmen Kokon ihrer Bettdecke.

Sie wollte nicht mehr hier sein. Sie wollte nach Hause. Nur war die große Frage, wo ihr Zuhause war.

9

Für die Bartons war ihr Zuhause eindeutig ein Ort des Kummers. Ende der ersten Aprilwoche, kurz vor Beginn der Osterferien, kam Abby zu dem Schluss, dass es so einfach nicht weitergehen konnte. Die Streitereien der letzten Wochen müssten endlich ein Ende finden. Sie müsste versuchen, die allgemeine Stimmung etwas aufzuhellen. Unglücklicherweise stand das Stimmungsbarometer in Lyonnais nach wie vor auf »stark bewölkt mit kräftigen Sturmböen«.

Auf ihr Bemühen, freundliche Mutter-Tochter-Gespräche zu beginnen, reagierte Jess im besten Fall mit einsilbigen Antworten.

»Ich weiß, dass die Schule im Moment recht stressig für dich ist, Schätzchen«, fing Abby aus lauter Furcht, sie könnte etwas Falsches sagen, behutsam an. »Aber die Prüfungen gehen vorbei. Dein Dad und ich wollen nicht, dass du das Gefühl hast, du stündest deshalb unter irgendeinem Druck. Wir möchten, dass du um deinetwillen gute Ergebnisse erzielst, aber wir wollen ganz bestimmt nicht, dass du dich deshalb völlig kaputtmachst.«

Jess bedachte ihre Mutter mit einem Blick, der sagte, »Du verstehst nicht das Geringste«, – und den Abby hasste.

Toms Vorgesetzter lag mit einer fiesen Grippe im Bett, sodass Tom sowohl mit der penetranten Physiklehrerin als auch mit der offensichtlich nicht zu reparierenden Alarmanlage seiner Schule allein auf weiter Flur war.

Alles, worüber er am Abend sprechen konnte, waren die Schwierigkeit, kurzfristig eine neue Physiklehrkraft zu finden, und die endlosen vergeblichen Versuche des Sicherheitsunternehmens, den Fehler in der hochmodernen Alarmanlage zu entdecken und zu beheben.

Abby begann sich zu fragen, ob er es wohl bemerken würde, säße an ihrer Stelle ein Roboter mit ihrem Aussehen in der Küche, der darauf programmiert war, alle paar Minuten »Das ist wirklich schrecklich«, »O je, o je« oder ähnlich Mitfühlendes zu murmeln.

Um sich ein wenig aufzupäppeln, machte sie einen Termin für das so genannte Komplettprogramm bei Sally. In der Zeit vor ihrer Fernsehkarriere war der Besuch eines Schönheitssalons ein seltener Luxus für sie gewesen. Seit sie jedoch in

Dunmore lebte, ging Abby regelmäßig jeden Monat in den Beauty Spot.

Das Komplettprogramm umfasste eine Maniküre, eine Gesichtsmassage, das Färben ihrer Wimpern und manchmal eine Beinenthaarung, während derer sie sich bei heiterem Geplauder mit Sally von der entspannten Atmosphäre des Salons sanft einlullen ließ. Andere, elegantere Salons waren inzwischen darauf aus, Abby als Kundin zu gewinnen, sie jedoch wollte nur Sally. Sie waren bereits seit zehn Jahren befreundet – als Sally noch in Cork an Toms Schule angestellt gewesen war. Tom hatte derart von der neuen Lehrerin, die endlich etwas frischen Wind an das muffige St. Fintans gebracht hatte, geschwärmt, dass Abby angenommen hatte, sie wäre eine ernste, tugendhafte Frau mit mausgrauen Haaren, einer dicken Brille und abgekauten Fingernägeln, die nur für die Schule lebte und obendrein in Tom verschossen war.

Sally hatte diesem Bild nicht im Mindesten entsprochen. Und weit davon entfernt, für Tom zu schwärmen, hatte sie sich leidenschaftlich in den attraktiven Steve Richardson verliebt. Abby dachte bei den beiden immer an den betörenden Dr. Schiwago und die zartgliedrige Lara. Bereits vor Jahren hatte Sally aufgehört zu unterrichten und sich ihren Traum von einem eigenen Schönheitssalon erfüllt. Sie und Steve waren Idealisten, und als er damals seine Arbeit bei einem angesehenen Unternehmen aufgegeben hatte, um stattdessen Kunst zu unterrichten, hatte Sally ebenfalls den Sprung gewagt und eine Ausbildung zur Kosmetikerin gestartet. Der Beauty Spot war das Ergebnis ihrer Mühe. Mit seinem altmodischen Fünfziger-Jahre-Dekor hob er sich deutlich von den anderen Schönheitstempeln ab. Die Frauen in Dunmore liebten ihren Laden, der nach einem eher bescheidenen Anfang stetig gewachsen war.

»Welche Farbe hättest du denn gerne?«

Sally stand hinter dem Maniküre-Wagen und schaute

Abby erwartungsvoll an. Ihre Finger lagen auf dem cremigen Beige, das Abby normalerweise wählte, weil sie, wie sie dachte, viel zu kurze Finger hatte für irgendeinen grellen Ton.

Heute jedoch war Abby mutiger als sonst. »Die da«, meinte sie und zeigte auf ein saftiges Kirschrot.

»Femme Fatale«, las Sally auf dem Etikett. »Super und mal was anders.«

»Ich bin in der Stimmung für etwas Neues«, murmelte Abby zustimmend.

Nachdem Sallys einfühlsame Finger eine Stunde lang ihre verjüngende Magie auf sie ausgeübt hatten, fühlte sich Abby wunderbar entspannt. Sallys Gesichtsmassagen waren herrlich sinnlich. Während sie mit ihren sanften Fingern die himmlisch duftenden Öle auf Abbys Gesicht, Hals und Brustpartie verrieben hatte, hatte diese überlegt, wie wunderbar es wäre, würde sie derart von Jays Händen berührt. Strichen seine Finger langsam über die empfindsame Vertiefung unterhalb ihres Halses, und glitte sie im Gegenzug mit ihren herrlich manikürten Fingern über seine muskulöse Brust…

»Hast du jemals daran gedacht, Steve zu betrügen?«, fragte sie Sally mit träumerischer Stimme.

Sally hob den Kopf von Abbys Zeigefingernagel, mit dem sie gerade beschäftigt war. »Warum?«

»Tja… weil… du weißt schon, es gibt doch dieses verflixte siebte Jahr, in dem die meisten Menschen denken, sie hätten was verpasst«, stotterte Abby. Welcher Teufel hatte sie geritten, überhaupt von diesem Thema anzufangen?

»Heutzutage ist es wohl eher das verflixte dritte Jahr«, mischte sich Ruby, die am Nebenplatz die Nägel einer anderen Kundin feilte, in das für Abby peinliche Gespräch. Ruby war eine üppige Mittdreißigerin mit rabenschwarzen Haaren, einem warmen, freundlichen Gesicht und notorischem Pech in Sachen Liebe. Kaum hatte sie glückselig erzählt, ihr letzter Freund hätte gesagt, nie zuvor in seinem Leben hätte er für eine Frau so tief empfunden, als er prompt zwei Wochen später mit einem Mädchen aus seinem Büro im Bett landete. »Eigentlich wäre es mir ja egal gewesen, aber sie war nicht mal dünner als ich!«, beschwerte sich Ruby anschließend mindestens vier Wochen lang.

»Er war nicht der Richtige für dich, Ruby«, erklärte Sally tröstend, da sie wusste, dass Ruby von ihrem Ex-Freund sprach. »Wenn er der Richtige gewesen wäre, hätte er der anderen widerstanden. Oh, tut mir Leid, Abby.« Sie tauchte einen Wattepad in den Nagellackentferner und wischte einen kirschfarbenen Fleck von Abbys Fingerspitze ab.

Abby, die wusste, dass sie selbst Schuld an dem Patzer hatte, weil sie bei Sallys Worten zusammengezuckt war, schüttelte den Kopf. »Meine Schuld. Ich bin heute echt schreckhaft. Vermutlich eine Hormonsache«, log sie und wandte sich verlegen ab.

»Steve würde dich niemals betrügen, Sally«, nahm Ruby den Faden wieder auf. »Er betet den Boden unter deinen Füßen an. Bevor ich euch beide kannte, dachte ich, die wahre Liebe wäre nur ein billiges Klischee, aber jetzt ist mir bewusst, dass es sie wirklich gibt.«

Sally wurde rot. Sie war einer der wenigen Menschen, die Abby kannte, denen Verlegenheit tatsächlich stand. Anders als bei Abby, deren Wangen in stressigen Momenten mit wenig schmeichelhaften, hektisch roten Flecken getupft waren, legte sich bei Sally ein zart rosiger Hauch über den cremig weißen Teint.

»Steve ist auch nicht immer einfach«, erwiderte sie streng, und Abby und Ruby brachen in lautes Gelächter aus.

»Was gibt es da zu lachen?«, erkundigte sich Sally.

»Weißt du, dass du noch nie ein böses Wort über Steve verloren hast?«, fragte Abby amüsiert.

»Du genauso wenig über Tom«, antwortete Sally, und Abby spürte, dass die fleckige Röte die Herrschaft über ihre

Wangen übernahm. Sally hatte gut reden, dachte sie und saß, um den Nagellack trocknen zu lassen, mit gespreizten Fingern da. Ihre Ehe mit Steve war erst acht Jahre alt, und nicht siebzehn wie ihre eigene mit Tom. Nach siebzehn Jahren durfte man wohl kaum erwarten, dass man noch Leidenschaft für den anderen empfand. Wo aber war die Aufregung, wo die Leidenschaft geblieben? Vermutlich im täglichen Einerlei.

Siebzehn Jahre lang sah sie nun mit an, wie Tom, wenn er seine Hose auszog, die Socken anbehielt. Stets stand er also, ehe er ins Bett kam, in Unterhose und Socken vor ihr. Kein besonders erotischer Anblick. Frauen gaben sich die größere Mühe. Sie trugen sexy Strings oder knappe Höschen, denen es an Bequemlichkeit absolut mangelte. Aber wehe, sie versuchten die Männer zu etwas Hübscherem als ihren langweiligen, ausgeleierten Boxershorts zu überreden…

Und wenn Tom sich räusperte, während er mit ihr gemeinsam fernsah, klang es, als hätte sich ein Seelöwe an einer Fischgräte verschluckt. Sicher war er sich dessen nicht mal bewusst, doch es ging ihr gewaltig auf die Nerven.

Wenn Sally erst so lange mit Steve zusammen wäre, hätte sie ja vielleicht ähnliche Aversionen entwickelt.

»Trocken?« Sally prüfte Abbys Nägel. »Nicht ganz, noch eine Minute. Ach ja, Steve und ich geben am Samstag eine Party und würden uns riesig freuen, wenn ihr beiden kämt. Jess natürlich auch.«

»Super. Gibt es einen besonderen Anlass?«

»Es soll eine Art Willkommen für Steves neuen Boss und seine Frau in Dunmore sein. Die beiden haben jahrelang in den Staaten gelebt, kennen also keine Menschenseele. Ich dachte, es wäre eventuell nett, sie mit ein paar Leuten bekannt zu machen. Und dieses Wochenende ist das einzige, an dem es passt. Er und Steve kommen bestens miteinander aus, und Steve erzählt ständig davon, dass Greg jede Menge frischen Wind in das Unternehmen bringt.«

Abbys Laune wurde besser. Sallys und Steves Partys waren legendär. Vor einem halben Jahr hatten sie Steves Geburtstag im großen Stil gefeiert, bis um drei die Polizei gekommen war und höflich darum gebeten hatte, nicht mehr ganz so laut zu sein. Einer der Männer hatte unbedingt vorführen müssen, wie genial er auf dem Kopf stehen konnte. Sogar Abby, die anfangs eher zurückhaltend gewesen war, tanzte später ausgelassen mit den anderen die Conga um Sallys kleines Steingärtchen herum. Tom hatte den fotografischen Beweis: Abby, wie sie mit leicht glasigen Augen und einem improvisierten Kopfschmuck aus zwei Tüchern, einer Orange und einem Geschirrtuch, eine Zwerg-Konifere umschlungen hielt.

Spontane Feten, auf deren Organisation sich Steve und Sally hervorragend verstanden, boten stets jede Menge Spaß.

»Die beiden heißen Erin und Greg Kennedy, und sie sind wirklich nett. Du wirst sie mögen, Abby«, fuhr Sally fort. »Sie ist amüsant, warmherzig und sieht einfach fantastisch aus.«

Abby, die sich die Unbekannte als die auf Hochglanz polierte Gattin eines Firmenbosses vorgestellt hatte, die auf die Bewohner des Ortes verächtlich herabsah, war von dieser Beschreibung noch weniger begeistert. Fantastisch aussehende Frauen riefen in ihr ein Gefühl der Unsicherheit wach, und sie war sich ganz und gar nicht sicher, ob ihr dieser offensichtliche Inbegriff weiblicher Tugenden auch nur im Entferntesten sympathisch war.

»Arbeitet sie auch?«

»In den Staaten war sie ein hohes Tier im Personalbereich derselben Firma, in der auch ihr Mann beschäftigt war. Hier hat sie bisher noch nichts gefunden. Sie sind beide Iren und beide ziemlich glamourös. Ruby hat bereits eine Schwäche für Greg entwickelt.«

»Er ist einfach anders«, erklärte Ruby seufzend. »Wenn ich nicht aus Erfahrung wüsste, wie weh es tut, wenn dein

Mann mit einer anderen durchbrennt, würde ich sofort mein Glück bei Mr. Kennedy versuchen. Ein echter Schoko-Doppelkeks mit jeder Menge Sahnehäubchen.«

»So gut?« Abby war ehrlich beeindruckt. Trotzdem ginge sie jede Wette ein, dass Greg Kennedy, egal, wie gut er aussah, nicht attraktiver war als Jay Garnier.

Sie beglich die Rechnung, umarmte Sally vorsichtig, um nicht doch noch den frischen Nagellack zu beschädigen, verließ den Salon und schaltete ihr Handy wieder ein. Drei Nachrichten hatte man ihr während ihrer Schönheitssitzung hinterlassen. Eine war von Tom. »Kannst du meinen grauen Anzug aus der Reinigung abholen? Ich habe morgen Elternabend und werde ihn dort brauchen. Oh, ich komme heute später, bestimmt nicht vor halb acht. Essen werde ich bis dahin nichts. Bis dann.« Abby spürte, wie eine gewisse Unzufriedenheit in ihrem Innern aufstieg. Was war sie – Chefköchin und Tellerwäscherin oder eine Karrierefrau, der der finanzielle Aufschwung der Familie zu verdanken war? Von Toms verdammtem Konrektorengehalt hätten sie sich nie ein Haus in Dunmore leisten können. Trotzdem war nach wie vor sie es, die durch den Ort hetzte, um Lebensmittel einzukaufen und seine Anzüge aus der Reinigung zu holen.

Auch bei der zweiten Nachricht hellte ihre Stimmung sich nicht auf. Sie kam von Cheryl, der Produktionsassistentin von Beech. »Hi, Abby, hier ist Cheryl. Tut mir Leid, wenn ich Sie störe, aber der Drehplan für die nächste Woche wurde geändert. Statt Dienstag, Mittwoch und Donnerstag wird nur noch Mittwoch und Donnerstag in Dublin gedreht. Ich rufe Sie die Tage noch mal an, um die Einzelheiten zu besprechen, damit ich die Flug- und die Hotelreservierung entsprechend ändern kann. Tschüs.«

Weshalb hatten sie die Drehtermine plötzlich geändert? Abby hatte extra einen lukrativen privaten Entrümpelungstermin verschieben müssen, um an den Drehtagen fit zu sein.

Der Kundin hatte es nichts ausgemacht, Abby jedoch hatte diesen Auftrag um mehrere Wochen verschieben müssen, was ihr keineswegs gefiel.

Hätten die ersten beiden Nachrichten sie nicht derart verärgert, hätte sie wahrscheinlich auf die dritte wesentlich gelassener reagiert.

»Hallo, Fremde. Ich kann nicht aufhören, an unser Wiedersehen zu denken.«

Jays raue, verschlafene Stimme hatte einen allzu verführerischen Klang. Abby legte einen Finger an die Lippen und knabberte an ihrem frisch lackierten Nagel.

»Glaubst du, dass die Chance besteht, dass wir uns wie versprochen zum Abendessen sehen? Schließlich haben wir noch sehr viel nachzuholen. Bitte ruf mich an, Abby. Ich warte darauf, von dir zu hören.« Er hatte sich noch nicht mal namentlich gemeldet. Offenbar erwartete er, dass sie ihn erkennen würde. Nachdenklich schaute sie den vorüberfahrenden Autos nach und ging die verschiedenen Möglichkeiten in Gedanken durch. Dann holte sie tief Luft, hörte die Nachricht noch einmal ab, drückte auf den Knopf für Rückruf, und kam, als nach sechsmaligem Läuten niemand an den Apparat kam, zu dem Ergebnis, dass dies vielleicht ein Wink des Schicksals war. Sie würde eine höfliche Nachricht hinterlassen und ihm sagen, sie hätte im Moment sehr viel zu tun, aber vielleicht könnten sie ja später irgendwann einmal – gemeinsam mit Tom und Lottie – essen gehen…

»Hallo, Abby.« Es war Jay.

»Woher wusstest du, dass ich es bin?«, fragte sie ihn dämlich.

»Ich habe deine Nummer gespeichert, sodass dein Name auf dem Display erscheint, wenn du mich anrufst. Und ich muss sagen, dass ich mich sehr freue, dass du dich so prompt gemeldet hast.«

Bei dem Gedanken, dass Jay ihre Nummer in seinem Telefon gespeichert hatte, hüpfte Abbys Herz.

»Also, wie steht's mit unserem Abendessen?«, fragte er mit leichter Stimme. »Wann hättest du Zeit?«

Plötzlich war Abby Cheryl für ihren Anruf dankbar, und ohne auch nur eine Sekunde zu überlegen, weshalb aus dem Essen zu viert unvermittelt ein intimes Tête-à-tête geworden war, erklärte sie: »Ich bin nächsten Dienstag in Dublin. Eigentlich hätte ich dann drehen sollen, doch der Drehplan hat sich geändert. Ich meine, wir könnten uns dann treffen oder –«

»Uns fällt ganz sicher etwas ein«, unterbrach er geschmeidig und verursachte dadurch eine Gänsehaut der Vorfreude auf ihren Armen. »Wo wirst du übernachten?«

»In McGregor's Townhouse«, platzte sie heraus. McGregor's war ein kleines, wunderhübsches Hotel mitten in der Stadt. Sämtliche Leute von Beech stiegen dort ab, und dank ihres Erfolgs bekam Abby stets den schönsten Raum. Bei ihrem letzten Aufenthalt hatte man ihr sogar die Junior-Suite gegeben, komplett mit einem eleganten Doppelbett aus Eisen – eine Extravaganz, die sicher nicht von Beech veranlasst worden war. Sie musste Cheryl allerdings darum bitten, die Reservierung nicht zu ändern.

»Ich rufe dich am Dienstagnachmittag dort an«, erklärte Jay und legte auf.

Abby starrte auf ihr Handy und war sich nicht ganz sicher, ob das Gefühl von Schuld oder die freudige Erregung in ihrem Herzen die Oberhand gewann.

Um Benzin und somit Geld zu sparen, beschloss Lizzie, zu Fuß in die Praxis zu gehen. Die erste Aprilwoche war derart herrlich, dass der Drei-Kilometer-Marsch ins Zentrum ein echtes Vergnügen war. Für Freitag waren Rekordtemperaturen für diese Jahreszeit gemeldet, und bereits um halb neun morgens rief die warme Sonne Gedanken an Urlaube in südlichen Regionen in ihr wach. Als sie, Sonnenbrille auf der Nase und eine leichte Jacke über die Schultern, an dem kleinen Stadtpark vorbeikam, fühlte sie sich tatsächlich fast wie in Italien, wo die Männer etwas molligere Frauen durchaus schätzten. Vor vielen, vielen Jahren waren sie und Myles einmal in den Ferien an der Adria gewesen, und die bewundernden Blicke, die sie dort einkassiert hatte, hatten ihr Selbstvertrauen enorm gestärkt.

In ein paar Tagen brächen Gwen und Shay zu ihrer Kreuzfahrt auf, und entgegen allem, was sie behauptet hatte, tat es Lizzie Leid, dass sie sie aufgrund ihrer dürftigen Finanzen nicht begleitete. Um die Gedanken an hohe Temperaturen und den Duft von Sonnenmilch auf ihrem sonnenwarmen Körper zu verscheuchen, wandte sie ihre Überlegungen der Hochzeit ihrer Tochter zu.

Debra hatte erwähnt, dass Dad gerne Sabine zum informellen Teil der Feier mitbringen würde. Also dann, wenn die Band anfing zu spielen und die nicht geladenen Gäste kämen, um zu schauen und dem Paar seine Glückwünsche zu übermitteln. Selbstverständlich nur, wenn Lizzie nichts dagegen hatte, hatte Debra hinzugefügt.

Natürlich hatte Lizzie etwas dagegen, doch wie gewöhnlich hatte ihr Mutterinstinkt ihre eigenen Gefühle überlagert. Sie hatte nur Sorge, dass ihre Tochter diese Konfrontation an ihrem großen Tag allzu sehr aufregen würde. Vorsichtig hatte sie deshalb gefragt: »Hast du denn was dagegen?« Schließlich war die sensitive Debra über die Scheidung ihrer Eltern todunglücklich gewesen.

»Mir ist es egal. Schließlich ist sie nicht besonders hübsch.« Solange ihr die neue Freundin ihres Vaters nicht die Schau stahl, hatte sie mit ihrem Erscheinen nicht das geringste Problem. »Sie hat langweilige braune, etwas rötlich angehauchte Haare, kurze Wimpern und schminkt sich nicht einmal die Lippen. Ich habe ein Foto von ihr bei Dad gesehen. Und sie ist uralt. Mindestens schon Mitte vierzig.«

Lizzie hatte die Informationen nicht gerade begeistert aufgenommen. Sabine war also eindeutig kein »heißer Feger«.

Wenn sie diskret auf der Feier im Anschluss an die Trauungszeremonie auftauchte, kippte sicher niemand vor Schreck über Myles Shanahans neue Freundin ohnmächtig in seinen Gin. Wahrscheinlich würden sich die Leute sogar freuen, dass der gute alte Myles endlich nicht mehr allein war.

Leider würden die Leute ebenfalls bemerken, dass Lizzie auf dem Fest ohne Begleitung war. Die glückliche, zivilisierte Partnerschaft der beiden, die selbst das Erdbeben der Scheidung überdauert hatte, war endgültig vorbei. Myles' Leben ging weiter, während das ihre auch nach fünf Jahren der Trennung unverändert still vor sich hindümpelte.

Lizzie hatte es nicht gern, wenn die Menschen sie als Klatschziel auserkoren, und noch weniger gefiel es ihr, wenn sie Mitleid mit ihr hatten. Weshalb ihr Sabine ein Dorn im Auge war.

Vor der Praxis strich Clare Morgans träger Kater Tiger auf der Suche nach einem warmen Fleckchen am Gartenzaun entlang.

»Hallo, Tiger, du Bild von einem Mann«, rief sie lockend – und wie auf ein Stichwort verschwand Tiger genau in dem Moment mit einer eleganten Schlangenbewegung hinter dem Zaun, in dem Mr. Graham, der Notar, dessen Kanzlei direkt neben der Arztpraxis lag, mit lässig in der Hand baumelnden Wagenschlüsseln am anderen Zaunende auftauchte. Lizzie hatte ihn nicht rechtzeitig gesehen, und errötete bei dem Gedanken, dass er annahm, sie hätte ihn mit diesem Satz gemeint. Mr. Graham war so breit wie hoch und hatte nicht nur überwältigenden Mundgeruch, sondern war der felsenfesten, wenn auch irrigen Überzeugung, dass er ein echter Herzensbrecher war.

»Tut mir Leid… ich hab mit der Katze gesprochen…«, murmelte sie und stürzte verlegen durch die Tür.

Himmel, wie hatte das passieren können? Von nun an würde Mr. Graham sie ansprechen, sobald sie in der Mittagspause im Garten vor der Praxis säße, und bei jeder unpassenden Gelegenheit würde er ihr neckisch zuzwinkern. Das hatte er nämlich bei Clare bereits versucht, nur dass er von ihr unmissverständlich abgewiesen worden war. Lizzie hingegen konnte einfach niemals nein sagen. Was also sollte sie gegen mögliche Avancen ihres Nachbarn tun?

Die zweite Folge dieses wunderbaren Morgens war eine leere Praxis. Der direkte Zusammenhang, den es zwischen der Zahl der Arztbesucher und dem Wetter gab, hatte sie schon immer überrascht. Wandelte sich die grauenhafte Grippe, die, sobald es regnete, lebensbedrohlich wirkte, vielleicht, sobald die Sonne kam, auf wundersame Weise in einen leichten Schnupfen?

Kurz vor der Mittagspause räumte Lizzie ihren Schreibtisch auf, als noch jemand anrief. Fröhlich trompetete sie in den Hörer: »Hier ist die Praxis in der Cork Road. Was kann ich für Sie tun?«

»Lizzie, hier spricht Sally Richardson. Rufe ich gerade unpassend an?«

»Nein, hier ist alles ruhig. Was kann ich für dich tun? Geht es um dich oder um einen der Jungen?«

Während sie fragte, schlug sie bereits ihren Terminkalender auf.

»Nein, mit den Jungen ist zum Glück alles in Ordnung«, erklärte Sally dankbar. »Wie du weißt, kriegen sie im nächsten Monat die Mandeln rausgenommen, und seit wir den Termin vereinbart haben, geht es ihnen gut. Ich rufe nur an, um dich für morgen auf eine Party einzuladen. Tut mir Leid, dass es so kurzfristig ist – eigentlich hatte ich dich ja schon letzte Woche fragen wollen, aber ich war derart beschäftigt, dass ich schlichtweg nicht dazu gekommen bin.«

»Gerne«, sagte Lizzie vergnügt zu. Sie war schon seit einer halben Ewigkeit auf keiner Party mehr gewesen. »Gibt es einen besonderen Anlass?«

»Zur einen Hälfte soll es eine Willkommensparty für diese netten neuen Leute aus den Staaten sein, und zur anderen Hälfte, weil es seit Steves Geburtstagsfete, auf der alle so wundervoll angeheitert Conga getanzt haben, kein Fest mehr bei uns gab.«

»Ich freue mich«, lachte Lizzie.

»Wunderbar. Komm am besten gegen acht. Es gibt etwas zu essen – wenn auch auf Papptellern und mit Plastikgabeln – und hoffentlich jede Menge Spaß. Die Kleiderwahl ist jedem selber überlassen, und bring jemanden mit oder komm alleine, Lizzie, ganz, wie es dir gefällt. Bis morgen.«

Bei dem Gedanken, wie normal es klang, wenn Sally sagte, »Bring jemanden mit oder komm alleine«, während alle übrigen Freunde entweder die Worte kaum über die Lippen brachten oder verdruckst drum herumkurvten, markierte Lizzie den morgigen Tag in ihrem Kalender mit einem großen Stern.

Da Steve und Sally ihren Ex-Mann gar nicht kannten, war Lizzie für sie eine ganz normale, allein stehende Frau. Besser noch, schienen sie kein Problem damit zu haben. Sie jammerten weder ständig über die Ungerechtigkeit des Lebens noch versuchten sie, sie mit irgendwelchen anderen Single-Freunden zu verkuppeln. Lizzie hatte die Erfahrung machen müssen, dass es für die meisten Leute kaum Alternativen zu diesen beiden Möglichkeiten des Umgangs mit ihr gab. Ihre und Myles' alte Freunde schienen nicht zu wissen, wie sie mit ihr umgehen sollten. Sie luden sie deshalb nie zu ihren Parties ein und baten sie nur dann zu einem Essen, wenn auch ein allein stehender Mann zugegen war. Sie schienen anzunehmen, dass sie sich den Ehemännern anderer Frauen wie ein nymphomaner Marschflugkörper an den Hals warf, wenn es keine anderen Opfer gab. Es hatte keinen Sinn, wenn sie erklärte, sie hätte kein Interesse mehr an Männern, egal, ob sie gebunden waren oder nicht. Verheiratete Frauen glaubten ihr kein Wort und benahmen sich stattdessen wie wachsame mittelalterliche Herrscher, die aus Furcht vor Invasoren stets bereit waren, die Zugbrücke zu ihrer Festung hochzuziehen.

Dummerweise gab es in ihrem Freundeskreis keine anderen geschiedenen Frauen. Lillian, eine Frau, die sie aus der Praxis kannte, hatte sie einmal zu einem Abend mit anderen geschiedenen Frauen – denen, die Clare Morgan wenig höflich die alten Vetteln nannte – mitgenommen. Doch Lizzies leise Hoffnung, womöglich dort nette neue Bande knüpfen zu können, hatte sich absolut nicht erfüllt.

An jenem Abend hatten die Ladies alle gut gegessen, jede Menge getrunken, harmlos mit den Obern des Restaurants geflirtet, sich hauptsächlich aber ununterbrochen mit düsteren, beleidigten Stimmen darüber ausgelassen, was alles von »Ihm« verbrochen worden war.

Das tödlichste Gift hatten die Frauen gegenüber den Männern versprüht, für die es offenbar nach der Scheidung noch ein Leben gab. Urlaube, neue Autos und, was das Allerschlimmste war, irgendeine Form von Lebensfreude standen ganz oben auf der Liste der begangenen Verbrechen. Der Hass, den diese Furien auf ihre Männer hegten, hatte Lizzie regelrecht schockiert. Sie hatte angenommen, diese Frauen gingen ihr neues Single-Dasein mit demselben Schwung an wie Clare Morgan. Lizzie hatte die Haltung der Frauen verabscheut und die hämische Freude, mit der jedes Versagen eines dieser Männer bejubelt worden war. Myles war nie ein solches Schwein gewesen wie die, über die diese Frauen hergezogen. Und selbst wenn es so gewesen wäre, hätte Lizzie ihm nicht alles Schlechte wünschen wollen wie eine der Hexen aus *Macbeth*.

Clare Morgan hatte Lizzies Reaktion auf diesen Abend nicht weiter überrascht. »Ich wusste, dass es Ihnen nicht gefallen würde. Lillian hat ihr Diplom in Verbitterung nahezu erfolgreich abgeschlossen. Ich kenne sie und ihren Mann seit Jahren, und es ist das reinste Wunder, dass der arme Trottel es so lange mit ihr ausgehalten hat. Lillian sieht sich gerne als das Opfer, aber sie hat selber Schuld daran, dass er gegangen ist. Halten Sie sich von ihr und diesen anderen Frauen fern«, hatte sie Lizzie geraten. »Ihre Bitterkeit steckt an.«

Clare hatte ihr empfohlen, das männerlose Leben schlicht zu genießen.

»Wollen Sie etwa noch einmal die dreckigen Socken eines Mannes waschen und sich darüber Gedanken machen müssen, was er wohl zum Abendessen will?«, hatte Clare gescholten, obwohl es Lizzie schwer fiel, sich vorzustellen, dass die kluge, souveräne Clare je die Socken eines Mannes gewaschen haben sollte. »Wenn Sie jemals daran denken, sich so etwas noch einmal anzutun, sollten Sie sich dringend untersuchen lassen. Ich treffe mich mit Männern, wenn mir danach ist, aber ich brauche sie nicht ständig. Ich habe gelernt, meine eigene Gesellschaft zu genießen, Lizzie. Sie ist die beste Garantie für ein angenehmes Leben, und ich habe nicht die Absicht, mich je wieder total an einen Mann zu binden.«

Ein angenehmes Leben, dachte Lizzie und schaltete den Anrufbeantworter ein. Wo blieb das angenehme Leben, wenn sie allabendlich alleine zu Hause vor der Glotze saß?

10

Am Samstag studierte Jess die Annoncen im Schaufenster des Zeitungsladens, um zu sehen, wie andere ihre Jobsuche als Babysitter formulierten. Da fiel ihr eine hoch gewachsene Frau mit einem schwarzbraunen Welpen in den Armen auf, die aus der Tür des Nachbarhauses trat. Das wettergegerbte Gesicht der Frau war lang und schmal, und hätte vielleicht streng gewirkt, hätte sie nicht, als das Hündchen ihr energisch die linke Wange ablecken wollte, erfrischend laut gelacht.

»Der ist ja wirklich zu süß«, rutschte es Jess beim Anblick des kleinen Tiers heraus.

»Das ist er«, stimmte ihr die Fremde lächelnd zu. »Er war gerade beim Tierarzt, und jetzt weiß er vor lauter Freude darüber, die Impfung hinter sich zu haben, gar nicht mehr, wohin. Als wir drinnen waren, hat er vor Aufregung tatsächlich dreimal Pippi auf den Fußboden gemacht.«

»Oh, du armes Schätzchen.« Jess kraulte den Welpen unter dem Kinn, worauf er begeistert versuchte, gleichzeitig an ihren Fingern zu knabbern und zu lecken.

Die Frau betrachtete Jess' ordentlich gekämmte sandfarbene Haare, ihr hübsches, wenn auch unauffälliges Gesicht und ihre schlanke, mindestens 1,72 m hohe Gestalt.

»Würdest du ihn gern mal halten?«

»Ja, bitte.« Jess wiegte das Hündchen sanft in ihren Armen, schnupperte seinen süßen Milchduft ein und genoss es, wie der kleine Kerl ihr eifrig das Gesicht abzuschlecken begann.

»Er heißt Twiglet.«

»Hallo kleiner Twiglet«, säuselte Jess. Sie merkte kaum, was die Besitzerin des Hundes tat, bis sie irgendwann den Kopf hob und entdeckte, dass ein neuer Zettel am Nachrichtenbrett des Zeitungsladens hing.

Einladung zur Diskussion über die Zukunft des Tierheims.

Nach zwanzigjähriger Arbeit hier in Dunmore wurden uns die Zuschüsse gekürzt, sodass das Tierheim von der Schließung bedroht ist.

Wir brauchen Ihre Hilfe.

Kommen Sie am Mittwoch, dem 23., um 19 Uhr, ins Gemeindezentrum in der Tivoli Road.

»Sind Sie vom Tierheim?«, fragte Jess.

»Ja, und Twiglet auch. Er und einer seiner Brüder wurden aus einem Müllsack auf einer Baustelle gerettet. Irgendein aufmerksamer Mensch hat ihr Winseln gehört und sie zu uns gebracht.«

Jess starrte die Frau entgeistert an. »Wie kann jemand einem Welpen so was antun?«

»Wenn so was nicht ständig passieren würde, hätten wir nicht so viel zu tun«, kam die trockene Antwort. »Die Leute wollen kein Geld dafür bezahlen, ihre Hündinnen sterilisieren zu lassen, und sehen, wenn sie wirft, den Müllsack als die ideale Lösung an. Mit den Katzen ist es sogar noch schlimmer. Ein nicht kastrierter Kater kann Hunderte von kleinen Kätzchen zeugen, und eine Katze kann bereits mit einem halben Jahr die ersten Jungen kriegen und alle vier Monate werfen. Dann setzt sich die Spirale bei den weiblichen Kätzchen genauso fort. Du kannst dir also selbst ausrechnen, wie viele Katzen das am Ende sind.«

»Aber können Sie den Leuten denn nicht deutlich machen, dass sie, wenn sie keine Jungen haben wollen, ihre Hunde – stilisieren lassen sollen?«

»Sterilisieren«, verbesserte die Frau. »Aufklärung ist eine Antwort, doch für die letztendliche Lösung des Problems braucht man natürlich Geld. Viele Leute behaupten, sie könnten es sich nicht leisten, diesen Eingriff zu bezahlen.«

»Dann sollte die Regierung ihnen dabei helfen.« Der Gedanke an Hunderte von ungewollten Tierbabys, die gnadenlos weggeworfen wurden, rief heiße Empörung in Jess wach.

»Wie heißt du?«

»Jess.«

»Es gefällt mir, wie du die Dinge durchdenkst, Jess. Wenn du Tiere gern hast, hättest du ja vielleicht Lust, mal bei uns hereinzuschauen. Wir sind froh um jeden, der uns beim Füttern der Kätzchen und der Welpen und natürlich auch bei den weniger angenehmen Tätigkeiten wie dem Säubern der Zwinger hilft.«

»Oh, das wäre wunderbar.« Jess' Augen begannen zu leuchten, und die Frau erkannte, dass sie mit ihrem strahlenden Lächeln lebendig, intelligent und alles andere als unauffällig war. »Allerdings gehe ich noch zur Schule.«

»Hunde müssen auch samstags und sonntags gefüttert werden, und eventuell hast du ja auch abends und in den Ferien etwas Zeit«, erklärte die Frau ihr nüchtern. »Ich bin Jean Harvey. Die Nummer und Adresse des Tierheims stehen im Telefonbuch. Es liegt in der Old Farm Road. Du nimmst den Bus nach Little Dunmore, steigst aber schon an der Kreuzung nach Snow Hill aus, wendest dich nach links und gehst die Straße hundert Meter rauf. Frag aber vorher deine Eltern, ob sie nichts dagegen haben, wenn du bei uns aushilfst, und sag ihnen, dass Sie mich anrufen können, falls es irgendwelche Fragen gibt.«

»Ich werde kommen, sobald ich kann«, versprach Jess und küsste Twiglet zum Abschied auf den samtig weichen Kopf.

Jean lief in Richtung eines schmutziggrünen Land Rovers, und auch Jess wandte sich zum Gehen. Dieses neue Vorhaben rief ein Gefühl der freudigen Aufregung in ihr wach. Sie liebte Tiere, und die Möglichkeit ihnen zu helfen, war fantastisch. Sie müsste dafür sorgen, dass Wilbur nicht eifersüchtig würde. Natürlich war er ihr Liebling, doch der kleine Twiglet war halt zu süß. Sie überlegte, was wohl einmal aus ihm würde. Sicher fand das Tierheim neue Besitzer für die unerwünschten Welpen. Wäre es nicht fantastisch, wenn sie ihn mit nach Hause nehmen und sich um ihn kümmern könnte? Schließlich hatten sie in Lyonnais jede Menge Platz.

Diese Ideen zauberten ein derart helles Lächeln auf ihr sonst so verschlossenes Gesicht, dass ihre Mutter hätte zweimal gucken müssen, um sie zu erkennen.

Abby brachte den Großteil des Samstags mit Gartenarbeit zu. Sie versuchte, das Gestrüpp im Vorgarten zu lichten, aber jedes Mal, wenn sie eine Spinne in der Größe eines Geschöpfs aus einem Horrorfilm entdeckte, quietschte sie angeekelt auf. Ihre dicken Gartenhandschuhe waren verschollen, weshalb sie ein Paar dünne Baumwolldinger trug, mit denen sie im besten Fall ein zartes Blümchen hätte pflanzen können. Sie waren absolut nicht geeignet für das dornige, harte Durchforsten eines regelrechten Dschungels.

Tom war ihr nicht die geringste Hilfe. Er war am Morgen aufgewacht, hatte behauptet, er fühle sich entsetzlich, und lümmelte jetzt mit jeder Menge Zeitungen und einer Miene, die besagte, sein Schniefen, sein Kopfweh und seine laufende Nase wären zweifelsohne die Symptome für etwas deutlich Schlimmeres als eine normale Grippe, in der Küche.

»Ich muss noch jede Menge Hausarbeiten korrigieren«, hatte er ihr matt erklärt. »Aber mir dröhnt der Schädel, meine Muskeln schmerzen, und ich fühle mich hundeelend.«

Abby, die bereits im Supermarkt, in der Reinigung und im Bioladen gewesen war, und die nichts lieber getan hätte, als sich ebenfalls mit einer Zeitung und einer Tasse Kaffee an den Küchentisch zu setzen, hatte sich eine Erwiderung verkniffen. Mit den schweren Einkaufstüten hätte sie sich schier einen Bruch gehoben, und jetzt plagte sie sich mit dem Garten. Tom war derjenige gewesen, der darauf bestanden hatte, ihren Garten selber zu pflegen, weil ein Gärtner, wie er sagte, unnötig und viel zu teuer war.

Um halb vier war Abby müde, von Kopf bis Fuß verkratzt und hoffnungslos verdreckt. Ein Becher dampfend heißer Tee und ein paar Plätzchen gäben ihr vielleicht die Energie, sich noch ein wenig länger abzuplagen, bevor sie sich in die heiße Badewanne legte und danach zurechtmachte für Steves und Sallys Party.

Tom saß nicht mehr am Küchentisch, doch die überall verstreuten Zeitungsblätter, ein schmutziger Becher und die Krümel eines Blaubeermuffins waren der Beweis, dass der Invalide fit genug gewesen war für eine gründliche Lektüre und einen kleinen Snack. Abby drückte mit dem Handrücken auf den Knopf des Wasserkochers und machte sich auf die Suche nach ihrem kranken Mann.

Im Wohnzimmer wurde sie fündig. Er lagerte vor dem

Fernseher, verfolgte eine Sportsendung, und nirgends war eine Spur der angeblich so brandeiligen und anstrengenden Korrekturarbeiten zu entdecken.

Er wandte den Kopf und sah, dass seine Frau mit vor der Brust gekreuzten Armen und zusammengepressten Lippen in der offenen Tür stand.

»Guck mich nicht so an«, schnauzte er und widmete sich erneut der Fußballübertragung.

»Wie gucke ich denn, bitte?«, schnappte Abby zurück und marschierte zur Couch.

»Ich hasse es, wenn du diesen gequälten Ich-rackere-mich-ab-und-du-liegst-faul-auf-dem-Sofa-Märtyrerinnenblick bekommst«, erklärte er sauer.

»Ich rackere mich tatsächlich seit Stunden ab«, antwortete sie. Zu einer Reaktion auf die Märtyrerin ließe sie sich nicht herab.

»Das hat niemand von dir verlangt.«

Das war zutiefst ungerecht. Natürlich hatte kein Mensch von ihr verlangt, sich sogar noch am Wochenende abzuplagen. Allerdings räumte außer ihr keiner auf oder kaufte Nahrungsmittel ein.

»Ich bräuchte mich nicht derart im Garten abzuplagen, wenn du kein solcher Geizhals wärst, dem das Geld zu schade ist, um zweimal im Jahr jemanden kommen zu lassen, der die schwere Arbeit übernimmt«, fauchte sie ihn nun an. »Irgendjemand muss ja wohl hier für Ordnung sorgen.«

»Oh, das ist es also«, knurrte Tom. »Ich bin mal wieder Schuld. Ich habe gesagt, dass ich dir helfe. Nur halt nicht an diesem Wochenende.«

»Und auch nicht am letzten oder irgendwann davor«, giftete Abby. »Der Garten sieht bereits seit mindestens zwei Monaten wie ein Katastrophengebiet aus. Aber dich stört das absolut nicht.«

Tom gab schnaubend die Übertragung des Fußballspiels auf. »Kannst du nicht sehen, dass ich total erschöpft bin? Erschöpft davon, dieses Haus in Ordnung zu halten, erschöpft von meiner Arbeit, einfach rundum erschöpft.«

»Ach? Und ich pflege mich ständig?«, konterte sie bissig. »Richtig. Ich hatte vergessen, dass du bei uns das Vorrecht hast, erschöpft zu sein. Schließlich bist du derjenige mit einem ernsthaften Job. Ich habe ja nur diese blöde, kleine Fernsehserie und mein bescheidenes Entrümpelungsgeschäft. Das beides ist selbstverständlich nicht annähernd so wichtig wie deine weltbewegende Tätigkeit als zweiter Schulleiter. Zwar habe ich nebenher noch die gesamte Hausarbeit, die Einkäufe und die Wäsche zu erledigen –«

»Die Hausarbeit macht ja wohl Mrs. Regan«, fiel er ihr missmutig ins Wort.

»Sie kommt zweimal die Woche für zwei Stunden«, pfiff Abby ihren Gatten zornig an. »Sie sorgt für eine gewisse Grundordnung im Haus, aber die grobe Arbeit sowohl drinnen als auch draußen erledige nach wie vor ich! Hast du eine Vorstellung davon, wie kräftezehrend es ist, einen Haushalt zu führen, Wäsche zu waschen, einzukaufen, zu kochen und zu putzen? Du denkst doch, dass Kochen und Putzen zwei Städte in China sind.«

»Erspar mir deinen Sarkasmus«, bat er eisig. »Übst du gerade deine Antworten auf ein Zeitungsinterview mit der erfolgreich arbeitenden Frau? Ist es das? Willst du aller Welt erzählen, wie schwer die moderne Karrierefrau es hat, weil sie ständig zwischen ihrem Job und dem Haushalt hin und her lavieren muss, weil ihr fauler Ehemann nichts tut und nicht mal ihre Bemühungen zu schätzen weiß?«

Das war haargenau das, was Abby durch den Kopf gegangen war, weshalb sie ihn für ein paar Sekunden sprachlos ansah. Dann aber fand sie ihre Stimme wieder und erklärte: »Wenn du so genau weißt, was mit mir los ist, warum versuchst du nicht, etwas daran zu ändern?«

»Es ist nicht das höchste Ziel in meinem Leben, dir ständig zu Gefallen zu sein, Abby«, antwortete Tom mit grimmiger Zufriedenheit. »Vielleicht machen sie das ja bei Beech, wo du wie eine Königin regierst. Aber hier bei uns zu Hause läuft das so garantiert nicht.«

»Das ist total ungerecht!«, schrie Abby außer sich vor Zorn. »So bin ich nicht, das weißt du ganz genau! Alles, worum ich dich bitte, ist ein wenig Mithilfe im Haushalt. Früher hast du mir geholfen, aber das ist lange her. Seit wir hierher gezogen sind, bist du weder ein einziges Mal mit mir einkaufen gegangen noch hast du die Waschmaschine angestellt. Es würde dich bestimmt nicht umbringen, das zumindest mal zu versuchen.«

»Du warst diejenige, die wieder anfangen wollte zu arbeiten«, wehrte er ab.

»Und du bist derjenige, der von meinem Einkommen profitiert«, platzte es aus ihr heraus.

»Oh, richtig. Wie konnte ich das nur vergessen? Du bist diejenige, die erfolgreich und berühmt ist. Ich bin nur der langweilige, alte Ehemann, der sich möglichst dezent im Hintergrund zu halten hat.« Die Bitterkeit, mit der er das sagte, war für Abby ein regelrechter Schock. »Das gefällt dir, nicht wahr, Abby? Es gefällt dir, dass du mehr verdienst als ich. Es gefällt dir, mir ständig unter die Nase zu reiben, dass ich von dir überflügelt worden bin.«

»Nein, das tut es nicht«, antwortete sie leise und wandte sich zum Gehen.

Mit zitternden Händen machte sie sich eine Tasse Tee. Ihr war nicht bewusst gewesen, wie sehr er unter ihrer Arbeit und den damit eingetroffenen Veränderungen litt. Eventuell gefiel es ihm, in einem großen, luxuriösen Haus zu leben, doch kam er mit der Tatsache, dass dieses Haus von ihrem Geld erworben worden war, eindeutig nicht zurecht. Fühlte er sich durch ihren Erfolg womöglich irgendwie entmannt? Das war doch nicht möglich! Es war absolut kindisch. Kindisch – und unglaublich bequem.

Abby warf den benutzten Teelöffel zu Toms schmutzigem

Geschirr. Wenn er sich nicht die Mühe machte, die Dinge in die Spülmaschine zu räumen, täte sie das ebenfalls nicht. Und wenn das Haus verdreckte, wenn es kein sauberes Geschirr und keine sauberen Klamotten mehr gab, würde er vielleicht endlich begreifen, was sie alles für die Familie tat.

Als sie über die Briar Lane lief, fiel Jess auf, dass sie schon seit über einer Stunde nicht mehr an die Prüfungen gedacht hatte. Das war gut, denn wenn sie daran dachte, kroch ein eigentümlicher Schmerz aus ihrem Nacken bis in ihren Kopf und ließ ihren Schädel beinahe bersten. Nichts half, außer einem heißem Bad, und das konnte sie schlecht viermal täglich absolvieren. Der Gedanke an das Tierheim jedoch hatte die schwarzen Gedanken verdrängt. Auch der heutige Abend würde ablenken. Sie würde sich um die beiden Jungen kümmern, damit sich Sally auf die Party vorbereiten konnte. Sie freute sich darauf. Jess liebte die entspannte Atmosphäre im Haus der Richardsons. Anders als ihre Eltern waren Steve und Sally immer gut gelaunt.

Als Jess heimkam, entdeckte sie eine Plastiktüte voller Gartenabfälle direkt neben dem Tor, ihre Eltern jedoch waren nirgendwo zu sehen. Sie hoffte, sie würde nicht gleich noch zum Laubharken oder einer anderen grässlichen Tätigkeit abkommandiert. Abgesehen vom damaligen Bohnenzüchten im Biologieunterricht, fand sie Gartenarbeit total öde.

Ihre Mutter stand in ihren Gartenklamotten in der Küche und las in einer Zeitung.

»Oh, Mum, ich habe vorhin eine total nette Frau getroffen, die das hiesige Tierheim leitet«, begann Jess enthusiastisch. »Sie hatte einen wahnsinnig süßen Welpen, Twiglet, auf dem Arm. Stell dir vor, irgendwelche Leute hatten ihn und seinen Bruder einfach in einem Müllsack auf einer Baustelle weggeschmissen. Aber jetzt geht es ihm gut.«

Als ihre Mutter schwieg, fuhr Jess begeistert fort: »Sie versuchen das Tierheim zu retten, nachdem ihnen irgendwelche Gelder gestrichen worden sind. Und die Frau hat gesagt, wenn ich wollte, könnte ich im Tierheim helfen. Sie brauchen ständig Leute, um die ganzen Tiere zu füttern und die Zwinger auszumisten.« Es erfüllte Jess mit Stolz, dass eine völlig Fremde genügend Vertrauen zu ihr hatte, ihr diese Arbeit anzubieten. »Ich könnte an den Wochenenden hinfahren.«

»Und was ist mit deinen Prüfungen?«, fragte Abby scharf, was ihr sofort Leid tat. Welche Bedeutung hatten die Examen, wenn der Gedanke an das Tierheim zum ersten Mal seit Monaten ein Lächeln auf das Gesicht von Jess gezaubert hatte?

Bei ihrer Frage allerdings war das Lächeln umgehend erstorben, und Jess wandte sich mit einem »Ach, egal, vergiss es« abrupt wieder zum Gehen.

»Ich habe es nicht so gemeint«, erklärte Abby, doch Jess war bereits verschwunden, und man hörte das laute Trampeln ihrer Stiefel auf der Treppe und dann das Knallen ihrer Zimmertür.

Abby hatte das Gefühl, eine totale Versagerin zu sein. Als Mutter und als Frau. An ihrem Versagen als Frau war Tom zumindest nicht ganz unbeteiligt, an ihrem Versagen als Mutter jedoch traf die Schuld sie ganz allein.

Abby verspürte das übermächtige Verlangen, hinauf ins Schlafzimmer zu gehen, sich ins Bett zu legen und sich die Decke über den Kopf zu ziehen. Doch das konnte sie sich nicht leisten. Sie musste mit dem Garten fertig werden und im Anschluss daran auf die Party. Sally hatte Jess gebeten, die Jungen zu betreuen, also würden sie alle gemeinsam dorthin gehen und so tun, als lebten sie gemeinsam in schönster Eintracht. Voller Wehmut dachte sie, dass ihre Familie früher einmal wirklich glücklich gewesen war.

In letzter Minute bekam Erin kalte Füße.

»Müssen wir wirklich dahin?« Sie lenkte den Blick aus ihren schräg stehenden, bernsteinbraunen Augen auf Greg, der sich rasierte, während sie bis zu den Schultern, die Haare eingehüllt in eine Wolke aus Seifenschaum, der nach Vanille duftete, im dampfend-heißen Badewasser lag. Im warmen Schein der überall verteilten Kerzen und hinter dem Dunstschleier, der im Badzimmer hing, konnte sie die grässlich pinkfarbenen Möbel und die grauenhafte, purpurrot gemusterte Tapete beinahe vergessen.

»Nein, bleib besser hier. Das ist eine hervorragende Idee. Ich gehe alleine hin und baggere sämtliche Frauen des Ortes an«, erklärte Greg diabolisch grinsend. »Ich bleibe bestimmt nicht lange dort. Spätestens morgen zum Mittagessen bin ich wieder da. Du hast doch nichts dagegen, oder? Ich werde mit keiner von den Damen schlafen, nur ein bisschen knutschen…«

Erin kickte mit dem rechten Fuß etwas Badewasser in Richtung ihres vorlauten Gemahls.

»Daneben«, feixte Greg, wusch sich den Rasierschaum vom Gesicht, betupfte sich mit Eau Sauvage, hockte sich auf den Rand der Wanne und beugte sich zu ihr herunter, als wolle er sie küssen. Stattdessen griff er jedoch nach dem Stöpsel und ließ das Wasser ab.

»Blödmann«, jammerte Erin. »Es war gerade so schön kuschelig in der Wanne.«

»Ich dachte, du magst Sally.«

»Das stimmt, sie ist eine echt tolle Frau. Nur würde ich den Abend lieber hier vergammeln.« In letzter Zeit würde sie am liebsten ständig untätig rumlungern, was eigentlich so gar nicht typisch für sie war.

»Steve war von Anfang an sehr nett zu mir«, erklärte Greg. »Ich muss also auf diese Party, aber wenn du wirklich keine Lust hast, kann ich ja behaupten, du fühltest dich nicht wohl.«

»Nee.« Erin erhob sich wie Venus aus dem Schaumbad und schlang sich ein Handtuch um den Körper. »Vergiss es«, sagte sie mit gespielter Gouvernantenstrenge, als Greg vorwitzig eine Hand unter das Badelaken schob. »Nach deinem schrägen Witz, dass du die Frauen aus dem Ort anbaggern willst, sind derartige Spielchen fürs Erste strengstens rationiert.«

11

Delia zog das letzte Blech mit duftenden Pasteten aus dem Ofen und stellte es vorsichtig auf den Tisch.

»Fertig«, pustete sie. »Wenn ich in meinem ganzen Leben keine Pastete mehr zu sehen brauche, ist das völlig okay.«

Sally, die auf einem Hocker am Tisch saß und mit architektonischer Genauigkeit Möhrenköpfe zu einer Pyramide übereinander türmte, gluckste verständnisvoll. »Ich weiß, was du meinst. Der einzige Fehler, wenn man eine Party gibt, sind die schier endlosen Vorbereitungen.«

»Allerdings«, stimmte ihre Schwiegermutter ihr voller Inbrunst zu. »Was ich jedoch am meisten hasse, ist die Viertelstunde, bevor die Gäste kommen, wenn man alles hergerichtet hat, aber selbst total erledigt ist und sich wünscht, man könnte alles absagen und stattdessen gemütlich den Abend auf dem Sofa vor dem Fernseher verbringen.«

Sally schielte Delia von der Seite an. So ging es ihr tatsächlich. Sie wollte allerdings nicht, dass ihre Schwiegermutter etwas davon ahnte. Normalerweise hatte Sally genügend Energie, um zehn Partys zu geben, und die Erkenntnis, dass es heute Abend anders war, riefe sicher einen gewissen Argwohn in Delia wach. Delias Gesicht jedoch verriet nicht die geringste Sorge, als sie geschickt mit einem Pfannenwender die fertigen Kanapees vom Backblech auf eine Platte hob.

Steve kam aus dem Garten, wo er mit dem Aufhängen unzähliger kleiner weißer Lämpchen auf der Veranda und zwischen den Apfelbäumen beschäftigt gewesen war.

»Riecht gut«, sagte er, nahm sich eins der Häppchen, schob es sich gierig in den Mund, und wollte sich ein zweites nehmen, als ihm seine Mutter auf die Finger klopfte.

»Hör auf, du kleiner Fresssack! Sonst haben wir nachher für die Gäste nicht genug.«

Steve schnaubte belustigt. »Es ist fast fünf«, erklärte er dann. »Also fahre ich mal los und hol die Jungen von der Geburtstagsfeier ab.«

Sally folgte Steve vor das Haus, und als er mit ihr allein war, schlang er ihr die Arme um die Taille und zog sie eng an seine Brust. »Wie geht's?«

»Prima«, antwortete sie fröhlich. »Du fährst allerdings jetzt besser zügig los. In zweieinhalb Stunden kommen um die hundert Leute. Und vorher müssen wir noch die Gläser auf die Tische stellen, den Jungen ihr Abendessen machen und uns selber umziehen.«

»Kein Problem«, erklärte Steve gut gelaunt. »Jess kommt gegen sechs, um sich der Jungen anzunehmen, oder?«

»Ja, also sollten wir bis dahin so gut wie fertig sein.«

»Ich muss noch den Punsch ansetzen, aber ich verspreche dir, er wird ziemlich milde«, meinte Steve mit einem frechen Grinsen.

»Das will ich hoffen ...« Sally wand sich aus seinen Armen. »Ich warne dich, wenn es heute auch nur einen Betrunkenen auf der Feier gibt, kriegst du echte Probleme.«

»Ist das ein Versprechen oder eine leere Drohung?«

Sally schenkte ihm ihren unschuldigsten Augenaufschlag. »Wart's ab«, erklärte sie und kehrte zurück zu ihrer Arbeit in der Küche.

Als Erins und Gregs Taxi Punkt halb acht bei den Richardsons hielt, war noch kein einziger geparkter Wagen am Straßenrand zu sehen.

»Sie haben doch halb acht gesagt, oder?«, fragte Erin verwundert.

»Ja.« Greg bezahlte den Taxifahrer, und sie stiegen beide aus. »Möglicherweise finden die anderen es schick, unpünktlich zu sein.«

»Oder wir sind peinlicherweise zu früh. Ich hoffe, dass wir die Zeit nicht falsch verstanden haben. Es gibt nämlich nichts Schlimmeres, als wenn die Gastgeber noch nicht umgezogen und ungeschminkt sind, wenn man kommt.«

»Falls Steve die Absicht hat, sich für das Fest zu schminken, wissen wir, dass wir in Schwierigkeiten stecken«, antwortete Greg ernst.

»Schlaumeier, du weißt schon, was ich meine.«

»Hallo!« Steve öffnete die Tür. »Kommt doch rein. Freut mich euch zu sehen. Willkommen.«

»Ich hoffe, wir sind nicht zu früh?« Erin hielt ihm einen Porzellantopf mit einem Usambaraveilchen entgegen, und Greg drückte ihm eine Flasche Rotwein in die Hand.

»Keineswegs. Ich brauche nur noch etwas Hilfe bei der Zubereitung meines todbringenden Punsches.«

»Nein, die brauchst du nicht!«, meinte Sally und kam, während sie sich noch den zweiten Ohrring ansteckte, in den Flur. »Wenn ihr seht, dass er irgendwas Gefährliches in die Brühe schüttet, sagt mir sofort Bescheid. Ich will, dass dies eine nette Feier mit lauter nüchternen Gästen wird.«

»O nein«, graulte Greg sich. »Wenn das so ist, machen wir am besten auf der Stelle kehrt. Ich hatte mich nämlich auf ein gewisses Maß an trunkener Zügellosigkeit im Stil der letzten Tage des römischen Imperiums gefreut.«

Sally stöhnte. »Ich hatte gehofft, wir hätten wenigstens noch ein paar Freunde, die nichts von unseren peinlichen Festen wissen. Doch Steve hat anscheinend den Mund nicht halten können.«

»Er hat darüber kein Wort verloren«, erklärte Greg unschuldig. »Ein Bericht von eurer letzten Fete hing bei uns am schwarzen Brett.«

»Ihr beide ...« Sally tat, als wolle sie Greg auf den Unterarm boxen, küsste ihn stattdessen jedoch auf die Wange. »Ich kann mir vorstellen, weshalb du und Steve euch derart gut versteht.«

»Die beiden haben denselben kindlichen Sinn für Humor«, wisperte Erin, als sie Sally zur Begrüßung in den Arm nahm. »Aber das bleibt besser unter uns.«

Danach gaben sich die Gäste die Klinke in die Hand, und unzählige Menschen erschienen mit Wein und Blumen auf dem Fest. Musik und fröhliches Stimmengewirr erfüllten die Luft, und Erin und Greg hatten den Eindruck, als würden sie an diesem Abend mit sämtlichen Bewohnern Dunmores bekannt gemacht. Alle waren freundlich und ehrlich interessiert, und Greg fand viel Vergnügen bei den Gesprächen mit ihren neuen Nachbarn. Erin allerdings fühlte sich zum ersten Mal in ihrem Leben überfordert. Mehrmals merkte sie, dass Greg sie, weil sie sich an der Unterhaltung nicht beteiligte, verwundert musterte, als frage er sich, was in aller Welt nur mit ihr los war. Sie hätte es selbst nicht sagen können, denn sie war von ihrem Verhalten genauso verblüfft.

Lizzie war plötzlich total verunsichert, ob ihre neue Bluse ihr tatsächlich stand. In der modernen Boutique unten am Quai hatte ihr das hauchdünne Chiffontop wirklich gefallen. Es war vorne so tief ausgeschnitten, dass es problemlos als praktisches Still-Outfit in einem Mutter-und-Baby-Katalog hätte angepriesen werden können. Aber die nette, junge Verkäuferin hatte begeistert versichert, dass es »einfach mega-in« wäre.

Auch zu Hause war sie nach dem Genuss eines kleinen Sherrys zu dem Schluss gekommen, sie wirke in der Bluse jung, dynamisch und modern. Auf dem Weg zu Steve und Sallys Haus überlegte sie allerdings, ob nicht vielleicht doch die unsichtbare Trennungslinie zwischen jugendlichem Schick und sehnigem altem Schaf, das sich als junges Lamm verkleidet hatte, überschritten worden war. Bis nach Hause waren es nur fünf Minuten; sie könnte also schnell zurücklaufen und sich noch einmal umziehen …

»Lizzie, wie schön, dich wieder mal zu sehen«, rief in diesem Moment ein Mann, der gerade aus seinem Wagen stieg.

»Hallo, wie geht's?«, juchzte auch seine Frau.

In der stillen Hoffnung, dass sie trotz des milden Wetters einfach ihre blaue Jacke anbehalten könnte, lächelte Lizzie gottergeben.

»Margo und Ken«, antwortete sie. »Freut mich ebenfalls euch zu sehen.«

In Steves und Sallys Häuschen wurden Größe und Luxus durch Wärme und Behaglichkeit ersetzt. Das bescheidene, rote Backsteinhaus, das zur Hälfte zweigeschossig war und zur anderen Hälfte aus einem geräumigen, luftig hohen Wohnzimmer bestand, war anlässlich der Party fantastisch dekoriert. Winzige weiße Lämpchen blinkten zwischen den Apfelbäumen und über der Haustür mit dem schmalen, geschwungenen Vordach wie in einem Märchen aus Tausend-und-einer-Nacht. Der Wohnraum selber wurde von gedämpften Lichtern und unzähligen Kerzen erhellt. Die Flügeltüren am Ende des mit bequemen alten Sesseln und einem weichen Sofa behaglich ausgestatteten Zimmers waren weit geöffnet. Auf der mit altem Kopfsteinpflaster ausgelegten Terrasse standen lange, ebenfalls mit Kerzenschein beleuchtete Tische, und in den Blumenbeeten fiel das Licht von bunten Fackeln auf zarte, bunte Blüten, die in der sanften Brise wippten. Am anderen Ende des Wohnzimmers kam man in die Küche mit ihrem sorgfältig geschrubbten alten Holztisch, dem alten cremefarbenen Ofen und der Sammlung frei stehender Einrichtungsgegenstände, die man als Spiegel der letzten fünfzig Jahre des Möbeldesigns ansehen konnte. Steve stand am Tisch hinter einer ausgedehnten Sammlung von Flaschen in allen erdenklichen Farben und verteilte riesengroße, bis zum Rand gefüllte Gläser, während Sallys dunkler Lockenkopf pausenlos an verschiedensten Stellen inmitten der Gästeschar auftauchte, wo sie plauderte, Leute umarmte und jedem Einzelnen erklärte, wie froh sie über sein Erscheinen war. Beim Anblick ihrer beneidenswert schlanken Figur in dem seidig schimmernden Kleid fiel Lizzie automatisch ein Schmetterling ein. Freundlichkeit und gute Laune schwebten wie schillernde Seifenblasen durch die Luft. Trotz ihrer anfänglichen Unsicherheit war Lizzie inzwischen froh, dass sie nicht daheim geblieben war.

»Lizzie, es ist toll, dass du da bist«, sagte in diesem Moment Sally und gab ihr dadurch das Gefühl, wirklich willkommen zu sein. »Und Margo und Ken. Schön, euch beide zu sehen. Also, was würdet ihr gerne trinken?«

Das Problem mit Partys in kleinen Gemeinden, dachte Lizzie eine halbe Stunde später, bestand darin, dass man nach ein paar Jahren keinerlei Chance hatte, irgendwelchen Fremden zu begegnen – man wusste längst, wer jeder war. Beispielsweise wusste sie, dass der hoch gewachsene Mann mit dem wettergegerbten Gesicht, der neben der Tür nach draußen stand und allen Frauen hinterherglotzte, ungebunden, aber ein hoffnungsloser Langweiler war. Lary sah aus wie der Traum aller geschiedenen Frauen. Doch spätestens nach dem zweiten Treffen, bei dem sie sich die Geschichte all seiner bisherigen, fehlgeschlagenen Beziehungen sowie sein Geständnis, dass er bisher zu keiner Frau die gleiche innige Bindung hatte aufbauen können wie zu seiner Mutter, begann man Abstand zu nehmen. Wenn dann sein Gejammer über Ischias und sonstige Wehwehchen noch einsetzte, ergriff selbst die verzweifeltste Frau schleunigst die Flucht. All das wusste Lizzie von Clare Morgan. Sie selbst ging derart selten aus, dass sie bisher nicht einmal dem hoffnungslosen Larry aufgefallen war.

Gerade, als sie aus der Garderobe Richtung Küche gehen wollte, trafen Abby und Tom Barton ein. Wenn Lizzie ihre Körpersprache richtig deutete, hatten die beiden gerade einen Riesenstreit gehabt. Sie hielten sich so weit wie möglich voneinander fern und bissen so fest die Zähne aufeinander, als hätten sie Angst, es rutsche ihnen, falls sie die Münder öffneten, etwas Furchtbares heraus.

»Hallo«, grüßte Abby betont fröhlich.

»Hi, Abby und Tom«, antwortete Lizzie. »Lizzie Shanahan«, erinnerte sie sie. Sie kannte die beiden nur flüchtig, weshalb sie sie sicher nicht einordnen konnten.

»Das wissen wir, Lizzie«, sagte Abby jedoch gleich lächelnd. »Wir kennen uns aus der Praxis.«

»Sie treffen garantiert auch auf so viele Menschen«, meinte Lizzie, »dass es schwer ist, sich an alle zu erinnern. Ich habe dieses Problem manchmal in der Praxis. Dabei haben die Leute meistens vorher angerufen, um einen Termin zu machen, sodass ich ihre Namen und deshalb keine Entschuldigung habe, wenn ich sie nicht mehr weiß.«

»Oh, Namen! Sprechen wir besser gar nicht erst darüber«, stöhnte Abby. »In Bezug auf Namen bin ich ein hoffnungsloser Fall.«

Als Tom merkte, dass die beiden Frauen schon bei diesem nervtötenden Einverständnis gelandet waren, das es manchmal zwischen ihnen spätestens nach zehn Sekunden gab, bedachte er Lizzie mit einem höflichen Lächeln und ging, ohne seine Frau auch nur eines letzten Blickes zu würdigen, in die Küche zu Steve. Er brauchte was zu trinken.

Abby starrte ihm zornig hinterher.

»Männer«, murmelte Lizzie. »Man kann nicht mit ihnen leben, aber abmurksen kann man sie auch nicht.«

»Sie sagen es«, stimmte ihr Abby ernsthaft zu.

»Tut mir Leid, das hätte ich nicht sagen sollen.« Lizzie wünschte sich, ihr loses Mundwerk wäre nicht schon wieder mit ihr durchgegangen. Sicher dächte Abby jetzt, sie versuche sich ihr aufzudrängen, nur weil sie berühmt war.

»Nein, Sie haben völlig Recht«, seufzte Abby.

Einen Moment lang standen beide schweigend da, und

Lizzie kam sich wie ein naives Landei vor, weil sie überhaupt versuchte, sich mit einem Fernsehstar zu unterhalten.

»Tut mir Leid«, wiederholte sie deshalb. »Schließlich kenne ich Sie kaum. Es war nur …« Verlegen brach sie ab.

Abby betrachtete sie interessiert, und Lizzie hatte keine Ahnung, ob sie nur höflich war. Doch da sie nun mal diese Unterhaltung angefangen hatte, versuchte sie am besten, ihre Rede zu Ende zu bringen.

»Ich musste vorhin daran denken, wie ich mir nach etlichen Streitereien mit meinem Mann eingeredet habe, wir könnten trotzdem gemeinsam irgendwohin gehen, ohne uns dort lautstark in die Wolle zu kriegen«, vollendete sie deshalb.

Über Abbys Gesicht huschte ein indigniertes Lächeln. So viel also zu ihrer Theorie, dass niemand etwas von ihrem Ehestreit merken würde. »Sie sind auch verheiratet?«

Lizzie zog eine Grimasse. »Nicht mehr«, erklärte sie. »Mein Mann und ich sind geschieden. Wir haben uns vor über fünf Jahren getrennt, weshalb es Streit zwischen uns beiden nur noch im Rahmen irgendwelcher Telefongespräche gibt.« Sie dachte kurz darüber nach. »Nein, eigentlich haben wir ganz aufgehört zu streiten. Unsere Tochter steht im Begriff zu heiraten, und es ist geradezu absurd, auf welch gemeinsamer Wellenlänge Myles und ich inzwischen sind.«

Himmel, weshalb in aller Welt hatte sie das gesagt? Man schüttete wohl kaum sein Herz einem beinahe völlig fremden Menschen aus.

»Dann meinen Sie also, dass Scheidung das Geheimnis einer guten Beziehung ist?«, fragte Abby resigniert. »Wir haben eine Tochter im Teenageralter, und, nun, manchmal ist es ziemlich schwierig, mit Teenagern zurechtzukommen, finden Sie nicht auch? Apropos Jess, da kommt sie.«

Jess erschien mit einem Tablett voller Getränke. In ihren Jeans, ihrem türkisfarbenen Glitzer-T-Shirt und mit den kessen Zöpfen, die sie mit zwei von Sally geschenkten pfiffigen violetten Gummis zusammengebunden hatte, war sie richtig hübsch.

»Hi, Mum«, grüßte sie ihre Mutter nicht gerade begeistert. Sie hatte den Streit der Eltern nicht mitbekommen, doch hätte man die Atmosphäre in Lyonnais mit einem Messer teilen können, woraus Jess geschlossen hatte, dass vor ihrer Rückkehr nach Hause etwas zwischen beiden vorgefallen war. Aber das war sie inzwischen hinlänglich gewohnt.

Es war eine Erleichterung gewesen, zu Steve und Sally gehen zu können, wo nie die geringste Spannung herrschte und wo sie sich lediglich um die Jungen hatte kümmern müssen, damit Sally, Delia und Steve noch ein bisschen Luft für letzte Vorbereitungen blieb. Nun, da Jack und Daniel schliefen, übte sie sich als Kellnerin, weshalb sie zu ihrer Mutter sagte: »Mit den Mozarella-Brötchen und der Tapenade bin ich schon fünfmal rumgegangen, also dachte ich, jetzt bringe ich den Leute was zu trinken. Möchtest du etwas?«

»Ja, bitte«, sagte Abby und nahm ein Glas Mineralwasser entgegen. »Jess, das ist Lizzie, die ganz in unserer Nähe wohnt. Lizzie, dies ist meine Tochter Jess.«

»Hallo, Jess«, grüßte Lizzie das Mädchen freundlich. »Was für ein tolles T-Shirt. Könnten wir vielleicht tauschen? Ich habe meine Bluse bei HipBabe unten am Quai gekauft, und sie ist eindeutig eher etwas für deine Altersklasse als für meine. Ich habe das Gefühl, als quelle ich jeden Moment aus dem Ding heraus.«

Jess kicherte. »Die Bluse steht Ihnen sehr gut. Möchten Sie auch etwas zu trinken? Es gibt Wasser, Wein, Obstsaft und diesen eigenartigen Punsch.«

Es versetzte Abby einen Stich, dass ihre Tochter so gut mit dieser Lizzie auskam, nicht aber mit ihr. *Ihr* hatte Jess etwas zu trinken angeboten wie ein Kammerjäger einer Ratte eine Ladung Gift. Aber schließlich hatte Lizzie ihr gegenüber auch nicht erst ein paar Stunden zuvor die schlechte, desinteressierte Mutter hervorgekehrt.

Nachdem Lizzie sich ein Glas genommen hatte, lief Jess weiter, und Abby sah ihr traurig hinterher.

»Sie ist wirklich wunderbar, aber es ist ziemlich schwierig, die Mutter eines Teenagers zu sein, nicht wahr?«, bemerkte die aufmerksame Lizzie.

Als Abby nickte, fuhr sie fort: »Meine Tochter Debra ist jetzt dreiundzwanzig, und wir kommen super miteinander aus, aber es gab Jahre, in denen hätte ich den UN-Generalsekretär als Vermittler gebraucht.«

Abby prustete kurz. »Ich dachte, es geht nur mir so«, gab sie zu, und war sofort über sich entsetzt. Diese Frau war für sie beinahe eine Fremde – weshalb also vertraute sie ihr derart persönliche Dinge an?

»O nein, so geht es uns wohl allen. Wir Frauen sind offenbar darauf programmiert zu denken, wir wären und handeln stets irgendwie verkehrt – während Männer darauf programmiert sind zu glauben, sie wären die klügsten Geschöpfe der Welt«, fasste Lizzie zusammen und nahm auf der untersten Treppenstufe Platz.

Abby setzte sich neben sie und meinte: »Das klingt wie ein Buchtitel.«

»Sie könnten ja eine Fernsehserie zu diesem Thema machen«, schlug Lizzie glucksend vor. »Millionen von Eltern wären total begeistert.«

Abby verzog das Gesicht. »Ich habe schon genug Probleme mit der momentanen Serie. Manchmal würde ich am liebsten alles hinschmeißen.« Bevor sie rausgeschmissen wurde, fügte sie in Gedanken hinzu.

»Aber Sie machen doch Ihre Sache echt super.«

Lizzies Bewunderung klang ehrlich, und Abby fing an sich zu entspannen. Lizzie war eine so warmherzige Person, man konnte wunderbar mit ihr reden. Nach dieser einen Woche, in der bei ihr zu Hause keiner mit dem anderen gesprochen hatte, war es eine Erleichterung, sich mit jemandem so entspannt unterhalten zu können.

»Sie wirken in Ihrer Sendung wunderbar kompetent und warmherzig. Alle, die ich kenne, lieben Ihre Show«, fuhr Lizzie fort und wurde dann verlegen. Normalerweise war sie keine solche Plaudertasche. Sicher lag es an dem Sherry, den sie vorhin getrunken hatte. Aber Abby hielt sie anscheinend nicht für eine völlige Idiotin.

»Danke, es ist nett, dass Sie das sagen«, antwortete sie. »Aber ich fühle mich alles andere als super. Ich habe vielmehr häufig das Gefühl, eine Hochstaplerin zu sein, so, als würden alle sehnsüchtig darauf warten, dass ich auf die Nase falle mit meinem Projekt.«

»Aber Sie sind doch total erfolgreich.« Lizzies Ungläubigkeit war stärker als ihre Schüchternheit. »Anders als wir anderen, die höchstens daran denken, ihr Leben umzukrempeln, haben Sie das Ihre in die Hand genommen und es damit unglaublich weit gebracht.«

»Ich habe eine Arbeit, die mir Spaß macht, und deshalb fällt sie mir leicht«, erläuterte Abby. »Aber der Rest des Lebens ist weniger leicht.«

»Wie zum Beispiel der Umgang mit einer heranwachsenden Tochter?«

»Oder der richtige Umgang mit dem eigenen Mann.«

»Das habe ich alles selber durchgemacht, und der Dank war, dass ich irgendwann die Scheidungspapiere in die Hand gedrückt bekommen habe«, erklärte Lizzie seufzend. »Sie haben den aufsässigen Teenager und den schwierigen Ehemann zumindest noch.«

Abby wollte lieber nicht an Tom denken und überlegte, weshalb Lizzie wohl geschieden war.

»Haben Sie denn statt des Ehemanns jemand anderen dabei?«, fragte sie jedoch stattdessen.

Lizzie wurde rot und wünschte sich, dass es so wäre. Abby würde denken, sie wäre ein hoffnungsloser Fall. »Mein letztes Rendezvous war die erste Verabredung mit meinem Ex-Mann«, gab sie traurig zu. »Ist das nicht erbärmlich? Ich bin allein hier, und wenn ich mich nicht hoffnungslos betrinke und tatsächlich noch aus meiner Bluse quelle, werde ich bestimmt auch alleine wieder gehen. Wobei ich mir beim besten Willen nicht vorstellen kann, dass irgendein Mann durch meinen Anblick, egal, ob mit Bluse oder ohne, von Verlangen überwältigt werden würde.«

»Das dürfen Sie nicht mal denken, geschweige denn sagen«, tadelte Abby sie. »Sie sind eine äußerst attraktive Frau, und das ist ein echt verführerisches Outfit.«

»Finden Sie?« Lizzie war ihr geradezu erbärmlich dankbar für das Kompliment. »Ich hätte nicht gedacht, dass das Wort ›verführerisch‹ mit mir in Verbindung gebracht werden könnte. Nächstes Jahr werde ich fünfzig. Fünfzig und verführerisch sind zwei Wörter, die man nicht in Zusammenhang bringt. Mit Frauen um die fünfzig verbinden die meisten Leute Tweedröcke, beigefarbene Strickjacken und Schuhe mit Gummisohlen, mit denen man nicht ausrutschen kann.«

Abby prustete laut los. »Sie sind zum Niederknien komisch, Lizzie. Aber wirklich, fünfzig ist wahrhaftig noch kein Alter für Stützstrümpfe, also normalerweise«, gluckste sie, wobei sie kurzerhand vergaß, dass sie häufig das Empfinden hatte, zwischen einer Frau von zweiundvierzig und einer Frau von hundertzweiundvierzig gäbe es kaum einen Unterschied.

»Theoretisch nicht«, antwortete Lizzie ernst. »Wenn ich mich jedoch kleide wie ein Teenager und jeden Abend auf eine andere Party gehe, werden die Leute denken, ich durchlebe meine zweite Sturm- und Drangzeit. Wenn ich mich aber für die Schuhe mit den Gummisohlen und die beigefarbene Strickjacke entscheide, werden sie mir Vorhaltungen machen, weil ich mich nicht bemühe, auch mit fortschreitendem Alter jung zu bleiben.« Sie hatte in letzter Zeit so häufig über diese Dinge nachgedacht, dass sie den Eindruck hatte, sie könnte eine Doktorarbeit über dieses Thema schreiben.

»Glauben Sie, das liegt an Ihrer Scheidung?«, erkundigte Abby sich. »Nach dem Motto, wenn Sie noch verheiratet wären, würden die Leute jede Rolle akzeptieren, die Sie für sich wählen. Von einem Single erwarten sie allerdings doppelte Leistung?«

»Genau das ist es«, konstatierte Lizzie. »Ich habe das Gefühl, als würde ich ständig von allen kontrolliert. Wenn ich mir im Supermarkt eine Flasche Rotwein kaufe und jemand, den ich kenne, mich dabei ertappt, habe ich den Eindruck, dass er das missbilligt. Er wird sich vorstellen, dass ich abends allein mit meiner Flasche auf dem Sofa sitze und mein Elend vor dem Fernseher ertränke.«

»Ich weiß, was Sie meinen«, antwortete Abby. »Durch meine Sendung werde ich oft von den Leuten im Supermarkt erkannt, und ich kann nahezu in ihren Gesichtern lesen, dass ich mich dafür schämen soll, Tiefkühlkost einzukaufen statt gesundes, frisches Gemüse.«

Vereint in ihrer Abneigung gegen Menschen, die sich anmaßten, Urteile über andere zu fällen, grinsten sie einander an. Lizzie war von ihrem eigenen Mut, sich so offen mit Abby zu unterhalten, ehrlich überrascht. Hätte sie in einer Gruppe gestanden, hätte sie wahrscheinlich höchstens scheu gelächelt und keinen Ton gesagt. Es war schön, so zwanglos und selbstverständlich mit Abby zu reden.

»Allerdings ist es vermutlich unsere eigene Schuld«, räumte Abby ein. »Wenn wir mehr Selbstsicherheit besäßen, wären wir stolz auf unsere Tiefkühlpizzen und unsere Flaschen mit kalifornischem Zinfandel, und es wäre uns schnurzpiepe, wer alles was aufgrund unserer Einkaufswagen zusammenfantasiert.«

»Ich hätte gerne mehr Selbstbewusstsein«, seufzte Lizzie.

Ich auch, dachte Abby, schwieg aber.

»Wissen Sie, es gibt dafür spezielle Kurse nach dem Motto ›Erfinde dich neu‹«, meinte Lizzie. »Das Problem ist, ich käme mir bescheuert vor, ginge ich tatsächlich hin.«

»Sie brauchen keinen solchen Kurs«, erklärte Abby fest. »Sie müssen sich lediglich mehr Selbstbewusstsein denken.«

»Und wie soll ich das machen?«

»Sie müssen sich vorstellen, wie selbstbewusste Menschen sich verhalten, und diesem Beispiel folgen. Das heißt, Sie müssen lächeln, sich selbstsicher geben und auf die Leute zugehen.«

»Wenn das so einfach wäre, wie es klingt.«

»Das ist es«, beharrte Abby. »Wenn Sie nervös sind, müssen Sie sich beispielsweise überlegen, was Ihre selbstbewussteste Freundin wohl an Ihrer Stelle täte. Und Sie brauchen Übung. Wenn Sie zum Beispiel Männer treffen wollen, machen Sie den Anfang. Wie wäre es damit, wenn Sie zu dem gut aussehenden Typen da drüben gehen würden und einfach anfingen, mit ihm zu reden?«

»Mit dem hoffnungslosen Larry?«

»Ist das sein kompletter Name?«

»Nicht wirklich. Ich habe noch nie ein Wort mit ihm gewechselt.«

»Dann aber los!«, erklärte Abby. »Sicher ist er einzig deshalb hoffnungslos, weil er Sie noch nicht kennt. Oder wenn er tatsächlich ein hoffnungsloser Fall ist, können Sie zumindest Ihr neues Selbstbewusstsein an ihm trainieren.«

»Okay«, hörte sich Lizzie zu ihrer eigenen Überraschung sagen. Warum eigentlich nicht? Larry und sie waren beide Singles, und eventuell war er gar nicht so übel, wie es von Clare Morgan geschildert worden war. Womöglich war er genau das, was sie suchte, damit ihr Leben endlich etwas Schwung bekam. »Seltsam«, gab sie unumwunden zu, »ich habe jede Menge alter Freundinnen und Freunde, die mich und Myles gemeinsam kannten. Wenn aber jemand von ihnen mir einen solchen Vorschlag unterbreitet hätte, wäre ich total beleidigt.«

»Alte Bekannte gehen stets vom früheren Standpunkt aus«, erklärte Abby weise. »Manchmal braucht man halt neue Freunde, die einem neue Dinge sagen.« Damit stand sie auf. »Ich mische mich jetzt mal ein bisschen unter die anderen Gäste«, verkündete sie und überlegte, ob sich Tom inzwischen etwas beruhigt hatte.

»Bis später«, meinte Lizzie, von der Unterhaltung eigenartig beflügelt. Sie war keine Langweilerin. Sie war durchaus interessant. Sie würde sich mit neuen Leuten unterhalten, statt sich den ganzen Abend wie eine Klette an die Paare zu hängen, die sie bereits kannte, und von denen sie zwar Sicherheit, aber keine neuen Anregungen bekam.

Die Party war in vollem Schwung – außer Erin. Steve und Sally hatten sie und Greg jeder Menge Leute vorgestellt, doch noch immer hatte sie nicht die Energie aufgebracht, sich zu unterhalten. Am liebsten führe sie nach Hause, doch war es erst neun Uhr, und Greg führte gerade ein angeregtes politisches Gespräch. Sie selbst stand etwas abseits, war sich der Tatsache bewusst, dass sie einen kühlen, distanzierten Eindruck machte, konnte jedoch nichts dagegen tun. Ihr Blick wanderte durch das Zimmer. Sally hockte auf einer Sessellehne und unterhielt sich lebhaft mit ein paar Frauen über Kinder, während Steve mit einer Flasche Weißwein und einem Krug seines gefährlichen Punschs von einer Gruppe zur nächsten ging. Erin hatte ihr Punschglas nach einem vorsichtigen Schluck entschieden fortgestellt. Greg hatte behauptet, er wäre nicht sehr stark, doch das Zeug, das Steve für das Gebräu verwendet hatte, schmeckte ihrer Meinung nach höchst eigenartig. Delia lief mit einen Tablett voller Kanapees herum und plauderte dabei fröhlich mit den Leuten. »Ich habe das Zeug kreiert, also müssen Sie es essen!«, pries sie vergnügt ihre Köstlichkeiten an. Geholfen wurde ihr von einem hoch gewachsenen, blonden Mädchen, das das Essen auf andere Weise feilbot: Sie hielt den Leuten schüchtern das Tablett entgegen und lächelte breit, sobald man mit ihr sprach.

Jemand hatte die Musik aufgedreht, und der Lärmpegel nahm beträchtlich zu. Die Leute schienen sich zu amüsieren, nur die Frau aus dem Fernsehen – Abby, oder? – und ihr Mann führten in einer Ecke in der Küche eine erregte Diskussion.

Steve hatte Erin den beiden am frühen Abend vorgestellt, doch Erin hatte nicht den Eindruck, als ob ihr in Abby eine Freundin fürs Leben begegnet war. Abby hatte sie höflich, doch auf eine ziemlich spröde Art begrüßt.

»Freut mich Sie kennen zu lernen«, hatte sie gesagt, Erin aber hatte den Neid in ihrem alles andere als warmen Blick erkannt. Es passierte Erin öfter, dass sie wegen ihres attraktiven Äußeren und ihrer fantastischen Figur beneidet wurde. Fühlte sich Abby, wie so manche andere Frau, davon bedroht? Oder rührte ihre Distanziertheit von dem augenscheinlichen Streit mit ihrem Mann her, der ihr durchaus sympathisch, wenn auch ein wenig geistesabwesend erschienen war. Erin spähte zu den beiden hinüber und überlegte, warum manche Menschen kein Problem damit zu haben schienen, sich öffentlich zu streiten.

Abby, die nicht merkte, dass Erin sie beobachtete, funkelte ihren Mann feindselig an.

»Was ist los?« Ungerührt füllte Tom sein Glas erneut mit Wein.

»Seit wir hier sind, hast du mich ignoriert«, zischte Abby. »Warum setzt du es nicht in die Zeitung, warum und wie oft wir gestritten haben, dann weiß alle Welt Bescheid? Den Leuten macht es unendlich Spaß, über andere zu reden. Nachdem ich nun bekannt bin, wetzen sie ihre Zungen bestimmt noch lieber als zuvor.«

»Vergiss deine blöde Karriere«, knurrte er verächtlich. »Wir sind hier unter Freunden, unter Leuten, die uns kannten, bevor du berühmt geworden bist. Ihnen ist es egal, wenn wir beide streiten.«

»Mir aber nicht. Ich will nicht, dass unser Privatleben in aller Öffentlichkeit breitgetreten wird.«

»Ach nein?« Tom stellte die Weißweinflasche zurück in den Kühlschrank. »Und warum breitest du dann unser Privatleben bei deinen Interviews genüsslich vor den Journalisten aus?«

»Das ist ungerecht«, giftete Abby. »Ich spreche weder über dich noch über Jess. Ich tue mein Möglichstes, um euch zu schützen. Aber ab und zu muss ich mit den Journalisten sprechen, das gehört zu meinem Job.«

»Erspar mir dein Gerede über deinen Job«, bat ihr Mann eisig.

»Was ist in letzter Zeit nur mit dir los?«, schnauzte Abby, wobei sie die Möglichkeit, dass irgendwer sie hörte, total ignorierte. »Du hast ständig schlechte Laune, und statt dich wirklich mit mir zu unterhalten, stöhnst du höchstens rum.«

»Stöhnen? Du wirfst mir vor zu stöhnen?«, fragte Tom in ungläubigem Ton. »Du bist doch diejenige, die ständig jammert, weil du irgendwelche neuen Falten kriegst, weil deine Zellulitis schlimmer wird, weil alle anderen TV-Stars jünger sind als du, weil kein Mensch begreifen will, unter welchem Druck du stehst –«

»Hört auf! Die Leute gucken schon«, erklang in diesem Moment Jess' gepresste Stimme.

Tom und Abby verstummten und merkten, als sie sich umdrehten, dass tatsächlich bereits einige der Gäste zu ihnen herübergeschaut hatten, jetzt aber hastig so taten, als würde ihr Streit sie nicht im Mindeste interessieren.

Abby bekam vor Verlegenheit einen roten Kopf.

»Ihr denkt nie an andere«, warf ihre Tochter ihnen heftig vor. »Immer seid ihr die Hauptpersonen. Was meint ihr, wie ich mich fühle, wenn ihr euch ständig streitet?« Damit floh sie aus dem Raum.

»Kopf hoch, Leute. Wir alle haben irgendwann mal miteinander Streit.« Entschlossen, das kleine Drama zu beenden, trat Steve auf die beiden zu, legte ihnen jeweils einen Arm um die abwehrenden Schultern und zog sie zueinander hin.

»Ich schätze, entweder habt ihr zu viel von meinem Punsch getrunken oder aber noch nicht genug.«

»Wir sollten gehen.« Sowohl der Streit selber als auch die Tatsache, dass Jess und viele andere Partygäste ihn mitbekommen hatten, waren Abby abgrundtief peinlich.

»Nein, bleibt noch«, forderte Steve. »Es ist gerade mal halb zehn. Wenn ihr jetzt geht, werdet ihr euch den ganzen Abend mies fühlen und euch dafür schämen, dass die Leute euren kleinen Zwist mitgekriegt haben. Bleibt also stattdessen hier und fangt an, euch zu entspannen.«

Er verstand sie besser als ihr eigener Mann, dachte Abby elend.

»Okay, wir bleiben«, meinte Tom. »Oder?«

Abby konnte ihm nur mit Mühe ins Gesicht sehen, doch als sie es schließlich tat, wurde ihr bewusst, dass er beinahe so verlegen war wie sie. Das war wenigstens etwas.

Sie zwang sich zu einem Lächeln und erklärte zustimmend: »Ja, wir bleiben. Weshalb sollten wir wegen eines lächerlichen Streits früher nach Hause gehen?«

»Super.« Steve sah die beiden strahlend an, doch gleichzeitig eilte Sally mit besorgtem Blick herbei.

»Alles in Ordnung?«, fragte sie, und Steve trat seinen Platz zwischen den Bartons wortlos an sie ab. Sie waren einfach ein super eingespieltes Team, dachte Abby leicht neidisch. Steve wusste, wie gut Sally Menschen trösten konnte, und es bedurfte keiner Worte zwischen ihnen beiden, um zu wissen, dass sie mit der Situation besser zurechtkäme als er. Hatte zwischen Tom und Abby je ein solches stummes Einverständnis geherrscht wie zwischen diesen beiden?

»Alles in Ordnung«, antwortete sie lächelnd. »Ich schau nur mal schnell nach Jess.«

»Sie ist raufgegangen. Soll ich kurz nachsehen, was sie macht?«, fragte Sally vorsichtig, und wieder empfand Abby ein Gefühl der Scham.

Sally hatte Jess' Erregung eindeutig bemerkt und war

offenbar der Ansicht, dass es besser wäre, wenn sie selbst, statt Abby mit ihr sprach.

Da sie ihrer Stimme nicht mehr traute, nickte Abby wortlos.

Jess hatte sich leise ins Kinderzimmer verzogen. Der sanfte gelbe Schein von Dannys Nachtlampe zog sie magisch an. Seit er ein Baby gewesen war, schimmerte das Licht für ihn. Es stand auf einem schmalen, weißen, mit Kinderbüchern gefüllten Regal. Eingehüllt in den tröstlichen Schein des Lämpchens und in den gleichmäßigen Atem der schlafenden Kinder, setzte sich Jess auf einen der Kinder-Sitzsäcke neben dem Regal und griff nach dem Märchenbuch, aus dem sie vorhin vorgelesen hatte. Warum nur erzählten die Menschen den Kindern Märchen? Als sie selber klein gewesen war, hatten Mum und Dad ihr regelmäßig Bücher vorgelesen, in denen am Ende alles gut ausgegangen war. Das wirkliche Leben war total anders. Hässliche Mädchen mit Zahnspangen und Brillen verwandelten sich nicht in null Komma nichts in eine Schönheitskönigin. Genauso wenig kam es vor, dass das Aschenputtel den goldgelockten Prinzen ergatterte.

Sie zuckte zusammen, als es plötzlich sachte klopfte.

»Jess«, wisperte Sally. »Bist du da drinnen?« Sallys dunkler Schopf schob sich durch die halb offene Tür. »Alles in Ordnung?«

Jess nickte.

»Möchtest du darüber reden?«

Sie schüttelte den Kopf. Wenn sie darüber spräche, finge sie garantiert an zu weinen, und dann hielte Sally sie für eine dumme kleine Göre. Jess bewunderte Sally über alle Maßen. Sie war erwachsen, sie war eine Mutter, sie arbeitete und hatte jede Menge Stress, und trotzdem war sie ständig fröhlich und amüsant. Sie und Steve lachten und scherzten miteinander. Genauso sollte es innerhalb einer Familie sein, überlegte Jess, und genauso war es vor einer Million Jahre in ihrer eigenen Familie auch gewesen. Vor ihrem Umzug in dieses elendige Kaff.

»Ruf mich, falls du mich brauchst«, bat Sally und schloss behutsam die Tür.

Mum hätte so was nicht gesagt, dachte Jess verbittert. Mum wollte permanent haarklein wissen, was sie dachte oder tat. Sie konnte sich wohl einfach nicht zurückhalten. Was der Hauptgrund dafür war, dass Jess verschlossen wie eine Auster wurde. Sally war völlig anders. Während einer knappen schuldbewussten Sekunde wünschte Jess, sie hätte Sally Richardson zur Mutter, zur älteren Schwester oder so. Dann hätte sie jemanden zum Reden.

Larry war alles andere als ein hoffnungsloser Fall, stellte Lizzie verblüfft fest. Er sah echt gut aus und war groß genug, um in den Ausschnitt ihrer Bluse sehen zu können, was er jedoch als echter Gentleman nicht tat. Und er war mindestens so alt wie sie, weshalb ihr niemand Vorhaltungen machen könnte, sie mache sich an kleine Jungs heran.

Überlegen Sie, was eine selbstbewusste Frau an Ihrer Stelle machen würde, hatte Abby ihr geraten, und Lizzie gab sich alle Mühe, das Richtige zu tun.

»Ich kann kaum glauben, dass wir uns nicht schon früher über den Weg gelaufen sind«, sagte sie, nachdem das erste Händeschütteln und der übliche Begrüßungszirkus glücklich überstanden waren.

»Ich auch nicht«, antwortete er, ganz der wohlerzogene Mann. Er hatte nette Augen, nur wurde sein Aussehen etwas durch seine leicht gebückte Körperhaltung getrübt. Sicher der sattsam erwähnte Ischias, nahm Lizzie mitfühlend an.

»Lizzie!« Sie wirbelte herum und sah sich Mr. Graham, dem Nachbarn aus der Praxis gegenüber. Dem unheilbaren Schwerenöter mit dem schlechten Atem. »Was für ein Zufall, Sie heute Abend hier zu treffen.«

Er gab ihr einen feuchten Schmatzer auf die Wange, der sie

zurückzucken ließ, und tätschelte ihr gleichzeitig den Hintern.

Lizzie stellten sich die Nackenhaare auf, doch war sie zu sehr auf Höflichkeit programmiert, um etwas anderes zu sagen als: »Hallo. Äh, Larry, darf ich Ihnen Mr. –«

»Ben Graham«, fiel ihr der Notar ins Wort. »Ich wohne zwei Häuser weiter unten. Lizzies und meine Arbeitsstätte liegen direkt nebeneinander.«

Das klang grässlich vertraut, dachte Lizzie entgeistert, und das dachte Larry offensichtlich ebenfalls.

»Hat mich gefreut, Sie kennen zu lernen, Lizzie. Ben«, antwortete Larry und wandte sich zum Gehen.

Lizzie blieb zurück mit Ben und seinem fürchterlichen Atem.

»Jetzt habe ich Sie endlich einmal ganz für mich«, erklärte er lüstern. Ein anderes Wort fiel ihr bei seinem Tonfall nicht ein. Selbst in seinen Augen lag ein feuchter Glanz, dachte sie erschaudernd. Es war nicht so, dass er hässlich gewesen wäre. Aber er schlug die Menschen mit seiner Selbstgefälligkeit und seiner felsenfesten Überzeugung, umwerfend anziehend zu sein, unweigerlich in die Flucht. Er war schlichtweg schmierig, überlegte Lizzie, für einen Kerl wie ihn wäre sie nie verzweifelt genug.

»Larry ist absolut nicht Ihr Typ«, fügte er kategorisch hinzu. »Ein langweiliger Tropf.« Er beugte sich näher. »Völlig saft- und kraftlos.« Er spähte in den Ausschnitt ihrer Bluse. »Tiger«, flüsterte er. »Das hat mir gefallen.«

Lizzies Magen verkrampfte sich. »Damit hatte ich den Kater gemeint«, stammelte sie verlegen. »Nicht Sie.«

»Oh, verstehe«, meinte Ben mit einem breiten Grinsen, das bedeuten sollte, dass er genau das Gegenteil verstand.

Er rückte ihr derart dicht auf die Pelle, dass sie einen Schritt nach hinten machte, bis sie an die Wand stieß. Doch unverdrossen folgte er ihr. Er war nicht wirklich groß, doch zumindest so groß, um in ihr Dekolletee zu schielen.

»Tolles Outfit«, sagte er und stützte sich, um einen noch besseren Einblick zu bekommen, mit einer Hand gegen die Wand.

Automatisch zog Lizzie den Kragen ihrer Bluse so fest es ging zusammen.

»Spielverderberin.«

Es dauerte sehr lange, bis Lizzie wütend wurde, doch nun hatte Ben es endlich geschafft. »Ist Ihnen persönlicher Freiraum ein Begriff?«, fauchte sie ihn an.

Bens selbstbewusste Miene entgleiste. »Persönlicher Freiraum …?«, fragte er verblüfft.

»Persönlicher Freiraum«, wiederholte Lizzie. »Ich will nicht, dass Sie mich derart inspizieren. Das ist unhöflich. Und ich will auch nicht, dass Sie so dicht vor mir stehen, dass mir Ihr Atem direkt ins Gesicht schlägt.« Über die Qualität seines Atems schwieg sie höflicherweise. Egal, wie grässlich Mr. Graham war, so gemein konnte sie einfach nicht sein.

»Bisher hat sich noch nie jemand darüber beschwert«, säuselte Ben und blieb hartnäckig stehen. Statt einen Schritt zurück zu machen, legte er tatsächlich vertraulich den Arm auf ihre Schulter.

Als seine verschwitzten Finger ihre Haut berührten, schubste sie ihn instinktiv gewaltsam von sich.

»Ich habe gesagt, dass ich Ihre Nähe nicht schätze!«, fauchte sie.

Überrascht stolperte Ben nach hinten, stieß dabei gegen einen kleinen Tisch, und eine Reihe Gläser fielen klirrend auf den Boden. Erschreckt starrte Lizzie auf das Durcheinander, schob sich dann resolut an ihm vorbei und flüchtete hinaus in den kühlen Garten.

Draußen tauchten Mond und Sterne die hinteren, nicht von Fackeln beleuchteten Beete in ein silbrig helles Licht. Lizzie fand dadurch problemlos den schmalen Weg zu einer unter dem Lorbeerbaum stehenden Bank. Sie hatte gehofft, dass sie sich dort etwas erholen könnte. Doch es war nicht zu überhören, dass schon jemand in dieser abgelegenen Ecke war. Es klang, als würde sich dieser Jemand hinter den Büschen übergeben.

Lizzie zupfte einen Lorbeerzweig zur Seite, spähte in das Dunkel und entdeckte die vornübergebeugte, hoch gewachsene Gestalt von Erin Flynn.

»Erin?«, fragte Lizzie zögernd. Schließlich wollte sie die Frau, die sie eben erst kennen gelernt hatte, nicht brüskieren. »Ist alles in Ordnung?«

»Nein«, antwortete Erin und begann abermals zu würgen. »Ich weiß nicht, was mit mir los ist. Mir ist speiübel, und vor dem Badezimmer war eine endlos lange Schlange.« Sie klammerte sich Hilfe suchend an den Ast einer Pinie und atmete keuchend ein und aus. Wurde es vielleicht allmählich etwas besser? Bitte, lieber Gott, mach, dass es besser wird. Sie hatte schon längst nichts mehr im Magen. Außer einem Stück Ciabatta mit Oliventapenade hatte sie den ganzen Abend nichts gegessen. Kaum aber hatte sie die Scheibe Brot verspeist, hatte sie gemerkt, wie sich ihr Magen dagegen wehrte.

Die Übelkeit wurde eindeutig schwächer. Auf der Suche nach einem Taschentuch klopfte sie auf ihre Hosentaschen, doch natürlich hatte sie mal wieder keins dabei.

»Hier.« Lizzie hielt ihr eine zerknüllte Papierserviette hin. »Sie ist zerknittert, aber sauber.«

»Danke.« Erin wischte sich den Mund ab und fühlte sich so schwach, dass ihr völlig egal war, dass eine fast Unbekannte mitbekommen hatte, wie sie sich im Garten fremder Leute übergab.

Sie versuchte sich an den Namen der Frau zu erinnern. Sie wusste, die Frau war eine Freundin von Sally, die ihr von Sally als sehr nett, doch außerordentlich scheu beschrieben worden war. Die Bluse, die sie trug, wirkte zwar nicht gerade dezent, doch Erin kam zu dem Ergebnis, dass sie bestimmt nicht zu den Kleidungsstücken gehörte, die die Frau normalerweise trug. Andernfalls hätte sie nicht ständig an ihrem Dekolletee herumgenestelt. Mit dem Outfit wollte sie eindeutig irgendwas beweisen.

»Ich bin Lizzie«, erklärte die Frau mit einem wirklich netten Lächeln. »Sind Sie wieder okay? Würden Sie sich vielleicht gerne setzen? Womöglich geht es Ihnen dann ja etwas besser.«

Fürsorglich geleitete sie Erin zu der rustikalen Holzbank und schlang derart mütterlich einen Arm um ihre Schultern, dass Erin die Befürchtung hatte, sie bräche jede Sekunde in heiße Tränen aus.

»Danke«, schniefte sie. »Ich verstehe wirklich nicht, weshalb mir plötzlich derart schlecht war. Ich habe nur ein kleines Kanapee gegessen, und ich liebe Tapenade.«

»Haben Sie vielleicht in den letzten vierundzwanzig Stunden irgendwas gegessen, was nicht mehr ganz gut war?«, fragte Lizzie in dem mitfühlenden Ton, in dem sie auch mit den Patienten in der Praxis sprach.

Erin schüttelte den Kopf. »Heute Mittag habe ich überbackenen Thunfisch gegessen, und gestern Abend hatten wir selbst gemachte Lasagne.«

Lizzie dachte angestrengt nach. Vielleicht hatte die Arme eine Magen-Darm-Grippe? »Haben Sie sich auch vorher schon einmal übergeben?«

»Nein, mir war den ganzen Tag ein wenig übel, aber nie so schlimm, dass ich tatsächlich hätte brechen müssen.«

Dann gab es nur noch eine Möglichkeit, und Lizzie grinste insgeheim darüber, dass diese Erin noch nicht eingefallen war. Manche Frauen kamen nicht auf diese nahe liegende Idee. Hochintelligent und ganz auf ihre Karrieren und die Zukunft konzentriert, übersahen sie die üblichen Signale ihres Körpers, dass darin etwas Wundervolles wuchs…

»Ich möchte gewiss nicht allzu persönlich werden, Erin«, setzte Lizzie langsam an. »Aber sind Sie eventuell schwanger?«

Erin schnaufte hörbar durch.

»Tut mir Leid, wahrscheinlich liege ich total daneben, war nur so ein Gedanke«, beeilte sich Lizzie entschuldigend zu erklären. »Wissen Sie, ich arbeite in einer Arztpraxis und bin kurz alle Möglichkeiten durchgegangen, aber möglicherweise haben Sie sich lediglich einen Virus eingefangen …«

»Ich nehme die Pille«, krächzte Erin.

Lizzie biss sich auf die Lippe. Wahrscheinlich war sie viel zu aufdringlich, doch dieses große, rothaarige Mädchen rief einen seltsamen Beschützerinstinkt in ihr wach. »Die Pille bietet keinen hundertprozentigen Schutz«, erklärte sie deshalb. »Ihre Wirkung kann durch alles Mögliche beeinträchtigt werden: Erbrechen oder Durchfall und manche Antibiotika können die Aufnahme der Hormone stören.« Gott, sie klang wie ein Handbuch der Medizin. »Hören Sie, Erin, natürlich geht es mich nicht das Geringste an, aber falls Sie schwanger wären, müssten Sie bei der medikamentösen Behandlung Ihrer Übelkeit vorsichtig sein.«

Sie drückte Erin ein letztes Mal aufmunternd die Schulter und stand auf. »Soll ich Ihren Mann oder Sally zu Ihnen schicken?«

»Gehen Sie nicht«, bat Erin und packte Lizzie an der Hand. »Sprechen Sie mit mir. Bereits in Chicago hatte ich – wahrscheinlich vor lauter Aufregung – Magenprobleme. Könnte dadurch die Wirkung der Pille beeinträchtigt worden sein?«

»Wann war das?«, hakte Lizzie nach und nahm wieder Platz.

Erin nannte ihr das Datum, und Lizzie begann zu rechen. Sie könnte durchaus in der sechsten oder siebten Woche sein, was der normale Zeitpunkt war, an dem die schwangerschaftsbedingte Übelkeit einsetzte.

»Bitte lassen Sie mich Ihren Mann holen«, bat Lizzie. Es war nicht so, dass sie sich außerstande fühlte, mit dieser Situation umzugehen, doch war er sicher der ideale Mensch, um die junge Frau zu trösten.

»Warten Sie noch eine Minute. Ich muss darüber nachdenken«, antwortete Erin. Im Licht des Mondes wirkte sie gespenstisch weiß und regelrecht schockiert. »Er hat einen so schönen Abend. Den will ich ihm nicht ruinieren, indem ich ihm einen Anlass gebe, sich Sorgen um mich zu machen. Ich bin sicher gleich wieder völlig okay.«

So klang sie ganz und gar nicht, dachte Lizzie, und sie fragte: »Haben Sie je darüber nachgedacht, ob Sie Kinder wollen?«

»Kinder …« Erin sprach das Wort so nachdenklich aus, als wäre es für sie ein absolutes Fremdwort. »Das alles ist ein echter Schock«, gab sie denn auch unumwunden zu. »Ehrlich gesagt sehe ich mich ganz und gar nicht als mütterlichen Typ. Sie haben Kinder, oder?«

»Zwei, auch wenn sie im Grunde keine Kinder mehr sind«, erklärte Lizzie breit grinsend. »Sie sind beide erwachsen. Ich war sehr jung, als ich sie bekommen habe«, fügte sie hinzu.

»Wie meine Mutter«, murmelte Erin und sah auf ihre Hände.

»Ach, tatsächlich?«

»Sie war siebzehn.«

»Ich war zweiundzwanzig, als mein Sohn geboren wurde«, meinte Lizzie beeindruckt. »Gegen Ihre Mutter ist das geradezu alt. Hatte sie Probleme damit, dass sie so früh ein Kind bekam?«

Erins Gesicht wurde tatsächlich noch bleicher.

»Ich hole Ihren Mann. Wie heißt er noch mal?«, fragte Lizzie ängstlich.

»Nein«, bettelte Erin. »Gehen Sie nicht. Ich ertrage es momentan nicht, irgendwen zu sehen. So elend, wie ich aussehe, kann ich unmöglich zurück auf die Party gehen. Wenn ich mich besser fühle, hole ich Greg, und wir fahren nach Hause. Aber jetzt noch nicht. Bitte.«

Lizzie dachte schnell nach. Was, wenn das Baby nicht von

Erins Mann war? Was, wenn sie deshalb derart entgeistert von dem Gedanken war, dass sie ein Kind erwartete?

»Wissen Sie, das ist nicht das Ende der Welt«, erklärte sie deshalb. »Probleme, die im ersten Augenblick vielleicht unlösbar wirken, stellen sich am Ende häufig als gar nicht so gravierend heraus.«

Es war, als würde Erin ihre Worte gar nicht hören. »Wissen Sie, meine Mutter ist überhaupt nicht damit zurechtgekommen, dass sie ein Kind bekam. Sie war zu jung, also bin ich von meiner Großmutter aufgenommen und großgezogen worden. Ich dachte, meine Tante wäre meine Schwester und meine Mutter wäre eine andere Schwester, die sich bereits vor Jahren von ihrer Famile losgesagt hatte. Die Wahrheit habe ich erst mit achtzehn Jahren herausgefunden.« Nach kurzem Zögern fügte sie hinzu: »Und dann bin ich gegangen.«

Lizzie schlang ihre Arme um die zitternde Erin. »Schrecklich, das muss ein Riesenschock gewesen sein. Aber das ist lange her, oder? Und natürlich denken Sie dann in einer Situation wie dieser schlagartig an Ihre Mutter – das heißt, *falls* Sie schwanger sind«, fügte sie hinzu, da ihre voreilige Diagnose schließlich durch nichts und niemanden bestätigt worden war. »Aber Sie sind kein Kind mehr, sondern eine erwachsene Frau, und Sie haben einen Mann. Es könnte also eine wunderbare Zeit für Sie beide werden.«

»Sie verstehen nicht«, erklärte Erin todunglücklich. »Ich bin nie mehr nach Hause zurückgekehrt. Ich wollte meine Familie damit verletzen. Ich habe ihnen ein paar Postkarten geschickt, damit sie wissen, dass ich lebe. Und dann, als ich dachte, ich sollte mich wieder mit ihnen versöhnen, war es zu spät. Jetzt kann ich nicht mehr zurück. Und die Schuld daran trage ganz alleine ich.«

Tränen rollten ihr über die Wangen, und Lizzie verspürte unendliches Mitleid. Vorhin, als sie Erin zum ersten Mal gesehen hatte, hatte sie gedacht, sie wäre eine selbstbewusste, moderne junge Frau und hätte ihr Leben vollkommen im Griff. Nun war in erschreckendem Maß das Gegenteil der Fall. Lizzie überlegte, ob sie Erins Bitte ignorieren und sich auf die Suche nach ihrem Mann machen sollte, damit der ihr helfen konnte.

»Tut mir Leid«, schluchzte Erin nun und klammerte sich Hilfe suchend an ihr fest. »Normalerweise bin ich keine derartige Heulsuse. Aber das hat mich jetzt alles total umgehauen.«

Angesichts der Tatsache, dass sich Erin offenbar wieder in den Griff bekam, gab Lizzie den Gedanken, Greg zu holen, erleichtert wieder auf. »Wenn wir unter Schock stehen, denken und tun wir die eigenartigsten Dinge«, erklärte sie in begütigendem Ton. »Morgen früh sieht garantiert alles schon besser aus.«

»Das Ganze ist höchst kompliziert«, antwortete Erin und trocknete sich, da die Papierserviette nicht mehr reichte, die Tränen mit dem Ärmel ihrer Bluse ab. »Eigentlich will ich keine Kinder, habe nie welche gewollt. Ich meine, meine eigene Mutter kam eindeutig nicht damit zurecht. Sie hat mich auf die Welt gebracht und sich dann aus dem Staub gemacht. Sie war nicht zur Mutter geschaffen, und das bin ich auch nicht. Das liegt in meinen Genen. Scheint das Einzige zu sein, was sie mir vererbt hat.« Sie lachte humorlos.

»Aber Ihre Großmutter, die Sie aufgezogen hat, ist ebenfalls eine Blutsverwandte von Ihnen, und sie hat sich um Sie gekümmert«, hielt Lizzie ihr entgegen. »Also können Sie nicht mit Gewissheit behaupten, Sie hätten einen Mangel an Mütterlichkeit geerbt.« Sie machte eine Pause und überwand sich dann zur nächsten Frage. »Ist Ihre Oma gut zu Ihnen gewesen?«, fragte sie vorsichtig.

Zum ersten Mal, seit sie hier draußen saßen, erhellte ein Lächeln das Gesicht der jungen Frau. »O ja.«

Erin war es nicht gewohnt, ihre Geschichte zu erzählen,

Lizzie jedoch ihr Herz ausschütten zu können, war eine regelrechte Erleichterung für sie.

»Ich habe ein paar Mal angerufen, um ihnen zu sagen, dass es mir gut geht«, erzählte sie tonlos. »Mum, also meine Großmutter, hat dann jedes Mal geweint, und eines Tages hat Kerry ihr deshalb den Hörer abgenommen und mir erklärt, wenn ich so gemein wäre, sie zu meiden, bräuchte ich sie auch nicht mehr telefonisch zu belästigen.«

Lizzie zuckte zusammen. Was für eine Wirkung hatten derartige Worte wohl auf den verletzten und einsamen Teenager gehabt? »Das war nicht fair«, erklärte sie.

»Kerry hat einfach Mum beschützen wollen, das war alles«, widersprach Erin. »Sie ist ein sehr loyaler Mensch, und ihre Loyalität gehört in erster Linie Mum. Nachdem Shannon davongelaufen war und Mum im wahrsten Sinne des Wortes mit ihrem Baby in den Armen zurückgelassen hatte, war Mum völlig fertig. Daran konnte sich Kerry noch allzu gut erinnern. Und als auch ich plötzlich davonlief, muss das ein vernichtender Schlag für sie gewesen sein.«

Was Lizzie noch immer nicht verstand war, weshalb Erin den Kontakt zu der Familie letztlich völlig abgebrochen hatte. »Und Sie haben es wirklich nie wieder versucht?«, fragte sie deshalb.

»Als ich Greg kennen lernte, habe ich Mum einen Brief geschrieben, um ihr meine Adresse mitzuteilen und zu fragen, ob ich wieder nach Hause kommen darf.« Wieder betupfte sich Erin mit dem Ärmel die tränenfeuchten Augen. »Aber ich habe nie eine Antwort auf den Brief erhalten.«

Die Geräusche der Party drangen nur gedämpft zu ihnen, und Lizzie dachte, wie tragisch es doch war, dass eine Familie durch derartige Umstände hatte auseinander gerissen werden können. Hätte Erin bereits früher – oder auf eine andere Weise – erfahren, wer ihre leibliche Mutter gewesen war, wäre sie gewiss nicht aus einem Impuls heraus davongelaufen. Und ihre Großmutter hätte bestimmt auf ihr

Schreiben reagiert. Es gab so viele »Wenns« in dieser ganzen verzwickten Geschichte, überlegte sie – als unvermittelt eine Gestalt aus dem Dunkel vor der Bank auftauchte.

»Oh, tut mir Leid, ich wusste nicht, dass jemand hier draußen ist.« Abby hatte frische Luft schnappen wollen und war ziellos durch den Garten spaziert. Um das offenbar ernste Gespräch der beiden Frauen nicht zu stören, wandte sie sich wieder zum Gehen, doch Lizzie hielt sie auf.

»Gehen Sie nicht«, bat sie. »Erin fühlt sich nicht besonders gut.«

»Oh.« Abby musterte die aparte junge Frau, die zusammengesunken auf der Bank saß. Im fahlen Licht des Mondes wirkte Erin verletzlich und erschöpft und völlig anders als die kühle, distanzierte Schönheit, der sie zu Beginn des Festes vorgestellt worden war. »Kann ich Ihnen etwas bringen, Erin? Vielleicht ein Glas Wasser?«

»Wasser wäre wunderbar, vielen Dank«, antwortete Erin.

Drei Minuten später kam Abby mit einem Glas Wasser und ein paar Feuchttüchern zurück.

»Bei Leuten mit kleinen Kindern liegen diese Dinger überall herum«, erklärte sie und drückte sie der dankbaren Erin in die Hand. »Kann ich sonst noch etwas tun?«

Erin entfuhr ein Geräusch, das halb wie ein Lachen und halb wie ein Schluchzen klang.

»Sind Sie sicher, dass ich nicht störe?«, fragte Abby ängstlich, denn sie hatte Schuldgefühle, weil sie Erin zuvor derart kühl begegnet war. Erin war eine wunderhübsche Frau und hatte Abby in ihrer unglücklichen Stimmung leider daran erinnert, dass für sie selbst die Zeit der Jugend und des makellosen Aussehens endgültig vorüber war.

»Nein«, erklärte Erin. »Ich habe mich nicht gut gefühlt, und Lizzie kam zufällig vorbei und hat mir geholfen, wofür ich zum Dank all meine Probleme bei ihr abgeladen habe.« Inzwischen fühlte sie sich wieder gut genug, um, wenn auch zögerlich, zu lächeln.

»Lizzie bringt einen gleich bei der ersten Begegnung dazu, dass man ihr blitzartig seine gesamte Lebensgeschichte anvertraut«, pflichtete ihr Abby feixend bei. »Vor heute Abend haben wir beide uns auch nicht allzu gut gekannt, und – peng – habe ich sie mit meiner gesamten langweiligen Lebensbeichte überschüttet.«

»Aber hallo.« Zum ersten Mal, seit sie auf der Bank saß, fing Erin an zu lachen. »Wie machen Sie das nur, Lizzie?«

Lizzie wurde rot und schüttelte den Kopf. »Ich mache überhaupt nichts«, protestierte sie.

»Doch«, erklärte Abby.

»Sie sind genau wie Sally. Sie geben den Menschen das Gefühl, dass sie sich Ihnen anvertrauen können«, bestätigte nun auch Erin. »Bis heute Abend habe ich außer mit Greg nie mit einem Menschen über meine Familie gesprochen.«

»Mag sein, dass ich mit anderen Frauen gut zurechtkomme, aber in Bezug auf Männer bin ich ein hoffnungsloser Fall«, gestand Lizzie seufzend. »Eigentlich bin ich in den Garten geflüchtet, um mich vor dem Notar zu retten, der mir fast die Hand in den Ausschnitt geschoben hätte! Er entblödete sich nicht, mir pausenlos zu erzählen, was für ein toller Hecht er ist. Und als ich versucht habe, ihm auszuweichen, hat er tatsächlich gedacht, ich wollte durch irgendwelche Spielchen sein Interesse an mir noch erhöhen.«

»Ich habe Ihnen doch gesagt, dass diese Bluse wirklich toll ist!«, frozzelte Abby.

Sie war eine echt liebenswürdige Frau, dachte Erin überrascht und revidierte im Stillen ihre anfängliche Einschätzung von Abby.

»Na toll«, grunzte Lizzie. »Das Ding ziehe ich ganz bestimmt nie wieder an. Jess kann es haben, wenn sie will. Sie ist groß und schlank genug, um darin gut auszusehen, obwohl ihr auch das türkisfarbene T-Shirt hervorragend steht.«

»Oh, ist das junge Mädchen Ihre Tochter?«, fragte Erin interessiert.

Abby bejahte diese Frage mit einem stolzen Nicken. »Jess ist fünfzehneinhalb und wirklich intelligent, nur leider etwas schüchtern. Normalerweise sittet sie für Sally ihre Babys und heute Abend hilft sie zusätzlich auf der Party aus.«

In diesem Moment erschien Steves Silhouette in der offenen Flügeltür des Wohnzimmers, er spähte in den Garten und schlenderte dann über den schmalen Pfad auf die drei Frauen zu.

»Hier seid ihr also alle geblieben.«

»Wir haben einen gemütlichen Frauenratsch gehalten«, beeilte sich Abby zu erklären, da sie spürte, dass Erin nicht wollte, dass irgendwer von ihrer Übelkeit erfuhr.

Steve nickte. »Sally schickt mich raus, um allen zu verkünden, dass es gleich den Nachtisch geben wird. Mohrenköpfe mit Sahne und echter Schokoladensauce. Sallys eigenes Rezept. Sie sind wirklich köstlich.«

»Wir kommen«, versprach Abby.

»Oh, und Erin, Greg hat dich bereits gesucht. Ich werde ihm sagen, dass du hier draußen in guter Gesellschaft bist.«

»Er und Sally bringen einen dazu, wieder an die wahre Liebe zu glauben«, seufzte Lizzie, nachdem Steve ins Haus zurückgegangen war.

»Ich weiß, was Sie meinen«, sagte Abby. Sie und Tom riefen bestimmt in keinem Menschen den Glauben an die wahre Liebe wach. Sie gehörten eher der Anti-wahre-Liebe-Fraktion an. Unweigerlich dachte sie an Jay Garnier.

»Wollen wir reingehen?«, fragte Lizzie. »Ich finde, wir haben uns eine süße Köstlichkeit redlich verdient.«

Abby bedachte sie mit einem reuevollen Lächeln. »Das finde ich auch.«

Greg und Erin gingen kurz nach dem Dessert.

»Du warst eine halbe Ewigkeit verschwunden. Ich hatte schon angefangen, mir Sorgen um dich zu machen«, meinte er, als sie in das Taxi stiegen.

»Oh, mir ging es gut«, flunkerte Erin. »Ich habe Freundschaften geschlossen.«

»Das sind alles nette Leute, findest du nicht auch?«, gähnte Greg zufrieden. »Weißt du, mir gefällt es hier in Dunmore. Es ist irgendwie gemütlich.«

»Ja, das ist es«, antwortete Erin, war jedoch in Gedanken an einem völlig anderen Ort.

Lizzie knüllte, als sie heimkam, die Chiffonbluse in den Wäschesack, während sie sich schwor, sie nie wieder zu tragen. Andererseits, wenn sie sie nicht getragen hätte, wäre sie nicht in den Garten hinausgelaufen, wo sie auf Erin getroffen war. Erin geholfen zu haben war ihre gute Tat für diesen Tag.

Sie zog ihr Nachthemd an und überlegte, ob Erin wohl mit ihrem Mann gesprochen hatte. Es war eindeutig, dass die junge Frau eine absolut zwiespältige Meinung zu ihrer möglichen Schwangerschaft hatte.

Wehmütig dachte Lizzie an ihre eigene erste Schwangerschaft zurück. Sie konnte sich noch genau an die Freude erinnern, von der sie nach dem ersten Schock und nachdem Myles sie gebeten hatte, seine Frau zu werden, erfüllt gewesen war. Wie glücklich sie damals doch gewesen war! Myles hatte sie geliebt, sie hatte ein Baby unter dem Herzen getragen und ihr ganzes Leben noch vor sich gehabt. Und was hatte sie jetzt? Nichts als die Fähigkeit, schmierige Kerle anzulocken. Voller Selbstmitleid rollte sie sich unter der Bettdecke zusammen und versuchte zu schlafen. Hoffentlich fühlte sie sich morgen früh weniger deprimiert.

»Aufräumen können wir auch morgen«, sagte Sally zu ihrem Mann und ihrer Schwiegermutter, als sie im Anschluss an die rundum gelungene Party auf das übrig gebliebene Chaos sah.

Delia blinzelte sie verwundert an. »Bist du etwa krank? Ich habe noch nie erlebt, dass du nach einer Party ins Bett gehst, bevor nicht alles wieder tipptopp ist.«

Als düsteres Schweigen ihrer Frage folgte, pendelte Delias Blick alarmiert zwischen ihrem Sohn und Sally hin und her. »Was ist los?«

»Nichts«, antwortete Sally. »Wahrscheinlich nichts.«

Delia sank schwerfällig auf einen Stuhl. »Was soll das heißen, ›wahrscheinlich nichts‹?«

Steve nahm Sallys Hand. »Sally hat einen Knoten in ihrer rechten Brust entdeckt und wird deshalb am Mittwoch von einem Spezialisten in der Klinik untersucht.«

Delia spürte, dass das Herz ihr bis zum Hals schlug. »O Gott«, entfuhr es ihr. »Bitte sorg dafür, dass alles gut verläuft.«

»Das wird es«, meinte Sally zuversichtlich. »Das wird es ganz bestimmt.«

Delia und Steve sahen einander besorgt an.

»Macht euch keine Sorgen«, bat Sally. »Dr. Morgan sagt, er ist der beste Brustspezialist, den es im ganzen Umkreis gibt. Und spätestens am Mittwochabend werden wir uns alle fragen, weshalb wir je in Sorge gewesen sind. Ich habe einfach knotige Brüste, das ist alles. Nodular, hat Dr. Morgan sie genannt. Es wird lediglich ein Ultraschall gemacht, und ich wette, dass es nichts weiter als eine harmlose Zyste ist.«

Dies war die Wiederholung der unzähligen Gespräche, die sie und Steve seit ihrem Besuch bei Dr. Morgan allabendlich führten.

»Ja«, sagte deshalb auch Steve. »Sicher hast du Recht.« Er nahm sie zärtlich in die Arme, und da sie es hasste, dass er ihretwegen Kummer hatte, schmiegte sie fest ihren Kopf an seine Brust.

Delia, die sich täglich sagte, wie glücklich sie sich schätzen durfte, in der Nähe einer derart harmonischen Familie zu leben, schloss die Augen und schickte ein stummes Stoßgebet an Daniel, ihren geliebten Mann, der drei Jahre zuvor gestorben war. Sally hatte sich damals – obgleich sie gerade erst ihren eigenen Vater verloren hatte – aufopfernd um sie bemüht, genauso nett und liebevoll wie ihre eigene Tochter Amy.

»Ja«, sagte sie entschieden. »Wir müssen diese Sache positiv angehen. Ich bin sicher, es wird alles gut.« Was hätte sie auch anderes sagen sollen, dachte sie betrübt, strahlte die beiden jungen Leute jedoch aufmunternd an.

12

Greg stand am Sonntag schon in aller Frühe auf und fuhr nach Cork, um dort noch bessere Bagels einzukaufen, als die, die er in Chicago gewohnt gewesen war. Außerdem kaufte er ein Päckchen frisch gemahlenen Kaffee, die Sonntagszeitungen und einen Strauß pinkfarbener Tulpen, den er auf dem Weg zurück nach Dunmore vor einem kleinen Laden sah.

Als er wieder zurückkam, war Erin gerade aufgestanden, stand mit wild zerzausten Haaren oben an der Treppe und blinzelte ihn aus verquollenen Augen an.

»Morgen, Schätzchen«, grüßte Greg, nahm drei Stufen auf einmal, als er zu ihr hinauflief, drückte ihr die Blumen in die Hand und gab ihr einen Kuss.

»Oh, danke«, sagte sie, hob den Strauß an ihre Nase und sog den Duft der Tulpen begierig in sich ein.

»Ich dachte, die muntern dich vielleicht ein bisschen auf. Gib mir zehn Minuten Zeit, dann sind der Kaffee und die Bagels fertig, okay?«

Sie nickte und schlurfte schwerfällig ins Bad. Wenig später stellte sie die Dusche von kochend heiß auf eisig kalt und ließ das Wasser mit zurückgelegtem Kopf kurz auf sich niederprasseln. Als sie vor Jahren zwischen diversen Job nur die Zeit gefunden hatte, um schnell heimzufahren und sich frische Kleider anzuziehen, hatte sie diese Schockdusche regelmäßig angewandt. Auch heute hatte sie die gewünschte

Wirkung. Denn als sie angezogen, die feuchten Haare streng aus dem Gesicht gekämmt, nach unten in die Küche kam, wirkte sie hellwach und gut gelaunt. Obwohl das ein Trugschluss war. Sie war ehrlich genug, um das nagende Gefühl durch Lizzie Shanahans Behauptung, sie wäre vielleicht schwanger, nicht zu ignorieren. Sie würde morgen, sobald Greg auf dem Weg ins Büro wäre, einen solchen Test erstehen. Da ihr nach wie vor nicht klar war, was sie selbst bei dem Gedanken, dass sie möglicherweise ein Kind bekam, empfinden sollte, hatte sie ein wenig Angst davor, wie Greg auf diese Nachricht reagierte. Er liebte sie genug, um damit zurechtzukommen, dass sie keine Kinder wollte. Doch andersherum? Zudem erschien ihr der Zeitpunkt für Nachwuchs denkbar ungünstig.

»Ich hätte eine Idee, was wir heute machen könnten«, meinte Greg und wandte ihr, während er frisches Rührei auf eins der Bagels schaufelte, den Rücken zu.

»Was?« Erin setzte sich an den Tisch und griff sich eine der Zeitungen.

»Mutter-und-Kind-Spezial!«, stand oben auf der ersten Seite. War dies vielleicht eine Verschwörung? Erin schob den Sportteil einer anderen Zeitung über das beunruhigende Blatt.

»Wir könnten uns nach einem Haus umsehen«, schlug Greg vor. »Die Firma zahlt ein halbes Jahr die Miete, aber dann sind wir auf uns gestellt. Und das Leben in dieser Hütte hat mir klar gemacht, wie sehr ich es hasse, zur Miete zu wohnen, selbst wenn sie eine bessere Bleibe für uns finden als die hier.«

Das sah Erin genauso. Nach einem Monat, in dem sie alles unternommen hatte, um die beißenden Gerüche aller Art aus der höllisch dekorierten Wohnung zu vertreiben, sehnte sie sich schmerzlich nach sauberen, schlicht möblierten Räumen, in denen sie beide sich zu Hause fühlen könnten wie zuvor in den USA.

»Was meinst du?«

Er stellte das Bagel und – da Erin weder Milch noch Zucker mochte – eine Tasse dampfend heißen schwarzen Kaffee vor ihr auf den Tisch, und sie schob sich einen Bissen des Frühstücks in den Mund. »Köstlich.« Bereits der Gedanke daran, etwas zu essen, bereitete ihr Übelkeit, doch das verschwieg sie lieber. Morgendliche Übelkeit war eine weitere Bestätigung ihrer Befürchtung, dass sie eventuell schwanger war.

»Ich meine, was hältst du von dem Gedanken, hier in Dunmore ein Haus zu kaufen?«

»Es wäre bestimmt keine schlechte Investition«, antwortete sie. »Schließlich sagen alle, dass die Preise in der Gegend ständig steigen. Dunmore ist ein hübscher kleiner Ort, und wenn wir wieder verkaufen würden, würde sich das bestimmt finanziell lohnen…«

»Das habe ich damit nicht sagen wollen«, erklärte Greg ihr sanft. »Ich möchte kein Haus erstehen, um es in ein paar Jahren wieder zu verkaufen. Ich rede davon, Wurzeln zu schlagen und auf Dauer hier zu bleiben. Mir gefällt es hier in Dunmore, aber was hältst du davon?«

»Ich habe kein Talent, Wurzeln zu schlagen«, erwiderte Erin.

»Doch, das hast du, genau wie jeder andere Mensch«, widersprach Greg. »Okay, du hast deine Familie seit über neun Jahren nicht mehr gesehen, aber das lässt sich ändern.«

»Na, wie denn?«, protestierte Erin, brach dann aber ab. Auf irgendeine Weise hatte das Gespräch mit Lizzie ihr die Augen dafür geöffnet, dass ihre Geschichte nicht so hoffnungslos und traurig war, wie sie sich immer eingebildet hatte. Ihre Familie war infolge eines simplen Missverständnisses auseinander gebrochen. Das war nicht tragisch, es war schlicht dumm. Ja, ihre Großeltern hätten ihr früher sagen sollen, wer ihre Mutter war, doch inzwischen war ihr klar, dass ein einfaches Geheimnis eine erdrückende Belastung werden konnte, wenn es über eine derart lange Zeit bewahrt wurde. Sicher hatten sie sich häufig vorgenommen, ihr klaren Wein einzuschenken – doch der rechte Zeitpunkt dafür war nie so recht gekommen. Sie hatten sie allzeit geliebt – oder sogar angebetet – und sie von klein auf wundervoll versorgt. Es war zwar verständlich, dass sie durch die Wahrheit blind vor Empörung gewesen war. Doch davonzulaufen und nie mehr zurückzukommen, war gedankenlos gewesen, leichtfertig und dumm. Kerry hatte, statt sie mit rabenschwarzem Gewissen zu bemitleiden, wie üblich mit ihr gestritten, und die arme Mum hatte zwischen den Stühlen gesessen. Sie war zu betroffen, um das zu tun, was sie sonst tat – nämlich den Streit schlichten. Nur Erins leibliche Mutter, Shannon, blieb von dem Ganzen unberührt, obwohl sie die Urheberin des Zwistes war.

»Es gefällt dir doch hier, oder?«, hakte Greg vorsichtig nach.

Erin musterte ihn liebevoll. Er war so sanft und einfühlsam, und hatte sie, auch wenn er ihr Verhalten nicht verstand, bisher noch nie bedrängt, sich mit ihrer Familie zu versöhnen. »Ja, es gefällt mir hier. Und ich habe einen Mann wie dich nicht verdient. Du bist wunderbar zu mir.«

»Ich brutzel garantiert nicht jeden Sonntag Rührei«, grinste er. »Nächste Woche bist du dran.«

»Nächste Woche fahren wir zu deinen Eltern«, erinnerte sie ihn. Gregs Mutter hatte sich von ihrer Grippe erholt, und so fände endlich das große Kennedy'sche Familientreffen statt. »Sodass du dich von deiner Mum mit einem echten irischen Frühstück verwöhnen lassen kannst.«

Gregs Augen begannen zu leuchten. »Mit gebratenem Speck, Eiern, pikanten Würstchen, Fleischpastete und jeder Menge frischem Toast.«

»Ist der Toast wenigstens cholesterinfrei?«, fragte Erin lachend.

»Aber sicher, so extrem gesund wie alles Übrige.«

Sie waren nicht die Ersten, die es an diesem Mittag in das Neubaugebiet vier Meilen außerhalb von Dunmore zog. Der Zeitung zufolge hatten die Bauherren allein im Verlauf der letzten Woche bereits dreißig Prozent der Häuser verkauft. Unzählige Wagen waren am Rand der Bauplätze geparkt, und die Leute standen bereits Schlange, um sich das Modellhaus auch von innen anzusehen.

Ein Blick auf die Horden genügte, und Greg und Erin machten kehrt.

»Die können doch nicht alle Häuser kaufen wollen.« Greg war von der Zahl der potenziellen Käufer ehrlich überrascht.

»Die meisten von ihnen schauen, ob sie hier nicht irgendwelche Ideen für ihre eigenen Häuser kriegen«, informierte Erin ihn. »Das Studium der Innendekoration von Modellhäusern ist der beste Schnellkurs, den es auf diesem Sektor gibt.«

»Ich bin immer wieder überrascht davon, was du so alles weißt«, meinte Greg und fuhr rückwärts vom Parkplatz auf die Straße.

Leider wusste sie nicht alles, dachte Erin. Zum Beispiel war ihr nicht bekannt gewesen, dass eine Magenverstimmung die Wirkung der Anti-Baby-Pille aufhob.

Als Nächstes hielten sie an einem kleinen Apartment-Block, dem zweiten in einer Reihe von drei geplanten Häusern, das soeben fertig gestellt worden war. Das Grundstück befand sich in einer natürlichen, baumbestandenen Senke direkt gegenüber einem Vogelschutzgebiet, und war mit unzähligen Büschen, einem kleinen See und jeder Menge diskret versteckter Parkplätze sehr hübsch angelegt. Das dritte Haus befand sich schon im Bau, doch die Bagger und die anderen Maschinen waren übers Wochenende ordentlich am Rand des Grundstücks aufgereiht.

Es standen nicht viele Wagen vor dem Haus, in dem das Vorführ-Apartment lag.

»Heißt das, dass schon alle das Haus gesehen haben, und dass es niemandem gefällt?«, überlegte Erin.

»Hier in der Gegend kaufen die Leute lieber Häuser als Apartments«, antwortete Greg. »Nach Aussage des Maklers wollen alle ihre eigenen Gärten.«

»Du hast dich offensichtlich bereits eingehend mit dem Thema beschäftigt«, wunderte sich Erin.

»Tja«, erklärte Greg. »Ich habe schon länger mit dem Gedanken an etwas Eigenes gespielt und mich deshalb mit dem Makler unterhalten. Aber du weißt, dass ich niemals etwas machen würde, ohne zu wissen, dass du damit einverstanden bist.«

Erin stieg aus und sog die frische Brise tief in ihre Lungen ein. Sie waren ein Stück vom Meer entfernt, doch neben dem süßen Duft der Bäume, die auf dem Grundstück standen, erfüllte der Geruch von Salzwasser die Luft. Sie mochte Dunmore. Sie mochte die Leute, mochte das malerische Städtchen, mochte die entspannte Atmosphäre. Anders als dort, wo sie aufgewachsen war, drängte sich hier niemand einem auf. Man hatte das Gefühl, als könnte man nach seinem eigenen Rhythmus leben, ohne dass die Umwelt Anstoß daran nahm. Greg schien glücklich hier zu sein: er liebte seinen Job und genoss allmorgendlich die viertelstündige Fahrt ins Büro. Wenn jetzt auch noch Erin eine Arbeit fände, wäre ihr Leben geradezu ideal. Zumindest wusste sie inzwischen, weshalb sie bisher zu lethargisch für die aktive Jobsuche gewesen war…

»Mir gefällt es echt in Dunmore«, gestand sie, als Greg auf dem Weg zum Haus einen Arm um ihre Schultern legte. »Es gefällt mir sogar sehr.«

Die Anonymität des Lebens in Chicago sowie die Tatsache, dass sie dort eine unerschütterliche, kleine Einheit gebildet hatten, hatte sie geliebt. Doch tief in ihrem Innern hatte sie gewusst, dass Greg wieder nach Hause wollte. Wie vielleicht auch sie.

Vor Betreten des Gebäudes war Erin, genau wie Gregs Makler, davon ausgegangen, dass ein Haus für sie die bessere Alternative war. In den USA hatten sie immer in Wohnungen gelebt, und der Gedanke an einen kleinen Garten war durchaus verlockend (solange jemand anderes die Arbeit dafür übernahm).

Ein Schritt jedoch über die Schwelle des hellen, luftigen, schon eingerichteten Apartments reichte, dass sie sofort umdachte. Es war, als hätte der Erbauer alle Dinge, die sie in anderen Apartments hasste, sorgsam auf einer Liste abgehakt, um selbst den kleinsten Fehler zu vermeiden. Der Flur (der Erins Meinung nach häufig viel zu groß und somit die reinste Platzverschwendung war) war großzügig, doch mit einem geräumigen Einbauschrank für Mäntel, den Staubsauger und sogar Skier oder Räder, hervorragend genutzt. Das Wohn-Esszimmer hatte eine breite Glasfront, und der nach Süden zeigende Balkon wirkte mit den Topfpflanzen, dem kleinen Holztisch und den beiden hübschen Stühlen wie ein kleiner Garten. Es gab einen Kamin, vor dem sie und Greg behaglich kuscheln könnten, und die Küche war größer als in ihrer Wohnung in Chicago. Das Badezimmer war mit einer bequemen Eckwanne bestückt, und die Größe und der Schnitt der beiden Schlafzimmer waren regelrecht perfekt. Der größere der beiden Räume hatte einen begehbaren Kleiderschrank und noch ein zusätzliches angrenzendes Bad, und der kleinere der beiden reichte wunderbar für Babywiege, Wickeltisch und Schaukelstuhl.

Als sie merkte, was sie gerade dachte, sank Erin kraftlos auf das Bett. Das Zimmer war nicht für ein Baby eingerichtet, aber trotzdem hatte sie sofort daran gedacht. An ein Zuhause für ihr Baby – für ihr gemeinsames Kind.

Sie atmete so tief wie möglich durch. Nichts spräche dagegen, dass sie dieses Kind bekäme. Nichts außer ihrer Überzeugung, dass sie, nachdem ihre eigene Mutter sie so schnöde verlassen hatte, sicher keine gute Mutter wäre. Aber selbsterfüllende Prophezeiungen waren etwas für die Menschen aus dem Mittelalter, die es nicht besser wussten. Erin hatte keine Ahnung, weshalb ihre eigene Mutter sie verlassen hatte. Aber das hieß noch lange nicht, dass sie ebenfalls eine Rabenmutter wurde.

Plötzlich wogte freudige Erregung in ihrem Innern auf.

Greg ließ sich neben sie plumpsen. »Hübsch, nicht wahr?«, meinte er und deutete auf die eingebauten Schränke in dem kleineren Zimmer. »Den Raum könnten wir als Gästezimmer oder fürs Arbeiten benutzen.«

»Vielleicht auch als Kinderzimmer.«

»Wenn wir uns so ein Schlafsofa beschaffen, können wir es gleichzeitig als Gäste- und Arbeitszimmer nehmen«, fuhr Greg enthusiastisch fort. »Die Wohnung ist wirklich gut geschnitten. Sogar der Flur ist prima. Ich weiß, wie grässlich du es findest, wenn die halbe Wohnung aus einem Riesenflur besteht.«

Ein zweites Paar betrat das Zimmer und drückte sich mit entschuldigenden Worten an ihnen vorbei.

»Hast du mich gehört?«, wollte Erin von Greg wissen und sah ihn lächelnd an. Ein Baby, ihrer beider Baby.

»Entschuldige – was hast du gesagt?«

»Ich habe gesagt, dass wir es auch als Kinderzimmer einrichten könnten«, wiederholte Erin. »Aber wenn du ein Kind haben willst, musst du deine genetisch bedingte Unfähigkeit, mehr als eine Sache auf einmal zu machen, dringend überwinden.«

Die Frau des anderen Paares fing leise an zu kichern.

»Was?« Greg blinzelte sie verdutzt an.

Die Frau zerrte ihren Partner aus dem Zimmer, und Erin konnte hören, wie sie ihm erklärte: »Sie sagt ihm gerade, dass sie ein Kind bekommt!«

»Du bekommst ein Kind?« Greg hielt die Luft an.

Erin nickte. »Ich glaube. Allerdings habe ich noch keinen Test gemacht.«

»Wo können wir so einen Test bekommen?« Greg sprang wie gepiekst auf die Füße.

»Würdest du dich denn freuen, wenn ich schwanger wäre?«, fragte Erin zögernd. Sie hatte sich Gregs Reaktion auf ihre Beichte nicht ganz so hektisch vorgestellt.

»Verdammt, ja.« Greg sank erneut neben ihr aufs Bett, zog sie ungestüm in seine Arme und küsste sie innig auf den Mund. »Glücklich ist gar kein Ausdruck. Ich kann dir gar nicht sagen, wie fantastisch das für mich wäre. Aber«, er umfasste mit beiden Händen zärtlich ihr Gesicht. »Wie fühlst du dich?«

Erin überlegte kurz. »Bis vor fünf Minuten war ich mir darüber nicht klar. Ich war total verwirrt, aber dann habe ich diesen Raum gesehen und dachte, dass er ein hübsches Kinderzimmer wäre und …« Nun überwältigten sie ihre Gefühle. Sie hatte ihr Leben lang angenommen, dass sie keine Kinder wollte, und mit einem Mal war ein Baby für sie das Wichtigste der Welt. Sie konnte es kaum erwarten, einen dicken Bauch zu kriegen und zu spüren, wie das Baby wuchs und sie von innen trat.

»Ich fände es herrlich, wenn dieser Raum ein Kinderzimmer würde«, jubelte Greg. »Ich wüsste nicht, was ich lieber wollte. Doch bisher warst du stets gegen eigene Kinder.«

»Wegen meiner leiblichen Mutter«, erinnerte ihn Erin. »Es war nicht so, dass ich etwas gegen Kinder gehabt hätte. Ich dachte halt, ich wäre keine gute Mutter.«

»Du wirst eine wunderbare Mutter sein.« Greg liebkoste ihren noch völlig flachen Leib. »Was glaubst du, hast du schon einen Bauch?«

»Wenn ja, werde ich darauf achten, dass er mächtig weiter anwächst«, antwortete Erin.

»Los, komm.« Greg stand auf und half Erin behutsam, als wäre sie zerbrechlich, auf die Beine. »Lass uns sofort zu einer Apotheke fahren. Wir brauchen einen Schwangerschaftstest.«

»Wir?«, fragte sie und grinste, weil er derart aus dem Häuschen war.

»Ja, wir. Wenn ich Vater werde, soll mir niemand Vorhaltungen machen können, dass ich mich nicht genügend engagiere. Vater.« Der Gedanke zauberte ein stolzes Lächeln auf sein kantiges Gesicht. »Ich ein Vater. Ich kann es kaum erwarten.«

In diesem Augenblick lugte der Makler ins Zimmer und sah sie beide fragend an. »Und? Wie gefällt Ihnen die Wohnung?«

»Bestens«, strahlte Greg. »Wie schnell ist unsere fertig?«

13

In den Tagen nach der Party gaben Tom und Abby sich die allergrößte Mühe, Jess zuliebe so zu tun, als liefe alles völlig normal. Über ihren Streit an jenem Abend schwiegen sie sich aus, doch aufgrund der Schuldgefühle gegenüber ihrer Tochter gingen sie zumindest, wenn sie in der Nähe war, höflich miteinander um.

Nur dass ein Lächeln zu dem Satz: »Könntest du mir bitte mal den Broccoli herübergeben, Abby?«, keine wirkliche Versöhnung war.

Abby war noch immer wütend wegen all der gemeinen Dinge, die Tom ihr während der Party vorgehalten hatte. Sie wusste, täte sie den ersten Schritt, wäre das Eis sofort getaut. Dieses Mal jedoch bäte sie ihn nicht um Verzeihung – schließlich hatte sie nichts Unrechtes getan. Tom hatte sie beleidigt und ihr vorgeworfen, ihre Karriere hätte für sie Vorrang vor ihm und ihrer Tochter. Sie arbeitete derart hart für diese beiden Menschen, dass sie allein bei dem Gedanken, sie fühlten sich vernachlässigt, heißen Zorn empfand.

Angesichts dieses Zusammenbruchs ihrer Beziehung schlichen sich wiederholt unerwünschte Fragen in Abbys Gedanken ein. War eine Affäre von vornherein schlecht für eine Ehe? Oder, genauer gesagt, wäre eine Affäre schlecht für *ihre* Ehe? Wäre es verkehrt, Jay noch mal zu treffen, ehe sie die Antwort auf diese Frage hatte, weil sie sich nicht sicher war, dass sie die Stärke hätte, ihm zu widerstehen?

Pausenlos wanderten diese Fragen durch ihren Kopf. Allerdings meist zu den unpassendsten Momenten. Wie zum Beispiel Sonntagabend, als Tom, umgeben von Stapeln von Papieren, im Arbeitszimmer eingeschlafen und sein Kopf mit offenem Mund hinüber auf die Stuhllehne gesunken war. Oder als sie Montagmorgen ins Badezimmer kam und dort auf eine offene Zahnpastatube, ein halb über den Rand des Wäschekorbs hängendes nasses Handtuch und eine leere, vereinsamt am Halter baumelnde Klopapierrolle traf. Normalerweise hätte sie ihre derzeitigen Zweifel überwunden und sich daran erinnert, dass eine Beziehung neben vielen Höhen eben auch ihre Tiefen hatte, wie eine Achterbahn.

Inmitten ihres Ehekriegs jedoch schienen diese Dinge sie geradezu dazu zu drängen, etwas Neues zu wagen. »Das hier ist dein Leben, und das ist deine Ehe«, wisperte die innere Stimme. »Du hast einen Mann, der dich als seine Putzfrau ansieht und sich nicht einmal bei dir entschuldigt, nachdem er dir lauter verletzende Dinge an den Kopf geworfen hat.«

Im Vergleich zu Tom nahm sich Jay in der Erinnerung doppelt verführerisch und sinnlich aus – sie hatte das Gefühl, dass bereits eine flüchtige Berührung unglaubliche sexuelle Vergnügungen versprach. Doch es ging nicht nur um Sex, versuchte Abby sich zu überzeugen. Es ging um weitaus mehr: Es ging um das erregende Gefühl zu leben, darum, dass ein Mann sie als verführerisch empfand. Wann hatte Tom zum letzten Mal Verlangen nach ihr ausgedrückt? Ihn verlangte einzig danach, dass jeder Schüler seiner Klasse gute Noten in den Prüfungen bekam.

Lang vergessene Erinnerungen an das Jungsein und die Anfänge jeder Verliebtheit wogten in ihr auf. Und der Gedanke an die Jugend war für Abby, die sich alt und hundemüde fühlte, belebender als eine ganze Flasche Champagner.

Ließe sie sich wirklich auf eine Affäre mit Jay ein, sagte sie sich in solchen Momenten, dann träfe Tom zumindest eine Mitschuld. Wenn er sich die Mühe gäbe, ein guter Ehemann zu sein, fiele ihr nicht einmal im Traum ein, auch nur mit einem anderen zu flirten.

Niemand brauchte etwas davon zu erfahren. Sie täte etwas für ihr Ego, und danach wäre sie weiter eine gute Ehefrau und Mutter. Trotz allem liebte sie Tom ja noch. Jay wiederum kehrte einfach in die Vergangenheit zurück. Sie könnten weiter Freunde bleiben, wäre ihr plötzliches Verlangen erst einmal gestillt. Vielleicht könnten sie sogar einmal zu viert ein Restaurant besuchen, wobei sie beide ein kleines Geheimnis miteinander hätten, das ihren jeweiligen Leben einen gewissen Glanz verlieh. Genau wie ein Stapel alter Liebesbriefe, die man irgendwo in einer Schublade versteckte, würde dieses Wissen sie allzeit daran erinnern, dass sie einmal eine verstohlene, erregende Affäre mit einer Jugendliebe eingegangen war.

Genau so würde es ablaufen. Niemand würde je etwas davon erfahren. Und möglicherweise träfe sie Jay ja tatsächlich nur zum Essen, rief sie sich zur Ordnung.

Am Dienstagmorgen bereitete sich Abby mit der allergrößten Sorgfalt auf die Reise nach Dublin vor. Sie packte ihre heißesten Dessous in ihren Koffer und zog ein seidig schimmerndes silbergraues Jersey-Wickelkleid und zauberhafte Unterwäsche an. In hübscher Unterwäsche fühlte frau sich einfach wohler, das war zunächst alles. Außerdem musste sie vor dem Abflug noch zu Beech. Und vor dem Treffen mit Roxie, bei dem ihr sicher jede Menge neuer Pläne für die Sendung unterbreitet werden würden, puschte sie ihr Selbstbewusstsein besser mit allen zur Verfügung stehenden Mitteln auf.

Tatsächlich verlief die Besprechung so grässlich wie erwartet. Roxie war mit ihrer Suche nach neuen Gesichtern für die Serie bereits erstaunlich weit gekommen. In kaum mehr als einer Woche hatte sie elf Kandidatinnen und Kandidaten ausfindig gemacht und das gesamte Team für zehn Uhr einbestellt, um ihnen die Aufnahmen zu zeigen.

»Natürlich müssen Sie mit unserer Wahl einverstanden sein, Abby«, erklärte Roxie mit ihrem fürsorglichsten Lächeln.

Ja, natürlich, dachte Abby grimmig, denn sie war der festen Überzeugung, dass es Roxie total schnuppe war, ob Abby ihre neue Partnerin beziehungsweise ihren neuen Partner mochte oder nicht. Wahrscheinlich würde es ihr am besten gefallen, wenn sich Abby aus der Sendung verabschieden würde. Dann könnte Roxie ein paar Zwölfjährige engagieren, um die Show zu moderieren, und alle wären glücklich. Die Kandidatinnen und Kandidaten waren alle gleichermaßen jung und attraktiv, ausnahmslos mit makellosen Zähnen, für die ihre armen Eltern sicher das Haus verpfändet hatten, und mit einer absolut glatten Babyhaut gesegnet. Doch sie alle waren Abby fremd.

»Haben Sie irgendwelche Fernseherfahrung?«, wollte sie am Schluss der Darbietung von Roxie wissen, die gerade die enormen Vorzüge des letzten Mädchens, einer Ex-Schönheitskönigin, die in Hot-pants und einem superknappen Top zum Vorsprechen erschienen war, in den höchsten Tönen pries.

»Gute Frage«, meinte denn auch Flora. »Sie alle sehen super aus, aber es ist etwas anderes, ob man lediglich vorspricht oder tatsächlich eine Sendung moderiert. Ich habe auf dem Video niemanden entdeckt, der schon mal was fürs Fernsehen gemacht hat.«

Eins zu null für die Seniorenhilfsseite des Tisches, dachte Abby geradezu dankbar.

Doch Roxie war um eine Antwort nicht verlegen. »Sie hatten auch keine Erfahrung mit dem Medium Fernsehen, als Sie angefangen haben, oder, Abby?«

»Hm, nein«, gab Abby zähneknirschend zu.

»Das war etwas anderes«, sprang Stan zu ihrer Rettung ein. »Schließlich geht es in der Show um Abby, die mit ihrem Entrümpelungsservice große Erfolge gefeiert hat. Sie wurde also weniger als Präsentatorin als vielmehr als Expertin engagiert.«

Abby bedachte ihn mit einem warmen Lächeln.

»Ja, aber das Team von Beech, *ihr,* Leute«, seifte nun Roxie Stan, Flora und Brian in eine warme Lobeshymne ein, »ihr alle habt ihr dabei geholfen zu lernen, wie man eine Sendung moderiert. Das kriegt ihr doch bestimmt noch einmal hin.«

»Was, wenn sie es nicht schaffen?«, wollte Flora wissen. »Was machen wir dann?«

»Dann suchen wir halt einfach weiter«, erwiderte Roxie, als wäre so etwas ein Sonntagsspaziergang. Vermutlich war das für jemanden wie Roxie auch tatsächlich so, dachte Abby düster. Sie ginge jede Wette ein, dass Roxie nie den kleinsten Zweifel bezüglich ihres Lebens, ihrer Arbeit, ihrer Beziehungen zu Männern oder irgendetwas anderem empfand.

Schließlich gingen sie die Lebensläufe mit den beigefügten Fotos aller Kandidaten durch und wählten drei Frauen und zwei Männer für eine zweite Probe aus.

»Da wir noch nicht sicher wissen, für welches Format wir uns letztendlich entscheiden«, teilte Roxie mit, »können wir auch noch nicht sagen, ob wir nur einen Mitmoderator brauchen oder zwei.«

»Darüber können wir nach den Aufnahmen noch reden«, antwortete Brian, hievte sich aus seinem Ledersessel und erklärte: »Ich muss los, Leute. Wir haben noch einen Termin wegen einer neuen Quiz-Show. Roxies Idee. Das Ding macht uns hoffentlich alle endlich reich.« Er rieb sich gut gelaunt die Hände und musterte seine Kollegen mit einem breiten Grinsen.

Unglücklich verfolgte Abby diese Szene. Ihr wurde bewusst, wie wertvoll Roxie offenbar für Brian und den ganzen Sender war. Mit ihrer tatkräftigen, ehrgeizigen, gnadenlosen Art war sie für ihren Job genau die richtige Person. Gäbe es einen Machtkampf zwischen ihnen beiden, bestand nicht der geringste Zweifel, wer diesen Kampf gewinnen würde. Auf eine Moderatorin konnte man ohne weiteres verzichten, eine Person hingegen, die dem Sender mit neuen Programmen vielleicht Millionen an Einnahmen bescherte, war ihr Gewicht in Gold wert. Das war Abby klar.

Abby stand schweigend auf und verließ raschen Schrittes den Raum.

Noch ehe sie in den Lift treten konnte, holte Roxie sie ein.

»Abby, vielleicht rufen irgendwelche Journalisten Sie wegen dieser Erneuerung an. Wir haben bekannt gegeben, dass wir frische Gesichter für die Sendung suchen, und natürlich wollen die Leute wissen, wie Sie die Sache sehen.«

»Natürlich«, antwortete Abby. Sie würde Roxie nicht die Freude machen, sich anmerken zu lassen, wie verunsichert sie wegen der geplanten Veränderungen war.

»Sie werden ihnen bestimmt erklären, wie toll Sie es finden, dass wir endlich Pfiff in Ihre Sendung bringen.« Roxie bedachte Abbys schickes neues Outfit und ihr sorgsam geschminktes Gesicht mit einem derart abfälligen Blick, dass Abby nur noch hoffen konnte, dass die teure neue Wimperntusche nicht verlaufen war. »Wenn das neue Sendeformat die Einschaltquoten hoch treibt, sind wir darüber schließlich alle froh, nicht wahr?«

Abby gab sich die größte Mühe so zu gucken wie während einer Sendung, als sie bei der Durchsicht der Schuhsammlung einer Klientin auf den Leichnam ihres bereits seit Monaten verschollenen Hamsters gestoßen war. Der Trick bestand darin, nicht angewidert auszusehen, sondern einfach interessiert.

»Sie können auf mich zählen, Roxie«, antwortete sie und betrachtete Roxie wie damals den toten Nager.

Erst als die Tür des Fahrstuhls zuging, zeigte ihr Gesicht das, was sie tatsächlich empfand: Ängstlichkeit und Sorge um ihren bisher so geliebten Job.

Unten hatte Livia am Empfang Fanpost für sie angenommen und hielt ihr einen bis zum Rand gefüllten großen Umschlag hin.

»Danke, Livvy«, sagte Abby und wäre beim Anblick der vielen positiven Schreiben beinahe in Tränen ausgebrochen. Es gab also durchaus noch Menschen, die sie mochten, auch wenn sie dieser grauenhaften Ziege Roxie offenbar ein Dorn im Auge war.

Als sie den Umschlag in die Hand nahm, wehte ihr mit einem Mal ein Hauch von Livias Parfum entgegen, und ihre Beine wurden schwach. Livia trug Calèche. Abby hatte nur einmal im Leben eine Flasche dieses Duftwassers besessen, doch sie konnte sich sofort daran erinnern, wann das gewesen war. Sie waren zu siebt per Interrail quer durch Europa gefahren und jeder hatte dabei verschiedene Zielorte im Sinn gehabt. Abby, ihre Schwester Viv und ihre Collegefreundin Linda hatten innerhalb von einem Monat so viel wie möglich von Europa sehen und am Ende irgendwo in Italien oder Spanien, an einem Ort, wo das Leben billig und das Wetter toll sein sollte, zwei Wochen am Strand verbringen wollen. Jay, Colm und zwei andere Typen von der Uni hatten hingegen vorgehabt, sich erst ausgiebig zu entspannen und danach eine Sightseeingtour zu machen. Die letzten Tage ihrer Europareise wollten sie in der rauchgeschwängerten, entspannten Atmosphäre der Amsterdamer Coffee-Shops verbringen, um auch gleichzeitig ein bisschen verbotenes Haschisch zu erstehen.

Natürlich war am Ende alles anders gekommen als geplant. Colm hatte es auf Linda abgesehen, weshalb die Jungs den Mädchen hinterhergefahren und mit ihnen zusammen eine Woche in Paris herumgeschlendert waren. Dann waren Linda, Colm, Jay, Viv und Abby nach Italien aufgebrochen, um dort unter anderem die Sonne zu genießen. Und irgendwo zwischen Paris und Rom hatten Jay und Abby plötzlich ein gemeinsames Hotelzimmer gehabt…

»Die geplanten Veränderungen sind echt aufregend, nicht wahr, Abby?«, mischte sich Livia in ihre Gedanken. »Selina hat sich heute Morgen krankgemeldet – die Ärmste hat schon wieder mit den Nebenhöhlen zu tun –, aber sie hat eine Nachricht hinterlassen, derzufolge sie Sie morgen auf Ihrem Handy anruft, um Ihnen zu sagen, welche Zeitungen und Zeitschriften etwas über die Suche nach den neuen Moderatoren für die Sendung bringen wollen.«

»Super«, log Abby und stopfte ihre Fanpost in die Tasche. Bisher hatte sie angenommen, sie und Selina kämen gut miteinander zurecht. Anscheinend hatte sich das mit Roxies Anstellung geändert. Zumindest hätte Selina Abby davor warnen können, dass Roxie die Absicht hatte, mit der Story an die Öffentlichkeit zu gehen. Dann hätte sie mit einem nonchalanten Lächeln auf Roxies Worte reagieren können, statt derart überrascht von dieser Neuigkeit zu sein. Abbys Sorge nahm bei dieser Überlegung keineswegs ab…

Kurz nach drei erreichte sie McGregors Townhouse, und als man ihr den Zimmerschlüssel reichte, wurde ihr bewusst, wie ruhig es in der Eingangshalle war. Als sie die anderen Male hier gewesen war, hatte sie sie immer viel zu schnell durchquert, um zu bemerken, wie vornehm gedämpft die Atmosphäre war. Heute jedoch, da sie mit dem Gedanken spielte, sich an diesem Ort mit Jay zu treffen, fiel ihr die Stille beinahe schmerzlich auf. Das, was sie beide miteinander sprächen, würde weder durch Musik noch durch das angeregte Geplauder anderer Gäste übertönt.

Es war so ruhig, dass im Umkreis von zehn Metern jeder hören könnte, wenn sie sich begrüßten. Ohne jeden Zweifel würde dann sofort deutlich, dass ihre Begegnung alles andere als ein Zufall war. Schlimmer noch: Was, wenn jemand von *Entrümpeln* plötzlich auf der Bildfläche erschien und beobachtete, wie Abby mit einem äußerst attraktiven Mann, der eindeutig nicht Tom war, das Hotel verließ? Weshalb hatte sie für das Treffen nicht irgendein neutrales Restaurant gewählt, statt auf seine lässige Erklärung einzugehen, »Er würde sich bei ihr melden«?

Panik wogte in ihr auf. Abby checkte ein und floh, zu nervös, um darüber nachzudenken, welche Zeitung sie zum Frühstück wollte und ob man sie wecken sollte oder nicht, hastig auf ihr Zimmer.

Wie bereits beim letzten Mal bewohnte sie die Junior Suite. Heute jedoch riefen sowohl das breite Doppelbett als auch die Flasche Wein und der große Korb mit frischen Früchten statt Freude eher ein schlechtes Gewissen in ihr wach. Achtlos warf sie ihr Gepäck aufs Bett und schielte zum Telefon hinüber. Dass das rote Licht nicht blinkte, hieß, dass bisher kein Anruf von Jay gekommen war. Auf ihrem Handy hatte er sich ebenfalls nicht gemeldet, was in den letzten Tagen ihre Hauptsorge gewesen war. Jedes Mal, wenn es in der letzten Woche geklingelt hatte, hatte Abby einen Riesenschreck bekommen, und hatte das Klingeln, wenn Jess oder Tom im Raum gewesen war, nach Kräften ignoriert.

»Wie schaffst du das, einfach nicht dranzugehen?«, hatte ihre Tochter, die mindestens zehnmal täglich mit Steph telefonierte, sie voll argloser Bewunderung gefragt.

»Ich habe einfach keine Lust zu telefonieren«, hatte Abby leichthin erwidert, während aus der Tiefe ihrer Tasche das beharrliche Läuten des Handys sie schier verrückt gemacht hatte.

»Und mir machst du Vorhaltungen, weil ich das Handy nicht höre, wenn ich im Zug meinen Discman aufgestülpt habe«, hatte Jess in vorwurfsvollem Ton eingeworfen.

Jetzt saß Abby auf dem Bett und wählte Jays Nummer. Sein Handy war nicht eingeschaltet, und sie wurde zu seiner Mailbox durchgestellt. Mit aufgeregter Stimme sprach sie auf sein Band. »Jay, tut mir Leid, ich glaube, das alles ist ein Fehler. Ich weiß, du hast gesagt, dass du dich bei mir meldest, aber hier im Hotel gibt es nicht die geringste Anonymität. Das gesamte Team hat Zimmer hier gebucht, und was ist, wenn einer von den anderen früher auftaucht und uns beide hier sieht? Ich glaube nicht, dass ich das schaffe. Ich kann nicht mit dir essen gehen. Ich bin eine verheiratete Frau. Tut mir wirklich Leid … leb wohl.«

Keuchend, als wäre sie die Treppe raufgelaufen, legte sie den Hörer auf. Sie hatte es geschafft. Sie hatte Jay gesagt, dass sie ihn nicht treffen könnte, und hatte damit ohne jeden Zweifel das Richtige getan. Sie war nicht dazu geschaffen, mit anderen zu flirten, ganz zu schweigen davon, ein Verhältnis einzugehen. Eine geübte Ehebrecherin hatte garantiert keine Magenschmerzen, wenn sie daran dachte, ihren Gatten zu betrügen. Sie sprang einfach mit einem anderen ins Bett und hatte ihren Spaß. Nach dem Motto *»Nutze den Tag«*. Abby, die in einer Klosterschule erzogen worden war, schaffte es nicht, irgendwas zu *nutzen*. So viel war inzwischen klar.

Sie schlüpfte aus ihren hochhackigen Schuhen, tauschte das eng anliegende graue Jerseykleid gegen den dicken Morgenmantel des Hotels, schaltete den Fernseher ein und fing, während sie mit einem Ohr der Talkshow lauschte, mit dem Auspacken ihrer Garderobe an. Veronica aus der Kostümabteilung hatte für die Dreharbeiten dieser Woche zwei tolle neue Oberteile für sie ausgewählt: eine eng anliegende, pinkfarbene, perfekt zu ihren Jeans passende Bluse und ein modisches, vorn mit Comic-Bildern bedrucktes, langärmliges T-Shirt. Nun, da sie sich über nichts außer der Sendung mehr Gedanken machen musste, konnte sich Abby über die schicken Kleidungsstücke freuen.

Sie musste verrückt gewesen sein, jemals zu erwägen, sich auf eine Affäre einzulassen, überlegte sie. Total verrückt. Gut, dass dieses Thema abgeschlossen war.

Als alles ordentlich im Schrank hing, genehmigte sich

Abby eine Flasche Orangensaft sowie eine kleine Packung Toblerone aus der Minibar des Zimmers und setzte sich auf das türkis-weiß gestreifte Sofa, um in aller Ruhe fernzusehen und die Zeitschriften durchzublättern, von denen ein ganzer Stapel auf dem Kaffeetischchen lag.

Sie hatte die Schokolade halb gefuttert, als es plötzlich sowohl klingelte als auch klopfte. Neugierig stand sie auf, öffnete die Tür – und rang erstickt nach Luft. Jay stand mit einer Flasche Champagner in der einen und einer kleinen Tüte eines teuren Feinkostladens in der anderen Hand vor ihr. Er bedachte sie mit einem breiten Lächeln und einem Blick, der ihre Entschlossenheit blitzartig ins Wanken brachte.

»Darf ich reinkommen?«, fragte er mit leiser, dunkler Stimme.

»Natürlich«, röchelte sie, erfüllt von der Sorge, dass irgendwer ihn sah. Drinnen angekommen, kickte er die Zimmertür mit einem Fußtritt wieder zu, stellte den Champagner ab und nahm Abby in den Arm. Das alles ging sehr schnell. Er beugte sich über ihr Gesicht, zog sie eng an seine Brust und presste seinen Mund auf ihre Lippen. Es war völlig anders als wenn Tom sie küsste, anders als der viel geübte, gleichförmige Kuss, der die Folge jahrelanger Vertrautheit war.

Jays Art zu küssen war wie eine eigene Form von Sex. Abby hatte das Gefühl, als würde er sie regelrecht verschlingen, während seine Zunge über ihren Gaumen flatterte und eine seiner Hände ihren Hinterkopf umfasste und sie so eng an sich heranzog, dass es näher nicht mehr ging. Und Abby, die sich nicht daran erinnern konnte, wann sie zum letzten Mal bei einem bloßen Kuss von einer solchen Leidenschaft erfüllt gewesen war, küsste ihn zurück, sog an seinen Lippen, schmiegte ihren Körper an seinen straffen Leib und konnte nur noch daran denken, endlich ihre Kleider abzulegen und seine nackte Haut zu spüren, bevor sie mit ihm auf das breite Bett sank und sich von ihm lieben ließ …

»Du schmeckst nach Schokolade«, murmelte er, entfernte

sich eine Spur von ihr und knotete den Gürtel ihres Morgenmantels auf. »Das ist wirklich lecker.«

»Toblerone – ich hatte kein Mittagessen«, antwortete Abby, die durch den Entschluss ihrer Absage zu nervös gewesen war, um irgendwas zu essen. Nun, zumindest hatte sie *gedacht*, sie hätte das Treffen abgesagt.

»Das ist mehr als schön.« Er trat einen Schritt zurück, um sie ansehen zu können und bedachte das violette, spitzenbesetzte Seidenhöschen und den passenden Halbschalen-BH, durch dessen zarten Stoff man ihre rosigen Nippel überdeutlich sah, mit einem beifälligen Blick.

In dieser Minute waren Abby ihre Schwangerschaftsstreifen und ihr kleines Bäuchlein egal. Ihr Körper pochte vor Verlangen und seine unverhohlene Begierde gab ihr das Gefühl, wunderschön zu sein. Ein Blick wie der von Jay war eindeutig das beste Aphrodisiakum, das es gab.

»Und vor allem total sexy. Du warst schon immer eine verführerische Frau. Ich glaube, dir war gar nicht bewusst, dass du mit deinem aufreizenden Gang und mit der Art, in der du dir die Haare über die Schultern geworfen und das Kinn nach vorn gereckt hast, wenn du etwas wolltest, sämtliche Jungs aus unserem Jahrgang in den Wahnsinn getrieben hast.« Jay streckte einen seiner langen Finger aus, wanderte damit in ein Körbchen ihres Büstenhalters und zog den Stoff so weit herunter, dass der straff gespannte Nippel frei lag. Ohne sie zu berühren, blickte er schwer atmend auf ihre volle Brust. Dann sah er Abby in die Augen, und sein Blick spiegelte die Lust wider, die sie selbst empfand.

»Ich begehre dich so sehr«, raunte er und strich mit einem Daumen über ihre pralle Brustwarze. »Aber du musst es auch wollen.« Blitze der Erregung zuckten durch ihren Körper, während er die zarte Knospe leicht rieb. Als seine Lippen seinen Fingern folgten und den Nippel in die heiße Höhle seines Mundes sogen, atmete sie keuchend ein.

»Willst du es? Willst du mich?«, murmelte er und ließ seine andere Hand über ihre seidig weiche Haut in Richtung ihres Spitzenhöschens gleiten. Behutsam schob er seine Finger unter den dünnen Stoff und raubte ihr mit seiner federleichten Art, sie zu berühren, wie schon in ihrer Jugend vollends den Verstand.

»Willst du mich?«, fragte er sie noch einmal.

»Ja«, erwiderte sie stöhnend. »Ja, ich will dich, Jay.«

»Gut«, erklärte er, sah sie mit fast schwarzen Augen an, schob seine Finger tief in sie hinein und machte ihr dadurch bewusst, dass es kein Zurück mehr für sie beide gab …

Sie fielen geradezu übereinander her. Und nach einem explosionsartigen beiderseitigen Höhepunkt lagen sie wenig später keuchend nebeneinander im Bett und versuchten, wieder zu Atem zu kommen.

Schließlich entkorkte Jay die Flasche Champagner und reichte Abby eins der gefüllten Gläser. Lächelnd stieß er mit ihr an. »Auf uns.«

Ermattet nahm sie einen großen Schluck des prickelnden, belebenden Getränks und grinste ihn wortlos an.

Die Tüte aus dem Feinkostladen enthielt ein Mini-Picknick aus winzigen, mit Frischkäse gefüllten Brötchen, einer Schale mit gegrilltem Hähnchen und einer zweiten mit herrlichen Krabben in einer luftigen Kräutersauce.

»Du bist eindeutig nicht unvorbereitet hier erschienen«, lobte Abby, während sie, das Picknick auf einem großen Handtuch zwischen ihnen ausgebreitet, Jay gegenüber am Kopfende auf dem Bett saß. Sie hatte ihre sexy Unterwäsche wieder angezogen, denn sie genierte sich, vor Jay einfach so nackt rumzuposieren. »Bringst du immer ein Picknick zu deinen Schäferstündchen mit?«

Jay runzelte gekränkt die Stirn.

»Das war ein Scherz«, beeilte sich Abby zu erklären. »Ich weiß, dass du so etwas nicht regelmäßig machst …« Dann aber brach sie ab. Woher wollte sie wissen, was er machte oder nicht?

»Abby, ich möchte, dass du weißt, dass ich Lottie nie zuvor betrogen habe«, erklärte er ihr langsam. »Nie zuvor. Aber du und ich… wir haben eine gemeinsame Geschichte, Abby. Ich habe dich nie vergessen.«

»Wirklich?«, fragte sie, versessen darauf, von etwas anderem zu reden als von Lottie oder Tom oder der realen Welt, in der womöglich reale Menschen verletzt werden würden durch das, was zwischen ihnen beiden vorgefallen war.

»Wirklich.« Jay schenkte ihr nach. »Der Sommer hat uns all den Spaß geboten, den man in der Jugend haben kann. Kannst du dich noch an die Nacht in dem Zug nach Rom erinnern, als wir kein Schlafwagenabteil bekommen und uns deshalb auf einem Sitz zusammengerollt haben, von dem wir immer wieder runtergerutscht sind?«

»Und als wir nach Rom kamen, haben wir diese kleine Pension gefunden, sind sofort ins Bett gegangen und haben den ganzen Tag geschlafen.«

»Tja, nicht die ganze Zeit«, erinnerte Jay Abby mit einem Grinsen.

Der Genuss des Champagners rief erneutes, wenn auch etwas schläfriges Verlangen in ihr wach, und es wurde noch besser als beim ersten Mal. Der Alkohol hatte ihr schlechtes Gewissen angenehm betäubt, und der nächste Tag und die Verdammnis wirkten endlos weit entfernt. Sie lag angekuschelt an Jay auf dem bequemen breiten Bett, fühlte sich begehrenswert und wunderbar erfüllt. So sollte es sein. Regeln waren nur für andere gemacht.

Dann jedoch rief das schrille Klingeln ihres Handys sie in die Wirklichkeit zurück. Sie lehnte sich über den Nachttisch, hob es vom Boden auf und meldete sich automatisch mit einem, wenn auch etwas zögerlichen »Hallo?«

»Hi, Abby«, sagte eine Stimme, die Abby von irgendwoher kannte. »Hier spricht Babs Lennon vom *Chronicle*.«

Abby konnte sich an sie erinnern. Babs war eine der ersten Journalistinnen, mit denen Abby je gesprochen hatte, eine Veteranin, die eine begeisterte Kritik geschrieben hatte und von der sie als »die Art Frau, die Sie liebend gerne in Ihr Heim einladen würden, um Ihr Leben zu sortieren« beschrieben worden war. Dankbar hatte Abby den Artikel ausgeschnitten und ihn bis heute sorgfältig verwahrt.

»Hi, Babs«, sagte sie in dem unguten Bewusstsein, dass der nackte Jay Schenkel an Schenkel neben ihr lag. Es hatte sie doch ganz sicher niemand gesehen? Oh, nein, was würde der arme Tom jetzt von ihr denken? Sicher brächte es ihn um. Vor lauter schlechtem Gewissen bekam sie kaum noch Luft. Was hatte sie getan? Und nun, da jemand von der Zeitung bei ihr anrief, würde alle Welt davon erfahren. Sie müsste einfach sagen, sie beide wären alte Freunde, die sich auf einen Drink bei ihr getroffen hatten, das war alles …

»Wir recherchieren gerade für einen Artikel über die Suche nach neuen Moderatoren für *Entrümpeln*, und ich wollte hören, wie Sie die Sache sehen«, fuhr Babs fort.

»Oh, ja.« Abby kam sich vor wie eine totale Idiotin, weil sie sich ernsthaft eingebildet hatte, irgendjemand wäre an ihrem Privatleben interessiert. Gleichzeitig löste sich der Knoten in ihrem Magen wieder auf. Wer bildete sie sich bloß ein zu sein – vielleicht Nicole Kidman? Sie raffte sich zu einer Antwort auf. »Es ist eine fantastische Idee, neue Leute in die Sendung aufzunehmen«, meinte sie in der Hoffnung, dass es klänge, als wäre sie davon tatsächlich überzeugt. »Wir haben schon länger überlegt, wie sich die Serie ein bisschen schwungvoller gestalten lässt, und das hier ist eine Idee, von der wir alle begeistert sind. Die Zusammenarbeit mit einer zweiten Moderatorin wird bestimmt ein Riesenspaß.«

»Fantastisch«, meinte Babs. »Dann haben Sie also nichts dagegen, dass noch jemand anderes in die Sendung aufgenommen wird?«

»Himmel, nein, warum sollte ich was dagegen haben?« Abbys falsches Lächeln zerriss ihr schier das Gesicht. »In der Fernsehindustrie darf sich niemand auf seinen Lorbeeren ausruhen, das wissen Sie genauso gut wie ich. Es ist ungeheuer wichtig, die Sendung für das Publikum weiter interessant und aufregend zu machen. Und das, was wir planen, scheint mir genau das Richtige zu sein. Wir freuen uns alle darauf, ein neues Fernsehtalent für Beech und die Zuschauer zu finden!«

»Super, prima«, meinte Babs mit der abgelenkten Stimme derer, die eifrig etwas in ein Notizbuch schrieb. »Danke für das Gespräch, Abby. Bis zum nächsten Mal.«

»Ja, bis zum nächsten Mal«, antwortete Abby düster. Schlagartig war sie wieder nüchtern und fühlte sich schmutzig, weil sie derart gelogen hatte. Und plötzlich traf sie die Erkenntnis wie ein Fausthieb: Sie hatte gerade etwas getan, worüber sie während des gesamten weiteren Verlaufes ihres Ehelebens würde lügen müssen.

»Abby.« Jay küsste sie auf die nackte Schulter und begann spielerisch daran zu nagen. »Ich muss allmählich los. Ich habe heute Abend noch einen Termin. Wir gehen mit ein paar unserer größten Kunden essen. Öde, aber sehr wichtig.«

Mit einer geschmeidigen Bewegung war er aus dem Bett, schlenderte ins Bad und kurz darauf drang das Plätschern der Dusche an Abbys Ohr. Mit einem leichten Kater und erfüllt von heißen Schuldgefühlen saß sie reglos auf dem Bett. Was hatte sie getan?

Jay kleidete sich wenig später so rasch und effizient an, dass Abby nicht umhin kam, einen bewundernden Vergleich zu ziehen. Tom zog sich immer furchtbar langsam an und wirkte trotzdem danach leicht zerzaust. Jay hingegen wirkte, als er fertig war, rundum tadellos. Niemand, der den eleganten Mann in dem hervorragend geschnittenen grauen Anzug und dem am Hals offenen dunkelgrauen Hemd, mit dem perfekt zurückgekämmten kastanienbraunen Haar aus dem Zimmer kommen sähe, käme je auf den Gedanken, dass er noch vor weniger als einer Stunde in ihrem breiten Bett mit schweißglänzender Haut und wild zerzausten Haaren stöhnend auf Abby zusammengebrochen war.

»Bitte sei nicht traurig, Schätzchen«, bat er und küsste sie zärtlich auf die Wange. »Wir beide wissen, dass ich nicht bleiben kann. Aber wir sehen uns wieder. Und zwar schon sehr bald.«

Damit war er fort, und nur die leere Flasche, die Tüte voller Abfall und zwei in Papiertücher gewickelte, im Papierkorb liegende Kondome zeigten, dass er jemals da gewesen war.

Abby sah sich schockiert in ihrem Zimmer um. Sie, die vernünftige Abby Barton, Mutter von Jess, Ehefrau von Tom, hatte Sex mit einem anderen gehabt. Im kalten Tageslicht, ohne das Gefühl der glühenden Leidenschaft, wurde ihr bewusst, dass ihre Affäre mit Jay ein riesengroßer Fehler war.

»Abby, Sie Ärmste, Sie sehen aus, als hätten Sie bereits seit Tagen schon nicht mehr geschlafen«, säuselte am nächsten Morgen Helen, als sie die dunklen Schatten unter Abbys Augen sah.

Helen war die Beech'sche Stylistin, und sie und Abby saßen in dem, was Brian den Trailer für Außenaufnahmen nannte, was jedoch in Wirklichkeit nichts als ein großer, klappriger Lieferwagen war. Allerdings mit einer beleuchteten Schminkecke, drei Stühlen, einem kleinen roten Ledersofa, einer durch einen Vorhang abgetrennten Garderobe und einer winzigen Kochnische für das Zubereiten von Tee und Kaffee. Der Convoy für Außenaufnahmen bestand aus drei derartigen Gefährten: zwei AC und DC genannten Wagen für die technischen Geräte und dem Schmink-Garderoben-Wagen, wegen des kleinen roten Sofas als »Liebeswagen« veralbert. An regnerischen Tagen hatte sich bereits des Öfteren das gesamte Team in den Liebeswagen gequetscht, unzählige Tassen Tee getrunken, gepokert und sich mit Klatschgeschichten aus der Branche amüsiert.

Heute schien die Sonne, und das Team versammelte sich vor dem Glete Cottage, einem winzigen Zwei-Zimmer-Häuschen im Zentrum von Dublin, das von der Besitzerin mit sämtlichen Möbeln aus ihrer vorherigen Bleibe – einer großen Doppelhaushälfte mit fünf Schlafzimmern und einem Wintergarten – voll gestopft worden war. Abby war noch nicht im Haus gewesen, doch sie hatte Fotos vom Inneren gesehen und wusste, dass schon alleine der monströse Acht-Personen-Esstisch ein Riesenproblem würde. Wie war der überhaupt in diese winzige Küche gekommen? Um den rauszubugsieren, würden sie das Ding zersägen müssen... Der Gedanke an die bevorstehende harte Arbeit wurde nicht gerade erträglicher, wenn sie bedachte, dass sie um fünf Uhr morgens – nachdem die Erschöpfung die Oberhand über das schlechte Gewissen gewonnen hatte – eingeschlafen war und bereits um sieben wieder hatte aufstehen müssen.

Helen griff nach kurzem Überlegen nach der dunkelsten Grundierung, mit der Abby bei normalem Tageslicht eigentümlich orange und total zugekleistert wirkte, im Licht der Kameras jedoch angenehm gebräunt aussah.

»Möchten Sie vielleicht einen Kaffee, meine Liebe?«, fragte Helen, die, obwohl sie kaum die Dreißig überschritten hatte, für alle wie eine zweite Mutter war. Streitereien mit den Liebsten, Geldsorgen und Probleme mit dem Job wurden regelmäßig Helen anvertraut. Auch Abby hätte sich am liebsten bei ihr ausgeheult, hatte jedoch die Befürchtung, dass Helen ihr, wenn sie erst wüsste, dass sie ihren Mann betrogen hatte, nicht mehr allzu gewogen war.

»Kaffee wäre wunderbar«, antwortete sie und unterdrückte das Verlangen, in Tränen auszubrechen. Sie beide waren gerade allein, und Helen fragte, während sie dampfend heißen Kaffee aus der stets gefüllten Thermoskanne in eine Tasse schenkte, mit mitfühlender Stimme: »Ist alles in Ordnung, Abby? Sie sehen ziemlich niedergeschlagen aus, ganz anders als sonst.«

»Ich habe eine Dummheit gemacht«, entfuhr es Abby, was ihr sofort Leid tat.

»Wir alle machen hin und wieder Fehler«, erwiderte Helen ruhig. »Niemand geht durchs Leben, ohne dass er manchmal irgendwas vermasselt. Genau das aber macht uns Menschen aus.« Ihre warmen braunen Augen begegneten im Spiegel Abbys gequältem Blick. »Sie sind ein guter Mensch, Abby. Sie müssen sich verzeihen.«

Jetzt konnte Abby die Tränen nicht länger unterdrücken. »Ich kann nicht.«

»Wie kommt ihr voran?«, rief jemand aus dem hinteren Teil des Wagens.

»Noch eine Viertelstunde«, antwortete Helen. »Und sei bitte so lieb, und mach die Tür hinter dir zu.«

Die Tür wurde wieder geschlossen, und Helen drückte Abby ein Kleenex in die Hand. »Weinen Sie sich erst mal richtig aus. Ich halte die anderen ein paar Minuten von hier fern.«

»Mit roten Augen sehe ich vor der Kamera sicher entsetzlich aus«, schluchzte Abby und tupfte vergeblich an sich herum.

»Keine Bange«, erklärte Helen in besänftigendem Ton. »Ich kann dafür sorgen, dass Sie innerhalb von zehn Minuten aussehen wie Miss World.«

Helen fing an aufzuräumen, während Abby sich bemühte, ihre Fassung wiederzuerlangen. Der Wunsch, Helen von ihrem Fehltritt zu erzählen, hatte sich bereits gelegt. Wie könnte sie jemals einem Menschen sagen, was sie verbrochen hatte? Wenn bereits sie selbst sich nicht verzeihen konnte, wie sollte ihr dann jemals jemand anderes verzeihen?

Am Ende sah sie zwar nicht ganz aus wie Miss World, aber dass sie kaum geschlafen und kürzlich geweint hatte, gelang der Stylistin erfolgreich zu überdecken.

Die verräterische Röte ihrer Augen hatte Helen durch geschickt innen auf den Lidrändern verteilten weißen Eyeliner verdeckt. »Von dem Zeug habe ich jede Menge nehmen müssen, wenn ich Candy für ihre Nachmittags-Talkshow zurechtgemacht habe«, erklärte die für ihre Diskretion berühmte Helen in dem eindeutigen Bemühen, Abbys Stimmung etwas aufzuhellen. »Candy kam regelmäßig mit einem totalen Kater und so roten Augen, dass sie aussah, als würde sie verbluten. Die Zusammenarbeit mit ihr war nicht gerade angenehm«, fügte Helen feixend hinzu.

Nein, dachte Abby, das kann ich mir vorstellen. Doch egal, wie biestig Candy eventuell bei den Dreharbeiten war, sie war nicht dafür bekannt, dass sie ihren Ehemann betrog.

Ein paar hundert Meilen weiter, in einem kleinen Raum der Spezialklinik für Brustkrebs, schaute der Arzt stirnrunzelnd auf die Ergebnisse der letzten Untersuchung. Er dachte seufzend an die Patientin, die draußen mit ihrem Ehemann auf einer Bank saß. Da im Anschluss an den Ultraschall auch noch eine Punktionsbiopsie vorgenommen worden war, machte sich das Paar inzwischen sicher auf eine schlechte Nachricht gefasst. Während eines Ultraschalls sprachen die Leute seines Teams für gewöhnlich mit den Leuten. Neun von zehn Knoten waren harmlos, pflegten sie zu erklären, damit sich die Patientinnen entspannten. Ungeachtet der Behandlungsmöglichkeiten, die es mittlerweile gab, war Brustkrebs nach wie vor ein Furcht einflößendes Wort.

Doch das Geschwulst in der Brust der Frau wirkte alles andere als harmlos, weshalb nach dem Ultraschall noch eine Nadelbiopsie bei ihr angeordnet worden war. Die Ergebnisse der Biopsie waren noch nicht eingetroffen, doch eine Mischung aus Instinkt und jahrelanger ärztlicher Erfahrung sagte ihm, dass dieser Krebs schon sehr weit fortgeschritten war. Und nun müsste er dem Paar die Hiobsbotschaft überbringen.

Dies war der Teil seiner Arbeit, den er hasste. Nicht die langen, anstrengenden Tage, der Kampf mit der Bürokratie um mehr Gelder für die Klinik, nicht die endlosen Berichte, die er schreiben musste, nicht die Streitereien mit seiner Frau, die er so gut wie niemals sah. Mit all diesen Problemen kam er irgendwie zurecht. Was ihm, obgleich er seine Arbeit schon seit Jahren machte, regelmäßig fast das Herz brach war, Menschen mit hoffnungsvollen Augen in seinem Büro sitzen zu sehen und dann miterleben zu müssen, wie die Hoffnung, sobald er seine Botschaft überbrachte, ähnlich einer ausgeblasenen Kerze innerhalb von dem Bruchteil einer Sekunde erlosch.

Er stand auf, öffnete die Tür, blickte zu den Richardsons und bat die beiden freundlich: »Bitte kommen Sie herein.«

Das Geräusch des Telefons riss Lizzie aus dem Schlaf. Sie tastete verschlafen nach dem Hörer, sah dabei auf ihren Wecker und erstarrte. Sieben Uhr fünfundzwanzig. Niemand rief um diese Uhrzeit bei ihr an, wenn nicht etwas Schlimmes vorgefallen war.

»Hallo«, sagte sie, plötzlich hellwach, und versuchte, sich für jede schlechte Nachricht zu wappnen.

»Hallo, Lizzie«, hörte sie die Stimme von Clare Morgan. »Tut mir Leid, dass ich um diese unchristliche Uhrzeit anrufe, aber ich wollte Sie fragen, ob mich heute Morgen vielleicht jemand in der Praxis vertreten kann.«

Lizzie spürte, wie die Angst ein wenig wich. »Kein Problem, Clare. Was ist los?«

Dr. Morgan wich der Frage aus. »Bitte rufen Sie Dr. Jones an und fragen Sie, ob er für mich einspringt. Ich würde ihn ja selbst anrufen, aber der Akku meines Handys ist mal wieder leer, und ich möchte das Telefon des Krankenhauses nicht überstrapazieren. Sagen Sie ihm, dass ich seit vier Uhr bei einem Patienten war und erst in ein paar Stunden wieder zu Hause bin. Es handelt sich um ein Kind mit Verdacht auf Meningitis. Die Eltern waren nicht da, und der Kleine war bei einer Tante, die die Symptome nicht erkannt hat. Wir sollten im Übrigen unbedingt ein paar Aufklärungsbroschüren über Meningitis besorgen, damit jeder, der sich mit Kindern beschäftigt, die möglichen Symptome erkennt.«

»Ich werde die Hefte bestellen«, antwortete Lizzie und dachte, dass die Stimme ihrer Chefin hundemüde klang. »Sie sollten etwas schlafen, Clare.«

»Oh, das mache ich nachher.«

»Und was ist mit der Sprechstunde am Nachmittag?«, wollte Lizzie wissen, schwang dabei die Beine aus dem Bett und sah sich suchend nach einem Blatt Papier und einem Kugelschreiber um.

»Ach, bis dahin bin ich wieder auf dem Damm«, erklärte Clare matt. »Ich weiß nicht, ich glaube, ich habe allmählich nicht mehr genügend Energie für diesen Job. Er ist einfach zu schmerzlich und macht einen auf Dauer mürbe. Gestern Abend, nachdem Sie gegangen waren, bekam ich noch einen Anruf mit der Mitteilung, dass eine meiner Patientinnen Brustkrebs im fortgeschrittenen Stadium hat. Sie ist erst vierunddreißig, Lizzie – vierunddreißig! Und wer weiß, ob sie ihren nächsten Geburtstag noch erlebt. Sie hat kleine Kinder, einen Mann und hätte eigentlich noch an die sechzig Jahre vor sich. Das ist einfach nicht gerecht.«

Lizzie wusste, dass es sich nicht schickte, hätte sie nach dem Namen der armen Frau gefragt. Doch sie konnte deutlich spüren, wie erschüttert die Ärztin von dieser Nachricht war.

»Kann ich sonst noch irgendetwas tun?«, fragte sie deshalb. »Falls Sie nicht mit dem Wagen ins Krankenhaus gefahren sind, könnte ich Ihnen ein Taxi schicken, und Sie könnten sich auf der Fahrt nach Hause schon mal ein bisschen ausruhen…«

Es war, als hätte die normalerweise so praktisch veranlagte Clare Morgan sie gar nicht gehört.

»Ich kann einfach nicht glauben, dass mir das nicht früher aufgefallen ist, Lizzie, und jetzt ist es zu spät. Und wissen

Sie, sie sagt, sie kommt damit zurecht. Alles, worüber sie sich Sorgen macht, sind Jack und Daniel …«

Lizzie rang erstickt nach Luft. »Sie sprechen doch nicht von Sally Richardson, oder?« Das Arztgeheimnis war ihr mit einem Mal völlig egal.

Nach einer kurzen Pause hörte sie ein, wenn auch zögerliches »Doch.«

»Ich spreche von Sally«, gestand Clare. »Aber behalten Sie es bitte unbedingt für sich, Lizzie. Ich glaube, die Familie braucht noch etwas Zeit, um sich an den Gedanken zu gewöhnen, bevor sie andere ins Vertrauen ziehen kann.«

Lizzie wollte fragen, wie sich der Krebs so schnell hatte entwickeln können, ohne dass es Dr. Morgan aufgefallen war. Doch sie hielt sich zurück. Offensichtlich quälte Clare sich bereits selbst genügend mit dieser Frage. Lizzie dachte an all die Male, du Sally mit den beiden Jungen in der Praxis gewesen war. Sie hatte so gut wie nie einen Termin für sich gewollt, und obwohl sie ab und zu davon gesprochen hatte, selbst zum Arzt zu gehen, hatte sie es – soweit Lizzie das beurteilen konnte – zu keiner Zeit getan. Anscheinend hatte sie die Ärztin an einem von Lizzies freien Tagen aufgesucht und Iris, die andere Arzthelferin, hatte die Überweisung an die Klinik oder den Spezialisten veranlasst.

»Ich habe keine Münzen mehr«, informierte Clare. »Wir reden später weiter. Hinterlassen Sie wichtige Nachrichten auf meinem Handy, und ich höre sie ab, sobald der Akku aufgeladen ist.«

Damit legte sie auf, und Lizzie ging erst mal hinunter in die Küche und kochte sich einen starken Tee. Sie war zutiefst schockiert. Sie dachte an Sallys und Steves Party, die erst am letzten Wochenende stattgefunden hatte, und daran, mit welchem Gleichmut Sally auf die Komplimente wegen ihrer gertenschlanken Figur in dem schimmernden, ärmellosen Kleid reagiert hatte: »Ich weiß, es ist lästig, wenn Leute sagen, sie machen nie Diät«, hatte sie beinahe entschuldigend erklärt. »Aber ehrlich, bei dem ständigen Gerenne mit den Jungens und bei der Arbeit im Salon nimmt man einfach nicht zu. Delia nennt das die Diät der arbeitenden Mütter!«, hatte sie lachend hinzugesetzt.

Sally war schon immer schlank gewesen, doch an jenem Abend hätte man ihre Rippen zählen können unter dem eng anliegenden Kleid. Es beschämte Lizzie, als sie daran dachte, dass sie sogar etwas neidisch auf Sally gewesen war. Was war dies nur für eine Welt, in der die krankheitsbedingte Schlankheit einer Frau Gegenstand von Lobeshymnen war?

Sie rief Dr. Jones an, bat ihn, Dr. Morgan zu vertreten, trank dann ihren Tee und versuchte, um sich von den tragischen Neuigkeiten abzulenken, ein wenig fernzusehen. Doch die Mühe war vergeblich. Sie konnte an nichts anderes denken.

Clare Morgan war niemand, der leichtfertig übertrieb. Wenn sie Angst um Sallys Leben hatte, dann teilte Lizzie diese Angst.

Von allen Menschen, die sie kannte, waren Sally und Steve Richardson am glücklichsten mit ihrem Leben und auch miteinander. Sie sprachen niemals schlecht über andere Menschen und jammerten nie, sie hätten nicht genügend Geld für einen Geländewagen oder sonst ein materielles Gut. Sie waren zufrieden mit den Dingen, die sie hatten. Sie waren freundlich, liebevoll und amüsant und hatten ein friedliches, heiteres Leben wahrhaftig verdient. Und jetzt wurde ihnen dieses Glück jäh geraubt.

Was würde Steve nur ohne Sally machen? Was geschah mit ihren beiden Kindern, die dann ohne Mutter aufwachsen mussten, die ihnen doch alle Liebe gab?

Im Vergleich zu dieser Katastrophe verblassten Lizzies eigene Probleme zu völliger Bedeutungslosigkeit.

14

Die sieben Tage, seit sie mit Jay geschlafen hatte, waren für Abby die längsten ihres Lebens. Nachdem bereits die Arbeit vor der Fernsehkamera angesichts der Schuldgefühle, die sie plagten, schwierig gewesen war, war der Flug nach Hause zu ihrem Mann und ihrer Tochter effektiv ein Alptraum.

Ironischerweise war Tom während ihrer Abwesenheit anscheinend zu dem Schluss gekommen, sie müssten sich mehr um ihre Ehe bemühen. Als sie nämlich am Freitagabend heimkam, wurde sie mit einer innigen Umarmung und einer Reservierung in ihrem Lieblingsrestaurant von ihm begrüßt.

»Wir hatten beide jede Menge Stress«, erklärte Tom. »Meinst du, dass wir das alles hinter uns lassen und neu anfangen können?«

Selbst Jess war die Freundlichkeit in Person. »Ich habe Dad gesagt, dass du in Dublin sicher ziemlich geschuftet und es deshalb verdient hast, endlich mal wieder auszugehen.«

Abby kam spontan die Idee, diesen Abend zu dritt zu verbringen, was auf begeisterte Zustimmung stieß.

Dass sie während des Essens ungewöhnlich schweigsam war, machte ihre Tochter wieder wett. Sie hatte Mittwochabend im Tierheim ausgeholfen und erzählte aufgeregt von den vielen Hunden und Katzen, die es dort zu versorgen gab.

»Jean hat sogar noch zwei Esel aufgenommen«, meinte Jess, nachdem sie ihre Eltern mit der Geschichte jedes einzelnen Tieres unterhalten hatte. »Das sind wirklich unheimlich putzige Viecher, und sie müssen ein gemeinsames Zuhause finden. Esel fühlen sich sonst schrecklich einsam…« Sie legte eine kurze Pause ein und knabberte an einem Brötchen. »Und sie haben sehr empfindliche Hufe, weshalb man sie nicht pausenlos draußen lassen darf. Manche Menschen sind Tieren gegenüber unglaublich grausam.«

Dank Jess' Enthusiasmus war das Essen ein Erfolg. Auf

der Fahrt nach Hause griff Tom ab und zu nach Abbys Hand und drückte ihr die Finger, weshalb Abby, um die aufsteigenden Tränen zu bekämpfen, so tat als ob sie einen Niesanfall bekam.

»Alles in Ordnung, Mum?«, fragte Jess sie in dem liebevoll besorgten Ton, der ihr ihrer Mutter gegenüber schon seit langem nicht mehr über ihre Lippen gekommen war.

»Ja«, antwortete Abby, die sich für ihre Falschheit hasste. »Ich krieg anscheinend nur einen leichten Schnupfen.«

Am Montag sprach sie eine Nachricht auf Jays Band. Da sie wusste, dass er die Woche in Cork war, fragte sie, ob er sie am Dienstag zum Mittagessen treffen könnte und schaltete ihr Handy aus. Sie wollte nicht eher mit ihm sprechen, als bis sie ihm gegenüber säße, um ihm persönlich mitteilen zu können, dass alles ein großer Fehler gewesen und dass es endgültig vorbei war. Es war schon schlimm genug, als beim Abhören der Mailbox im Verlauf des Tages seine verführerische Stimme an ihr Ohr drang, die erklärte, er freue sich unendlich auf ihr Wiedersehen.

Als der Dienstag anbrach, war Abby vor lauter Aufregung speiübel. Um die Dinge zu verkomplizieren, wollte Tom erst mittags in die Schule, da er zuvor noch wichtigen Papierkram zu erledigen hatte. Während sie sich sorgfältig schminkte und er eine zu seinem Hemd passende Krawatte suchte, fragte er: »Warum machst du dich denn so schick?«

Sie merkte, dass sie rot wurde, brachte aber heraus: »Oh, es geht um meine Arbeit. Ich muss zu einem langweiligen Mittagessen mit Brian und ein paar Anzeigenkunden von Beech.«

»Und wo geht ihr hin?«

Fast hätte sie das Fläschchen mit der Grundierung umgeworfen. Er hatte sie noch nie gefragt, wo sie sich mit irgendwelchen Leuten zum Mittagessen traf. Hegte er vielleicht irgendeinen Verdacht? Hatte er erraten, was vorgefallen war? Im Spiegel sah sie sein Gesicht. Es wirkte völlig normal, ja regelrecht zufrieden. Die Osterferien standen vor der Tür, und er hatte vierzehn Tage frei. Sicher war die Frage einfach nur nett von ihm gemeint.

Abby zwang sich zu entspannen. »Il Boccassio«, erklärte sie in nonchalantem Ton. »Dort hängen ständig irgendwelche Medien-Leute rum, ich glaube, dass es Brian deshalb so gut dort gefällt.« Bei dem Gedanken an die unzähligen Lügen, die sie Tom und Jess inzwischen aufgetischt hatte, zuckte sie innerlich zusammen. Tom betrogen zu haben beschränkte sich ganz eindeutig nicht darauf, mit Jay im Bett gewesen zu sein – es zwang sie, ein Lügengebilde zu weben, das wie ein dunkler, schwerer Vorhang zwischen ihr und den beiden Menschen, die sie am meisten liebte, hing.

Zehn Minuten vor dem verabredeten Termin saß Abby auf dem Parkplatz des Lokals in ihrem Wagen und überprüfte ihr Make-up im Spiegel. Dies war nichts weiter als ein schlichtes, unschuldiges Essen. Sie würde Jay erklären, dass die Affäre ein Fehler gewesen war und dass sie beide, da sie sehr viel zu verlieren hatten, einander nicht wieder sehen dürften. Das würde er bestimmt verstehen, denn er hatte Lottie und die Jungen, die er liebte, selbst wenn es Probleme in seiner Ehe gab. Sie klappte ihren Spiegel zu und kaute ihre kurze Rede noch mal ihm Geiste durch. Sie hatte sie bereits so oft geprobt, dass sie sie auch hätte halten können, hätte jemand sie urplötzlich mitten in der Nacht geweckt.

»Es war wirklich wunderbar, Jay« (was nicht wirklich stimmte, denn die Freude, die sie zu Beginn vielleicht empfunden hatte, war unter ihren Schuldgefühlen längst erstickt), »aber wir müssen an unsere Familien denken, an Lottie und an Tom.«

Abby hoffte, Jay würde bei diesem Satz begreifen, dass die Trennung die einzig vernünftige Lösung für sie beide war. Aber vielleicht begriffe er auch nicht. Vielleicht wurde Jay von seiner Leidenschaft für sie ja regelrecht verzehrt, vielleicht hatte er die Hoffnung, sie ließe sich scheiden, vielleicht hatte er bereits eine gemeinsame Zukunft für sie beide geplant. Bei diesem Gedanken gefror das Blut in ihren Adern. Was würde sie tun, wenn Jay zusammenbräche und erklärte, er könne nicht mehr ohne sie leben?

Kleine Schweißperlen bildeten sich auf ihrer Oberlippe, und mit zitternden Beinen stieg sie aus. Reiß dich zusammen, ermahnte sie sich streng. In ein paar Stunden ist alles vorbei, und niemand wird jemals etwas von ihrem Seitensprung erfahren.

Il Boccassio hob sich von den diskreten Bürogebäuden in der Straße durch seine leuchtend blaue Fassade deutlich ab. Sie hatte das Restaurant absichtlich ausgewählt, weil es ein so öffentlicher Ort war, dass ganz sicher niemand auf die Idee kam, sie würde sich dort heimlich mit einem Menschen treffen. Nur eine Idiotin träfe ihren verheirateten Geliebten in dem augenblicklich heißesten Laden der ganzen Stadt. Abby war der Ansicht, dass sie wirklich schlau gewesen war. Vor der Begegnung mit Jay hätte sie niemals gedacht, dass sie auch nur das mindeste Talent für irgendwelche Täuschungsmanöver besaß.

Als sie das Restaurant betrat, drängten sich dort jede Menge schicker Leute aus der Medienbranche und prüften jeden Neuankömmling darauf, ob er eventuell eine lohnenswerte Bekanntschaft war. Die Menschen saßen dicht an dicht an der berühmten langen Walnuss-Theke und genehmigten sich vor dem Essen irgendwelche exklusiven Drinks. Überall hörte man Stimmen, fröhliches Gelächter, das Rasseln der Cocktail-Shaker und laute Rufe nach der nächsten Flasche Wein.

Abby versuchte möglichst lässig auszusehen, als sie hinter dem Empfangschef an einer Reihe von Anzugträgern und Leuten, die viel zu bedeutend waren, um sich noch in Anzüge zu zwängen, den Raum durchschritt. Sie trug einen schwarzen Hosenanzug sowie eine leuchtend rote Bluse und wirkte mit dem leger zerzausten Haar, für dessen Arrangement sie eine Dreiviertelstunde benötigt hatte, und mit ihrem dezenten Make-up als gehöre sie hierher. Jay wartete bereits, und als Abby merkte, dass er den einzigen Platz ergattert hatte, der für ein Tête-a-tête geeignet war – einen hinter einer Säule und einer großen Topfpflanze diskret versteckten Tisch für zwei –, sank ihr das Herz in die Kniekehlen. Alle anderen Tische im gesamten Restaurant schrien »Bitte, nehmt uns wahr!«, nur dieser eine murmelte diskret: »Bitte, lasst uns allein!«

»Abby.« Er stand auf und nahm sie in die Arme, bevor sie die Gelegenheit bekam, lässig, wie unter Kollegen bei einem Arbeitsessen üblich, einfach »Hi, Jay!« zu sagen und sich dadurch seinen Vertraulichkeiten zu entziehen. Der Empfangschef, der aufgrund seiner Erfahrung genau wusste, wo der Hund begraben war, verzog keine Miene, als die relativ berühmte, verheiratete Abby Barton von einem Mann umarmt wurde, der sicher nicht ihr Gatte war, einem Mann, der eine Hand um ihre Taille legte, als gehöre sie dorthin.

»Jay, dieses nette, kleine Eckchen hätten wir nicht gebraucht«, erklärte Abby in der Hoffnung, dass der Empfangschef des Lokals keine falschen Schlüsse aus der vertraulichen Begrüßung zog, mit klar vernehmlicher Stimme. »Was, wenn noch jemand anderes vom Sender kommt, um mit uns zu essen? Hier hinter der Säule sind wir unmöglich zu finden. Wir sind ja regelrecht versteckt.«

»Genau das war auch meine Absicht«, antwortete Jay in bedeutungsvollem Ton.

Der Empfangschef schnürte davon. Zweifelsohne, um sofort bei seinem Lieblingsklatschreporter anzurufen, dachte Abby zornig.

»Jay«, zischte sie, als sie mit ihm allein war. »Das ist keine gute Idee. Die Leute wissen, wer ich bin. Sie werden zwei und zwei zusammenzählen und, wenn sie uns in dieser Ecke sehen, ihre Schlüsse daraus ziehen.«

»Lass sie doch«, erwiderte Jay und hielt dabei noch immer ihre Hand. »Lass sie denken, was sie wollen. Mir ist das egal.«

Abbys Unbehagen nahm zu. Eilig glitt sie auf ihren Stuhl, legte sich die Serviette auf den Schoß und suchte hinter der großen Speisekarte Schutz. Dieses Treffen verlief effektiv anders als geplant. Es war, als wollte Jay unbedingt, dass die Leute es mitbekamen. In dieser Minute hätte sie am liebsten schnell erklärt, es wäre vorbei, und sich zwar mit leerem Magen, doch erleichtert hinaus auf die Straße geflüchtet, wo sie vor ihm sicher war.

Doch Abbys sanftes, höfliches Wesen hielt sie davon ab. Jay wirkte so begeistert von dem Wiedersehen. Schließlich hatte auch er seine Ehe aufs Spiel gesetzt, und das, weil er sie in all den Jahren nicht vergessen konnte. Er hatte eine liebevolle Verabschiedung verdient. Abby war fest entschlossen zu tun, was richtig war.

»Wie geht es dir?«, fragte sie und lugte über den Rand der Karte.

»Viel besser, seit du hier bist«, antwortete er. »Ich kann nicht aufhören, an dich zu denken. Meine Gedanken werden vollkommen von dir beherrscht.«

»Tja, lass uns bestellen, und dann können wir miteinander reden«, plapperte sie, von seinen Sätzen völlig aus dem Gleichgewicht gebracht. Verdammt, was sollte sie nur machen? Wenn sie wenigstens etwas zu essen vor sich hätte, mit dem sie spielen könnte. Dann könnte sie ihm leichter die Wahrheit sagen, während sie ein Salatblatt mit der Gabel auf ihrem Teller hin und her schob. Doch die Ober waren zweifelsohne vom Empfangschef instruiert, sie so lange wie möglich allein zu lassen. Niemand kam vorbei, um ihnen einen Korb mit Brötchen hinzustellen, niemand nahm die Bestellung auf. Abby sah sich suchend um, doch keiner der Kellner fing ihre Blicke auf.

»Ich fühle mich nicht ganz wohl«, erklärte sie nervös. »Dies ist ein so furchtbar öffentlicher Ort.«

»Du hast den Laden vorgeschlagen.« Er zuckte mit den Schultern.

»Ja, aber ganz sicher nicht diesen versteckten Tisch. Wir sehen aus, als…«

»…hätten wir eine Affäre«, führte Jay den Satz zu Ende und grinste viel sagend.

Endlich kam ein Kellner mit der von Jay bestellten unvermeidbaren Flasche Champagner und einem Kübel voller Eis. Alles, was sie jetzt noch brauchten, wären frische Austern sowie ein Schild mit der Aufschrift »Vorspiel zu verbotenem Sex«. Abby seufzte leise auf.

»Können wir bestellen?«, fragte sie den Ober. »Ich muss nämlich bald wieder ins Büro.«

»Selbstverständlich, Madam.«

Sie orderte grünen Salat und gedünsteten Fisch, während ihr Gegenüber endlos überlegte, ob er Kalb mit Champignons bestellen sollte, und das Verfahren dadurch in die Länge zog, dass er den Kellner nach der Qualität der Pilze fragte und danach, wie das Kalb zubereitet war. Wie konnte er nur Kalbfleisch essen wollen? Allmählich dachte sie wie Jess, wurde Abby deutlich. Fleischgenuss war Mord, Fischgenuss hingegen gerechtfertigte Tötung, hatte Tom einmal scherzhaft erklärt. Wie hatte sie je mit einem Mann ins Bett gehen können, dem etwas an totem Kalb lag?

Nachdem die Bestellung aufgegeben war, tauchten ständig irgendwelche Ober mit Brot, Butter, Wasser und dem richtigen Besteck an ihrem Tisch auf.

Schließlich kam das Essen, und während Abby wie vorausgesehen den Salat auf ihrem Teller hin und her schob, wurde ihr bewusst, dass sie nie zuvor in ihrem Leben derart appetitlos gewesen war.

»Beruhig dich, Schätzchen«, meinte Jay und füllte den Champagner, von dem sie bisher kaum getrunken hatte, wieder bis zum Rand des Glases auf. »Ich weiß, dass du nervös bist. Nächstes Mal müssen wir einen Ort finden, an dem wir ungestörter sind.«

»Es wird kein nächstes Mal geben«, platzte Abby heraus.

»Das darfst du nicht sagen.« Statt schockiert wirkte er lediglich etwas verärgert, als wäre es normal, dass sie eine solche Phase hatte, die sie jedoch – wie er sicher annahm – auch wieder überwand. »Denn das meinst du nicht ernst. Wir alle haben anfangs Schuldgefühle, aber darüber kommst du hinweg. Lass uns der Sache ins Auge sehen, Abby. Eine Ehe ist nicht für die Ewigkeit gemacht. Der Gedanke, bis ans Lebensende mit ein und demselben Menschen zusammen sein zu sollen, ist total absurd.« Seine Stimme hatte einen geringschätzigen Klang. »Manche Menschen brauchen mehr Aufregung im Leben, und wir sind solche Menschen, Abby. Was ist daran verkehrt? Schließlich wird dadurch niemand verletzt, denn wie heißt es so schön? Was man nicht weiß, macht einen nicht heiß.«

Sie starrte ihn entgeistert an. Plötzlich war er für sie ein völlig Fremder und nicht länger der Mann, mit dem sie in einem Hotelzimmer lustvoll ins Bett gehüpft war.

»Gehe ich recht in der Annahme, dass dies nicht deine erste Affäre ist?«, fragte sie ihn hellsichtig.

Als er grinste, war er wieder der reizende Charmeur mit den blitzenden Augen.

»Ich bin nie ein Mönch gewesen, Abby«, erwiderte er. »Das asketische Leben – der Verzicht darauf, die verbotene Frucht zu naschen, nur, weil ich verheiratet bin – ist einfach nichts für mich.« Er tat, als würde er erschaudern. »Nein, der Typ war ich noch nie.«

Plötzlich dachte sie an Tom. Tom, dem es nicht im Traum einfallen würde, sich auf ein Verhältnis einzulassen, auch wenn er nicht der beste aller Ehemänner war. Der zuverlässige Tom, den sie betrogen hatte. Aber sie würde dafür sorgen, dass ihre Ehe wieder funktionierte, schwor sie sich in diesem Moment.

»Du hast mir erzählt, dass du nicht wahllos mit irgendwelchen Frauen schläfst.«

»Na und? Du hast etwas Ähnliches behauptet.« Er zuckte

mit den Schultern. »Das sagen die Leute halt, bevor sie sich die Kleider von den Leibern reißen. Und wenn du es oft genug erzählst, glaubst du es am Ende fast selber. Übrigens habe ich dir die Behauptung, du hättest deinen Mann noch nie betrogen, sowieso nicht geglaubt«, fügte er hinzu. »Du schienst sehr genau zu wissen, was du tatest. Ich habe mir nicht eingebildet, wie erregt du warst – du hast ganz eindeutig nach ein bisschen Abwechslung gesucht.«

»Es war ein Fehler. Ich habe Tom tatsächlich nie zuvor betrogen«, antwortete sie bitter.

»Für alles gibt es ein erstes Mal«, erklärte Jay schlagfertig.

Abby starrte ihn angewidert an. So, wie er darüber sprach, klang das alles furchtbar hässlich. Aber das war es auch gewesen, oder etwa nicht? Nicht die Leidenschaft für eine alte Liebe von vor zwanzig Jahren hatte ihn urplötzlich überwältigt, sondern die Lust auf einen kurzen Seitensprung aus lauter Langeweile, ohne Rücksicht auf die Menschen, die ihn wirklich liebten.

Jay griff nach ihrer Hand und strich sinnlich über ihren Daumen. »Komm schon, Abby, es hat dir gefallen, sag nicht, dass es nicht so gewesen ist.«

Sie sah auf seine Hand. Noch vor einer Woche wäre sie unter der zärtlichen Liebkosung unweigerlich geschmolzen. Nun spürte sie nichts. Aber letzte Woche hatte sie auch nicht gewusst, was für ein Mensch er wirklich war.

Dachte er tatsächlich allen Ernstes, sie spränge nach allem, was vorgefallen war, noch einmal mit ihm in die Kiste? Nachdem er zugegeben hatte, dass er jede Menge Seitensprünge hatte und dass er dachte, dass auch sie eine gewohnheitsmäßige Ehebrecherin war?

»Hallo, Abby.«

Abbys Kopf zuckte hoch. Tom stand schockiert neben dem Tisch und sah versteinert auf die Flasche Champagner, das unangetastete Essen und ihre liebevoll verschränkten

Finger. Hastig zog Abby ihre Hand zurück und starrte entsetzt ihren Mann an.

»Ich dachte, du triffst Leute von Beech.« Seine Stimme klang gezwungen, als brächte er nur mit größter Mühe einen Ton heraus.

»Ich kann dir alles erklären«, antwortete Abby, schob ihren Stuhl zurück und erhob sich unglücklich. »Tom, es ist nicht so, wie es aussieht.« Es war ihr egal, dass sie schon wieder log. Sie wollte alles wieder gutmachen, wollte die Teile des Puzzles wieder dorthin rücken, wo sie zuvor gelegen hatten, nämlich so, dass es wieder das Bild der glücklichen Familie gab.

»Ich bin nicht blind. Ich sehe sehr genau, was das bedeutet«, meinte Tom mit derselben gezwungenen Stimme wie zuvor.

Verzweifelt wandte Abby sich an Jay. »Sag es ihm«, bat sie. »Sag ihm, dass wir uns bloß zum Mittagessen getroffen haben. Das ist Jay, Tom. Jay, den ich schon ewig kenne, ein alter Freund, wir reden einfach über alte Zeiten, das ist alles. Sag es ihm, Jay.«

Jay jedoch lehnte sich lässig auf seinem Stuhl zurück und bedachte sie mit einem Blick, der deutlich machte, dass er sie im Stich ließe.

Abby packte Tom am Arm. »Es ist nicht so, wie es aussieht«, wiederholte sie.

»Ich bin hier, weil ich eine schreckliche Nachricht für dich habe.«

Abbys Hände flogen an ihren Mund. »Nicht Jess, oh, nein, nicht Jess«, brach es weinend aus ihr heraus.

»Nein. Gott sei Dank nicht Jess. Es geht um Sally.«

Nun, da der eine Schock nachließ, bemerkte Abby Toms kreidiges Gesicht. »Sally ...?«, wisperte sie erstickt.

»Kurz nachdem du aus dem Haus gegangen warst, hat Steve mich angerufen. Er ist völlig am Boden zerstört. Sally hat Brustkrebs«, antwortete er. »Steve sagt, wir würden es sicher wissen wollen. Er meint, es sieht schlecht aus. Sie wollten niemandem erzählen, dass sie einen Knoten gefunden hatte, aber inzwischen hat sie eine Nadelpunktion durchführen lassen, die ergeben hat, dass die Geschwulst bösartig ist. Deshalb haben sie sie heute operiert. Steve sagt, dass sich der Krebs bereits auf die Lymphknoten ausgeweitet hat. Sie nennen es Krebs im dritten Stadium. Sie könnte daran sterben.«

Abbys Herz gefror zu Eis.

»Ich wollte es dir sagen, bevor du es von jemand anderem erfährst. Ich wusste ja, dass du zum Mittagessen hier bist. Zusammen mit Brian und all den anderen Leuten.« Seine gequälten, dunklen Augen brannten sich in sie hinein.

»Aber wie?« Wegen des Entsetzens, von Tom erwischt worden zu sein, begriff Abby nur langsam, was ihrer guten Freundin widerfahren war. »Sie war doch total fit? Hätten wir nicht irgendetwas merken müssen?« Es war unvorstellbar. Wie konnte eine äußerlich gesund wirkende junge Frau derart krank sein, ohne dass es irgendwelche Symptome dafür gab?

»Bei Brustkrebs hat man nicht zwangsweise Schmerzen«, meinte Tom. »Wie bei vielen anderen Dingen sieht von außen alles gesund aus, während innen alles zerfressen wird.«

Der Blick in seine schmerzerfüllten Augen war mehr als sie ertrug. Sie wusste, dass er nicht von Sallys grauenvoller Krankheit sprach.

»Können wir sie sehen?«

»Ich weiß nicht. Sie ist im Krankenhaus. Ich habe Steve gesagt, wir… tut mir Leid… ich käme heute Abend, wenn er zurück ist, noch bei ihm vorbei. Er ist total fertig, weiß nicht, was er machen soll. So habe ich ihn nie zuvor erlebt. Die Jungen sind im Kindergarten, und Ruby holt sie ab, damit Delia bei Sally bleiben kann. Aber ich habe gesagt, sie können gerne zu uns kommen, wenn Sally das will. Sie lieben Jess, und wir haben jede Menge Platz.« Beim Gedanken an Jess wurde seine Miene hart, und der Ausdruck des Schmerzes wurde durch kalte Verachtung ersetzt. »So, jetzt weißt du Bescheid. Jetzt kannst du weiteressen.« Er spuckte diese Worte derart zornig aus, dass Abby erschreckt zurückwich. »Ich muss gehen.« Damit machte er kehrt und verließ eilig das Lokal.

»Warte auf mich«, weinte Abby, doch er war schon nicht mehr da.

»Das war nicht gerade ideal«, meinte Jay, griff nach der Flasche und schenkte sich kopfschüttelnd nach. »Aber das ist kein Grund, den guten Tropfen zu vergeuden. Schließlich kostet eine Flasche ein halbes Vermögen.«

»Ist das alles, was du dazu zu sagen hast?« Abby funkelte ihn aufgebracht an. Ihr Mann hatte sie beide erwischt und eine ihrer besten Freundinnen lag offenbar im Sterben. Besaß dieser Mann nicht mal einen Hauch von Mitgefühl?

»Was soll ich dazu sagen?«, fragte Jay ernsthaft irritiert. »Mit mir hat das ja wohl nicht das Mindeste zu tun. Du bist diejenige, die ihrem Mann erzählt hat, wohin sie zum Mittagessen geht. Das war reichlich dämlich. Wenn wir uns weiter treffen wollen, musst du wirklich lernen, ein bisschen umsichtiger zu sein.«

Sie warf ihre Serviette auf den Tisch, schnappte sich ihre Handtasche und zischte: »Glaubst du allen Ernstes, dass wir uns nach allem, was vorgefallen ist, jemals wiedersehen?«

»Du hast meine Nummer, wenn du es dir noch mal anders überlegst«, erklärte Jay gelassen und wandte sich seinem Essen zu.

Abby stakste aus dem Restaurant und wünschte sich, sie hätte ihm sein Glas Champagner in das selbstgefällige Gesicht gekippt. Nicht, dass das ihre Probleme hätte lösen können, doch zumindest hätte es sie mit einer gewissen Befriedigung erfüllt.

Zum ersten Mal in ihrem Leben hatte Abby keine Ahnung, was sie machen sollte. Der Schock hatte sie restlos betäubt.

Nachdem sie das Restaurant verlassen hatte, saß sie in ihrem Jeep und überlegte, wie es jetzt weitergehen sollte. Sie dachte an Toms unglückliches Gesicht und daran, was für ein liebenswerter, mitfühlender Mensch er war. Er hatte sich sofort auf den Weg gemacht, um sie zu finden, weil er wusste, dass sie die Nachricht von Sallys Erkrankung sofort erfahren musste. Und dann hatte er sie bei einem vertraulichen Essen mit einem anderen überrascht.

Und was Sally anging … großer Gott, betete Abby, bitte sorg dafür, dass alles nur ein Irrtum war. Die fröhliche, lebhafte, warmherzige Sally durfte nicht lebensgefährlich erkrankt sein. Das war einfach nicht richtig. Sie war viel zu jung, Mutter zweier kleiner Jungen – wie konnte sie also Brustkrebs in einem derart fortgeschrittenen Stadium haben? Es musste irgendeine Hoffnung geben – oder etwa nicht?

Menschen glotzten zu ihr in den Wagen, und die Parkuhr lief ab, ohne dass Abby es bemerkte.

Am liebsten wäre sie zu Tom gefahren, hätte sich von ihm wegen Sally trösten lassen und ihn angefleht, ihr noch mal eine Chance zu geben. Doch plötzlich hatte sie Angst. Sie hatten zwar beide schon viele Probleme in den Griff bekommen, etwas Derartiges überstieg allerdings den Horizont ihres Zusammenlebens.

Sie konnte sich nicht vorstellen, welchen Schmerz sie selbst empfinden würde, hätte Tom sie durch einen Seitensprung verletzt. Wie musste er sich fühlen? Und Jess … ihr Liebling Jess. Abby musste der Tatsache ins Auge sehen, dass auch Jess durch ihre Taten verletzt werden würde, das Kind, dessen Schutz für sie von Anfang an das Allerwichtigste gewesen war. Wie hatte sie zulassen können, dass ihre eigene Dummheit Jess verletzte?

In diesem Moment hasste Abby sich selbst noch mehr als Jay. Sie alleine traf die Schuld an dieser Katastrophe. Sie hatte den Gedanken an ihre kostbare Familie aus lauter Langeweile und weil sie sich vernachlässigt gefühlt hatte, achtlos verdrängt. Sie hatte dem Kult, den das Fernsehen um sie trieb, einfältig geglaubt, hatte sich allen Ernstes eingebildet, sie hätte mehr verdient als einen treuen Ehemann und eine wunderbare Tochter, weshalb sie diese beiden Menschen jetzt wahrscheinlich verlor. Abby dachte an das zornige Blitzen in Jess' Augen, wenn sie über Menschen sprach, die schlecht zu Tieren waren. Sie überlegte, wie es wäre, wenn dieser Ekel gegen sie gerichtet würde. Für Jess gab es nur schlechte oder gute Dinge, nichts in der Mitte. Sie würde den Ehebruch der Mutter nicht nur missbilligen, sondern wäre deshalb völlig verzweifelt. Vermutlich noch verzweifelter wäre sie allerdings über die Nachricht von Sallys Erkrankung, der von Jess so heiß geliebten Sally, die möglicherweise nicht mehr lange am Leben war.

Allein in ihrem Wagen am Rand einer belebten Straße, durch die unzählige Menschen strömten, fing Abby an zu weinen, und es war ihr völlig egal, ob irgendwer sie beobachtete.

Ohne etwas von dem drohenden Unheil zu ahnen, kämpfte Jess sich durch die letzte Stunde vor Beginn der Osterferien. Sie versuchte sich zu konzentrieren, wirklich. Doch war es ein wunderschöner Tag, die Sonne brannte den Rasen auf dem Fußballplatz zu Stroh, und Mrs. Greens Stimme war derart monoton, dass, abgesehen von den allereifrigsten der Schüler, die gesamte Klasse in eine Art Halbschlaf versunken war.

Die Lehrerin erklärte, wie die Englischprüfung vor sich gehen würde. Erst hatte sie ausführlich über die Themenwahl gesprochen, und jetzt zog sie alte Prüfungsaufgaben hervor, um die Schüler dazu zu bewegen, zu jedem der Themen fünf Hauptpunkte zu finden. Was aber sollte man auf die Frage »Was bedeutet dir Demokratie?« erwidern. Auch mit dem einleitenden Satz »Die Uhr schlug zwölf, und die

Tür des Kellers ging mit einem lauten Quietschen auf…«, stieß sie auf kein besonderes Interesse.

Zu der Frage »Ist es ein Fehler, immer in der Herde mitzulaufen?« fiel fast jedem jedoch spontan etwas ein. Jess rollte mit den Augen. Wie kam es, dass die ganze Klasse zwar theoretisch auf Individualität versessen war, praktisch allerdings jede Form des Anders-Seins bestrafte? Sie mochten weder Jimmy, der vier Sprachen sprach und ein Genie in Mathe war, noch Sian, das neue Mädchen aus Wales, das nicht das mindeste Interesse an der Schule zeigte und egal durch welche Einschüchterungsversuche nicht kleinzukriegen war, noch Jess selbst, deren Engagement im Tierheim in ihren Augen Schwachsinn und somit die reinste Zeitverschwendung war. Sie mochten niemanden, der nur ansatzweise anders als sie war. Weshalb also diese verdammte Heuchelei?

Saffron erklärte Mrs. Green, dass sie Britney Spears dafür bewunderte, dass sie in der Musikwelt sie selbst geblieben war. »Ihre Kleider zeigen, dass sie, statt so zu werden wie die anderen, ihre Individualität auch weiter beibehalten hat«, schloss Saffron ihre Rede. »Das finde ich wirklich klasse, und ich kann nur hoffen, dass ich ebenfalls bei allem, was ich mache, stets ich selber bin.«

Jess blickte Saffron mit zusammengekniffenen Augen an. Sie hatte das Gefühl, als sähe sie das hundertste Schaf in einer Herde, das blökte, es sei anders, bevor es gehorsam genau wie alle seine Artgenossen Gras zu zupfen begann.

Entschieden hob sie ihre Hand.

Mrs. Green bedachte sie mit einem Lächeln. Jess Barton war eine ihrer Lieblingsschülerinnern: intelligent, nachdenklich und für ihr Alter auffallend bewusst.

»Ja, Jess.«

»Auch wenn alle behaupten, sie wären gerne Individualisten, ist das eindeutig nicht wahr«, begann sie ihre Kampfrede. »Eigentlich wollen sie genau wie alle anderen sein. Sie mögen dieselbe Musik, gehen zu denselben Konzerten, tragen die gleichen Jeans. Aber sie wollen, dass die Leute *denken*, sie wären Individualisten, weil sie eine rosa Strähne in den Haaren haben oder Ähnliches. Nur ist das keine Individualität, sondern reine Affektiertheit, die sich hinter der Maske der Individualität verbirgt. Denn wenn sie auf jemanden treffen, der wirklich anders ist, rotten sie sich zusammen und machen ihn gemeinsam fertig.«

Mrs. Green war begeistert, der Rest der Klasse aber starrte Jess feindselig an.

»Blöde Ziege«, zischte jemand.

»Dass man mich eine blöde Ziege nennt, beweist nur, dass ich Recht habe mit den Dingen, die ich sage«, fuhr Jess mit kühler Stimme fort. »Statt die Individualität meiner Einstellung zu respektieren, versucht ihr sie, und dadurch mich, lächerlich zu machen. Ihr fühlt euch von Individualität und von jedem, der nicht brav der Herde nachläuft, regelrecht bedroht.«

»Sehr gut, Jess«, lobte Mrs. Green. »Leute, das hier ist ein exzellentes Thema für die Ferienarbeit: Beschäftigt euch mit Menschen, die für bestimmte Rechte gekämpft haben, obwohl der Großteil der Bevölkerung sie dafür abgelehnt hat, denen aber die Geschichte am Ende Recht gegeben hat. Ich weiß, dass dazu ein gewisses Maß an Recherche nötig ist. Die Prüfer wollen nämlich sehen, dass ihr auch euer Hirn benutzt, statt dass ihr gebetsmühlenartig dieselben abgedroschenen Phrasen wiederholt. Und jetzt sehen wir uns die letzte Aufsatzkategorie an – den persönlichen Bericht, zum Beispiel unter der Überschrift: ›Jemand, der mein Leben verändert hat.‹ Fiona, kannst du mir sagen, wie du einen solchen Aufsatz anfängst?«

»Hast du einen Leibwächter, der uns beide nach der Schule vor Saffron beschützt?«, wurde Jess, als sie wieder Platz nahm, von Steph im Flüsterton gefragt. »Das lässt die sich bestimmt nicht von dir bieten. Du hast ihre ›Britney-ist-meine-Heldin‹-Geschichte ruiniert und sie dastehen lassen wie eine völlige Idiotin.«

»Pech. Wenn sie dasteht wie eine völlige Idiotin, dann, weil sie eine völlige Idiotin ist«, wisperte Jess mit einer Kühnheit, die sie in Wahrheit nicht empfand. Eben noch hatte sie es genossen, frei zu sagen was sie dachte. Nun aber, da der Zorn verraucht war, bekam sie leichte Zweifel. Saffron und ihre Gang würden sich für ihre Worte an ihr rächen, und Jess war sich nicht sicher, ob sie es ertrüge, würde sie wie Sian von ihnen fertig gemacht. Bisher hatten die Quälgeister ihrer Klasse sie nicht auf dem Radar gehabt. Doch das könnte sich ändern.

Vorgeblich, um zusätzliche Zeit für die Vorbereitung auf die Prüfung zu bekommen, hatte die vierte Klasse am Dienstag die letzten beiden Stunden frei. Doch nur die echten Streber begaben sich tatsächlich in die Bibliothek. Alle anderen machten sich so schnell wie möglich aus dem Staub. Heute, zu Beginn der Ferien, würde niemand bleiben, um zu lernen. Steph und Jess stürzten als Erste durch die Tür.

»Sag Saffron, dass sie sich verpissen soll, wenn sie dir auch nur ansatzweise dämlich kommt«, riet Steph und rannte keuchend mit ihrer schweren Tasche neben der Freundin her. »Sie ist eine blöde Kuh.«

Auch Jess begann zu schnaufen. »Das ist ungerecht«, erklärte sie. »Kühe sind durchaus nette Tiere.«

»Ja, aber trotzdem würdest du keine als Haustier haben wollen, oder?«

»Ich hätte lieber einen Hund. Im Tierheim haben sie gerade jede Menge süßer Welpen, und ich hätte wirklich gern einen für mich, aber meine Mutter ist dagegen.«

»Und was ist mit Wilbur? Katzen und Hunde können sich nicht ausstehen.«

»Er käme bestimmt mit einem Hund zurecht«, antwortete Jess voller Zuversicht. »Er würde ihm eins überziehen, um zu zeigen, wer der Boss ist, und dann wäre alles klar. Jean aus dem Tierheim sagt, dass Katzen und Hunde die besten Freunde werden können. Ich habe Mum von den Welpen erzählt und davon, dass sie eingeschläfert werden müssen, wenn Jean nicht bald ein Zuhause für sie findet, aber sie behauptet, dass Dad kein zweites Haustier will. Nur, dass das nicht stimmt. Es ist eine faule Ausrede, mehr nicht.«

»Darin sind die Alten wirklich super«, seufzte Steph. »Wenn wir versuchen zu erklären, warum wir erst um zehn statt halb zehn heimgekommen sind, gehen sie an die Decke. Aber wenn sie selber irgendwelche Ausreden benutzen, ist das okay. He, ist das nicht der Wagen deiner Mutter?«

»Ja, was macht die denn hier?«, wunderte sich Jess. Sie gingen gemeinsam Richtung Jeep, und Abby kam herausgesprungen und zog Steph in ihre Arme, als hätte sie sie schon seit Monaten nicht mehr gesehen und nicht erst vor zwei Wochen, als Steph über Nacht bei Jess geblieben war.

»Hi, wie geht's?«

»Gut, Mrs. Barton«, antwortete Steph und musterte ihre Freundin fragend.

»Hi, Liebling.« Abby wandte sich an ihre Tochter und zog auch sie an ihre Brust.

»Hi, Mum.« Irgendetwas war eindeutig nicht in Ordnung, überlegte Jess. »Was ist los?«

»Muss unbedingt was los sein, nur weil ich dich abhole?«, fragte ihre Mutter und sah sie strahlend an.

Sie hatte ein Arbeitsessen gehabt, erinnerte sich Jess, und hatte dabei – völlig untypisch für sie –, obwohl sie Auto fahren musste, Alkohol getrunken.

»Hast du beim Mittagessen Wein getrunken?«, fragte Jess. Wenn schon Abby nicht vernünftig war, dann doch zumindest sie.

Die Augen ihrer Mutter füllten sich mit Tränen. »Nur ein Glas Champagner«, antwortete sie. »Das heißt, noch nicht einmal ein ganzes Glas.«

Steph und Jess blinzelten einander ratlos an.

»Tja, dann tschüs, Mrs. Barton«, sagte Steph, um dem offensichtlich drohenden Mutter-Tochter-Zwist rechtzeitig zu entwischen.

»Nein, ich fahre dich nach Hause.«

»Okay«, kam Stephs widerstrebende Antwort, beide Mädchen stiegen ein, und Abby ließ den Motor ihres Wagens an.

Auf Jess' Tadel – »Du bist noch nicht angegurtet, Mum« – nickte sie und schnallte sich gehorsam an.

Jess drehte sich nicht zu ihrer Freundin um, denn sie wusste sowieso, dass Steph ihr »Hilfe!-übergeschnappte-Eltern«-Gesicht zog.

In der Gartland Avenue fuhr Abby behutsam über die dort installierten Schwellen und schwelgte in Erinnerungen an die glückliche, dort verlebte Zeit. »Kannst du dich noch daran erinnern, als du zehn warst und irgendwelche Jungen aus dem Park dich mit den Bändern deines Anoraks an diesen Baum gefesselt hatten?«, fragte sie, als sie auf halbem Weg die Straße runter an einem alten Kirschbaum vorüberholperten. »Oh, und da ist Mrs. McDonald. Hallo«, winkte sie der Frau, die mit einem West-Highland-Terrier an der Leine den Bürgersteig herunterspazierte.

»Du hasst Mrs. McDonald«, wurde sie von Jess erinnert.

»Nicht wirklich«, antwortete Abby. Wie sollte sie erklären, welche Sehnsucht sie auf einmal nach ihrem einfachen alten Leben – dem Leben, bevor sie mit Jay geschlafen und alles ruiniert hatte – empfand? »Und da ist unser Haus«, stellte sie seufzend fest.

Jess, die sich lebhaft erinnerte, mit welcher Dringlichkeit ihre Mutter die Familie nach Dunmore umgesiedelt hatte, begann innerlich zu stöhnen. »Was ist los, Mum?«, fragte sie. Allmählich hatte sie von Abbys seltsamem Gebaren genug.

»Ich steig dann hier aus, Mrs. Barton«, mischte sich Steph in das Gespräch.

Abby lenkte ihren Wagen an den Straßenrand, und Steph hüpfte heraus und winkte mit dem Handy, um Jess zu bedeuten, dass sie sich bei ihr melden sollte, wenn alles überstanden war.

»Also, was ist los?«, wiederholte Jess.

»Es tut mir so Leid, Liebling, es geht um Sally Richardson. Sie, sie ist sehr krank. Sie hat Krebs.«

Jess rührte sich nicht, sondern starrte blind durch das Fenster auf die Straße.

Vor lauter Mitgefühl zog sich Abbys Herz zusammen. Jess und Sally hatten sich von Anfang an hervorragend verstanden. Sally behandelte das Mädchen wie eine Erwachsene, hatte ihr als Dank für ihre Hilfe auf der Party sogar noch einen Gutschein aus einem ihrer Lieblingsgeschäfte überreicht, und Jess hatte gestrahlt, als hätte sie ihr eine Diamantkette geschenkt. Wenn sie jetzt auch noch von ihr und Jay erführe... Doch das würde sie nicht. Auf dem Weg zur Schule war Abby zu dem Schluss gekommen, dass sie Tom notfalls auf Händen und auf Knien anflehen würde, seiner Tochter nichts davon zu sagen. Bestimmt täte er alles, um Jess nicht zu verletzen, und hielte, wenn auch nicht Abbys, so doch ihretwegen den Mund.

»Sprich mit mir, Jess«, bat sie.

»Was willst du denn von mir hören?«, fragte Jess mit monotoner Stimme. Krebs. Nicht Sally, das konnte, das durfte nicht sein. Krebs war eine Krankheit, die alte Menschen befiel, nicht eine junge Frau.

»Ich wollte dich nicht wie ein Kind behandeln und es dir verschweigen«, fuhr ihre Mutter fort. »Vielleicht wird sie ja wieder gesund.« Bei diesen Worten kreuzte sie die Finger ihrer rechten Hand. »Aber du musst wissen, dass es wirklich ernst ist.« Das klang auf alle Fälle besser, als dass Sally womöglich bald starb.

»Hast du sie schon gesehen?«

»Nein. Steve hat vorhin bei deinem Vater angerufen und

es ihm gesagt. Er hat ihm angeboten, dass die Jungen zu uns kommen können, weil du dich so gut mit ihnen verstehst. Ich weiß nicht, ob sie es tun werden, aber wir müssen um ihretwillen stark sein.«

»Sie sind so klein und süß«, wisperte Jess und dachte an die beiden pausbäckigen Kinder. »Danny nennt mich immer Dess, weil er Jess nicht sagen kann.« Qualvoll schluchzte sie auf.

Auch ihre Mutter begann zu weinen. Im Gedanken an die arme Sally und zusätzlich an ihr eigenes Elend rannen ihr dicke, heiße Tränen über das Gesicht.

Dad kam spät nach Hause, und anders als sonst besuchte er sie, statt sich direkt in die Küche oder ins Wohnzimmer zu setzen, zuerst in ihrem Zimmer. Sie saß an ihrem Schreibtisch, statt jedoch mit ihrem Englischaufsatz anzufangen, hatte sie das Radio eingeschaltet und las heimlich *Unsere kleine Farm*. Das Buch war tröstlich und vertraut – wie ein Becher heiße Milch und frische Brötchen, wenn sie krank im Bett lag. Nichts Schlimmes konnte passieren, wenn sie von Laura und Ma und Pa Ingalls las.

»Hi, Jess.« Dad wirkte ziemlich finster, und sein Gesicht sah älter und irgendwie schmaler als gewöhnlich aus.

»Hi, Dad.« Jess zog rasch ihr Englischheft über das Buch.

»Wie geht's?« Er setzte sich auf den Rand des Bettes neben ihre halb geleerte Schultasche, nahm ihr Handy in der pinkfarbenen Fellhülle in die Hand und spielte geistesabwesend damit herum. »Schreckliche Neuigkeiten, nicht?«

Jess nickte wortlos.

»Ich habe auf dem Weg nach Hause bei Steve angerufen«, fuhr Tom unglücklich fort. »Heute Abend hat er die Jungen bei Ruby gelassen und ist ins Krankenhaus gefahren. Aber er meint, es wäre gut, wenn wir die beiden ab morgen ein paar Tage nehmen würden, bis alles etwas ruhiger ist. Delia ist anscheinend so schockiert, dass sie den ganzen Tag nur weint, und er will nicht, dass die Jungen merken, dass etwas nicht stimmt. Ehrlich gesagt hatte ich keine Ahnung, was ich zu ihm sagen sollte. Was sagt man einem Menschen in einer solchen Situation? ›Tut mir Leid‹ klingt so erbärmlich.«

Jess wurde mit einem Mal bewusst, was heute Abend anders an ihrem Vater war: Er klang, als ob er mit ihrer Mutter sprach und ihr von seinem Tag erzählte. Dabei war Mum zu Hause. Sie werkelte seit Stunden in der Küche, und der Duft des Essens, das sie kochte, zog durch das ganze Haus. So lange, wie sie bereits am Herd stand, wäre der Gefrierschrank morgen garantiert bis zum Rand gefüllt.

»Mum ist unten«, sagte Jess. »Sie ist total fertig.«

Für eine Sekunde wurde die Miene ihres Vaters überraschend hart. »Ach, ja?«

»Natürlich«, sagte Jess verwundert. »Sie hat Sally wirklich gern.«

Dad streckte einen Arm aus und drückte ihr die Schulter. »Ich weiß, ich weiß. Entschuldige, Jess, ich bin einfach etwas durcheinander. Alles hat sich verändert, und ich weiß einfach nicht mehr, was ich tun soll.«

Jess stand auf, setzte sich neben ihren Vater und schlang ihm unglücklich die Arme um den Hals. »Es ist so furchtbar«, schluchzte sie an seiner Schulter und wünschte sich, er würde ihr erklären, weshalb derart schreckliche Dinge passieren konnten. Bisher hatte Dad stets für alles eine Erklärung gehabt. Zum Beispiel als Oma Barton krank geworden und gestorben war. Damals hatte er erklärt, sie wäre derart lange krank gewesen, dass es einfach grausam wäre, sich zu wünschen, sie bliebe auf der Erde und leide weiter, während es ihr doch im Himmel deutlich besser ging. Dieses Mal jedoch hatte er keine Erklärung. Er klammerte sich an ihr fest, als hätte er die Hoffnung, heute wäre sie es, die eine Erklärung für das Grauen fand.

Sie schmiegte sich noch enger an ihn an. »Keine Sorge, Daddy. Du hast uns, und wir sind immer für dich da.«

Abby starrte auf die Riesenportionen vegetarischer Lasagne, Hühnchenkasserolle und Gemüsecurry. Bräche unvermittelt ein Krieg aus, könnte die Familie Barton problemlos vierzehn Tage von dem leben, was an diesem Nachmittag von ihr zubereitet worden war. Normalerweise hatte Abby nach einem Koch-Marathon wie diesem immer einen Bärenhunger, weshalb sie ungeachtet der Diät, die sie gerade machte, erst einmal genüsslich etwas von allem aß. Heute Abend allerdings hatte sie nicht den geringsten Appetit. Sie hatte gekocht, weil ihr eine andere gute Tat für die Familie nicht eingefallen war.

Sie hatte Tom nach Hause kommen hören und beim Klang seiner Schritte auf der Treppe vor Erleichterung geseufzt. Dann jedoch hatte die Erleichterung erneuter Panik Platz gemacht. Was, wenn er nach oben ging, um dort zu packen?

Sie verteilte die Mahlzeiten in Aluschalen, und gerade, als sie die letzte Schale mit einem Pappdeckel verschloss, ging die Tür der Küche auf. Ohne sich umdrehen zu müssen, wusste Abby, dass ihr Mann eingetreten war. Sie kniff die Augen zu, atmete tief durch und drehte sich dann zu ihm um.

Zu ihrer Überraschung wirkte er nicht wütend, sondern unglücklich, geschlagen, ja, wie geschrumpft.

»Tom, es tut mir Leid …«

»Ich habe dir nichts zu sagen, Abby«, fiel er ihr ins Wort. »Das meine ich ernst. Sprich mich also nicht an. *Sprich mich bloß nicht an!*«

»Aber, Tom –«, setzte sie an.

»Hast du mich nicht verstanden? Bist du taub? Ich habe gesagt, sprich mich nicht an.«

Er wirkte wie ein völlig Fremder, nicht mehr wie der Mann, mit dem sie vor den Traualtar getreten war, mit dem sie Nacht für Nacht das Bett geteilt hatte, von dem ihr jahrelang die Treue gehalten worden war. Diesen Tom schien es nicht mehr zu geben.

»Aber wir müssen miteinander reden«, flehte sie verzweifelt.

»Es gibt nichts zu reden.« Er nahm sein Adressbuch vom Tisch neben dem Telefon. »Ich habe Steve gesagt, dass wir ab morgen die Jungen für ein paar Tage nehmen. Er bringt sie gegen zehn. Bist du dann zu Hause?«

Abby nickte.

»Gut.« Damit ging er aus der Küche, und einen Moment später konnte Abby hören, wie er das Haus verließ.

Bis Mitternacht war er noch nicht zurück.

Um eins hörte sie den Schlüssel in der Haustür. Als er nach oben kam, blieb er vor dem Gästezimmer stehen. Sie hörte, wie die Tür hinter ihm zuklappte. Und als sie morgens wach wurde, war er schon nicht mehr da.

Es war fast elf am nächsten Tag, bis Steve Richardson mit Jack und Daniel sowie einer ganzen Wagenladung voller Spielsachen und Kleidung ankam.

»Ich war nicht sicher, was sie brauchen würden«, erklärte er hilflos. »Also habe ich fast alles mitgebracht.«

»Das ist völlig in Ordnung«, versuchte Abby ihn zu trösten, brachte die Jungen ins Wohnzimmer, servierte ihnen Saft und schaltete im Fernsehen eine Kindersendung ein. Fasziniert von dem großen Bildschirm und von Jess' alten Stofftieren, die Abby aus einer Kiste auf dem Speicher ausgegraben hatte, waren sie bereits nach wenigen Minuten in einen Zeichentrickfilm und gleichzeitig ins Spiel mit den Plüschtieren vertieft.

»Ich habe gerade Kaffee aufgesetzt, möchtest du vielleicht eine Tasse?«, wandte sie sich an Steve.

»Ja, das wäre schön«, kam die geistesabwesende Antwort. Als Abby mit zwei Bechern ins Wohnzimmer zurückkam, starrte Steve genau wie seine beiden Söhne reglos auf den Bildschirm. Nur dass er anders als die beiden nicht mal ansatzweise mitbekam, was dort zu sehen war. Abby gab ein wenig Milch in seinen Kaffee und drückte ihm den Becher in die Hand. Doch statt einen Schluck zu trinken, starrte er zwar nicht mehr auf den Bildschirm, dafür aber blind auf das Getränk.

Abby nippte schweigend an ihrem eigenen Kaffee. Sie hatte keine Ahnung, was sie sagen sollte. Sie war restlos erschöpft. Ständig war sie letzte Nacht, gepeinigt von Visionen von Sally und von Tom, die beide starben, aus dem Schlaf gefahren. Ständig hatte sie geträumt, sie versuche, Tom zu helfen, doch der schrie sie an, sie solle ihn in Ruhe lassen, denn schließlich wäre es ihre Schuld, dass es so weit gekommen war.

»Ich weiß nicht, was ich machen soll, Abby«, erklärte Steve auf einmal mit tonloser Stimme. »Letzte Woche dachten wir, das Schlimmste, was passieren könnte, wäre, dass sie einen bösartigen Knoten hätte, denn inzwischen gibt es doch heilende Behandlungsmöglichkeiten. Sie fühlte sich gut, wir hatten den Knoten früh entdeckt, sie hatte keine wirklichen Symptome außer, dass sie an Gewicht verloren hat. Aber jetzt …« Sein Gesichtsausdruck war völlig leer. »Der Knoten war nur die Spitze des Eisbergs. Sie hat das, was sie metastatischen Brustkrebs oder Krebs im dritten Stadium nennen. Er hat sich bereits auf fast alle Lymphknoten ausgebreitet, was heißt, dass er schnell streut. Er könnte ihre Lunge, ihre Leber, ihre Knochen befallen haben, wir wissen es nicht. Als Nächstes wird ein Knochenscanning bei ihr durchgeführt.«

Abby wurde bewusst, dass er diese neue Sprache, die Sprache der Krankheit, bereits fließend beherrschte.

»Und wie wird es weitergehen?«, fragte sie mit brüchiger Stimme.

»Mit Chemotherapie«, antwortete Steve. »Nur ist es so, dass sie einen sehr aggressiven Krebs hat und dass es keine Garantie gibt, dass die Chemo auch nur das Mindeste bewirkt. Aber das konnte ich ihr nicht sagen, ich konnte es einfach nicht …« Er holte röchelnd Luft.

Abby stellte ihren Kaffeebecher auf den Tisch, nahm ihm seinen Becher ab und umfasste wortlos seine Hände. Was konnte sie schon sagen? Es gab keine Worte, die ihn hätten trösten können.

»Wie soll ich ihr beibringen, dass es keine Garantie für eine Heilung gibt?«, fuhr er schließlich fort. »Ich bin da, um sie zu schützen, aber ich fühle mich absolut hilflos.«

Immer noch gab Abby keine Antwort.

»Es ist die Angst, mit der ich nicht zurechtkomme«, erklärte er, sah Abby dabei jedoch nicht an. Er saß ihr direkt gegenüber, in Gedanken aber war er meilenweit entfernt. »Die Angst davor, dass Sally stirbt und die Tatsache, dass ich ohne sie der Jungen wegen weiterleben muss. Ich glaube nicht, dass ich das schaffe. Nein, das schaffe ich ganz sicher nicht.«

Abby versuchte, die aufsteigenden Tränen zu unterdrücken. Steve bewahrte so tapfer Haltung, also wäre es vermessen von ihr, vor ihm in Tränen auszubrechen.

»Wir befinden uns sozusagen mitten im Auge des Sturms. Sie ist noch hier, *noch* habe ich sie nicht verloren«, erklärte er wie in Trance. »Aber was wird, wenn sie stirbt? Ich kann mir einfach nicht …« Er suchte nach den richtigen Worten. »Es ist für mich völlig undenkbar, dass sie stirbt. Ich kann mir nicht vorstellen, dass es ein Leben, eine Welt ohne Sally geben soll.«

Seine Stimme klang leicht abwesend, aber ruhig. Seine Augen waren trocken, seine Gedanken in dem Krankenzimmer, in dem seine geliebte Sally lag. Abby spürte, wie die erste Träne über ihre Wange rollte, dann die zweite und die dritte, und wie sie ungehindert auf ihre Bluse tropften.

»Ich wünschte mir, ich wäre religiös«, fuhr er nachdenklich fort. »Dann würde ich an all die Dinge glauben, die die Leute sagen, wie ›Ihre Zeit ist gekommen‹ oder ›Gott hat sie erwählt‹. Vielleicht könnte ich mich dann sogar mit dem Gedanken trösten, dass ich sie in einem anderen Leben wiedersehen darf.«

Abby merkte, dass sie den Atem anhielt.

»Aber es gibt kein anderes Leben.« Erneut erklang seine Stimme völlig tonlos. »Daran glaube ich nicht. Wenn Sally stirbt, ist es vorbei. Ich werde sie niemals wiedersehen. Wie kann das passieren?« Zum ersten Mal sah er Abby wirklich an. »Wie können sie behaupten, es gäbe einen Gott, wenn er etwas Derartiges zulässt?«

Lautlos weinend schüttelte Abby ihren Kopf.

»Sie ist so gut und freundlich. Durch sie ist die Welt ein besserer Ort.«

»Ich weiß«, brachte Abby mühsam über die Lippen. »Sie ist ein wunderbarer Mensch.«

Nun lächelte Steve. Es war kein leichtes Verziehen seiner Lippen, sondern das breite Lächeln eines Mannes, der voll Liebe von der Frau sprach, der seine uneingeschränkte Hingabe galt.

15

Ein paar Tage später brachte Lizzie einen Strauß ihrer eigenen Gartenrosen in das Krankenhaus. Sie hatte nicht die Absicht, Sally zu besuchen, sich ihr aufzudrängen. Sie wollte ihr nur etwas bringen, um sie wissen zu lassen, dass sie in Gedanken bei ihr war.

Die Dame am Empfang jedoch erklärte ihr, sie dürfte Sally die Rosen selbst übergeben. Also ging Lizzie die Treppe hinauf bis zu Sallys Station und stieß dort auf Delia Richardson, die gerade aus dem Fahrstuhl trat. Sie erkannte sie an ihrem silbrig blonden Haar. Steves Mutter war nicht mehr die lebhafte Person mit den fröhlich blitzenden Augen, der Lizzie auf der Party bei den Richardsons begegnet war, sondern eine müde, alte Frau mit rot verquollenen Augen in einem ausgezehrten, sorgenvoll verzogenen Gesicht.

Lizzie streckte eine Hand aus. »Delia, hallo, ich bin es, Lizzie Shanahan.«

Endlich schien Delia sie zu erkennen. »Hallo, Lizzie.«

»Ich wollte Sally nur diese Blumen bringen. Ich komme nicht mit rein, ich will bestimmt nicht stören, aber Sally hat meine Rosen oft bewundert…«

»Sie sind wirklich sehr schön. Wenn Sie möchten, nehme ich sie mit.«

»Wie geht es ihr?«, fragte Lizzie und fügte umgehend hinzu: »Ich möchte nicht neugierig sein, ich hoffe nur, dass es ihr etwas besser geht.« Das klang ziemlich lahm.

Delia zuckte mit den Schultern. »Es geht ihr den Umständen entsprechend. Sie ist derart zerbrechlich, mir war gar nicht bewusst, wie dünn sie geworden war. Und jetzt liegt ihr Schicksal in Gottes Hand.« Sie schlug das Zeichen des Kreuzes und wischte sich hastig die aufsteigenden Tränen aus den Augen. »Entschuldigung, ich muss pausenlos daran denken, was Jack und Daniel ohne ihre Mutter machen sollen. Ach, Lizzie, es ist einfach nicht gerecht.«

»Falls ich irgendetwas tun kann«, meinte Lizzie und nahm Delia tröstend in den Arm. »Egal, was, bitte rufen Sie mich an.«

»Tut mir Leid.« Delia machte sich los und versuchte sich zu fassen. »Irgendwie überfordert mich diese Sache. Die Ärzte sprechen nicht davon, Sally zu heilen, sondern nur davon, ihr noch ein bisschen Zeit zu geben. Es bricht uns allen das Herz.«

Lizzie suchte umständlich in ihrer Tasche, zog einen Stift und ein altes Rezept daraus hervor und schrieb ihren Namen und ihre Telefonnummer darauf. »Bitte, Delia, falls es irgendetwas gibt, was ich tun kann, rufen Sie mich an. Ich kann mich um die Jungen kümmern oder für Steve kochen… ganz egal. Ich würde einfach gerne helfen.«

»Danke«, sagte Delia.

Schwerfällig wie eine alte Frau ging Lizzie die Treppe wieder hinunter und verließ das Hospital.

Sie kannte mehrere Frauen, bei denen Brustkrebs festgestellt worden war und die es überstanden hatten. Myles' ältere Schwester Noreen zum Beispiel hatte sich die Brust entfernen lassen müssen und kurz nach Lizzies' und Myles' Scheidung groß gefeiert, dass sie die magischen fünf Jahre nach der Operation gesund geblieben war. Es gab so viele Erfolgsgeschichten, so viele couragierte Frauen, die die Krankheit hatten besiegen können. Weshalb musste ausgerechnet Sally zu den ganz Wenigen gehören, für die es keine Hoffnung gab?

Lizzie schlug den Weg zu Gwen ein, die von ihrer Mittelmeerkreuzfahrt zurück war. Ein Blick in Lizzies bleiches Gesicht genügte, dass ihre Schwester den Wasserkessel aufstellte und fragte: »Alles in Ordnung, meine Liebe?«

»Nein«, antwortete Lizzie und begann zu schluchzen. Jack und Daniel verlören womöglich ihre Mutter, Steve verlöre seine geliebte Sally, und Lizzie konnte nichts für die Familic tun.

Gwen hörte schweigend zu und brühte einen extra starken Tee auf.

»Ich fühle mich so hilflos«, meinte Lizzie, als sie geendet hatte. »Und es ist so furchtbar ungerecht.«

»Das Leben ist nun einmal nicht gerecht«, antwortete Gwen und drückte ihr aufmunternd die Schulter. Sie neigte normalerweise nicht zu derartigen Gesten, weshalb solch liebevolles Tätscheln besondere Ausdruckskraft bekam.

»Danke«, schniefte Lizzie.

»Und natürlich kannst du etwas tun«, erklärte Gwen. »Du kannst weiter Sallys Freundin sein und ihr dabei helfen, das alles durchzustehen. Lass sie nicht im Stich. Wir alle laufen für gewöhnlich vor dem Tod davon, weil wir nicht wissen, was wir jemandem sagen sollen, der im Sterben liegt.«

Lizzie nickte. Es stimmte, was Gwen sagte. Sally hatte ihre Familie, doch sie brauchte trotzdem ihre Freunde. Und Lizzie würde für sie da sein, zu jedem Zeitpunkt.

Greg machte den Vorschlag, Geldspenden zu sammeln und Sally in eine Klinik nach Amerika zu schicken.

»Die USA sind führend auf dem Gebiet der Medizin«, erklärte er Erin. »Ohne die Forschung in Europa schlecht machen zu wollen, haben sie in den Staaten in der Krebsforschung halt doch die größten Fortschritte erzielt. Ich habe Steve gesagt, ich würde das Geld irgendwie zusammenkriegen, aber er meint, dass sie ihr Vertrauen weiter in die Ärzte hier in Irland setzen wollen.« Er raufte sich die kurzen Haare. »Wenn du an ihrer Stelle wärst, säßen wir schon längst im Flugzeug …«

Erin schmiegte sich auf dem Sofa an ihn und strich ihm tröstend über die Wange.

»Was würde ich bloß machen, wenn du an ihrer Stelle wärst?« Greg kniff gequält die Augen zu und vergrub sein Gesicht in Erins weichem Haar. »Ich käme nicht damit zurecht.«

»Doch«, antwortete sie. »Und zwar schlicht deshalb, weil du es müsstest. Genau wie Steve auf seine Art mit dieser Sache fertig werden muss. Du musst ihn und Sally selbst entscheiden lassen. Wenn es zum Allerschlimmsten kommt und sie nicht mehr viel Zeit hat, will sie sie vermutlich nicht in einem anderen Land mit fragwürdigen Therapie-Methoden verbringen. Dann will sie bestimmt bei ihren Kindern sein.«

Ihrer beider Hände legten sich auf Erins Bauch.

»Es ist wirklich seltsam«, meinte Erin. »Ich meine, ich weiß, ich bin erst in der zehnten Woche, aber der Gedanke, krank zu werden, zu sterben und das Baby zu verlassen, ist einfach entsetzlich.«

Greg küsste sie zärtlich auf die Schläfe. »Das wird auch nicht passieren.«

»Ich weiß, ich weiß.« Vom Kopf her wusste Erin, dass sie überreagierte, doch in ihrem Herzen blieb die Angst bestehen. Sally hatte den Gedanken an Krankheit und Tod in ihr geweckt. Erin hatte bereits den Tod von Bekannten miterlebt, doch sie waren alle alt gewesen. Nie hatte sie eine junge Frau, fast in ihrem Alter, mit einer tödlichen Krankheit kämpfen sehen, einen jungen Menschen, der in der Blüte seines Lebens stand.

Steve hatte Greg erzählt, dass er sich wegen Sally die größte Mühe gab, hoffnungsvoll und positiv zu sein, dass er jedoch Tag und Nacht in Angst war, dass auch an anderen Stellen ihres Körpers Krebszellen diagnostiziert würden.

»Ich werde dich ganz sicher nicht verlassen«, versprach Erin dem in ihrem Leib heranwachsenden Wesen. »Niemals, für nichts auf der Welt.«

Abby hasste Krankenhäuser. Sie konnte sich noch allzu gut an den grauen Raum erinnern, in dem ihre Mutter mit der Lungenentzündung gerungen hatte, von der sie am Ende schneller als von den Zigaretten getötet worden war. Vielleicht war es anders, wenn man Krankenschwester war und das Krankenhaus als Arbeitsstätte ansah, an der man niemals still saß, an der ein Gefühl von Gemeinschaft herrschte und manchmal sogar Spaß. Als Besucherin hingegen spürte Abby lediglich Schwermut und Hoffnungslosigkeit.

Die Jungen hatten Osterferien – Steves Schwester Amy war gekommen, um sie zu versorgen –, und in ein paar Tagen käme Sally vorübergehend nach Hause.

Steve hatte am Vorabend bei Abby angerufen, um auszurichten, dass sich Sally freuen würde, wenn sie sie besuchte. »Bisher hat sie niemanden sehen wollen«, hatte er erklärt. »Aber jetzt hat sie nach dir gefragt.«

»Natürlich werde ich hingehen«, hatte Abby sofort zugestimmt.

»Ich… sie…«, hatte Steve herumgedruckst. »Mach dich darauf gefasst, dass sie ziemlich elend aussieht. Mum und ich sagen ihr ständig, dass sie toll aussieht, genau wie immer. Doch das ist natürlich nicht wahr.«

Aufgrund dieser Warnung schaffte Abby es, sich nicht anmerken zu lassen, wie sehr sie der Anblick der Freundin schockierte. Körperlich sah Sally gar nicht schlecht aus – deutlich besser, als Abby angenommen hatte. Es war der Schmerz in ihren Augen, bei dem sich Abbys Herz vor Mitgefühl zusammenzog. Sally hatte stets so vital und fröhlich ausgesehen. Jetzt wirkte sie, als hätte irgendjemand oder irgendetwas das Licht in ihrer Seele ausgelöscht.

»Hallo, Sally«, sagte Abby fröhlich, beugte sich herunter und küsste Sally auf die trockene Wange. »Ich habe dir ein paar Bücher und Zeitschriften gegen die Langeweile mitgebracht.«

Insgeheim dachte sie, dass Sally wirkte, als hätte sie nicht mal die Energie, um ein Buch zu halten, geschweige denn, es zu lesen.

»Danke, dass du gekommen bist.«

Abby vermied es, auf die Monitore und den Tropf, an den Sally angeschlossen war, zu sehen. Sie setzte sich auf einen Stuhl und arrangierte die Geschenke auf dem Nachttisch, wo Sally sie erreichen konnte.

»Wie geht es Steve? Ich meine, wie geht es ihm wirklich?« Sallys Stimme war ein raues Krächzen. »Delia sagt, er kommt zurecht, aber ich mache mir trotzdem größte Sorgen. Ich weiß, dass du mir die Wahrheit sagen wirst. Ich weiß, dass du mir nichts verschweigst.«

Abby sah sie lächelnd an. »Man braucht im Leben einfach ein paar Freunde, die einem die Wahrheit sagen, nicht wahr? Du bist die warme, aufmunternde Art von Freundin und ich diejenige, die schonungslos sagt, was Sache ist.«

Selbst Sally verzog bei dieser Antwort das Gesicht zu einem leichten Lächeln. »Wenn man Krebs hat, erzählen einem die Menschen nur noch das, von dem sie denken, dass man es hören will. Nur die Ärzte waren von Anfang an sehr ehrlich.«

Abby musste schlucken, als sie daran dachte, mit was für

einer fürchterlichen Wahrheit Sally von den Ärzten konfrontiert worden war.

»Aber Delia, der Engel, behauptet unverdrossen, alles würde gut, weil sie eine Novene für den Heiligen Antonius gesprochen und weil er sie bisher nie im Stich gelassen hat. Und Amy erst! Sie versorgt ja diese Woche die Jungen, wenn Steve und Delia hier sind. Also wenn man Amy hört, würde man schwören, dass ich wegen eines Gesichtsliftings hier liege. Sie ist geradezu erschreckend positiv und gut gelaunt.«

»Vielleicht weigert sie sich, es wahrzuhaben?«, fragte Abby vorsichtig.

»Wahrscheinlich«, stimmte Sally ihr unumwunden zu. »Entweder das oder sie hofft, dass sie mich durch ihre gute Laune irgendwie aufmuntern kann.« Dann fragte sie plötzlich. »Wie geht es Tom und Jess?«

»Gut«, antwortete Abby schnell. Niemandem konnte man sich besser anvertrauen als Sally, doch war dies eindeutig nicht der rechte Zeitpunkt, um sich bei ihr auszuweinen. »Steve kommt zurecht, Sally. Er hält sich wirklich tapfer. Am ersten Tag, als er mir von deiner Krankheit erzählt hat, war er so erschüttert, dass ich ihn am liebsten bei mir eingesperrt hätte.« Diesen grauenhaften Tag würde sie nie vergessen. »Aber um der Jungen willen reißt er sich zusammen. Ich habe den Eindruck, dass er die Situation bewältigt. Und Jack und Daniel sind einfach fantastisch.«

Sallys Augen verschleierten sich. »Wegen des Risikos einer Infektion wollten die Ärzte nicht, dass die Jungen mich besuchen kommen. Aber ich habe darauf bestanden. Sie sind meine Kinder, ohne sie halte ich das alles nicht aus. Ich sollte zu Hause bei den beiden sein und nicht tatenlos hier rumliegen.«

Abby merkte, dass Sally Tränen in die Augen stiegen, und sie schluckte schwer.

»Bald fange ich mit der Chemotherapie an«, wechselte Sally das Thema. »Steve ist voller Hoffnung, dass sie mich gesund macht. Er sagt, wir müssen glauben, dass das möglich ist, weil es ohne Hoffnung nicht geht.« Aus Sallys leisem Lachen wurde ein unglückliches Schluchzen. »Oh, Abby, ich habe solche Angst.«

Abby ergriff tröstend Sallys Hand und hoffte, sie würde nicht ebenfalls in Tränen ausbrechen.

»Ich muss um seinetwillen tapfer sein, weil das alles für ihn eine so riesengroße Last ist. Doch am liebsten würde ich anfangen zu schreien und nie mehr aufhören damit. Es ist einfach so ungerecht.«

Sally schloss die Augen, und Abby wurde deutlich, dass sie nicht mehr die Kraft hatte, um zu weinen.

»Wenn ich nicht mehr gesund werde, werdet du und Tom euch um ihn kümmern? Bitte!« Mit weit aufgerissenen Augen fixierte sie Abby. »Ohne mich kommt er nicht zurecht. Ich weiß, dass er sehr stark ist, aber trotzdem braucht er mich. Wir beide sind ein Team.«

»So darfst du nicht reden, Sally«, bat Abby sie verzweifelt. »Du wirst wieder gesund, das musst du einfach glauben.«

»Du meinst, dass ich ›positiv denken‹ soll«, krächzte Sally. »Das ist auch Delias und Amys Motto. Aber ich habe Zeit meines Lebens positiv gedacht, und trotzdem ist das hier passiert. Man kann so positiv denken, wie man will, und trotzdem muss man sterben, Abby. Ich habe immer gedacht, weil es schon meiner Mum passiert ist, passiert es mir ganz sicher nicht. Wie sagt man so schön? Schließlich schlägt der Blitz nirgends zweimal ein.«

»Trotzdem gibt es doch wohl noch Hoffnung, oder etwa nicht?«

»Natürlich gibt es Hoffnung«, stimmte Sally ihr leidenschaftlich zu. »Ich werde Steves, Jacks und Daniels wegen kämpfen. Das weißt du genau. Aber kämpfen heißt nicht, blind für die Wahrheit zu sein. Ich muss mich für alles wappnen. Ich werde nicht zum Opfer werden, ich werde mich nicht vor den Tatsachen verstecken. Der Krebs ist wie ein böses Wesen, das mich beherrschen will. Das kann ich nicht verhindern, doch es liegt an mir, einen Weg zu finden, damit umzugehen. Der Krebs kann meinen Körper übernehmen, nicht aber meinen Geist.«

Stille senkte sich über das Zimmer. Draußen hörte Abby das Dröhnen der Politurmaschine auf dem Linoleumboden und das gelegentliche Klingeln eines Telefons.

»Ich dachte, wenn man alles, was man hat, zu schätzen weiß, wird es einem nicht genommen«, wisperte Sally. »Aber da habe ich mich offenbar geirrt.«

»Nein, das hast du nicht«, widersprach Abby ihr. »Du hast den Menschen, die dir wichtig waren, deine Liebe stets gezeigt. Steve weiß, dass du ihn und die Kinder regelrecht vergötterst. Du hast nicht einen Tag deines Lebens dadurch vergeudet, dass du es ihnen nicht gesagt hast. Das können die Wenigsten von sich behaupten.«

»Aber ich will mehr Zeit, um es ihnen zu sagen«, wisperte Sally tonlos, und da es nichts gab, was Abby darauf hätte erwidern können, schlang sie vorsichtig die Arme um die bettlägerige Freundin und hielt sie zärtlich fest.

Tom schlief nach wie vor im Gästezimmer, und die Atmosphäre zwischen ihnen beiden war so eisig wie am Polarkreis. Abby war sich nicht sicher, wie sie sich den Zusammenbruch einer Ehe vorgestellt hatte, doch zumindest hätte sie erwartet, dass es irgendwelche lauten Kräche gab. Mit einer deftigen Auseinandersetzung wäre sie zurechtgekommen. Doch nicht mit diesem frostigen Schweigen. Sie würde alles tun, um ihre Ehe zu retten. Aber er gab ihr keine Chance dazu.

Tom, dünner geworden und mit beinahe hagerem Gesicht, spielte ausschließlich nach seinen eigenen Regeln, zu denen eindeutig gehörte, dass er Abby völlig ignorierte. Während der drei Tage, in denen sie die beiden Jungen bei sich beherbergt hatten, hatten sie – zumindest äußerlich – wie eine normale Familie ausgesehen.

Die Gegenwart der Kleinen war ein Segen für sie gewesen, denn alles hatte sich ausschließlich um die beiden gedreht. Stets hatte irgendjemand Spiele mit ihnen gespielt, ihnen etwas vorgelesen oder sie versorgt und sich dadurch von dem privaten Elend abgelenkt. Wenn Jack und Daniel zu Bett gegangen waren, hatte Jess auf ihrem Zimmer für die Prüfungen gelernt. Sie hatte keine Zeit gehabt, um zu bemerken, dass zwischen ihren Eltern etwas nicht in Ordnung war. Zumindest hatte Abby das gehofft.

Dann aber hatte Steve – mit eingefallenem Gesicht und völlig toten Augen – die beiden wieder abgeholt. Nachdem sie wieder alleine waren, hoffte Abby, dass sie endlich miteinander sprächen. Tom jedoch zeigte nicht das mindeste Bedürfnis, auch nur ein Wort mit ihr zu wechseln, und so nahm ihre Verzweiflung zu.

Trotzdem müsste sie dringend mit ihm reden. Sie hatte einen Riesenfehler gemacht, aber das konnte doch nicht das Ende ihrer Ehe sein. Es durfte nicht sein.

Es war Samstag nach Ostern, ein wunderbarer Tag, an dem die milde Brise, die durch das Schlafzimmerfenster wehte und die zarten Vorhänge bewegte, Abby bereits an den Sommer denken ließ. Durch das offene Fenster blickte sie auf das am Fuß der Briar Lane liegende Dunmore, das wirkte wie ein verwunschenes Fleckchen aus dem neunzehnten Jahrhundert. Links zweigte die Straße ab, in der die Richardsons ihr Häuschen hatten, und bei dem Gedanken an deren Samstagmorgen seufzte Abby traurig auf. Sally war zwar momentan zu Hause, aber Jack und Daniel, die beiden Energiebündel, dürften sich, wenn sie ins Schlafzimmer der Eltern stürmten, nicht wie sonst auf ihre Mum werfen. Solcher Anstrengung war sie nicht gewachsen. Steve und Sally würden, um einander aufzumuntern, stoisch gute Laune haben. Sie würden verdrängen, dass ihre kleine harmonische Familie nur noch durch ein Wunder zu retten war.

Der Gedanke an die beiden und an das grauenhafte Elend,

das sie durchleiden mussten, rief ein Gefühl von Scham in Abby wach. Steve und Sally benötigten ein Wunder, sie und ihr Mann jedoch könnten aus eigenen Kräften kitten, was durch ihr Verschulden zwischen ihnen kaputtgegangen war. Sie musste dafür sorgen, dass alles wieder ins Lot kam zwischen ihr und Tom.

In einer besonders schmeichelhaften amethystfarbenen Bluse verließ sie das Zimmer und traf auf ihre Tochter, die mit langen, nackten Beinen in einem übergroßen T-Shirt oben auf der Treppe stand.

»Morgen, Schätzchen«, grüßte Abby. »Hast du gut geschlafen?«

Jess ging nicht auf ihre Frage ein. »Warum schläft Dad im Gästezimmer?«, erkundigte sie sich stattdessen.

Abby rang nach Luft. In der letzten Woche war Tom immer lange vor ihrer Tochter aufgestanden, weshalb ihr erst heute aufgefallen war, wo er zurzeit nächtigte.

»Er schnarcht«, erklärte Jess. »Ich dachte schon, dass jemand bei uns eingebrochen und dann im Gästezimmer eingeschlafen ist.«

Abby dachte kurz daran zu lügen. Doch das durfte sie nicht tun. Jess hatte es verdient, dass sie – zumindest in bestimmten Grenzen – ehrlich zu ihr war. Die Gefahr, dass sie sie hassen würde, war allerdings groß.

»Sag mir, was los ist. Ich bin ebenfalls ein Teil dieser Familie, also sag mir, was nicht stimmt!«

»Komm mit runter, dann werde ich es dir erzählen«, meinte Abby und fühlte sich mit einem Mal total erschöpft.

In der Küche setzte sich Abby, ohne Teewasser aufzusetzen oder Brot in den Toaster zu stecken, Jess gegenüber an den Tisch.

»Dein Vater und ich haben Probleme«, fing sie vorsichtig an. »Er ist ins Gästezimmer umgezogen, und wir müssen ein paar Dinge klären. Es tut mir Leid, dass du davon betroffen bist. Das hat keiner von uns beiden gewollt.«

»Was für Probleme?«, wollte Jess mit der Gnadenlosigkeit einer Staatsanwältin wissen.

»Nur… die normalen Sache, über die sich Leute, die lange verheiratet sind, miteinander streiten.«

»Geht es darum, dass du beim Fernsehen bist und mehr Geld als Dad verdienst?«

Abby war ehrlich überrascht. Sie hätte niemals angenommen, dass sich Jess der Spannungen wegen ihrer Arbeit bewusst geworden war.

»Nein«, erwiderte sie langsam. »Damit hat es nichts zu tun.« Vielleicht hatte es so angefangen, doch was anschließend passiert war, hatte nichts damit zu tun, wer von ihnen beiden der Besserverdienende war. Abby war zu ehrlich, um jetzt so zu tun, als träfe Tom die Schuld an dem, was vorgefallen war.

Jess rutschte auf ihrem Stuhl herum, zog sich eine Strähne ihrer blonden Haare in den Mund und begann darauf zu kauen. »Hat Dad ein Verhältnis?«, fragte sie mit hohler Stimme.

Abby blutete das Herz. »Nein, Liebling, das hat er nicht.«

Jess fixierte sie scharf. »Du würdest es mir sagen, oder? Du würdest mich nicht belügen.«

Es war natürlich, dass Jess auf diese Idee gekommen war, dachte Abby dumpf. In der Welt der Seifenopern und der Teenie-Magazine gingen stets die Männer fremd. Die Frauen waren ihren Partnern treu. Sie fragte sich, ob sie den Mut aufbrächte, ihrer geliebten Tochter die Wahrheit zu erzählen.

»Dad hat mich überrascht, als ich mit einem Mann, mit dem ich früher mal zusammen war, essen gegangen bin«, begann Abby und brach dann wieder ab.

Jess musterte sie mit großen Augen.

»Es hatte nichts weiter zu bedeuten«, fügte ihre Mutter beinahe flehentlich hinzu. »Aber ich hatte deinem Vater verschwiegen, dass ich ihn treffen würde, und, tja, er war ziemlich unglücklich deswegen und hat mir nicht verziehen.«

»Du warst mit einem anderen essen?«, fragte Jess. »Weshalb sollte Dad deshalb derart unglücklich sein?« Sie funkelte ihre Mutter böse an. »Da steckt doch mehr dahinter, oder?«

Abby wusste, dass ihre schulbewusste Miene sie sowieso verriet, doch konnte sie nur hoffen, dass ihre Tochter nicht das ganze Ausmaß ihres Fehlverhaltens erriet.

»Wie konntest du das tun?«, schrie Jess sie nun wütend an. »Wie konntest du das tun? Du hast Dad; du sollst dich nicht mit anderen Männern treffen. Er muss wirklich fertig gewesen sein.«

So, wie Jess es formulierte, klang es total simpel.

»Das war er auch. Aber er lässt mich ihn nicht um Verzeihung bitten«, gab Abby zu und starrte auf den Tisch. Das blitzblank geschrubbte Holz wies jede Menge Spuren ihres Familienlebens auf, ging es ihr flüchtig durch den Kopf, Abdrücke von heißen Pfannen, die ohne Untersetzer auf ihm abgestellt worden waren, und kleine Einschnitte der Messer, mit denen Jess als kleines Mädchen bei der Herstellung von irgendwelchen Schnitzereien abgeglitten war. Abby strich mit einem Finger über eine tiefe Kerbe.

»Das verstehe ich nicht. Das ist völlig untypisch für Dad. Wenn es dir wirklich Leid tun würde, würde er dir bestimmt verzeihen«, warf Jess ihr vor. Abby blieb stumm.

»Du hast mir nicht alles gesagt«, erkannte Jess blitzartig. »Du hast eine Affäre mit diesem Kerl gehabt.«

Abby wollte es leugnen, brachte das Wort »Nein« jedoch nicht über die Lippen. Sie konnte ihre Tochter, vor allem da sie plötzlich so erwachsen wirkte, einfach nicht belügen.

Sie nickte. »Es war nur ein einziges Mal. Ich bin darauf bestimmt nicht stolz, es war absolut dumm...«

»Du hast mir ständig von Liebe erzählt und davon, dass man nie mit einem Menschen schlafen soll, den man nicht liebt, dem man nicht vertraut, den man nicht respektiert, und all dieses Zeug. Und dann hast du selber genau das getan.«

Abby war am Boden zerstört. »Es tut mir wirklich Leid.«

»Es tut dir Leid?« Jess bedachte sie mit einem ungläubigen Blick. »Das ist einfach erbärmlich. Im Moment läuft sowieso alles total verkehrt, und trotzdem hast du mit einem anderen Mann geschlafen? Mum, was hast du dir dabei gedacht?«

Es war, als ob ein Damm gebrochen wäre. All die Worte, die Abby Tom hatte sagen wollen, brachen sich jetzt gegenüber ihrer Tochter Bahn. »Ich weiß nicht, Jess. Ich habe gar nicht nachgedacht. Ich habe weder dir noch deinem Vater jemals wehtun wollen. Das musst du mir glauben! Wenn ich die Uhr zurückdrehen und es ungeschehen machen könnte, würde ich das sofort tun.«

»Es war an dem Tag, als du mir von Sally erzählt hast, oder? Dad hatte dich kurz vorher überrascht. Ich habe gemerkt, dass du seltsam warst und dass es nicht nur an Sallys Krankheit lag. Wie konntest du das tun? Sally könnte sterben, und du warst nur deshalb unglücklich, weil Dad dir auf die Schliche gekommen ist.«

»Nein«, keuchte Abby entgeistert.

»Doch!«, kreischte ihre Tochter und sprang mit hasserfüllter Miene auf.

Plötzlich hatten sie vertauschte Rollen. Jess war die Erwachsene, und Abby war das Kind, das in Schwierigkeiten steckte und keinen Ausweg sah.

Auf einmal erschien Tom in der Küchentür. Er war bereits angezogen, doch sein Haar war noch zerzaust, als wäre er beim Klang der lauten Stimmen hastig die Treppe heruntergestürzt.

»Oh, Dad!«, schluchzte seine Tochter, schlang ihm kurz die Arme um den Hals und flüchtete hinauf in die sichere Umgebung ihres eigenen Zimmers.

Abby schaute ihn mit schmerzerfüllten Augen an. Statt wie erwartet Spott und Kälte verriet seine Miene zu ihrer Überraschung leises Mitgefühl.

»Du hättest es ihr nicht zu sagen brauchen.«

Abby vergrub ihren Kopf zwischen beide Hände. »Das wollte ich auch nicht, aber sie hat mich gefragt, ob du etwa eine Affäre hast.«

»Es überrascht mich, dass du nicht den leichten Weg gewählt und ja gesagt hast.« Spott und Kälte waren wieder da.

»Das würde ich nie tun«, antwortete Abby. »Schließlich hast nicht du diesen Fehler gemacht, weshalb ich wohl kaum dir die Schuld anlasten kann.«

»Oh, es war also ein Fehler? Schön zu wissen, dass es eine so unkomplizierte Bezeichnung dafür gibt, dass du mit einem anderen ins Bett gesprungen bist.«

»So habe ich es nicht gemeint.«

»Dann war es wahrscheinlich ein dummer Zufall? Vermutlich bist du rein zufällig mit ihm im Bett gelandet, wo dir ebenfalls rein zufällig sämtliche Kleider vom Leib gefallen sind. Wag es ja nicht, es zu leugnen. Ich habe dich nicht nur bei einem Mittagessen überrascht. Wohin wäre es denn anschließend gegangen? In ein Hotel, ein Liebesnest, irgendeine Absteige, in der man Zimmer stundenweise mieten kann?«

»Nein, ich hatte die Sache gerade beendet«, protestierte Abby. »Es war eine einmalige Sache, weiter nichts.«

»Tja, das höre ich natürlich gern.« Toms Stimme troff vor Sarkasmus. »Einmal ist kein Mal, wie man so schön sagt. Einmal ist schon beinahe vernünftig. Ich meine, schließlich will jeder wenigstens einmal in seinem Leben fremdgehen. Wen soll ich mir dafür aussuchen? Hättest du einen Vorschlag?«

»Bitte, Tom, so darfst du nicht reden«, flehte sie ihn an. »Können wir nicht vernünftig und in Ruhe über alles reden? Wir führen eine gute Ehe, die wir nicht einfach wegwerfen sollten wegen dieser … einmaligen Geschichte.«

»Zu spät«, erklärte er. »Du hast sie bereits weggeworfen. Ich habe das Gefühl, dass ich nur noch unserer Tochter wegen hier bin. Und ich glaube dir nicht, dass das nur einmal passiert ist. Schließlich kennst du diesen Typen länger als mich. Er ist also nicht plötzlich wieder in deinem Leben aufgetaucht, sondern ihr trefft euch schon länger. Ist er eventuell wild auf Abby Barton, den Fernseh-Superstar? Ist das der Grund, weshalb du so versessen auf dieses Haus gewesen bist – wäre es das passende Zuhause für dich und diesen Jay?«

»Nein, nein«, schluchzte Abby. »So ist es nicht gewesen. Wir – du und ich – wir waren nicht glücklich, und ich weiß nicht, was passiert ist –«

»Ja, genau, warum gibst du nicht mir die Schuld an allem? Warum sagst du nicht, dass du von mir in seine Arme getrieben worden bist? Gott, Abby, du machst mich krank«, stellte er angewidert fest.

»Was willst du jetzt tun?«, fragte sie verzweifelt.

»Ich weiß es nicht, aber wenn ich mich entschieden habe, gebe ich dir Bescheid«, erklärte er ihr eisig und verließ das Haus. Abby legte schluchzend den Kopf auf den nackten, kalten Tisch und weinte sich schier die Seele aus dem Leib.

Oben in ihrem Zimmer knallte Jess derart kraftvoll die Tür hinter sich zu, dass eins der alten Plüschtiere, die sie auf ihrem Kleiderschrank verwahrte, auf den Boden fiel. Armer Wuddly, dachte sie, hob den abgewetzten Seehund auf und nahm ihn zärtlich in den Arm.

Doch die Nähe des Stofftiers brachte keinen Trost. Nichts konnte sie trösten. Jess hatte gemerkt, dass ihre Eltern kaum noch miteinander sprachen, obwohl das zumindest eine Pause von dem ständigen Gemeckere für sie gewesen war. An so etwas jedoch hätte sie nie gedacht. Ihre Mutter hatte etwas Furchtbares getan. Wie hatte sie mit einem anderen schlafen können? Mütter taten so was nicht. Es war seltsam, genug sich vorzustellen, dass die eigenen Eltern miteinander schliefen. Doch dass ihre Mutter es mit einem machte, der nicht ihr Vater war, das war einfach ... entsetzlich. Sie strich über Wuddlys dünnes altes Fell. Menschen ließen sich scheiden, wenn sie Affären hatten. Das wäre also das Nächste. Die Streitereien würden sich ändern, weil ihre Eltern nicht mehr zusammenleben würden. Aber trotzdem gäbe es noch Streit, das wusste sie genau. Jede Menge Kinder an der Schule hatten geschiedene Eltern, und Streit gehörte offenbar stets dazu. Dabei befanden sich dann die Kinder zwangsweise zwischen zwei Stühlen.

Robyn, ein Mädchen aus Jess' Klasse, tat, als wäre es toll, wenn die Eltern geschieden waren, weil sie doppelt so viele Geschenke von ihnen bekam. Aber Jess und Steph hatten von vornherein geahnt, dass das nur vorgegaukelt war. Robyns Vater kam nie zu irgendwelchen Sportveranstaltungen oder Schulaufführungen, weil Robyns Mutter ihn halt nicht in ihre Nähe ließ.

Plötzlich wollte sie mit Steph über all das reden. Niemand konnte einen so gut aufmuntern wie sie.

Steph, wie geht's? Ruf mich an. :-(

Normalerweise hätte Steph – SMS-Weltmeisterin – in höchstens fünf Sekunden etwas zurückgeschrieben. Heute jedoch nicht. Es war Samstag, und sie lag wahrscheinlich noch im Bett.

Also stand Jess auf und schaltete ihren CD-Player an. Sie würde nicht an ihre Eltern denken, nein, stattdessen dächte sie an Ian. Er war ihr Lieblings-Tagtraum-Thema, und sie hatte sogar ein Lied, das für sie »ihr Lied« war.

Nicht, dass Ian wusste, dass es ihr Lied war. Doch war es eine Melodie, zu der sie sich vorstellte mit ihm zu tanzen. Seine Arme fest um ihre Taille, ihre Wange dicht an seiner Schulter, drehten sie sich langsam und verführerisch über die Tanzfläche. Sie setzte sich auf ihr ungemachtes Bett, zog die Knie an die Brust, schloss die Augen und malte sich die Szene aus.

Nach dem Tanzen würden sie sich eng umschlungen in

einen bequemen Sessel setzen, und Ian würde sie küssen. Die Einzelheiten dieses Kusses waren leicht verschwommen, weil sich Jess nicht vorstellen konnte, wie es war, von jemandem geküsst zu werden, in den sie verliebt war. Es wäre völlig anders als die Mutprobe im sechsten Schuljahr, als sie und Steph im Park Tennisbälle aufgesammelt hatten. Damals hatte sie zum Zeichen ihres Muts Jimmy Lynch geküsst, was schlichtweg grausig gewesen war. Sein Atem hatte nach hart gekochten Eiern gerochen, und sie hatte sich gefragt, weshalb alle Welt ein solches Aufheben vom Küssen machte. Ian zu küssen wäre allerdings bestimmt anders. Sie war unschlüssig, ob sie gleich einen Zungenkuss probieren würde. Mädchen wie Saffron gaben damit idiotisch an. Zungenküsse waren keine große Sache, erklärte sie so beiläufig wie möglich, um dadurch deutlich zu machen, dass es für sie lohnendere Dinge als langweiliges Küssen gab. Wenn sie je noch mal Jimmy küssen müsste, würde sie lieber sterben, als ihm ihre Zunge in den Mund zu stecken. Aber bei Ian würde sie es zumindest probieren. Schließlich hatte er Erfahrung und wusste, wie das ging.

Vielleicht würde er merken, dass sie überhaupt keine Ahnung hatte. Das wäre entsetzlich. Er würde denken, dass sie ein naives kleines Mädchen war. Was, wenn sie etwas falsch machte dabei? Nicht, dass sie hätte sagen können, was beim Küssen richtig war. Doch man konnte sicher irgendwelche Fehler machen. Und wenn ihr das passierte, fiele sie vor lauter Peinlichkeit tot um.

Es war alles sehr verwirrend. Wo tat man beispielsweise die Hände hin beim Küssen? Über diese Frage hatte Jess, wenn sie abends im Bett lag, schon häufig nachgedacht. Dabei hatte sie mit ihrem Kissen alle Möglichkeiten durchprobiert. Wenn er seine Arme um sie legte, wohin sollte sie dann *ihre* Arme tun? Und ihm sollte auch nicht der Arm einschlafen, wenn sie an ihn geschmiegt in einem Sessel saß.

Als das Lied zu Ende war, zappte Jess es zurück an den

Anfang, spielte es noch einmal, schloss erneut die Augen und kam zu dem Ergebnis, dass sie die lästigen Details am besten erst einmal vergaß. Wenn sie sich große Mühe gäbe, gelänge ihr eventuell die Rückkehr an jenen Ort der Fantasie, an dem Ian ihr erklärte, dass er sie liebe und nicht ohne sie leben könne, bevor sie ihren ersten Kuss von ihm bekam. Dann bräuchte sie nicht mehr an ihre Mum und ihren Dad zu denken und auch nicht daran, dass sie keine richtige Familie mehr waren.

Die Osterferien vergingen, ohne dass im Hause Barton ein Gespräch stattfand. Jess hatte den Großteil ihrer Zeit in ihrem Zimmer zugebracht und mit bunten Textmarkern in ihrem Kalender die jeweiligen Lernzeiten für die diversen Fächer sorgfältig markiert.

In einem Artikel, den die Schule für sämtliche Examenskandidaten hatte kopieren lassen, wurde vorgeschlagen, dass man spätestens um halb zehn morgens mit der Lernerei begann. Abgesehen vom Mittagessen – das Jess sowieso inzwischen lieber in ihrem Zimmer einnahm – schlug der Artikel weiter täglich zwei fünfzehnminütige Pausen vor. Jess machte diese Pausen, wenn sie wusste, dass sonst niemand in der Küche war, damit sie sich in Ruhe eine Thermoskanne Kaffee kochen konnte, den sie sofort wieder mit in ihr Zimmer nahm. Kaffee galt es laut Empfehlung zu vermeiden. Wie aber hielt man täglich acht Stunden Lernen ohne Kaffee aus? Es war sowieso nicht gerade einfach, sich auf das zu konzentrieren, was in ihren Büchern stand. Dazu nagte ständig das Bewusstsein in ihr, dass das Familienleben bei den Bartons nur noch ein Trümmerhaufen war.

Tom, der keine Ferien machte, hatte auf dem Tisch im Esszimmer die Pläne für die neue Turnhalle der Schule ausgebreitet und führte lange Telefongespräche mit den Ingenieuren und den Architekten, während Abby unglücklich in ihrem Arbeitszimmer saß, nach Ideen für ihre Rede auf der

Hausmesse suchte und sich gleichzeitig fragte, ob für die Errichtung einer Turnhalle tatsächlich so viel Planung nötig war, oder ob sich Tom nur deshalb so ausführlich damit befasste, damit er sie vom Hals hatte.

Auch nach Ende der Ferien hielt die eisige Atmosphäre im Hause Barton an. Jess lernte weiter ohne Pause, Tom kam jeden Abend möglichst spät nach Hause, und der einzige Moment, in dem es für sie etwas Ähnliches wie ein normales Familienleben gab, war ein Essen mit den Richardsons anlässlich von Delias sechzigstem Geburtstag.

Trotz Delias Protesten hatte Sally darauf bestanden, dass man diesen Ehrentag mit einem kleinen Fest beging.

»Alles in allem werden wir etwa zwanzig Leute sein«, hatte Steve am Telefon erklärt. »Sally würde sich sehr freuen, wenn ihr drei ebenfalls kämt. Wir gehen ins Hotel Dunmore, weil Sally sagt, dass Delia an ihrem eigenen Geburtstag unmöglich selber in der Küche stehen kann.«

Und Sally selbst könnte dort nicht mehr so lange stehen, hatte Abby niedergeschlagen gedacht.

Trotz des reichlich genossenen Weins und des guten Willens aller Gäste war die Stimmung auf der Feier leicht gezwungen. Ständig wanderten verstohlene Blicke zu der tapfer lächelnden Sally.

»Gott stehe ihnen bei«, sagte Abbys Nachbarin zur Rechten, eine alte Freundin Delias. Sie sagte es so oft, dass Abby sie am liebsten angeschnauzt hätte, sich diese dämliche Bemerkung zu verkneifen.

»Also bitte, vielleicht gib es ja noch Hoffnung«, meinte ein alter Freund der Jubilarin, der zu ihrer Linken saß.

Abby, die persönlich nicht mehr an Wunder glaubte, wusste nicht, ob das Gejammere der Frau oder die naive Zuversicht des Mannes schlimmer für sie war.

16

Es war Mitte Mai. Bis zu den Examen waren es nur noch zwei Wochen, und Jess hatte das Gefühl, als bahne sich in ihrem Leben eine Katastrophe an.

»Was für ein krankes Hirn hat eigentlich beschlossen, die Prüfungen im Juni stattfinden zu lassen, wenn das Wetter super ist und jeder auch nur halbwegs vernünftige Mensch in den Sommerurlaub fährt?«, fragte Steph erbost.

Jess hatte dafür ebenfalls keine Erklärung. Alles, was sie wusste, war, dass sie noch immer tonnenweise Bücher wälzen musste und dass ihr die Zeit davonlief. Sie hatte keine Zeit mehr, um im Tierheim auszuhelfen, die Schule war ein Alptraum, und zu Hause war es noch grauenvoller. Sie fühlte sich total gestresst.

Und erfuhr, dass die Leute alle verschieden mit dem Stress umgingen. Steph, die jetzt mit Zach ging, dem Typen, den sie auf Michelles Party kennen gelernt hatte, brachte Stunden damit zu, Texte an ihn auf ihrem Handy zu verfassen. Außerdem hatte sie angefangen zu rauchen, auch wenn sich das, wie Jess fand, angesichts der Mühe, die Steph darauf verwandte, den Geruch vor ihrer Mutter zu verbergen, bestimmt nicht lohnte.

»Wenn sie dahinter kommt, bringt sie dich eigenhändig um«, warnte sie die Freundin. Stephs Mutter war im Grunde ziemlich cool, doch sie war der festen Überzeugung, dass man übers Rauchen auch an andere Sache geriete. Sie würde Steph in Ketten legen, falls sie jemals irgendwelche Drogen bei ihr fand. »Außerdem bekommt man davon Krebs.«

Steph machte sich keine Gedanken über die langfristige Wirkung dieses Lasters. »Models rauchen auch.«

Jess sah ihre Freundin angewidert an. »Ist dir eigentlich klar, dass du schon klingst wie Saffron? Auch wenn du dünn und wunderschön bist, schützt dich das nicht vor Krebs.«

»Oh, spar dir diese Reden für den Debattierclub auf«, schnauzte Steph sie an. »Ich verspreche dir, ich höre damit wieder auf, okay?«

Für Jess war Krebs inzwischen mehr als nur ein Wort, das man auf den Plakaten lesen konnte, die vor dem Rauchen warnten. Sie hatte Sally Richardson nach ihrer ersten Chemotherapie zu Hause besucht. Sally war erschreckend dünn gewesen, mit einem seltsam aufgedunsenen Gesicht – und mit einer Glatze.

»Sie begannen auszufallen, also habe ich sie einfach alle abrasiert«, hatte Sally gut gelaunt erklärt und darauf bestanden, dass Jess ihr vorsichtig über den blanken Schädel strich. »Danny und Jack sind total begeistert von meinem neuen Look.«

Jess war verwirrt gewesen. Sally war doch offenbar sehr krank, weshalb also tat sie, als wäre alles okay? Sally war erwachsen, und auch ihre eigene Mutter war aus irgendeinem Grund eifrig damit beschäftigt, allen vorzugaukeln, bei der Familie Barton wäre alles total normal – weshalb also anscheinend Lügen ein wichtiger Bestandteil des Erwachsenenlebens war. Weshalb aber hatten sie ihr während ihrer Kindheit pausenlos eingetrichtert, wie wichtig Ehrlichkeit im Leben war? Jess wollte nicht, dass irgendjemand sie belog. Sie wünschte sich, dass ihre Eltern ihr und auch einander gegenüber ehrlich wären. Und sie wünschte sich, sie sagten ihr offen, wie es um die arme Sally stand.

Sie hatte die beiden miteinander reden hören – was nur noch selten vorkam. Dabei war es darum gegangen, dass der Krebs anscheinend noch an einer anderen Stelle aufgetreten war. Sie hatte durch die Küchentür gehört, wie ihre Mum in Tränen ausgebrochen war, hatte jedoch gleichzeitig gewusst, ihr Vater nähme sie nicht tröstend in den Arm. Das hatte er vor Monaten zum letzten Mal getan.

Tom schlief weiter im Gästezimmer, frühstückte, bevor Mum aufstand, und blieb jeden Abend lange in der Schule, während Abby tat, als wäre das alles völlig in Ordnung.

Mum sah abends endlos im Bett fern, trank viel zu viel Kaffee, und Dad beschäftigte sich intensiv mit den Plänen für die Bauarbeiten an der Schule. Sobald die Examen abgeschlossen wären, fingen sie mit der Errichtung der Turnhalle an. Dad, der die Verantwortung für alles hatte, war ständig unterwegs, um irgendwelche Architekten und Bauunternehmer zu treffen, was wahrscheinlich gut war, denn wenn nur einer ihrer beiden Eltern sich im Haus aufhielt, war die Spannung dort nicht ganz so groß. Mum hatte sämtliche Abendtermine bis nach Jess' Prüfungen verschoben und ging abends niemals aus.

Dabei hätte Jess es vorgezogen, wenn beide Elternteile ständig außer Haus gewesen wären. Sie hatte solche Angst, dass sie sie eines Tages riefen, um ihr mitzuteilen, dass sie sich scheiden lassen würden. Selbst diese grässliche Spannung war noch besser als das endgültige Aus.

Wenn ihre Mutter versuchte, sich mit ihr zu unterhalten, marschierte Jess unter dem Vorwand, weiterlernen zu müssen, schnurstracks in ihr Zimmer. Sie wollte keine schlechten Neuigkeiten mehr.

Deshalb hatte sie beschlossen, nach der Schule in der Bücherei in Dunmore, statt daheim für die Prüfungen zu lernen. Sie hatte überlegt, ob sie länger in der Schule bleiben sollte, aber abends fuhren nicht so häufig Züge von Cork in Richtung Dunmore, weshalb ihre das große, am Markt gelegene viktorianische Gebäude praktischer erschien. Innen war es hochmodern, mit zahlreichen Computern und funktionalem Mobiliar. In der Tat waren die Stühle sogar wesentlich bequemer als die, die es in der Bibliothek der Schule gab.

Als Jess am Dienstagnachmittag, genau zwei Wochen vor ihren Examen, schwer bepackt die Bücherei betrat, fand sie dort kaum noch einen Platz. Es schien, als ob der ganze Ort im Prüfungsfieber war, denn jede Menge anderer Schüler hockten bereits an den Tischen und brüteten über irgendwelchen dicken Büchern. Jess nahm ihren Stiftkasten, ihr Notizbuch, eine Reihe Bücher und den Schreibblock aus der Tasche und schloss den Rest in einem freien Schließfach ein.

Sie ging an einen Tisch ganz hinten in der Ecke, breitete ihre Sachen vor sich aus und nahm mit geschlossenen Augen eins der Bücher in die Hand: Geschichte. Sie hatte Geschichte durchaus gern, doch gab es derart viele Themen, dass sie sicher niemals rechtzeitig mit allem fertig werden würde, davon war sie überzeugt.

Frustriert schaute sie sich um. Es waren auch Leute hier, die sich Bücher zum Vergnügen ausliehen. Wie gern hätte sie selbst sich in einem guten Buch verloren und stundenlang geschmökert, ohne Schuldgefühle zu haben, weil sie nichts für ihr Examen tat. In den Sommerferien würde sie bis mittags schlafen und brächte den Rest der Zeit im Tierheim mit den Hunden zu. Versonnen lächelnd sah sie Richtung Tür.

Und merkte ganz allmählich, dass eine Gestalt in ihre Richtung kam und schließlich vor ihr stehen blieb.

»Hi«, sagte der Junge aus dem Zug.

»Hi«, stotterte sie verlegen. »Oliver.« Inzwischen hatte sie herausgefunden, wie er hieß. »Bist du auch hier, um zu lernen?« Himmel, Jess, warum wohl sonst? Schwimmen wäre schlecht möglich.

»Ich habe noch zwei Prüfungen vor mir«, antwortete er. »Und hier ist es ruhiger als in der Schulbibliothek.«

Natürlich, dachte sie. Die Schüler, die weder die Zwischen- noch die Abschlussprüfung machten, absolvierten ihre letzten Prüfungen schon Ende Mai. Während also Anfang Juni die Schüler aus den vierten und den sechsten Klassen schwitzten, fingen für die »Fortgeschrittenen« schon die Sommerferien an.

Jess überlegte, was das zu bedeuten hatte, dass er neben ihr Platz nahm. Coole Jungs wie er hatten kein Interesse an unscheinbaren Mädchen. Und Oliver war cool: Er hatte stachelige blonde Haare wie der berühmte Fußballspieler, für den alle Mädchen schwärmten. Und er war zwar kompakt, jedoch athletisch, als würde er selber Fußball spielen, ohne aber einer von diesen Muskelprotzen zu sein, die sich stundenlang im Fitness-Studio quälten. Er hatte ein intelligentes, ausdrucksvolles Gesicht mit Augen, die sprachen, ohne dass er etwas sagte. Wahrscheinlich hatte er längst eine Freundin, die in seiner Stufe war. Jess hatte ihn in der Schule mit ein paar anderen Kameraden aus der Fußballmannschaft gesehen, und diese Typen wurden von den Mädchen regelrecht verfolgt.

»Das ist vernünftig«, sagte sie. Na, super. *Vernünftig.* So hirntot konnte man doch eigentlich nicht sein.

»Lernst du für die Zwischenprüfung?«, erkundigte er sich.

»Ja, ich dachte, dass ich hier mehr schaffe als zu Hause«, antwortete sie. Was tatsächlich stimmte. Bei der Atmosphäre, die zu Hause herrschte, war es überall entspannter.

Er sah auf ihr Geschichtsbuch. »Geschichte hat mir gut gefallen, nur war es mir stoffmäßig viel zu viel. Deshalb habe ich es dieses Jahr gar nicht erst gewählt.«

»Und was machst du stattdessen?«, fragte Jess und dachte, dass eine Unterhaltung mit ihm überraschend einfach war.

»Physik, Chemie und angewandte Mathematik«, erklärte er und lachte, als er ihre entsetzte Miene sah. »Das macht mir wirklich Spaß. Ich hoffe, dass ich etwas in der Richtung auch an der Uni belegen kann. Und wie steht es mit dir?«

Ein Mädchen am anderen Ende des Tisches blitzte die beiden entnervt an.

»Keine Ahnung«, meinte Jess deshalb im Flüsterton.

»Weißt du, hm, hier drinnen können wir nicht reden. Ich wollte eigentlich noch etwas trinken, bevor ich mich an die Arbeit mache. Hast du vielleicht Lust, auf eine Cola mitzukommen?«

»Sicher«, meinte Jess, als wäre es völlig natürlich, dass ein cooler Typ sie einlud. Sie packte ihre Sachen schnell wieder ein, und als dabei ihr Stiftkasten auf den Boden schepperte, trug ihr das einen weiteren bösen Blick des anderen Mädchens ein.

Oliver klaubte den Kasten grinsend zusammen, packte seine eigenen Sachen, und gemeinsam gingen sie hinaus.

Vor der Tür wollte er wissen, wohin sie gerne gehen würde. »Ich bin oft in dem Lokal hinten im Rathaus«, sagte er. »Sie spielen dort echt gute Musik.«

»Dort bin ich noch nie gewesen«, gab Jess unumwunden zu.

»Ehrlich?«

Ihre Ignoranz war ihr ein wenig peinlich. »Ich kenne hier niemanden, mit dem ich mich nach der Schule treffen könnte, und alleine kann ich dort ja schlecht hin«, murmelte sie. Sie erwähnte nicht, dass sie einmal in das Café neben Sallys Salon gegangen und sich dort allein total blöde vorgekommen war.

»Ich lebe hier schon seit Jahren«, meinte Oliver, als sie neben ihm durch die Sonne ging. »Also kenne ich so gut wie jeden. Aber wenn man umzieht, ist das Kennenlernen neuer Leute bestimmt nicht leicht.«

Jess nickte wortlos.

»Und wo hast du vorher gewohnt?«

Auf dem Weg in Richtung Rathaus erzählte sie ihm von der Gartland Avenue und davon, wie schwer es ihr gefallen war, Steph und ihre anderen Freunde zu verlassen.

»Steph – ist sie das blonde Mädchen, mit dem du in der Schule immer rumhängst?«

Deshalb also hatte er sie angesprochen. Ruckartig kehrte Jess in die Wirklichkeit zurück. Er interessierte sich für Steph und nicht für sie.

»Steph Anderson.« Sie nickte hölzern.

»Seid ihr beide manchmal in Killian's Disco in der Stadt?«

»Ja, aber Steph ist normalerweise begleitet von ihrem Freund Zach«, erklärte Jess mit Nachdruck. »Weißt du, ich habe doch keine Zeit für eine Cola.« Sie machte abrupt kehrt und lief zurück in Richtung Bücherei. Was machte es schon, wenn sie unhöflich geklungen hatte, dachte sie mit tränennassen Augen. Wenn er sich für meine Freundin interessiert, braucht er nicht zu versuchen, über mich an sie heranzukommen, dachte sie verletzt. Es war einfach nicht fair. Steph hatte einen Freund, und jetzt hatte auch noch dieser Oliver es auf sie abgesehen, während Jess weiterhin alleine war.

»He, Jess, warte!«

Er kannte also ihren Namen. Na, fantastisch. Wenn du über ein Mädel an seine Freundin kommen willst, kennst du besser seinen Namen.

»Jess, bleib stehen. Was ist los?«

Hätte nicht ihr ganzes Leben derart auf dem Kopf gestanden, hätte Jess wahrscheinlich gar nicht reagiert. Zu Hause war es Scheiße, in der Schule war es Scheiße und jetzt das auch noch. Irgendjemand konnte ruhig mal hören, was sie deswegen empfand.

»Wenn du es wirklich wissen willst: Ich kann es nicht leiden, wenn man mich benutzt, um sich an Steph ranzurobben«, erklärte sie und blitzte ihn zornig an. »Wenn du Interesse an ihr hast, mach dich an sie heran, nur erwarte bitte nicht, dass ich dir dabei helfe.«

»Was willst du damit sagen?«, fragte er und wirkte ehrlich überrascht.

»Das weißt du ganz genau«, schnauzte sie ihn trotzdem wütend an. »Die Frage, ob Steph und ich manchmal im Killian's sind, war ja wohl eindeutig. Ich kann dir ihre Nummer geben, dann rufst du sie am besten an und fragst sie, ob sie sich mal mit dir treffen will.«

Er sah sie unbehaglich an. »Ich interessiere mich nicht für Steph. Ich dachte, wenn du ins Killian's gehst, könnten *wir* uns mal dort treffen. Das war alles. Ich wusste einfach nicht, ob ich dich direkt fragen sollte, ob du mal mit mir ausgehen willst.«

»Mich fragen, ob ich mal mit dir ausgehen will?« Jess war total verblüfft.

»Ja.« Oliver zuckte mit den Schultern. »Das war der Grund, weshalb ich dich eben angesprochen habe. Aber wenn du nicht willst –«

»Nein, nein«, widersprach sie hastig. »Ich meine, doch, ich würde gerne mit dir ausgehen, wenn …«

Beide starrten ein paar Sekunden zu Boden.

»Entschuldige«, erklärte Jess. »Ich dachte, du wärst … wie gesagt … es tut mir Leid.«

»Schon gut.« Oliver lächelte breit, und Jess merkte, dass sich ihre Mundwinkel ebenfalls nach oben verzogen. »Willst du immer noch 'ne Cola mit mir trinken?«

»Sicher.« Sie nickte glücklich.

Erneut gingen sie die Straße hinauf, und Jess schielte ihn heimlich von der Seite an. Er war nicht so attraktiv wie Ian, aber wer sah schon so gut aus? Ian war ein dunkler – wie Steph meinte, grüblerischer – Typ, und Oliver war blond mit einem freundlichen, intelligenten Gesicht. Wahrscheinlich hatte er niemals irgendwelche coolen, dunklen Stoppeln, aber bestimmt konnte man mit ihm lachen, und bestimmt käme er gern mal mit ins Tierheim und hülfe ebenfalls dort aus. Das war nichts, was Ian jemals täte, das wusste sie genau. Saffron erzählte ständig, dass er, obwohl er minderjährig war, abends und am Wochenende in irgendwelchen Kneipen und Diskotheken rumhing. Und daran war Jess eh nicht interessiert.

»Wir brauchen nicht lange zu bleiben«, versicherte ihr Oliver. »Ich weiß, dass du noch jede Menge lernen musst.«

Jess gluckste vergnügt. »Ich habe die Nase gestrichen voll vom blöden Lernen«, antwortete sie. »Also gehen wir am besten nie mehr in die Bücherei zurück.«

Olivers graue Augen begannen zu blitzen. »Einverstanden«, sagte er.

Später an jenem Tag trafen Erin und Lizzie vor dem Haus der Richardsons zusammen. Erin hatte mehrere Zeitschriften im Arm, und Lizzie trug eine Topfpflanze sowie eine Papiertüte voll köstlicher italienischer Pasteten aus dem verführerischen Feinkostladen Tucci. Sie hatten Sally zwar beide im Krankenhaus gesehen, doch sie zu Hause zu besuchen, wäre etwas anderes. Vor allem, da inzwischen bekannt geworden war, dass sich die Metastasen schon in den Knochen befanden, weshalb es die Hoffnung, die sie noch vor kurzer Zeit gehegt hatten, nicht mehr gab.

Lizzie hatte sich bei Clare erkundigt, welche Chancen Sally hatte. Die Ärztin hatte nur geseufzt und ihr erklärt, Bestrahlungen würden helfen, die Krankheit einzudämmen und die Schmerzen zu lindern.

»Einzudämmen, aber nicht zu heilen?«, hatte Lizzie nachgehakt, und Clare hatte wortlos genickt.

»Aber was ist mit der Chemotherapie? Wirkt die nicht auch auf die Knochen?«

»Ich bin keine Tumorspezialistin, und es gibt jede Menge neuer Entwicklungen in dem Bereich«, hatte Clare erwidert. »Ich weiß nicht, was für andere Therapien die Onkologen noch im Repertoire haben, aber Sallys Krebs ist sehr weit fortgeschritten. Vielleicht können sie nichts mehr für sie tun, außer zu verhindern, dass sie Schmerzen leiden muss.«

Als Lizzie und Erin sich am Morgen zufällig im Supermarkt getroffen hatten, hatten sie beschlossen, die Freundin gemeinsam zu besuchen.

»Was sagt man einem Menschen, der wahrscheinlich stirbt?«, hatte Lizzie überlegt. Es war etwas völlig anderes, als wenn sie im Rahmen ihrer Arbeit tat, als wisse sie nicht, wie es um die Patienten stand.

»Ich hatte gehofft, das könntest du mir sagen«, hatte Erin resigniert erklärt.

Auf dem Weg zur Haustür bewunderte Erin Lizzies Pflanze. »Ich hatte keine Ahnung, was ich mitbringen sollte«, meinte sie und zeigte auf die Magazine. »Ich dachte, die würden sie vielleicht ein bisschen ablenken, bis mir eingefallen ist, dass es darin vor allem um die neue Herbstmode und um neue Frisuren geht, und dass sie das bestimmt daran erinnert, dass sie ihre Haare während der Chemo verloren hat und sie die neue Mode womöglich gar nicht mehr ausprobieren kann.«

»Zeitschriften sind nie verkehrt«, antwortete Lizzie und berührte Erins Arm. »Ich habe schon jede Menge kranker Leute erlebt, und für gewöhnlich wollen sie nicht behandelt werden, als gehörten sie nicht mehr zur normalen Welt. Wenn Sally nach einer normalen Operation ans Bett gefesselt wäre, würdest du ihr auch Zeitschriften kaufen, oder?«

»Da hast du Recht.« Ach, hätte Sally doch tatsächlich eine ganz normale Operation gehabt. »Und wie geht es dir, Lizzie?«

»Fein, fein«, antwortete Lizzie automatisch, ehe sie sich eines Besseren besann. »Das heißt, eigentlich ganz und gar nicht. Ehrlich gesagt stehe ich noch richtig unter Schock. Das hier«, sie wies auf das hübsche Haus der Richardsons, in dem sie alle noch vor einem guten Monat fröhlich gefeiert hatten, »ist einfach nicht richtig.«

»Ich weiß«, stimmte ihr Erin traurig zu. »Es ist schrecklich, dass es der Tragödie eines anderen bedarf, aber sie hat dafür gesorgt, dass ich mich für all das schäme, worüber ich in meinem Leben je in Sorge gewesen bin. Das hier ist echter Schmerz. Dass Sally sterben und Steve und ihre beiden kleinen Kinder allein zurücklassen muss, ist eine Tragödie. Im Vergleich dazu sind all die selbst gebastelten Probleme, mit denen ich bisher zu kämpfen hatte, völlig idiotisch.«

»Richtig«, meinte Lizzie. »Wenn ich bedenke, worüber ich mir oft Gedanken mache…« All diese Dinge wirkten erschreckend banal: Debras Hochzeit; die Tatsache, dass Myles mit seinem Leben fortfuhr, während sie nach wie vor auf der Stelle trat, ihr langweiliges Nicht-Leben – lauter blödsinnige

Dinge, gegen die sich mit geringem Aufwand etwas unternehmen ließ. Für Sally jedoch gab es keine solche Lösung.

Beide Frauen schwiegen einen Moment, bevor Lizzie seufzte und erklärte, sie könnten kaum den ganzen Tag hier vor der Haustür stehen. Sie mussten das Haus betreten und sich mit Sally unterhalten, als ob nicht bereits der Schatten ihres Todes über allem hing.

Falls jemand von der Familie krank aussah, dann war es Steve. Erin konnte sich daran erinnern, dass Sally ihn bei ihrem ersten Treffen als blonden Rock Hudson beschrieben hatte, und sie war zutiefst schockiert, als sie entdeckte, wie ausgezehrt und eingefallen sein Gesicht inzwischen war.

»Wie schön, euch beide zu sehen«, begrüßte er sie warm und nahm sie in den Arm. »Ich wollte Sally gerade einen Tee raufbringen, möchtet ihr vielleicht ebenfalls ’ne Tasse?«

»Sicher«, meinte Erin. »Warte, ich helfe dir.«

»Nein, wirklich.« Steves Antwort klang beinahe wütend. Es war offensichtlich, dass er unter der Belastung beinahe zusammenbrach. »Das kriege ich durchaus allein hin.« Es machte den Eindruck, als wäre dies sein neues Mantra, von dem er die Hoffnung hatte, es würde wahr, redete er es sich nur hartnäckig genug ein.

Lizzie war noch nie in der oberen Etage des Hauses der Richardsons gewesen, und sah, dass auch dieses Stockwerk von Sally genauso hübsch wie Wohnzimmer und Küche eingerichtet worden war. Der Korridor war eierschalenfarben tapeziert. Auf einem kleinen Tischchen stand eine cremefarbene Orchidee in einem blassgelben Topf, und entlang einer der Wände hingen in verschieden geformten Rahmen mehrere Collagen mit Schnappschüssen der Familie. Es war eine Wand der glücklichen Erinnerungen, deren Anblick Lizzie beinahe nicht ertrug.

»Hi, Liebling. Lizzie und Erin wollen dich besuchen«, rief Steve, schob mit einem Fuß die Tür auf und ging mit vorsichtigen Schritten, um ja nichts zu verschütten, weiter.

Hinter ihm tauschten die beiden Gäste besorgte Blicke aus, bevor sie ebenfalls das Schlafzimmer betraten.

»Lizzie, Erin, ich freue mich, euch zu sehen!«, rief Sally, die im Bett saß und aussah wie eine ältere Version der Sally, die sie kannten. Ihre früher schlanke, biegsame Figur war geradezu Mitleid erregend mager, und ihre Zähne wirkten irgendwie zu groß für ihr Gesicht. Um den Kopf trug sie einen pinkfarben getupften Schal.

Beide Freundinnen versuchten zu verbergen, wie erschrocken sie bei ihrem Anblick waren. Im Krankenhaus, wo man darauf gefasst war, dass die Patienten elend aussahen, hatte sie eindeutig noch viel gesünder gewirkt. Hier bei ihr zu Hause war der Kontrast zur alten Sally regelrecht schockierend, und erschreckend klar wurde deutlich, wie ernst ihr Zustand war.

Lizzie setzte sich auf einen kleinen Hocker direkt neben das Bett und nahm Sally zärtlich in den Arm.

»Sally, meine Liebe, wie geht es dir?«

Erin nahm vorsichtig auf der anderen Seite Platz und umfasste zur Begrüßung Sallys Hand.

»Gut«, antwortete Sally fröhlich. »Steve, Schatz, danke für den Tee.«

Steve stellte das Tablett auf ein kleines Tischchen neben Erin, schenkte ihnen allen ein, gab eine Tasse seiner Frau, strich ihr sanft mit einem Finger über die linke Wange und verließ den Raum.

Sally wartete, bis sie seine Schritte auf der Treppe hörte, bevor sie weitersprach.

»Ich bin okay«, erklärte sie. »Ich weiß, das ist schwer zu glauben, aber es ist wahr. Ich komme zurecht, weil ich es Steves und der Jungen wegen muss.« Sie lächelte wehmütig. »Wenn ich ein kinderloser Single wäre, würde ich mit der Welt, mit Gott oder mit wem auch immer, der mir das hier antut, hadern. Nun aber muss ich ihretwegen stark sein.«

Mit zitternder Hand reichte Erin Lizzie eine Tasse Tee. »Ich weiß nicht, was ich sagen soll, Sally«, gab sie schließlich unumwunden zu.

Sally zuckte mit den Schultern. »Das weiß niemand. Solange mir keine von euch beiden erklärt, ich käme bald an einen besseren Ort, komme ich ganz gut klar.« Abermals verzog sie das Gesicht zu einem Lächeln, doch die Helligkeit und Wärme, die alle Welt mit ihrem Lächeln verbunden hatte, waren bereits erstorben. »Ich hatte diesen wunderbaren Plan, mir die Haare schneiden und blond färben zu lassen, bevor sie mir alle ausgefallen sind, doch dafür ist es jetzt zu spät«, fügte sie betont gleichmütig hinzu. »Ich wollte von klein auf blond sein, und das war meine letzte Chance.«

Lizzie und Erin lachten unbehaglich auf.

»Blonde haben auch nicht mehr Spaß im Leben«, antwortete Lizzie und berührte ihre hellen Locken. »Das kannst du mir glauben!«

»Dann vielleicht lieber rot?«, wandte sich Sally an Erin. Ihre Stimme klang erschreckend brüchig.

»Wir sind zu temperamentvoll«, erwiderte Erin. »Bleib also lieber weiter bei deinem Rotkäppchen-Look.«

Damit befanden sie sich auf sicherem Terrain und sprachen davon, wie sie sich zum ersten Mal gesehen hatten und dass Sally den roten Kapuzenmantel nach wie vor im Schrank bewahrte.

Lizzie erinnerte sich daran, als Daniel noch ein Baby gewesen und Sally zum allerersten Mal mit ihm in die Praxis gekommen war.

»Ich dachte, du wärst ein süßer, kleiner Teenager. Du hast so jung ausgesehen, dass ich nicht glauben konnte, dass du schon Anfang dreißig warst.«

»Gelee Royal«, erklärte Sally lachend. »Ich schwöre auf Gelee Royal. Das hat meine Mutter auch stets benutzt, und sie hatte eine wirklich jugendliche Haut.« Ihre Stimme wurde zärtlich. »Sie hat mir erklärt, wenn ich es jeden Tag benutzen würde, hätte ich auch noch als Rentnerin eine babyweiche Haut.«

Als Rentnerin. Das Wort hing bleischwer in der Luft. Sally würde das Rentenalter nicht erreichen. Wieder umfasste Erin ihre Hand. Früher oder später führte jedes vorher ganz normale Thema zu demselben grauenhaften Schluss.

Als sie und Greg über Sallys Krankheit gesprochen hatten, hatte er erklärt, es wäre wie ein Alptraum, doch das war nicht wahr: Nach einem Alptraum wurde man zumindest wieder wach.

»Wisst ihr, dass meine Mutter an Brustkrebs gestorben ist, als ich zwanzig war? Steve hat sie nie kennen gelernt, und darüber war ich immer etwas traurig.« Inzwischen war die falsche Fröhlichkeit aus Sallys Ton gewichen. »Ich wusste, dass das Leben nicht ununterbrochen ein Fest ist. Deshalb waren Steve und ich auch derart dankbar für alles, was wir hatten. Seltsam«, fuhr sie fort, »ich hatte ständig Angst vor Brustkrebs, habe aber gleichzeitig gedacht, dass ich ihn niemals kriege. Ich dachte, dass das Schicksal nicht gleich zweimal innerhalb einer Familie derart grausam zuschlägt. Oder dass ich mir zumindest nicht schon jetzt Sorgen darüber machen müsste. Meine Mutter war achtundvierzig, als sie Brustkrebs bekam.«

Erin dachte an ihre eigene, leibliche Mutter Shannon. Sie wäre inzwischen fünfundvierzig. War sie wohl gesund? Und Oma, sie wäre Ende sechzig. Hatte sie in den letzten Jahren irgendeine schlimme Krankheit gehabt?

»Aber deine Mutter ist nach wie vor bei dir, oder?«, fragte Lizzie Sally sanft. »Meine Mutter ist auch tot, aber sie wird stets ein Teil meiner Gedanken, meiner Erinnerungen sein.«

»Das stimmt.« Sally nickte. »Was mir Sorgen macht ist, dass die Jungen noch so klein sind – wie sollen sie sich je an mich erinnern? Ich hatte zwanzig Jahre mit meiner Mutter, aber so viel Zeit werden sie nicht haben. Ich kann mich nicht an die Dinge erinnern, die waren, als ich drei oder vier gewesen bin. Wie also sollen die beiden einmal irgendetwas von mir wissen?«

Erin wusste, es wäre nicht richtig, wenn sie weinte. Sally war diejenige, die weinen sollte. Sie jedoch war tapfer und gefasst. Während Erin die Befürchtung hatte, sie bräche jede Sekunde in hoffnungslose Tränen aus. Sicher lag es an den Schwangerschaftshormonen, dachte sie, bevor ein leises Schluchzen aus ihrer Kehle drang.

Sally reichte ihr ein Taschentuch. »Nicht weinen, Erin«, bat sie. »Ich weine auch nicht. Ich meine, anfangs habe ich geweint, doch inzwischen schaff ich es nicht mehr. Ich kann nichts an meiner Krankheit ändern. Es war wirklich schrecklich, sich mit ihr zu arrangieren, aber ich bin halt machtlos dagegen.« Sie musterte die beiden Frauen. »Das ist die Ironie des modernen Lebens. Wir denken, wir hätten alles im Griff und könnten alles so gestalten, wie wir wollen – unsere Jobs, wo und wie wir leben –, doch es gibt regelmäßig ein paar Dinge, die wir einfach akzeptieren müssen, weil wir nichts dagegen ausrichten können. Das Einzige, was ich noch unter Kontrolle habe, ist die Art des Umgangs mit dem Krebs.«

Sie brauchte beide Hände, um die Tasse an den Mund zu heben, und nippte vorsichtig an ihrem Tee.

»Vielleicht habe ich mich auch noch gar nicht wirklich damit arrangiert und schnappe morgen oder übermorgen völlig über. Aber ich muss einfach dafür sorgen, dass meine Familie mit der Sache klarkommt. Steve wird die Last der Erziehung unserer beiden Babys ganz alleine tragen müssen. Ich kann ihn also nicht mit der Erinnerung zurücklassen, dass mein Sterben eine einzige, lang gezogene Horrorgeschichte war. Wir können die Zeit, die uns bleibt, durchaus noch genießen, oder etwa nicht?« Sie wünschte sich, die beiden Frauen würden sagen, dass es richtig war, die Dinge positiv zu sehen. Doch Erin und Lizzie schwiegen, denn ihnen wollte partout keine passende Antwort einfallen. Also fuhr Sally nach einem Augenblick entschieden fort: »Ich wusste bereits vor dem Knochenscanning, dass sich der Krebs weiter ausgebreitet hatte. Ich wusste es ganz einfach. Jedes Mal, wenn ich gedacht habe, ich könnte ihn bekämpfen, ist er an einer anderen Stelle aufgetaucht. Als sie es mir gesagt haben, hatte ich das Gefühl, ohne Luft in einem Fahrstuhl festzustecken. Ich konnte nicht mehr atmen. Sie haben mir ein Beruhigungsmittel gegeben, und ich habe dagelegen wie ein Zombie. Wahrscheinlich habe ich das Zeug in dem Moment gebraucht, aber jetzt will ich diesen Zustand nicht mehr. Ich will wissen, was passiert. Morphium macht einen total schläfrig, man ist nicht mehr man selbst. So war es bei meiner Mutter. Einfach grauenhaft.«

»Gibt es irgendetwas, was wir tun können?«, wollte Lizzie wissen.

»Kommt mich weiterhin besuchen, gebt mir das Gefühl, normal zu sein, als würde ich nicht sterben«, antwortete Sally langsam. »Wisst ihr, wenn man stirbt, macht das den Leuten Angst. Das habe ich bei meiner Mutter erlebt. Ihre Freunde hatten keine Ahnung, was sie sagen sollten. Also haben sie sie, weil sie dachten, sie könnten ihr sowieso nicht helfen, nicht mehr besucht. Dabei hätte sie gerne ein paar Leute sehen wollen. Doch die, die sie vermisst hat, haben sich nicht getraut. Das habe ich durchaus verstanden«, fügte sie hinzu. »Was soll man schließlich einem Menschen sagen, der im Sterben liegt?«

»Du wirst nicht sterben«, schluchzte Erin. »Es gibt immer Hoffnung.«

»Ich werde sterben«, kam Sallys unverblümte Antwort. »Wir werden alle irgendwann mal sterben. Auch wenn es in meinem Fall eindeutig früher als erwartet eintritt. Die Behandlung kann alles verzögern, doch ich habe festgestellt, dass ich nur dann mit meiner Krankheit fertig werde, wenn es mir gelingt zu akzeptieren, was mit mir passiert.«

Da Sally zunehmend bleicher wurde und schließlich immer öfter gähnte, brachen die beiden Frauen wenige Minuten später auf. »Ich weiß«, sagte sie feixend. »Ich bin eine tolle Gastgeberin. Ich halte eine Stunde durch, und schon schlafe ich vor Erschöpfung ein.«

»Wir kommen wieder. Versprochen«, meinte Lizzie liebevoll und wandte sich dann unglücklich zum Gehen.

Draußen auf der Straße blieben sie neben Lizzies Wagen stehen. »Kann ich dich noch nach Hause fahren?«, fragte Lizzie Erin, doch diese schüttelte den Kopf.

»Ich gehe lieber zu Fuß. Vielleicht bekomme ich ja an der frischen Luft wieder einen klaren Kopf. Trotzdem vielen Dank.«

»Wie fühlst du dich?«, wollte Lizzie weiter wissen. »Ich meine, wegen des Babys?«

»Prima, nur ein wenig müde«, gab Erin zu. »Damals in Boston dachte ich, es wäre anstrengend, zwei Jobs gleichzeitig zu machen, aber diese Müdigkeit ist noch viel schlimmer, und dabei sitze ich den ganzen Tag nur untätig herum.« Sie machte eine Pause und dachte, dass die Müdigkeit, die sie momentan empfand, nichts im Vergleich zu Sallys Erschöpfung war.

Lizzie betrachtete sie verständnisvoll. »Ich kann mich noch gut daran erinnern, dass ich, als ich Joe erwartete, abends gegen acht im Bett verschwand. Ich habe vor Müdigkeit oft geheult. Der arme Myles, der dachte, nach unserer Hochzeit würde alles gut, war total überfordert mit mir als schwangerer Frau.«

»Bisher habe ich noch nicht vor Müdigkeit geheult«, antwortete Erin lächelnd und wurde sofort wieder ernst. »Es ist ein schreckliches Gefühl, dass wir, obwohl Sally todkrank ist, noch in der Lage sind zu lächeln, findest du nicht auch?«

Lizzie stimmte ihr zu.

»Weißt du, wenn ich eine solche Nachricht wie Sally bekäme, würde ich meine Familie noch einmal sehen wollen«, fuhr Erin fort und fing schon wieder an zu weinen. Es war wirklich furchtbar, wie schnell sie in Tränen ausbrach, seit sie schwanger war. »Das ist ungefähr so, als ob man sich mit jemandem zerstritten hat, auf dessen Beerdigung man trotzdem gehen will. Das heißt, man wartet mit der Versöhnung, bis der andere gestorben ist. Greg sagt, warum soll man warten, bis etwas Schreckliches passiert. Also habe ich beschlossen, sie zu finden und ihnen von dem Baby zu erzählen.«

»Das ist wunderbar«, murmelte Lizzie und nahm Erin in den Arm.

»Ich hatte bereits überlegt, ob ich sie suchen soll, bevor ich von der Schwangerschaft erfuhr. Und dadurch, dass ich ein Kind erwarte, wird die Sache jetzt beschleunigt.« Jetzt begann Erin zu strahlen. »Ich weiß nicht, warum ich mir jemals Gedanken darüber gemacht habe, ob ich dieses Kind tatsächlich bekommen soll. Wahrscheinlich war es zu Anfang nur der Schock. Ich meine, ich habe Angst, weil ich nicht weiß, wie man eine gute Mutter ist. Aber ich will dieses Baby auf jeden Fall bekommen. Und ich kann ihm ja wohl unmöglich seine Familie vorenthalten.«

»Du wirst garantiert eine fabelhafte Mutter«, kam Lizzies entschiedene Antwort. »Und falls du eine Ersatzmum brauchst, bis du deine Mutter findest, bin ich jederzeit für dich da. Jemand muss dich schließlich rumkommandieren und darauf achten, dass du dich genügend ausruhst und deine Eisentabletten regelmäßig nimmst!«

Erin war zu gerührt, um etwas zu erwidern, also nahm Lizzie sie noch einmal in den Arm, stieg in ihren Wagen und winkte ihr zum Abschied vergnügt zu.

Als sie heimkam, entdeckte sie Debras Mini vor der Tür.

»Ich dachte, dass du nur heute Vormittag in der Praxis bist«, waren die leicht vorwurfsvollen Worte ihrer Tochter, als sie die Küche betrat. Debra hatte sich einen Tee gekocht und die Dose mit den Schokoladenkeksen aus dem Schrank geholt. In ihrer teuer aussehenden Wildlederhose und ihrem schneeweißen Pullover lehnte sie lässig elegant an der Spüle. »Ich hänge hier schon eine halbe Ewigkeit herum«, fügte sie unnötigerweise noch hinzu. »Dabei habe ich im Büro extra pünktlich Schluss gemacht.«

»Erinnerst du dich noch an Sally Richardson, die den *Beauty Spot* betreibt?«, fragte ihre Mutter. »Tja, sie hat Krebs und liegt im Sterben. Gott stehe ihr bei. Ich habe sie besucht.«

»Oh, der hübsche Salon mit den pink-weißen Vorhängen?«, überlegte Debra.

Lizzie nickte. »Es ist so furchtbar traurig. Sally hat einen Mann und zwei kleine Kinder. Ich kann mir nicht vorstellen, wie sie ohne sie zurechtkommen werden.«

»Männer finden für gewöhnlich relativ problemlos eine neue Frau«, erwiderte Debra ungerührt und nahm sich einen neuen Keks. »Ich habe einen Artikel darüber gelesen. Obwohl auch ich darüber hinwegkommen müsste, wenn Barry was passieren würde. Schließlich geht das Leben weiter.« Plötzlich kam Debra ein Gedanke. »Hätte sie nicht deine Nägel für die Hochzeit machen wollen?«

Lizzie blinzelte Debra ungläubig an. »Das ist ja wohl absolut zweitrangig. Schließlich sind meine Nägel keine Tragödie.«

»Tja, Barrys Mutter kriegt nicht nur die Nägel lackiert, sondern lässt sich auch noch professionell schminken.« Der Gedanke, dass ihre Mutter den wichtigsten Tag ihres Lebens womöglich nicht ernst genug nahm, war für Debra ein regelrechter Schock.

»Hier geht es nicht um meine Nägel«, protestierte ihre Mutter. »Wer guckt schon auf meine Nägel?«

Mit vor Verärgerung hektisch rotem Gesicht knüllte Debra das Papier des Kekses zusammen. »Die Leute werden auf dich achten, weil du meine Mutter bist. Es gibt doch sicher noch einen anderen Salon in dieser Gegend. Tja, aber das war nicht der Grund, weshalb ich heute hier bin. Barrys Cousin organisiert den Junggesellenabschied, und ich dachte, dass er in Cork stattfinden soll. Aber nein, stattdessen fahren sie nach Dublin. Fünfzehn Kerle alleine in Dublin. Ich bin außer mir vor Wut. Ich habe Barry gesagt, dass das so nicht ausgemacht gewesen ist. Und er behauptet einfach, er könne nichts dafür. Stell dir vor! Er könne nichts dafür. Es ist sein Junggesellenabschied, und er lässt die anderen Typen einfach machen, was sie wollen.« Sie kreuzte die Arme vor der Brust. »Man muss die Sache so beginnen, wie man sie auch weiterführen will. Man muss den Männern zeigen, dass man sich nicht alles von ihnen bieten lässt.«

»Darum geht es nicht in einer Ehe«, unterbrach ihre Mutter die Tirade. »Auch ich hasse den Gedanken an irgendwelche wilden Parties, auf denen der Bräutigam bis auf die Unterhosen ausgezogen und an einen Baum gefesselt wird. Aber du musst Barry und seine Freunde in diesem Fall tun lassen, was sie wollen. Das ist Tradition.«

»Nein«, widersprach Debra vehement. »Nein, das ist es nicht. Ich will nicht, dass er einen solchen Junggesellenabschied feiert.«

»Ein solcher Abend geht vorüber. Den hast du schnell vergessen«, versuchte ihre Mutter sie zu beruhigen.

»Ich dachte, dass du in dieser Sache meiner Meinung bist«, klagte Debra. »Rita sieht das genau wie ich.«

Ihre Kollegin Rita stand unter Debras Fuchtel und würde sagen, weiß sei schwarz, wenn Debra das von ihr verlangte.

»Warum sagst du ihm nicht einfach, dass dir der Gedanke an einen solchen Abend nicht gefällt, aber lässt ihn selbst entscheiden?«, schlug Lizzie Debra vor. »Schließlich willst du dich bestimmt nicht mit ihm streiten. Bis zu eurer Hochzeit sind nicht mal mehr zwei Monate Zeit.«

»Oh, Mum«, stöhnte Debra. »Du hast wirklich keine Ahnung von den Männern.« Sie schnappte sich ihre Wildledertasche und wandte sich zum Gehen. »Ich muss los. Wir reden später weiter, ja?«

Verblüfft blieb Lizzie in der Küche zurück und fragte sich, warum, wenn ihre Tochter wütend auf Barry war, sie die Tracht Prügel dafür bekam.

Sie fing an, die Küche aufzuräumen und zu überlegen, was sie zu Abend essen sollte. Sie hatte keinen großen Hunger, was ungewöhnlich war. Lizzie war eine gute Esserin, und bisher hatte nichts und niemand sie der Fähigkeit berauben können, eine anständige Mahlzeit und anschließend noch ein Schälchen Haselnuss-Eis zu vertilgen. Heute Abend jedoch hatte sie tatsächlich keinen Appetit.

Stattdessen ging sie mit der Zeitung hinaus in den Garten, setzte sich auf die Eisenbank auf der Terrasse und ließ sich von der Abendsonne wärmen.

Infolge all der Wochenenden, an denen Lizzie Unkraut gezupft, Büsche umgesetzt und zahlreiche Blumenzwiebeln so tief in der Erde versenkt hatte, dass die stets hungrigen Vögel sie nicht fanden, sah der Garten wunderschön aus. Trotz der Freude über das Ergebnis ihrer harten Arbeit war Lizzie jedoch traurig. Sie fragte sich, weshalb es des Unglücks eines anderen bedurfte, damit die Menschen merkten, welches Glück ihnen im Leben doch beschieden war. Als die Kinder klein gewesen waren, war ein Nachbar bei einem Autounfall gestorben und hatte eine Frau und vier kleine Kinder zurückgelassen, worauf Lizzie, die mit einer zahnenden Debra und einem aufsässigen Joe gerungen hatte, plötzlich große Dankbarkeit empfunden hatte für das, was sie besaß.

Vor ungefähr zehn Jahren war das Familienunternehmen eines Bekannten von Myles Bankrott gegangen, weshalb selbst sein Haus versteigert worden war. Lizzie, die den Mann zuvor um seinen höheren Rang beneidet hatte, wusste danach Myles kleines Angestelltengehalt und die damit verbundene relative Sicherheit der Arbeit noch mehr zu schätzen. Natürlich hatten Erleichterung und Dankbarkeit nicht ewig angehalten. Doch sie hätte diese beiden Schicksale nicht vergessen sollen, wurde ihr bewusst. Niemand war gegen solche Schläge gefeit.

Sie seufzte. Debra war wahrscheinlich noch zu jung, um so was zu verstehen. Vor allem kreisten halt all ihre Gedanken um die bevorstehende Hochzeit. Das war bestimmt der Grund, weshalb sie vorhin, statt Mitgefühl zu zeigen, so erschreckend stumpf und ihrer Mutter gegenüber derart hartherzig gewesen war. Ja, das war bestimmt der Grund…

17

An dem Tag, an dem Jess' Prüfungen begannen, bekam Abby einen Anruf ihres Senders wegen der neuen Folgen von *Entrümpeln.* Während die Suche nach neuen Moderatoren weitergegangen war, hatte sie zwischenzeitlich allein fünf Folgen abgedreht und angefangen zu hoffen, dass sich eventuell keine passende Co-Moderatorin fand. Doch sie hatte Pech. Man teilte ihr schließlich mit, zwei junge Frauen gefunden zu haben, und Brian war ganz versessen darauf, dass Abby die beiden kennen lernte.

»Kommen Sie bitte heute Nachmittag vorbei«, bat er, ohne höflicherweise hinzuzufügen, »wenn es Ihnen passt.«

»Heute Nachmittag ist schlecht«, begann Abby, die Jess nach der Englischprüfung hatte von der Schule abholen wollen.

»Sie sollten versuchen, es einzurichten«, antwortete Brian. »Es geht auch um Ihre Zukunft, Abby.«

Es war also keine Bitte, sondern ein Befehl, dachte Abby grimmig. »Meinetwegen«, antwortete sie knapp.

»Dann sehen wir uns also um halb drei.«

Es hatte eine Zeit gegeben, in der hätte Brian sie vor einem Nachmittagstermin zum Essen eingeladen, und sie beide,

Flora, Selina und wer sonst noch aufzufinden wäre, hätten über ein paar Gläsern Wein ein bisschen über die Kollegen hergezogen und sich selbst zu ihrem Erfolg gratuliert.

»Sie sind der Star der Sendung«, hatte Brian ihr wiederholt erklärt. »Sie sind diejenige, die sie zu einem Erfolg gemacht hat. Die Menschen lieben Sie, denn sie können sich auf Sie verlassen.«

Super, dachte Abby. Zwei Jahre lang war sie der Star gewesen und der Grund, weshalb die Serie ein Erfolg geworden war. Und jetzt mit einem Mal kamen sie auf die Idee, dass sie zu alt für die Allein-Moderation ihrer eigenen Sendung war. Abby hatte das Gefühl, als wäre ihr als Einziger nicht aufgefallen, dass plötzlich ihr Verfallsdatum überschritten war. Sie würde sich die Mühe sparen, ihre verblichenen Jeans und das knappe blaue T-Shirt gegen etwas anderes zu tauschen, und trüge höchstens etwas Lipgloss auf. Es wäre reine Zeitverschwendung, richtete sie sich für dieses Treffen extra her. Roxie und Brian hatten zwei jugendliche, neue Talente aufgetan, und egal, wie viele Schichten Mac-Grundierung sie sich auf die Wangen kleistern würde, ragte unbeirrt drohend der dreiundvierzigste Geburtstag vor ihr auf. Entweder sie nähmen sie so, wie sie war – oder sie ließen es sein.

»Du siehst fantastisch aus«, erklärte Flora, als Abby um Punkt zwei Uhr dreißig im Besprechungsraum von Beech erschien.

Abby grinste. »Das ist meine Alltagskluft.«

»Aber sie steht dir klasse«, lobte Flora. »Du hast noch nie Jeans vor der Kamera getragen. Das solltest du mal tun.«

Bei dem Gedanken an das Vermögen, das sie für elegante, teure Kleider ausgegeben hatte, musste Abby lachen.

Roxie, die natürlich keine alten Levis trug, kam entschlossenen Schrittes durch die Tür, ließ nach einem kurzen Gruß in Abbys Richtung die Rollos herunter und spulte den Videoclip mit den beiden Neuentdeckungen ab.

»Eineiige Zwillinge«, entfuhr es Abby leise, als zwei umwerfend hübsche Brünette auf dem Bildschirm erschienen und sagten, sie wären Linzi und Mitzi Devine. Sie waren höchstens fünfundzwanzig, sahen blendend aus und strahlten mit einem derart selbstbewussten Grinsen in die Kamera, als hätten sie zeit ihres jungen Lebens nie etwas anderes getan.

Auch an ihrer Darbietung gab es nichts auszusetzen. Sie wirkten völlig natürlich, als sie in einer gestellten Entrümpelungsszene Tonnen von Papieren in einem unordentlichen Büro durchforsteten, vergnügt stapelweise Dokumente im Mülleimer verschwinden ließen und dabei wie aus einem Mund »Schreddern! Schreddern!« jubelten.

Ihre untrainierte Vorgehensweise war anders als Abbys professionelle Arbeit, doch sie hatte keinen Zweifel, dass sie wegen ihres attraktiven Aussehens und ihrer ansteckenden Fröhlichkeit die Einschaltquoten weiter in die Höhe treiben würden.

Die Aufnahme endete, und Roxie fragte lauernd: »Sie sind einfach fantastisch, Abby, finden Sie nicht auch?«

Mit einem Mal erkannte Abby, dass sie keine Angst mehr vor der intriganten Roxie hatte. Was könnte Roxie ihr schon tun? Sie könnte sie höchstens feuern, und das wäre nicht schlimmer als das private Unglück, das ihr in den letzten Wochen widerfahren war.

»Sie sind echt super«, antwortete sie und bedachte Roxie mit einem durch und durch gütigen, wohlwollenden Blick. »Ich denke, die beiden kommen bei den Zuschauern hervorragend an.«

Sie meinte, was sie sagte, und es bereitete ihr diebisches Vergnügen zu entdecken, welch unverhohlene Enttäuschung Roxies zuvor so selbstzufriedenes Gesicht infolge dieser Reaktion verriet.

»Ja, sie haben den Probelauf tatsächlich gut hingekriegt«, stimmte Flora zu. »Mir haben sie bereits bei unserem ersten

Treffen gefallen. Ich mag den Enthusiasmus, mit dem sie bei der Sache sind.«

Da gab es aber noch ein Problem, und Abby fragte: »Es hat so lange gedauert, passende Moderatorinnen zu finden, wie bringen wir sie in die bereits abgedrehten Folgen ein?«

»Das ist bereits geklärt«, kam Roxies steife Antwort. »Ich weiß, es hat länger gedauert als geplant, bis wir die beiden hatten. Doch die Warterei hat sich gelohnt. Und ich habe schon eine Idee, wie man Linzi und Mitzi am besten integriert.«

Roxies Plan war simpel: In den Sendungen, die schon im Kasten waren, würden die beiden Neuen einen einzelnen Raum entrümpeln, und diese Arbeiten würden ausschnittsweise in Abbys Entrümpelung des restlichen Hauses eingebunden werden. In den bisher noch nicht gedrehten sieben Folgen würden Abby und die beiden Neuen weiter getrennt zu Werke gehen und erst am Ende der jeweiligen Episode zusammen vor der Kamera stehen.

»Würden Sie die Mädchen gerne kennen lernen?«, wandte sich Roxie süffisant an Abby.

»Ja, sehr gern sogar«, antwortete sie, da sie richtigerweise kombinierte, dass alle anderen die beiden Neuen längst angenommen hatten, sodass dieses Treffen als reine Formsache zu betrachten war.

Stans erwartungsvolle Miene, als Roxie vor die Tür trat, um die beiden zu holen, wäre ein Foto wert gewesen. Er grinste wie ein Honigkuchenpferd. Und Brian ging sogar so weit und rückte in Erwartung der Begegnung seinen Schlips zurecht.

In Wirklichkeit waren die beiden jungen Frauen tatsächlich noch attraktiver als in dem kurzen Film. Sie waren groß wie Jess und sahen mit ihren vor Gesundheit leuchtenden Gesichtern und den rosigen Wangen wie zwei Profi-Sportlerinnen aus. Ihre elegante beige- und cremefarbene Kleidung passte hervorragend zu ihren blitzeblauen Augen. Sie waren perfekt geschminkt – und konnten es zur Freude ihrer zukünftigen Kollegin eindeutig nicht erwarten, die berühmte Abby Barton von Angesicht zu Angesicht zu sehen.

»Wir sind riesengroße Fans von Ihnen«, sagte Linzi oder Mitzi.

»Wir lieben Ihre Sendung«, fügte die andere atemlos hinzu.

Sie hatten vor Aufregung weit aufgerissene Augen und nahmen mit ihrer Freundlichkeit und ihrer ehrlichen Begeisterung Abby sofort für sich ein. »Ist es eine allzu blöde Frage, welche von Ihnen beiden Linzi und welche Mitzi ist?«

»Ich bin Mitzi.«

»Und ich Linzi«, erklärte Linzi grinsend. »Ich habe mehr Sommersprossen.«

»Aber das hilft einem auch nicht, uns auseinander zu halten, wenn wir nicht zusammen sind«, stellte Mitzi erheitert fest.

Selina, die hinter ihren Schützlingen den Raum betreten hatte, blickte Abby, froh, dass die drei sich anscheinend von Anfang an verstanden, mit hochgezogenen Brauen an.

»Abby, haben Sie vielleicht Zeit, einen Kaffee mit uns zu trinken? Wir würden uns gern mit Ihnen unterhalten und wüssten es zu schätzen, wenn Sie uns ein paar Ratschläge erteilen könnten.«

»Tut mir Leid«, erklärte Abby. »Aber meine Tochter hat heute mit der Zwischenprüfung angefangen, und ich muss sie von der Schule abholen.«

»Oh, natürlich«, antworteten beide Mädchen so respektvoll, als hätte Abby erklärt, sie spalte daheim in ihrer Küche bis Dienstag nächster Woche das Atom. »Wir möchten uns bestimmt nicht aufdrängen. Wir wissen, dass Sie sehr beschäftigt sind.«

»Aber eventuell kann Selina ja einen Termin für ein gemeinsames Mittagessen oder Ähnliches für uns alle machen«, fügte Abby hinzu, »obwohl ich sicher bin, dass Sie beide sehr stark in die Werbung für das neue Format eingebunden sind.« Diese beiden Mädchen waren wie geschaffen für diverse Fotoserien, und Brian und Roxie ließen sich die Chance, Kapital daraus zu schlagen, garantiert nicht entgehen. Mit den neuen Folgen würden sie nicht vor Ende August auf Sendung sein, und bis dahin wären die beiden neuen Gesichter fest im Bewusstsein des Publikums verankert. Das war Abby klar.

Selina nahm Abby, während sich die anderen miteinander unterhielten, zur Seite und schlug vor: »Wie wäre es, wenn Sie die beiden morgen früh zum Kaffeetrinken treffen würden?«

»Kein Problem«, antwortete Abby.

»Die Mädchen sind ganz wild darauf, mit Ihnen zu sprechen«, wisperte Selina. »Und es würde dieser Hexe Roxie Recht geschehen, wenn Sie drei sich gut miteinander verstünden. Sie hat nämlich die große Hoffnung, bald mit der Geschichte an die Öffentlichkeit gehen zu können, dass Sie die Brocken hingeschmissen haben, weil die Konkurrenz unerträglich für Sie ist.«

»Ein gemeinsames Kaffeetrinken wäre wirklich super«, erklärte Abby laut und legte dankbar eine Hand auf Selinas Arm. »Sagen wir um elf in der Patisserie im Einkaufszentrum?«

»Klasse«, sagte Linzi oder Mitzi und lächelte sie strahlend an.

Abby schaffte es gerade noch rechtzeitig zur Schule, als Jess und Steph schon angeregt plaudernd auf die Straße trabten.

»Ich dachte, dass ihr vielleicht gern gefahren werden würdet.« Sie lächelte die beiden aufmunternd an.

»Prima«, erklärte Steph, öffnete die Tür des Fonds und schleuderte ihre Schultasche, als wäre sie vergiftet, auf den Nebensitz.

»Danke, Mum«, meinte auch Jess und bedachte sie mit einem, inzwischen allzu seltenen, Grinsen.

Die Prüfung war grässlich, fürchterlich, ja schlichtweg ätzend gewesen. Und was die Frage nach W. B. Yeats und seine bildliche Darstellung betraf, gab es gar kein Wort, um sie zu beschreiben.

»Wie soll man eine solche Aufgabe in zehn Minuten ausführen?«, jammerte Steph. »Ich frage mich ernsthaft, unter welchen Kriterien die ausarbeiten, wie viel Zeit man für die jeweiligen Fragen braucht. Bei ihrer Festlegung haben sie sich auf jeden Fall eindeutig vertan.«

»Die Frage nach dem Aufbau moderner Romane habe ich total vermasselt«, seufzte Jess.

»O nein«, widersprach ihr ihre Freundin. »*Ich* habe sie vermasselt, du ganz sicher nicht.«

Es war wie in alten Zeiten, dachte Abby glücklich, während sie die Freundin ihrer Tochter in die Gartland Avenue kutschierte.

Nachdem Steph ausgestiegen war, hatte Abby die Befürchtung, Jess mache wieder dicht. Doch zu ihrer Freude plapperte sie weiter.

»Ich weiß, ich sollte die ganze Nacht durch für die Matheprüfung lernen, aber ich habe schon so viel gelernt, dass ich das Gefühl habe, in meinen Kopf passt nicht die kleinste Zahl mehr«, erklärte ihre Tochter, während sie aus der Stadt Richtung Dunmore fuhren.

Früher hätte Abby umgehend erklärt, es wäre sowieso eine idiotische Idee, die ganze Nacht hindurch kein Auge zuzumachen. Doch sie hatte in den letzten Wochen einiges gelernt.

»Ich konnte damals nie gut die Nacht durch lernen«, gab sie stattdessen zu. »Und ich habe gelesen, dass es sowieso nichts nützt, weil man am nächsten Tag viel zu erschöpft ist, um noch annähernd normal zu funktionieren.«

»Das glaube ich auch«, stimmte Jess mit einem Seufzer zu. »Ich bin sowieso schon restlos erledigt.«

»Ich habe alles für ein leckeres Champignonrisotto eingekauft«, lockte Abby aufmunternd. »Willst du also, wenn wir heimkommen, erst mal etwas essen und anschließend mit dem Lernen weitermachen, oder willst du erst noch etwas tun?«

»Erst möchte ich essen«, meinte Jess und fügte dann tatsächlich noch ein »Danke, Mum« hinzu.

Abby erzählte Jess von ihrem Tag, wobei sie jedoch nicht erwähnte, welche niederträchtigen Absichten Roxie verfolgte.

»Aber es ist doch trotzdem weiter deine Sendung, oder?«, fragte ihre Tochter sorgenvoll.

»Sicher«, erwiderte Abby. »Es ist normal, dass sich eine Serie im Lauf der Zeit verändert, und die beiden neuen Moderatorinnen bringen der Sache bestimmt neuen Schwung.«

»Oh, okay«, antwortete Jess, nicht allzu überzeugt.

»Mach dir um mich keine Gedanken«, meinte Abby lächelnd und drückte Jess den Arm. »Mir geht es gut. Niemand wird mir meine Sendung nehmen.«

»Das will ich schwer hoffen«, stellte Jess kategorisch fest. »Du hast deinen Erfolg nämlich verdient.«

Abby kam zu dem Ergebnis, dass es sich durchaus lohnte, im Berufsleben an den Rand gedrängt zu werden, wenn sie dadurch ihrer Tochter wieder näher kam.

Tom kam zur selben Zeit wie sie nach Hause und sagte, er äße gerne mit, weshalb zum ersten Mal seit Wochen die Familie Barton gemeinsam in der Küche saß und sich miteinander unterhielt, als wäre nie etwas geschehen. Tom war ein zu guter Lehrer, um seine eigene Tochter nach dem Verlauf ihrer Prüfung zu fragen, und munterte Jess stattdessen mit Geschichten von anderen Schülern auf, die in der festen Überzeugung, sie wären durchgefallen, tränenüberströmt aus dem Prüfungsraum geflüchtet waren, bevor ihnen später eine durchaus gute Note mitgeteilt worden war.

»Ich hoffe, dass mir das ähnlich passieren wird«, erklärte Jess inbrünstig.

Zum Nachtisch nahm sie sich einen Joghurt aus dem Kühlschrank, sah ihre Eltern lächelnd an und ging hinauf in ihr Zimmer, um mit dem Lernen fortzufahren – und vor allem, um nachzusehen, ob eine SMS von Oliver gekommen war. Sie wusste, bis zur letzten Prüfung hätte sie keine Zeit, ihn zu treffen. Doch er hatte ihr versprochen, täglich eine Kurznachricht zu schicken und sie am Wochenende zu sehen. Allein bei dem Gedanken daran, dass er an sie dachte, hatte sie ein wohliges Gefühl.

Unten in der Küche lehnte sich Abby dankbar auf ihrem Stuhl zurück. Tom war so freundlich und normal gewesen. War es also zu viel zu hoffen, dass sich vielleicht doch noch alles zum Guten wenden ließ?

Tom stand auf und räumte die Spülmaschine ein. Froh, dass einmal jemand anderes die Arbeit machte, beobachtete Abby ihn dabei. Er hatte seinen strengen Schulanzug gegen Jeans und ein verblichenes Sweatshirt eingetauscht. Ohne das Hemd und die Krawatte, die er in der Schule trug, wirkte er viel jünger, beinahe wie der Mann, mit dem sie vor so vielen Jahren vor den Traualter getreten war. Er rackerte sich ab, dachte sie seufzend, saß bis in die späten Abendstunden über irgendwelchen Heften und machte sich Gedanken über den Bau der Turnhalle und über die Leistungen der Schüler während der Examen. Sie hatten noch keinen Urlaub für dieses Jahr gebucht, denn sie hatten bis zum Sommer warten wollen, um zu prüfen, welche Art von Urlaub ihnen finanziell dann möglich war. Auch Jess hätte nach der Prüfung schöne Ferien verdient. Vielleicht könnten sie günstig nach Florida fliegen und dort ein Auto mieten, überlegte sie, als Tom ihre Gedanken plötzlich unterbrach.

»Abby, ich habe nachgedacht. Wenn Jess die Prüfungen beendet hat, ziehe ich am besten aus.«

Abby war überzeugt, sich verhört zu haben. »Was?«, fragte sie ungläubig aus allen Wolken fallend.

Immer noch war er mit dem Geschirr beschäftigt, und ihr

wurde klar, dass er das nicht aus reiner Hilfsbereitschaft tat. Er wollte ihr nicht ins Gesicht sehen müssen, als er die Bombe platzen ließ. »Ich ziehe aus. Aber natürlich will ich nicht, dass Jess das jetzt schon erfährt.«

»Das kann doch nicht dein Ernst sein.«

»Doch.« Er klappte die Spülmaschine zu, drehte sich zu ihr um, lehnte sich gegen die Arbeitsplatte und sah sie reglos an. Er hatte die Pfanne vergessen, dachte Abby und fragte sich gleichzeitig, weshalb so was wichtig war.

»Was habe ich denn für eine andere Wahl?«, fragte Tom ungeduldig. »Soll ich hier rumsitzen, damit du denkst, es wäre nicht weiter wild, dass du mit einem anderen ins Bett gegangen bist? Soll ich den Hausmann für dich spielen, so wie du es gerne hättest? Nicht genug, dass du mir ständig deinen Erfolg unter die Nase reibst – ich soll auch noch mit einer offenen Ehe einverstanden sein. Doch eine solche Ehe will ich nicht.«

»Ich auch nicht«, schluchzte sie, doch er ging nicht darauf ein.

»Nenn mich meinetwegen altmodisch, aber mir haben die Dinge so gefallen, wie sie früher waren, und nun, da sich alles völlig verändert hat, gibt es kein Zurück mehr für uns beide.«

»Doch, das gibt es. Wir könnten zur Eheberatung gehen, und du könntest lernen, mir wieder zu vertrauen, bitte. Es tut mir so Leid, Tom. Ich habe das alles nie gewollt, aber wir können ganz bestimmt noch mal von vorn anfangen. Ich dachte, das hätten wir bereits«, fügte sie im Flüsterton hinzu.

»Vermutlich schreiben sie in den Zeitschriftenartikeln, dass so was möglich ist, doch im wahren Leben funktioniert das nicht«, antwortete er. »Kannst du dir vorstellen, dass wir jemals wieder miteinander schlafen, ohne dass ich daran denke, dass du von diesem anderen Typen berührt worden bist?« Er ballte so heftig die Fäuste, dass die Knöchel weiß zutage traten. »Dass du ihn berührt hast… ich kann an nichts anderes denken. Es verfolgt mich Tag und Nacht.«

Abby hatte keine Vorstellung davon gehabt, *wie sehr* Tom von ihrem Seitensprung betroffen war. Sie hatte angenommen, es wäre vor allem eine Frage des Stolzes, und früher oder später käme er darüber hinweg. Doch die Auswirkungen ihres gedankenlosen Tuns hatte sie eindeutig unterschätzt. Er war zerstört wegen des von ihr begangenen Verrats. Es erfüllte sie nun mit heißer Scham, dass sie sich allen Ernstes eingebildet hatte, er würde sich mit allem arrangieren, und danach ginge alles weiter wie zuvor.

»Bitte versteh doch, Tom, es hatte überhaupt nichts zu bedeuten. Du bist der, den ich liebe, und der, den ich immer geliebt habe. Ich war nur einsam und entsetzlich dumm. Du weißt, dass wir nicht miteinander klargekommen sind, und –«

»Oh, dann bin also plötzlich ich an allem Schuld?«, giftete Tom.

»Nein«, erklärte Abby. Sie war zwar der Ansicht, dass die Kälte, mit der er ihr begegnet war, das Geschehen beeinflusst hatte, doch es war ihr ebenso bewusst, dass das in seinen Augen keine Entschuldigung für ihre Affäre war. »Aber du hast kein allzu großes Interesse mehr an mir gezeigt. Ich bin mir vorgekommen wie deine Mutter oder Schwester«.

Tom sah aus, als würde er gleich explodieren.

»Das soll keine Entschuldigung für mein Verhalten sein«, fügte sie rasch hinzu. Himmel, machte sie jetzt alles noch viel schlimmer? »Ich war einsam. Ich dachte, wenn mir jemand anderes schmeichelt, würde ich mich besser, jünger oder sonst wie anders fühlen. Das war jedoch nicht der Fall.« Sie wollte das alles so ehrlich wie möglich erklären, doch er verstand sie absolut nicht.

»Du wolltest, dass irgendwer dir schmeichelt, damit du dich jünger fühlen kannst?« Er schnaufte verächtlich. »Soll das etwa eine Entschuldigung für dein Fremdgehen sein?

Kannst du dir vorstellen, dass ich je mit einer anderen geschlafen hätte, nur, weil ich mir eventuell alt und vernachlässigt vorgekommen bin? Hast du das, was wir beide hatten, so gering geschätzt, dass du es aus derart blöden Gründen einfach über Bord geworfen hast?« Er spuckte die Worte fast aus.

»Ich weiß unsere Ehe ganz bestimmt zu schätzen! Bitte! Das musst du mir glauben«, flehte sie ihn an. »Sobald es passiert war, wusste ich, dass es falsch gewesen war. Ich habe mich dafür gehasst, dass ich dich betrogen habe. Bitte, hör mir zu, Tom!«

Er gab ihr keine Antwort.

»Und wenn du gehst, wird es uns niemals gelingen, das zu überstehen.« Abby spürte, dass ihre Kraft schwand. Sie würde ihn auf Knien anbetteln, sie würde alles tun, damit er sie nicht verließ. War es ihm etwa egal, welches Unglück eine Trennung für seine Tochter wäre? »Bitte, ich flehe dich an, geh nicht. Lass uns versuchen, die Sache zu klären.«

»Ich kann nicht«, erwiderte er tonlos. »Ich wollte Jess in diese Sache nicht hineinziehen und dachte, ich käme irgendwie damit zurecht. Doch das tue ich nicht. Wie gesagt, Abby, ich bin ein altmodischer Mann. Und wenn meine Frau mit einem anderen schläft, geht für mich dadurch etwas Kostbares verloren, das nicht ersetzt werden kann. Wenn moderne Männer kein Problem damit haben, ist das für sie natürlich schön. Ich aber habe damit eindeutig ein riesiges Problem. Und fürs Protokoll: Ich habe dich nie als Schwester betrachtet. Ich dachte, wir hätten eine trotz allem funktionierende Ehe: Es war ein Trugschluss.«

»Aber wir könnten versuchen, das alles zu überwinden … Wirst du es denn niemals schaffen, mir meinen Fehltritt zu verzeihen?«

»Ich weiß es nicht«, meinte er. »Ich wünschte, ich könnte es dir sagen. Im Moment ist meine Antwort nein. Und jetzt will ich nicht mehr darüber reden. Jess soll schließlich zurzeit noch nichts merken. Sie muss sich konzentrieren. Aber dir musste ich es einfach jetzt schon sagen, denn ich wollte nicht, dass du dir womöglich einbildest, wegen einer gemeinsamen Mahlzeit wäre alles wieder gut.«

Damit verließ er den Raum, und Abby blieb wie betäubt allein am Küchentisch zurück.

Sie hatte keine Ahnung, wie lange sie versteinert auf ihrem Stuhl gesessen hatte, bis das Läuten des Telefons sie aus der Erstarrung riss.

»Abby, tut mir Leid, dass ich so spät noch störe«, drang die atemlose Stimme ihrer Assistentin Katya an ihr Ohr. »Die Kinder waren krank, und ich habe deshalb total vergessen, Ihnen zu sagen, dass jemand von *House Today* angerufen hat. Sie wollen ein großes Interview mit Ihnen machen für die Titelgeschichte, die sie zeitgleich zum Beginn der neuen Folgen planen. Sie haben ihre Sachen gern so früh wie möglich fertig. Wenn wir also jetzt mit ihnen sprechen, kommt der Artikel in der Septemberausgabe, das heißt Ende August, gleichzeitig mit der ersten Sendung auf den Markt. Stellen Sie sich vor! Sie wollen Sie zu Hause fotografieren, weil ihnen zu Ohren gekommen ist, wie wunderbar Sie wohnen. Ich habe gesagt, wir würden uns bei ihnen melden, weil ich nicht allzu eifrig wirken wollte, aber, Abby, das ist schlicht phänomenal!«

»Ja, super«, plapperte Abby automatisch.

»Sie meinten, es wäre natürlich ideal, wenn sie ebenfalls Tom und Jess fotografieren dürften. Aber ich habe gesagt, dass Sie Ihre Familie lieber raushalten würden, und das haben sie verstanden. Ich meine, schließlich brauchen auch Sie Ihre Privatsphäre, oder etwa nicht?«

»Natürlich«, murmelte Abby und überlegte, ob sie dieses Interview jemals überstünde. Wie könnte sie von ihrer glücklichen Familie schwärmen und behaupten, dass ihre Familie für sie stets an erster Stelle kam, während gleichzeitig ihr Mann im Begriff stand auszuziehen? Nie und nimmer brächte sie das fertig. Eine derartige Heuchlerin war sie nicht.

»Wenn möglich, würden sie die Aufnahmen gerne am Donnerstag oder am Freitag machen. Wie klingt das für Sie?«

Abby dachte darüber nach. Wenn es ihr gelänge, ihre Ehe zu retten, Jess vor der Erkenntnis zu bewahren, wie dicht ihre Eltern vor einer Trennung gestanden hatten, und ihr eigenes bleiches, eingefallenes Gesicht bis Donnerstag wieder halbwegs auf Vordermann zu bringen, wäre es in Ordnung. Anderenfalls würde es die traurigste Geschichte, die je in *House Today* erschienen war.

»Diese Woche ist es bei mir ein bisschen eng«, erklärte sie deshalb. »Jess steckt gerade mitten in den Prüfungen. Fragen Sie doch mal, ob sich das Ganze noch ein paar Wochen verschieben lässt.« Eine andere Entschuldigung fiel ihr nicht ein.

»Okay«, antwortete Katya fröhlich. »Ich rufe gleich morgen dort an. Tschüs.«

Abby sah auf ihre Uhr. Halb acht. Wo war die Zeit geblieben? Sie spülte die Pfanne, stellte sie zum Trocknen auf den Abtropfständer, legte sich eine Strickjacke um die Schultern und wanderte hinaus in den Garten. Es war ein wunderbarer Abend, ging es ihr durch den Kopf, als sie zwischen den hier und da bereits erblühten Rosen hindurchschlenderte, sich nach einer der leuchtend pinkfarbenen Pfingstrosen bückte und dabei dachte, was für eine seltsam altmodische Blume sie doch war. Wer hatte sie wohl gepflanzt?

Bevor sie und Tom das Anwesen erworben hatten, hatte es einem Makler gehört, der das alte Haus hatte abreißen und durch einen modernen Apartmentblock hatte ersetzen lassen wollen. Allerdings hatte er keine Baugenehmigung bekommen und das Haus deshalb an sie weiterverkauft. Wem aber hatte Lyonnais vor diesem Mann gehört? Wer hatte liebevoll die Pfingtrosen gesetzt und das von einer Mauer umgebene Kräuterbeet mit dem hoch aufragenden Rosmarin und den dichten Thymianbüschen angelegt? Wer hatte die armlose steinerne Göttin, die schüchtern zwischen dem Efeu hervorlugte, gekauft? Hatte eine glückliche Familie in diesem Haus gelebt und gelacht – bis die Kinder groß geworden und die Eltern gemeinsam alt geworden waren?

Dieser wunderbare Garten hatte von Anfang an etwas Tröstliches für sie gehabt, in letzter Zeit jedoch war in ihrem Leben einfach zu viel vorgefallen, hatte sie allzu viele Sorgen, als dass er gleich die gewohnte Wirkung entfaltete. Der Garten stand für all die Hoffnungen und Träume, mit denen sie hierher gezogen war. Sie hatte sich fröhliche Grillnachmittage auf der Terrasse vorgestellt, gemütliche Sonnentage, in denen sie mit einem Buch im Kreise ihrer Familie auf einer Liege faulenzte. Noch vor weniger als einem Jahr hatte Lyonnais für sie ein wunderbares Leben für die ganze Familie symbolisiert. Inzwischen jedoch schien es, als gehörten diese Träume der Vergangenheit an, und der Anblick ihres Gartens verstärkte noch die Trauer um diesen Verlust. Falls sie und Tom sich scheiden ließen, müssten sie das Anwesen verkaufen. Ein weiteres Opfer ihrer Dummheit, dachte sie stöhnend.

Trotz der Erkenntnis, dass sie das Haus möglicherweise bald verlöre, empfand sie das Gefühl von Frieden, während sie im Abendlicht langsam über den Rasen ging. Das Schlimmste stand ihr nun nicht mehr bevor, sondern es war endlich eingetreten. Tom wollte sie verlassen. Sie hatte auf einmal keine Angst mehr davor, dass er es tatsächlich machte. Die Furcht wurde durch die Wirklichkeit ersetzt. Es war ein Alptraum, aber irgendwie käme sie damit zurecht, wenn Tom sich von ihr trennte.

Sie zerrieb ein Blatt Zitronenmelisse zwischen ihren Fingern und sog das süßliche Aroma in sich ein. Das Leben würde weitergehen. Sicher hatte dieser Garten bereits viele Höhen und Tiefen miterlebt – Geburten, Todesfälle, Hochzeiten, Streitereien, Liebe und den Tod der Liebe. Und trotzdem blühten nach wie vor die Blumen, und die diversen Kräuter erfüllten die Abendluft auch weiterhin mit ihrem würzig-süßen Duft. Der Kreislauf des Lebens ginge weiter. Abby ließ das zerdrückte Blatt zu Boden segeln und ging zurück ins Haus.

18

Es war der heißeste Juni in Dunmore, seit es Temperatur-Aufzeichnungen gab. Die Leute, die Urlaub auf dem Festland gebucht hatten, begannen zu bedauern, dass sie nicht zu Hause bleiben konnten, als das Thermometer täglich die Dreißig-Grad-Marke überstieg. Erfolgsverwöhnte Gärtner mussten unglücklich mit ansehen, wie ihre geliebten Rasenflächen, da man nicht mehr sprengen durfte, allmählich verbrannten, und das Gartencenter des Ortes hatte schon nach ein paar Tagen keine Sonnenschirme mehr. Familien mit Kindern erstanden Planschbecken aus Gummi und stellten ihre Füße zur kurzfristigen Erfrischung in das kalte Wasser, da auch die Ventilatoren ausverkauft waren. Die Italiener, denen neben der Eisdiele auch der pastellfarbene Eiswagen gehörte, verdienten so viel, dass die ganze Familie am Ende des Sommers einen Monat in Florida spendiert bekam.

Tom Barton war noch immer derart mit dem Bau der Turnhalle beschäftigt, dass er keine Zeit fand, um sich nach dem Ende von Jess' Examen definitiv um eine eigene Wohnung zu kümmern. Flüchtig hatte er sich ein paar Apartments und ein winziges Häuschen mitten in Dunmore angesehen. Doch da war nichts dabei, was ihm gefallen hätte und was im Rahmen seiner finanziellen Möglichkeiten lag. Abby, die inzwischen zusammen mit Mitzi und Linzi bei den Dreharbeiten zu den letzten sieben Folgen ihrer Sendung war und gleichzeitig über ihrer einstündigen Rede für die Messe brütete, war erleichtert, dass er Lyonnais doch nicht so schnell verließ.

Jess, die inzwischen Sommerferien hatte, half Delia bei der

Betreuung der beiden Jungen – wofür Steve sie, auch wenn sie es ablehnte, großzügig bezahlte – und hatte außerdem noch ein paar abendliche Babysitter-Jobs gefunden. Deshalb hatte sie, als sie von ihrer Mutter ihr Geburtstagsgeld ein wenig früher überreicht bekam, genügend Geld zusammen, um das lang ersehnte Fahrrad zu erstehen. Das blau-grau lackierte Mountainbike mit seinem leichten Alu-Rahmen machte es ihr möglich, mühelos auch steile Berge zu erklimmen. So war sie an den Tagen, an denen sie im Tierheim aushalf, nicht mehr auf die Busse angewiesen.

Außerdem konnte sie Oliver am anderen Ortsende besuchen, auch wenn sie ihren Eltern das wohlweislich verschwieg. Oliver war ihr Geheimnis. Schließlich waren sie nur gute Freunde, wie sie sich selber einredete, und so ging ihre Beziehung niemanden auch nur das Geringste an.

Auch wenn der Kuss, den Oliver ihr nach den Prüfungen gegeben hatte, einfach unglaublich und völlig anders, als sie angenommen hatte, gewesen war. Er hatte sich so richtig angefühlt. Und was sie selber dabei hatte tun müssen, hatte sie aus irgendeinem Grund von alleine gewusst. Außerdem hielten sie regelmäßig Händchen.

Da Oliver in der Gärtnerei seines Vaters jobbte und weil ihre Mutter unverändert wissen wollte, wo Jess jede Sekunde des Tages steckte, sahen sie einander viel zu selten. Jedesmal aber, wenn sie sich endlich wieder trafen, war Jess trotz des Ärgers zwischen ihren Eltern und ihrer Traurigkeit, weil Sally derart krank war, so glücklich wie bereits seit Monaten nicht mehr. Oliver hatte sie gerne – trotz ihres kleinen Busens, trotz der Zahnspange, der Brille und allem, was in ihren Augen sonst gegen sie sprach.

Ende der ersten Juniwoche zogen Greg und Erin aus der ungeliebten muffigen Bruchbude in ihre neue Wohnung, die für sie sofort ein richtiges Zuhause war. Sie beschlossen, die Wände so zu lassen, wie sie waren, bis sie sicher wüssten, welche Farben wirklich passten. Erin machte zudem die Entdeckung, dass sie nach den hektisch-bunten Tapeten in dem Miethaus von dem blütenreinen Weiß regelrecht begeistert war. Nur das zukünftige Kinderzimmer wurde mit einer fröhlichen Tapete und einer Bordüre, auf der Teddybären, schreckhafte Kaninchen und schrille Comicfiguren abgebildet waren, kindgerecht verziert. Erin schwankte, ob sie das Geschlecht des Kindes schon im Vorfeld wissen wollte oder lieber nicht. Es zu wissen wäre praktisch für die Einrichtung des Zimmers, andererseits jedoch bliebe es eine tolle Überraschung. Greg, der ganz begeistert von ihrem anschwellenden Bauch war, sagte, ihm wäre es lieber, bis zur Geburt zu warten, und schlug deshalb ein Sonnengelb für das Kinderzimmer vor.

Nach ihrer Familie hatte Erin noch immer nicht gesucht. Mit dem Umzug und der Schwangerschaft gab es so vieles zu bedenken, dass es sicher besser war, wenn sie diese Suche noch etwas verschöbe, beruhigte sie sich.

Lizzie Shanahan bekam wegen ihres überzogenen Kontos einen strengen Brief von ihrer Bank, und ihr wurde klar, dass sie mehr verdienen müsste, damit sie nicht vollends in einem Schuldenmeer versank. Die Kosten für die Hochzeit ihrer Tochter kletterten unaufhaltsam, und Lizzie war zu stolz, um ihrem Ex-Mann gegenüber zuzugeben, dass sie schwer kämpfen musste, um ihren Anteil zu bezahlen.

Also ging sie in der Zeitung die Stellenangebote durch, fand dort jedoch nichts, für das sie qualifiziert wäre oder womit sie mehr verdienen würde als in ihrer bisherigen Position. Außerdem liebte sie die Arbeit in der Praxis, und sie aufgeben zu müssen, bräche ihr das Herz. Dann fiel ihr eine Kleinanzeige auf, in der behauptet wurde, dass sich mit dem Verkauf von Kosmetik auf Hauspartys ein kleines Vermögen machen ließ. Das wäre etwas, was sie abends nach der Arbeit machen könnte, dachte sie erfreut.

Ladysmith Kosmetika wurden ohne Tierversuche in Irland hergestellt und waren die Schönheitsprodukte der Zukunft, wie die Anzeige versprach. Lizzie wählte die in der Zeitung angegebene Nummer. Während des Gesprächs rechnete sie erfreut durch, dass sie an drei Abenden pro Woche genauso viel verdienen könnte wie in einer Woche in der Praxis. Vorausgesetzt, es gelänge ihr, eine ausreichende Zahl an Produkten zu verkaufen. Nur die Teilnahme an einem kurzen Lehrgang und der Erwerb des Starter-Sets bremsten noch ihren Enthusiasmus. Sie ließ sich die Formulare schicken, verlor dann aber den Mut und legte sie auf den Sims ihres Kamins. Sie würde halt eine Zeit lang eisern sparen. Vielleicht reichte das. Wenn nicht, könnte sie sich die Sache mit der Kosmetika ja noch überlegen. Im Grunde hatte Lizzie keine Lust, abends zusätzlich zu arbeiten. Was vermutlich lediglich ein weiteres Symptom für die falsche Organisation ihres gesamten Lebens war.

An einem wunderbaren Morgen in der zweiten Juniwoche trafen Sally und Steve Richardson erneut die Tumorspezialisten, um zu hören, was ihnen in der Tiefe ihrer Herzen bereits bewusst gewesen war: Der Knochenkrebs, an dem sie litt, war erschreckend aggressiv und breitete sich in Windeseile in ihrem ganzen Körper aus. Schmerzlinderung war alles, was sie ihr noch anzubieten hatten. Sallys Lieblingsarzt, der elegante Dr. Patel, meinte zögerlich, es täte ihm entsetzlich Leid, doch er wüsste, sie wolle die Wahrheit hören, und deshalb müsste er ihr sagen, dass es keine Heilungschancen gab.

Arm in Arm mit ihrem Mann trat Sally wieder in den Sonnenschein hinaus, und sie beide kamen zu dem Ergebnis, ihre beiden Söhne bräuchten unbedingt ein Planschbecken und sie selber einen neuen Film für ihre hochmoderne Videokamera. Sie hatte ein Tagebuch für die Kinder geschrieben, wenn sie einmal älter wären, und obgleich das Buch fast fertig war, war sie der Ansicht, dass es noch so vieles gab, was sie den beiden sagen wollte. Zum Beispiel, wie sehr sie Jack, Daniel und deren Vater liebte, wie sehr sie das Leben stets genossen hatte und, ach, so viele Dinge mehr. Plötzlich empfand sie eine Videoaufnahme als ideale Lösung, denn dann sähen Jack und Daniel ihr lächelndes Gesicht und nicht nur das mit Tränenflecken übersäte Schriftstück, das ein Zeugnis ihrer Trauer darüber, dass sie sie verlassen musste, war. Sie wollte auf gar keinen Fall, dass Jack und Daniel dachten, sie wäre unglücklich gewesen. Durch ihr liebevolles Lächeln, das sie in dem Film anschauen würden, würden sie erkennen, dass ihre wundervolle Mum die meiste Zeit ihres Lebens glücklich gewesen war.

Auf dem Weg zum Wagen sprach Sally ein weiteres schwieriges Thema an. Sie und Steve könnten die Krankheit nicht länger vor den Kindern verheimlichen. In Cork hatte sich eine Therapeutin auf die Behandlung trauernder Kinder spezialisiert. Und in dieselbe Praxis, fügte Sally sanft hinzu, konnten auch trauernde Erwachsene gehen. Steve legte seine Hand fester um ihren Arm. Vielleicht dächte er später für die Kinder über derartige Möglichkeiten nach, erklärte er stockend, er selbst hingegen käme sicher ohne Hilfe klar.

Wäre es nicht schön, das nächste Wochenende ganz allein zu viert irgendwo zu verbringen? In einem romantischen Hotel, in dem es einen Babysitter-Service gab, damit sie, wenn die Jungen schliefen, während eines tollen Essens einander in die Augen sehen und sich miteinander unterhalten könnten, fragte er mit einem Mal.

»Das klingt toll«, antwortete Sally, und wenig später fuhren sie in ein kinderfreundliches Hotel in Connemara und hatten dort eine wunderbare Zeit.

»Keine Therapie der Welt kann so gut sein wie das hier«, meinte Steve, als sie eng umschlungen den Strand hinunterliefen, während ihre Söhne sämtliche Wasserpfützen zwischen den Felsen gründlich nach kleinen Fischen durchforsteten.

»Du hast Recht«, antwortete Sally und hielt ihr Gesicht in die warme Sonne. »Sie sollten den Westen Irlands als Therapie-Alternative vermarkten«, fügte sie hinzu und lehnte sich dankbar an ihren großen, starken Mann. Sie gluckste. »Wenn wir wieder zu Hause sind, rufst du am besten sofort den Fremdenverkehrsverband an und erklärst ihnen unsere Idee.«

»Sehr wohl, Ma'am. Ihr Wunsch ist mir Befehl.«

Viele Wochen später würde Steve erzählen, wie glücklich Sally während des gesamten Wochenendes gewesen war. Sie hatte mit Jack und Daniel am Strand ihres Hotels gespielt, mit ihm romantische Mahlzeiten bei Kerzenlicht genossen und war so entspannt und ruhig gewesen, als ob noch ein ganzes Leben solcher glücklichen Tage vor ihr lag.

»Sie hat zu mir gesagt, ihr Schutzengel würde über uns alle wachen und gäbe uns allen eine letzte herrliche Erinnerung mit auf den Weg. Sie meinte, wir sollten uns an die guten Zeiten erinnern und die schlechten klaglos ertragen.«

Es war, als hätte sie gewusst, dass ihr Ende nahte. Das wunderbare Wochenende war die letzte sorgenfreie Zeit, die sie mit Steve, Daniel und Jack verbringen durfte. Kaum zurück in Dunmore, ging es ihr merklich schlechter, und weniger als eine Woche, nachdem sie mit ihrer Familie den Strand in Connemara hinabgeschlendert war, wurde sie in ein Hospiz verlegt.

Steve und Delia waren an ihrer Seite, als sie im Schlaf verstarb.

19

Beerdigungen sollten nur an regnerischen, grauen Tagen stattfinden dürfen, dachte Lizzie. Es war einfach nicht richtig, jemanden an einem wunderbaren Julitag ins dunkle Erdreich zu versenken, an dem der Kirchturm golden in der Sonne blitzte und das helle Licht auf die schwarz gekleideten Schultern der trauernden Menschen fiel.

Lizzie schob sich in die Bank, in der bereits Greg und Erin saßen, und nickte beiden zu. Dann sah sie den Mittelgang hinunter und ihr Blick streifte den soliden Eichensarg. Es fiel ihr schwer sich vorzustellen, dass darin Sally lag.

Lizzie hatte in ihrem Leben bereits an einigen Beerdigungen teilgenommen und kannte das mit dem Tod verbundene Ritual, der Anblick eines Sarges jedoch war für sie regelmäßig ein Schock. In ihm lag ein Mensch, der noch vor kurzem lebendig gewesen war, und bald würde er in ein Loch hinabgesenkt, mit Erde zugedeckt und in der Kälte eingeschlossen sein. So etwas würde sie niemals wollen, gestand sie sich ein und spürte, dass bei diesem verwerflichen Gedanken auf der Beerdigung der Freundin heißes Schuldgefühl in ihr aufstieg.

Sie zwang sich, den Blick woandershin zu lenken und entdeckte einen kleinen Jungen, der am Rand der ersten Reihe saß, mit den Beinen baumelte und von dem ganzen Geschehen offensichtlich schon jetzt gelangweilt war. Es war Jack, Sallys älterer Sohn. Sein Vater hatte einen Arm um ihn gelegt, doch der Junge wollte nicht festgehalten werden, sondern den Gang hinauf- und wieder hinunterlaufen, um sich alles anzusehen. Von jetzt an wäre allerdings seine Mutter nicht mehr da, zu der er danach zurückkehren könnte.

Der Gedanke schnürte Lizzie regelrecht die Kehle zu. Was hatte Steve zu den Kindern gesagt? Mami ist im Himmel, aber sie sieht von dort auf euch herunter?

Sally hatte versucht, den beiden zu erklären, dass sie nicht mehr wiederkommen würde, und hatte sich die größte Mühe mit dem Tagebuch gegeben, der ihr Nachlass an die beiden war.

»Wenn ich Töchter hätte, fiele es mir leichter, ihnen irgendwelche Ratschläge zu geben«, hatte sie an dem Tag, als sie Lizzie von ihrem Vorhaben berichtet hatte, mit einem trockenen Lachen erklärt. »Dann könnte ich schreiben ›Schätze dich selbst, vergiss niemals, wie schön du bist, und spring nie mit einem Typen in die Kiste, nur weil er sagt, ›Wenn du mich lieben würdest, würdest du das tun‹.‹ Es ist wesentlich schwerer, irgendwelche Empfehlungen an Jungen auszusprechen.«

Dann kamen auch die Bartons und nahmen ein paar Reihen weiter vorne Platz. Abby, die in ihrem schwarzen Kostüm erschöpft und ausgezehrt aussah, schob sich als Erste in die Bank und kniete sich kurz hin. Lizzie hatte sie vor ein paar Tagen auf der Bank getroffen und verblüfft gedacht, wie verändert Abby war. Sie hatte deutlich schmaler und aufgrund der mit einem Mal um Mund und Augen herum sichtbaren Falten älter ausgesehen. Lizzie hatte in der Praxis gerüchteweise mitbekommen, dass Tom und Abby kurz vor einer Trennung standen. Doch sie hasste hässliches Geschwätz und hatte das Gerede deshalb ignoriert. Abby hatte sich bei dem unverhofften Treffen auf der Bank vergnügt mit ihr unterhalten, und falls ihre Ehe wirklich kurz vor ihrem Ende stand, hatte sie das zumindest gekonnt vor ihr verborgen. Nun aber, als Lizzie Abbys elendes Gesicht sah, überlegte sie, ob die Gerüchte womöglich stimmten.

Jess saß zwischen ihren Eltern und vermied es, Steve und seine beiden Kinder anzusehen. Sie wusste, dass der Anblick der verwirrten, ahnungslosen Gesichter sie sofort zum Weinen bringen würde.

Sie erinnerte sich daran, dass vor Monaten, zu Beginn von Sallys Krankheit, als die Jungen ein paar Tage bei ihnen wohnten, Daniel einmal früher wach geworden und glücklich über dieses neue Abenteuer in ihr Zimmer geschlichen gekommen war.

»Geschichte«, hatte er verlangt, ein Buch auf das Kopfkissen fallen lassen und war zu ihr unter die Bettdecke geschlüpft. »Lies mir eine Geschichte vor, Dess.« Sie hatte eine solch wunderbare Nähe zu den beiden armen kleinen Jungen.

Es war so furchtbar traurig. Wie konnten ihre blöden Eltern mit ansehen, wie Sallys fantastische Familie aufgrund eines Schicksalsschlages, gegen den sie machtlos war, auseinander brach, ohne zu erkennen, dass ihre eigene Familie durchaus zu retten war? Konnten sie den Unterschied tatsächlich nicht erkennen? Steve und Sally hätten alles unternommen, um weiter zusammen sein zu können. Mum und Dad jedoch war diese Mühe offenbar zu viel. Sie könnten zur Eheberatung gehen oder so was. Die Eltern von ihrer Klassenkameradin Lorraine hatten das getan. Lorraine war sogar selbst einmal dabei gewesen, und sie hatten es geschafft, dafür zu sorgen, dass es zwischen ihnen wieder funktionierte. Zugegeben, Jess hatte keine Ahnung, was zwischen den Eltern von Lorraine verkehrt gelaufen war, doch gab es für die meisten Dinge eine Lösung.

Das hatte Mrs. Lyons, die Sozialkundelehrerin und gleichzeitig Psychologin ihrer Schule bei ihrem Vortrag über Drogen und Alkohol gesagt. »Ihr dürft nie das Gefühl haben, dass ihr mit niemanden reden könnt. Es gibt immer jemanden. Zum Beispiel eure Eltern. Wenn ihr euch einbildet, ihr wärt alleine auf der Welt, bekommt niemand die Gelegenheit, etwas für euch zu tun. Aber wenn ihr Hilfe sucht und eure Probleme mitteilt, dann werdet ihr schnell merken, dass ihr nicht alleine seid.«

Steph hasste Mrs. Lyons. »Wenn sie darüber redet, wie schlecht das Rauchen ist, glotzt sie ständig mich an«, hatte sie erbost geknurrt.

Steph rauchte mit jedem Tag mehr.

Auch wenn Jess insgeheim der Ansicht war, dass Mrs. Lyons Recht hatte mit ihrer Warnung vor dem Rauchen, hätte sie doch gern gewusst, weshalb die Erwachsenen einem ständig erklärten, man könnte über alles reden, und es gäbe immer eine Lösung, während sie zugleich keinerlei Bereitschaft zeigten, miteinander zu sprechen, wenn es irgendwelche Schwierigkeiten gab. Genau wie bei allen anderen Dingen galten wohl ebenso in dieser Frage für Teenager und ihre Eltern eindeutig verschiedene Regeln.

Manchmal hätte sie Mum und Dad am liebsten angeschrien, sie sollten sich nicht länger benehmen wie die kleinen Kinder und sich endlich wieder vertragen. Hatten sie tatsächlich keine Ahnung, wie sehr sie unter der eisigen Atmosphäre, die bei ihr zu Hause herrschte, litt?

Auf dem Weg zur Kirche hätte sie die Stille im Wagen beinahe nicht ertragen, doch wenn ihre Eltern miteinander sprachen, war es fast genauso schlimm.

»Die Buben sind noch viel zu klein, um an der Beerdigung teilzunehmen«, hatte Dad in einem Ton erklärt, als wolle er Mum herausfordern. Was natürlich prompt geschehen war.

»Sally hätte gewollt, dass die beiden dabei sind«, hatte sie in scharfem Ton erwidert. »Schließlich war sie ihre Mutter.«

»Mütter tun nicht automatisch das Richtige«, hatte Dad geschnauzt.

Hört auf!, hätte Jess am liebsten gebrüllt. Dies ist ein Tag der Trauer. Hört auf, euch wegen irgendwelcher schwachsinnigen Behauptungen zu streiten. Doch sie hatte geschwiegen, am Nagel ihres Zeigefingers gebissen und aus dem Fenster gesehen. Oliver hatte gesagt, er käme mit, wenn sie es wollte, doch sie erwiderte, nein, sie hätte schon genug Probleme damit, den Frieden zwischen ihren Eltern zu bewahren und deshalb keine Zeit, sich um ihn zu kümmern. Jetzt tat es ihr Leid, dass er nicht neben ihr saß. Olivers Hand halten zu können, hätte sie bestimmt getröstet. Inzwischen hatte sie ihren Eltern von Oliver erzählt, was eine Erleichterung für sie gewesen war. Dad hatte es völlig gelassen aufgenommen, dass sie einen Freund hatte, und Oliver, als er ihn mal getroffen hatte, offenbar gemocht. Mum hingegen war ausgerastet und wollte seither noch genauer wissen, was Jess in jeder Minute des Tages tat. Was dachte ihre Mutter bloß, was sie und Oliver miteinander trieben?

Als der Gottesdienst begann, lenkte sich Jess mit dem Gedanken an die nachmittägliche Fahrt ins Tierheim zu ihrem geliebten Twiglet von ihrer Trauer ab. Es war irgendwie tröstlich, das zappelnde kleine Wesen in den Arm zu nehmen und sich von ihm das Gesicht ablecken zu lassen, bevor er wieder auf den Boden sprang und spielerisch an ihren Strümpfen knabberte. Mit seinen fünf Monaten war er geradezu süchtig nach den Socken, die die Menschen so verlockend an den Füßen trugen. Diese kleinen beweglichen Teile im Verborgenen einer merkwürdigen Hülle, waren seine absoluten Favoriten. Dagegen kam nicht mal Tauziehen mit einem Stück Stoff an.

»Du hast ihn wirklich ins Herz geschlossen, nicht wahr?«, hatte Jean bei ihrem letzten Besuch gesagt. Obwohl sie vom Reinigen des Katzenareals völlig erschöpft gewesen war, hatte sie noch die Energie gefunden, mit Twiglet und Conker, einem anderen, noch jüngeren Welpen zu spielen.

Jess hatte genickt.

»Er muss bald ein Zuhause finden«, hatte Jean erklärt und sie dabei fragend angesehen.

Jess hatte geschwiegen, obwohl ihr klar gewesen war, dass Jean ihr damit hatte deutlich machen wollen, sie könne Twiglet haben, wenn ihre Eltern damit einverstanden wären. Doch ihre Eltern wollten keinen Hund, und es hätte keinen Sinn, sie um Erlaubnis zu fragen. Sie wollten ja nicht mal mehr eine Familie haben. Jess wusste, wenn sich Menschen trennten, zogen sie anschließend um. Und wenn sie sich nur noch ein kleines Häuschen leisten könnten, wäre dort für Twiglet bestimmt kein Platz.

Zu Hause tat sie manchmal so, als ob ihr Stoffhund Twiglet wäre und sprach mit ihm, wenn sie am Abend in ihrem Zimmer saß.

»Und, hast du es gemütlich, Twiglet? Möchtest du gerne noch einen Hundekuchen haben?«

Dann sah der Stoffhund sie mit seinem schimmernd schwarzen Knopfaugen treuherzig an. Natürlich war er nicht annähernd so schön wie das lebende Pendant, doch er war besser als nichts.

Vier Reihen hinter ihr strich Erin sich über ihren runden Bauch. Sie liebte es, die Hand auf ihren Bauch zu legen und zu fühlen, dass darin ein eigenständiges Wesen heranwuchs. Trotz ihrer Freude über das Baby fand sie es entsetzlich unfair, dass sie dieses neue Leben in sich spüren konnte, während Sally das Leben viel zu früh genommen worden war.

Welche Macht entschied darüber, wer lebte und wer starb? Weshalb mussten gute Menschen schon in jungen Jahren sterben? Was machte das für einen Sinn?

Sie schniefte und erinnerte sich daran, dass sie wieder einmal ohne Taschentücher aus dem Haus gegangen war. Greg tastete nach ihrer Hand und hielt sie zärtlich fest. Er wusste, wie sie sich fühlte, weil er genau wie sie empfand.

»Wir haben alles Glück der Welt, und Steve hat seine geliebte Frau verloren. Ich weiß nicht, was ich ohne dich machen würde, Erin«, hatte Greg am Vorabend gesagt, als sie in ihrem neuen Bett in der frisch gemalerten Wohnung gelegen hatten.

»Ich würde es nicht ertragen, dich zu verlassen«, hatte Erin traurig erwidert. »Das wäre das Schwerste von allem: dich verlassen zu müssen, obwohl ich dich so liebe. Das bräche mir das Herz.«

Normalerweise ging für Lizzie vom Ritual einer Beerdigung ein gewisser Frieden aus. Die Mischung aus bekannten Gebeten und dem weichen und zugleich mächtigen Klang der Stimmen, wenn alle gemeinsam sangen, wirkte auf sie irgendwie beruhigend. Der Tod war Teil des Lebens, schien dabei die Hauptbotschaft zu sein. Wir geleiten diesen Menschen zu seiner letzten Ruhe, und eines Tages wirst du selber an der Reihe sein. Die Menschen, die dich lieben, werden dir die Ehre erweisen, um dich zu trauern, bevor der Kreislauf des Lebens sich fortsetzt. Heute jedoch klangen die Gebete und die Worte des Priesters in Lizzies Ohren hohl. Die alten Traditionen wurden Sally nicht gerecht.

Dann erhob sich Steve, um sich an die Trauergemeinde zu wenden.

Lizzie empfand den liebevollen Schmerz, den sie früher stets empfunden hatte, wenn Joe und Debra beim Krippenspiel der Schule an die Reihe gekommen waren. Dann war ihr Herz in der Hoffnung geschwollen, dass sie mutig oder gelassen genug wären, um den Auftritt heil zu überstehen. Jetzt empfand sie genau dasselbe für den armen Steve.

Er wirkte gebrochen, dachte sie, als sie ihn, ein paar Blatt Papier in seinen Händen, hinter die Kanzel treten sah. Alle anderen in der Kirche wirkten dank des guten Wetters kerngesund und angenehm gebräunt. Steve jedoch hatte das kreidige Gesicht des Mannes, der allzu selten an der frischen Luft gewesen war. Die Sonne hatte Sally in den Augen wehgetan, und während der letzten Tage im Hospiz war sie zu schwach gewesen, um im Rollstuhl in den kleinen, von einer Mauer umgebenen Garten hinausgefahren werden zu können.

Lizzie hatte Sally noch einmal dort besucht, war jedoch nicht lange geblieben. Sally, deren Blick vom Morphium, das sie am Ende nötig gehabt hatte, getrübt gewesen war, war bereits nach wenigen Minuten entkräftet eingenickt. Das war ihre letzte Begegnung mit ihr gewesen. Todtraurig hatte sie ihr noch einmal über die Hand gestreichelt und war dann tränenblind gegangen.

Steve nahm seine Lesebrille ab und legte sie auf die Papiere.

»Ich habe etwas vorbereitet, kann es aber nicht vorlesen. Ich weiß gar nicht, weshalb ich es überhaupt aufgeschrieben habe.« Ein schwaches Lächeln umspielte seinen Mund. »Schließlich brauche ich kein Skript, um stundenlang über Sally reden zu können. Ich habe von Sally geschwärmt, seitdem ich sie kenne. Ich bin unendlich stolz auf meine Frau.«

Es gab niemanden in der Gemeinde, dessen Herz sich bei seiner Verwendung des Präsens nicht zusammengezogen hätte.

»Das ist richtig«, nickte er. »Ich *bin* stolz auf Sally, und sie wird immer bei mir sein. Sie ist hier in Jack und Daniel und in meinem Herzen.« Er atmete tief durch.

»Sally hat so viele Leben berührt, und es ist mir und den Jungen eine Freude, dass ihr heute gekommen seid. Das Schlimme ist, dass ihr alle hier seid, weil sie gestorben ist. Sally hat Partys geliebt, und ich wünschte mir, ich träfe all diese alten Freunde, weil wir eine weitere Party feiern, miteinander lachen und uns mit meinem gefährlichen Punsch betrinken.«

Die Erinnerung an die Partys im Haus der Richardsons zauberte ein Lächeln auf die Gesichter der gesamten Trauergemeinde.

»Wir haben oft Witze darüber gemacht, dass am Ende dadurch jemand betrunken und sie mich umbringen würde, wenn irgendwer durch peinliche Vorfälle womöglich in Verlegenheit geriete. Das war typisch Sally. Sie war der warmherzigste Mensch, dem ich je begegnet bin. Ihre Freundlichkeit war echt. Sie wollte den Menschen helfen, wollte sie in ihrem Schmerz erreichen. Nie habe ich ein zweites Wesen wie sie getroffen. Als wir uns ineinander verliebt haben, war ich überglücklich, diesen kostbaren, besonderen Menschen gefunden zu haben, der mir vorbehaltlos seine Liebe schenkte.«

Das war eine wunderbare Liebeserklärung, erkannte Erin und drückte Greg so fest die Hand, dass ihr Ehering ihr in den Finger schnitt. Eine letzte Liebeserklärung an Sally, die bald unter der Erde liegen würde.

Überall um sie herum zogen die Menschen Taschentücher hervor, und in ihrer Nähe fing jemand leise an zu schluchzen.

Steves Blick schweifte durch die Kirche und heftete sich dann auf den Sarg. »Wir wussten, dass das, was wir miteinander hatten, etwas ganz Besonderes war, und Sally wollte, dass wir das niemals vergäßen. Wir müssen dankbar sein für alles, was wir haben, hat sie immer gesagt. Und das war keine falsche Frömmelei. Sie hat es wirklich so gemeint. Sie wusste, dass es Tragödien im Leben geben konnte. Sie selbst erlitt eine, als ihre Mutter so früh starb. Sie wusste, dass das Leben hart sein kann, und deshalb wollte sie, dass wir schätzten, was wir hatten. Und das haben wir getan – o ja, das haben wir getan.« Er machte eine Pause.

Abby fand am Boden ihrer Handtasche ein zerknülltes, lippenstiftbeflecktes Papiertaschentuch, riss es in der Mitte durch und gab eine Hälfte ihrer Tochter, die sich die Tränen mit den Fingern aus den Augen wischte.

»Das Schlimmste für Sally war, Jack und Daniel zurückzulassen.« Er schaute lächelnd auf seine beiden kleinen Jungen, die abgelenkt von den Spielsachen, die er für sie mitgenommen hatte, zwischen Tante und Oma saßen. »Ich wollte, dass sie heute dabei sind. Es ist ein besonderer Abschied von ihrer Mutter, und sie werden später einmal froh darüber sein, dass sie ihn miterlebt haben. Sally hat ihnen ein Tagebuch und Videoaufzeichnungen hinterlassen. Sie wollte, dass die beiden glückliche Erinnerungen an sie haben und nicht nur den Anblick ihres Grabsteins, wenn sie auf den Friedhof gehen, um Blumen auf ihr Grab zu legen. Das sollte nicht die einzige Erinnerung an einen Menschen, schon gar nicht an ihre Mutter sein, hat sie gesagt.«

Das Schluchzen wurde lauter.

»Und sie hat… sie *hatte* Recht. Sally hat einen positiven Einfluss auf das Leben so vieler Menschen gehabt. Deshalb sollten wir uns an sie als die lustige, wunderschöne, freundliche, liebevolle, warmherzige Frau erinnern, die sie war, und nicht an ein geschmücktes Grab. Sie soll auch unseren Söhnen weiter lebendig in Erinnerung sein.

Außerdem war sie tapfer, unglaublich tapfer. Selbst als sie sich gefürchtet hat, nachdem sie die niederschmetterndste Diagnose gestellt bekam, die es für einen Menschen geben kann, hat sie sich vor allem um uns Sorgen gemacht. Darum, wie wir zurechtkommen, wenn es sie nicht mehr gibt. Das ist wahrer Mut.

Ich vermisse sie schon jetzt entsetzlich, und ich weiß, dass sie mir immer fehlen wird. Aber ich möchte, dass wir auch ihr Leben würdigen und feiern. Danke.«

Berührt von der schlichten, eindrucksvollen Tiefe dieser Trauerrede saßen die Menschen ein paar Minuten lang völlig reglos da. Dann begann die Orgel eine ergreifende Bach-Melodie zu spielen, und Steve kehrte zurück in die erste Bank. Er hob den kleinen Daniel auf seinen Schoß und drückte ihn eng an seine Brust. Diejenigen, die in der Nähe der Familie saßen, konnten hören, wie Jack seinen Vater laut fragte: »Ist Mamis besondere Party vorbei? Können wir jetzt gehen?«

Das letzte Lied wurde gesungen, und die Trauergemeinde trat gesenkten Hauptes hinaus ins helle Licht. Gefolgt von Mann und Tochter bahnte sich Abby einen Weg zu Erin, Greg und Lizzie. Die Menschen defilierten nun an Steve vorüber, um ihm ihr Beileid zu bezeugen. Steves Mutter Delia und seine Schwester Amy flankierten ihn. Sie schienen beide unter Schock zu stehen.

»Es ist einfach nicht richtig«, seufzte Abby.

»Ich hasse Beerdigungen«, meinte Erin tonlos.

»Ich auch«, stimmte Jess ihr zu. »Als der Priester von Sally gesprochen hatte, hatte es so geklungen, als habe er sie überhaupt nicht gekannt. Und wie kann es Gottes Plan sein, sie so früh sterben zu lassen? Das ist total verkehrt.«

»Ja, es ist total verkehrt«, murmelte Lizzie, berührte sie liebevoll an der Schulter, und in Jess blaugrüne Augen stiegen heiße Tränen.

»Ich kann mich daran erinnern, dass ich als Kind oft von meiner Mutter auf Beerdigungen mitgenommen worden bin«, erzählte Abby düster, fügte jedoch nicht hinzu, dass Beerdigungen bei ihnen zu Hause, wo die Last der Armut drückte, als geselliges Ereignis angesehen worden waren, und dass die Wahrung alter Traditionen – wie die Totenwache – tröstlich für ihre Mutter gewesen war. Tom musterte sie schweigend. Es kam nur selten vor, dass Abby von früher sprach.

Die letzten Kränze wurden in den Leichenwagen geladen. Abby wollte nicht mit auf den Friedhof, obwohl Steve die Familie dorthin eingeladen hatte. Für Abby gab es nichts Schlimmeres als mit ansehen zu müssen, wie man einen Sarg in ein klaffendes, kaltes Erdloch versenkte.

Nein, erkannte sie. Natürlich gab es Schlimmeres. Und zwar auf der Beerdigung eines Menschen zu sein, der alles getan hätte, um bei seiner Familie bleiben zu können, während sie selbst für die Zerstörung ihrer eigenen Familie verantwortlich war.

Sie hatte das Gefühl, in einem Alptraum gefangen zu sein, in dem sich all die Ängste ihrer jungen Jahre – die Angst vor Verlusten, vor Armut, vor Streiterei und Schmerz – erneut abspielten. Noch schmerzhafter war das Wissen, dass ihr dieses Elend ausschließlich selber zuzuschreiben war. Doch sie müsste damit fertig werden – sie hatte keine andere Wahl. Der Gedanke daran, wie tapfer Sally mit der Tragödie umgegangen war, verlieh ihr ein gewisses Maß an Kraft.

Um zwölf Uhr traf sich die Trauergemeinde in der Bar des Hotels Dunmore, wo es belegte Brote und Suppe gab.

Jess nahm neben Abby Platz. Sie wusste nicht, warum,

doch sie brauchte den Trost der Nähe ihrer Mutter, auch wenn diese offenbar in ihrem eigenen, privaten Elend versunken war. Um Jack und Daniel brauchte sie sich nicht zu kümmern. Das taten die zahlreichen Verwandten. Dad war nirgendwo zu sehen.

Dankbar, sich nach dem langen Stehen setzen zu können, nahm Erin gemeinsam mit Lizzie an Jess' und Abbys Tisch Platz. Schweigend kauten sie die Brote und tranken dazu Kaffee.

Schließlich wandte Lizzie, um die Stille zu durchbrechen, sich freundlich an Jess. »Genießt du die Sommerferien? Ich habe dich auf einem echt coolen Fahrrad durch die Gegend flitzen sehen.«

Ein schüchternes Lächeln erhellte Jess' Gesicht. »Es ist praktisch, weil ich damit super zum Tierheim fahren kann, in dem ich manchmal helfe.«

»Oh«, sagte Lizzie, ehrlich interessiert. »Ist das das Heim draußen an der Old Cork Road? Ich habe in der Zeitung gelesen, es müsse eventuell schließen.«

»Nicht mehr«, erklärte Jess stolz. »Wir haben Spendengelder gesammelt.«

Halb in der Hoffnung, ihre Mutter höre zu, fing sie an, Lizzie von den Tieren und besonders von ihrem Liebling Twiglet zu erzählen. Abby jedoch starrte ans andere Ende der Hotelbar, wo ihr Vater stand. Weshalb nur hörte Mum ihr niemals zu? Von ihrem Platz aus konnte sie die unglückliche Miene ihrer Mutter nicht sehen.

Erin aber fiel sie auf, und instinktiv ergriff sie Abbys Hand und fragte mit mitfühlender Stimme: »Ist bei dir alles okay?«

Abby kehrte in die Gegenwart zurück. »Ja«, log sie, obgleich sie krampfhaft überlegte, weshalb sich Tom mit Leo unterhielt, einem alten Kollegen von sich und Sally, mit dem Abby noch nie klargekommen war.

Warum in aller Welt gab er sich ausgerechnet mit diesem widerlichen Typen ab? Leo betrachtete seit seiner Scheidung die Ehe als hoffnungslos veraltete Institution. Wenn er dahinter käme, wie es um Toms und Abbys Ehe stand, gäbe er seinem alten Kumpel sicherlich den Ratschlag, »die Alte zu verlassen«, und nicht, sich um eine Versöhnung zu bemühen.

»Bist du sicher?«, wollte Erin von ihr wissen.

Abby hatte etwas davon murmeln wollen, dass man auf einer Beerdigung wohl kaum völlig okay war. Erins Blick jedoch verriet ehrliche Sorge, und sie hatte von den Lügen endgültig genug.

»Nein«, gab sie deshalb, wenn auch zögernd zu. »Aber wie sollte es an einem solchen Tag wohl anders sein.«

»Das ist natürlich richtig.« Erin blickte zu Steve, der höflich mit ein paar Trauergästen sprach und steif eine Tasse Kaffee in der Hand hielt, aus der er gar nicht trank. Die Tasse war für ihn eine Barriere, wurde ihr bewusst. Mit ihr hielt er die Leute auf Distanz. »Das alles ist grausam. Ich weiß, dass Sally seit Monaten todkrank war, aber trotzdem habe ich bis zum Schluss gehofft, sie würde wieder gesund. Du weißt schon, solche Berichte, die man in der Zeitung liest: dass jemandem von den Ärzten nur noch ein paar Monate gegeben worden waren, der jedoch wie durch ein Wunder Jahrzehnte in bester Gesundheit gelebt hat.«

»Dafür hat Delia gebetet«, antwortete Abby. »Aber Steve und Sally wussten schon seit Wochen, dass es keine Hoffnung gab.«

Abrupt wechselte sie das Thema. »Und wie geht es dir? Wann soll das Baby kommen?«

»Im November«, erklärte Erin strahlend, und Abby dachte, dass sie mit ihren bernsteinfarbenen Augen und der langen Nase, dank derer sie nicht hübsch, sondern apart zu nennen war, wirklich fantastisch aussah. Doch auch in ihrem Leben gab es, wie Abby wusste, irgendein düsteres Geheimnis. Das hatte Erin bei Sallys letzter Party, Lizzie in der Abgeschiedenheit des Gartens angedeutet.

Lizzie hatte leichte Ähnlichkeit mit Sally – sie war wesentlich ruhiger und, da sie wenig Selbstbewusstsein hatte, geradezu rührend schüchtern. Doch verströmte sie die gleiche echte Herzenswärme, die die Menschen dazu brachte, sich ihr anzuvertrauen.

»Und wie geht es dir?«, fragte Erin leise.

Doch der Moment der Nähe war schon wieder verflogen. Auch wenn sie sich inzwischen danach sehnte, mit jemandem zu sprechen und sich auszuweinen, war Sallys Beerdigung nicht der rechte Ort, um von der Katastrophe zu berichten, die durch ihr Verschulden über ihr Leben hereingebrochen war.

»Gut«, flunkerte sie deshalb und lächelte ihr professionelles Lächeln. »Wirklich gut.«

»Wirklich gut kann es heute ja wohl keiner von uns gehen«, meinte Ruby und setzte sich mit rot verweinten Augen auf einen freien Stuhl.

»Was wird jetzt aus dem Salon?«, erkundigte sich eine von Sallys Nachbarinnen, während sie nach einem der Brote auf dem noch fast vollen Teller griff. Sie biss einmal davon ab und sagte mit vollem Mund: »Sally hat ihn so beliebt gemacht, ohne sie kann er sich bestimmt nicht halten.«

Erin blinzelte die Frau entgeistert an. Hatte sie nur kein Gefühl fürs rechte Timing oder war ihr nicht klar, wie unsensibel die Bemerkung in Rubys Nähe war?

»Steve fällt sicher etwas ein«, erklärte sie mit schneidender Stimme.

Sallys Nachbarin errötete. »Ich wollte damit nur sagen …«, fing sie an, stand hastig auf und floh.

»Vielleicht hättest du noch sagen sollen, dass der Laden auf sie als Kundin garantiert nicht angewiesen war«, giftete Lizzie.

»Tut mir Leid«, entschuldigte sich Erin. »Bei so viel Penetranz habe ich rot gesehen. Wie kann man ausgerechnet heute etwas derart Taktloses sagen?«

»Sally hat den Salon geliebt«, mischte sich Jess leise in das

Gespräch. »Wir haben uns einmal über Träume unterhalten, und sie hat mir erzählt, dass ein eigener Salon schon in der Schule ihr größter Wunsch gewesen ist.«

Abby legte voller Gewissensbisse einen Arm um ihre Tochter. Wann hatte sie sich zum letzten Mal mit Jess über Träume unterhalten?

»Ich kann mich gut daran erinnern, als sie den Salon eröffnet hat«, erzählte Lizzie. »Damals hatte ich eigentlich kein Geld, um mich professionell verschönern zu lassen. Und ich habe es noch immer nicht«, fügte sie lachend hinzu. »Aber trotzdem habe ich mein Möglichstes getan, um sie zu unterstützen. Sie hat einem nicht nur eine Gesichtspackung verpasst, sondern dafür gesorgt, dass man sich gut gefühlt hat, willkommen, eben wie unter Freundinnen. Selbst Fremde kamen mit dem Gefühl aus dem Salon, als hätten sie Sally schon seit einer Ewigkeit gekannt.«

»So geht es mir auch«, pflichtete ihr Erin bei. »Sie hätte sich keine solche Mühe um uns machen müssen, als wir hierher gezogen sind. Aber sie hat es getan. Sie war der erste Mensch, der mir das Gefühl gegeben hat, ein Teil von diesem Ort zu sein.«

»Das war eben typisch Sally. Sie hatte für jeden ein freundliches Wort«, meinte Abby voller Wehmut. Wieder wogte der Schmerz um den Verlust der Freundin in ihr auf.

»Und lustig«, sagte Lizzie.

»Und warmherzig«, vollendete Ruby. »Ihr habt ja keine Ahnung, wie gut sie immer zu mir gewesen ist. Als Dave mich fallen gelassen hat, war Sally diejenige, die mir geholfen hat, darüber wegzukommen. Ohne sie wird das Geschäft nie mehr das Alte sein. Wer könnte Sally je ersetzen …?« Ihre Stimme brach.

»Der Laden wird nicht untergehen – das lassen wir nicht zu«, verkündete Erin daraufhin entschlossen. »Du machst deine Sache wirklich super, Ruby, das darfst du nicht vergessen. Und wir werden dir helfen.«

»Aber was können wir dazu tun?«, wollte Abby wissen.

»Ich nehme an, indem wir den Salon weiter besuchen und Werbung für ihn machen«, meinte Lizzie.

»Indem wir dafür sorgen, dass die Kundinnen nicht woanders hingehen«, warf Jess durchaus vernünftig ein.

»Die Angestellten sind das große Problem«, erklärte daraufhin Ruby. »Niemand könnte Sally je ersetzen. Während ihrer Krankheit haben wir lediglich übergangsweise jemanden als Aushilfe eingestellt. Nun, da sie nicht mehr da ist, müssen wir der Tatsache ins Auge sehen, dass die Hauptperson fehlt. Aber der Gedanke, darüber mit Steve zu reden, ist mir unerträglich.«

»Ich kann Anrufe entgegennehmen, aufräumen und all die Dinge machen, die eine Empfangsdame tut«, bot Erin an und fügte hinzu: »Zumindest bis Steve weiß, was er weiter mit dem Laden machen will.«

Schließlich hatte sie zurzeit nichts anderes zu tun, und sie wäre glücklich, wenn sie das Gefühl bekäme, sie könnte Sally einen Teil der Freundlichkeit zurückgeben, die ihr von ihr entgegengebracht worden war.

»Das wäre fantastisch«, meinte Ruby mit erstickter Stimme.

»Keine Tränen«, befahl Erin entschieden, da sie fest entschlossen war, alle ein wenig aufzumuntern an diesem unglücklichen Tag. »Weinen wird Steve, den Kindern und auch dem Salon nicht helfen. Am besten stehen wir diese Sache alle gemeinsam durch, findet ihr nicht auch?«

Beeindruckt nickten die anderen Frauen.

»Okay«, murmelte Lizzie. »Keine Tränen.«

Erin hatte Recht: Sie müssten sich gemeinsam Mühe geben. Steves wunderbare, liebevolle Trauerrede mit ihrer Botschaft der Hoffnung konnte man doch in die Zukunft mitnehmen, die Hoffnung lebendig werden lassen, oder etwa nicht?

20

In der Woche nach der größten Beerdigung, die es in Dunmore seit langer Zeit gegeben hatte, fühlte Lizzie sich entsetzlich. Wie bei einer Grippe hatte sie einen schweren Kopf und bekam schon beim geringsten Anlass tränenfeuchte Augen.

»Ich weiß, nehmen Sie zwei Aspirin und kommen Sie morgen früh in die Sprechstunde«, schloss sie trocken, nachdem sie Dr. Morgan die Symptome kurz beschrieben hatte.

»Eigentlich hatte ich sagen wollen, dass Sie ein bisschen Urlaub machen sollten«, antwortete Clare. »Ich weiß, dass Sally eine ganz besondere Freundin für Sie war, aber dadurch, dass Sie sich selbst krank machen, tun Sie weder ihr noch ihrem Ehemann den geringsten Gefallen.«

»Ich habe nicht das Geld, um irgendwohin zu fahren«, erklärte Lizzie und fühlte sich noch elender, weil sie darüber klagte. Sie war zwar pleite, doch war sie noch am Leben. Und anders als der arme Steve hatte sie auch nicht den Menschen verloren, den sie mehr als alles andere liebte. Sie hatte Steve am Vortag im Supermarkt getroffen, wo er wie ein Schlafwandler herumgelaufen war. Doch als sie ihn angesprochen hatte, hatte er auf ihr Hilfsangebot den Kopf geschüttelt und mit verräterisch glitzernden Augen »Danke, Lizzie«, gesagt. »Ich schaffe es im Moment am liebsten alleine.«

Sie war sich völlig hilflos vorgekommen angesichts dieses grausamen Schmerzes.

»Wenn Sie kein Geld haben, dann fliegen Sie doch zu Ihrem Sohn nach London«, schlug Clare vor. »Es gibt sehr günstige Flüge und dadurch, dass Sie bei Joe wohnen, haben Sie auch keine Kosten fürs Hotel.«

Das war gar keine so schlechte Idee.

»Und?«, wollte ihre Chefin von ihr wissen.

»Okay«, erklärte Lizzie. »Ich rufe ihn gleich an.«

Joe war von der Idee derart begeistert, dass er sogar anbot, einen Flug für sie über das Internet zu buchen. Und eine Stunde, nachdem ihr der Vorschlag unterbreitet worden war, fand sich Lizzie in der ungewohnten Position, dass sie einmal Pläne für das nächste Wochenende hatte.

»Sehen Sie?«, meinte Clare lächelnd, als sie es ihr erzählte. »Ich bin eben eine holistische Ärztin – ich lasse bei der Behandlung keinen Aspekt Ihres Lebens aus.«

In der Praxis war es an diesem Morgen eher ruhig, und nachdem Lizzie alle Krankenakten sortiert, Briefe getippt und Untersuchungsergebnisse eingeordnet hatte, kochte sie sich eine Tasse Tee. Danach nahm sie ein Schokoladenplätzchen aus der Packung mit den Keksen, die sie in der kleinen Küchenzeile aufbewahrte, und blätterte die Zeitschriften im Wartezimmer durch. Clares erwachsene Töchter überließen ihrer Mutter regelmäßig ihre alten Magazine, sodass es jede Menge unterhaltsamer Artikel darüber zu lesen gab, wie man am schnellsten Karriere machte, wie man den Inhalt seines Kleiderschranks am geschicktesten sortierte und wie sich der Partner durch ein spontanes Wochenende in einem romantischen Hotel verführen ließe.

Lizzie überflog kopfschüttelnd einen Artikel über höchst intime Schönheitschirurgie und kam dann zu einer Doppelseite mit der Überschrift »Alles was Sie machen sollten, bevor Sie dreißig sind – Diese Dinge gehören auf den Wunschzettel jeder Frau«.

Um länger etwas von dem Schokokeks zu haben, knabberte sie möglichst vorsichtig daran herum und begann zu lesen. Sicher hätte sie die meisten Dinge, die dort standen, bereits vor langer Zeit erlebt, während der Rest so aberwitzig wäre, dass niemand, der noch halbwegs bei Verstand war, jemals darauf käme.

Sie hatte Erfahrung und in ihrem Leben schon alles Mögliche erlebt. Viele Neuigkeiten enthielt diese ausführliche Liste bestimmt nicht.

Doch je intensiver sie sich mit der Lektüre befasste, umso rückständiger kam sich Lizzie vor.

- *Legen Sie sich Wertpapiere zu.*
- *Kaufen Sie sich ein anständiges Schmuckstück.* Zählte vielleicht die unechte Moulin-Rouge-Halskette, die sie im Topshop erstanden hatte?
- *Fahren Sie alleine in den Urlaub, und amüsieren Sie sich dabei.*
- *Versuchen Sie es mit einem Abenteuersport – Bergsteigen, Fallschirmspringen, Tauchen.*
- *Tun Sie ein gutes Werk.* Dass sie einmal Spenden für das Kinderkrankenhaus gesammelt hatte, war doch sicherlich okay.
- *Planen Sie Ihre Karriere, und lassen Sie sich dabei professionell beraten.*
- *Sagen Sie Ihrem Chef oder Ihrer Chefin, was Sie wirklich von ihm oder ihr halten.*
- *Tanzen Sie mit einem Könner – Standard, Lateinamerikanisch, Sie haben die Wahl.*
- *Fahren Sie einen Wagen, den Sie sich aus Gründen zugelegt haben, für die Sie niemandem Rechenschaft ablegen müssen.*
- *Schließen Sie Freundschaft mit Ihren Eltern.* Nun, das hatte sie, auch wenn es zwischen ihnen sowieso nie Spannungen gegeben hatte, eindeutig getan.
- *Werfen Sie alle Selbsthilfebücher fort.*
- *Beschränken Sie Ihren Alkoholkonsum auf vierzehn Einheiten pro Woche und trinken Sie die nicht alle an einem Abend.*
- *Gehen Sie regelmäßig zur Gesundheitsvorsorge – lassen Sie sich nicht von schleichenden Krankheiten wie Chlamydien die Fruchtbarkeit ruinieren.*
- *Verbringen Sie einen Nachmittag mit einem gemütlichen Spaziergang durch den Louvre.*

- *Lernen Sie mit Werkzeug umzugehen, damit Sie bei Reparaturen nicht auf andere angewiesen sind.*
- *Flirten Sie einfach zum Vergnügen mit einem völlig Fremden.*

Lizzie konnte sich an derartige Listen aus ihrer Jugendzeit erinnern, denen zufolge der Gipfel der Verwegenheit darin bestanden hatte, den Barmann in einem Club für über Dreiundzwanzigjährige dazu zu überreden, einem einen Wodka-Orange zu servieren. Oder mit einem Mann zu schlafen, ohne ihn heiraten zu wollen. Niemand hatte ihr jemals geraten, sich selber Schmuck zu kaufen. Himmel, nein. Schmuck hatte ein Mädchen damals von seinem bis über beide Ohren in sie verliebten Freund geschenkt bekommen – nachdem es ihn unzählige Male vor dem Schaufenster des Ladens vorbeigelotst hatte, um ihm das Stück so oft zu zeigen, dass er ja das Richtige auswählte. Das neue Armband oder den neuen Ring selbst erstanden zu haben, signalisierte totales Scheitern.

Standardtanzen hatten sie zu jener Zeit als todlangweilig angesehen. Das hatten die eigenen Eltern in ihrer Jugendzeit gemacht. Niemand hätte sich außerdem so einfach einen Wagen leisten können, obwohl sich Lizzie noch genau daran erinnern konnte, wie begeistert sie vom VW-Käfer gewesen war. Und weshalb sollte jemand allein in Urlaub fahren, wenn doch sicher gern ein Freund oder eine Freundin mitkam?

Sie legte die Zeitschrift schnaubend beiseite und griff stattdessen nach der Zeitung. Sie enthielt bestimmt nichts, was die Überlegung in ihr wachrief, dass sie ihr Leben sinnlos vergeudete. Dann dachte sie an Sally, und wieder wogte abgrundtiefe Traurigkeit in ihr auf. Sally hatte keine Sekunde ihres Lebens vergeudet – aber was hatte ihre Lebensfreude ihr genützt? Lizzie griff noch einmal nach der Zeitschrift, riss die Doppelseite raus und steckte sie ein.

Zum letzten Mal hatte Lizzie Joe drei Jahre zuvor zusammen mit Debra in London besucht. Ihre Tochter hatte alles sehen wollen, und Lizzie, die sich daran erinnerte, wie aufgeregt sie selbst bei ihrem ersten Londonbesuch mit neunzehn gewesen war, war klaglos hinter Debra hergehechelt.

Jetzt war sie ganz alleine. Ihren Koffer zwischen die Knie geklemmt saß sie in der U-Bahn und kam sich herrlich abenteuerlustig vor. Das, was sie gerade tat, stand tatsächlich auf dem »Wunschzettel jeder Frau«, sagte sie sich glücklich. Sie war allein im Urlaub – nun, *beinahe* allein. Dass sie Joe besuchte, hieß, dass sie bei Leuten wohnte, die sie kannte – er lebte in der Nähe seiner langjährigen Freundin Nina –, doch sie war allein geflogen, und das war die Hauptsache, nicht wahr? Es hatte niemanden gegeben, der gesagt hatte: »Ich kümmere mich um die Tickets und die Pässe, mach dir darüber keine Gedanken.« Und niemand hatte auf den Koffer aufgepasst, während sie noch schnell in ein Geschäft gelaufen war, um eine Zeitschrift zu erstehen.

Sie hatte die Sicherheitsbeamten am Flughafen Heathrow freundlich angelächelt, war zielstrebig auf die Gepäckausgabe zumarschiert, als täte sie das jede Woche, und hatte es sicher bis zur U-Bahn-Station geschafft. Allein zu reisen tat dem Ego wirklich gut.

Da sie am Green Park von der Picadilly Linie in die Victoria Linie wechseln musste, lief sie zusammen mit unzähligen Menschen zu dem Bahnsteig, von dem die Züge Richtung Norden fuhren. Als sie dann an der Haltestelle Highbury und Islington den U-Bahnhof verließ, empfand sie, als sie Joe nicht umgehend entdeckte, nicht die geringste Panik. Er hatte ihr erklärt, dass er vielleicht nicht pünktlich im Büro fertig werden würde. Lizzie hatte daraufhin selbstbewusst erwidert, dann nähme sie einfach ein Taxi bis zu seiner Wohnung, und ob er eventuell einen Schlüssel unter einem Blumentopf oder so für sie verstecken könnte, damit sie nicht draußen warten musste, bis er kam.

Sie zog ihren Koffer zum Ausgang der U-Bahn-Station. Eigentlich wäre es sogar ganz nett, kurz allein zu sein. Sie könnte auspacken, sich mit einer Tasse Tee in die Küche setzen und noch schnell in den Laden an der Ecke laufen, um dort einen Kuchen zu kaufen. Joe liebte die klebrigen Schokoladenkuchen, die sie früher ab und zu für ihn gebacken hatte. Womöglich sollte sie, statt etwas Fertiges zu kaufen, lieber Mehl, Kakaopulver und die anderen Zutaten erstehen und ihn mit einem selbst gebackenen Kuchen überraschen …

»Lizzie, Lizzie«, juchzte eine helle Frauenstimme.

Lizzie sah sich verdutzt um. Sie war sicher nicht gemeint. Anscheinend lief noch eine zweite Lizzie hier herum. Doch in dem Moment entdeckte sie, rechts vom Ausgang Joes Freundin Nina, die ihr so eifrig zuwinkte, dass ihre blonden Locken wild wippten. Sie war gertenschlank, trug ein marineblaues Nadelstreifenkostüm, flache Schuhe, leuchtend roten Lippenstift und grinste sie breit lächelnd an. Lizzie wurde warm ums Herz. Sie kannte Nina nicht besonders gut, hielt sie jedoch für ein äußerst nettes Mädchen, das ihren Joe wirklich zu lieben schien. Leider hatte Nina Joe bisher noch nie nach Dunmore begleitet, weshalb sie noch kein fester Bestandteil der Familie war. Doch das würde sich ändern, beschloss Lizzie. Und zwar einfach, indem sie selbst öfter nach London flog.

»Hallo, willkommen!« Nina nahm Lizzie herzlich in die Arme und sprudelte heraus, sie hätte gehofft, Lizzie direkt am Flughafen abholen zu können, doch im Laden hätte Hochbetrieb geherrscht, weshalb sie nicht rechtzeitig losgekommen war. Nina war in einer kleinen Kunstgalerie angestellt, in der es kaum jemals geregelte Arbeitszeiten gab.

»Ich war wirklich in Sorge, als ich eben hier ankam, denn ich dachte, ich hätte Sie vielleicht verpasst«, fügte Nina hinzu und versuchte, Lizzie ihren Koffer abzunehmen.

»Danke, ich komme schon zurecht«, erklärte Lizzie, der es peinlich gewesen wäre, hätte jemand das Gewicht ihres

Gepäcks gespürt. Wie bei jeder Reise hatte sie mal wieder dreimal so viel wie nötig mitgeschleppt.

»Nein, ich bestehe darauf.« Mühelos nahm Nina ihr den Koffer ab. Dank des Bildertragens in der Galerie war sie für einen derart schlanken Menschen überraschend muskulös. »Joe hatte die Befürchtung, Sie würden sich womöglich Sorgen machen, wenn er Sie nicht abholt. Also habe ich angeboten, die Galerie etwas früher zu verlassen, dann wäre auf alle Fälle jemand für Sie da. Sie sind schließlich eine ganze Weile nicht mehr hier gewesen, und es wäre schlimm, wenn Sie sich verlaufen hätten.«

»Ich weiß, wie ich zu Joes Apartment komme«, antwortete Lizzie leicht amüsiert. »Außerdem geht mein Handy auch in England, und im Fall der Fälle hätte ich Joe anrufen können.«

»Ich weiß.« Nina öffnete die Tür eines kanariengelben Taxis und half Lizzie so behutsam, als wäre sie eine verwitwete Herzogin mit einem Gipsbein, auf den Sitz. »Aber trotzdem ist es etwas anderes als zu Hause, nicht wahr?« Nina hievte Lizzies Koffer in das Fahrzeug und nahm neben Lizzie Platz. »Wir alle sind außerdem etwas nervös wegen ein paar Taschendieben, die sich hier auf Touristen spezialisiert haben. Doch nicht nur auf die. Erst vor ein paar Tagen ist ein Stück die Straße runter am helllichten Tag ein Rentner überfallen worden. Und wenn Ihnen so etwas passieren würde, Lizzie, würden Joe und ich uns das niemals verzeihen.«

All dies sagte Nina in einem derart liebevollen Ton, dass klar war, dass sie Lizzie nicht verletzten wollte. Und trotzdem taten ihre Worte weh. Es war nicht zu überhören, dass Lizzie für die beiden jungen Leute eine pflegebedürftige, alte Mutter war. Sie fühlte sich zwar wie eine durch und durch gesunde Frau in der Blüte ihres Lebens. Doch in Ninas Augen war sie anscheinend eine tatterige, greise Schachtel, die kaum noch selber gehen konnte, geschweige denn, eine

Nummer in ihr Handy einzugeben im Stande war. Stattdessen raubte ein durchtrainierter Straßendieb »der schwachen Alten« ihre Handtasche. Ein deprimierender Gedanke – vor allem, wenn sie davon ausging, dass vermutlich ihr eigener Sohn sie ebenso einschätzte.

»Wir haben jede Menge Pläne für die Zeit, in der Sie hier sind«, fuhr Nina fröhlich fort. »Obwohl wir dachten, dass Sie heute Abend vielleicht nichts Großes unternehmen wollen, weil der Flug bestimmt anstrengend für Sie gewesen ist.«

Lizzie versuchte zu erklären, dass sie nicht mal ansatzweise müde war, hatte damit jedoch keinen Erfolg. Nina war zwar freundlich, schien es aber nicht begreifen zu wollen, dass ein kurzer Flug von Cork und die U-Bahn-Fahrt von Heathrow nicht unbedingt mit der Besteigung des Himalaja verglichen werden konnten.

Um Nina von diesem Thema abzulenken, fragte Lizzie sie nach ihrer Arbeit. Bis sie ihr Ziel erreicht hatten, erzählte Nina lebhaft von den Neuerwerbungen der Galerie und von dem Bildhauer, dessen Werke es im nächsten Monat dort zu sehen gab.

In Joes Wohnung allerdings setzte Nina umgehend ihre Bemutterung fort. Sie bestand darauf, den schweren Koffer die Treppe raufzutragen – bis auf das Bett im Gästezimmer, da sie »schließlich vermeiden wollte, dass die arme Lizzie womöglich Rückenschmerzen bekam«.

Lizzie, die es hasste auszupacken, wartete, bis Nina aus dem Raum gegangen war, legte den Koffer auf den Boden, klappte den Deckel auf, nahm jedoch außer dem Kulturbeutel und ein paar Büchern nichts heraus. Sie kramte die Kleidung dann raus, wenn sie sie bräuchte. Auf diese Weise bliebe ihr das Auspacken erspart, und sie hätte keine Schuldgefühle wegen all der unnötigen Dinge, mit denen sie angereist war.

»Ich habe Tee gekocht.« Nina lief geschäftig durch die kleine, moderne Küche und zog einen Hocker für Lizzie hervor.

»Sie setzen sich hier hin und ruhen sich gemütlich aus. Das mit Ihrer Freundin tut mir wirklich Leid.«

Lizzie entfuhr ein unglücklicher Seufzer. »Sie war noch so jung. Es ist besonders schwer, sich mit dem Tod eines *jungen* Menschen abzufinden, oder?«

Nina nickte, aber es war nicht zu übersehen, dass sie in Gedanken ganz woanders war.

Lizzie konnte sich daran erinnern, dass ihr selbst mit sechsundzwanzig der Tod wie etwas vorgekommen war, das nur andere betraf.

Von irgendwoher tauchte nicht nur eine Tasse, sondern auch noch eine Untertasse auf.

»Ich hätte nicht gedacht, dass Joe so was wie Untertassen hat«, erklärte Lizzie feixend angesichts des altmodischen Veilchenmusters auf dem Porzellan.

Nina sah sie strahlend an. »Ich wusste, dass Sie eine Untertasse würden haben wollen«, erklärte sie begeistert. »Meine Mutter ist genauso.«

Nina war das jüngste von fünf Kindern, und ihre Mutter war schon über sechzig, weshalb Lizzie diesen Satz nicht unbedingt als Kompliment empfand. Doch die junge Frau versuchte halt lediglich, nett zu ihr zu sein.

Fröhlich plaudernd knabberten sie Ingwerplätzchen und tranken ihren Tee. Als Lizzie vor drei Jahren zum letzten Mal bei Joe zu Besuch gewesen war, hatten sich die beiden gerade kennen gelernt, und Lizzie hatte sich über ihr Glück gefreut. Nina war völlig anders als die gepiercten Mädchen mit den leuchtend bunten Haaren, mit denen Joe sonst ausgegangen war. Sie hatte ihr Kunststudium erfolgreich abgeschlossen, trug hübsche, gut geschnittene Kleider, trank ihren Earl Grey mit Zitrone und hatte gerade eine Wohnung in Archway anbezahlt. Sie und Joe waren ein derart hübsches Paar, dass Lizzie von Anfang an hoffte, sie zögen zusammen. Doch Joe hatte seiner Mutter erklärt, mit einer derart wichtigen Entscheidung ließ er sich lieber Zeit.

»Mum, ich bin erst sechsundzwanzig«, hatte er gesagt. »Ich bin zu jung, um mich auf ewige Zeiten zu binden. Nina und mir gefällt die Freiheit, die zwei getrennte Wohnungen uns bieten.«

Er kam um sieben aus dem Büro und hatte ein tolles indisches Essen von Marks und Spencer, komplett mit Erdbeeren und Vanilleeis zum Nachtisch mitgebracht.

»Linsendhal und Gemüsepakoras«, seufzte Lizzie selig, als sie die diversen Schätze aus den Tüten nahm. »Hühnchen… fantastisch. Ich liebe indisches Essen.«

»Ich weiß.« Joe sah sie strahlend an.

Zu dem wunderbaren Essen gab es Tiger-Bier, das Lizzie nie zuvor gekostet hatte, doch in Zukunft würde sie nur noch Bier zu einem solchen Essen trinken, erklärte sie vergnügt. Sie alle hatten sich bequem auf ihren Stühlen zurückgelehnt und blickten auf den mit den Überresten ihrer Mahlzeit übersäten Tisch.

»Ich wünschte, dass ich so kochen könnte«, seufzte sie und schlug Ninas Angebot, noch einen Tee zu kochen, aus.

»Du könntest einen indischen Kochkurs machen«, schlug Joe begeistert vor. »Wäre das nicht super? Dann kämst du aus dem Haus und hättest jede Menge Spaß.«

Lizzie blinzelte verwirrt. »Ich komme auch ohne Kochkurs aus dem Haus.«

»Du weißt schon, was ich meine. Dort würdest du neue Menschen kennen lernen«, fügte Joe hinzu.

Nina trat Joe viel sagend gegen das Schienbein, ergriff gleichzeitig seine Hand und sagte eilig: »Wir haben eine wunderbare Überraschung für morgen Abend geplant. Wir beide würden uns riesig freuen, wenn Sie meine Mutter kennen lernen würden, und deshalb laden wir Sie beide morgen gemeinsam zum Essen ein.«

»Klingt nett«, antwortete Lizzie, deren Hoffnung auf eine wilde Nacht als Ausgleich für die langweiligen Abende zu Hause schwand. Nun, eventuell könnten sie ja im Anschluss an das Essen noch in irgendeinen exotischen Nachtclub gehen.

Ninas Mutter Edie war eine rundliche Version der Tochter. Sie hatte das gleiche schmale, ernste Gesicht und die gleichen wilden Locken, nur dass ihr Haar nicht mehr blond, sondern silberfarben war. Außerdem war sie mindestens zwölf Jahre älter als Lizzie. Auch wenn sie nicht wie eine alte Frau wirkte, konnte sie sich infolge schmerzhafter Arthritis nicht mehr allzu gut bewegen. Deshalb freute sie sich bestimmt darüber, wenn man ihr ins Taxis half und wenn sie ihren Tee, statt ihn sich selbst holen zu müssen, in einer Porzellantasse samt Untertasse auf den Tisch gestellt bekam.

Ihr trockener Humor jedoch machte es zu einem regelrechten Vergnügen, sich mit ihr zu unterhalten, worüber Lizzie wirklich froh war, denn Nina und ihr Sohn schienen sich tatsächlich einzubilden, dass es für die beiden alten Damen die allergrößte Freude wäre, in einem Restaurant zu sitzen und zu plaudern. Edie hatte sieben Enkelkinder, von denen sie mit Begeisterung erzählte. Nina war eindeutig davon ausgegangen, dass Lizzie, die in ihren Augen in Edies Altersgruppe war, über nichts so gerne sprach wie über das Schlafverhalten kleiner Kinder. Während Edie also von den lieben Kleinen schwärmte, leerte Lizzie ihr Glas Wein und schenkte sich entschieden nach. Edie war sehr nett, doch hatte sie sich von dem Urlaub, wenn sie ehrlich war, etwas anderes erhofft. Reden konnte sie genauso gut zu Hause, hier hingegen wollte sie mehr Spaß.

Da sie bisher noch nichts gegessen hatte, beflügelte sie der Wein in ungeahntem Maße. Als der Ober ihr den Krabbencocktail servierte, betrachtete sie den jungen Kerl mit einem verwegenen Lächeln und bedankte sich mit, wie sie hoffte, rauchiger, verführerischer Stimme. Hieß es nicht, dass Männer geradezu versessen darauf waren, sich von älteren, erfahreneren Frauen in die Vergnügungen des Fleisches einführen zu lassen? Natürlich müsste sie sich vorher die Beine enthaaren lassen, etwas von dem Öl besorgen, mit dem Supermodels ihre Haut zum Glänzen brachten, und natürlich String-Tangas, auch wenn sie bisher nie den Mut gefunden hatte, so etwas anzuziehen. Sie sollte sich hier in London, wo niemand sie in den Geschäften kannte, ein solch verführerisches Stück kaufen.

»Trägst du eigentlich String-Tangas, Nina? Ich mag sie eigentlich nicht, aber sie sind wirklich sexy, findest du nicht auch?«

Man hätte eine Nadel fallen hören können. Joe erstickte fast an einer Frühlingsrolle, und Nina starrte Lizzie sprachlos an. Nur Edie wirkte völlig ungerührt.

»Ich konnte mich bisher nicht durchringen, so etwas zu tragen«, erklärte Edie mit ernster Stimme. »Ich habe mal einen auf einer Dessous-Party gekauft. Aber diese Dinger sind eindeutig nicht für durchschnittliche Hinterteile gemacht.«

Der Ober, der mit frischem Brot an ihrem Tisch erschien, blieb entgeistert stehen, riss sich jedoch zusammen, und fragte leicht verstört, als habe er Angst vor dem nächsten Wunsch dieser beiden offensichtlich durchgeknallten Frauen: »Kann ich sonst noch etwas für Sie tun?«

Die Weinflasche hatten die beiden Frauen inzwischen geleert, und so meinte Edie: »Noch eine Flasche, bitte.« Und zwinkerte dem Kellner dabei verschwörerisch zu.

Lizzie fing leise an zu kichern.

»Manchmal muss man einfach flirten, finden Sie nicht auch?«, erkundigte sich Edie grinsend. »Das erinnert einen daran, dass man noch lebt.«

Lizzie hörte Nina schlucken, und ihr Kichern verwandelte sich in herzhaftes Gelächter. Ab diesem Zeitpunkt verstanden sie und Edie sich fabelhaft. Irgendwann kamen sie auch auf Sally zu sprechen, und Edie nickte verstehend.

»Die jungen Leute denken, dass sie unsterblich sind: Es ist

ein Schock, wenn einem klar wird, dass der Tod auch nicht vor so jungen Menschen Halt macht.«

Lizzie nahm einen Schluck von dem gerade hingestellten Kaffee. »Das Schlimmste ist für mich der Gedanke an die beiden kleinen Buben, die sie hinterlassen hat. Aber auch wenn ihr Leben kurz war, war es zumindest schön. Sie hatte einen wunderbaren Mann und eine fantastische Familie.« Der Wein ließ sie rührselig werden. »Sally hat das Leben zur Gänze ausgekostet.«

»Ich bezweifle, dass man so etwas jemals von mir behaupten würde«, meinte Edie und tätschelte Lizzie mitfühlend die Hand.

»Von mir ganz sicher auch nicht«, schniefte Lizzie. Doch das würde sich ändern. Nichts würde weiter so öde bleiben, wie es bisher gewesen war.

Als sie gegen Mitternacht zu Bett gehen wollte, dachte Lizzie, ein Glas Wasser wäre nach dem Wein und den beiden Likören, die sie noch draufgesetzt hatte, sicher nicht verkehrt. In nichts als ihrem alten Teddybären-Nachthemd lief sie barfuß durch den Flur. Nina und Joe waren noch auf – ihre leisen Stimmen drangen durch die Tür des Wohnzimmers, das neben der Küche lag. Die Wände seiner Wohnung waren derart dünn, hatte Joe einmal geklagt, dass er manchmal das Telefon der Nachbarn läuten hörte und dachte, es wäre seins.

Lizzie füllte sich ein Glas mit Wasser aus dem Kühlschrank, löschte das Licht und wandte sich wieder zum Gehen. Das Essen und der Abend waren wirklich toll gewesen; sie würde nur schnell bei den beiden reinschauen und sich noch mal bedanken.

Als sie jedoch vor der Tür stand, hörte sie die Stimme ihres Sohnes: »Ich wäre wirklich glücklich, wenn Mum noch mal jemanden finden würde. Ich kann mir allerdings nicht vorstellen, dass das jemals passiert. Sie hat die Vergangenheit noch immer nicht bewältigt. Ich meine, sie gibt sich die größte Mühe, aber es macht mir einfach Angst, dass sie, auch wenn sie es *behauptet*, nie über die Scheidung hinweggekommen ist.«

Anscheinend versuchte Nina, Joe durch einen Kuss zu trösten.

»Dabei ist es nicht mal so, als ob ihre Ehe so toll gewesen wäre«, fuhr Joe unglücklich fort. »Ich wusste, dass es zwischen ihnen nicht stimmte, Dad wusste es und sogar Debra. Nur Mum hat allen Ernstes bis zum Schluss so getan, als würde sie nicht mal etwas ahnen. Wie kann sie nur derart blind gewesen sein?«

»Oft verstecken sich die Menschen vor der Wahrheit«, meinte Nina. »Wenn sie Angst vor etwas haben, tun sie, als ob es nicht passiert. Deine Mum ist wirklich eine wunderbare Frau, aber gleichzeitig ein bisschen weltfremd. Ich kann mir durchaus vorstellen, dass sie so getan hat, als wäre alles in Ordnung. Das heißt, dass sie zwar wusste, dass ihre Ehe nur noch ein Scherbenhaufen war, es sich aber nicht eingestanden hat. So machen es wohl jede Menge Frauen.«

»Ich weiß nicht«, seufzte Joe. »Das ist der Grund, weshalb es mir so schwer fällt, mit all dem umzugehen. Sie sollte sich ihr eigenes Leben gestalten, doch das schafft sie nicht. Sie lebt nach wie vor so, als wäre Dad bloß kurz geschäftlich unterwegs und käme jeden Tag zurück. Sie sagt, es geht ihr gut, aber ich kann sehen, dass das nicht stimmt. Sie trifft sich nie mit irgendwelchen Männern, hat, so wie es aussieht, keinerlei gesellschaftliches Leben, und nun, da Dad mit Sabine lebt, ist es für sie bestimmt noch schwieriger als bisher. Die blöde Debra hat, als sie mich gestern Abend angerufen hat, kaum von etwas anderem als von Sabine geredet. Ich habe sie davor gewarnt, das auch Mum gegenüber zu tun. Ich meine, Dad ist jetzt so glücklich. Es brächte Mum ganz sicher um, wenn sie ihn so erleben würde, so rundherum zufrieden, wie er mit ihr zusammen nie gewesen ist.«

Es war, als schieße Joe mit jedem dieser Worte einen vergifteten Pfeil in Lizzies Richtung ab.

»Ist ihre Ehe denn tatsächlich von Anfang an schlecht gewesen?«, fragte Nina. »Selbst als du ein Kind warst?«

»Sie war nie wirklich schlecht«, antwortete Joe nachdenklich. »Aber sie war auch nie wirklich glücklich. Die beiden hatten niemals irgendwas gemeinsam. Dad hat sich stets für Boote und fürs Segeln interessiert, aber wenn er nur darüber sprach, hat Mum sofort von etwas anderem angefangen. Mum hingegen wäre gerne öfter ausgegangen, während Dad am liebsten nur daheim gesessen hat. Sie hatten nie genügend Geld, um irgendwelchen Hobbys nachzugehen, und im Verlauf der Zeit haben sie sich ständig weiter voneinander entfernt. Wenn sie nicht hätten heiraten müssen, hätte ihre Beziehung sicher niemals länger als ein, zwei Jahre überdauert.«

»Was fehlende Verhütung so alles nach sich zieht…«, erklärte Nina trocken.

»Allerdings«, stimmte Joe ihr unumwunden zu. »Versteh mich jedoch nicht falsch. Sie haben uns, und ich nehme an, auf irgendeine Weise auch einander, geliebt. Sie kamen gut miteinander aus, und es gab fast niemals Streit. Aber, weißt du, ich komme mit ziemlich vielen Leuten aus, ohne dass ich sie deshalb jemals heiraten wollen würde. Für eine Beziehung ist Apathie auf Dauer mindestens genauso tödlich wie lautstarke Streitereien. Die beiden waren noch sehr jung, als sie geheiratet haben, das ist die wirkliche Tragödie bei der ganzen Sache. Vielleicht, wenn Mum nicht mit mir schwanger geworden wäre –«

»Das darfst du nicht sagen«, fiel Nina ihm ins Wort. »Dann hätte ich dich nicht kennen lernen und mich nicht in dich verlieben können. Außerdem kannst du dir nicht die Schuld an irgendetwas geben. Nicht du warst, sondern sie waren verantwortlich für ihre Beziehung. Ich kann mich daran erinnern, dass meine Eltern pausenlos gestritten haben, aber zugleich waren sie ineinander total vernarrt.«

»Wie gesagt, Mum und Dad haben kaum gestritten«, meinte Joe. »Wenn man miteinander streitet, ist irgendeine Form von Leidenschaft im Spiel. Die hat es bei meinen Eltern aber nicht gegeben. Sie waren miteinander verheiratet, ohne dass es dabei irgendwelche großen Emotionen gab. Sag mir, dass es zwischen uns niemals so werden wird«, bat er Nina inständig. »Dass wir niemals aus den falschen Gründen, nur weil es bequem ist, zusammenbleiben – sei es der Kinder wegen oder aus irgendeinem anderen Grund, obwohl wir uns eindeutig nicht mehr lieben.«

Lizzie spürte etwas Kaltes, Nasses auf der Haut und merkte, dass ein Teil des Wassers aufgrund des Bebens ihrer Finger über ihren Handrücken gelaufen war.

»Ist das eventuell ein Antrag?«, fragte Nina scherzhaft.

Joe lachte leise auf. »Wie du weißt, bin ich kein allzu großer Fan der Ehe«, antwortete er.

»Damit wären wir zu zweit«, erwiderte Nina. »Aber ich hätte nichts dagegen, mit dir zusammenzuleben. Wir verbringen so viel Zeit gemeinsam, dass wir genauso gut in einer Wohnung wohnen und dadurch deine Miete sparen könnten. Ganz zu schweigen von der Tatsache, dass meine Wohnung deutlich größer ist als diese enge Bude.«

»Klingt gut«, murmelte Joe.

Draußen vor der Tür machte seine Mutter kehrt und tappte zittrig ins Gästezimmer zurück.

Sorgfältig schloss sie die Tür und sank elend auf das Bett. Krabben, Pasta und all der Alkohol, den sie getrunken hatte, lasteten bleischwer im Magen.

In dieser Nacht lag sie, eingehüllt in die Geräusche Londons, wach in ihrem schmalen Bett und fühlte sich einsamer als je zuvor. Sie war in der Hoffnung zu ihrem Sohn gekommen, dass sie nach dem Schock über den Tod von Sally ein wenig von ihm aufgeheitert werden würde. Doch er konnte ihr nicht helfen. Und was viel schlimmer war – er empfand sogar Mitleid, weil sie nach der Trennung von seinem Vater ihr Leben nicht in den Griff bekam. Er hatte bereits frühzeitig erkannt, dass die Ehe seiner Eltern niemals wirklich gut gewesen war. Und nun war er in Sorge, weil es seit der Scheidung keine Fortschritte in ihrem Leben gab. Sie hatte sich in das verwandelt, was sie abgrundtief hasste: in ein Opfer.

Sie nahm einen Schluck Wasser und grübelte, was in ihrem Leben schief gelaufen war. Sie hatte sich bemüht, etwas zu verändern und mutiger zu werden. Offensichtlich nicht genug. Auch Joe und Nina sahen in ihr eine unbeholfene, alte Dame, der nicht zuzumuten war, dass sie sich alleine in der großen Stadt zurechtfand. Wie aber sollte sie sich entwickeln, wenn niemand ihr das zutraute?

21

Trotz ihrer aufmunternden Worte auf der Beerdigung kaute Erin gewaltig an Sallys Tod. Sie war so begeistert gewesen von dem Plan, im Beauty Spot zu helfen, dass sie angenommen hatte, das Gefühl, sie täte etwas im Gedenken an die Freundin, würde ihre Trauer etwas mildern. Doch als sie Greg davon erzählte, stieg der Schmerz erneut mit aller Macht in ihrem Innern auf.

»Ich weiß nicht, warum ich derart unglücklich bin. Schließlich ist Steve derjenige, der von uns am meisten verloren hat«, schniefte Erin, als sie am Tag nach der Beerdigung wieder einmal weinend auf dem Sofa saß.

»Du bist unglücklich, weil eine wunderbare Frau gestorben ist. Nur, wenn du ein Herz aus Stein besäßest, würdest du davon nicht weiter berührt«, erwiderte ihr Mann.

»Sally war so tapfer«, schluchzte Erin. »Ich möchte ihr etwas zurückgeben dadurch, dass ich im Laden helfen, aber alles, was ich stattdessen tue, ist hier rumzusitzen und mir die Augen aus dem Kopf zu heulen.«

»Ich bin sicher, dass sie glücklich wäre, wenn sie wüsste, dass du in ihrem Laden aushelfen würdest«, antwortete Greg. »Aber, Liebling, du stehst noch unter Schock. Und vergiss nicht, dass du auch wegen der Schwangerschaft im Moment nah am Wasser gebaut hast.«

»Ich weiß«, jammerte Erin. »Eigentlich hatte ich Steve anrufen und ihn fragen wollen, was er davon hält, wenn ich Ruby im Laden helfe. Aber es gelingt mir nicht. Ich will ihn schließlich nicht anheulen.«

»Ich kann genauso gut mit ihm telefonieren«, bot Greg an und fügte hinzu: »Dann gibt es schon mal eine Sache weniger, über die er sich momentan Gedanken machen muss.«

Im fünften Monat fingen bei Erin die Rückenschmerzen an. Greg hatte einen speziellen Stuhl für sie gefunden, auf den sie sich setzen konnte, wenn sie in Sallys Salon Probleme löste und telefonierte, doch Erin stellte halbwegs belustigt fest, dass sie häufig mit durchgestrecktem Rücken, eine Hand an der schmerzenden Stelle, in der typischen Schwangerschaftspose hinter dem Schreibtisch stand.

»Wie kann man wegen eines winzigen Babys solche Rückenschmerzen haben?«, fragte sie Lizzie, als diese an einem Mittag Mitte Juli zu ihr in den Salon kam, um zu fragen, ob sie ein Sandwich mit ihr essen gehen wollte. Seit ihrer Rückkehr aus London versuchte Lizzie, all die negativen Dinge, die sie über sich gehört hatte, zu vergessen, weil es bestimmt wichtig war, dass sie ihre gute Laune und ihren Optimismus nicht verlor.

»Es wird garantiert ein Junge«, verkündete Ruby, die vor ihrem nächsten Termin um zehn nach eins ein paar Minuten Pause hatte. »Nur ein Kerl kann einer Frau derartige Schmerzen machen.«

»Ruby!«, lachte Erin. »Du bist einfach schrecklich.«

»Vielleicht hat sie trotzdem Recht«, erklärte Lizzie. »Als ich Joe erwartet habe, hatte ich pausenlos Rückenschmerzen, während meine Schwangerschaft mit Debra der reinste Spaziergang für mich war.«

»Siehst du?«, meinte Ruby. »Wusste ich's doch. Männer machen eben von Anfang an Probleme. Das hat auch meine arme Mutter, Gott hab sie selig, oft gesagt. Es gibt keinen Mann auf Erden, der der Frau, die ihn liebt, nicht früher oder später wehtut.«

»Das ist doch totaler Unsinn«, lachte Erin, die Ruby von Herzen zugetan war und fand, dass die Zeit im Salon sowohl für die Angestellten als auch für die Kundschaft, wenn sie Rubys Lebensweisheiten erzählt bekamen, regelrecht verflog. Ihre fünf älteren Brüder und die zahlreichen gescheiterten Beziehungen, die Ally McBeals Probleme mit den Männern nahezu normal erscheinen ließen, hatten ihr abstruses Männerbild geprägt. Erin wusste, Ruby trauerte wie alle anderen um Sally, auch wenn sie diese Trauer häufig hinter ihrer etwas derben Heiterkeit verbarg. Selbst die trübsinnigste Kundin verließ dank dem Humor, den sie versprühte, nach der Behandlung lächelnd das Geschäft.

»Ich spreche aus Erfahrung«, antwortete Ruby mit todernstem Gesicht. »Ich schwöre euch, ich würde sofort lesbisch werden, wenn ich … tja, wenn ich …«

»Wenn du was?«, fragte Lizzie wissbegierig.

»Ich glaube, das darf ich dir nicht verraten.« Vor lauter Lachen hielt Erin sich nun den Bauch. Der Gedanke, dass ausgerechnet die männerversessene Ruby, die, um tiefen Eindruck auf das andere Geschlecht zu machen, stets hautenge Kleider an ihrem wohl geformten Körper trug – sich innigst für Frauen interessieren könnte, war total absurd. »Wir haben ein neues Mädchen im ersten Behandlungsraum, das eine Bikini-Wachsbehandlung durchführt, und ich will nicht, dass sie vor lauter Entsetzen über das gerade Gehörte zu viel des Guten tut. Schließlich sind wir nicht versichert, wenn es zum abrupten Kahlschlag kommt.«

Dieses Mal war Ruby diejenige, die sich vor Lachen den

Bauch hielt. »Erin, du bist noch schlimmer als ich«, gackerte sie und strich sich eine Strähne ihrer rabenschwarzen Haare aus der Stirn. »Du bist regelrecht verrucht!«

Erin grinste. »Ich komme gerne mit, Lizzie, falls Ruby mir verspricht, den Laden nicht mit Erzählungen aus ihrem ausschweifenden Liebesleben völlig leer zu fegen.«

»Gleichgeschlechtliche Liebe solltest du erst dann beurteilen, wenn du sie aus Erfahrung kennst«, erklärte Ruby weise. »Außerdem hat sie den Vorteil, dass man voneinander herrlich die Klamotten leihen kann.«

Immer noch grinsend gingen Erin und Lizzie in Richtung des kleinen, dem Salon schräg gegenüberliegenden Cafés. Und verfolgten, wie Abby, Handy am rechten Ohr und ohne irgendwas zu sehen, direkt auf sie zusteuerte.

Seit der Beerdigung war sie nicht im Salon gewesen. Das wusste Erin, weil sie den Terminkalender regelmäßig darauf überprüfte, ob die Kundenliste halbwegs gleich geblieben war. Doch Abby sah nicht aus, als hätte sie ihr Geld in irgendeinen anderen Salon getragen. Ihre Haut wirkte grau und müde, und mit dem zu einem wirren Knoten aufgesteckten Haar und dem schwarzen Jogginganzug, der ihrem Gesicht auch noch den letzten Rest von Farbe raubte, war sie ganz sicher nicht die glamouröse Frau, als die man sie im Fernsehen sah.

Gerade, als die beiden Frauen hofften, dass sie sie wahrnahm, hob sie tatsächlich den Kopf.

»Oh, hallo.« Sie schaltete ihr Handy aus.

»Hallo, Abby«, grüßte Lizzie freundlich. »Wir haben uns schon eine halbe Ewigkeit nicht mehr gesehen. Erin und ich wollen gerade schnell ein Sandwich essen gehen. Warum kommst du nicht mit?«

Erin hätte angenommen, dass Abby irgendeinen Vorwand finden würde, um abzulehnen, doch das tat sie nicht. Im Gegenteil – sie wirkte für dieses Angebot geradezu rührend dankbar.

»Das wäre nett«, erklärte sie. »Ich bin die ganze Zeit rumgerannt und nehme mir dann normalerweise nie die Zeit, um irgendwas zu essen.«

»Ich nehme sie mir immer«, erklärte Lizzie reuig. »Ich denke, das ist der Grund, weshalb du so gertenschlank bist und ich nicht.«

Abby sah tatsächlich gertenschlank aus, merkte Erin, doch ihrem angespannten Gesichtsausdruck zufolge lag das sicher nicht an der strengen Einhaltung einer Diät. Etwas schien bei den Bartons tatsächlich nicht zu stimmen.

Wie die meisten Leute in Dunmore hatte auch Erin keine Ahnung, dass Tom tatsächlich ausgezogen war. Abby, die befürchtete, dass diese Neuigkeit, sobald jemand davon erführe, umgehend die Runde machen würde, hatte über ihre Trennung bisher absolutes Stillschweigen bewahrt.

»Bald ist die Hochzeit deiner Tochter, nicht wahr?«, fragte Abby Lizzie, als sie mit Broten und Getränken an einem Tischchen saßen.

»Nächstes Wochenende«, antwortete Lizzie. »Ich kann kaum glauben, dass es endlich so weit ist. Ich habe das Gefühl, als hätten wir seit hundert Jahren nichts anderes getan als dieses Fest zu planen.«

»Dann wird es also eine große Feier?«, wollte Erin wissen.

Lizzie rollte mit den Augen. »Riesig. Für die Einbrecher in Dunmore dürfte es ein lohnender Tag werden, weil mindestens die Hälfte der Bewohner am Samstag im Hotel und somit nicht zu Hause sind.« Prompt wurde sie verlegen, weil keine ihrer Freundinnen auf der Gästeliste stand. Tochter und zukünftiger Schwiegersohn hatten selbst so viele Leute eingeladen, dass für Lizzies Freundinnen und Freunde kein Raum geblieben war.

Gwen hatte ihre Schwester deshalb aufhetzen wollen. »Du bist es, die für diese ganze blöde Feier zahlt«, hatte sie ihr zornig erklärt. »Also wäre es das Mindeste, dass du eine ganze Busladung voll eigener Bekannte dazu einladen kannst.«

Als sie Lizzies Verlegenheit bemerkte, lenkte Erin schnell ab. »Was wirst du anziehen?«, fragte sie interessiert.

»Ein zitronengelbes Kostüm.« Noch während sie dies sagte, verzog Lizzie das Gesicht. »Wahrscheinlich werde ich darin wie eine riesige Zitrone aussehen.«

»Klingt doch toll. Du solltest vormittags in den Salon kommen und dich von Ruby schminken lassen«, antwortete Erin. »Sie hat ein gutes Händchen dafür, die Menschen für besondere Anlässe herzurichten.«

»Das ist eine prima Idee«, meinte Lizzie leise. Sie hatte die Absicht gehabt, sich von Sally verschönern zu lassen. Sally hätte ihr die Aufregung genommen und ihr das Gefühl gegeben, eine wirklich tolle Brautmutter zu sein. »Es ist seltsam, über Hochzeiten und Make-up zu reden, nachdem Sally nicht mehr da ist«, fügte sie hinzu. »Wenn ich ganz normale Dinge tue wie einkaufen und dabei sauer werde, weil ich keinen Parkplatz finde oder so, kommt mir manchmal urplötzlich der Gedanke, dass ich mich nicht beschweren sollte, weil ich wenigstens noch lebe, während Sally viel zu früh gestorben ist.«

Die beiden anderen Frauen nickten.

»Mir geht es ähnlich«, gab Abby unumwunden zu. »Letztes Wochenende waren Jess und ich kurz bei Steve. Er läuft nach wie vor wie ein Zombie durch die Gegend. Er gibt sich zwar die allergrößte Mühe, Jack und Daniel ein normales Leben zu ermöglichen. Doch gleichzeitig macht er den Eindruck, als wäre er innerlich gestorben. Wenn ich das erlebe, schäme ich mich dafür, dass ich all das, was ich habe, nicht genügend schätzen kann.« Oder was sie gehabt hatte und nicht hatte schätzen können, verbesserte sie sich im Stillen.

Erin hatte keinen Appetit mehr. »Was ich mich ständig frage«, murmelte sie, »wie führt man sein Leben fort, wenn man den Menschen, der einem am allernächsten steht, mit einem Mal verliert.«

Dies war eine rhetorische Frage, auf die keine der beiden anderen Frauen eine Antwort gab.

»Wisst ihr, was wirklich schrecklich ist?«, sagte Lizzie dann. »Dass es erst der Tragödie eines anderen bedarf, damit man die Dinge schätzen lernt, die man in seinem Leben hat. Wenn ich zum Beispiel Debra nehme, muss ich daran denken, welches Glück es ist, dass ich noch lebe und an ihrer Hochzeit teilnehmen kann. Oder ich denke an Joe und daran, dass er früher schlimmes Asthma hatte, das zum Glück jedoch im Lauf der Zeit besser geworden ist. Und welches Glück es ist, dass ich den Jungen habe.«

Lizzie war derart in ihrer Familie verwurzelt, überlegte Abby, dass sie nie das Glück der Tochter oder des Ehemanns für einen hirnrissigen Seitensprung riskiert hätte. Sie schob ihr halb gegessenes Thunfischsandwich von sich. »Noch Kaffee?«, fragt sie ihre Freundinnen.

Sie trank viel zu viel Kaffee, doch bräche sie ohne dieses belebende Getränk zusammen. Nichts anderes spendete ihr so viel Energie. Meistens fühlte sie sich derart schlapp, dass sie angefangen hatte, ein Eisenpräparat zu schlucken. Das wiederum bekam ihrem Magen jedoch nicht.

Die anderen lehnten ab, und so holte Abby nur für sich eine neue Tasse des dampfendes Gebräus.

Zu einem Stück der wundervollen Sahnetorte, die es vorn am Tresen gab, hätte Lizzie sofort ja gesagt. Aber sie hatte sich vorgenommen, auf der Hochzeit ihrer Tochter rank und schlank zu sein.

Sie überlegte, ob sie ihren Freundinnen von der Idee erzählen sollte, mit der sie bereits liebäugelte, seit sie aus London zurückgekommen war. Erin und Abby waren genau die Personen, die sie gerne ins Vertrauen ziehen würde, doch vielleicht würden sie denken, dass sie verrückt oder nicht ausgelastet war. Abby hatte ihre Fernsehserie und somit sicher ständig alle Hände voll zu tun, und Erin rackerte sich trotz der Schwangerschaft täglich im Schönheitssalon ab.

Lizzie hätte gern gewusst, ob Erin mit der Suche nach ihrer Familie angefangen hatte, doch wollte sie nicht neugierig erscheinen, und so sagte sie stattdessen: »Ich wünschte, wir könnten etwas tun, auf das Sally stolz gewesen wäre, etwas, was sie selber unternommen hätte, wäre sie noch da.« So, jetzt hatte sie's gesagt und sah die beiden anderen Frauen gespannt an.

Abby rührte lustlos Zucker in ihre zweite Tasse Kaffee, und Erin rutschte auf der Suche nach einer bequemen Position unruhig auf ihrem Stuhl herum.

Also versuchte Lizzie es noch einmal. »Wenn eine von uns gestorben wäre, hätte Sally ganz bestimmt etwas getan, um unser zu gedenken, um etwas über unser Leben auszusagen oder so.«

Erin nickte, und derart ermutigt fuhr Lizzie rasch fort.

»Sally war ein ganz besonderer Mensch. Sie hat uns zusammengebracht und uns das Gefühl gegeben, Teil von etwas Größerem zu sein. Sie hat mehr verdient, als dass wir uns in Mitleid und vor allem Selbstmitleid ergehen. Das hätte sie gehasst.«

»Ganz sicher«, stimmte Erin ihr voller Inbrunst zu. »Schließlich hat sie bis zum Schluss kein Selbstmitleid gehabt. Sie war einzig in Sorge um Steve, die beiden Jungen und darüber, wie sie damit fertig werden würden, wäre sie erst nicht mehr da.«

»Ich weiß nicht, wie sie das geschafft hat.« Abby schüttelte den Kopf. »Ich an ihrer Stelle wäre völlig fertig gewesen.« Das war sie auch jetzt schon, dachte sie, und bei ihr hatten sie keine tödliche Krankheit diagnostiziert. Und trotz oder gerade wegen ihres eigenen Elends empfand sie maßlose Bewunderung für den unglaublichen Mut, mit dem Sally ihrem Tod begegnet war.

»Was also könnten wir tun? Habt ihr irgendwelche Ideen?«, bohrte Lizzie weiter.

Abby und Erin dachten schweigend nach, bis Erin schließlich meinte: »Das ist eine wirklich gute Idee. Aber woran hast dabei du gedacht?«

»Eigentlich hatte ich gehofft, ihr beide hättet einen Vorschlag«, antwortete Lizzie. »Schließlich seid ihr beide die Kreativen.«

»Tja, wie wäre es damit, Geld für irgendeinen wohltätigen Zweck zu sammeln?«, meinte Abby lahm. Augenblicklich fühlte sie sich kreativ wie ein Stück Beton.

»Ja«, erwiderte Lizzie. »Aber ich hatte an irgendwas Besonderes gedacht… nur weiß ich nicht, woran genau. Lasst uns alle drüber nachdenken, okay?«

Sie nahm ihre Jacke von der Rücklehne des Stuhls. »Ich muss allmählich wieder in die Praxis.«

»Und ich in den Salon«, sagte Erin automatisch.

»Aber ihr denkt über die Sache nach, oder?«, bat Lizzie die beiden auf dem Weg nach draußen.

»Sicher«, antworteten Abby und Erin wie aus einem Mund.

Sie selber, dachte Lizzie auf dem Weg zurück zur Praxis, war halt kein besonders einfallsreicher Mensch. Leute wie Abby und Erin waren zwar kreativ, doch schienen sie nicht besonders motiviert. Also wäre es an ihr zu überlegen, was ein passender Tribut an ihre tote Freundin wäre. Es musste etwas geben, und sie war entschlossen herauszufinden, was es war.

Zu Hause ging Abby lustlos in ihr Arbeitszimmer und ordnete die neuen Bankbelege ein. Sie hatte diese Arbeit immer schon gehasst, und Tom hatte häufig scherzhaft zu ihr gesagt, wenn ihre Fans jemals das Chaos auf ihrem Schreibtisch sähen, die Stapel von Papieren, die sie, statt sie zu sortieren, ständig von einer Ecke in die andere schob, würde ihre Sendung auf der Stelle abgesetzt.

»Wenigstens mache ich diese Arbeit selber«, hatte sie darauf erwidert. »Im Gegensatz zu anderen Leuten, die die

Schulsekretärin für sich springen lassen – sehr wohl, Mr. Barton, nein, Sir, drei Säcke voll, Sir, wird erledigt!«

»Höre ich da etwa eine leichte Eifersucht auf die gute Miss Peabody heraus?«, hatte Tom grinsend wissen wollen.

»Nein, aber sie ist eindeutig eifersüchtig auf mich«, hatte Abby zuckersüß erklärt. Die Sekretärin von Toms Schule hatte immer schon für ihn geschwärmt und errötete von ihren perlengeschmückten Ohren bis hinab zu ihren Zehen, wenn sie an Weihnachten das von Abby im Rahmen ihrer Hochgeschwindigkeits-Geschenk-Kauf-Orgie erstandene kleine Präsente von ihm bekam.

Sie und Tom hatten tatsächlich viel Spaß miteinander gehabt. Trotz der Probleme in den letzten Monaten hatten sie eine durchaus gute Ehe geführt. Rückblickend wurde ihr das klar. Nun aber war es zu spät. Zurzeit bekam sie Tom kaum zu Gesicht. Eine Woche nach der Beerdigung von Sally war er bei ihnen aus- und bei Leo, dem alten Kollegen, den er auf der Beerdigung getroffen hatte, eingezogen. Es verschaffte Abby keinerlei Genugtuung zu sehen, dass ihre Vermutung, dass Leo geradezu versessen darauf wäre, Tom beim Ausbruch aus der Ehe tatkräftig zu unterstützen, richtig gewesen war.

In letzter Zeit kam er während der Woche nur dann nach Lyonnais, wenn Abby der Dreharbeiten wegen nicht zu Hause war. Wenn er an den Wochenenden Jess besuchte, fuhr Abby in den Supermarkt und ließ die beiden, da sie wusste, dass er sie nicht sehen wollte, rücksichtsvoll allein. Sie hatte versucht herauszufinden, wie es ihrer Tochter nach der Trennung ging, doch Jess wollte nicht darüber reden.

»Lass mich in Ruhe, Mum«, hatte sie jedes Mal entnervt gebeten, wenn Abby auf das Thema zu sprechen gekommen war.

Abby, die sich noch genau daran erinnern konnte, wie sie selbst als Teenager gewesen war – still, verschlossen, nicht bereit, ihre Gefühle vor irgendjemanden auszubreiten –, wusste, dass es sinnlos wäre, das Mädchen zu bedrängen. Deshalb konnte sie nur hoffen, dass sie irgendwie mit der neuen Situation zurechtkam. Sie würde sich die größte Mühe geben, Jess zu zeigen, wie sehr sie sie liebte, und ansonsten darauf warten, dass ihre Tochter von alleine zu ihr kam. Vielleicht kehrte ja im Verlauf der Zeit etwas von der alten Vertrautheit in ihr Verhältnis ein. Vielleicht.

An diesem Nachmittag war Abby nicht die Einzige, die überlegte, dass man zu schätzen wissen sollte, was das Leben einem bot.

Obwohl Ruby einen ausführlichen Bericht von ihrem letzten Blind Date zum Besten gab, wanderten Erins Gedanken zu Sally und zu Lizzies Feststellung, dass erst eine Tragödie den Menschen deutlich machte, was im Leben wichtig war. Damit hatte sie Recht.

Wenn möglich, hatte Sallys Tod sie und Greg einander noch näher gebracht. Und nun, da das Baby sich in ihrem Innern bewegte, wurde sie sich der Zerbrechlichkeit und Kostbarkeit des Lebens noch stärker bewusst. Da ihr klar geworden war, dass ein schrecklicher Unfall Greg ihr jederzeit nehmen könnte, drückte sie ihren Mann, wenn er morgens aus dem Haus ging, noch fester als gewöhnlich an sich. Doch trotz all ihres Geredes darüber, aktiv etwas zu tun, hatte sie die Suche nach ihrer Familie noch immer nicht gestartet.

»Alles in Ordnung, Erin?«, fragte Ruby sie besorgt. »Du siehst ein bisschen blass aus.«

»Alles okay«, antwortete Erin. »Wirklich, ich bin völlig okay.«

Greg käme heute Abend später. Sie hätte also Zeit endlich mit der Detektivarbeit zu beginnen. Schließlich konnte eine ganze Familie nicht spurlos verschwinden. Sie mussten irgendwo in Irland stecken, und sie würde sie finden. Das nahm sie sich nun endgültig vor.

22

Lizzie saß auf dem Rand von Debras Bett und verfolgte, wie die Tochter bewundernd auf das Spiegelbild ihres Brautkleids sah. Trotz der Dramen wegen der Farbe des Stoffes und der Form der winzigen Knöpfe auf dem Rücken war es ein wunderbares Kleid. Es war aus schimmernder weißer Seide mit einem weit schwingenden Rock und tiefem Dekolletee, in dem ihre leicht gebräunten Schultern besonders vorteilhaft zur Geltung kamen. Debra sah schlichtweg bezaubernd aus. Ihre frisch blondierten Haare hatte der Frisör zu kleinen Löckchen aufgerollt, und außer einem weißen Spitzenschleier trug sie einen Kranz aus kleinen weißen Röschen auf dem Kopf.

Debra hatte gefordert, dass sie an ihren Hochzeitstag aussehen wollte wie eine Prinzessin, und das hatte sie geschafft.

»Es wird alles gut werden, nicht wahr, Mum?«, fragte Debra mit bebender Stimme, wandte sich halb vom Spiegel ab und sah zum ersten Mal an diesem Tag ein wenig ängstlich aus.

Lizzie verdrängte ihre Bedenken wegen dieser Hochzeit zweier Dreiundzwanzigjähriger und sagte: »Natürlich wird alles gut werden, Liebling. Es wird ganz sicher wunderbar. Barry ist ein besonderer Mann, und er betet dich an. Das ist ja wohl der beste Start, den es in eine Ehe geben kann.« Sie drückte ihrer Tochter ein Papiertuch in die Hand, bevor die Tränen, die sich hinter ihren Augen angesammelt hatten, anfingen zu fließen und das sorgsam aufgetragene Mascara verschmierten.

»Ich weiß, es ist nur …« Debra betupfte sich die Augen. »Was, wenn wir einen Fehler machen?«

Auch ohne Psychologie studiert zu haben, wusste Lizzie, wie der Satz gemeint war. Was, wenn wir einen Fehler machen *so wie du und Dad*?

Am liebsten hätte sie gesagt, niemand könne wissen, was das Leben alles brächte, und es gäbe keine Garantien. Trauriges Beispiel dafür war der arme Steve. Doch schon als Kind hatte Debra die Welt nur schwarz-weiß gesehen, Grautöne oder Wörter wie »vielleicht« hatte es für sie nie gegeben. Und wenn Lizzie jetzt erklärte, sie könnte aus den Fehlern ihrer Eltern lernen, würde sie Debra ihre Hochzeitsfeier verderben.

»Ihr macht bestimmt keinen Fehler«, erklärte sie deshalb mit sanfter Stimme und ergriff zärtlich Debras Hände. »Dies wird ein wunderbarer, ganz besonderer Tag, denn du heiratest einen wunderbaren, ganz besonderen Mann. Ich hoffe nur, dass ihm bewusst ist, welches Glück er mit dir hat.«

»Oh, Mum.« Ohne darauf zu achten, dass sie die zarten Seidenrosen auf ihrem Oberteil zerdrückte, sank Debra neben ihrer Mutter auf das Bett und schlang ihr beide Arme um den Hals. »Danke. Danke für alles, was du für mich getan hast.«

In diesem Augenblick hatte Lizzie das Gefühl, als hätte sich jede Sekunde der Sorgen wegen Debras Hochzeit hundertfach gelohnt. Debra hatte einen absolut wunderbaren Tag verdient, und sie würde ihn bekommen.

Unten klingelte jemand an der Tür.

»Es ist Dad«, rief Joe, der Tee und Plätzchen aus der Küche holte, da es noch Stunden dauern würde, bis man in den Genuss der Krabbenvorspeise (oder als Vegetarier der Parmesan-Champignon-Pasteten) kam.

»Es ist zehn vor zwei, wir sollten langsam fahren«, meinte Nina, die sich in Lizzies Schlafzimmer umzog.

»Ja«, stimmte Lizzie zu. Die Trauung war für vierzehn Uhr fünfzehn angesetzt, also hatten sie noch etwas Zeit, um ihren Tee zu trinken, da man mit dem Wagen innerhalb von fünf Minuten an der Kirche war.

Sie strich der Braut behutsam über eine Wange und versuchte, sich diese Stunde für alle Zeiten ins Gedächtnis einzuprägen. »Du siehst einfach bezaubernd aus, Debra. Ich bin wirklich unendlich stolz auf dich.«

»Nochmals danke für alles, Mum«, erklärte Debra. »Du hast Recht, dies ist der schönste Tag in meinem Leben.«

Lizzie musste vor lauter Rührung schlucken. Sie liebte Debra über alles. Diese Mutterliebe war die einzig wahre Liebe. Sie war größer als die Liebe, die es zwischen Männern und Frauen gab. Die Liebe zu den Kindern hörte niemals auf. Genauso wenig wie die Sorge, die man allzeit um sie empfand. Ohne Debra loszulassen, sprach Lizzie ein stummes Gebet, dass niemand Debra je verletzen oder ihr die unschuldige Hoffnung ihres Hochzeitstages jemals nehmen würde.

»Dad!«, quietschte Debra aufgeregt, als sie über die Schulter ihrer Mutter die Tür aufgehen sah.

»Ich störe doch wohl nicht?«, fragte Myles, der vorsichtshalber im Türrahmen stehen geblieben war.

»Nein.« Lizzie stand auf und bedachte ihren Ex-Mann mit einem kurzen Lächeln. Sie hatte sich geschworen, weder Debras Hochzeitstag noch ihre Beziehung zu Myles durch ihre eigenen Probleme zu stören. »Ich wollte gerade runtergehen und schnell ein Schlückchen Tee trinken, bevor wir fahren müssen. Ihr beiden habt nicht mehr viel Zeit«, fügte sie hinzu.

»Ich weiß«, sagte Myles. »Ich wollte nicht zu früh hier sein, weil ich nicht wusste, ob ich willkommen bin, wegen … ach, du weißt schon …«

Dieses Mal war Lizzies Grinsen echt. »Red doch keinen Unsinn«, sagte sie. »Du wirst hier immer willkommen sein.« Was tatsächlich stimmte. Sie könnte nichts gewinnen, wenn sie ihn schnitt. Ihrer beider Beziehung war zu gut, um sie nur deshalb zu vergeuden, weil er ein neues Leben hatte und sie nicht. »Kommt Sabine nachher auch?«, fragte sie in dem Bemühen, es so klingen zu lassen, als hätte sie nicht Nacht für Nacht stundenlang darüber nachgedacht.

»Ist das für dich wirklich okay?«

»Kein Problem«, erklärte Lizzie entschieden. Sie würde aller Welt beweisen, wie souverän sie war.

»Daddy, was hältst du von meinem Kleid?«, fragte Debra, die es leid war, dass man sie an ihrem großen Tag so lange ignorierte. Auch sie hatte sich vom Bett erhoben und baute sich wie ein Model mit ausgebreitetem Rock vor ihrem Vater auf.

Myles drückte Lizzie aufmunternd die Schulter und wandte sich endlich Debra zu.

»Atemberaubend«, meinte er. »Du bist einfach wunderschön.«

»Oh, Daddy«, schluchzte Debra und warf sich ihm selig in die Arme.

Lizzie ließ die beiden allein und ging in ihr eigenes Schlafzimmer hinüber. Da Nina bereits hinuntergegangen war, hatte sie ein paar Minuten für sich, in denen sie ein wenig Puder auf die von Ruby geschminkten Wangen tupfte und vorsichtig an ein paar Strähnchen ihrer Haare zupfte. Die Frisörin hatte sich bemüht, die wilde Lockenpracht etwas zu zähmen, und dank des vielen Haarspray fühlte sie sich an wie eine Haube aus Beton. Das Kostüm schien ihr zwar nach wie vor etwas zu grell, doch jetzt war es zu spät, sich für ein anderes Kleid zu entscheiden. Also nahm sie ihre Handtasche, atmete tief durch und wandte sich zum Gehen.

»Beruhig dich, Bradley, und setz dich endlich hin!«

Die Frau mit dem pupurroten, federbesetzten Hut und dem hyperaktiven Kind dachte, sie würde flüstern, aber Lizzie war sicher, dass die ganze Kirche sie gehört hatte. Außer Bradley. Unverdrossen lenkte er mit lauten Brummgeräuschen ein kleines Spielzeugauto durch den Gang.

Auf der Empore übte die Organistin leise ein paar Lieder mit dem Chor. Unaufhaltsam strömten Gäste in die Kirche und riefen sich, weil sie schließlich in einer Kirche waren, gedämpfte Grüße zu.

Alle paar Sekunden flüsterte eine andere Stimme: »Hallooo, du siehst bezaubernd aus«, oder »Oh, ein wirklich hübsches Kleid!«

In der ersten Reihe saß Lizzie neben Gwen, die unter ihrem Ungetüm von Hut – das sie für den lächerlichen Preis von nicht einmal zehn Euro in Neapel erstanden hatte – kaum zu erkennen war.

»Dagegen kommt Barrys Mutter garantiert nicht an«, hatte Gwen schadenfroh erklärt, als sie mit dem Prachtstück bei Lizzie erschienen war.

»Die Hochzeit ist doch wohl kein Schönheitswettbewerb zwischen den Familien«, hatte Lizzie überrascht erwidert.

»Doch, natürlich ist sie das«, beharrte Gwen schnaubend.

Die Organistin begann mit voller Lautstärke, den Hochzeitsmarsch zu spielen, und die Hochzeitsgäste verrenkten sich schier die Hälse. Lizzie konnte kaum verstehen, weshalb nicht alle sofort anfingen zu schluchzen. Beim Anblick ihrer Tochter, die stolz am Arm des Vaters das Kirchenschiff durchschritt, bekam sie nicht nur einen Frosch, sondern ein paar riesige Kröten in den Hals.

Gwen drückte ihre Hand. »Lizzie, meine Liebe, sie ist wirklich wunderschön.«

Für Lizzie schien es, als ob ihre Tochter ein Schritt nach dem anderen fortbrachte von ihrer eigenen Familie hin zu der von Barry. Sie verspürte zugleich ein Gefühl des Verlustes und Erleichterung darüber, dass ein Teil ihrer Verantwortung für Debra von ihr genommen wurde. Ihr Kind war nun offiziell erwachsen. Natürlich würde sie immer ihr Kind bleiben, und sie würde lebenslang das Bedürfnis haben, sie zu schützen. Doch etwas hatte sich verändert. Sie käme nicht mehr mit allen Problemen erst zu ihr. Sie war nicht mehr der wichtigste Mensch in ihrem Leben. Auch Joe hatte sich mit Nina eine Existenz in London aufgebaut und brauchte sie nicht mehr. Debra war durch ihre Hochzeit den Bund fürs Leben mit Barry eingegangen. Nun war es an Lizzie, die beiden loszulassen und sich nach einem neuen, eigenen Leben umzusehen.

Vorne am Altar begann Debra, die tatsächlich aussah wie eine Prinzessin, vor Verlegenheit zu kichern, als sie sich versprach. Die Gäste quittierten das mit amüsiertem Lächeln.

»Tut mir Leid«, sagte Debra zu dem verständnisvollen Priester, der bereits so häufig mit nervösen Bräuten hatte fertig werden müssen, dass ihm der kleine Versprecher kaum aufgefallen war. »Die Aufregung.«

»Ich bin derjenige, der aufgeregt ist«, wisperte der Bräutigam so leise, dass nur die ersten beiden Reihen, die ihn hörten, lachten, worauf alle anderen, in der Angst, irgendetwas zu verpassen, hörbar flüsternd fragten: »Was hat er gesagt?«

Schließlich kehrte wieder Ruhe in der Kirche ein. Der Priester bestätigte lächelnd, dass Humor ein sehr wichtiger Bestandteil einer Ehe sei, und es sei deutlich, dass diese beiden jungen Leute auch über sich selber lachen konnten. Dann fuhr er mit der Trauung fort.

Unvermittelt erinnerte sich Lizzie an Debras Taufe, die vor fast dreiundzwanzig Jahren in derselben Kirche stattgefunden hatte. Debra hatte während der gesamten Zeremonie fröhlich vor sich hingegurgelt und auf diese Weise jeden Beteiligten für sich eingenommen – genauso wie es ihr jetzt erneut gelungen war.

Lizzie kramte hastig ein Taschentuch aus ihrer Handtasche hervor. Als Mutter des Täuflings war sie nicht so gerührt gewesen wie als Mutter der Braut. Sie hatte so lange die Rolle der Ehefrau und Mutter ausgefüllt, dass es ihr schwer fiel, sich an etwas anderes zu gewöhnen.

Doch sie würde sich verändern, würde es allen beweisen, dass sie fähig war, ein anderes, selbst bestimmtes Leben zu führen. Das nahm sie sich fest vor.

Der Hochzeitsempfang verlief geradezu märchenhaft. Anders als auf jeder anderen Hochzeit schien tatsächlich niemand mit dem ihm zugewiesenen Platz am Esstisch unzufrieden zu sein. Die Reden waren ausnahmslos schön kurz und amüsant, und selbst Barrys Trauzeuge – ein im Grunde wenig einfühlsamer Mensch – schaffte es, nicht allzu viele zu verprellen. Die voluminöse, dreistöckige, mit Hunderten von Rosenblüten übersäte Torte riss die Gäste zu ehrfürchtigem Staunen hin, und angesichts des seligen Lächelns der Braut, als sie zusammen mit ihrem frisch angetrauten Gemahl den locker-duftigen Teig durchschnitt, tupften sich viele verstohlen ein paar Tränen aus den Augen.

Sowohl Lizzie als auch Myles gaben sich Debra zuliebe die allergrößte Mühe so zu tun, als wären sie trotz ihrer Scheidung nach wie vor die allerbesten Freunde. Die Etikette gebot, dass Lizzie neben Barrys Vater Platz nahm und ihr Ex-Mann gegenüber, neben Barrys Mutter. Ab und zu sahen sie einander über den breiten Tisch weg an, glücklich, weil der große Tag der Tochter so wunderbar verlief. All das Sparen hatte sich gelohnt, überlegte Lizzie, während sie all die gut gelaunten Menschen in dem herrlich blumengeschmückten Festsaal betrachtete.

»Du hast dich als Brautmutter tadellos gehalten«, lobte Gwen, als sie als einziges Zugeständnis an die Kosmetikindustrie ihre Nase puderte. Das ausgedehnte Essen war vorüber, und die Leute nutzten die Gelegenheit, sich ein wenig frisch zu machen oder etwas von der reichhaltigen Torte bei einem kleinen Spaziergang zu verdauen.

»Ja, nicht schlecht, was?«, stimmte ihr Lizzie zu und dachte gleichzeitig zum x-ten Mal, dass Zitronengelb nicht ihre Farbe war. Aber wer achtete überhaupt auf sie? Debra war die Königin des Tages, für die Brautmutter interessierte sich kein Mensch.

»Hingegen der Hut von Barrys Mutter …«, begann Gwen und warf einen raschen Blick unter die Türen der Toiletten, um sich zu vergewissern, dass kein Spion in der Nähe war. »Gütiger Himmel, wer hat ihr dieses Monstrum bloß verkauft? Mit einem rot getupften Schleier. Damit sieht sie aus, als hätte sie die Masern.«

»Gwen!«

»Das stimmt doch. Du siehst viel besser aus.«

»Du bist zwar sehr loyal, aber wenn du ehrlich bist, musst du zugeben, dass Gelb wahrhaftig nicht meine Farbe ist.«

»Aber ihr stehen rote Tupfen?« Schnaubend tätschelte sich Gwen über das mit einer halben Dose Haarspray gebändigte Haar. »Ich kann es kaum erwarten, dass der Tanz eröffnet wird. Shay hat nämlich während unserer Kreuzfahrt eine richtige Begeisterung dafür entwickelt. Wir haben an einem Tag, als das Wetter schlecht war, bei einem Tanzkurs mitgemacht. Der hat ihn infiziert.« Unentwegt schwärmte sie vom schönsten Urlaub ihres Lebens.

Lizzie hielt im Auftragen ihres korallenroten Lippenstiftes – eine andere Farbe wäre zu dem Gelb der Kleidung völlig unmöglich gewesen – inne.

»Shay und tanzen?«

»Ich weiß, aber Wunder gibt es immer wieder. Er ist völlig hin und weg davon und wackelt sogar mit den Hüften, wenn der Rhythmus es erlaubt.«

Als Gwen und Lizzie den Saal wieder betraten, stimmte die Abba-Band in einer Ecke ihre Instrumente. Eine üppig gerundete Agnetha-Doppelgängerin in einem hautengen Silber-Overall schraubte das Mikrofon in ihrer Höhe fest und tauschte einen verführerischen Blick mit einem der männlichen Mitglieder der Gruppe.

Langsam füllte sich der Saal wieder, und am Kopfende des Ehrentisches klärte Barry seinen Vater über die Etikette des Eröffnungstanzes auf.

»Du tanzt mit Lizzie«, wies er ihn leise an. »Mum mit Myles und Tony mit Sharon. Wenn der Tanz vorbei ist, forder Mum bitte erst auf, wenn auch Myles mit Lizzie tanzt. Mit Debs kannst du tanzen, nachdem ihr Dad mit ihr getanzt hat. Ich kann nur hoffen, dass Lizzie überhaupt mit ihrem

Ex-Mann tanzt. Schließlich kommt auch gleich seine neue Freundin, und wer weiß schon, was passiert, wenn Lizzie sie sieht. Ich finde, es war völlig verrückt von Debra, Sabine hierher einzuladen. Auch wenn Lizzie gesagt hat, es wäre okay, habe ich so meine Zweifel. Du weißt doch, wie Frauen auf Hochzeiten werden. Es gibt garantiert Krieg.«

Verdammt, dachte Lizzie, die zufällig in Hörweite gestanden hatte. Sie wirkte doch total ruhig und gefasst – und trotzdem hatten anscheinend alle die Befürchtung, sie ginge womöglich mit dem Tortenmesser auf ihren Ex-Mann los. Myles kam gerade mit unbehaglicher Miene aus der Bar, und als er sich setzte, nahm sie neben ihm Platz und meinte: »Ich glaube, Barry fürchtet, dass wir einander auf der Tanzfläche massakrieren.«

»Vermutlich hat er Angst, dass du mit Sabine nicht einverstanden bist«, antwortete Myles mit einem Gesichtsausdruck, der die Befürchtung seines frisch gebackenen Schwiegersohnes widerspiegelte.

»Ist sie denn schon da?«

Myles' Blick ähnelte dem eines Kaninchens vor der Schlange, weshalb Lizzie rasch vorschlug: »Dann bringen wir es besser hinter uns, und du stellst sie mir vor.«

»Dir vorstellen?«

»Entweder das, oder wir gehen uns den ganzen Abend peinlich berührt aus dem Weg. Also mach uns besser miteinander bekannt.«

Den Stier bei den Hörnern zu packen war ein berauschendes Gefühl, entdeckte Lizzie, während Myles sie aus dem Ballsaal in die Hotelbar dirigierte. Dort wollte Sabine so lange warten, bis Myles sicher wusste, dass ihr Erscheinen auf der Feier unauffällig stattfinden konnte.

»Sie wollte überhaupt nicht kommen«, gestand er Lizzie. »Sie dachte, es wäre passender, wenn sie sich fern hält, weil dies schließlich dein Tag ist … und wir dich nicht gerade heute traurig machen wollen.«

»Oh, Myles, dies ist Debras großer Tag. Du und ich, wir beide sind lange geschieden. Es wäre ziemlich dumm, wenn ich ausgerechnet heute deswegen durchdrehen würde«, erwiderte sie. Das Beste daran war, dass sie das Gefühl hatte, sie sagte die Wahrheit. Sie war tatsächlich über Myles hinweg. Dass sie sich daran störte, dass er eine neue Partnerin gefunden hatte, während sie weiterhin allein war, war ein anderes Thema. Doch sie hatte schließlich fest beschlossen, keine Minute des Lebens mehr dadurch zu vergeuden, dass sie sich in Selbstmitleid suhlte. »Na, dann mal los«, flüsterte sie deshalb und trat entschlossen durch die Tür.

Sabine saß still auf einem kleinen Sofa, und Lizzies Blick wanderte prüfend an der fremden Frau entlang. Sie war tatsächlich keine Schönheit: In ihrem schlichten dunkelblauen Kostüm wirkte sie blass und mager. Sie hatte die erdbeerblonden Haare, die so oft bei hellhäutigen Menschen mit Sommersprossen und hellblonden Wimpern anzutreffen waren. Und wie Debra ihrer Mutter schon berichtet hatte, hatte sie eindeutig kein Interesse an Make-up, denn die einzige Verschönerung, die sie anscheinend an sich vorgenommen hatte, war ein Hauch von Lipgloss, der inzwischen jedoch halb verschwunden war.

Sie las in einem mitgebrachten Buch und hatte vor sich ein Glas Wein, aus dem sie bisher keinen Schluck getrunken hatte. Lizzie lächelte bei dem Gedanken, dass sie selbst, wenn sie auf eine Hochzeit hätte gehen müssen, auf der eine vielleicht rachsüchtige Ex-Frau die Messer wetzte, das Glas bestimmt sofort geleert hätte.

»Sabine, das ist Lizzie«, stellte Myles sie vor.

»Hallo«, grüßte Lizzie vergnügt. »Freut mich, Ihre Bekanntschaft zu machen. Aber Sie dürfen nicht hier draußen sitzen bleiben. Gleich beginnt der Tanz, und Sie sollten unbedingt das Brautpaar bei seinem Walzer bewundern. Schließlich ist das einer der Höhepunkte dieser Feier.«

Sabines blasses Gesicht wurde lebendiger. Sie schien zwar

ehrlich überrascht, doch fehlte es ihr eindeutig nicht an Courage. »Freut mich ebenfalls sehr, Sie kennen zu lernen, Elizabeth«, antwortete sie. »Ich dachte, ich bleibe besser hier draußen, denn ehrlich gesagt wollte ich Sie nicht in Verlegenheit bringen. Hochzeiten sind häufig sehr emotionale Feiern, und es wäre mir verhasst, wenn ich der Grund für eine Auseinandersetzung wäre.«

»Nennen Sie mich bitte Lizzie, und Sie bringen mich hundertprozentig nicht in Verlegenheit«, versicherte sie ihrer vermeintlichen Feindin. »Auch wenn die Anwesenden noch in zehn Jahren darüber hecheln werden: Es ist eine hervorragende Idee, wenn wir drei gemeinsam zurück auf die Feier gehen.«

Sabine lachte entzückt auf, und schließlich fiel auch Myles in das Gelächter der beiden Frauen ein.

»Ist es denn bisher ein schöner Tag gewesen?«, fragte Sabine, als sich alle beruhigt hatten.

»Unbeschreiblich. Das Wetter ist fantastisch, Debra sieht einfach bezaubernd aus, und sogar der Trauzeuge hat seine Rede hinter sich gebracht, ohne dass jemand von ihm beleidigt worden ist.«

»Mit dem blöden Witz darüber, was an Debras Junggesellinnenabschied passiert ist, hätte er es um ein Haar geschafft«, erklärte Myles, ganz der empörte Vater.

»Das war doch nur ein Scherz«, antwortete Lizzie. »Schließlich wissen alle, dass die Chippendales bereits seit Jahren nicht mehr in dieser Gegend gewesen sind.«

»Mum, Dad…« Debra tauchte aus dem Ballsaal auf und konnte vor Verblüffung nicht mehr weitersprechen, als sie das seltsame Dreiergespann friedlich in der Bar versammelt sah.

»Liebling, ich habe gerade Sabine kennen gelernt und ihr gesagt, dass sie euren Hochzeitstanz auf keinen Fall verpassen darf.« Lizzie stand auf, bedachte Myles und seine neue Partnerin mit einem heiteren Lächeln und hakte sich bei ihrer Tochter ein. »Können wir gehen?«

»Äh… ja«, stotterte die Braut.

»Ja«, meinte auch Sabine, erhob sich ebenfalls und blinzelte Lizzie dankbar an.

Als sie zu viert den Saal betraten, sah sich Lizzie beinahe triumphierend um. Sie fühlte sich mächtig, stark und frei. Sie hatte nicht nur die Dämonen besiegt, die sie seit Jahren quälten, sondern sie hatte ihrer Tochter dadurch ein herrliches Hochzeitsgeschenk gemacht, dass sie selbst endlich erwachsen geworden war.

Entschlossen fügte sie der Liste all der Dinge, die sie noch vor ihrem fünfzigsten Geburtstag machen wollte, einen Punkt hinzu: »Wenn dein Ex-Mann seine neue Freundin mit auf die Hochzeit deiner Tochter bringt, begegne ihr mit Würde und mit Stil.« Keine Frau unter dreißig würde von sich behaupten können, sie hätte so etwas schon mal geschafft…

23

Ende Juli war die dritte Staffel von *Entrümpeln* fast vollständig im Kasten, wofür Abby heiße Dankbarkeit empfand. Da bis zur Ausstrahlung der ersten Sendung Ende August auch die letzte Bearbeitung sämtlicher Folgen abgeschlossen sein sollte, hatten sie äußerst hektische Drehtage gehabt. Abby hatte häufig in Dublin bleiben müssen, sodass Tom sich um Jess gekümmert hatte, wenn sie fort gewesen war.

Was wie eine dunkle Wolke über Abby schwebte, war das Wissen, dass sie beide bald den finanziellen Folgen ihrer Trennung ins Auge sehen müssten. Sie würden das wunderbare Haus verkaufen müssen.

Seltsamerweise hatte Abby kein Problem mit dem Gedanken, sich von Lyonnais zu trennen. Es war nicht so wichtig, wie sie sich eingebildet hatte. Die Familie, die dort lebte, war das, was wirklich zählte. Nun, da es diese Familie nicht mehr gab, hatte das Haus für sie jede Bedeutung verloren. Selbst die schönsten Steine machten kein Zuhause, und sie wäre frohen Herzens in die laute Nachbarschaft der Gartland Avenue zurückgekehrt, hätte sie damit ihre Ehe kitten können.

Auch wenn die Dreharbeiten zu *Entrümpeln* anstrengend gewesen waren, war die Arbeit mit den beiden jungen Frauen ein echtes Vergnügen. Trotz ihrer anfänglichen Vorbehalte hatte Abby Spaß daran, die Sendezeit mit anderen zu teilen, vor allem mit zwei Menschen, denen ihre Lebensfreude schon am frühen Morgen anzusehen war. Mitzi und Linzi waren unterhaltsam, aufgeweckt, regelrecht versessen darauf, ihre Arbeit von der Pike auf zu lernen und wussten nicht nur Abbys Erfahrung, sondern ebenso ihre Natürlichkeit zu schätzen. Inzwischen bildeten die drei Moderatorinnen ein eingeschworenes Team.

Anfangs hatte Abby noch versucht, den beiden klar zu machen, dass sie nie in einer anderen Sendung als *Entrümpeln* vor der Kamera gestanden hatte und ihnen beiden deshalb keine große Hilfe wäre. Doch Linzi hatte ihr entschieden widersprochen. »Sie sind schlicht ein Naturtalent. Sie haben außerdem die Arbeit vor der Kamera, genau wie wir nun, dadurch gelernt, indem Sie sie locker in Angriff genommen haben«, hatte sie erklärt, und Mitzi hatte noch hinzugefügt: »Ja, es ist echt das Beste, wenn man eine Arbeit durch die Praxis lernt.«

Inzwischen konnte Abby die beiden jungen Frauen problemlos unterscheiden. Linzi war die Ernstere der beiden und hatte deshalb auch ein etwas ernsteres Gesicht. Mitzi strahlte von vornherein jeden Menschen an. Beide waren die Gutmütigkeit in Person, und keine mochte Roxie, auch wenn sie so clever waren, und sich nichts anmerken ließen, wenn sie in der Nähe war.

»Was ich nicht verstehe ist, weshalb Roxie Sie nicht mag«,

sagte Linzi eines Tages zu Abby, worauf diese schulterzuckend meinte: »Keine Ahnung, doch das ist mir auch egal.« Was tatsächlich stimmte, da im Grunde belanglos war, was Roxie von ihr hielt.

»Sie ist gefährlich«, warnte Mitzi.

»Das bin ich genauso«, erklärte Abby zwinkernd, denn sie hatte noch ein Ass im Ärmel, was allein Selina, Beechs gerissener PR-Frau zu verdanken war …

»Ich weiß, Sie hatten bisher stets das Gefühl, Sie könnten Ihre Karriere ganz allein managen, Süße«, hatte Selina eines Tages, als sie kurz allein gewesen waren, zu Abby gesagt. »Aber das hat sich geändert. Sie sind nicht länger eine kleine Hausfrau mit einer drittklassigen Show. Sie sind ein echter Star, und es ist höchste Zeit, dass Sie sich endlich einen Agenten nehmen, der Ihre Interessen vertritt.«

Als Abby beim Fernsehen angefangen hatte, hatte ihr die Vorstellung, sich einem Agenten anzuvertrauen, deshalb nicht gefallen, weil sie wirklich angenommen hatte, sie könne alles selbstständig erledigen. Außerdem war ihr der Gedanke, sie benähme sich wie eine zickige Berühmtheit, die nicht mal telefonierte, ohne sich zuvor mit ihrem Agenten zu besprechen, verhasst gewesen. Sätze wie »Schätzchen, ich muss noch meinen Agenten anrufen!! Bestell du uns doch währenddessen noch eine Flasche Champagner« kämen ihr niemals über die Lippen.

Nein, so ein Mensch wollte sie ganz bestimmt nicht werden, weshalb in den zwei Jahren, seit sie mit *Entrümpeln* angefangen hatte, jeder ihrer Verträge von einem mit Tom befreundeten Anwalt für sie geprüft worden war.

Das hatte sie auch Selina gegenüber erklärt, die sie mit hochgezogenen Brauen gemustert und erwidert hatte: »Engelchen, Sie sind rührend naiv. Wenn Sie einen Agenten hätten, hätte Roxie bei der Einstellung der Zwillinge kein derart leichtes Spiel mit Ihnen gehabt.«

»Aber ich mag die beiden Mädchen«, hatte Abby protestiert.

»Ich weiß, Süße, ich weiß.« Das gute Verhältnis zwischen den drei Frauen hatte Selina überrascht. Die meisten Stars hätten bei dem Gedanken, dass sie gegen ihren Willen in ihrer eigenen Sendung plötzlich Konkurrenz durch zwei junge Schönheiten bekamen, bühnenreife Tobsuchtsanfälle bekommen.

Doch Abby war anders als die anderen Stars. Die Bodenständigkeit, die ihre Zuschauer so liebten, war tatsächlich echt. Auch wenn ihre lockere, liebenswürdige Ausstrahlung unter der Trennung von Tom gelitten hatte. Nicht, dass Abby je auch nur ein Wort darüber verloren hätte. Doch Selina kannte sich nach neunundzwanzig Jahren in ihrem Metier mit diesen Dingen aus. Sie wusste, dass Tom ausgezogen war, und sie wusste, dass die Presse ebenfalls Wind davon bekäme. Worüber sie ebenfalls dringend, wenn auch eventuell zu einem anderen Zeitpunkt, mit der armen Abby sprechen musste.

»Es geht nicht darum, ob Sie die beiden mögen«, hatte sie deshalb beinahe mitfühlend gesagt. »Sie brauchen mehr Macht, und Sie sind einfach zu nett, um sie sich zu verschaffen. Aber mit Mike Horowitz habe ich genau den Mann, der Ihnen weiterhelfen kann.«

»Ein echter Superagent«, hatte Abby ehrfürchtig gehaucht. Mike Horowitz vertrat die wirklich großen Stars und hätte bestimmt kein Interesse an jemandem wie ihr.

»Mike und ich kennen uns schon ewig«, hatte Selina daraufhin erklärt. Sogar noch länger als ewig, doch das würde sie lieber verschweigen. Selina war bereits seit ein paar Jahren fünfundvierzig und hatte nicht die Absicht, je älter zu werden. Botox hielt das Alter wunderbar in Zaum.

»Er hat sich bereits bei mir nach Ihnen erkundigt, und ich habe ihm erklärt, Sie hätten kein Interesse. Doch darüber denken Sie jetzt besser noch mal nach.« Selina wusste, dass sie ihrer Firma gegenüber zu Loyalität verpflichtet war, doch sie mochte Abby, und sie wollte nicht, dass jemand so Durchtriebenes wie Roxie sie über den Tisch zog. »Beech könnte Sie problemlos feuern und die nächste Staffel nur noch mit den Zwillingen abdrehen«, hatte sie deshalb unumwunden gesagt. »Sie sind billiger und vertraglich die nächsten beiden Jahre verpflichtet, jede Sendung zu machen, die Brian vorschlägt, egal, wie hirnrissig sie auch sein mag. Wenn Brian – oder besser Roxie – die Auffassung vertritt, dass das dem Sender hilft, muss das durchgezogen werden.«

Abby hatte Selina entgeistert angestarrt. »Sie würden mich nicht feuern«, hatte sie gesagt.

»Aber sie könnten es tun«, hatte Selina unbarmherzig wiederholt. »Das ist alles, was ich sage. Noch ist die Sendung erfolgreich, doch sobald die Einschaltquoten sinken, kommt es den beiden womöglich in den Sinn, sie völlig zu verändern. Und dann wären Sie draußen. Sie brauchen also dringend einen Menschen, der Ihre Interessen angemessen vertritt. Und Mike ist als Agent nicht nur brillant, sondern obendrein – was man bei Agenten höchst selten antrifft – ein durch und durch ehrlicher, direkter, grundanständiger Mensch. Ich denke und hoffe, Sie werden begeistert von ihm sein«, hatte sie abschließend erklärt und für Abby an einem Tag, an dem sie in Dublin filmte, einen Termin mit ihm vereinbart.

Tom traf genau in dem Moment mit der inzwischen vertrauten Reisetasche ein, als Abby an besagtem Vormittag zu ihrem Wagen ging, um zum Flughafen zu fahren.

»Hi«, begrüßte sie ihn vorsichtig.

»Hallo«, erwiderte er knapp und setzte seinen Weg zur Haustür ohne stehen zu bleiben fort.

Seufzend wuchtete Abby ihren Koffer in den Jeep. Wieder einmal wurde ihr klar, welch große Lücke seit ihrer Trennung in ihrem Leben klaffte. Früher hätten sie und Tom ausführlich über den Termin mit Mike Horowitz gesprochen. Sie hatte Tom mangelndes Interesse an ihrer Karriere vorgeworfen, doch das stimmte nicht. Eventuell war er mit den Veränderungen nicht zurechtgekommen, die aufgrund ihres Erfolgs in ihrer Beziehung eingetreten waren. Doch er hätte genügend Interesse gehabt, sie zu dieser Besprechung zu begleiten. Wenn sie beide besser mit ihren Differenzen umgegangen wären. Wenn sie sich stärker bemüht hätten, den jeweils anderen zu verstehen. Sie wäre froh gewesen über seine Unterstützung bei dem bevorstehenden Treffen.

Mike Horowitz' Büro lag in einem eleganten Glasgebäude in den inzwischen schicken alten Dubliner Docks. Die Arbeit als erfolgreicher Agent war offensichtlich lohnend, dachte Abby. Über hochflorige Teppiche wurde sie in einen riesigen Raum geleitet, dessen Stirn- und rechte Seitenwand vom Boden bis zur Decke verglast waren. Mike war nicht der auf einer Zigarre kauende Mogul in einem blütenweißen Anzug, den sie erwartet hatte, sondern ein hoch gewachsener, lässig gekleideter, glatzköpfiger Mann. Sein Alter hätte Abby nicht genau bestimmen können, er konnte Anfang vierzig sein oder schon an die sechzig. Er sah nicht aus wie jemand, der versuchte, seinen berühmten Klienten jeden Wunsch von den Lippen abzulesen, sondern hatte einen ähnlich nachdenklichen Blick wie der Filialleiter ihrer Bank. Auch eine edel bestückte Hausbar konnte Abby nirgendwo entdecken.

»Freut mich, Sie endlich kennen zu lernen«, begrüßte er sie, und schüttelte ihr die Hand. Er wies einladend auf einen bequemen Sessel vor einer der beeindruckenden Fensterfronten und nahm ihr gegenüber Platz. »Ich habe Ihre Karriere mit großem Interesse verfolgt.«

»Aha. Bin ich auf dem aufsteigenden oder eher auf dem absteigenden Ast?«, scherzte Abby und brach damit das Eis zwischen ihnen. Es dauerte nicht lange, bis sie in ein ernsthaftes Gespräch über Beech, *Entrümpeln* und die jeweilige Zukunft vertieft waren.

Während ihres Gespräches wurde Abby klar, dass Selina Recht gehabt hatte mit ihrem Vorschlag, und dass Mike genau der richtige Manager für sie war. Sie hatte die Absicht gehabt, sich kühl und reserviert zu geben, doch die offene, direkte Art, mit der er auf sie zugegangen war, gefiel ihr.

Mike erläuterte ihr, dass den meisten der bekannten Fernsehstars dadurch dauerhaft Erfolg beschieden war, dass sie wussten, wann es an der Zeit war, sich beruflich zu verändern. »Ich denke, dass Ihre Karriere bei Beech bisher sehr einseitig gefördert worden ist und dass sie sich dort nicht klar darüber sind, was noch alles in Ihnen steckt. Ehrlich gesagt kann ich mir nicht vorstellen, dass Sie ewig diese Sendung moderieren werden«, erklärte er ihr ohne Umschweife.

»Aber das ist das, was ich am besten kann«, protestierte Abby.

»Einerseits ist das richtig«, räumte er sofort ein. »Sie könnten weiter dadurch Karriere machen, dass Sie Bücher oder Fernseh-Specials über das Entrümpeln bringen. Doch die Serie verdankt ihren Erfolg weniger dem Thema, als vor allem Ihnen selbst. Sie haben eine warme, liebenswürdige Ausstrahlung, und sie ist es, die Sie zu einem derartigen Quotenrenner macht. Doch diese Ausstrahlung bleibt auch dann erhalten, wenn Sie eine andere Sendung machen würden. Ich bin der Ansicht, dass Sie hervorragend für eine Talkshow geeignet sind.«

»Reden Sie doch keinen Unsinn«, prustete Abby. »Das könnte ich niemals.«

Mike zuckte leicht mit den Schultern. »Doch, das könnten Sie bestimmt. Sie sollten mehr Selbstvertrauen haben, Abby. Nur, weil man bei Beech blind ist für Ihre Fähigkeiten und gleichzeitig dem Jugendwahn verfällt, geht es anderen Sendeanstalten nicht genauso. Wie gesagt, ich sehe Ihre Zukunft als Moderatorin einer Talkshow. Und jetzt denken Sie erst einmal in aller Ruhe nach, ob Sie mich als Agenten wollen oder nicht.«

Abby, die tatsächlich mit der Absicht hergekommen war, sich nicht gleich während des ersten Gespräches zu entscheiden, erwiderte spontan: »Ich brauche nicht darüber nachzudenken. Ich hätte Sie sehr gerne als Agenten. Ich denke, Sie sind genau der Richtige für mich.«

»Nein, denken Sie in aller Ruhe drüber nach«, lehnte Mike ab. »Sie sollten niemals überstürzt etwas entscheiden. Das ist mein erster professioneller Rat.«

»Das mache ich auch nicht. Aber ich möchte, dass Sie mich vertreten, okay?«

»Okay. Willkommen im Team«, entgegnete er nun breit lächelnd und schüttelte ihr kräftig die Hand. »Nachdem wir jetzt beide miteinander im Geschäft sind, gibt es etwas, worüber wir sofort sprechen sollten. Etwas, das Beech in Zukunft gegen Sie verwenden könnte, und zwar sowohl als Werbung als auch um sich Ihrer zu entledigen.« Er machte eine Pause, und Abby musterte ihn argwöhnisch. »Ich weiß, das ist etwas sehr Persönliches, aber ich spreche über Ihre Trennung von Ihrem Mann«, hatte er ruhig geendet.

»Was?« Abbys Magen machte einen Satz.

»Tut mir Leid«, entschuldigte er sich. »Ich weiß, Sie haben momentan eine schwere Zeit. Aber nicht mehr lange, und die Öffentlichkeit wird davon erfahren. Selina hat es mir erzählt. Sie ist wirklich clever und bemerkt Dinge viel schneller als die meisten. Doch dies ist etwas, was unmöglich auf Dauer verborgen bleiben kann.«

»Selina weiß Bescheid?«

Mikes Blick verriet echtes Mitgefühl. »Sie sind eine Berühmtheit, Abby. Die Menschen kennen Sie, und sie werden es merken, wenn Ihr Mann woanders lebt und Sie nirgendwohin mehr begleitet.«

»Aber wir führten doch immer schon ein völlig zurückgezogenes Leben«, flüsterte Abby unglücklich.

»Ich weiß. Und das ist auch gut so. Sie können durchaus berühmt und sehr erfolgreich sein, ohne je auf eine Filmpremiere oder eine tolle Party mit so genannten angesagten Leuten zu gehen. Viele meiner Klienten führen ein absolut normales Leben, aber trotzdem kennt man die Gesichter aus dem Fernsehen, und die Leute erkennen sie, selbst wenn sie nur Milch und Brot einkaufen.«

Mike stand auf und trat vor den kleinen Walnuss-Schrank, in dem er für spontane Freudenfeiern und als Mittel gegen Schocks diverse Alkoholika verwahrte. »Da Sie meine Klientin sind, ist es mein Job, Ihnen zu sagen, aus welcher Richtung das nächste Problem auftauchen könnte, und Sie, wenn möglich, davor zu bewahren. Und ich verwette meine Kommission fürs erste Jahr, dass Roxie O'Halloran bald tätig wird. Wenn nächsten Monat die neue Staffel von *Entrümpeln* anfängt, wird sie irgendeinem Journalisten geflüstert haben, dass Ihre Ehe in ernsten Schwierigkeiten steckt. Auf diese Weise braucht sie sich nicht nur auf die Zwillinge als Quotentreiber zu verlassen, sondern hat obendrein noch Sie als Opferlamm. Ich sehe die Überschriften in den Zeitungen schon vor mir: ›Die private Tragödie des warmherzigen Stars‹ oder ›Wie Abby Bartons kometenhafter Aufstieg in den Fernsehhimmel ihre Ehe ruinierte‹. Verstehen Sie, was ich meine?«

Abby brach übergangslos in Tränen aus.

Rasch schob Mike ihr eine Schachtel Taschentücher quer über den Tisch und drückte ihr dann einen Kristallschwenker mit Brandy in die Hand. Er hatte schon vor langer Zeit gelernt, wie wichtig das richtige Timing für Beruhigungsmaßnahmen war.

»Trinken Sie«, bat er sanft. »Das war nur die Darstellung des schlimmstmöglichen Falls. Aber auch dafür müssen Sie, respektive wir, bereit sein. Und das werden wir. Tatsächlich können wir, wenn wir gewappnet sind, das Ganze sogar zu unserem Vorteil nutzen.«

»Wie?«, schluchzte Abby, während ihr die Wimperntusche über das Gesicht lief. »Wie kann die Tatsache, dass mich mein Mann verlassen hat, etwas anderes als eine Katastrophe sein?«

Mike betrachtete sie mit einem leichten Lächeln. »Indem Sie einfach weiter Sie selbst sind, Abby. Was würden Sie sagen, wenn eine Journalistin Sie zum jetzigen Zeitpunkt nach Ihrer Trennung fragen würde?«

Abby schnäuzte sich. »Dass das eine Privatsache ist und dass weder Tom noch ich je über unsere Ehe sprechen würden.«

»Und was sonst noch?«

»Dass ich weder Tom noch Jess dadurch verletzen werde, dass ich darüber rede«, erklärte Abby entrüstet. »Sie können mich nicht zwingen, so etwas zu tun.«

»Genau das ist es!« Mike wirkte zufrieden mit ihrer Reaktion. »Es gibt Fernsehstars, die würden sich sogar live beim Sex mit ihrem Partner filmen lassen, wenn das ihre Einschaltquoten in die Höhe treiben würde. Aber Sie sind anders, und genau das ist es, was die Zuschauer an Ihnen lieben: dass Abby Barton immer Abby Barton bleibt und nicht plötzlich zu einer publicityhungrigen Tratschtante wird. Also gut, Sie wollen nicht darüber reden, aber wenn die Medien anfangen danach zu fragen, sind Sie für sie bereit. Niemand wird noch einen Überraschungsangriff auf Sie starten können.«

»Es tut so furchtbar weh«, schniefte Abby, und Mike nickte verständnisvoll.

»Ich weiß. Ich habe das selbst schon zweimal durchgemacht. Was der Grund ist, weshalb es niemals eine dritte Hochzeit mit mir als Bräutigam geben wird.« Er nahm auf der Armlehne ihres Sessels Platz und legte ihr wie ein Onkel tröstend eine Hand auf die Schulter. »Wissen Sie, Sie überstehen diese Sache irgendwann, aber Sie müssen aufhören zu denken, dass Sie, weil Ihre Ehe gescheitert ist, ein schlechter Mensch sind. Sie sind ein ganz normaler Mensch, und manchmal funktioniert eine Ehe halt nicht. Das ist auch schon alles.«

Doch sie hätte funktionieren können, stöhnte Abby innerlich, wenn sie nicht mit Jay Garnier ins Bett gesprungen wäre. Wäre sie nicht schuld daran, dass ihre langjährige Ehe kaputtgegangen war, würde sie das alles eventuell etwas leichter nehmen.

Sie schluchzte noch einmal auf.

»Also bitte, seien Sie nicht so streng mit sich.«

Abby schüttelte den Kopf.

»Ich hatte eine wundervolle Freundin, die vor kurzem gestorben ist und die ein wirklich guter Mensch war. Im Vergleich zu ihr mache ich schlichtweg alles falsch.« Abby leerte ihr Glas mit einem Zug, und Mike füllte es noch einmal bis zur Hälfte auf.

»Sie sollten sich nie mit anderen vergleichen. Lernen Sie von ihr, und bauen Sie es in Ihr Leben ein. Sie können nicht wie Ihre Freundin sein, denn Sie beide haben im Leben verschiedene Erfahrungen gemacht.«

»Ich weiß, aber sie war so gut und freundlich und ist trotzdem gestorben, während ich alles verkehrt mache und noch immer lebe. Das gibt mir das Gefühl, als wäre an dem Satz, dass nur die Guten jung sterben, tatsächlich etwas dran.«

»Wenn Sie nicht zufrieden sind, ändern Sie eben die Dinge, die Sie in Ihrem Leben bisher falsch angegangen sind«, schlug Mike ihr vor.

»Das ist nicht so einfach …«, begann sie und unterbrach sich. Wieso nicht? Statt über die Vergangenheit zu jammern, sollte sie sich der Zukunft stellen und sie entsprechend ihrer Vorstellung verändern. Sally hätte dazu den Mut gehabt.

Abby lächelte schwach. »Die Dinge, die Sie sagen, ersetzen geradezu eine Therapiestunde. Wenn ich bedenke, dass ich jahrelang auf einen Agenten verzichtet habe, weil ich dachte, sie wären alle oberflächlich und erzählten einem lediglich, wie *absolut fantastisch* man doch ist …«

»Glauben Sie mir, ich kann beeindruckend oberflächlich sein. Mit meinem ›Sie waren *absolut fantastisch*‹ reiß ich die Leute zu wahren Ovationen hin. Aber erstklassige Kunden kriegen das ehrliche Horowitz-Paket, das neben tiefsinnigen Gedanken, Ratschlägen bei Beziehungsproblemen auch noch zwei Gläser Brandy beinhaltet. Doch wenn Sie meinen Ruf nicht ruinieren wollen, behalten Sie das bloß für sich.«

Mikes schwarze Augen blitzten dabei schalkhaft, und Abbys gequältes Lächeln machte einem breiten Grinsen Platz.

»Sie können unmöglich gefährlicher als Roxie sein«, erklärte Linzi gerade mit einem Schauder.

»Wart's nur ab«, antwortete Abby in Gedanken an ihre neue Wunderwaffe Mike. »Roxie wird lernen müssen, dass dieses Spiel von zwei Leuten gespielt werden kann.«

Es war zehn Uhr morgens, und sie fuhren in einem Taxi an den Drehort. Sie mussten nur noch eine Folge drehen, doch als sie ihr Ziel erreichten – eine Doppelhaushälfte in irgendeiner Schlafstadt in den Midlands –, jaulten alle drei gleichzeitig auf.

Abby, Linzi und Mitzi starrten voller Unglauben auf das Dreckloch, das das Heim der Familie Lockwood war. Sie hatten das Haus noch nicht betreten, doch sie hätten am liebsten auf der Stelle kehrtgemacht. Wenn schon draußen so viel Müll herumlag, wie wäre es dann erst drinnen?

Irgendwelche Autoteile stapelten sich neben alten Reifen, Kisten und einem Hundezwinger, der derart verfallen war, dass bestimmt kein Hund mehr darin schlief. Schmutzige Netzgardinen wehten aus den offenen Fenstern, und es war offensichtlich, dass das Haus seit mindestens zehn Jahren nicht mehr gestrichen worden war. Es vermittelte den Eindruck, als müsste es nicht entrümpelt, sondern eher ausgeräuchert werden, ehe man es freiwillig betrat.

Die drei LKWs des Senders parkten bereits davor auf der Straße, und die drei Frauen stürzten in dem Verlangen nach einer Tasse starkem Kaffee und dem Wunsch, darin bestärkt zu werden, dass sie nicht überreagierten, hastig auf den Liebeswagen zu.

»Nein, ihr reagiert nicht über«, nahm ihnen sofort Regieassistentin Julie die letzte Hoffnung. Sie hockte auf der roten Samtcouch und verschlang zum Trost eine enorme Apfeltasche. »Ich verstehe echt nicht, wie dieses Haus den Eingangstest bestanden hat. Es ist nicht nur voller Gerümpel, sondern total verdreckt.«

»Dann brauchen wir doch nicht reinzugehen und kriegen einen anderen Drehort?«, fragte Linzi gespannt.

»Dafür ist es zu spät, nicht wahr, Julie?«, mutmaßte Abby und nahm sich ebenfalls ein Gebäckstück aus der Schachtel, die neben der Kaffeemaschine stand. Weil Beech die Folgen derart schnell im Kasten haben wollte, hatten sie keine Zeit mehr gehabt, dieses Chaos zu registrieren, geschweige denn auszusortieren.

Julie nickte und grummelte, den Mund voll Krümel: »Stimmt, Abby. Aber dafür bringe ich garantiert jemanden um.«

»Keine Sorge, Mädels«, erklärte Helen, die Stylistin, fröhlich. »Ich habe jede Menge antiseptischer Wischtücher dabei.«

Abby hatte keine Ahnung, ob es daran lag, dass sie beschlossen hatte, sich noch stärker als zuvor in ihrem Job zu engagieren, doch sie hatte bei den Dreharbeiten einen Riesenspaß. Das Treffen mit Mike Horowitz hatte ihr einen kräftigen, absolut positiven Schub gegeben. Sie war zu dem Schluss gekommen, dass seine Behauptung, sie könne die Zukunft meistern, richtig war. Okay, es wäre nicht die Zukunft als Ehefrau von Tom, die sie jahrelang vor sich gesehen hatte. Doch nun, da sie den Tatsachen endlich ins Auge sah, könnte sie um ihre Ehe trauern, und danach könnte es weitergehen. Sie war kein schlechter Mensch, sie hatte natürlich ihre Fehler wie alle anderen ebenfalls. Aber sie könnte versuchen, sie zu überwinden. Mike glaubte an sie. Also war ihre Karriere nicht vorbei. Sie musste nur den Schaden beheben, der infolge ihrer Eheschwierigkeiten zwischen ihr und Jess entstanden war. Und das würde sie schaffen. Sie liebte ihre Tochter, sie betete sie an. Und schließlich zählte Liebe am meisten, oder etwa nicht?

Erfüllt von diesen optimistischen Gedanken, marschierte sie schwungvoll und tatendurstig los.

Die Zwillinge, die ihr respektvoll folgten, gaben sich die größte Mühe nicht zu kichern, als Abby dem ungepflegten Paar, die wohl das stinkende Durcheinander zu vertreten hatten, mit einem höflichen »Hallo, Mr. und Mrs. Lockwood« gegenübertrat. Drei ungewaschene Teenager lungerten mit desinteressierten Mienen im Hintergrund. »Würden Sie uns netterweise die Zimmer zeigen, die wir entrümpeln sollen?«

24

Lizzies Liste der Dinge, die frau vor ihrem dreißigsten Geburtstag machen sollte, war inzwischen leicht zerknittert.

Sie hatte sie in einem Seitenfach ihrer Handtasche verwahrt und inspizierte die Liste ab und zu stirnrunzelnd. Die meisten dieser Dinge waren noch Fremdbegriffe für sie. Sie musste endlich aufhören, ihr Leben zu verplempern, ermahnte sie sich.

Bisher war sie alleine in den Urlaub gefahren (der Besuch bei Joe in London *zählte*!) und hatte etwas getan, was zwar nicht auf der Liste stand, aber trotzdem mutig war: ihr unkomplizierter Umgang mit Sabine auf Debras Hochzeit. Das trug ihr sicher ein paar Punkte für Tapferkeit ein. Doch das war auch schon alles.

Eines schönen Juliabends, wenige Tage nach der Hochzeit, saß sie mit einem Glas Wein im Wohnzimmer, faltete den Zettel auseinander und studierte erneut die Liste. Sich auf Chlamydien untersuchen zu lassen, machte keinen Sinn, denn dazu hätte es zunächst einmal eines aktiven Sexuallebens bedurft. Und sich über Aktien zu informieren, um anschließend welche zu kaufen, wäre ebenfalls idiotisch, solange am Ende jeder Woche gerade mal ein Zehner übrig blieb. Leute, die an der Börse spekulierten, brauchten definitiv etwas mehr.

Den Ratschlag, nicht den gesamteen Wochenvorrat an Alkohol auf einmal zu konsumieren, überlas sie dezent. Nicht, dass sie das jemals täte. Aber es war vertane Zeit, sich Gedanken über ihren Alkoholkonsum zu machen, während sie um zehn vor sieben an einem normalen Dienstagabend vor einem bereits fast geleerten Weinglas saß.

Seufzend ging Lizzie erneut die einzelnen Punkte durch. Fand sie denn gar nichts, was sie tun könnte, um dem Gefühl zu entrinnen, noch nicht ganz zum alten Eisen zu gehören?

Das Wort »Abenteuersport« sprang ihr ins Auge. Abenteuersport. Klettern war absolut nicht ihr Ding. Und da sie unter Wasser leicht panisch wurde, war Tauchen ebenfalls keine Option. Zudem hatte Myles Sabine beim Tauchen kennen gelernt, und wenn sie jetzt genau diese Sportart auswählte, wirkte das, als ob sie versuchte, die beiden zu kopieren. Hmmm.

Im Hintergrund flimmerte das Fernsehen. Das Programm war wie üblich mies, deshalb beschloss Lizzie bei einem Spaziergang ein paar Kalorien zu verbrennen, statt den ganzen Abend blöd herumzusitzen. Sie griff nach der Fernbedienung, um den Kasten auszuschalten, als etwas sie plötzlich innehalten ließ. Es kam gerade eine Tampon-Werbung, bei der eine junge Frau in einer blütenweißen langen Hose aus einem Flugzeug sprang.

»Schaut mich an – nichts kann mich daran hindern, mein

Lieblingshobby auszuüben«, sagte sie begeistert vor dem Sprung.

Das war es, beschloss Lizzie spontan. Sie würde es mit Fallschirmspringen versuchen. Das hatte sie bereits vor Jahren machen wollen, als einer von Joes Freunden für einen guten Zweck aus einem Flugzeug gesprungen war. Joe hatte aufgrund seiner Höhenangst dankend abgewunken. Lizzie jedoch hatte nur wehmütig darauf verzichtet. Sie liebte es zu fliegen, und die Vorstellung, sich mit einem Fallschirm aus einem Flugzeug zu stürzen, hatte ihr irgendwie gefallen. Natürlich verbot es sich von selbst, ihren heimlichen Wunsch zu erfüllen – so etwas tat eine Mutter nicht. Widerstandslos hatte sie stattdessen Joes Sportsachen gewaschen und sich lediglich im Geiste ausgemalt, wie viel Spaß das Fallschirmspringen gemacht hätte.

Ihre Vorstellung davon, was eine »anständige« Frau in ihrem Alter tat, bremste sie überall. Sie musste erkennen, dass sie sich selbst erstickte. Es war höchste Zeit, etwas dagegen zu unternehmen.

Fallschirmspringen – das wäre ihr Abenteuersport. »Auf geht's«, murmelte sie. »Wär doch gelacht, wenn ich das nicht schaffe.«

Belebt von dieser Idee, stellte sie das Fernsehen aus, zog ihre Turnschuhe an und marschierte voller Schwung aus dem Haus. Sie wusste von Joes Freund, dass man mit Fallschirmspringen Geld für wohltätige Zwecke sammeln konnte. Die Organisation, der man Geld zukommen lassen wollte, legte fest, wie viel gesammelt werden musste, bevor man springen durfte, wobei die Gebühr für den Absprung in dem gesammelten Betrag enthalten war. Lizzie kannte durch ihre Arbeit in der Praxis unzählige Wohltätigkeitsorganisationen. Spontan aber fiel ihr eine ganz bestimmte ein: Wäre es nicht fantastisch, zum Beispiel für die Anti-Krebs-Liga zu springen und das Geld in Sallys Namen zu spenden? Diese lebensbejahende Geste wäre für die stets so quirlige Freundin genau der passende Tribut. Wenn Sally noch am Leben wäre, hätte sie Lizzie garantiert Mut dazu gemacht. Das wusste Lizzie so sicher, wie sie springen würde.

Lizzie hatte herausgefunden, dass gar nicht weit von Dunmore auf einem kleinen Flughafen genau die Möglichkeit bestand – nämlich zugunsten der Anti-Krebs-Liga zu springen. Ihre bisherigen Erfahrungen im Spendensammeln ließen sie befürchten, dass dies bestimmt der schwerste Teil des Fallschirmspringens würde, doch es war erstaunlich einfach. Auf den Karten, die sie von der Anti-Krebs-Liga bekommen hatte, stand, dass Lizzie Shanahan »zu Ehren von Sally Richardson« sammelte und sprang. Diesen Zusatz hatte sie erbeten. Er war ihr Geschenk an die verstorbene Freundin.

Bereits die Worte »Anti-Krebs-Liga« und »gesponsorter Fallschirmsprung« zauberten auf die Gesichter vieler Menschen ein beifälliges Lächeln. Wenn sie dann noch Sallys Namen lasen, baten sie Lizzie sogar oft auf eine Tasse Tee zu sich herein.

»Gut gemacht!«, »Was sind Sie mutig! Ich habe viel zu große Höhenangst, um so etwas zu wagen« oder »Es ist wirklich anerkennenswert, dass Sie aktiv etwas tun, um Geld zu sammeln« waren die häufigsten Kommentare, denen regelmäßig traurige Gespräche über Sally folgten, von deren frühzeitigem Tod niemand unberührt geblieben war.

Selbst Menschen, von denen Lizzie es niemals erwartet hätte, gingen freundlich auf ihr Ansinnen ein. Ein untersetzter, dickbäuchiger Mann, der argwöhnisch die Tür geöffnet und sie erst rüde angefahren hatte, er hätte genug von all den Leuten, die tagtäglich irgendwelche Spenden sammeln kamen, hatte Lizzie schließlich sogar hereingebeten. Ausführlich hatte er davon berichtet, wie gut Sally nach dem Tod seiner Frau zu ihm gewesen war, dass sie ihm wunderbare Apfelkuchen gebacken und ihn regelmäßig an den Wochenenden angerufen hatte, um mit ihm zu plaudern.

»Damit hat sie mir sehr geholfen«, hatte der Mann Lizzie erklärt. »Ich fühlte mich nicht mehr so allein.«

Durch die Begegnungen mit all den Menschen, die um Sally trauerten, wurde Lizzies persönliches Verlustgefühl natürlich noch verstärkt. Sally war tatsächlich ein besonderer Mensch gewesen – nicht durch falsche Tugendhaftigkeit oder aufgesetzte Frömmelei, sondern durch warmherzige Zuneigung hatte sie die Menschen für sich eingenommen. In den knapp sechs Jahren, seit sie aus Cork hierher gezogen war, war sie eine wichtige Persönlichkeit ihres Ortes geworden. Lizzie, die bereits seit über zwanzig Jahren in dem kleinen Städtchen lebte und die zirka ein Viertel all der Menschen kannte, mit denen Sally in Kontakt gewesen war, fühlte sich angesichts der Herzlichkeit und der ansteckenden Lebensfreude, die ihre tote Freundin auf so viele übertragen hatte, regelrecht beschämt.

Am Ende hatte sie, auch dank einiger großzügiger Spenden der großen Geschäfte, die in Dunmore angesiedelt waren, fast doppelt so viel Geld zusammen wie anfänglich erhofft.

Jetzt brauchte sie nur noch in zweitausend Fuß Höhe aus einem Flugzeug zu springen und zu hoffen, dass der Fallschirm sich öffnete, damit der Aufprall auf der Erde keinen Krater verursachte, motivierte sie sich mit schwarzem Humor.

Doch Fallschirmspringen war weitaus komplizierter als Lizzie angenommen hatte. Sie hatte sich vorgestellt, einen Fallschirm in die Hand gedrückt zu bekommen und den im Flugzeug wie einen Rucksack umzuschnallen. Dann ließe sich sich durch eine Luke fallen – und der Fallschirm ginge auf. Doch der Broschüre zufolge, die sie überreicht bekam, schien das nicht derart reibungslos abzulaufen. Von Interessenten, die noch nie gesprungen waren, wurde zunächst die Teilnahme an einem anderthalbtägigen Vorbereitungskurs verlangt. Danach lag die Entscheidung, ob man springen durfte, ausschließlich beim Ausbilder. Die Schlussbotschaft lautete: »Wir entscheiden, ob sie fähig sind – oder nicht.«

Lizzie schwor sich, dass sie es schaffen würde. Schließlich täte sie es nicht nur für sich, sondern auch für Sally. Das war für sie noch verpflichtender als womöglich auftauchende Angst.

Der Kurs begann an einem kühlen Samstag Anfang August vormittags um neun. Die Wolken, die am Horizont zu sehen waren, und die frische Brise kündeten vom bevorstehenden Herbst.

Lizzie fuhr zu dem kleinen Flughafen, wo die Santa-Monica-Flug-und-Fallschirmschule angesiedelt war. Es war ein kahles, flaches Grundstück mit mehreren großen Hangars, einem kleinen Häuschen und zwei Start- und Landebahnen.

Auf dem Parkplatz standen bereits ein paar andere Wagen, und Lizzie stieg zur gleichen Zeit wie zwei junge Frauen von zirka Mitte zwanzig, die in einem schicken, purpurroten Allradfahrzeug angekommen waren, aus ihrem Auto. Lizzie trug bequeme alte Jeans, ein verwaschenes graues Sweatshirt, Turnschuhe und hatte ihre wilden Locken zu einem Pferdeschwanz gebunden. Die beiden Mädchen waren zwar ebenfalls in Jeans erschienen, doch wurden ihre beneidenswert schlanken Figuren von den hautengen, tief in der Hüfte sitzenden Hosen, über die sie jeweils nichts als ein winziges T-Shirt sowie eine winzige Sweatshirt-Jacke gezogen hatten, vorteilhaft betont.

»Hi«, grüßten sie Lizzie.

»Sind Sie auch des Kurses wegen hier?«, fragte das Mädchen mit den seidig weichen, kurzen, dunklen Haaren.

»Ja, um meine Sünden zu bereuen«, antwortete Lizzie.

»Wir auch. Ist das nicht alles furchtbar aufregend?« Das Mädchen mit den locker über die Schulter hängenden silberblonden Haaren grinste. »Ich bin Casey, und das hier ist Dolores.« Die Dunkle verzog ihren geschminkten Mund zu einem breiten Lächeln, und Lizzie war geradezu dankbar, dass sie mit nichts als etwas Mascara und einem Hauch von Lippenbalsam zu diesem Abenteuer angetreten war. Gegen diese beiden glamourösen Mädels hätte sie selbst mit dem ausgeklügelsten Make-up nicht die geringste Chance gehabt.

»Ich bin Lizzie«, sagte sie und gab beiden die Hand.

Gemeinsam liefen sie zu dem niedrigen Gebäude, über dessen Tür das Wort »Empfang« geschrieben stand. Die beiden Mädchen machten einen wirklich aufgeregten Eindruck, und Dolores zog im Laufen einen Taschenspiegel aus der Tasche und gab einen Tupfer Tönungscreme auf einen Pickel, den ganz sicher nur sie selber sah.

»Du auch?«, fragte sie Casey, die mit zusammengekniffenen Augen ebenfalls einen selbstkritischen Blick in den Spiegel warf.

»Wir sind hier, weil wir Männer kennen lernen wollen«, offenbarte Casey augenzwinkernd.

»Ist das nicht leicht übertrieben, deshalb solche Umstände auf sich zu nehmen?«, wollte Lizzie wissen. »Ich dachte, heutzutage versucht man sein Glück eher übers Internet.«

»So was ist doch dann nichts anderes, als eine Zeitungsannonce«, erklärte Casey geringschätzig. »Früher oder später muss man sich mit dem Typen treffen und kann dabei nur hoffen, dass er kein serienmäßiger Vergewaltiger ist, der einen als nächstes Opfer auserkoren hat.«

»Sie hat schlechte Erfahrungen mit dem Internet gemacht«, verriet Dolores.

»Schlecht reicht nicht aus, um das Debakel zu beschreiben«, seufzte Casey. »Ich habe zwei Stunden in dem abgesprochenen Restaurant gewartet, und die Kellnerinnen hatten bereits Wetten abgeschlossen, wann ich wohl aufgeben und gehen würde.«

»Oh, scheußlich!« Lizzie konnte sich lebhaft vorstellen, wie peinlich es Casey gewesen war, jeden, der ins Restaurant kam, zu beäugen und zu spüren, wie die Hoffnung mit jeder Minute ein bisschen mehr erstarb.

»Was das Allerschlimmste war: Ich glaube, er war sogar dort, hat einen kurzen Blick auf mich geworfen und ist sofort wieder gegangen«, fügte das Mädchen unglücklich hinzu.

»Das kann ich mir nicht vorstellen. Sie sind eine so hübsche, junge Frau«, erklärte Lizzie überzeugend.

Casey sah sie strahlend an. »Weshalb sind Sie denn hier?«

»Garantiert nicht der Männer wegen«, antwortete Lizzie lachend. »Ich springe für einen guten Zweck.«

»Oh, wir auch«, erklärte Casey glucksend. »Welcher Zweck kann sozialer sein als Männer.«

Der Empfangsraum machte nicht gerade den Eindruck, als lauerten dort reihenweise attraktive Männer auf hübsche, junge Frauen. Die Wände waren armeegrün gestrichen, verkratzte Metallstühle bildeten das einzig sichtbare Mobiliar neben einem wackeligen Tisch, und ein bärtiger, ein wenig untersetzter Mann teilte mit strenger Miene Formulare an die Neuankömmlinge aus. Die Teilnehmer des Kurses waren jedoch überwiegend junge Männer, und Casey und Dolores tauschten begeisterte Blicke aus. Auch sie fielen den Männern natürlich sofort auf, und Lizzie dachte leicht resigniert, dass ihr Alter ähnlich einem Umhang wirkte, unter dem niemand sie sah.

Die drei Frauen meldeten sich an und bekamen ebenfalls die Formulare von dem wortkargen Mann in die Hand gedrückt. Anschließend nahm er die von allen ausgefüllten Zettel schweigend wieder entgegen und führte die inzwischen zwanzig Leute durch einen kurzen Gang in einen, mit zwei Stuhlreihen bestückten Raum.

Zwei Männer mit militärisch kurz geschnittenen Haaren nahmen sie dort in Empfang. Einer, Tony, war jung, mit feuerroten Haaren und einem unschuldigen, mit Sommersprossen übersäten Lausbubengesicht. Der andere war älter, mit einem schmalen, wettergegerbten Gesicht, klugen, wachen

Augen und einem muskulösen Körper, der in einem abgetragenen grauen Fallschirmspringer-Anzug steckte. Er hockte auf der Kante eines Tisches, trank einen Becher dampfend heißen Kaffee und beobachtete die Neulinge, die sich ihre Plätze suchten.

Lizzies Stimmung hellte sich beim Anblick dieses Mannes in der coolen Fallschirmspringer-Kleidung merklich auf. Er wirkte durchtrainiert und anziehend, natürlich nicht die Art Mann, der mehr als einmal – oder nötig – in ihre Richtung sähe. Doch das war zweitrangig. Es war einfach gut, sich mit ihrer Bewunderung für diesen Menschen von der Panik ablenken zu können, die bei dem Gedanken an das Springen allmählich in ihr hochkroch. Sie zog ihr Erdbeer-Lippen-Balsam aus ihrem kleinen Rucksack, gab etwas davon auf ihre Lippen und hörte, wie der Mann sich als Simon vorstellte, einen der Miteigentümer des Betriebs.

Simon – ein wirklich sympathischer Name. Bildete sie sich das jetzt nur ein, oder hatte sein Blick sie während seiner kurzen Rede wirklich des Öfteren gestreift?

Der Unterricht begann, und die verschiedenen Lehransätze wurden unzählige Male wiederholt. Am Ende dieses theoretischen Trainings war Lizzie so oft von einer Art Flugzeugrumpf gesprungen und hatte dabei »eintausend, zweitausend, dreitausend, viertausend, Fallschirmkappe überprüfen« vor sich hingemurmelt, dass sie es bestimmt nie wieder vergaß. »Dieser Satz ist lebenswichtig, wenn der Fallschirm aus irgendeinem Grund nicht aufgeht«, wiederholte Simon ein ums andere Mal. »Wenn das passiert, müsst ihr die Leine des Reservefallschirms ziehen. Ich weiß, es ist ermüdend, dass ich das pausenlos wiederhole, aber es wird euch vielleicht mal das Leben retten. Eintausend, zweitausend, dreitausend, viertausend, Fallschirmkappe überprüfen – wenn sie sich nicht öffnet, greift Plan B, und ihr öffnet den Reservefallschirm. Darin besteht der Unterschied zwischen einem sicheren Sprung und dem ebenso sicheren Tod, verstanden?«

Lizzie kam zu dem Ergebnis, dass sie sich sein Interesse an ihr bestimmt nur eingebildet hatte. Er war allen gegenüber gleichermaßen aufmerksam. Doch zumindest hatte er, anders als sein junger, rothaariger Kollege, nicht ständig Casey angesehen.

Auf den theoretischen Unterricht folgte der praktische: Sie mussten nacheinander und viele Male vom zweiten Stock des Hangars in ein spezielles Luftkissen springen.

Als der Tag vorüber war, gingen alle gemeinsam in den Pub.

»Ist das nicht echt fantastisch?«, fragte Casey, deren Make-up total verschwunden und die blonde Löwenmähne unter einer Baseballmütze völlig geplättet war. Doch mit dem vor Anstrengung und Aufregung geröteten Gesicht war sie sogar noch hübscher als zuvor.

»Warten wir, wie's morgen werden wird«, meinte Dolores düster, denn sie hatte bereits den Sprung aus dem Hangar gehasst.

Was stand sonst noch alles auf der Liste, überlegte Lizzie glücklich, als sie am Abend müde, doch zugleich erstaunlich energiegeladen zurück nach Dunmore fuhr. Eine Reise nach Paris? Kein Problem. Sich selbst ein Schmuckstück kaufen? Das ließen ihre Finanzen leider nicht zu. Einen Mann zum Essen einladen? Alles zu seiner Zeit. Klettern wie Tom Cruise in *Mission Impossible 2* – das wäre eventuell eine Herausforderung, die ihrer würdig war. Es gab nichts, was sie nicht konnte, das war ihr inzwischen klar!

Als sie heimkam, entdeckte sie vor der Tür den Mini ihrer Tochter und dachte: Wunderbar. Sie hatte Debra seit der Hochzeitsreise noch nicht allzu oft gesehen. Das junge Paar hatte allerdings in seinem neuen Haus ein Essen für die Familie gegeben, wobei Lizzie sehr stolz auf ihre erwachsene, verheiratete Tochter gewesen war. Die Hochzeitsreise nach Mauritius hatte Debras Haut einen gesunden, goldenen

Teint verliehen, und sie und Barry hatten sich während des Essens ständig zärtlich angesehen und voneinander derart häufig als von »meinem Mann« und »meiner Frau« gesprochen, dass Barrys Vater schließlich in amüsiertes Lachen ausgebrochen war. Barry hatte den Grund dafür verstanden und war ebenfalls in das Lachen eingefallen. Worauf Debra alles andere als belustigt ausgesehen hatte.

»Hi, Schätzchen.« Lizzie warf ihre Schlüssel auf den Flurtisch und hängte ihren Rucksack über den Treppenpfosten.

Debra saß mit einer Flasche Wein und einer Zigarette an dem kleinen Gusseisentisch im Garten. Sie wirkte absolut nicht mehr wie die strahlende junge Frau, die mit ihrem geliebten Mann aus Mauritius zurückgekehrt war. Ihre Augen blitzten zornig, und es war eindeutig, dass sie schon länger da war. Die Flasche war bereits halb leer, und auf der Untertasse, die sie als Aschenbecher nutzte, hatte sie inzwischen sechs Kippen ausgedrückt.

»Mum…« Debra verzog unglücklich das Gesicht, und automatisch eilte Lizzie zu ihr und nahm sie in die Arme.

»Liebling, was ist los?«

»Barry«, schluchzte Debra. »Er ist ein elendiges Schwein. Ich habe ihn verlassen.«

Erst nach einer ganzen Kanne Tee wusste Lizzie ungefähr Bescheid. Zum Beispiel hatte sie erfahren, wie schlampig Barry war. Lieber stieg er im Haus über Müllhalden, bevor er nur einen Finger rührte.

»Er behauptet, er hätte halt ein eigenes System, demzufolge er alle Hemden, die er hat, nacheinander anzieht, bis er nur noch eines hat. Dann fängt er endlich an zu waschen, aber natürlich nur seine Sachen, meine nicht!« Das war eindeutig der Gipfel. Debra hatte sich auf gemeinsame Wäschepflege eingestellt. Doch als sie feststellte, dass nur Barrys Sachen auf der Wäscheleine hingen, von ihr hingegen nicht der allerkleinste Slip, war sie ausgeflippt.

»Na ja, Barry hat vorher halt mit zwei anderen Männern

zusammengewohnt. Er kennt es nicht anders«, erwiderte Lizzie. Es brauchte seine Zeit, um solche Dinge zu klären. Aus irgendeinem altmodischen Grund hatten Barry und Debra nicht schon vor der Hochzeit zusammenleben wollen, weshalb der Beginn ihres gemeinsamen Lebens wohl so etwas wie ein Kulturschock für beide war. Von ihren bisherigen Mitbewohnerinnen hatte Debra keine Seelenverwandtschaft erwartet, weshalb sie mit dem Chaos in ihren bisherigen Wohngemeinschaften gut zurechtgekommen war. Vom Zusammenleben mit Barry schien sie jedoch zu erwarten, dass es nicht die kleinsten Reibereien gab. Wahre Liebe hieß für sie nicht nur Harmonie, sondern absolute Perfektion. Lizzie seufzte und fuhr fort:

»Ihr müsst darüber reden und ein System entwickeln, nach dem es für euch beide funktioniert. Also zum Beispiel, dass die halbe Woche du die Einkäufe erledigst und für euch beide kochst, während er die Wäsche macht, bevor ihr in der zweiten Wochenhälfte tauscht. Etwas in der Richtung.«

Das war ganz und gar nicht das, was Debra hören wollte. Dadurch, dass Barry nicht ihre Sachen mitwusch, hatte er bewiesen, dass er sie nicht liebte.

»Debra, natürlich liebt er dich«, erklärte ihre Mutter behutsam. Offensichtlich befand sich Debra in einer nachhochzeitlichen Depression. Sie dachte an das zwar kleine, aber gemütliche Häuschen, das die beiden erstanden hatten, und in das Barry drei Wochen vor der Hochzeit eingezogen war. Damals hatte sich ihr Leben ausschließlich um die bevorstehende Heirat, um Kleiderproben, fröhliche Kneipenabende mit Freunden und die beinahe obsessive Sorge, ob die Feier auch reibungslos verlaufen würde, gedreht. Debra hatte keine Zeit gehabt, um festzustellen, ob Barry das Haus ordentlich hielt.

Trotzdem hätte doch so kurz nach ihrer Hochzeit alles eitel Sonnenschein sein sollen in ihrem persönlichen Universum. Weshalb schien Debra so unversöhnlich?

Sie zündete sich die nächste Zigarette an.

»Du hattest doch damit aufgehört«, mahnte Lizzie vorwurfsvoll.

»Das stimmt, aber wenn er mich nicht liebt, kann ich auch wieder rauchen«, widersprach ihr Debra trotzig.

»Das Ganze ist doch nichts weiter als ein kleiner Streit über lächerliche Dinge«, versuchte Lizzie ihre Tochter zu beruhigen. »Ich rufe dir jetzt ein Taxi, dann kannst du dich zu Hause mit ihm versöhnen.«

»Nach Hause! Ich fahre nicht nach Hause!«, kreischte Debra geradezu hysterisch. »Wir werden dieses dämliche Haus verkaufen und uns scheiden lassen. Ich hätte ihn nie heiraten sollen. Es geht nicht nur um Hausarbeit. Ich dachte, ich würde diesen blöden Barry Cronin kennen, aber da habe ich mich eindeutig getäuscht!« Sie schob ihre Teetasse zur Seite und schenkte sich stattdessen noch Rotwein nach. »Und ich werde ihm bei der Scheidung das Fell über die Ohren ziehen! Es ist alles seine Schuld !!!«

Lizzie kam zu dem Schluss, dass auch sie ein Glas Wein vertragen könnte. Sie holte etwas Käse und ein paar Cracker aus der Küche und kam damit sowie mit einem zweiten Glas zurück.

»Dann erzähl mir mal in aller Ruhe, was Barry noch alles verbrochen hat.«

»Eigentlich hätten wir im Oktober nach Kreta fliegen sollen«, schniefte ihre Tochter. »Ich weiß, wir waren gerade erst auf Hochzeitsreise, aber das war etwas anderes, und Barry hat gesagt, eine kurze Pause täte uns ganz sicher gut.«

Lizzie unterdrückte das Bedürfnis, sie zu fragen, woher bitte das Geld für einen zweiten Urlaub käme. Als Autoverkäufer und als Angestellte einer Fensterfirma verdienten die beiden schließlich keine Traumgehälter.

»Aber jetzt sagt er plötzlich, dass wir nicht fliegen können. Er meint, wir müssten jede Menge für das Häuschen abbezahlen und wenn wir in den Urlaub fliegen würden, hätten wir kein Geld mehr für den Esszimmertisch und die passenden Stühle. Ich verstehe wirklich nicht, warum nicht beides gehen soll! Ich habe gesagt, wenn er nicht so viel Geld für seinen blöden Junggesellenabschied und für die neuen Reifen seiner Spritschleuder ausgegeben hätte, könnten wir uns beides leisten. Und da hat er gesagt, ich wäre einfach hoffnungslos verwöhnt und müsste endlich lernen, dass man Geld erst mal verdienen muss, bevor es ausgegeben werden kann!« Bei diesem Satz brach Debra in lautes Schluchzen aus.

»Ach, Schätzchen, es ist nicht immer leicht, wenn man finanzielle Probleme hat«, versuchte Lizzie sie zu trösten. »Die meisten Paare streiten wegen Geld, und ihr beiden lebt erst seit ein paar Wochen zusammen. Ihr könnt euch sicher miteinander arrangieren.«

»Ich will mich nicht arrangieren. Ich kann gut mit Geld umgehen! Schließlich lebe ich seit Jahren von dem Geld, das ich verdiene. *Er* ist es, der sich arrangieren muss!«, keifte Debra.

Lizzie dachte an den Mini ihrer Tochter, zu dem von beiden Elternteilen, weil ihr Herz derart daran gehangen hatte, ein ziemlich großes Sümmchen beigesteuert worden war. Oder an Debras vorletzte Wohnung, für die sie wegen irgendeines Streits die Kaution nicht mehr zurückbekommen hatte, weshalb die nächste Mietkaution ebenfalls von Lizzie und Myles gekommen war. Genau wie all die anderen Darlehen, die sie von ihren Eltern im Verlauf der Zeit erhalten hatte, hatte sie auch dieses nie zurückbezahlt. Der Gipfel schließlich war das teure Hochzeitsfest gewesen – »wir wollen alles ganz allein bezahlen« – das, bis Myles und Lizzie eingestiegen waren, nie über das erste Planungsstadium hinausgekommen, dann jedoch von Tag zu Tag bombastischer geworden war. Und schließlich hatten Barrys Eltern, Myles und Lizzie sogar noch so viel sie konnten für die Anzahlung des Hauses spendiert. Allein an diesen Schulden würde Lizzie noch viele Jahre knabbern.

Lizzie nahm der Tochter das alles nicht übel, doch hätte sie es nett gefunden, wenigstens ein bisschen Dankbarkeit von ihr zu hören. Debra war jedoch der Ansicht, dass sie das geschenkte Geld besser niemals mehr erwähnte. Ihrer Meinung nach waren die Zuwendungen halt selbstverständlich. »Gegessenes Brot ist schnell vergessen«, hätte Gwen dazu gesagt.

»Vielleicht solltet ihr beide etwas sparen«, wagte Lizzie einzuwerfen. »Neue Häuser sind nun einmal teuer, und ihr wart gerade auf Mauritius…«

»Du ergreifst seine Partei!«, zeterte Debra empört, und Lizzie hoffte, dass keiner ihrer Nachbarn ebenfalls im Garten säße. Doch selbst wenn, war das letztlich egal. Die Leute hatten schon viel zu lange nichts mehr von ihr gehört …

»Ich ergreife nicht seine Partei«, erwiderte sie sanft. »Alles, was ich sage, ist, dass man in einer Ehe Kompromisse schließen und sich miteinander arrangieren muss. Ihr habt in letzter Zeit sehr viel Geld ausgegeben, weshalb Barry wahrscheinlich etwas in Sorge ist. Warum schlägst du ihm nicht vor, einfach ein Wochenende irgendwo hier in der Nähe zu verbringen, statt eine ganze Woche in einem anderen Land? Es gibt wirklich tolle Angebote, wenn man rechtzeitig bucht, und auf diese Weise hättet ihr beide, was ihr wollt.«

»Ich will kein bescheuertes Wochenende in Irland«, schnauzte Debra. »Ich will eine Woche an einem Ort, an dem ich in der Sonne liegen kann, und kein verregnetes Wochenende in diesem langweiligen Land.« Sie leerte ihr Weinglas und stand auf. »Ich packe erst mal aus. Und falls Barry anruft, richte ihm aus, dass ich für ihn nicht zu sprechen bin.«

Damit fegte sie ins Haus und ließ einen vermüllten Tisch und eine ratlose Lizzie zurück. Auspacken. Was musste Debra auspacken? Und zu welchem Zweck?

Schweigend half Lizzie ihrer Tochter, drei – extra für die Hochzeitsreise neu gekaufte – Koffer die Treppe raufzuschleppen. Schließlich war sie Debras Mutter, und wozu war eine Mutter da, wenn nicht, um Trost zu spenden, wenn er nötig war?

»Was wollen wir morgen unternehmen?«, fragte Debra schon wieder vergnügt, während sie ihr altes Kinderzimmer erneut mit Beschlag belegte. Auf das Tischchen vor dem Spiegel stellte sie unzählige Tiegel teurer Cremes, die ihre Mutter sich niemals hätte leisten können. Ihre einst so heiß geliebten Kuscheltiere warf sie achtlos auf den Boden.

»Ich bin morgen nicht da«, antwortete Lizzie.

»Nicht da? Was soll das denn heißen?«

Aus irgendeinem Grund wollte Lizzie ihrer Tochter erst etwas von dem Fallschirmsprung erzählen, wenn er vorüber war. Sie hatte das Gefühl, dass Debra nicht verstünde, weshalb sie etwas derart Kühnes unternahm. Sie würde sie vermutlich für durchgeknallt erklären.

»Ich bin mit ein paar Freundinnen verabredet«, lenkte sie deshalb ab und fühlte sich entsetzlich, weil sie ihr Kind belog.

»Oh.« Debra schaffte es, in diese eine Silbe zahllose Bedeutungen zu legen und fügte hinzu: »Aber du bist doch bestimmt nicht den ganzen Tag fort, oder?«

»Tja…«

»Gut. Dann gehen wir zum Abendessen aus«, erklärte Debra unbeirrt. »Es gibt da dieses neue Restaurant, von dem alle total begeistert sind. Ich reserviere für uns beide einen Tisch.«

Lizzie überlegte, wer von ihnen beiden dieses Festmahl zahlen würde, verkniff sich aber eine derartige Bemerkung. Debra musste nur etwas bemuttert werden, dann würden sie und Barry ihre Probleme lösen und sie zöge wieder bei ihm ein.

»Mum, du solltest sie nicht aufnehmen«, schalt Joe am selben Abend, nachdem Debra endlich zu Bett gegangen war.

Lizzie, der es allmählich Leid tat, dass sie ihn angerufen hatte, weil sie sich von ihm hatte aufmuntern lassen wollen, war schockiert. »Wie kannst du so was sagen?«

»Weil Debra endlich mal auf eigenen Füßen stehen muss. Aber das wird sie niemals lernen, wenn sie sich jedes Mal, wenn etwas schief läuft, an deinen Rockzipfel hängt.«

»Ich hoffe doch, ich bin als Mutter gut genug, um immer für euch beide da zu sein, egal, wie alt ihr seid«, fauchte Lizzie aufgebracht.

»Du bist eine tolle Mutter«, versuchte Joe sie zu beruhigen. »Aber es geht hier nicht um dich, Mum, sondern ausschließlich um Debra. Sie wollte diese Riesenhochzeit, für die ihr ein Vermögen hingeblättert habt. Sie hat sie bekommen. Sie hat auf niemanden gehört, der ihr riet, statt überstürzt zu heiraten, sollte sie mit Barry erst mal zusammenziehen, um zu prüfen, ob sie sich im Alltag überhaupt verstünden. Nein, sie musste wie üblich gleich aufs Ganze gehen. Selbstverständlich alles vom Feinsten. Und jetzt funktioniert es leider trotz des kostspieligen Starts nicht. Sie sollte endlich einmal die Konsequenzen ihres Handelns selber tragen. Wenn die beiden sich trennen wollen, sollte Debra sich der Sache stellen, statt feige zu dir zurückzulaufen, damit du ihr wieder einmal hilfst.«

»Es ist doch nur ein Streit«, versuchte Lizzie zu beschwichtigen.

»Es ist mehr als das«, beharrte ihr Sohn. »Debs und Barry passen nicht im Geringsten zueinander. Sie ist meine Schwester, und ich liebe sie. Aber sie benimmt sich wie ein total verzogenes Gör, das immer seinen Willen kriegt. Debs hätte vielleicht eine Chance mit einem Mann, der sich diesen Unsinn nicht bieten lässt und der sie zwingt, endlich erwachsen zu werden. Doch der Typ ist Barry eindeutig nicht. An einer echten Auseinandersetzung hat er kein Interesse. Er wird sie eher verlassen, als sich der Situation zu stellen. Ich prophezeie dir, die Sache ist ernst.«

»Jetzt übertreib mal nicht.«

»Mum!«, stöhnte Joe genervt. »Barrys Vater hat mir, nachdem er auf der Hochzeit ein paar Gläser getrunken hatte, klipp und klar gesagt, er hätte nicht erwartet, dass Barry wirklich ernst macht. Offenbar hatte er am Vorabend der Hochzeit kalte Füße bekommen. Wahrscheinlich hat allein die Drohung seiner Mutter, dass sie vor Peinlichkeit tot umfallen würde, wenn er die Hochzeit platzen ließe, ihn vor den Traualtar gebracht.«

»Oh, Joe, ich hatte ja keine Ahnung!« Lizzie schluckte erschüttert.

»Geh nach oben und sag ihr, dass sie zu Barry zurückkehren und diese Sache wie eine Erwachsene klären muss«, wies Joe seine Mutter an. »Wenn du das nicht tust, wirst du in alles mit reingezogen werden und nie ein eigenes Leben haben, weil du dich bis an dein Lebensende um sie kümmern wirst.«

»Aber sie ist meine Tochter«, wandte Lizzie mit brüchiger Stimme ein.

»Ja, aber trotzdem hast du ein Recht auf ein eigenes Leben«, antwortete Joe.

Am Sonntag wurde Lizzie zeitig wach, zog sich leise an und schlich, um Debra nicht zu wecken, auf Zehenspitzen durch das Haus. Sie presste ein paar Orangen für das Frühstück ihrer Tochter aus und schrieb auf einen Zettel, im Kühlschrank lägen frische Eier und sie wäre gegen fünf Uhr nachmittags zurück. Sie war zu dem Schluss gekommen, dass es sich nicht lohnte, der Tochter zu raten, die Dinge mit Barry zu klären. Es wäre einfacher für sie, wenn sie sich aus dem Streit heraushielte. Nun, im hellen Licht des Tages, war sie beinahe sicher, dass Joe übertrieben hatte mit seiner Erklärung, es gäbe in der jungen Ehe bereits gravierende Probleme. Bekam nicht fast jeder Bräutigam am Vorabend der Hochzeit kalte Füße? Das hatte nichts zu sagen.

Lizzie war so früh im Trainingszentrum, dass die Tür noch verschlossen war.

»Warten Sie, ich habe den Schlüssel.« Es war Simon, der mit einer in die Stirn gezogenen Baseballkappe angeschlendert kam.

Er war nicht rasiert, und beim Anblick seines schmalen, mit Stoppeln übersäten Kiefers machte Lizzies Herz einen ungewohnten Satz.

»Sie sind aber eifrig«, meinte er, während er aufschloss.

»Es ist eine Mischung aus Begeisterung und Angst«, gab Lizzie lachend zu, und Simon grinste.

»Schön zu hören, dass mal jemand derart ehrlich ist. So geht es den meisten Leuten vor dem ersten Sprung, doch geben es die wenigsten derart unumwunden zu. Dabei ist ein bisschen Angst beim Fallschirmspringen sogar gut, weil man nur, wenn man das achtet, was man tut, unnötige Risiken vermeidet.«

»So habe ich es bisher noch nicht gesehen«, antwortete Lizzie, als sie nach ihm den wenig einladenden Raum betrat. »Ich dachte, Angst wäre der Feind von allem.«

»Nur, wenn man abgrundtief dumm ist«, stellte Simon lakonisch fest. »Ich koche mir jetzt Kaffee. Hätten Sie auch gern einen Becher?«

»Ja. Danke.« Lizzie sah ihn lächelnd an. »Ich habe letzte Nacht vor lauter Aufregung kaum ein Auge zugetan, also kann ich einen Muntermacher echt gut gebrauchen.«

Er führte sie in ein kleines Büro, in dem in einer Ecke neben einer winzigen Spüle die Kaffeemaschine platziert war. Außerdem standen zwei Schreibtische und jede Menge alter Aktenschränke in dem Raum, und von den unzähligen Fotos an den Wänden grinsten irgendwelche Leute, die sich meistens in voller Fallschirmspringerausrüstung vor irgendwelchen Flugzeugen versammelt hatten.

»Und vergessen Sie nie, dass Sie nicht springen müssen, wenn Sie es nicht wirklich wollen«, erinnerte Simon sie, während er das Kaffeepulver in die Filtertüte gab. »Niemand wird Sie dazu zwingen.«

»Doch, ich«, erklärte Lizzie, schlenderte gemächlich durch das Zimmer und betrachtete die Bilder. Es gab auch eins von Simon in jüngeren Jahren und mit längeren Haaren, auf dem er eine braunhaarige Frau in einer Fliegerjacke in den Armen hielt. »Ich springe nämlich, weil ich Geld für die Anti-Brustkrebs-Liga sammeln will.«

Simon nickte, fragte jedoch nicht, weshalb sie ausgerechnet für diese Stiftung sprang. Er war eindeutig ein zurückhaltender Mensch. Es war erfrischend, sich mit ihm zu unterhalten, merkte Lizzie. Sie brauchte ihm nichts zu beweisen, und da er garantiert nicht das mindeste Interesse an ihr hatte, konnte sie locker sie selbst sein.

»Entweder werden Sie das Springen lieben oder es von ganzem Herzen verabscheuen«, war alles, was er sagte. »Es gibt jede Menge Leute, die nur einmal springen und dann nie wieder hier erscheinen, aber wenn Sie Freude daran haben, wird es schnell zu einer regelrechten Sucht.«

»Werden Sie uns heute fliegen?«, fragte Lizzie schüchtern.

»Nein, ich werde hier unten warten und gucken, wie Sie aussehen, wenn Sie landen«, erwiderte er grinsend. »Das ist der wahre Test.«

»Wenn ich ein bisschen grün bin, dürfen Sie mich nicht für einen Feigling halten«, bat Lizzie. »Nur habe ich so etwas halt noch nie zuvor gemacht.«

Simon reichte ihr einen Becher Kaffee. »Ich halte Sie ganz sicher nicht für einen Feigling. Ganz im Gegenteil bin ich der Meinung, dass Sie erstaunlich mutig sind.«

»Weil ich mir in meinem Alter noch so etwas einbilde?«, fragte Lizzie trocken, worauf Simon sie nachdenklich musterte.

»Warum haben Sie das gefragt?«, wollte er wissen.

Lizzie wurde rot. »Wissen Sie, schließlich bin ich die älteste Teilnehmerin in diesem Kurs.«

»Na und?« Simon zuckte mit den Schultern. »Wenn man unter fünfundzwanzig sein müsste, um Fallschirm zu springen, müsste ich schon lange aufhören.«

Die Tür ging auf, und Teddy, der bärtige Typ, der sie am Vortag in Empfang genommen hatte, kam herein. Ohne Lizzie zu grüßen, informierte er Simon: »Zwei Leute haben bereits abgesagt.«

»Wer?«, fragte Lizzie, ehe sie es sich verkneifen konnte.

»Dolores Moore und Louis MacNamara.«

Es überraschte Lizzie nicht, dass Caseys Freundin sich dafür entschieden hatte, auf das Springen zu verzichten. Es war nicht zu übersehen gewesen, welche Angst sie vor der Höhe hatte, Louis aber hatte ständig damit angegeben, wie begeistert er vom Fliegen war und wie Leid es ihm doch tat, dass er nicht schon viel früher zum Fallschirmspringen gekommen war. Alles totaler Schwachsinn. Lizzie grinste, denn sie selber hatte *keinen* Rückzieher gemacht.

Simon sah ihr gerade ins Gesicht. »Sie sind wieder hier«, sagte er so leise, dass Teddy ihn nicht hörte. »Das ist meine Definition von Mut.«

Als Lizzie um halb drei in voller Ausrüstung zusammen mit drei anderen darauf wartete, das Flugzeug zu besteigen, fühlte sie sich alles andere als mutig. Das Herz klopfte ihr bis zum Hals. Simon, der ihr vielleicht neues Selbstvertrauen hätte geben können, war nirgendwo zu sehen. Und Casey – die sich, da Dolores nicht mehr dabei war, Lizzie angeschlossen hatte – zitterte wie Espenlaub und fragte mit unsicherer Stimme: »Warum in aller Welt tun wir uns das an?« Von ihrem Lippenstift war, da sie sich vor lauter Aufregung ständig auf die Lippen biss, nur noch etwas zu ahnen.

»Um tolle Männer kennen zu lernen«, erinnerte Lizzie sie und drückte ihr die Hand.

»Ich habe noch keinen entdeckt, der mir gefallen würde«, jaulte Casey.

Ich schon, dachte Lizzie und lächelte vergnügt.

»Fantastisch!«, brüllte eine Stimme, und sie alle drehten sich zu den Leuten, die bereits gesprungen waren, um. Jeder Einzelne von ihnen grinste bis über beide Ohren und Lizzie überlegte, ob das Grinsen ehrliche Begeisterung verriet oder eher Erleichterung, weil es endlich geschafft war.

Zu viert quetschten sie sich zusammen mit Tony, ihrem Ausbilder, und einem Piloten in den Flieger. Die Ausrüstung hatten nicht nur sie selbst, sondern auch Tony, sorgfältig überprüft. Und die Routine eines Absprungs hatten ihre Lehrer ihnen derart eingebläut, dass sie sicher nie im Leben mehr vergessen würde, was man bedenken musste, damit man sicher sprang.

»Fertig?«, brüllte Tony über das Dröhnen der Motoren. Alle reckten folgsam die Daumen in die Höhe.

Was zum Teufel mache ich hier eigentlich?, überlegte Lizzie, als das Flugzeug langsam die Startbahn hinunterrollte.

Von unten hatte es so ausgesehen, als ob der Flieger endlos bräuchte, bis er endlich an der Absprungstelle war, nun jedoch, da sie im Flugzeug saßen, war der Flug erschreckend kurz.

»Wir sind da. Alle bereit?«, schrie Tony nochmals.

Dieses Mal wurden die Daumen deutlich zögerlicher hochgereckt.

Tony riss die Tür auf und als pfeifend die Luft hereingeschossen kam, machte Lizzies Magen einen Satz. Jetzt musste sie tatsächlich springen.

Ein Riesenkerl mit Namen Alan saß direkt neben der Tür, und Tony brüllte ihn an, er wäre als Erster an der Reihe. In ein paar Sekunden würde der Pilot den Motor seines Fliegers drosseln, den Springern würde nacheinander die Absprungleine angelegt, sie würden ihre Füße gegen eine Strebe stemmen, sich von der Tür abstoßen, mit den Händen am Flügel festhalten und schließlich springen. Eintausend, zweitausend, dreitausend, viertausend, Fallschirmkappe überprüfen, murmelte Lizzie leise. Eintausend, zweitausend…

Alan trat mit kreidigem Gesicht mit den Füßen an die Strebe. Als er sich abstemmte und dann losließ, machte Lizzies Magen einen mitfühlenden Satz.

»Guter Sprung«, schrie Tony und schrieb etwas auf eine Karte. »Der Nächste.«

Sergio schob sich an die Tür, stellte sich auf die Strebe und war ebenfalls verschwunden.

»Oh, Scheiße, ich kann das einfach nicht!«, kreischte Casey hysterisch. Sie war als Dritte an der Reihe und wirkte völlig panisch.

»Der Nächste«, wiederholte Tony.

»Ich kann nicht«, sagte Casey bibbernd zu Lizzie. »Zwingen Sie mich nicht. Ich habe solche Angst.«

»Sie brauchen nicht zu springen«, beruhigte Lizzie sie, die die gleiche Angst verspürte. Sie bräuchten beide nicht zu springen. Niemand würde sie zwingen, hatte Simon gesagt.

»Traut sie sich etwa nicht?«, fragte Tony Lizzie eine Spur verächtlich.

»Scheint so«, antwortete Lizzie und biss die Zähne aufeinander. »Also springe ich.«

Sie drückte sich an Casey vorbei zur Tür und wartete, bis Tony die Absprungleine sorgfältig an ihr befestigt hatte.

»Viel Glück«, sagte er, und dieses Mal lag ehrliche Bewunderung in seinem Blick.

Lizzie bedachte ihn mit einem Lächeln, das wesentlich tapferer wirkte als sie sich tatsächlich fühlte, und stellte sich an die Strebe. Dreitausend Fuß unter ihr lagen die Cork'schen Felder wie hübsche seidige, dunkelgrüne und blassgoldene, durch winzige Mäuerchen unterteilte Quadrate. Die winzigen Punkte, die sich dort unten bewegten, waren Autos, doch sie würde einfach ignorieren, wie weit entfernt dies alles von ihr war, dachte Lizzie, atmete tief durch und schob sich noch ein Stückchen weiter. Jetzt brauchte sie nur noch loszulassen. Der Drill des anderthalbtägigen Trainings hatte sich gelohnt, denn sie brüllte automatisch: »Eintausend, zweitausend, dreitausend, viertausend«, ließ sich in einer halben Drehung rückwärts in den Himmel fallen, spürte, wie ein Ruck durch ihren Körper ging, schrie: »Fallschirmkappe überprüfen!«, spähte hoch und wurde durch den wunderbaren Anblick ihres eigenen geöffneten Fallschirms für ihre Tapferkeit belohnt.

»O-mein-Gott-mein-Gott-mein-Gott!«, quietschte sie erleichtert und plötzlich war die Angst verflogen, und sie verspürte nur noch jubelnde Freude über das herrliche Gefühl, dass sie, von warmen Strömungen getragen, wie ein Raubvogel hoch über der Erde schwerelos dahinglitt. Jetzt konnte sie die Landschaft tief unter sich bewundern, jetzt konnte sie genießen, wie die vertraute Umgebung aus dieser völlig anderen Perspektive aussah.

Durch vorsichtiges Ziehen an den Leinen ihres Fallschirms lenkte sie den Flug in Richtung des großen weißen X, das das Ziel der Landung war.

Sie war total begeistert, und bei dem Gedanken, wie sehr sie sich vor diesem Sprung gefürchtet hatte, brach Lizzie in lautes Lachen aus. Dies war ein herrliches Vergnügen, dies war ein regelrechter Rausch, und es war viel zu schnell vorbei. Das einzige Problem bestünde jetzt noch darin, die Entfernung zum Boden richtig einzuschätzen. Er kam immer näher, aber wo …? Die Erde kam ihr jäh entgegen. Lizzie konzentrierte sich darauf, korrekt zu fallen und ihre Beine wie zwei große Sprungfedern einzusetzen, um den Sturz zu dämpfen. Trotz des ziemlich harten Aufpralls schaffte sie es, sich behände abzurollen. Damit gelang ihr eine bessere Landung als je zuvor während der kurzen Ausbildung.

»Gut gemacht. Das gibt die volle Punktzahl«, gratulierte Simon und reichte ihr die Hand.

»Das war das Unglaublichste, was ich je in meinem Leben

gemacht habe«, keuchte Lizzie und strahlte ihn mit leuchtenden Augen an. »Es war einfach fantastisch.«

»Gut.« Simon zog sie auf die Füße und spontan küsste ihn Lizzie auf die Wange.

»Danke!«, jubelte sie.

»Ich danke *Ihnen*!«, erklärte Simon grinsend.

»Wann kann ich noch einmal springen?« Am liebsten hätte Lizzie diese fantastische Erfahrung sofort wiederholt. »Und zwar vielleicht ein bisschen höher? Kann ich aus einer größeren Höhe springen? Es war so schnell vorbei, ich hätte gern mehr Zeit gehabt.«

Simon half ihr, ihren Fallschirm einzusammeln. »Das wäre möglich, wenn Sie Tandem mit einem Lehrer springen würden.«

»Bitte«, bettelte Lizzie.

»Okay, Sie könnten mit mir springen«, bot er an.

Aufregung und der Stolz über die vollbrachte Leistung brachten Lizzies Blut in Wallung. »Sehr gern«, erklärte sie und lachte ihn glücklich an.

Es war bereits nach drei, bis alle Neulinge gesprungen waren. Diejenigen von ihnen, die den Absprung genossen hatten, blieben noch ein wenig, um den Mitgliedern des Fallschirmspringer-Clubs bei deren Sprüngen zuzusehen.

Casey war als Einzige nicht gesprungen. Nachdem das Flugzeug gelandet war, mühte sie sich in nahezu panischer Hast aus ihrem Overall.

»Es tut mir schrecklich Leid«, hatte sie mit kreideweißem Gesicht und rot verquollenen Augen gemurmelt.

»Das braucht es nicht«, erklärte Lizzie und nahm sie in die Arme. »Es ist eben nicht für jeden das Richtige. Sie waren bereits wirklich mutig, weil Sie so lange durchgehalten haben. Also gehen Sie nicht zu hart mit sich ins Gericht.«

»Aber Sie sind gesprungen«, wandte Casey flüsternd ein und flüchtete beschämt in ihr Auto.

Niemand war über das gelungene Unternehmen überraschter als Lizzie selbst. Sie hatte solche Angst gehabt! Aber sie hatte diese Angst besiegt.

Der örtliche Fallschirmspringer-Club bestand aus lauter selbstsicheren, gut gelaunten Menschen in individuellen Monturen, die deutlich besser aussahen als die alten Khaki-Dinger, die Lizzie und die anderen trugen. Die knallroten, leuchtend gelben oder mehrfarbigen Overalls machten die Fallschirmspringerei zu einem bereits optisch amüsanten Sport. Es sprangen genauso viele Frauen wie Männer, und während sie die Fallschirme sorgfältig prüften und zusammenpackten, tauschten sie mit der Vertrautheit von Menschen, die einander gut und lange kannten, fröhliche Scherze miteinander aus.

Simon flog das Flugzeug für den ersten Absprung der Mitglieder, und Lizzie, die mit einem Becher Tee auf der Bank vor dem Haus saß, beobachtete ihn verstohlen. Und – sie hatte einen Bärenhunger! Das lag sicher am verschossenen Adrenalin, überlegte sie vor sich hingrinsend.

»Hier, nehmen Sie ein Plätzchen.« Teddy, der bärtige Einweisungsmann, hielt ihr eine Packung mit Vollkornkeksen hin. Seine plötzliche Verwandlung war beinahe ebenso erstaunlich wie ihre Freude an dem vollbrachten Sprung. Nun, da nur noch die geübten Fallschirmspringer und die Neulinge, die ihren Mut bewiesen hatten, auf dem Gelände waren, war Teddy überraschend locker, wirkte beinahe wie ein anderer Mensch. Es war, als ob er nur mit Leuten kommunizieren konnte, die die Fallschirmspringerei genauso liebten wie er.

»Wenn man einmal damit angefangen hat, kann man nicht mehr aufhören«, erklärte er und nahm, ebenfalls einen Becher Tee in der Hand, neben Lizzie Platz.

»Springen sie alle jedes Wochenende?«, erkundigte Lizzie sich.

»Manche ja, manche aber auch nur einmal im Monat. Das

kommt auf die finanziellen und die familiären Verhältnisse der Leute an. Zum Beispiel Samson da drüben« – er wies auf einen Mann in einem quietschgrünen Anzug – »er würde am liebsten täglich springen. Aber wenn er das täte, würde seine Frau verrückt spielen. Sie ist noch nie gesprungen.«

Für Teddy schien die Welt ausschließlich aus Fallschirmspringern und aus Nicht-Springern zu bestehen.

»Aha. Springt Ihre Frau?«, fragte Lizzie.

»Ich bin nicht verheiratet, aber meine Freundin springt. Sie war heute mit Tony oben.«

»Und Simon?«, bohrte sie mit möglichst beiläufiger Stimme nach.

»Simon ist geschieden.«

»Ach, ja?« Lächelnd schob sich Lizzie ihr Plätzchen in den Mund.

Nach Ende seines Fluges kam Simon umgehend zu ihr.

»Sonntags gehen wir nach dem Springen meist noch etwas essen. Hätten Sie vielleicht Lust, uns zu begleiten?«, fragte er. Der Vorschlag war völlig unverfänglich, in Lizzie verursachte er jedoch wunderbares Herzklopfen.

»Sehr gern«, antwortete sie eifrig, rollte aber mit den Augen, als sie an Debra dachte.

»Aber was?«, hakte Simon denn auch prompt nach.

»Nichts«, antwortete Lizzie im Gedanken an Joes Worte. *Du hast ein Recht auf ein eigenes Leben, Mum*, hatte er gesagt. »Eigentlich hatte ich schon was anderes vor, aber das kann bis morgen warten.« Schließlich lud nicht jeden Tag ein Mann, der ihr gefiel, sie zum Essen ein. Das würde Debra sicherlich verstehen.

Sie saßen zu zehnt an einem langen Tisch in Jimmy's Seafood Shack. Direkt nach der Ankunft in dem Restaurant war Lizzie auf die Toilette geeilt, um dort zu versuchen, auch ohne Kamm ein wenig Ordnung in ihre wirren Locken zu bringen. Mit ihrem Erdbeerlippenbalsam, ein paar Tropfen aus einem uralten Fläschchen Miss Dior und etwas Mascara hatte sie sich notdürftig etwas zurechtgezupft. Aber mit ihrem von der Sonne leicht geröteten Gesicht und den vor Freude leuchtenden Augen verströmte sie eine natürliche Frische, die ihr deutlich besser stand als jegliches Make-up, tröstete sie sich. Zuletzt zog sie sich noch ihr Sweatshirt aus, schlang es sich um die Hüfte und machte ein paar Knöpfe ihrer gestreiften Bluse auf, sodass man den Ansatz ihres Ausschnitts sah. Die Model-Scouts von *Vogue* würden für sie in diesem Aufzug zwar keine Höchstpreise bieten, doch sah sie gar nicht so übel aus, dachte sie vergnügt.

Jetzt bräuchte sie nur noch Debra anzurufen, und als bei ihr zu Hause niemand an den Apparat kam, sprach sie eine Nachricht für die Tochter auf das Band.

»Hi, Debs, tut mir Leid, aber es wird doch ein bisschen später. Wir müssen das Abendessen auf morgen verschieben. Falls du zu Barry zurückfährst, um die Dinge zu klären, hinterlass mir eine Nachricht. Ich liebe dich.« Eine ähnliche Botschaft hinterließ sie auf dem Handy ihrer Tochter, das ausgeschaltet war. Nun, eventuell hatte das ja zu bedeuten, dass Debra und Barry sich gerade versöhnten, und dass sie deshalb sowieso keine Zeit gehabt hätte, um mit ihr essen zu gehen, überlegte Lizzie und kehrte zufrieden zu den anderen zurück.

Jimmy, der Besitzer höchstpersönlich, zählte ihnen gerade die Spezialitäten dieses Tages auf, doch als Lizzie an den Tisch kam, brachen die Fallschirmspringer, statt ihm weiter zuzuhören, in lautes Johlen aus.

»Tolles Parfüm«, grölte Tony, als sich Lizzie an ihm vorbei zurück auf ihren Platz schob.

»Hübsche Bluse«, meinte der ihr gegenübersitzende Typ, als sie ihm, als sie sich setzte, unfreiwillig Einblick in ihren Ausschnitt bot.

»Mach ruhig noch einen Knopf auf.«

»Also bitte, ihr Proleten, lasst sie in Ruhe«, wies Simon die anderen rüde zurecht.

»Hören Sie nicht auf sie, sie sind halt in der Pubertät stecken geblieben«, erklärte eine Springerin mit Namen Tash. »Sie haben keine Ahnung, wie man sich einer attraktiven Frau gegenüber benimmt.«

»Kindsköpfe«, schimpfte auch Lena, die neben Teddy saß, und fügte an ihn gewandt grinsend hinzu: »Natürlich außer dir, mein Lieber.«

»Das ist alles nur Spaß«, raunte Simon, der einen Platz gleich neben ihr ergattert hatte, in ihr Ohr. »Obwohl das Parfüm tatsächlich toll ist.«

»Dann sind Sie also nicht der Meinung, dass ich noch einen Knopf aufmachen sollte?«, wisperte Lizzie gut gelaunt.

Das Blitzen seiner Augen machte deutlich, dass er durchaus Gefallen an ihrem Outfit fand. »Nicht hier«, erklärte er so dicht an ihrem Ohr, dass sie die Wärme seines Atems spürte. »Tony und Ron würden bestimmt in Ohnmacht fallen, und ich habe keine Lust, die beiden mit Mund-zu-Mund-Beatmung wiederzubeleben.«

»Simon, hör auf, Lizzie derart mit Beschlag zu belegen«, beschwerte sich Tony. »Schließlich ist sie die einzig anständige Frau, die sich in den letzten Monaten hier hat blicken lassen.«

»Na, vielen Dank!«, erklärte Tash gespielt beleidigt.

»Wenn ich jetzt eventuell mit der Aufzählung der Speisen fortfahren dürfte!«, meinte Jimmy, der während der gesamten Frozzelei mit einem Block am Tisch gestanden hatte.

»Tut uns Leid, Jimmy«, entschuldigte sich Lena.

»Ja, tut uns Leid«, echoten auch alle anderen, ohne dass es besonders reuig klang.

Tony schenkte Lizzie dunklen Rotwein in ihr Glas. »Den haben Sie sich nach Ihrem Supersprung redlich verdient.«

»Ja«, stimmte ihm Simon zu. »Das war wirklich in jeder Hinsicht ein erstklassiger Sprung.«

»Dann also ein dreifaches Hoch auf Lizzie, unser neuestes Mitglied«, verkündete Ron.

Genau so etwas hatte ihr gefehlt, erkannte Lizzie plötzlich: das Gefühl von Dazugehörigkeit, das Gefühl von Akzeptanz. Hier, in dieser bunt gemischten Gruppe war sie nicht die Ex-Frau von Myles Shanahan, Mutter zweier erwachsener Kinder, eine Frau, die seit über fünfundzwanzig Jahren mit keinem Mann mehr ausgegangen war. Sie war Lizzie, eine eigenständige Person, und sie saß neben einem wunderbaren Mann, dem sie anscheinend durchaus gefiel.

Als sie gegen Mitternacht mit einem Taxi zu Hause ankam, rief die Tatsache, dass alle Zimmer hell erleuchtet waren, leichtes Unbehagen in ihr wach. Dieses Unbehagen verstärkte sich zu echter Sorge, als im selben Moment die Haustür aufgerissen wurde und ihre Tochter wie ein Racheengel vor ihr dräute.

»Debra, was ist los?«

»Das fragst du mich?«, kreischte ihre Tochter. »Ich bin doch wohl nicht diejenige, die den ganzen Tag ohne ein Wort der Erklärung weg war. Wo zum Teufel bist du gewesen?«

»Ich war nur mit ein paar Freunden aus«, erklärte Lizzie und gab sich die größte Mühe, ihre Stimme nüchtern klingen zu lassen. Nach all dem Wein, den sie getrunken hatte – mindestens fünf Gläser, was absolut ungewohnt für sie war –, hätte sie am liebsten die ganze Zeit gekichert.

Sie hatte einen derart wunderbaren Tag gehabt – und jetzt funkelte Debra sie wütend an.

»Aus?«, krakeelte das Mädchen. »Und was war mit mir? Ich habe die ganze Zeit hier rumgesessen und auf dich gewartet.«

Lizzie machte den unverzeihlichen Fehler, tatsächlich zu lachen. Sie konnte nichts dagegen tun. Es war, als hätten sie beide die Rollen getauscht. Debra brüllte *sie* an, weil sie zu spät heimgekommen war. Wirklich sehr lustig…

Das Lachen brachte Debra vollends aus der Fassung. »Wie kannst du es wagen dazustehen und über mich zu lachen?«, zeterte sie zornbebend. »Ich bin vor lauter Sorge fast verrückt geworden.« Lizzie sank auf den im Flur stehenden Stuhl und ließ ihren Rucksack auf die Erde fallen.

»Ich habe dich auf deinem Handy angerufen und dir eine Nachricht hinterlassen. Hast du die etwa nicht bekommen?«

»Doch, ich habe sie bekommen«, fauchte Debra unvermindert weiter. »Aber ich wollte mit dir reden. Wir beide hätten heute Abend ausgehen sollen. Hattest du das vielleicht vergessen? Und das, obwohl ich derart unglücklich wegen der Sache mit Barry bin.«

»Oh, Debra«, seufzte Lizzie, deren gute Laune nun ernsten Gewissensbissen wich. »Es tut mir wirklich Leid. Ich war halt einfach mit ein paar neuen Freunden aus. Das Fallschirmspringen ist so gut gelaufen, dass wir ein wenig feiern wollten –«

»Fallschirmspringen?«

Lizzie hätte nicht gedacht, dass Debra noch lauter schreien könnte. Doch sie brachte es fertig, und sicher hörten ihre Nachbarn inzwischen jedes Wort.

»Was für ein Fallschirmspringen? Wovon zum Teufel redest du?«

»Pst«, bat Lizzie. »Ich wollte dir davon erzählen, aber nicht, bevor ich wusste, dass ich es auch schaffe.« Der Schluckauf, den sie übergangslos bekam, trug ihr ein genervtes Schnauben ihrer Tochter ein.

»Du meinst, du bist mit einem Fallschirm abgesprungen?«, fragte Debra derart verächtlich, dass ihrer Mutter deutlich wurde, dass so etwas in ihren Augen ähnlich asozial und peinlich war wie Nacktbaden in einem öffentlichen Schwimmbad. »In deinem Alter?«

Lizzies Augen füllten sich mit Tränen. Plötzlich fühlte sie sich nicht mehr jung und mutig, sondern wie eine einfältige neunundvierzigjährige Frau, die meinte, sie könne ihre verlorene Jugend wiederfinden, indem sie aus einem Flugzeug sprang.

»Es war für einen guten Zweck«, murmelte sie. »Ich dachte, es wäre ein Tribut an Sally, wenn ich in ihrem Namen Geld für den Kampf gegen den Brustkrebs sammle. Das war alles. Und ein Fallschirmsprung ist eine gute Möglichkeit, weil man die Leute damit beeindruckt und jede Menge Geld zusammenkriegt.«

»Aber in *deinem* Alter«, nölte Debra.

»Man kann in jedem Alter Fallschirmspringen«, protestierte Lizzie.

»Tja, ich bin sicher, dass sie das *behaupten*«, zischte Debra. »Aber das meinen die nicht wirklich. Im Grunde wollen sie bestimmt nicht, dass ältere Leute springen, oder?«

Unglücklich starrte Lizzie vor sich hin. Was hatte sie sich nur dabei gedacht?

»Nein, wahrscheinlich nicht«, erwiderte sie traurig. Vielleicht hatte sie sich ja nur eingebildet, dass es ein wunderbarer Abend gewesen war. Vielleicht hatten all die anderen Fallschirmspringer hinter ihrem Rücken über sie gelacht. Wie konnte eine ältere geschiedene Frau nur hoffen, sie könnte ein neues Leben anfangen und eine von den coolen Fallschirmspringern werden? Sie musste verrückt gewesen sein, sich allen Ernstes einzubilden, dass sie zu diesen Menschen passte oder dass sie Simon tatsächlich gefiel. Womöglich hatte ja auch er heimlich über sie gelacht. Innerhalb von ein paar Minuten war all ihre Freude über diesen Tag verpufft, und Lizzie fühlte sich uralt, erschöpft und hundeelend. Ganz zu schweigen davon, dass sie betrunken war.

»Und du bist wirklich gesprungen?«, hakte Debra noch einmal spitz nach – und Lizzie nickte.

»Ja.«

Noch vor einer Viertelstunde war sie stolz auf sich gewesen, weil sie keinen Rückzieher gemacht hatte, bevor sie dreitausend Fuß über der Erde aus einem kleinen Flugzeug gesprungen war. Jetzt war dieser Stolz verflogen. Debra hatte sie gebraucht, und sie hatte sie im Stich gelassen, obwohl sie ihre Mutter war.

»Es tut mir so Leid, Liebling«, erklärte sie und hoffte, dass sie nicht undeutlich sprach. »Wenn du willst, können wir morgen Abend ausgehen.«

»Nein, danke. Verzeihung, wenn ich dir eine Last gewesen bin«, schnauzte Debra giftig. »Aber ich werde dich nicht länger daran hindern, dein Leben mit deinen tollen Freunden zu genießen. Ich dachte, du würdest dich freuen, mich bei dir zu haben, weil ich dafür sorge, dass du endlich mal rauskommst. Aber wie ich sehe, bin ich nicht willkommen, und deshalb bleibe ich keine Minute länger hier.« Debra schnappte sich ihre Handtasche und wandte sich zum Gehen. »Ich fahre zu Dad. Ich muss wissen, dass wenigstens einer meiner beiden Eltern noch normal genug ist, um nicht zu versuchen, eine Jugend nachzuholen, die unwiderruflich vorüber ist!«

Mit diesem letzten subtilen Hinweis stolzierte sie durch die Tür und ließ Lizzie unglücklich und schuldbewusst allein zurück. Als wäre es nicht bereits schlimm genug, dass sie sich wie eine Rabenmutter fühlte, rannte Debra jetzt auch noch zu Myles, um sich darüber auszuweinen, dass sie von Lizzie in der Not allein gelassen worden war.

Ohne mit zwei Gläsern Wasser und einer Tablette einem Kater vorzubeugen, schleppte Lizzie sich ins Schlafzimmer hinauf, kroch sofort ins Bett und versank in einen unruhigen, ohnmachtsähnlichen Schlaf.

Den Preis bezahlte sie am nächsten Morgen. Um fünf nach acht lag sie im Bett und wusste, sie müsste jetzt dringend aufstehen, um in die Praxis zu gehen. Doch ihr Schädel dröhnte zum Zerbersten, und sie hatte keine Ahnung, wie sie diesen Tag jemals überstehen sollte. Nur noch fünf Minuten, feilschte sie mit sich – doch da klingelte unbarmherzig das

Telefon. War das Ding immer schon so laut gewesen?, dachte sie, als das schrille Läuten sie schmerzlich zusammenzucken ließ.

»Morgen, Lizzie«, sagte die Stimme ihres Ex-Manns. »Was macht dein Kopf?«

Lizzie hatte das Gefühl zu schrumpfen, bis sie kaum noch vorhanden war. »Oh, frag mich bloß nicht«, bat sie kläglich. Was Debra wohl ihrem Vater alles erzählt hatte?

Schließlich war das Mädchen von klein auf seine Prinzessin gewesen. Selbst als sie damals ihre Ausbildung zur Krankenschwester abgebrochen hatte, hatte er sich schützend vor sie gestellt. Bestimmt würde sie nun eine Gardinenpredigt hören, weil sie Debra in der Stunde ihres Elends im Stich gelassen hatte. Doch zu ihrer Überraschung blieb die Predigt aus.

»Ich nehme an, du weißt, dass Debra hier ist«, fing er stattdessen mit Grabesstimme an.

»Sie hat gestern Abend gesagt, dass sie zu dir fährt«, antwortete Lizzie in entschuldigendem Ton. »Das ist alles meine Schuld, weil sie und ich gemeinsam ausgehen wollten, doch dann kam mir etwas dazwischen –«

»Du brauchst dich weder bei mir zu entschuldigen noch mir etwas zu erklären, Lizzie«, unterbrach ihr Ex-Mann sie. »Du bist dein eigener Boss, du hast ein Recht auf dein eigenes Leben. Ich rufe nur an, um dich zu fragen, was zum Teufel wir mit Debra machen sollen.«

Mit der Frage, wie zum Teufel sie die Krise im Mittleren Osten meistern sollten, hätte er Lizzie nicht stärker überraschen können. Zum ersten Mal klang Myles nicht wie der liebende Daddy, der alles täte, damit sein dreiundzwanzigjähriges Töchterchen glücklich und zufrieden war. Er klang – ja, wie klang er genau? – ja, er klang erbost. Das war es. Er klang eindeutig erbost.

»Sie stand mitten in der Nacht in Tränen aufgelöst vor der Tür. Sabine war hier, wir haben uns gerade den neuen James-Bond-Film angesehen. Und plötzlich schluchzte sie dann völlig hysterisch hier rum. Ich hatte keine Ahnung, was ich machen sollte. Sie hat sich die Augen aus dem Kopf geheult und gesagt, es wäre alles deine Schuld, sie ginge nie mehr zu dir zurück, und sie würde dich genauso hassen wie den blöden Barry. Lizzie, es war der reinste Alptraum.«

Trotz ihres hämmernden Schädels konnte Lizzie ein Grinsen nicht unterdrücken.

»Aber ich dachte, Debra und Sabine kämen so super miteinander aus«, erwiderte sie feixend.

»Das tun sie auch«, erklärte Myles. »Aber nicht, wenn Debra vernünftigen Argumenten gegenüber völlig taub ist. Ich wusste ja nicht mal, dass sie Barry verlassen hatte. Ich kann einfach nicht glauben, dass sie das getan hat. Wenn ich daran denke, wie viel Geld wir für die Hochzeit ausgegeben haben, und jetzt – nach wie viel Zeit? Nach ein, zwei Monaten? – ist angeblich alles aus. So sehr hat mich in meinem ganzen Leben noch nie etwas schockiert. Warum hast du mich nicht vorgewarnt?«

»Das war nicht meine Aufgabe«, antwortete Lizzie und setzte sich so vorsichtig wie möglich auf, um zu testen, ob ihr Kopf noch auf den Schultern bliebe. Ihr wurde zwar etwas schwindlig, doch der Schmerz hielt sich in Grenzen. »Ehrlich gesagt, hatte ich angenommen, dieser Streit mit Barry wäre nur ein Sturm im Wasserglas, und sie würden sich bald beruhigen. Aber Joe denkt, es ist vielleicht wirklich ernst. Deshalb habe ich leichte Schuldgefühle, weil ich gestern Abend nicht für sie da gewesen bin«, gab sie, wenn auch zögernd, zu. »Joe scheint zu denken, dass die Ehe von Anfang an zum Scheitern verurteilt war. Hast du gewusst, dass Barry am Tag der Hochzeit nur auf Druck seiner Eltern vor dem Traualter erschienen ist?«

Myles' Schweigen machte deutlich, dass er keinen blassen Schimmer hatte. Mit so etwas rechneten Eltern wahrhaftig nicht. Sie hatten jeden Penny, den sie hatten – und dazu noch Geld, das der Bank gehörte –, in den großen Tag der Tochter investiert, weshalb die Nachricht, dass der Ehe offenbar ungefähr die gleiche Haltbarkeit beschieden war wie einer Tüte H-Milch, ein Schock für beide war. Aus irgendeinem Grund dachte Lizzie plötzlich an das Loch in ihrem Hausdach. Myles schwamm ebenso wenig im Geld. Wahrscheinlich dachte er in dieser Minute ähnlich wie sie. Nämlich an all die Dinge, die er sich hätte leisten können, wenn er nicht all sein Geld in das Traumkleid seiner Tochter, in Hunderte von teuren Rosen und einen prunkvollen Hochzeitsempfang gesteckt hätte.

Und jetzt schlief eben diese Tochter statt neben ihrem frisch gebackenen Ehemann auf seinem Sofa oder, wie sie ihren Ex-Mann kannte, wahrscheinlich sogar in seinem Bett.

Auf einmal hatte Lizzie regelrechtes Mitgefühl mit ihm. Myles hatte ein neues Leben für sich gefunden, nur um zu entdecken, dass er seinem alten Leben nicht entrinnen konnte.

»Was sollen wir jetzt nur tun?«, fragte er mit dünner Stimme.

»Wo ist sie?«, antwortete Lizzie mit einer Gegenfrage.

»Sie schläft«, erklärte Myles. »Du weißt doch, sie kommt morgens nur mit größter Mühe aus dem Bett. Ich bringe es nicht über mich, sie zu wecken. Ich weiß nicht, ob sie arbeiten gehen muss oder was sie stattdessen vorhat. Sabine und ich wollen heute Abend ins Theater gehen, und ich habe keine Ahnung, was ich mit Debra währenddessen anfangen soll. Und was ist mit Barry, mit dem neuen Haus und allem …?«

»Hör zu«, erklärte Lizzie. »Ich nehme mir ein paar Stunden frei, komme zu dir rüber, und wir können versuchen, die Dinge zu klären. Das heißt natürlich nur, wenn du damit einverstanden bist.«

»Das wäre super.« Myles klang restlos erleichtert. »Ich kann sie unmöglich alleine lassen. Sie war gestern Abend derart fertig. Glaubst du …« Er klang, als hätte er eine brillante Idee. »Glaubst du, wir könnten Barry anrufen und fragen, ob er kommt? Vielleicht vertragen sich die beiden dann ja wieder, und alles ist okay.« Er hörte sich an wie ein kleiner Junge, der die Hoffnung hatte, dass er auch das richtige Geschenk vom Weihnachtsmann bekam.

»Ich wäre glücklich, wenn die beiden sich wieder vertragen würden«, antwortete Lizzie. »Aber ich glaube, es wäre ein Fehler, wenn er zurzeit ungefragt auftaucht. Die beiden brauchen eindeutig etwas Abstand voneinander. Wenn Barry mit Debra hätte reden wollen, hätte er gewusst, wo er sie erreichen kann.«

Anfangs hatte sie tatsächlich noch gehofft, Barry käme angestürmt, würde ihrer Tochter ewige Liebe schwören und sie mit sich zurück nach Hause nehmen. Inzwischen aber war ihr klar, dass es zwischen den beiden jungen Eheleuten ernsthafte Probleme gab. »Vielleicht sollten wir den beiden noch ein bisschen Zeit lassen, um sich vollständig zu beruhigen, bevor wir ein Treffen zwischen ihnen arrangieren und …«

»… dabei die Schiedsrichter spielen?«, führte Myles den Satz zu Ende und brachte sie dadurch bei allem Ernst der Lage zum Lachen.

»Ja, um dabei die Schiedsrichter zu spielen«, stimmte sie zu. Erneut musste sie an die Worte ihres Sohnes denken – an seine Erklärung, dass die Ehe seiner Schwester von Anfang an zum Scheitern verurteilt gewesen wäre, weil Debra hoffnungslos verwöhnt war und nie auch nur die geringste Rücksicht auf andere Menschen nahm. Doch das war nicht richtig. Debra war halt sensibel. Sie war keineswegs verwöhnt – sie war nett und freundlich. Man musste nur etwas behutsam im Umgang mit ihr sein. Vermutlich fehlte es Barry bisher noch daran. Lizzie fasste den Entschluss, mit ihrem Schwiegersohn zu sprechen und ihm zu erklären, wie empfindsam Debra war. Sie wollte ihre Tochter glücklich sehen, und sie täte alles, was in ihrer Macht stand, um dafür zu sorgen.

»In einer Stunde bin ich da«, versprach sie Myles und rappelte sich hoch. Sitzen hatte recht gut geklappt – beim Stehen jedoch meldete sich der Alkoholgenuss des Vorabends mit aller Gemeinheit. »Vielleicht in anderthalb.« Wenn sie nur halbwegs senkrecht bleiben wollte, bräuchte sie eindeutig Zeit.

Außerdem fiel ihr ein, dass ihr Wagen vor dem Restaurant stand, in dem sie gefeiert hatte. Also musste sie zunächst mit einem Taxi ihr Auto abholen, und sie verbesserte sich nochmals: »Nein, ich fürchte, dass es an die zwei Stunden dauern wird.«

Lizzies Schuldgefühle wurden weiter verstärkt, weil sie wegen eines »Notfalls in der Familie« problemlos frei bekam. Es würde keinen solchen Notfall geben, wenn sie keine derart schlechte Mutter wäre, die sich mit einer Horde Fremder amüsierte, statt für ihre eigene Tochter da zu sein.

Voll schlechten Gewissens fuhr sie gute zwei Stunden später zu Myles' Wohnung. Bei ihrer Trennung hatte sie erwartet, er würde sich ein hübsches kleines Häuschen in der Nähe kaufen. Er hatte sich jedoch für eine Wohnung mitten in der Stadt entschieden, die für ihn ein Zeichen seines neuen, freien Lebens war.

Lizzie selbst hätte nicht gerne dort gelebt, aber sie respektierte seine Entscheidung. Er und Sabine hatten zwar ernste Absichten, hatte Debra ihr erklärt, doch behielt fürs Erste jeder seine eigene Wohnung. Sabine war, wie Lizzie seit der Hochzeit dachte, eine erstaunlich nette Frau. Es war schließlich nicht ihre Schuld, wenn sich Lizzie vorkam wie eine alte Schachtel. Das hatte sie allein sich selber zuzuschreiben. Niemand konnte etwas für die verzweifelte Verzagtheit, der sie nach ihrer Scheidung anheim gefallen war.

Ihre jämmerlichen Versuche, ein eigenes Leben zu entwickeln, waren sämtlich fehlgeschlagen, oder etwa nicht? Wenn sie nur an gestern Abend dachte – etwas derart Verwegenes wie ein Sprung mit einem Fallschirm hatte ihr lediglich einen Riesenstreit mit ihrem Kind eingetragen.

Es war weit nach zehn, als sie bei ihrem Ex-Mann klingelte, und es war für sie ein Schock, als Sabine an seiner Stelle die Tür öffnete. Eventuell lebte sie ja inzwischen doch in seiner Wohnung, und Lizzie hatte mal wieder nur die Hälfte mitgekriegt.

»Hallo, Lizzie«, begrüßte Sabine sie mit warmer Stimme. »Schön, Sie wieder mal zu sehen. Kommen Sie doch rein. Ich gehe gleich zur Arbeit, dann sind Sie drei allein.«

»Kein Problem«, fiel Lizzie ihr ins Wort. »Denken Sie bitte nicht, Sie dürften nicht bleiben. Schließlich sind die Dinge, über die wir reden wollen, alles andere als geheim. Wie geht es Debra?«, fügte sie im Flüsterton hinzu.

»Oh, gut«, wisperte Sabine mit einem etwas angestrengten Lächeln und ging vor Lizzie durch den Flur.

Myles' Wohnzimmer war im Marine-Stil gehalten, mit Drucken von berühmten Schiffen, einer großen, aus einem Bullauge gefertigten Messinguhr und Souvenirs von seinen Tauchgängen und seinen Segeltörns.

Auf dem meerblau bezogenen, extrabreiten Sofa lag Debra wie die Kameliendame mit derart wehleidiger Miene, als habe ihr letztes Stündchen geschlagen. Eine Schachtel Cornflakes, eine leere Schale und eine Tüte Milch auf dem kleinen Beistelltisch jedoch bewiesen, dass ihr die Verzweiflung eindeutig nicht auf den Magen geschlagen war.

Myles saß mit genervter Miene in einem blau-weiß gestreiften Sessel, sprang jedoch, als er Lizzie erblickte, regelrecht begeistert auf. »Hi, Lizzie«, grüßte er sie glücklich und wollte sie wie üblich freundschaftlich umarmen, als er sich der Gegenwart Sabines besann und sich dieses Ausdrucks von Zärtlichkeit enthielt.

Nirgends stand geschrieben, wie man seine Ex-Frau begrüßte, wenn die neue Freundin mit im Zimmer war, dachte Lizzie und sagte laut: »Hi, Myles« und fügte diesem ein »Hallo, Debra« hinzu.

»Hallo«, säuselte Debra mit schwacher Stimme.

Sofort rief ihre bleiche, unglückliche Miene weitere Schuldgefühle in der Mutter wach. Arme Debra. Sie war so unglücklich gewesen wegen ihres Streits mit Barry, sie hätte ihre Familie so dringend gebraucht.

Lizzie eilte zu ihr, warf sich auf die Knie und zog sie in den Arm.

»Oh, Debra, Liebling, es tut mir furchtbar Leid, dass ich gestern Abend so spät gekommen bin. Ich habe einfach nicht auf die Uhr gesehen. Es war nicht so, dass ich dich vergessen hätte – du weißt, dass ich dich nie vergessen würde. Ich liebe dich, und wir können alles klären. Bitte, komm wieder mit mir nach Hause und …« Sie zermarterte sich das Gehirn auf der Suche nach einer Verlockung, die groß genug wäre, dass ihre geliebte Tochter wieder zu ihr kommen würde. Wann immer sie als kleines Kind traurig gewesen war, hatte ein Schokoladenkuchen von Mario's in der Hauptstraße von Dunmore sie die Traurigkeit vergessen lassen. Und später hatte es sie stets aufgemuntert, wenn Lizzie ihr versprochen hatte, mit ihr einkaufen zu gehen. Wie aber ging man mit einer erwachsenen Tochter, die eine ernste Ehekrise hatte, um? »Wir könnten einen Einkaufsbummel machen«, schlug Lizzie schließlich vor. »Ich nehme mir einfach heute frei«, erklärte sie und hoffte, dass Clare Morgan Verständnis genug hätte und diese Ausdehnung des freien Vormittags nicht als Grund für eine Kündigung der liederlichen Angestellten nahm. »Ich bin sicher, dass du jede Menge neue Kleider brauchen kannst und –«

»Ein Einkaufsbummel wäre super«, unterbrach Debra fröhlich und richtete sich schwungvoll auf dem Sofa auf. »Erst vorgestern habe ich bei BTs ein paar fantastische Sandalen im Schaufenster gesehen. Sie sind zwar teuer, aber wunderschön, und ich weiß genau, dass sie mir stehen würde. O ja, Mum, lass uns einkaufen gehen.«

»Einkaufen ist sicher schön, aber wie steht es mit Barry?«, mischte Sabine sich ernst ein. »Willst du nicht erst mal mit ihm sprechen und die Dinge klären?«

»Ich schätze, meine Beziehung zu Barry geht nur mich – und eventuell meine Familie – etwas an«, verwies sie Sabine giftig an ihren Platz.

Sabine gelang es trotzdem, weiterhin zu lächeln. »Das mag natürlich sein«, erklärte sie ruhig. »Aber da ich gestern Abend hier war, als du plötzlich aufgetaucht bist, wurde ich, wenn auch vielleicht gegen meinen Willen, in die Sache involviert. Deshalb geht mich dieses kleine Drama tatsächlich etwas an, ob du es möchtest oder nicht. Du musst dich deinen Problemen stellen, Debra. Davonlaufen ist keine Lösung.«

Myles und Lizzie hielten verschreckt den Atem an.

»Hm, Sabine«, erklärte Myles dann beschwichtigend. »Wir sollten es wirklich Debra überlassen, wie sie diese Sache angeht. Ich bin sicher, dass die beiden früher oder später miteinander reden werden.«

»Allerdings«, pflichtete Debra ihm scharf bei. »Das Ganze geht alleine mich etwas an.«

Sabine sah aus, als ob ihr eine keineswegs friedfertige Antwort auf der Zunge läge, doch bremste sie sich, erklärte: »Klar, natürlich«, und klappte den Mund entschieden zu.

»Komm schon, Mum.« Debra sprang munter auf die Füße. »Gehen wir.«

Auf dem Weg nach unten, machte Debra ihrem Ärger lautstark Luft. »Wie kann sie es wagen, so mit mir zu reden«, fauchte sie verbittert. »Was weiß sie schon von der Ehe? Was weiß sie von mir und Barry? Nur, weil sie fünf Minuten auf der Hochzeitsfeier war, bildet sie sich ein, sie wüsste über uns Bescheid.«

Wenigstens, dachte Lizzie erleichtert, schien Debra über ihrem Zorn auf die unschuldige Sabine den Zorn auf ihre eigene Mutter zu vergessen. Sie kam nie damit zurecht, wenn Debra wütend auf sie war.

Debra tobte ungehindert weiter wegen der angeblichen Dreistigkeit dieser ihr im Grunde völlig fremden Frau. Lizzie schaffte es, ihre Ohren auf Durchzug zu stellen, fragte sich jedoch gleichzeitig, ob es normal war, dass sie derart ängstlich auf die Stimmungsschwankungen der Tochter reagierte. Genauso wie Myles. Nein, sagte sie sich. Sie reagierten nicht ängstlich. Das war nicht richtig formuliert. Sie konnten es nur nicht ertragen, wenn das sensible Mädchen wegen irgendetwas traurig war.

Sie erreichten Lizzies Wagen, der zwischen lauter glänzenden neuen Wagen auf dem Parkplatz stand.

»Himmel, Mum«, erklärte Debra angeekelt. »Dein Auto ist eine echte Schrottkarre. Warum kaufst du dir kein neues?«

»Weil ich mir keins leisten kann«, platzte es aus Lizzie heraus, worauf ihre Tochter ihr mitfühlend die Schulter drückte. »Arme Mum. Du brauchst einen neuen Job. Einen neuen Job, mit dem du mehr verdienst. Das wäre wirklich toll.«

»Ja«, antwortete Lizzie schwach und dachte dabei daran, dass sie noch Clare Morgan darum bitten musste, dass sie auch den Rest des Tages – für einen »dringenden« Einkaufsbummel mit der Tochter – frei bekam. Womöglich war sie schneller auf Arbeitssuche, als sie dachte. Doch mit derart traurigen Gedanken würde sie den Tag nur ruinieren, und so fragte sie vergnügt: »Okay, Schätzchen. Wo wollen wir als Erstes hin?«

Debras Augen blitzten. »Natürlich in das teuerste Geschäft der ganzen Stadt. Lass uns dafür sorgen, dass das Plastik unserer Kreditkarten vor lauter Hitze schmilzt.«

»Genau«, antwortete Lizzie und verdrängte die Gedanken an die Rechnung von den Stadtwerken und die nächste Rate ihrer Hypothek. Sie fände sicher irgendeinen Weg, um beides zu begleichen. Lizzie dachte an das, was Sabine Debra vorgehalten hatte. Sie hatte Recht gehabt. Debra müsste die Dinge mit Barry klären. Es reichte nicht, dass sie den Streit mit ihrem Ehemann verdrängte. Andererseits lag der Streit noch nicht lange genug zurück, und ihre arme Tochter brauchte halt noch ein wenig Zeit, um sich zu beruhigen. Das war alles.

Lizzie lenkte ihren Wagen durch den morgendlichen Verkehr. Sie würde ihrem Sohn nichts von Sabines Vorhaltungen erzählen, denn sie hatte das ungute Gefühl, er würde möglicherweise einer Meinung mit der Freundin seines Vaters sein.

Falls dies eine Art Machtkampf zwischen ihnen allen war, war es eindeutig Debra, die aus der ersten Runde als Siegerin hervorgegangen war.

Wozu brauchte man eigentlich eine Familie? Spontan fiel Lizzie voller Schuldbewusstsein Erin ein, die keine Familie hatte. Erin war so froh gewesen bei dem Gedanken, ihre Verwandten ausfindig zu machen, und Lizzie fragte sich, ob sie die Suche wohl inzwischen angefangen hatte. Lizzie hoffte es für sie. Erin hatte offensichtlich Jahre damit zugebracht, so zu tun, als käme sie ohne weiteres allein zurecht. Aber Lizzie wusste, dass das nicht stimmte. Erin brauchte ihre Wurzeln genau wie jeder andere Mensch.

25

Die Nummer ihres ehemaligen Hauses in dem Dubliner Vorort Kilbarrett hatte sich geändert, erklärte ihr eine seelenlose Computerstimme. Mist. Erin legte auf und versuchte ihr Glück bei der Auskunft. Doch trotz eines ausführlichen Gesprächs fand der nette Herr von der Vermittlung nirgends einen Eintrag für ein Ehepaar Mary und Pat Flynn und gab auch die neue Nummer ihres alten Hauses nicht heraus.

Enttäuscht legte Erin den Hörer auf. Es musste eine andere Möglichkeit geben, grübelte sie. Ja, die Familie Gallagher, die damals ihre Nachbarn gewesen waren! Erin hatte ihre Telefonnummer bereits als Kind auswendig gelernt.

Mrs. Gallagher war nämlich eine gute Freundin ihrer Mutter gewesen, und deshalb hatte Mum erklärt: »Falls irgendwas passiert und du mich nicht erreichen kannst, ruf einfach Mrs. Gallagher an.«

In dem abgegriffenen alten Adressbuch, das Erin über all die Zeiten hinweg behalten hatte, fand sie tatsächlich die Nummer und wählte sie mit klopfendem Herzen.

Es meldete sich jedoch nicht Mrs. Gallagher, sondern eine fremde, aber nette Frau, die nach den Gallaghers dort eingezogen war. Nein, auch die Flynns lebten seit Jahren nicht mehr in der Gegend, erklärte sie. Leider hatte sie keine Ahnung, wo die Familie hingezogen war. Alle Leute, nach denen sie fragte, waren bereits vor etlichen Jahren fortgezogen. Noch dazu hatte sie ein extrem schlechtes Gedächtnis.

Erin gab nicht auf und fragte nach Mrs. Cora Flaherty, die auf der anderen Seite ihres ehemaligen Hauses lebte? Mrs. Flaherty war das so genannte Orakel von Kilbarrett gewesen. Sie hatte schlichtweg alles und jeden dort gekannt. Mrs. Flaherty würde also nicht nur die neue Anschrift ihrer alten Nachbarn kennen, sondern wüsste auch die neue Telefonnummer der Flynns.

Aber Mrs. Flaherty war doch vor ein paar Jahren gestorben, erfuhr Erin zu ihrem Schrecken.

Ach, sagte die Frau, das war wirklich schlimm. Die arme Mrs. Flaherty hatte es nie verwunden, dass vor fünf Jahren, als sie Bingo gespielt hatte, in ihrem Häuschen eingebrochen und alles verwüstet worden war. Am Ende war sie offiziell einer Lungenentzündung erlegen, aber alle wussten, dass sie, weil sie sich in ihrem geliebten Heim nicht mehr hatte geborgen fühlen können, an einer Mischung aus Furcht und gebrochenem Herzen gestorben war.

Erin spürte Übelkeit. Hatten auch ihre geliebte Mum irgendwelche Einbrecher bedroht oder war ihr Dad beim Pflanzen seiner Blumen über die Mauer seines Gärtchens hinweg angepöbelt worden? Kerry hätte jeden eigenhändig erwürgt, der ihre Familie nur komisch angesehen hätte. Aber Kerry war inzwischen eine fast vierzigjährige Frau und keine vorwitzige Jugendliche mehr. Erin wusste aus Chicago, dass jugendliche Schläger auf niemanden Rücksicht nahmen und dass ihre Familie ihnen hilflos ausgeliefert gewesen wäre, hätten sie es tatsächlich auf sie abgesehen.

Schuldgefühle und Sorge wogten in ihr auf. Ihnen könnte alles Mögliche passiert sein – und wo war sie gewesen? Sie hatte sich in Amerika in Selbstmitleid gewälzt und ihrer Familie Vorwürfe gemacht, weil sie nichts anderes versucht hatte, als sie zu schützen.

»Es ist schrecklich, wenn man den Kontakt verliert«, meinte die Frau mitfühlend. »Inwieweit sind Sie genau mit den Flynns verwandt?«

Erin hätte es weder ertragen, die Wahrheit zu sagen noch zu lügen. Deshalb gab sie beschämt zu: »Zu eng, um nicht mehr mit ihnen in Verbindung zu stehen.«

»Tja, ich schätze, dass Sie in unserer Gegend kaum noch einen Menschen kennen würden«, fuhr die Fremde fort. »In den letzten Jahren haben Dutzende von Häusern die Besitzer gewechselt. Auch wenn Sie es kaum glauben, aber das neue Industriegebiet und das große Einkaufszentrum haben unsere Ecke zu einem der Top-Vororte Dublins gemacht.«

»Was ist mit den Ryans, den O'Sheas und den Maguires?«, fragte Erin ohne große Hoffnung.

»Die Ryans sind ebenfalls lange weg, und von einer Familie O'Shea habe ich noch nie etwas gehört. Aber die Maguires wohnen nach wie vor noch hier.«

Erin fasste neue Hoffnung. Vanessa Maguire war eine gute Freundin von Kerry gewesen. Die müsste wissen, wohin die Familie gezogen war.

»Sie haben nicht zufällig deren Telefonnummer?«

»Warten Sie, ich glaube, dass ich sie eingetragen habe …« Und tatsächlich fand sie die Nummer und gab sie Erin langsam und deutlich durch.

»Tausend Dank«, sagte Erin glücklich.

»Nichts zu danken. War mir ein Vergnügen«, erwiderte die Frau.

Erin saß in Gedanken in dem schmalen Flur des Hauses mit der Nummer achtundsiebzig, wo das Telefon unter einem Druck von einem irischen Bauernhäuschen auf einem niedrigen Tisch gestanden hatte. Erin würde nie vergessen, wie sie auf dem unteren Treppenabsatz gesessen, das Telefon mitsamt der Schnur über den alten Teppich gezogen und endlos mit ihren Schulfreundinnen gequasselt hatte.

Der Druck hatte ebenso zu dem engen Flur gehört wie der Garderobenständer und der rot-schwarz geflieste Boden. Die Farben waren mit der Zeit verblichen, aber Mum hatte ihn so geliebt, dass er niemals abgehängt worden war. Erin sah das Bild noch deutlich vor sich: Es zeigte ein kleines, reetgedecktes Häuschen, das sich, umrahmt von leuchtend purpurroter Heide, in eine kleine Mulde zwischen sanften Hügeln schmiegte. Mum war in einem ähnlichen Häuschen im Bezirk Wexford aufgewachsen, weshalb ihr dieses Bild derart ans Herz gewachsen war.

»Ich wette, du konntest es gar nicht erwarten, diese Ödnis endlich zu verlassen«, hatte Kerry einmal zu ihr gesagt, doch sie hatte wehmütig erwidert: »Das Leben besteht aus mehr als der Hektik in der Stadt. Das wirst du eines Tages lernen.«

Erin hoffte, dass die Großeltern, wo immer sie inzwischen lebten, dem Smog und den Schlägerbanden entkommen waren und sich ihnen durch die Fenster ihres neuen Häuschens ein Blick auf eine heidebewachsene Hügellandschaft bot.

Sie wählte die Nummer der Maguires, legte jedoch, als der Anrufbeantworter ansprang, wortlos wieder auf. Das, was sie zu sagen hatte, war keine Nachricht für ein Band. Dann aber überlegte sie es sich noch einmal und wählte erneut.

»Hallo, hier spricht Erin Flynn, die früher im Haus Nummer achtundsiebzig gewohnt hat. Ich hatte gehofft, mit jemandem aus der Familie sprechen zu können, der mir bei der Suche nach den Flynns weiterhelfen kann.« Sie nannte ihre Nummer und sagte, falls man sie nicht anträfe und ihr eine Nachricht hinterließe, riefe sie umgehend zurück. »Bitte rufen Sie mich an. Auf Wiederhören.«

Jetzt brauchte sie nur noch zu warten.

Und wartete bis vier Uhr nachmittags. Denn erst, als sie vom Einkaufen zurückkam und die Lebensmittel in den Kühlschrank sortierte, klingelte das Telefon. Sie machte einen Satz – das hieß, da sie inzwischen jede Menge zugenommen hatte, hievte sie sich eher zum Apparat.

»Hallo?«

»Spreche ich mit Erin?«, fragte eine Frauenstimme, die sie nicht erkannte.

»Ja.«

»Hier spricht Geena Maguire, ich bin die Frau von Clark, erinnerst du dich noch?«

Erin konnte sich gut an Clark erinnern, Vanessas komischen älteren Bruder. Vanessa und Kerry hatten orakelt, dass Clark sicher niemals eine Freundin fände, weil er mit seinen langen, dunklen Haaren und seinem Ohrring, was er beides äußerst cool fand, noch seltsamer gewirkt hatte, als er ohnehin gewesen war. Der Name Geena jedoch sagte ihr nichts. Aber schön für Clark, dass es das Mädchen gab.

»Natürlich kann ich mich an Clark erinnern, aber ihr beide müsst geheiratet haben, als ich schon nicht mehr da war.«

»Tja«, rechnete Geena nachdenklich vor. »Das ist knapp fünf Jahre her, denn unsere kleine Poppy ist inzwischen vier. Wir drei leben hier, Mrs. Maguire lebt bei ihrer Schwester in Liverpool, und Vanessa lebt in Ballsbridge. Sie hat inzwischen eine eigene PR-Firma, hast du das gewusst?«

»Nein«, antwortete Erin. Es gab vieles, wovon sie keine Ahnung hatte, was ihre Familie und die ehemaligen Freunde betraf.

»Weshalb bist du damals eigentlich davongelaufen?«, wollte Geena plötzlich wissen. »Das hat mich schon immer interessiert, aber Vanessa wollte es mir nie sagen.«

»Ach, nur ein blöder Streit in der Familie«, antwortete Erin ausweichend und meinte: »Ich bin leider etwas in Eile, Geena – steht Vanessas Nummer im Telefonbuch oder kannst du sie mir geben?«

»Frau Neureich im Telefonbuch? Himmel, nein, aber du erreichst sie unter VMPR. Oder unter »Vampir«, wie ich den Laden zu nennen pflege. Verstanden? Haha.«

Tatsächlich wurde Vanessa von den Angestellten ihres Unternehmens derart sorgfältig abgeschirmt, als wäre sie eine direkte Nachfahrin des Grafen Dracula, die es vor möglichen Vampirjägern zu schützen galt.

Erin hatte vorgegeben, dass sie eine alte Freundin von Vanessa war, die nur kurz mit ihr sprechen müsste. Doch an der unterkühlten Sekretärin blitzte sogar sie, die Übung darin hatte, solche Hindernisse bravourös zu überwinden, ab. Also hinterließ sie in Erwartung, dass sie irgendwo in einem Zettelberg verschwände, ihre Telefonnummer und überlegte gleichzeitig, welchen anderen Weg sie einschlagen könnte, um an die Adresse ihrer Familie zu kommen. Möglicherweise würde ja eine Fahrt nach Kilbarrett etwas bringen.

Zwei Tage vergingen, und dann wurde es August. Erin saß mit einem Dubliner Telefonbuch auf dem Sofa und überlegte, ob ihre Großeltern in der Umgebung von Dublin geblieben waren. Mühsam kämpfte sie sich durch die endlos lange Liste der dort lebenden Flynns. Der Immobilienmakler, der das Haus veräußert hatte, bewahrte die Adressen seiner Kunden nicht so lange auf, und die Post gab keine Informationen über Adressenänderungen heraus. Das zumindest waren schon mal die Tatsachen.

»Es muss doch irgendwelche anderen Verwandten geben,

an die du dich wenden kannst«, grübelte Greg an diesem Abend, während sie auf ihrem Balkon mit den beiden Azaleentöpfen saßen, aus denen ihr »Garten« bisher bestand.

»Das stimmt«, antwortete Erin und verdammte sich dafür, dass sie als Kind nicht besser auf die Tanten und Onkel Acht gegeben hatte, denen sie begegnet war. »Aber ich weiß nicht mehr, wo sie wohnen, und das Telefonbuch gibt nichts her. Dads drei Brüder waren alle älter, und von der Schwester meiner Mum weiß ich lediglich, dass sie irgendwo in der Nähe von Manchester lebt. Wir haben sie dort mal besucht, aber ich habe keine Ahnung, wo genau das war.«

Sie nahm an, dass sie das Haus von einem ihrer Onkel in Phibsboro erkennen würde, wenn sie es wiedersähe. Aber sie hatte keine Adresse, und keiner der laut Telefonbuch in Phibsboro wohnhaften Flynns war der ihr bekannte Onkel Larry.

»Ich bin halt eine Idiotin«, erklärte sie traurig. »Weshalb weiß ich all diese Dinge nicht?«

»Du bist keine Idiotin«, tröstete Greg sie. »Du bist völlig normal. Nimm zum Beispiel meine Tante Lily. Ich kenne ihr Haus so gut wie das von meinen Eltern, aber von ihrer Telefonnummer habe ich trotzdem keine Ahnung. Ich habe eine Idee – warum heuern wir nicht einen Privatdetektiv an? Sie wissen, wie man Leute findet.«

Der Gedanke, ihre eigene Familie von einem Detektiv suchen zu lassen, machte Erin erst so richtig deutlich, wie dämlich sie gewesen war. Es war eine Sache, Leute aufspüren zu lassen, die man nie getroffen hatte. Doch war es eine total andere, ließ man eine Familie suchen, von der man sich aus reiner Dummheit vorsätzlich getrennt hatte.

»Ich schätze, du hast Recht«, sagte sie und starrte auf das Meer. Im zweiten Stock des Hauses lag ihre Wohnung hoch genug, um einen Blick auf den nahen Hafen zu haben. Der Kirchturm und die falschen Zinnen des Victorian Hotel spiegelten sich in dem ruhigen, rauchig blauen Wasser, und die Yacht, die vor der Hafeneinfahrt kreuzte, sah, verglichen mit dem monströsen Frachtschiff, das in der Ferne behäbig durch die Wellen pflügte, wie ein Kinderspielzeug aus.

Sie und Greg waren so glücklich hier in Dunmore. Der Gedanke, den Rest ihres Lebens mit einem Kind zu teilen, machte sie beide selig. Aber erst durch das Wiedersehen mit ihrer Familie würde der Kreis geschlossen, würde ihr Leben komplett. Dann hätten sich all ihre Wünsche erfüllt. Doch das würde eventuell nie passieren. Und wenn das tatsächlich eintrat, müsste sie es akzeptieren.

Sie ergriff Gregs Hand, und beide schauten schweigend auf den Horizont des endlosen Meeres.

Das Läuten des Telefons riss sie aus der Versunkenheit. Greg entfaltete gemächlich seine langen Glieder, ging ins Wohnzimmer und kam mit dem schnurlosen Hörer zurück. »Vanessa Maguire für dich.« Erin war ihm entgegengelaufen und riss ihm aufgeregt das Telefon aus der Hand.

»Hallo Fremde.« Vanessas Stimme klang noch genauso wie vor all den Jahren: rauchig und ein wenig heiser, wenn auch mit einem neuen Oberklassen-Akzent, den sie sich gewiss nicht in Kilbarrett angeeignet hatte.

»Hi, Vanessa«, freute sich Erin. »Danke, dass du mich zurückrufst. Ich hatte schon Angst, du würdest meine Nachricht nicht bekommen.«

»Soll das ein Witz sein? Falls irgendjemand hier je vergessen würde, mir irgendetwas auszurichten, könnte er sich blitzartig nach einem neuen Job umsehen.«

Erin grinste. Vanessa war absolut die Alte. Auch die verbesserte Aussprache konnte nicht verbergen, dass sie eine perfektionistische Streithenne war. Gegen sie und Kerry hatten die Jungs in der Umgebung damals nicht die geringste Chance gehabt.

»Wo zum Teufel bist du die ganze Zeit gewesen, Erin? Du warst wie vom Erdboden verschluckt.«

Erin setzte sich aufs Sofa. »Mach mir bitte keine Vorwürfe,

Vanessa«, bat sie unglücklich. »Ich weiß, ich habe mich entsetzlich pubertär benommen. Aber Kerry hat die Sache nicht besser gemacht dadurch, dass sie mir empfohlen hat, mir die Mühe zu sparen, mich noch mal bei ihnen zu melden.«

Vanessa schnaubte leise auf. »Du kennst doch deine Schwester. Sie hat schon immer schneller geredet als gedacht. Sie war wütend auf dich, das war alles. Diese Worte hat sie längst bereut.«

»Aber warum hat dann niemand auf meine Briefe geantwortet?« Das verstand sie einfach nicht. Sie wusste, dass die hitzköpfige Kerry oft die Klappe nicht halten konnte, und glaubte deshalb Vanessas Aussage sofort. Aber das mit den Briefen war etwas anderes. Dass sie keinen ihrer Briefe beantwortet hatten, war für Erin der Beweis gewesen, dass sie aus der Familie ausgestoßen worden war.

»Was für Briefe?«, erkundigte sich jetzt Vanessa interessiert.

»Die Briefe, die ich anschließend an dieses Telefonat geschrieben habe.«

»Niemand hat mir etwas von irgendwelchen Briefen von dir erzählt, und Kerry hat mir immer alles anvertraut«, antwortete Vanessa. »Wann hast du diese Briefe geschrieben?«

»Vor vier, nein, fast fünf Jahren.« Greg hatte ihr vor ihrer Hochzeit dringend angeraten, sich mit ihrer Familie zu versöhnen.

»Tja, das erklärt wohl alles. Die blöde Kuh, die das Haus von ihnen gekauft hat, hat ihnen nie was nachgeschickt.«

»Dann haben sie meine Briefe also nie erhalten?« Erin konnte gar nicht sagen, welche Erleichterung sie deswegen empfand. Es war, als hätte jemand einen großen Fels von ihrem Herzen gerollt. Dann hatte die Familie sich doch nicht von ihr abgewandt, sondern schlicht und einfach die Briefe nicht bekommen, in denen sie sie um Verzeihung gebeten und ihnen alles von ihrem neuen Leben mit Greg berichtet hatte.

»Sie sind vor über fünf Jahren von dort weggezogen.«

»Geht es ihnen denn gut?«, fragte Erin angespannt.

»Bestens. Deinem Dad geht es fantastisch, seit er seine neue Hüfte hat, und deine Mutter ist topfit, wenn auch vielleicht nicht mehr ganz so beweglich wie sie früher einmal war.«

Erin merkte, dass Vanessa von den beiden als »ihren Eltern« sprach. Dann hatte Kerry ihr also eventuell doch nicht alles anvertraut. Hätte Vanessa ihre wahren Familienverhältnisse gekannt, hätte sie bestimmt verstanden, weshalb Erin damals fortgelaufen war, und hielte sie jetzt nicht für eine herzlose Ziege, der das Wohl ihrer Familie egal gewesen war.

»Und Kerry«, fuhr Vanessa fort, »tja, wenn man bedenkt, was sie durchgemacht hat, geht es ihr wirklich super. Sie ist halt eine Kämpfernatur.«

»Was hat Kerry durchgemacht?«, fragte Erin alarmiert.

»Oh, ich hatte ganz vergessen, dass du davon nichts wissen kannst. Dabei hätte sie dich echt gebraucht.« Zum ersten Mal schwang in Vanessas Stimme ein leiser Vorwurf.

»Wann?«

»Als sie Brustkrebs bekommen hat.«

Erin war froh, dass sie schon saß, sonst hätten ihre Knie nachgegeben. »Brustkrebs«, echote sie, obgleich sie wusste, dass sie sich stupide anhörte.

»Ja. Allerdings sind jetzt seit vier Jahren keine Metastasen mehr aufgetaucht, also, toi, toi, toi.«

»Ich kann es kaum glauben. Ich hätte es wissen müssen…« Erin fühlte sich, als ob sie k.o. geschlagen worden wäre. Dass Kerry diese entsetzliche Krankheit, an der Sally gestorben war, hatte ohne ihren Beistand durchstehen müssen…

»Wie hättest du es bitte wissen sollen?« Vanessa jammerte nie über etwas, das nicht zu ändern war – pure Zeitverschwendung. »Dann schätze ich, dass du sie sehen möchtest?«

»Glaubst du, dass sie mich sehen will?«, fragte Erin kleinlaut.

»Natürlich. Schließlich liebt sie dich, und schließlich bist du ihre Schwester. Aber sie ist nicht mehr dieselbe, Erin. Der Krebs hat sie verändert.«

»Das kann ich verstehen«, erwiderte Erin leise und dachte dabei an die Angst und Verzweiflung, die Kerry hatte durchleben müssen, ohne dass ihre Schwester sie unterstützte. Denn das war Erin für sie. Sie beide waren als Schwestern aufgewachsen, und in ihren Herzen würden sie es, auch wenn die tatsächliche Blutsverwandtschaft etwas komplizierter war, immer sein. Ach, wenn sie doch für Kerry da gewesen wäre, als diese so gelitten hat.

»Ich habe ihr noch nicht erzählt, dass du dich bei mir gemeldet hast«, informierte Vanessa sie. »Nicht, bevor ich wusste, was du von mir willst.«

»Ich will sie sehen, sie und Mum und Dad«, antwortete Erin. Bitte, lieber Gott, mach, dass sie mich ebenfalls sehen wollen, flehte sie.

»Dann werde ich sie anrufen und ihr deine Nummer geben«, beschloss Vanessa nüchtern. »Dann liegt es bei ihr, den nächsten Schritt zu tun. Lass sie mit euren Eltern reden – sie sollten in ihrem Alter keine allzu krassen Überraschungen erleben.«

»Nein«, stimmte ihr Erin zu. »Wo wohnen sie jetzt?«

»Deine Eltern haben in Wexford ein kleines Häuschen direkt am Meer. Es ist wirklich reizend. Und Kerry und Peter leben in Portlaoise.«

Erin fragte nicht, wer Peter war. Sie hatte bereits genug Fragen gestellt. Kerry könnte ihr, falls sie sie anrief, alles Übrige erzählen.

Eins aber musste sie noch wissen, selbst wenn Vanessa ihr auf diese Frage nicht unbedingt eine Antwort geben konnte.

»Glaubst du, dass sie mir verzeihen können?«

»Wenn es meine Familie wäre, würde ich sagen, nein«, erwiderte Vanessa. »Meine Mutter würde mich keinen Fuß mehr über die Schwelle ihres Hauses setzen lassen, wenn ich mich neun Jahre lang nicht gemeldet hätte. Aber deine Eltern sind völlig anders. Sie werden überglücklich sein, dich wiederzusehen.«

»Und Kerry?«

»Tja, vielleicht kriegst du eine ordentliche Abreibung von ihr verpasst, vielleicht aber nimmt sie dich auch nur gerührt in den Arm«, meinte Vanessa lachend. »Wer kann das schon sagen? Deine Schwester war schon immer ein verrücktes Huhn.«

Damit gab Erin sich endlich zufrieden und kehrte wenig später zu ihrem gespannt wartenden Ehemann auf den Balkon zurück.

»Sie wird anrufen«, prophezeite er am Ende von Erins Erzählung zuversichtlich.

»Aber wann?«, stöhnte Erin. Nun, da sie Kontakt aufgenommen hatte, empfand sie eine seltsame Mischung aus Erleichterung und Angst. Es war noch so vieles offen. Was, wenn Kerry sich nicht bei ihr meldete? Oder was, wenn sie nur anrief, um zu sagen, sie solle sie, verdammt noch Mal, in Ruhe lassen, denn sie hätte ihnen allen bereits weh genug getan?

Sie rutschte unbehaglich auf ihrem Stuhl herum und rieb sich in dem Bemühen, das ständige Kreuzweh zu vertreiben, mit einer Hand den Rücken.

»Warum lasse ich dir nicht ein Bad ein, und du legst dich gemütlich in die Wanne?«, schlug Greg fürsorglich vor.

Sie nickte. Die Badewanne wäre im Moment eventuell der beste Ort. Dort könnte sie sitzen und sich allein und ungestört ihrer Traurigkeit widmen.

Fünfzehn Minuten später saß sie bis zum Hals in dichtem Schaum. Greg hatte die Duftkerzen angezündet, die er gleich zu Beginn ihrer Schwangerschaft erstanden hatte. Er hatte eine halbe Ewigkeit in dem Geschäft verbracht, weil er wusste, dass ein paar der Düfte, die seine Frau so liebte, während einer Schwangerschaft nicht angeraten waren.

Er war so fürsorglich mit ihr, dachte Erin zutiefst dankbar und gleichzeitig rührselig. Er war ein guter Mensch, und er würde ein wunderbarer Vater. Ach, hätte sie doch gleich auf ihn gehört und Mum und Dad und Kerry kontaktiert! Drei oder vier Jahre, in denen man sich nicht gemeldet hatte, konnte man eventuell erklären. Doch neun Jahre signalisierten wohl, dass einem die Familie völlig gleichgültig war.

Ihr Baby hatte es verdient, auch von Seiten seiner Mutter eine Familie zu haben, und durch ihre Dummheit hatte sie ihm diese Chance genommen. Als die Tränen schließlich kamen, rannen sie wie ein Sturzbach über ihr Gesicht. Die Tür des Badezimmers war geschlossen, und da sie sich schluchzend ihrem Schmerz hingab, fuhr sie erschrocken zusammen, als Greg plötzlich neben ihr stand.

Er griff nach einem Handtuch und trocknete ihr zärtlich die tränennassen Wangen sowie die rechte Hand ab.

»Kerry für dich«, erklärte er und hielt ihr den Hörer hin, mit dem er hereingekommen war.

Erin starrte das Gerät mit nassen Augen an, grapschte dann jedoch hastig danach. »Hallo, Kerry«, brach sie erneut in Schluchzen aus. »Kerry, ich bin's, Erin. Es tut mir so furchtbar Leid.«

»Oh, Erin, wo in Gottes Namen hast du die ganze Zeit gesteckt? Du hast uns schrecklich gefehlt«, antwortete Kerry. »Wir haben uns solche Sorgen um dich gemacht.«

Beim Klang der Stimme ihrer Schwester wurde Erins Schluchzen tatsächlich noch heftiger.

»Himmel, ist mit dir alles in Ordnung? Du bist doch nicht in Schwierigkeiten, oder? Bist du vielleicht im Krankenhaus? Oder im Gefängnis?«

In Erins Schluchzen mischte sich leises Lachen. Typisch Kerry, dass sie sich gleich diverse Horrorszenarien ausmalte. Nun, schließlich war einer ihrer Lieblingsfilme auch *Midnight Express* gewesen.

»Nein«, antwortete sie schniefend. »Es geht mir gut, ich lebe in der Nähe von Cork, und ich bin verheiratet.«

Am anderen Leitungsende herrschte Schweigen. Erin konnte sich denken, was ihrer Schwester durch den Kopf ging: Warum zum Teufel hast du dich nicht schon viel eher gemeldet?

»Ich habe euch geschrieben, Kerry. Ich habe immer wieder geschrieben, aber es kam niemals eine Antwort. Und nachdem du mir gesagt hattest, ich sollte euch in Ruhe lassen, dachte ich, ihr würdet mich hassen und wolltet nichts mehr mit mir zu tun haben.«

»Du blöde Kuh, natürlich wollten wir was mit dir zu tun haben«, protestierte Kerry. »Ich hätte nicht sagen sollen, dass du nicht mehr anrufen sollst. Ich war einfach stocksauer. Mum und Dad waren völlig fertig, und du hast ihnen nie die kleinste Chance gegeben, dir die Sache mit Shannon zu erklären.«

»Es tut mir entsetzlich Leid«, wiederholte Erin nach wie vor schluchzend. »Ich hätte nicht einfach weglaufen sollen …« Sie hatte keine Ahnung, weshalb sie noch immer weinte, konnte sich jedoch nicht stoppen.

»Alles in Ordnung?«, erkundigte sich Kerry deshalb nochmals.

»Ja«, antwortete Erin und kämpfte mühsam gegen die Tränen an. »Ich bin einfach ein bisschen rührselig. Ich wollte mich schon so lange bei euch melden, aber ich traute mich nicht. Ich dachte, dass ihr mich hasst …«

»Bist du sicher, dass du nicht krank bist?«, fragte Kerry argwöhnisch.

»Nein. Nur schwanger«, heulte Erin. »Meine Hormone spielen verrückt.«

»Ach, schwanger? Wenn ich bedenke, wie viel Mühe ich mir damit gegeben habe, dir als Teenager zu erklären, wie du eine Schwangerschaft verhütest…«, gluckste Kerry amüsiert. »Weißt du noch, wie wir in das Zentrum für Familienplanung in der Synge Street gegangen sind, als du mit diesem Adrian zusammen warst, und ich dir empfohlen habe, dass du unbedingt die Pille nehmen oder sonst wie verhüten sollst?«

»Und ich wollte nicht zuhören, weil mit Adrian keinerlei Gefahr in dieser Richtung bestand«, erinnerte sich Erin nun kichernd.

Kerry war eine tolle ältere Schwester gewesen. Sie hatte alles Mögliche getan, um Erin vor den diversen Unglücksfällen des Lebens zu bewahren. Rückblickend wurde Erin deutlich, dass Kerry hatte verhindern wollen, dass ein weiteres Familienmitglied das Trauma einer ungewollten Schwangerschaft erfuhr. Aber trotz der Streitereien, die es zwischen ihnen beinahe jeden Tag gegeben hatte, hatte Kerry sie stets beschützen wollen, denn sie hatte sie geliebt.

»Du warst immer so gut zu mir«, brach es aus Erin deshalb heraus.

»Da haben wir's. Dieser Satz ist der Beweis dafür, wie viel man im Verlauf der Zeit verdrängt.« Jetzt klang sie exakt wie die alte Kerry. Jammern war absolut nicht ihr Ding. »Ich schätze, wenn du nicht schon zu voluminös bist, um zu reisen, kommst du am besten umgehend vorbei.«

»Ich kann durchaus noch reisen«, erwiderte Erin.

»Du und schwanger, Wahnsinn. Dass ich das einmal erleben würde, hätte ich nie gedacht. Peter und ich haben zwei Töchter.« Kerrys Stimme bekam einen neuen, weichen Klang. »Sie werden begeistert sein, endlich mal eine Tante von meiner Seite der Familie kennen zu lernen.«

Was nichts anderes hieß, als dass Shannon nach wie vor unsichtbar war, überlegte Erin.

»Kann ich vielleicht gleich morgen kommen?«, fragte sie mit dünner Stimme.

»Du bist immer noch die Alte«, meinte Kerry spöttisch.

»Offenbar derselbe wilde, ungeduldige Rotschopf. Du hast doch wohl noch rote Haare, oder? Dabei hast du immer behauptet, du würdest rote Haare hassen und wärst viel lieber blond.«

»Ja, die kastanienroten Haare hab ich noch«, bestätigte Erin und fügte, wie früher ihr Dad, spitzbübisch hinzu: »Und du weißt ja, welches Temperament wir Rothaarigen haben. Und du?«

»Na ja, es hat mich im Laufe der Jahre ein Vermögen gekostet, platinblond zu bleiben«, gestand Kerry lachend. »Also ließ ich meine natürliche, langweilige Farbe rauswachsen. Mit ein paar blonden Strähnchen, ist das zu ertragen.« Sie machte eine Pause und fügte hinzu: »Es wird schön sein, dich zu sehen, Erin.«

»Wirst du Mum und Dad erzählen, dass ich mich gemeldet habe?«

»Darüber reden wir morgen«, versprach ihre große Schwester. »Jetzt beschreibe ich dir erst einmal den Weg.«

Erin hievte sich wild plätschernd aus der Badewanne, hüllte sich rasch in einen Morgenmantel, ging mit dem Telefon ins Schlafzimmer hinüber und schrieb sich alles auf.

Nachdem das Gespräch beendet war, blieb sie reglos sitzen und starrte auf den Zettel, auf dem alles Wissenswerte stand. Nach all den Jahren würde sie ihre Familie wiedersehen. Kerry, Mum und Dad. Der Gedanke, ihre Eltern zu umarmen und sich von ihnen verzeihen zu lassen, rief Wellen heißer Emotionen in ihr wach. Vielleicht würde sie ja sogar Shannon kennen lernen. Vielleicht aber auch nicht. Denn Shannon war ihres Wissens nie bei der Familie aufgetaucht. Eventuell hatten sie das ja auch absichtlich so gehalten, damit das Täuschungsmanöver nicht aufflog. Erin hoffte, dass das der Grund war. Die andere Möglichkeit, dass sie nämlich ihre Tochter verabscheute, tat zu weh.

Zum ersten Mal seit Jahren wagte Erin, über Shannon nachzudenken und darüber, weshalb sie sich niemals um sie gekümmert hatte. Sie könnte Shannon niemals Mutter nennen, dieser Mensch war Mum; Shannon hatte diesen Titel nicht verdient.

Ihre leibliche Mutter hätte jederzeit Zugang zu ihrer Tochter haben können, sie hätte teilhaben können am Leben ihres Kindes, hatte es jedoch offensichtlich nicht gewollt.

Erin überlegte, was für eine Art von Mensch Shannon wohl war. War sie emotional zu unreif gewesen, um mit einem Kind fertig zu werden, oder war sie einer dieser Freigeister, die dachten, Kinder wären eine Belastung für ihre persönliche Entwicklung?

Erin versuchte sich an die Frau von den Fotos zu erinnern: Sie hatte die Gleichen hellen, kastanienroten Haare und die Gleiche Gesichtsform wie sie selber, jedoch leuchtend blaue Augen wie Kerry und wie Mum. Erin überlegte, ob sie ihre bernsteinfarbenen Augen wohl von ihrem Vater hatte und wer ihr Vater war. Es gab so viele Fragen! Doch sie nahm sich vor, die Antworten zu finden. Vor Jahren war sie kopflos davongelaufen und bedauerte es heute sehr. Nun aber fände sie, egal, wie lange sie für die Recherche bräuchte, endlich die ganze Wahrheit über die Umstände ihrer Geburt heraus.

Greg wollte sich Urlaub nehmen, um Erin zu dem Treffen mit Kerry zu begleiten, Erin jedoch lehnte das Angebot dankend ab. Diese erste Begegnung musste sie alleine hinter sich bringen.

»Bist du sicher?«, fragte er besorgt, und Erin hasste sich dafür, ihn zurückweisen zu müssen.

»Ganz sicher.« Sie schlang ihm die Arme um den Hals und gab ihm einen Kuss. »Aber falls wir dann zu meinen Eltern fahren, fände ich es wunderbar, wenn du mitkommen könntest. Damit ich ihnen das neue Familienmitglied ordnungsgemäß vorstellen kann«, fügte sie lächelnd hinzu und legte Gregs rechte Hand auf ihren sichtbar gewölbten Bauch. »Nur meine Schwester muss ich heute alleine sehen.«

Sie war sich immer noch nicht sicher, wie Kerry letztlich reagieren würde. Niemand auf der Welt war so loyal wie sie. Obwohl in Erins Kindheit nur sehr selten von Shannon gesprochen worden war, wusste Erin, dass Kerry ihre Schwester für das, was sie der Mutter angetan hatte, von Herzen hasste, und sie konnte nur beten, dass Kerry nicht ähnlich starken Hass auf sie verspürte, weil sie ebenfalls einfach davongelaufen war.

Kerry hatte ihr den Weg wirklich gut beschrieben. Auf der Straße nach Dublin, kurz hinter Portlaoise, bog Erin an der ersten Abzweigung nach links, fuhr genau drei Meilen auf der kleinen Straße, bog rechts ab und kam nach einer Meile in einen kleinen Ort mit zwei Geschäften, einer Werkstatt und einem blumengeschmückten Pub. Das Haus der Schwester war das dritte hinter der Kreuzung, an der das Lokal gelegen war.

Sie erkannte das renovierte, alte zweistöckige Haus mit der Windmühle im Garten auf der Stelle. Allerdings hatte Kerry ihr während des Telefongesprächs verschwiegen, dass der Garten ein regelrechtes Meer aus vielfarbigen, wild blühenden Pflanzen war. Das gesamte Anwesen war absolut untypisch für Kerry – eine Frau, die früher stets behauptet hatte, sie würde lieber sterben als irgendwo zu leben, wo ihr keine durchgängig geöffneten Geschäfte zur Verfügung standen, und der Blumen höchstens aufgefallen waren, wenn sie sie zu einem teuren Strauß gebunden von ihrem jeweils neuesten Freund geschenkt bekommen hatte.

Erin parkte, stieg aus ihrem Wagen und hatte gerade ihre Handtasche gegriffen, als die Haustür aufsprang und eine Frau heraustrat.

Zwar war Kerry dünner und natürlich älter und hatte statt des blonden Bobs fedrige, kurze Haare, doch bei ihrem Anblick hätte Erin vor lauter Glück und Freude am liebsten geheult. Rasch lief Erin auf sie zu. Ein vanillehäutiges, zirka einjähriges Kind versuchte zappelnd, sich Kerrys Armen zu entwinden, und ein hübsches kleines Mädchen von fünf oder sechs Jahren hielt sich hinter ihr versteckt, umklammerte den Jeansstoff ihres Rockes und lugte die Fremde vorsichtig aus ihren dunklen Mandelaugen an.

»Sieh mal da«, lachte Kerry und wies auf Erins Bauch. »Die zukünftige Mama.«

»Und du schon als fix und fertige Mutter«, antwortete Erin und biss sich auf die Lippe, denn sonst wäre sie tatsächlich gleich in Tränen ausgebrochen.

»Sag hallo, Lianne.«

Lianne, das Kind, das sich hinter Kerry versteckte, piepste kaum hörbar »Hallo«.

»Hallo, Lianne«, grüßte Erin und beugte sich lächelnd zu ihr hinunter.

»Und das hier ist Kaylin.« Bei der Nennung ihres Namens hörte die Kleine auf zu strampeln und strahlte ihre Mutter an.

»Himmel, sind die Kinder süß.« Erin betrachtete den Neuzuwachs ihrer Familie und spürte abermals die Last der Scham. Durch ihre eigene Dummheit hatte sie das Werden und Aufwachsen dieser beiden sowie die Entwicklung ihrer Schwester jahrelang versäumt.

»Es tut mir so Leid –«, begann sie unglücklich.

»Schon gut, Erin.« Kerrys Miene drückte weder Bitterkeit noch Widerwillen aus. »Komm rein und leg die Beine hoch«, fügte sie hinzu. »Wenn du mich ordnungsgemäß um Verzeihung bittest, kriegst du vielleicht sogar ein paar von den Schokoladenplätzchen, die Lianne und ich vorhin gebacken haben.«

Vor lauter Glück fing Erin an zu kichern. »Dürfte ich erfahren, was du unter ordnungsgemäß verstehst?«

»Eigentlich hatte ich darauf bestehen wollen, dass du auf allen vieren angekrochen kommst, aber nicht mit diesem Bauch. Nein, unter den gegebenen Umständen muss halt eine ganz normale Wald-und-Wiesen-Entschuldigung reichen.«

»Was ist eine Wald-und-Wiesen-Schuldigung?«, fragte Lianne, die die Fremde, die nun von ihrer Mutter ins Haus geleitet wurde, noch leicht argwöhnisch beäugte.

»Das heißt so, wenn man sich entschuldigen möchte für Dinge, die einem Leid tun«, erklärte ihre Mum und fügte an Erin gewandt im Flüsterton hinzu. »›Was‹ ist zurzeit ihr Lieblingswort. Warte nur, bis dein Nachwuchs so weit ist.«

»Darauf freu ich mich jetzt schon«, antwortete Erin gerührt. Sie konnte kaum glauben, wie wunderbar dieses Wiedersehen verlief. Keine Verlegenheit, kein Zögern, keine bösen Worte. Es war, als hätte es die letzten neun Jahre nie gegeben. Erin war wieder zu Hause, und Kerry war glücklich, sie zu sehen.

Kerry ging voran in eine nicht sehr große Küche, an die aber ein sonnenheller Wintergarten angeschlossen war. Liannes Gemälde hingen an den Wänden, und eine Reihe Blätter mit kleinen, bunten Handabdrücken machte deutlich, dass auch die kleine Kaylin nicht untätig war.

»Die Bilder sind echt schön«, lobte Erin Lianne.

Mit dieser Anerkennung verschwand der letzte Rest von Liannes anfänglicher Schüchternheit. »Ich kann auch Pferde malen«, erklärte sie stolz. »Willst du mal sehen?«

»O ja«, bat Erin beeindruckt.

Lianne hüpfte davon, um Papier und Stifte aus einer Schublade zu holen, setzte sich mit ihren Utensilien an den Tisch und machte sich ans Werk.

Kerry verfrachtete Kaylin in den Hochstuhl, drückte ihr einen mit Saft gefüllten Schnabelbecher in die Hand, türmte ein paar Kissen in einen Korbstuhl, der im Wintergarten stand, und zog ihn in die Küche.

»Für deinen Rücken«, sagte sie einladend zu Erin, die sich dankbar in den Sessel sinken ließ. »Du wirkst ein bisschen steif.«

»Das bin ich tatsächlich«, gab Erin erstaunt zu. »Aber wie hast du das gemerkt?«

»Das liegt an meinem neuen Beruf. Ich bin Masseurin in einem alternativen Gesundheitszentrum hier in der Nähe.«

»Echt?«

»Vor ein paar Jahren habe ich meine alte Arbeit an den Nagel gehängt. Man kann nicht sein gesamtes Berufsleben am Computer verbringen. Also ließ ich mich umschulen.«

»War das nach deiner Erkrankung?«, fragte Erin leise.

»Dann hat Vanessa also getratscht. Sie hatte schon immer eine viel zu große Klappe.« Kerry stellte einen Teller mit selbst gebackenen Plätzchen vor ihrer Schwester auf den Tisch.

»Ich hätte damals bei dir sein sollen.«

»Es wäre wirklich schön gewesen, dich in der Nähe zu haben«, gab Kerry unumwunden zu. »Für Mum und Dad war es nicht leicht. Sie fühlten sich ziemlich hilflos, aber wer tat das nicht.«

»Vanessa hat gesagt, du hättest die Krankheit wohl inzwischen überwunden.«

»Die Operation liegt vier Jahre zurück«, erklärte Kerry und bekreuzigte sich. »Ich nehme nach wie vor Medikamente und muss mich regelmäßig untersuchen lassen, aber ich habe, wie es aussieht, noch einmal Glück gehabt.«

»Eine Freundin von mir ist vor kurzem an Brustkrebs gestorben«, seufzte Erin und formte, als Kerry beunruhigt zu ihrer älteren Tochter blickte, mit dem Mund die Worte »tut mir Leid«. Doch Lianne schien das Gespräch nicht gehört zu haben, denn sie malte eifrig ein leuchtend gelb-orangefarbenes Pony, das auf langen, spindeldürren Beinen auf einer grünen Wiese stand.

»Inzwischen arbeite ich mit Menschen, die an Krebs erkrankt sind«, erzählte Kerry leise, fing geschickt Kaylins Schnabelbecher auf und gab ihn ihr zurück. Worauf die Kleine, begeistert von dem amüsanten neuen Spiel, den Becher sofort wieder durch die Küche warf. »Krebstherapie ist eins von den Programmen, die in unserem Zentrum angeboten werden. Massage hilft den Leuten, sich von den Operationen zu erholen. Als ich krank wurde, haben Peter und ich beschlossen, alles etwas langsamer angehen zu lassen. Wir sind mit Lianne hierher gezogen, ich habe mich zur Masseurin ausbilden lassen, und Peter hat eine Stelle in einer großen Werkstatt in der Stadt gefunden, mit der er durchaus zufrieden ist.«

»Und das berichtet eine Frau, die das Landleben gehasst hat und sogar Angst vor Kühen hatte«, grinste Erin breit.

»Ich weiß«, gab ihre Schwester lachend zu. »Aber es ist hier schlichtweg herrlich. Wir führen ein harmonisches Leben, und den Mädchen bekommt die Landluft wunderbar. Wir hatten Lianne adoptiert, bevor ich Krebs bekam, und versuchten gerade ein zweites chinesisches Kind zu adoptieren, haben dieses Vorhaben dann jedoch erst einmal verschoben. Kaylin kam dann vor sechs Monaten zu uns.« Kerry bedachte ihre zweite Tochter mit einem liebevollen Blick.

»Guck mal, Mami, ich bin fertig«, verkündete Lianne und strahlte die beiden Frauen an. »Das ist doch toll, nicht wahr, Tante Erin?«

»Fantastisch«, stimmte Erin ihr ehrlich zu.

Nach einer Weile setzten sie sich in den Garten auf die Terrasse, Kaylin spielte im Sandkasten, und Lianne rannte durch die Gegend, um ihrer neuen Tante all ihre Spielsachen zu zeigen. Besondere Freude hatte sie am Radfahren und sauste wenig später kreuz und quer über die Rasenfläche.

»Dervla aus meiner Klasse braucht noch Stützräder. Ich nicht«, erklärte sie schnaufend, als sie neben Erin anhielt, damit die ihr pinkfarbenes Rad gebührend bewundern konnte.

Schließlich gesellte sie sich zu ihrer Schwester und baute mit ihr Sandburgen. Während die Kinder nun miteinander spielten, erzählte Erin ihrer Schwester von den vergangenen

Jahren, von Greg, den sie über alles liebte, davon, wie sehr sie beide sich auf das Baby freuten – und davon, dass sie immer an ihr zu Hause gedacht, sich jedoch gleichzeitig davor gefürchtet hatte, dort nicht mehr willkommen zu sein. Kerry ihrerseits erzählte ihr, wie sie Peter getroffen hatte (»Ich hatte doch diese alte Rostlaube von Auto, bei dem die Kupplung dauernd geklemmt hat, und er hat in der Werkstatt unten an der Straße gearbeitet. Wir haben uns sozusagen zwangsweise dort in regelmäßigen Abständen gesehen. Irgendwann sind wir dann ein Bier trinken gegangen, und danach ging alles ziemlich schnell.«) und von der Entscheidung ihrer Eltern, aus Dublin fortzuziehen. Weshalb sie und Peter ihre beiden wunderbaren Mädchen adoptiert hatten, sagte sie nicht, und Erin wollte auch nicht fragen. Kerry hatte sie zwar herzlich wieder aufgenommen, doch konnte sie wohl kaum erwarten, dass sie gleich in der ersten Wiedersehensfreude alle Geheimnisse vor ihr ausbreitete.

»Mum hat ja schon immer auf dem Land leben wollen, und als dann bei Cora Flaherty eingebrochen wurde, war das für Mum und Dad der Anfang vom Ende ihres Lebens in Kilbarrett. Sie haben diese Ganoven, die den Einbruch begangen hatten, bis heute nicht erwischt«, knurrte Kerry.

»Sind sie denn glücklich dort, wo sie jetzt leben?«, fragte Erin zögernd.

»Sehr. Aber sie sind noch glücklicher, seit sie erfahren haben, dass du endlich aufgetaucht bist. Ich habe es ihnen heute Morgen verraten.«

Erin rang nach Luft. »Und …?«

»Ich musste meine gesamten Überredungskünste aufbringen, um sie daran zu hindern, sofort in den Wagen zu springen und hierher zu düsen. Sie können es gar nicht erwarten, dich, Greg und deinen dicken Bauch zu sehen.«

Als erprobte Mutter, hatte Kerry Taschentücher stets in der Nähe und schob ihr fürsorglich eine Schachtel Papiertücher über den Tisch.

»Warum weint Tante Erin?«, wollte Lianne wissen, die erneut Rad fuhr und verdutzt neben ihnen anhielt.

»Weil sie glücklich ist«, erklärte ihre Mutter weise.

Lianne, die die Großen oft eigenartig fand, setzte sich nachdenklich wieder in Bewegung. Weshalb sollte jemand weinen, weil er glücklich war?

»Wir könnten sie anrufen, wenn du das möchtest«, schlug Kerry vor, als Erins Tränenstrom endlich versiegte, und Erin nickte.

»Behalt bitte Kaylin im Auge«, wies Kerry Erin an und verschwand auf der Suche nach dem Telefon für kurze Zeit im Haus.

Erin passte auf die Kleine auf, als hinge ihrer beider Leben davon ab. Kaylin füllte hingebungsvoll Sand in einen winzigen, gestreiften Eimer – kippte ihn dann fröhlich kichernd aus und sah Erin strahlend an.

»Du bist wirklich clever«, gurrte Erin, und Kaylin gluckste zufrieden.

Als Kerry wieder in den Garten kam, hatte sie schon jemanden in der Leitung.

Erins Magen zog sich vor Nervosität zusammen. Sie hatte so lange auf diesen Moment gewartet. Nun aber, da er endlich gekommen war, schlug ihr das Herz bis zum Hals. Was, wenn…?

Doch es blieb ihr keine Zeit zu weiterer Panik, denn Kerry reichte ihr bereits den Hörer und erklärte: »Es ist Mum.«

»Hallo«, grüßte Erin mit dünner Stimme.

»Erin, Liebling, ich wusste, dass du irgendwann nach Hause kommen würdest«, hörte sie warm ihre Mutter sagen. »Ich habe es die ganze Zeit gewusst. Du hast uns so gefehlt. Wenn ich die Zeit zurückdrehen könnte, Erin, würde ich alles anders machen…«

»Ich auch«, entgegnete Erin ganz schwach. »Es war alles meine Schuld. Ich hätte nicht weglaufen dürfen.«

»Es war auch meine Schuld«, wehrte die Mutter ab. »Ich

hätte es dir halt sehr viel früher offen sagen sollen. Es war falsch von mir, dir diese Umstände so lange zu verschweigen. Und dann lief plötzlich alles völlig verkehrt. Aber wir können doch jetzt wieder eine Familie sein, nicht wahr?«

»Natürlich. Ich brauche nämlich eine Oma für mein Baby.«

»Oh, Liebling«, seufzte ihre Mutter. »Die hast du auf jeden Fall. Jetzt gebe ich dir deinen Vater, der auch unbedingt ein paar Worte mit dir wechseln will.«

»Erin.« Vor lauter Rührung brachte Erins Vater nur mit Mühe einen Ton heraus. »Wann können wir dich sehen?«

»Passt es euch am nächsten Wochenende? Dann kommen Greg und ich zu euch.«

»Ist Greg dein Mann?«, fragte ihr Vater.

»Ja. Schließlich musst du ihn inspizieren, um zu beurteilen, ob er der Richtige für mich ist«, lachte Erin jetzt glücklich.

»Er hat dich zu uns zurückgebracht«, entgegnete ihr Vater. »Damit hat er die Prüfung bereits bestanden.«

Mittags aßen sie Salat und selbst gebackenes Brot, und im Anschluss drängte Kerry ihre Schwester, sich ein wenig hinzulegen, damit sie nachher nicht zu müde zum Autofahren war.

»Kaylin macht natürlich täglich ihren Mittagsschlaf, und ich breche mit einem meiner Grundsätze und lasse Lianne in der Zeit ein Video sehen.«

»Dann hältst du also nichts davon, dass Kinder fernsehen?«, wollte Erin wissen, und Kerry fing herzlich an zu lachen.

»Das war nur ein Witz. Alle Eltern planen, ihre Kinder von der Kiste fern zu halten. Bis die lieben Kleinen zur Tatsache werden. Dann wird ihnen bewusst, dass sie selbst am Wochenende niemals länger schlafen könnten – wenn es kein Kinderprogramm gäbe. Videos sind eine fantastische Erfindung!«

Während Kaylin schlief und Lianne mit leuchtenden Augen vor einem Disney-Video hockte, legte sich Erin auf ein breites, weiches Sofa, und Kerry nahm in ihrer Nähe in einem Sessel Platz.

»Ruh dich eine Stunde aus, danach koche ich dir einen Tee, und du fährst wenig später los, damit du nicht in den Berufsverkehr gerätst.«

»Ich wünschte, ich hätte noch ein bisschen länger Zeit.«

»Nächstes Wochenende haben wir zwei ganze Tage, um zu reden und in Erinnerungen zu schwelgen«, tröstete Kerry.

»Ja. Das wird schön«, sagte Erin und fuhr übergangslos fort:

»Vanessa hat es ziemlich weit gebracht.«

»Na, du weißt, wie ehrgeizig sie immer war.« Kerry zuckte die Schultern. »Sie hat es tatsächlich aus eigener Kraft geschafft. Ständig sind Fotos von ihr in der Zeitung, auf denen sie auf irgendwelchen tollen Partys zu sehen ist, und manchmal hört man sie sonntagmorgens in einer dieser Gesprächsrunden im Radio, in denen es um die verschiedensten aktuellen Themen geht.«

»Schön für sie«, meinte Erin. »Es freut mich, wenn sie glücklich ist.«

»Allerdings, das scheint sie zu sein. Sie war noch nie der Typ, der einen Ehemann und einen Haufen Kinder haben wollte.«

»Genau wie Shannon«, sagte Erin, ehe sie es sich verkneifen konnte.

»Vanessa ist ganz sicher nicht wie Shannon«, antwortete Kerry ihr entschieden. »Wenn Vanessa mit siebzehn schwanger geworden wäre, hätte sie sich der Sache gestellt, statt feige davonzulaufen und jemand anderen die Suppe auslöffeln zu lassen. Das war von klein auf Shannons Art mit Problemen umzugehen – einfach weglaufen und hoffen, dass sich die Aufregung, bis sie wieder auftaucht, gelegt hat.«

»Wann hast du erfahren, dass ich nicht wirklich deine Schwester bin?«

Kerry verzog das Gesicht. »Das wusste ich schon immer. Shannon wurde schwanger, als ich neun oder zehn war, und ich kann mich noch genau daran erinnern, dass sie uns allen deshalb ständig etwas vorgejammert hat.«

»Vorgejammert?«

»Sie war die Königin des Dramas. Shannon hat sich nie lediglich die Knie aufgeschürft, wenn sie gefallen ist. Sie hat sich regelmäßig angestellt, als ob ihr letztes Stündchen geschlagen oder sie sich sämtliche Knochen gebrochen hätte. Sie ist auch nie bei einer Prüfung durchgefallen, weil sie zu faul zum Lernen gewesen wäre: Sie ist selbstverständlich durchgefallen, weil sie grässliche Migräne hatte und weil wohl kaum von ihr erwartet werden konnte, dass sie unter diesen Umständen eine gute Note schrieb. Es gab unentwegt irgendwelche blöden Ausreden für sie.«

»Dann habt ihr beide euch also nicht besonders gut verstanden?«, fragte Erin, obwohl das ziemlich offensichtlich war.

»Der Altersunterschied zwischen uns beiden war so groß, dass wir uns im Grunde gar nicht wirklich kannten.«

»Der Altersunterschied zwischen uns beiden war sogar noch größer, und trotzdem kamen wir immer bestens miteinander zurecht.«

»Ja, das stimmt. Aber mit Shannon war kein Auskommen.« Kerry sah so aus, als kenne sie den Grund dafür genau, wolle aber nicht darüber reden.

»Warum hast du es mir nie erzählt?« Diese Frage hatte Erin sich in den letzten Jahren beinahe jeden Tag gestellt.

»Mum hat gesagt, es wäre ein großes Geheimnis, und wenn irgendwer etwas davon erführe, täte dir das weh«, erklärte Kerry seufzend. »Sie hat dich abgöttisch geliebt, und ich glaube, sie hatte ständig Angst, dass Shannon eines Tages kommen und dich mitnehmen würde. Mum wollte nicht, dass du ein solches Leben führst – ich meine, Shannon kam mit sich selbst ja kaum zurecht – geschweige denn mit einem

Kind. Irgendwie ist sie nicht ganz von dieser Welt. Allerdings kann sie absolut berechnend sein, wenn das Resultat Vorteile für sie birgt.« Kerry schnaufte verdrossen.

»Mum hatte fürchterliche Angst, dich zu verlieren. Du warst nicht ihr leibliches Kind, und sie hätte keinen Rechtsanspruch auf dich gehabt. Shannon war nie lange genug da, um die Adoptionspapiere ausfüllen zu können. Eine derartige Sorgfalt auf eine Sache zu verwenden war ihr unbekannt.«

»Habt ihr je herausgefunden, wer mein Vater ist?«, fragte Erin zögernd, und ihre Schwester schüttelte den Kopf.

»Das weiß nur Shannon. Sie hat es nie erzählt. Meinte, es wäre nicht wichtig. Typisch Shannon.«

»Ich werde sie nach meinem Vater fragen«, erklärte Erin leise.

»Du wirst sie treffen.« Dies war eine Feststellung und keine Frage. »Ich wusste, dass es eines Tages dazu kommen würde. Aber du wirst in ihr nicht finden, was du suchst. Nicht in Shannon. Sie war schon immer total anders als wir.«

»Was willst du damit sagen?«

»Vielleicht ist es schrecklich, wenn man so über die eigene Schwester spricht, aber trotz all ihrem Getue, dass sie das ganze Universum liebt, ist Shannon sehr egoistisch.«

»Das könntest du doch auch von mir behaupten«, meinte Erin schuldbewusst. »Schließlich bin ich ebenfalls Knall auf Fall davongerannt.«

Durch ihr Grinsen wurde Kerry plötzlich wieder zu dem wilden, jungen Mädchen, so, wie Erin sie über all die Jahre in Erinnerung behalten hatte. »Tja, ich würde sagen, dass es in deinem Fall mildernde Umstände gab. Es sei dir also verziehen, solange du so etwas nicht wiederholst. Nein, Shannon ist effektiv anders. Als sie dich bekam, hätte sie dich gut akzeptieren können. Schließlich haben wir zu der Zeit selbst in Irland nicht mehr im Mittelalter gelebt. Gut, sie war erst siebzehn, aber Mum und Dad hätten sie unterstützt, und sie hätte es, wenn sie gewollt hätte, garantiert geschafft. Stattdessen konnte sie es kaum erwarten, endlich zu verschwinden – und wurde nie wieder gesehen. Das kann ich ihr nicht verzeihen.«

»Du warst damals noch ein Kind«, protestierte Erin. »Du kannst also nicht wissen, wie es für sie gewesen ist. Sicher war sie unglücklich, verängstigt …«

»Ja, wahrscheinlich war sie das.« Kerry nickte nachdenklich. »Eventuell bin ich ihr gegenüber so hart, weil ich so lange versucht habe, Kinder zu bekommen, ohne dass es geklappt hat. Deshalb macht es mich stinkwütend, wenn ich an jemanden wie Shannon denke, der ein Baby hat und es unbekümmert von anderen großziehen lässt, während Peter und ich so viel durchgemacht haben, ohne dass uns deshalb ein Kind beschieden war.«

Erin litt mit ihrer Schwester. Kerry hatte eindeutig die Hölle durchlitten, und sie war nicht hier gewesen, um sie zu unterstützen, dachte sie zutiefst betrübt.

»Oh, hör nicht auf mich«, fuhr Kerry fort. »Ich bin eine übellaunige alte Schachtel. Es fällt mir halt schwer, ihr zu verzeihen, was sie uns allen im Verlauf der Jahre aufgebürdet hat.«

»Weißt du, wo sie lebt?«

Kerry bedachte ihre Schwester mit einem scharfen Blick und schien ihre Antwort auf die Frage gründlich zu überdenken. »Ja. Sie meldet sich ab und zu bei mir.«

»Ich will sie treffen. Ich weiß, ich habe sie gesehen, als ich noch ein Kind war, aber daran kann ich mich nicht mal bruchstückhaft erinnern«, erläuterte Erin ihren Wunsch. »Deshalb muss ich sie noch einmal treffen und zumindest einmal mit ihr reden.«

»Um sie zu fragen, weshalb sie dich im Stich gelassen hat?«

»Ja, etwas in der Richtung.« Erin setzte sich auf und betrachtete ihre Schwester flehentlich. »Ich weiß, du denkst, es ist keine gute Idee, aber ich muss sie einfach sehen.«

Also gab Kerry, wenn auch widerwillig, nach. »Sie wohnt ganz in der Nähe von Mum und Dad. Vorher hat sie anscheinend mit einem Typen zusammengelebt, mit dem sie jahrelang eine Jugendherberge betrieben hat. Aber der Laden ist inzwischen pleite, weshalb sie letztes Jahr mal wieder umgezogen ist. Ich habe die neue Adresse.«

»Seht ihr euch manchmal?«

»Äußerst selten und wenn, dann immer nur kurz«, erklärte Kerry abwehrend.

Erin wusste, Kerry würde das Wissen, dass sie eine Schwester hatte, sehr gerne verdrängen. Für sie gab es lediglich zwei Alternativen: Entweder man war auf ihrer Seite oder man war gegen sie. »Als sie das letzte Mal versucht hat, mich zu kontaktieren, lag ich gerade im Krankenhaus. Also hat sie sich mit Peter unterhalten, doch der ist ein zu anständiger Kerl, um unsere seltsamen Familienverhältnisse jemals zu begreifen. Er dachte allen Ernstes, sie käme sofort an mein Krankenbett geeilt.« Kerry schnaubte. »Was für ein Gedanke. Seither habe ich nichts mehr von ihr gehört, obwohl ich weiß, dass Mum ihr kurz vor Weihnachten noch etwas Geld gegeben hat.«

»Hat sie finanzielle Probleme?«

»Die hatte sie seit ewigen Zeiten. Wenn du sie triffst, mach dich darauf gefasst, dass sie dich garantiert anpumpen wird.«

»Wirklich?«

»Wirklich.«

»Ich wünschte nur, ich hätte alle diese Dinge viel eher gewusst«, sagte Erin grübelnd. »Dann hätte ich sie mir besser vorstellen können.«

»Hast du dir etwa eingebildet, sie wäre eine wunderbare Mutter, die sich einzig aufgrund schlimmer Umstände, die sich ihrer Kontrolle entzogen, nicht um dich gekümmert hat?«, fragte Kerry bitter.

»Sei doch bitte nicht so unversöhnlich«, bat Erin.

»Das liegt schlicht daran, dass sie mich hart gemacht hat.

Sie hat Mum so wehgetan, als sie einfach ging. Und im Grunde war es sogar ihre Schuld, dass auch du gegangen bist. Das war alles andere als witzig.«

»Ich weiß. Aber, he, ohne sie gäbe es mich gar nicht«, fiel Erin plötzlich ein.

»Das stimmt«, antwortete Kerry, und ihre Bitterkeit verflog im Nu. »Lass uns noch eine Tasse Tee zusammen trinken, und dann fährst du los.«

Es herrschte nur wenig Verkehr, als sich Erin auf den Rückweg machte, und sie überlegte, dass sie zirka zwei Stunden brauchen würde, bis sie zu Hause war. Sie schaltete ihr Handy ein und sprach Greg auf die Mailbox, dass alles gut verlaufen war und dass sie sich freuen würde, wenn er sie kurz anrufen würde. Er hatte bereits mehrere Nachrichten für sie hinterlassen, und lächelnd hörte sie sie ab.

»Ruf mich an, wenn es dir nicht gut geht«, sagte er zum Beispiel. »Wenn alles okay ist, meldest du dich halt nicht. Ich weiß, dass du dich ungestört mit Kerry unterhalten möchtest, aber vergiss nicht, dass ich dich – und das Baby – liebe.«

Alles lief so wunderbar, überlegte Erin, als sie die Hauptstraße nach Cork erreichte. Sie hatte Kerry wieder gesehen und sich am Telefon mit ihren geliebten Eltern unterhalten. Das Baby, das sie strampeln spürte, wirkte kerngesund, und sie hatte einen Ehemann, den sie von Herzen liebte. Nur eines fehlte noch zu ihrem Glück. Sie musste noch den Schmerz loswerden, der kalt und hart wie ein Stück Kohle tief in ihrem Innern drückte. Ungeachtet all der Liebe, die es in ihrem Leben gab, war dieser Kohleklumpen unverändert da und erinnerte sie daran, dass sie von ihrer wahren Mutter verstoßen worden war. Shannon hatte sie verlassen und sich niemals um sie gekümmert. Das war die Tatsache.

Erin fasste den Entschluss, dem Hintergrund der Geschichte – auch um ihres eigenen Kindes willen – endlich auf den Grund zu gehen.

26

Lizzie wusste, dass es falsch war, sich derart auf ein Essen mit jemandem zu freuen, den sie erst seit ein paar Tagen kannte, doch sie konnte sich nicht bremsen. Als Simon sie am Montagabend angerufen hatte, hätte sie vor lauter Seligkeit am liebsten laut gesungen.

»Gestern Abend war es sehr schön«, hatte er gesagt, und ihr Herz hatte bei dem Gedanken, dass sie sich nicht nur eingebildet hatte, dass sie ihm gefiel, einen Purzelbaum geschlagen.

»Wunderbar«, hatte sie erwidert und die Anstrengungen des Tages umgehend vergessen. Dank des Einkaufsbummels, in dessen Verlauf sie ein Paar superteure Riemchensandalen spendiert bekommen hatte, hatte Debras Stimmung sich merklich aufgehellt. Zu dem Zeitpunkt, als Simon angerufen hatte, hatte sie in ihrem Zimmer vor dem Spiegel ausprobiert, zu welchen Kleidungsstücken die Sandalen passten, wobei das ohrenbetäubend plärrende Radio der Beweis für ihre wiedergefundene gute Laune gewesen war.

»Ich hoffe, dass Sie eventuell noch mal mit mir essen gehen, und zwar mit mir allein«, hatte Simon gesagt.

»O ja.« Lizzie hatte völlig vergessen, dass sich die moderne Frau normalerweise lange umwerben ließ. »Das würde ich sogar sehr gern.«

Da Lizzie Dienstag lange in der Praxis war, hatten sie sich auf den Mittwoch festgelegt.

»Und wo gehen wir hin?«, hatte sie Simon begeistert gefragt. Nach langem Überlegen hatten sie sich für ein gut besuchtes Fischrestaurant entschieden, in dem mittwochs abends eine Jazzband spielte, und Simon hatte gesagt: »Ich hole Sie um sieben ab, okay?«

»Hm, nein, wir treffen uns lieber gleich dort«, hatte Lizzie daraufhin rasch erwidert, da Debra diese Verabredung sicher nicht gefallen würde.

»Mit wem hast du eben telefoniert?«, wollte Debra wissen, als sie mit ihren neuen Sandalen die Treppe herunterklapperte.

»Oh, jemand hatte sich verwählt«, log Lizzie in der Hoffnung, sie würde nicht rot.

Den Dienstag und den Mittwoch verbrachte sie in herzklopfender Vorfreude. Sie hatte eine Verabredung mit einem wunderbaren Mann! Die jungen Frauen, die die Listen-der-Dinge-die-frau-einfach-unternehmen-musste schrieben, hätten einen derartigen Enthusiasmus garantiert missbilligt.

»Lassen Sie ihn zappeln«, hätten sie ihr zweifellos geraten und dazu noch ein paar gute Tipps gegeben, wie sie Simon dazu brächte, seine Sexualpraktiken so zu gestalten, dass sie auf jeden Fall erst einmal mehrere Male kam. Diese Dinge wusste Lizzie, weil sie inzwischen regelmäßig heimlich die Zeitschriften für junge Frauen las.

Gleichzeitig jedoch war ihr bewusst, dass sie auf dem Gebiet der Sexualität in dem unwahrscheinlichen Fall, dass es mit Simon zum Austausch von Zärtlichkeiten käme, derart eingerostet war, dass sie niemals wagen würde, etwas zu verlangen. Moderne Frauen waren stark und wussten, was sie wollten, dachte sie betrübt. Sie waren wie Clare Morgans Kater Tiger – selbstbewusst und äußerst kritisch bei der Auswahl derer, denen sie die Gunst ihrer Zuneigung erwiesen. Sie hingegen war wohl eher der Typ des kleinen Hündchens, das schwanzwedelnd angelaufen kam, um seinem Herrchen zärtlich das Gesicht abzuschlecken, nur weil er freundlich war. Nun, vielleicht würde sie darauf verzichten, ihm das Gesicht zu lecken, auch so wäre ihr ihre Freude über dieses Treffen sicher deutlich anzusehen.

Einziges Problem war, was sollte sie anziehen? Lizzie, die jahrelang die gleichen Klamotten – Bluse und Rock oder eine adrette Hose – getragen hatte, empfand die Vorstellung von einem derart langweiligen Outfit auf einmal höchst unangenehm. Was wäre also passend? Nach ihrem desaströsen Kauf für die Party bei den Richardsons und dem Erwerb des grellgelben Kostüms für die Hochzeit ihrer Tochter hatte sie allerdings keine Lust, sich irgendwas neu zu kaufen.

Debra würde am Mittwochabend mit ihrer Freundin Frieda ausgehen.

»Barry hat mich nur noch unterdrückt – seit einer halben Ewigkeit war ich nicht mehr in einer Disco«, erklärte sie der Mutter. Sie würde sich nach der Arbeit nur schnell zu Hause umziehen und dann »auf die Piste zischen«.

Super, dachte Lizzie. Auf diese Weise hätte sie genügend Zeit, um ihre gesamten Kleidungsstücke vor dem großen Flurspiegel zu testen, sobald Debra verschwunden war.

Als sie jedoch abends von der Arbeit heimkam, lungerte Debra im Wohnzimmer herum und erklärte beleidigt: »Frieda hat heute keine Zeit. Und dabei hatte ich mich so darauf gefreut, endlich wieder einmal richtig auszugehen.«

»Oh.« Wenn die Tochter nicht mit ihrer Freundin in die Disco gehen konnte, würde sie bestimmt erwarten, dass die Mutter einsprang. Natürlich nicht in eine Disco, doch ein Essen wäre wohl akzeptabel. Inzwischen wusste Lizzie, dass Tochter und Schwiegersohn einen Großteil ihres Geldes dafür ausgaben, teuer essen zu gehen. Mindestens zweimal die Woche, manchmal sogar öfter. Selbstverständlich mussten es teure Lokale sein. Wenn schon nicht mit Ehemann oder Freundin, dann halt notgedrungen mit ihrer Mutter. Was Lizzies Finanzen schlichtweg sprengte.

»Ich habe heute selbst was vor«, erklärte sie nervös.

»Was?«, hakte Debra unwillig nach und musterte sie mit strenger Miene.

»Ich gehe zu Erin«, sagte Lizzie und hoffte, dass sie für diese dreiste Lüge nicht vom Blitz erschlagen wurde.

»Vielleicht rufe ich Mags an und frage, was sie macht«, seufzte Debra genervt. Wie konnte ihre Mutter ihr nicht für ihre Unterhaltung zur Verfügung stehen? Wozu war sie denn wieder zu ihr gezogen?!

Bis Lizzie fertig war, hatte Debra bereits neue Vorkehrungen getroffen. Jetzt wünschte sie, nach Cork mitgenommen zu werden, wo sie sich mit Mags zu einem wilden Abend träfe.

»Ich nehme ein Taxi«, erklärte ihre Mutter, und erneut seufzte Debra theatralisch auf.

»Ich schätze, dann muss ich wohl auch ein Taxi nehmen. Du hast dich ja richtig schick gemacht«, fiel es ihr plötzlich auf.

Lizzie, die ein schwarzes Jerseykleid mit einem tiefen V-Ausschnitt in ihrem Kleiderschrank gefunden hatte, das gleichzeitig schlank machte und verführerisch aussah, erwiderte errötend: »Ich versuche einfach, was aus mir zu machen.«

Und darüber war sie froh. Sie kam etwas verspätet in das Restaurant, doch das bewundernde Blitzen, das bei ihrem Anblick in Simons Augen trat, machte deutlich, dass es sich gelohnt hatte, eine derartige Mühe auf ihr Äußeres zu verwenden.

»Sie sehen echt fantastisch aus«, erklärte er, und es war deutlich, dass er es genau so meinte.

»Sie auch«, antwortete Lizzie, und das tat er wirklich. Sein hellblaues, am Hals offenes Hemd betonte seinen schlanken, muskulösen Körper, und Lizzie durchfuhr ein angenehmer Schauder. Myles war ebenfalls nicht hässlich, doch fehlte ihm die maskuline Attraktivität, die Simon ausstrahlte.

»Ich hätte nicht gedacht, dass Frauen so etwas zu Männern sagen«, stellte Simon grinsend fest.

»Ist Ihnen noch nicht aufgefallen, dass ich anders als die meisten Frauen bin?«, witzelte Lizzie zurück und funkelte ihn vergnügt an.

Sie hatte Bedenken gehabt, keine Gesprächsthemen mit Simon zu finden, nachdem ihr letztes Rendezvous mit einem

Mann schon so endlos lange her war. Doch es war wunderbar, sich mit ihm zu unterhalten. Keiner von ihnen brauchte sich zu verstellen.

Über köstlichem Essen und bei angenehmer Hintergrundmusik sprachen sie über das Leben, die Liebe, ihre Scheidungen und ihre Kinder (Simon hatte einen erwachsenen Sohn, der in Belfast lebte), über ihre Arbeit und die Suche nach dem Abenteuer.

»Im Vergleich zu Ihnen bin ich total langweilig«, erklärte Lizzie, nachdem Simon ihr von seiner Zeit als Fluglehrer und seinen Einstieg in die Santa-Monica-Flug-und-Fallschirmspringer-Schule vor zehn Jahren berichtet hatte.

»Sie sind kein bisschen langweilig«, widersprach er, und bei dem Blick, den er ihr zuwarf, begann ihr Puls zu rasen. »Stellen Sie Ihr Licht nicht so unter den Scheffel, Lizzie.«

»Oh, ich mache mich nur lieber selbst über mich lustig, bevor es jemand anderes tut«, antwortete sie und brach dann verlegen ab.

Simons Hände lagen neben seinem Teller, doch sie hatte das Gefühl, als würde sie mit einem Mal sanft von ihm berührt.

»Wie gesagt, Sie sollten Ihr Licht nicht so unter den Scheffel stellen«, wiederholte er. »An Ihnen ist rein gar nichts langweilig.«

»Alte Gewohnheiten sterben nun einmal langsam.«

Dieses Mal berührte Simon sie tatsächlich – er streckte eine Hand aus und strich zärtlich über ihre Finger. Es war eine winzige und zugleich ungemein erregende Geste. Kein Zungenkuss konnte so innig sein wie dieses vorsichtige Streicheln, merkte Lizzie überrascht.

Als sich die ersten Paare auf die kleine Tanzfläche begaben, sah Simon Lizzie fragend an. Die Lizzie vor dem Abendessen hätte nein gesagt, weil sie wahrhaftig nicht zu den Traumtänzerinnen gehörte. Außerdem fiel ihm beim Tanzen vielleicht auf, wie dick ihr Hintern war. Im Sitzen konnte sie das leicht verbergen.

Die Lizzie nach dem Essen jedoch stand nickend auf. »Allerdings habe ich zwei linke Füße«, wisperte sie unterwegs.

»Wie war das mit den alten Gewohnheiten?«, murmelte Simon und drückte ihr die Hand.

»Nein, ehrlich«, lachte Lizzie. »Das ist kein Witz – ich habe tatsächlich zwei linke Füße.«

Simon jedoch nicht. Lizzie hatte es immer gehasst, mit jemandem zu tanzen, den sie nicht gut kannte. Nun allerdings, an Simons Brust, bewegte sie sich plötzlich mit einer rhythmisch einwandfreien Leichtigkeit. Geborgen lag sie in seinen Armen, tanzte so wie nie zuvor in ihrem Leben und gab sich völlig den sanften Jazz-Melodien hin.

»Warum hast du behauptet, du könntest nicht tanzen?«, raunte Simon.

»Weil ich es bisher wirklich nicht konnte.«

»Dann hattest du bisher den falschen Partner«, flüsterte Simons Stimme dunkel und verführerisch an ihrem Ohr.

Dankbar nahm sie Simons Angebot, sie nach Hause zu fahren, an. Sie würde ihn fragen, ob er noch einen Kaffee bei ihr trinken wollte, nahm sie sich vor. Nur einen Kaffee. Debra würde sicher erst sehr viel später kommen.

Es war schön, einen Mann zum Kaffee dazuhaben und darauf vertrauen zu können, dass er sich nicht wie ein Wilder auf sie stürzen würde, sobald sie Platz genommen hätte. Doch als sie beide lachend und schwatzend nebeneinander auf dem Sofa saßen, ertappte sie sich bei dem Gedanken, dass es gar nicht so übel wäre, wenn etwas in dieser Richtung passierte.

Wiederholt schielte sie auf Simons starke Finger, die den Kaffeebecher hielten und stellte sich vor, wie es wohl wäre, wenn sie in ihren Ausschnitt wanderten …

Hör auf, Lizzie, rief sie sich streng zur Ordnung, doch es wurde beinahe zwölf, bis Simon widerstrebend sagte, er müsse nun langsam aufbrechen.

»Ich muss nämlich früh aus den Federn«, sagte er entschuldigend.

»Klar, natürlich«, meinte Lizzie und überlegte gleichzeitig, dass sie sich beim besten Willen nicht erinnern konnte, wann zum letzten Mal ein Abend derart schnell vorbei gewesen war. Sie stellte ihren Kaffeebecher auf das Tischchen und musterte ihn über das endlos scheinende Mittelteil des Sofas hinweg. »Tja, trotzdem brauchst du ja vielleicht nicht sofort gehen.«

»Es wäre bestimmt besser, Lizzie«, antwortete Simon, und sie senkte mit einem beschämten Nicken den Kopf.

»In dem Kleid bist du nämlich allzu verführerisch«, vollendete er den Satz.

»Es ist lange her, seit ich zum letzten Mal die Gelegenheit hatte, es zu tragen«, erklärte sie glücklich.

»Dann gehst du eindeutig viel zu selten aus.« Grinsend stand Simon auf, worauf Lizzie sich ihm anschloss – und plötzlich, ohne dass sie hätte sagen können, wie es dazu kam, in seinen Armen lag. Leidenschaftlich küssten sie sich. Simons Hände liebkosten ihren Körper, und sie schlang ihm die Arme um den Hals und küsste ihn mit einer Inbrunst, als wolle sie ihn nie mehr loslassen. Irgendwann sanken sie erneut auf das Sofa, und Lizzie schmiegte sich an seine Brust und überlegte, ob sie vielleicht aus Versehen die Heizung angelassen hatte, weil es so heiß war und –

»Mum! Was zum Teufel tust du da?«

Lizzie schoss aus Simons Armen wie ein Schulmädchen, das von einem Lehrer hinter dem Fahrradständer erwischt worden war. Hastig strich sie sich das Kleid über die Knie und sah, dass ihre Tochter mit angewidertem Gesichtsausdruck an der Tür stand.

»Wer ist das?«, fragte Debra und spuckte die Wörter in einem Ton heraus, als erkundigte sie sich nach einer ansteckenden Krankheit.

»Ich bin Simon«, stellte er sich gelassen vor und stand auf.

Wahrscheinlich blieben Fallschirmspringer in allen Lebenslagen völlig ruhig, schoss es Lizzie durch den Kopf und brachte mühsam heraus: »Das ist Debra, meine Tochter.«

Schrill fauchte Debra sie an: »Du bringst einfach einen fremden Kerl mit in die Wohnung? Was in aller Welt hast du dir dabei gedacht?«

»Ich gehe, wenn du möchtest«, sagte Simon, der jetzt dicht neben Lizzie stand, die aufgesprungen war. »Oder ich kann gerne noch bleiben.«

»Nein, es ist besser, du gehst«, murmelte sie und kam sich dabei vor wie der allergrößte Feigling. Sie konnte Debras Ekel nicht ertragen, nicht über so einen derart wunderbaren Mann, wie Simon es eindeutig war. Während Debra empört mit der Zunge schnalzte, küsste er Lizzie zärtlich auf die Wange. »Ich rufe morgen bei dir an«, versprach er und wandte sich zum Gehen.

»Ich kann einfach nicht glauben, was du da getan hast!«, kreischte Debra, kaum dass die Haustür leise hinter Simon ins Schloss gefallen war. »Einfach einen fremden Mann mit heimzubringen! Er hätte ein Vergewaltiger sein können oder etwas in der Art. Bist du total blöde? Hast du völlig den Verstand verloren? Und das in deinem Alter!«

»Mein Alter hat nichts damit zu tun«, antwortete Lizzie. Dieser letzte Satz schmerzte sie besonders.

»O doch, das hat es«, widersprach ihr Debra. »Wer ist dieser Mann? Wo hast du ihn kennen gelernt?«

Sie klang derart aufgebracht, dass sich ihre Mutter kaum traute, ihr die Wahrheit zu gestehen.

»Ich habe ihn beim Fallschirmspringen kennen gelernt. Er ist einer der Lehrer. Er ist wirklich nett.«

»Nett!« Beinahe wäre Debra in Tränen der Verzweiflung ausgebrochen. »Nett ist nicht gut genug. Du bist ihm erst vor ein paar Tagen zum ersten Mal begegnet! Du weißt nicht das Geringste über ihn! Du hättest heute Abend mit mir ausgehen können, aber das hast du nicht getan. Offensichtlich warst du aber auch nicht, wie du behauptet hast, bei Erin. Warum hast du mich belogen? Du hast mich belogen, weil du mit einem Mann verabredet warst. Warum musst du irgendwelche Männer mit nach Hause bringen? Ich kann einfach nicht glauben, dass du mir so was antust!«

Lizzie hatte keine Ahnung, inwieweit ihr Zusammensein mit Simon als Angriff gegen Debra genommen werden konnte, doch genauso schien ihre Tochter es zu bewerten. Lizzie hatte sie eines Mannes wegen im Stich gelassen – und das war ein Gedanke, den Debra nicht ertrug.

»Ich wollte dich nicht belügen, Liebling«, versicherte Lizzie unglücklich.

»Aber du hast es getan«, zeterte ihre Tochter. »Ich dachte, wir beide wären füreinander da. Ich hätte nie geglaubt, dass du mich je belügst.«

»Es tut mir furchtbar Leid, Schätzchen«, verfiel Lizzie umgehend wieder in das alte Rollenmuster. In Debras Augen sammelten sich Tränen, und ihre Mutter wusste, dass sie gleich völlig die Fassung verlor.

»Er ist weg«, erklärte Lizzie hilflos.

»Du musst vorsichtig sein, Mum«, schniefte ihre Tochter. »Erzähl mir ja nicht, dass dieser Casanova dich nicht als leichte Beute angesehen hat. Ältere, geschiedene, allein lebende Frau. Er hat einfach gedacht, mit dir hätte er ein leichtes Spiel.«

»Hat er nicht!«, protestierte Lizzie.

»Oh, Mum, ich bitte dich«, erklärte Debra heftig. »Weißt du, ich denke dabei nur an dich. Diese Hallodris haben es auf einen ganz bestimmten Typ älterer Frauen abgesehen. Und du bist darauf reingefallen. Spätestens in einer Woche hätte er sich das erste Geld von dir geliehen.«

»So ein Typ ist Simon nicht«, sagte Lizzie leise.

»Woher willst du das wissen? Und hast du bei der ganzen Sache je an mich gedacht? Hast du dir überlegt, wie es für mich ist, wenn ich abends nach Hause komme und dort sehe, wie meine eigene Mutter mit einem völlig Fremden auf dem Sofa knutscht? Das war ein totaler Schock für mich. Was würde Dad wohl davon halten?«

»Wir sind geschieden«, meinte Lizzie, doch ihr Kampfgeist war verflogen, weshalb sie sich leise schluchzend auf das Sofa sinken ließ.

»Oh, Mum«, sagte Debra mit reuevoller Stimme. »Ich liebe dich. Ich mache mir ganz einfach Sorgen um dich, das ist alles. Ich fände es entsetzlich, mit ansehen zu müssen, wie jemand dir wehtut. Und das ist alles, was bei dieser Sache herausgekommen wäre: Er hätte dich verletzt. Du brauchst einen Menschen, der sich um dich kümmert. Und ist es nicht ein Glück, dass du mich hast und ich dich? Wir beide sind schließlich immer füreinander da.«

»Ja«, stimmte Lizzie ihrer Tochter kaum hörbar zu.

»Männer machen das Leben bloß komplizierter, und das brauchen wir gewiss nicht, oder?«

Lizzie schüttelte den Kopf. »Nein, das brauchen wir nicht.«

Sallys letzte Ruhestätte, die in einer windigen Ecke des Engel-Gabriel-Friedhofs lag, hatte das wenig kultivierte, einsame Aussehen eines noch allzu frischen Grabes. Da die Erde über Sallys Sarg sich noch nicht ganz gesetzt hatte, war es noch zu früh, einen Grabstein aufzustellen. Nur die Töpfe mit den sorgfältig gepflegten Blumen, die am Rand des Grabes standen, bezeugten, dass sich Steve regelmäßig darum kümmerte.

Inmitten der Töpfe stand eine kleine Vase mit leuchtend roten, eindeutig noch frischen Rosen aus Sallys eigenem Garten. Es brach Abby beinahe das Herz, sich vorzustellen, wie Steve die Rosen liebevoll geschnitten und hierher getragen hatte als Tribut an seine wunderbare Frau.

Ob wohl irgendwann mal jemand *ihr* Grab derart pflegen würde, wenn sie einmal nicht mehr wäre, überlegte Abby traurig. Nein, wahrscheinlich nicht. Sie fühlte sich schlecht, weil sie sich am Grab der Freundin in ihrem persönlichen Leid erging. Sie war gesund, sie brauchte sich nicht in Selbstmitleid zu aalen. Nicht sie, sondern der arme Steve hatte alles Mitgefühl verdient. Abby rief ihn regelmäßig an, doch immer war der Anrufbeantworter eingeschaltet, nie rief Steve zurück, und sie war hin- und hergerissen zwischen dem Bedürfnis, seine Privatsphäre zu respektieren und dem Wunsch zu fragen, ob sie irgendetwas für ihn und die beiden Jungen tun könnte.

Sie wusste, er brauchte Zeit zum Trauern, doch zugleich hatte Sally sie gebeten, sich nach ihrem Tod um ihn zu kümmern. Noch nicht mal dieser bescheidenen Aufgabe schien sie gewachsen zu sein.

Abby schloss die Augen und sprach ein paar Gebete für die tote Freundin. Seit der Beerdigung war sie noch nicht wieder an ihrem Grab gewesen. Heute aber, auf dem Weg zu ihrer Verabredung mit Tom, hatte es sie plötzlich nach einem kurzen Besuch hierher verlangt.

Irgendwie hatte Abby angenommen, der Frieden und die Ruhe auf dem Friedhof böten den perfekten Rahmen, um sich im Geiste mit Sally zu unterhalten. Sie wollte sie fragen, ob sie Tom darum bitten sollte, dass er ihrer Ehe noch eine letzte Chance gab. Seltsam, denn als Sally noch gelebt hatte, hätte Abby ihr die Frage gar nicht erst zu stellen brauchen. Sally hatte stets zu schätzen gewusst, was man im Leben hatte, und sie hätte niemals tatenlos mit angesehen, wie die Beziehung ihrer beiden alten guten Freunde zerbrach.

Abby legte ihre Blumen auf das Grab und betete, dass Sally an einem schönen Ort war, von dem aus sie auf sie alle herunterblicken konnte, und wo sie glücklich war, zufrieden und geliebt, denn das hatte sie wahrhaftig verdient.

Niedergeschlagen stieg sie wieder in ihren Wagen und fuhr weiter zu dem Treffen mit ihrem Mann. Sie hatten absichtlich einen neutralen Treffpunkt ausgewählt. In Lyonnais wären sie ungestört gewesen, aber ihr ehemaliges gemeinsames Heim barg zu viele schlechte Erinnerungen. Deshalb hatte Tom ihr einen Pub an der Straße zwischen Dunmore und Cork vorgeschlagen, und war bereits dort, als Abby ankam.

»Hallo, Abby«, grüßte Tom. Er saß vor einem Guinness und einem Kreuzworträtsel an einem kleinen Tisch. Er hasste es zu warten, ohne etwas zum Lesen zu haben, und saß offensichtlich schon eine Weile da, denn die Zeitung hatte er bereits gelesen, wenn er sich mit der Rätselseite beschäftigte.

Er sah gut aus, dachte Abby überrascht. Sie hatte immer angenommen, dass Männer, wenn sie ihre Ehefrau verließen, um bei einem Freund auf dem Sofa zu campieren, mit schlecht gebügelten Hemden und seltsamen Flecken auf der Krawatte endeten. Tom jedoch, der nie zuvor auf seine Kleidung Acht gegeben hatte, sah in seinem dunkelblauen Jeanshemd und der sorgfältig gebügelten, makellosen Leinenhose wirklich fantastisch aus.

»Was willst du, Abby?«, fragte er sie ohne Umschweife – und ohne sie auch nur zu fragen, was sie trinken wollte.

Erschrocken setzte Abby sich auf einen Stuhl und begann mit ihrer sorgsam einstudierten Rede.

»Ich bin nicht gekommen, weil ich mich mit dir über Anwälte, über eine Scheidung oder den Verkauf des Hauses unterhalten will«, fing sie vorsichtig an. »Ich bin gekommen, um zu sehen, ob es nicht noch eine Chance für uns beide gibt. Bitte hör mir zu, Tom. Ich denke, wir sollten es um Jess' und auch um meinetwillen noch einmal versuchen. Ich vermisse dich schrecklich – du hast keine Ahnung, wie sehr du mir fehlst. Ich würde alles tun, damit wir beide noch einmal von vorn anfangen können.«

Er musterte sie wortlos, was Abby als ermutigendes Zeichen nahm.

»Wir könnten zu einer Eheberatung gehen«, schlug sie deshalb eifrig vor. »Das heißt, wir sollten unbedingt zu einer

Eheberatung gehen, weil ich weiß, wie schwer es für dich ist, über das hinwegzukommen, was zwischen uns beiden vorgefallen ist, und mir wieder zu vertrauen. Aber so was wird mir nicht noch mal passieren.« Langsam kam sie in Schwung, und die Worte purzelten ihr geradezu über die Lippen. »Es war ein einmaliger, dummer, wirklich dummer Moment, in dem ich weder an dich noch an unsere Ehe noch an Jess noch an sonst etwas gedacht habe… und es tut mir furchtbar Leid, Tom, kannst du das nicht sehen?« Sie sah ihn flehend an und streckte einen Arm aus, doch bevor sie ihn berühren konnte, zog er hastig seine Hand zurück.

»Deshalb also bist du hergekommen«, erklärte er verbittert. »Um mich darum zu bitten zu vergessen, damit alles wieder perfekt ist. Ich kann kaum glauben, dass du das versuchst, Abby. Meinst du allen Ernstes, dass es so einfach ist? Dass wir wieder dorthin zurückkehren können, wo wir einmal waren?«

»Nein«, sagte sie schnell. »Ich weiß, dass es nicht wieder so wie früher werden wird, aber trotzdem könnten wir es noch einmal versuchen. Du weißt, dass wir schon eine ganze Weile Probleme miteinander hatten. Wir müssten beide an uns arbeiten, aber wir haben eine Ehe, die es sich zu retten lohnt, findest du nicht auch?«

Er starrte sie ungläubig an. »*Wir* müssten an *uns* arbeiten?«, fuhr er sie rüde an. »Was soll dieses *Wir*, Abby? Ich habe nichts falsch gemacht. Ich habe nicht mit einer anderen geschlafen. Du warst mit einem anderen im Bett. Falls sich also jemand Mühe geben muss, bist du es, und ich glaube nicht, dass du das schaffst. Du klingst wie einer meiner Schüler, der in meinem Büro steht und jammert, dass er nicht mit Absicht Feueralarm ausgelöst hat und dass es, ehrlich, Sir, ganz bestimmt nicht noch mal vorkommt.«

Seine Stimme verriet seinen mühsam unterdrückten Zorn, und Abby wurde klar, dass sie ihre Zeit mit diesem Treffen nur vergeudete. Doch sie hatte es zumindest versuchen müssen. Sie hätte nicht mehr in den Spiegel blicken können, wenn sie diesen letzten Versuch nicht gestartet hätte, ihre Ehe zu retten. Sie *beide* waren Schuld am Scheitern ihrer Ehe. Ja, sie hatte mit Jay geschlafen, aber Toms Verhalten hatte sie dazu gebracht. Das waren die Tatsachen. Niemand ging einfach mit jemand anderem ins Bett, wenn die Ehe funktionierte. Das musste Tom doch ebenfalls bewusst sein.

Sie schüttelte den Kopf. »Tom, ich habe nicht gesagt, dass alles deine Schuld gewesen ist. Ich sage lediglich, dass wir gleichberechtigte Partner waren und dass wir beide etwas falsch gemacht haben in unserer Ehe. Ich war diejenige, die Ehebruch begangen hat, aber das heißt nicht, dass auch alles andere meine Schuld gewesen ist, verstehst du? Ich weiß, es ist schwer, sich dieser Erkenntnis zu stellen, aber du musst –«

»Ich muss was?«, fuhr er sie aufgebracht an. »Ich muss die Verantwortung dafür übernehmen, dass du mit einem anderen Mann geschlafen hast? Oh, fahr doch zur Hölle, Abby. Ich bin nicht hier, um mir diesen Schwachsinn anzuhören. Ich dachte, du wolltest mit mir über die Wahl des Anwalts reden und darüber, ob wir das Haus verkaufen oder nicht. Ich kann nicht glauben, dass du die Dreistigkeit besitzt, mich zu bitten, zu dir zurückzukommen – und dann auch noch so zu tun, als wäre alles meine Schuld.«

»Ich habe nicht gesagt, dass es deine Schuld ist«, protestierte Abby. Himmel, er war wirklich blöd. Merkte er nicht, dass sie nicht ihm die Schuld in die Schuhe schieben wollte, sondern lediglich versuchte, die Dinge zurechtzurücken?

Tom schüttete den Rest seines Guinness in sich hinein. Für Abby hatte er noch immer nichts bestellt. Früher hätte er bereits bei ihrem Erscheinen ein Glas Weißwein für sie parat gehabt. Sie hatten immer Witze darüber gemacht, dass er ihr gar nicht erst die Chance gegeben hatte, etwas anderes zu bestellen.

»Wenn das alles ist, worüber du mit mir sprechen wolltest, werde ich jetzt gehen«, schnauzte er sie an. »Ich habe keine

Zeit, um länger hier herumzuhängen. Ich habe ein neues Leben, Abby, das Leben, in das ich von dir getrieben worden bin.«

Ohne ein weiteres Wort ließ er sie sitzen, und Abby hockte eine Zeit lang reglos an dem Tisch. Die anderen Gäste scherzten und plauderten, als gäbe es in ihren Leben nicht einmal den Hauch eines Problems. Ach, könnte sie so sein wie sie. Ach, könnte sie zurückkehren in ihr altes Leben, in dem sie so glücklich gewesen war und alles besessen hatte. Ach, hätte sie das damals doch alles gewusst.

Am Freitagmorgen stand Erin im Blumengeschäft neben dem Supermarkt und konnte sich nicht entscheiden, ob sie besser die aromatischen Lilien, den exotischen Aronstab oder die herrlich duftenden, hübschen gelben Fresien nehmen sollte. Mum hatte sich noch nie für allzu prachtvolle Blumen interessiert, überlegte sie und nahm die zarten Fresien.

Während die Floristin sie zu einem üppigen Strauß band, blickte Erin gedankenverloren durch das Fenster und bemerkte Lizzie Shanahan, die in Gedanken versunken an dem Geschäft vorüberschlenderte.

»Lizzie«, rief sie durch die offene Tür. »Hallo.«

»Hi«, grüßte Lizzie fröhlich zurück. »Wie geht's?«

Sie blickte auf Erins Bauch, fasste ihn jedoch anders als so viele andere Leute, nicht so einfach an. Lizzie war sehr rücksichtsvoll und wusste, dass es Erin absolut nicht gut fand, wenn jemand sie unaufgefordert berührte. »Was macht das Baby?«

»Strampelt wie verrückt«, erklärte Erin stolz. »Entweder wird es mal ein großer Fußballer oder es geht zum Ballett. Greg schlägt fast selbst Purzelbäume, wenn er die Hand auf meinen Bauch legt und das Strampeln spürt. Und wie geht es dir?«

»Bestens«, flunkerte Lizzie, ihre private Situation verdrängend. Debra hatte ihre Empörung darüber, dass ihre Mutter glatt ein eigenes Leben führen wollte, noch nicht verwunden. Ständig machte sie irgendwelche bissigen Bemerkungen über das vermeintliche Liebesleben von älteren Frauen. Es war, als dächte Debra, Simon hätte es auf Lizzies enormen Reichtum abgesehen. Nur – Lizzie hätte gern gewusst, von welchem Reichtum Debra sprach.

Erin spürte, dass etwas nicht stimmte, wollte jedoch nicht aufdringlich erscheinen. Ruby hegte die Vermutung, dass es schwer für Lizzie war, dass ihre Tochter wieder bei ihr lebte. Lizzie gäbe aber so etwas niemals zu.

»Weshalb glaubst du das?«, hatte Erin von Ruby wissen wollen. Es war für sie unvorstellbar, dass es jemanden in Lizzies Familie geben sollte, der nicht genauso warmherzig und freundlich war wie sie.

»Ich habe ihre Tochter mal kennen gelernt. Sie ist ein ziemlich hochnäsiges Ding«, hatte Ruby ihr erklärt. »Ich glaube nicht, dass das Zusammenleben mit einem solchen Weibsbild besonders lustig ist. Bestimmt hat sie die arme Lizzie fest im Griff.«

»Ich habe dich schon eine ganze Weile nicht mehr gesehen«, sagte Erin jetzt.

»Tut mir Leid. Ich bin wirklich eine tolle Ersatzmutter«, antwortete Lizzie schuldbewusst. »Es war nur so, dass –«

»Nein, du brauchst dich doch nicht bei mir zu entschuldigen«, stellte Erin rasch klar. »Wir haben alle viel zu tun. Ich wollte damit nur sagen, dass mir unsere Kaffeestündchen und unsere Gespräche fehlen. Auch Abby ist reichlich beschäftigt. Sie war in letzter Zeit nur einmal im Salon. Ich habe also keine Ahnung, wie es ihr geht. Wir müssen uns unbedingt mal wieder treffen, um darüber zu reden, wie wir Geld für einen wohltätigen Zweck zusammenkriegen können.«

»Das wäre wirklich schön«, meinte Lizzie dankbar. Das war das Schöne an Erin. Sie war keine dieser Frauen, die sofort beleidigt waren, wenn sie meinten, man kümmere sich nicht ausreichend um sie. »Ich habe schon ein bisschen Geld gesammelt«, fügte sie hinzu. »Ich bin nämlich für die Anti-Krebs-Liga mit einem Fallschirm abgesprungen.«

»Fantastisch!« Erin war ehrlich beeindruckt. »Ich habe bisher nur darüber geredet, aber du hast bereits was getan. Super! Aber ich habe auch eine Neuigkeit für dich«, erklärte sie und strahlte Lizzie an.

»Ihr Strauß ist fertig«, rief die Floristin aus dem Laden.

»Warte kurz«, bat Erin, lief schnell an den Tresen, zahlte und kam mit dem prächtigen Strauß zurück. »Ich habe meine Schwester Kerry getroffen und fahre heute zu meinen Eltern. Diese Blumen sind für meine Mum. Greg kommt schon heute Mittag aus dem Büro, und dann fahren wir übers Wochenende zu meiner Familie.«

»Das ist ja wunderbar!«, Lizzie freute sich derart für ihre junge Freundin, dass sie sie trotz des voluminösen Blumenstraußes, den diese nun in der Hand hielt, spontan umarmte. »Ich wusste, dass sie sich freuen würden, endlich von dir zu hören – habe ich das nicht die ganze Zeit prophezeit?«

»Das hast du, und du hattest Recht«, gab Erin unumwunden zu. »Aber trotzdem musste ich all meinen Mut zusammenkramen, um mich bei ihnen zu melden.«

»Innerhalb einer Familie vergisst man die Menschen, die man liebt, ganz sicher nie«, erklärte Lizzie warm. »Und wie hätten sie wohl jemanden wie dich jemals vergessen sollen?«

»Tja, meine leibliche Mutter hat das problemlos geschafft«, meinte Erin sarkastisch. Mit Lizzie konnte sie darüber reden, da diese sie aus irgendeinem Grund verstand.

»Sie hat dich garantiert nicht vergessen«, widersprach Lizzie. »Du weißt nicht, wie ihr Leben verlaufen ist. Also gib ihr eine Chance.«

Erin dachte darüber nach. Lizzie glaubte stets an das Gute im Menschen. Ihrer Meinung nach war niemand wirklich schlecht, sondern wurde höchstens durch ungünstige Umstände in eine Position gedrängt, aus der heraus er falsche Entscheidungen traf. »Ich wünschte, ich wäre mehr wie du«, sagte sie deshalb lächelnd. »Du siehst immer das Positive in den Menschen. Ich hingegen habe Jahre meines Lebens damit zugebracht, meiner leiblichen Mutter gegenüber Verbitterung zu empfinden, weil sie mich verlassen hat. Aber du hast Recht, ich sollte mich besser mit ihr versöhnen.«

Lizzie errötete vor Freude, weil jemand wie Erin so etwas sagte. »Verbitterung bringt einen nicht weiter«, sagte sie. »Diese Erfahrung habe ich selbst gemacht.«

»Lizzie, du könntest doch nicht einmal verbittert sein, wenn du es wolltest«, meinte Erin liebevoll.

»Auch ich habe manchmal so meine schwierigen Momente«, gestand Lizzie seufzend. »Also, bist du aufgeregt?«

»Ich muss zugeben, ich bin total nervös. Und« – sie machte eine kurze Pause – »zugleich ein wenig traurig. Ich habe so viel von ihrem Leben verpasst. Ich schätze, darüber werde ich immer etwas traurig sein.«

Lizzie blickte sie versonnen an. »Wir alle tragen eine gewisse Traurigkeit in unseren Herzen, Erin. Sie macht uns dankbar für die Dinge, die wir haben.«

Ursprünglich hatte Erin gedacht, sie würden die Familie in dem Hotel in Wexford treffen, in dem sie und Greg während des Wochenendes wohnten.

»Red kein Blech«, hatte Kerry daraufhin geblafft. »Weshalb sollten wir das tun? Mum und Dad haben ja schon ein schlechtes Gewissen, weil sie nicht genügend Zimmer haben, damit ihr ebenfalls bei ihnen übernachten könnt. Aber sie haben halt nur drei Schlafzimmer, und glaub mir, schon die Mädchen passen in das kleinste dieser Zimmer nur mit größter Mühe rein. Mum und ich werden am Freitagabend kochen, also kommt ihr direkt dorthin und fahrt dann später ins Hotel.«

Wenn Kerry einmal eine Entscheidung getroffen hatte,

war es völlig sinnlos, ihr zu widersprechen. Erin und Greg holten nur kurz ihren Zimmerschlüssel im Hotel ab und fuhren sofort zu dem kleinen Küstenstädtchen südlich von Wexford, in dem das neue Haus der Eltern lag. Während der gesamten Fahrt war Erin, auch wenn sie sich wegen des Babys die größte Mühe gab, ein Mindestmaß an Ruhe zu bewahren, von einer nicht einzudämmenden Nervosität.

»Das arme Kind wird total neurotisch«, meinte sie sorgenvoll, nachdem sie zum x-ten Mal Bedenken darüber geäußert hatte, was wäre, wenn die Eltern sich nicht freuten, sie nach all der Zeit wiederzusehen.

»Die Kleine hat bestimmt meine unerschütterlichen Gene geerbt«, versicherte Greg ihr. »Meine Mutter ist ein ruhiger Mensch, Dad ist so gelassen, dass er schon beinahe als phlegmatisch bezeichnet werden könnte, und all diese ererbte Ruhe ist ein hervorragendes Gegengewicht zu jeder Art von Neurose, die womöglich von deiner Seite kommt.«

»Wir Flynns sind nicht neurotisch«, protestierte Erin vehement. »Im Grund bin auch ich ein ziemlich ruhiger Mensch, nur dass zurzeit halt einfach sehr viel passiert.«

Greg lachte vergnügt. »Wusste ich's doch, wie ich dich aufmuntern kann.«

Tatsächlich begann Erin, sich ein wenig zu entspannen. »Übrigens, wer sagt denn, dass es ein Mädchen werden wird?«

»Das verrät sie dadurch, dass sie so häufig strampelt«, antwortete ihr Mann. »Sie ist genau wie du. Du kannst auch nicht stillsitzen. Also weiß ich, dass es ein Mädchen werden wird.«

Erin legte liebevoll eine Hand in seinen Nacken und sagte nichts mehr. Sie und Greg kamen wunderbar auch ohne Worte aus.

Als sie das Haus erreichten, erklärte sie mit vor Aufregung heiserer Stimme: »Ich bin so froh, dass du gefahren bist. Das

Haus hätte ich niemals gefunden, ich wäre eine Ewigkeit im Kreis herumgefahren.« Zum millionsten Mal überprüfte sie im Rückspiegel, ob sie auch tadellos aussah.

Greg schnaufte nur amüsiert und versicherte ihr lediglich, dass sie einfach super aussah. Offenbar hatten alle hinter den Fenstern gestanden und auf sie gewartet, denn Greg hatte noch nicht vor dem hübschen kleinen Steinhäuschen gehalten, als bereits die Haustür aufgerissen wurde und die gesamte Familie herausstürzte.

»O Gott, Greg, sieh nur, das sind Dad und Kerry und Mum…«

Greg bremste geistesgegenwärtig und keine Sekunde zu früh, denn Erin stieß bereits die Tür des Wagens auf, kletterte vom Sitz, warf sich ihrem Vater in die Arme, und plötzlich waren auch ihre Mutter, Kerry und Lianne an ihrer Seite, und sie alle umschlangen einander halb lachend und halb weinend.

»Lass dich ansehen«, sagte Mum, umfasste Erins Gesicht mit beiden Händen und musterte sie, als könne sie die neunjährige Trennung ungeschehen machen, indem sie jede neue Falte und jede neue Sommersprosse des geliebten Gesichts genauestens inspizierte. »Du siehst fantastisch aus«, erklärte sie schließlich.

»Sie hat doch schon immer fantastisch ausgesehen«, meinte Dad und hielt die Hand der jüngsten Tochter genauso fest umklammert, als wäre sie ein Rettungsring, ohne den er im Meer der Glückseligkeit ertrank.

Erin hatte keine Ahnung, was es zum Abendessen gab. Auf etwas derart Nebensächliches konnte sie sich nicht konzentrieren. Stattdessen warf sie ununterbrochen verstohlene Blicke in Richtung ihrer Eltern, merkte, dass ihre Mutter kleiner und etwas gebeugter wirkte und dass das Haar des Vaters inzwischen silberfarben war. Sie beide sahen älter aus als damals, daran gab es keinen Zweifel. Sie hätte alles getan, die Zeit zurückdrehen zu können, um auch in den vergangenen neun Jahren für sie da gewesen zu sein. Wegen all der Dinge, die sie während dieser langen Trennung nicht mitbekommen hatte, hätte sie bis an ihr Lebensende ein schmerzliches Gefühl des Verlusts. Dann aber dachte sie an Lizzies Worte: »Wir alle tragen eine gewisse Traurigkeit in unseren Herzen, Erin. Sie macht uns dankbar für die Dinge, die wir haben.« Und sagte sich: Die Freundin hatte Recht.

Gerade aufgrund der langen Trennung wusste sie, was die Familie ihr gab. In so vielen Familien gab es ständig Zank und Streit. So viele Familien wussten nicht zu schätzen, was echter Zusammenhalt war. Doch Erin hatte Glück – sie wusste nun, was Familie wirklich bedeutete.

Sie sah, dass Kerry und Peter über etwas lachten, was Greg zum Besten gab. Peter war ein netter Mann, der durch seine Gelassenheit einen perfekten Ausgleich für Kerrys Lebhaftigkeit darstellte. Er schien ihre Schwester und seine Kinder anzubeten. Ständig drückte er Kerry liebevoll die Hand oder strich ihr sanft über den Arm.

Sie alle hätten Kerry auch verlieren können, wurde Erin mit einem Mal bewusst. Der Krebs hätte sie ihnen nehmen können wie die wunderbare Sally. Sally, Gott sei ihrer Seele gnädig, hatte genauso die Bedeutung der Familie zu schätzen gewusst.

Plötzlich kam Erin ein Gedanke. Sally und Familie. Wie oft hatte sie sich schon gefragt, wie die Familie eines Krebspatienten mit der Krankheit umging. Sie mussten tapfer sein und sich bemühen, ihre eigenen Ängste zu verbergen und nur dann zu weinen, wenn es niemand sah. Was aber, wenn es einen Ort gäbe, an dem sie alle über die Krankheit reden könnten, einen Ort, an dem es Beratung nicht nur für den Kranken, sondern auch für die Familie, die Kinder und alle anderen gab? Dafür könnten sie doch Spenden sammeln!

Nach dem Essen sprach Erin mit ihrer Schwester über die Idee.

»Du meinst so etwas wie die Familienzentren, die die Anti-Krebs-Liga an etlichen Orten errichtet hat?«, fragte Kerry interessiert.

»Was sind das für Zentren?«, wollte Erin wissen, und Kerry erklärte, dass zum Beispiel das Zentrum, in dem sie arbeitete, von der Anti-Krebs-Liga gesponsort wurde, weil es dort Zusatzbehandlungen für Krebspatienten gab.

»Wir versuchen, die Krankheit ganzheitlich anzugehen. Es gibt ausgebildete Berater nicht nur für die Patienten, sondern ebenfalls für die Familien. Es werden alle möglichen Therapien angeboten, von Visualisierung über Meditation bis hin zur Ernährungsberatung. Außerdem leisten sie praktische Hilfe, wie zum Beispiel, dass man sich dort Perücken machen lassen kann. Weißt du, viele Perücken sind schlicht krause Besen, aber das Zentrum in Dublin hat ein Extra-Friseurteam, das die Perücken bearbeitet, damit sie natürlicher wirken.« Kerry tastete nach ihrem kurzen Haar. »Sie haben es geschafft, dass meine Perücke echt toll aussah. Wenn man kahl ist, keine Augenbrauen mehr hat und bleich ist von der Chemotherapie, braucht man alle kosmetische Hilfe, die man kriegen kann.«

Eine Vielzahl von Gefühlen wogte erneut in Erin auf. »Dann ist das genau das Richtige«, erklärte sie entschieden. »Wir werden Geld sammeln für ein solches Zentrum in Dunmore.«

Am Samstag blieb Greg im Hotel, um etwas am mitgebrachten Laptop zu arbeiten, sodass Erin allein zu ihren Eltern fuhr. Peter war mit den Mädchen unterwegs, und so nahmen sie – allein zu viert – in der behaglichen Küche Platz.

Erin saß vor der ersten von zahlreichen Tassen dampfend heißen Tees und hörte zum ersten Mal in ihrem Leben die Geschichte der Frau, die ihre leibliche Mutter war.

»Shannon ist von klein auf ein Dickschädel gewesen«, meinte Mum. Wie schon in Erins Kindheit, stand vor ihr die alte weiße Porzellan-Teekanne auf dem frisch geschrubbten Tisch. Diese Teekanne gehörte regelrecht zur Familie. Als sie jetzt darum versammelt waren, hatte Erin das Gefühl, als wäre die Zeit stehen geblieben, als wäre sie niemals fort gewesen aus ihrem Elternhaus. Natürlich konnte sie die Falten im Gesicht ihrer Mutter und die Arthritis in ihren Knöcheln auf ihrem Handrücken nicht übersehen. Aber sie hatte nach wie vor dieselben warmen, leuchtend blauen Augen, denen nichts verborgen blieb.

»Die Schule hat sie immer gehasst. Ich habe mich vor den Elterngesprächen regelrecht gefürchtet, weil es ständig Vorwürfe gab wegen ihres Benehmens, wegen der Stunden, die sie geschwänzt hatte oder der Hausaufgaben, die sie nie gemacht hatte.«

Mum und Dad sahen einander an und Dad erklärte: »Ich gehe raus und hacke etwas Holz.« Er stand auf, tätschelte Erin und Kerry die Schultern und verließ die Küche. Es war ein warmer Tag, und sie bräuchten bestimmt kein Feuer. Aber Erin wusste, dass ihr Vater kein Freund von allzu emotionalen Unterhaltungen war.

Mum fuhr unglücklich fort: »Euer Vater wusste nie, wie er mit Shannon umgehen sollte. Er hat sie geliebt, aber nie wirklich verstanden. Zu unserer Zeit waren die Menschen froh über die Chance, eine gute Ausbildung zu bekommen und vielleicht sogar aufs College gehen zu können. Doch das war Shannon völlig egal. Sie konnte es nicht erwarten, die Schule endlich verlassen und auf Reisen gehen zu können.«

»Ihr müsst es gehasst haben, als ich das Gleiche tun wollte.« Bei dem Gedanken, dass es für ihre Mutter ein regelrechtes Déjà-vu-Erlebnis gewesen sein musste, als sie zu ihrem achtzehnten Geburtstag sich Geld zum Reisen gewünscht hatte, zuckte Erin schuldbewusst zusammen.

»Du warst anders«, erklärte Mum sanft. »Shannon wollte losziehen, um die Welt zu retten und nie wieder zurückzukommen. Du hingegen hast nichts anderes als ein bisschen Aufregung gesucht.«

»Und was ist daraus geworden?«

»Also bitte, steig endlich vom Kreuz, Fräulein Märtyrerin«, knurrte Kerry. »Das Holz können andere besser brauchen.«

Sie alle lachten auf.

»Und dann«, Mum nippte an ihrem Tee, der inzwischen kalt geworden war, »dann ist sie eines Abends heimgekommen und hat uns erklärt, sie wäre schwanger. Es war nicht gerade die Neuigkeit, die wir dringend hätten hören wollen, aber wir haben sofort gesagt, wir würden ihr helfen. Wir haben sie geliebt – wie also hätten wir anders reagieren sollen? Dein Vater hat vorgeschlagen, wir könnten noch ein Zimmer an unser Häuschen anbauen – damals lebten wir noch in Raheny, und das Haus wäre effektiv zu klein gewesen für uns vier mit einem Baby. Aber Shannon meinte, nein, das wäre nicht das, was sie wollte. Sie wollte schon immer reisen, und das würde sie auch tun. Sie würde das Baby zur Adoption freigeben, denn sie wollte nicht gebunden sein.«

Erin wurde es schwer ums Herz. Es tat weh zu hören, dass ihre Mutter sie einfach hatte fortgeben wollen, dass sie unerwünscht gewesen war.

»Ich weiß, es ist hart für dich, so etwas zu hören, Liebling«, beschwichtigte Mum sie. »Aber ich will dir die ungeschminkte Wahrheit sagen, will dir die Dinge so erzählen, wie sie damals waren. Denn das bin ich dir schuldig. Ich habe mir viel zu lange eingebildet, ich könnte dich mit irgendwelchen Halbwahrheiten schützen, und habe die Erfahrung machen müssen, dass das grundverkehrt gewesen ist.«

»Ich will genauso, dass du mir die ganze Wahrheit sagst.« Das wollte Erin wirklich, auch wenn sie nicht angenommen hätte, dass die Wahrheit derart schmerzte.

»Bist du sicher?«, fragte Mum.

Erin nickte und schaute zu Kerry, deren Miene signalisierte, dass diese Geschichte nichts Neues für sie war.

»Dein Vater und ich haben den Gedanken, dass du zur Adoption freigegeben würdest, nicht ertragen und Shannon deshalb erklärt, wir zögen dich auf. Weißt du, Liebling, so etwas kommt immer wieder vor. Es gibt jede Menge Kinder auf der Welt, die bei ihren Großeltern aufwachsen und denken, dass diese ihre Eltern sind. Wir wollten für dich nur das Beste, und das schien es uns zu sein.«

»Ich weiß«, erklärte Erin. »Ihr habt eure Sache wunderbar gemacht, Mum, ehrlich. Nur war es halt ein Schock, als ich plötzlich dahinter kam.«

Die leuchtend blauen Augen ihrer Mutter wurden trüb. »Ich hätte es dir schon viel früher sagen sollen. Wir haben, weiß Gott, oft genug darüber gesprochen, aber haben die Gelegenheit dazu irgendwie, irgendwann verpasst. Als du dann auf einmal meintest, du bräuchtest einen Pass ... Nun, es ist etwas dran an dem alten Sprichwort, dass man, wenn man einmal mit dem Lügen anfängt, keinen Ausweg mehr findet.«

Erin wollte nicht, dass ihre Mutter anfing zu weinen, und so nahm sie ihre Hände und sah ihr liebevoll ins Gesicht. »Sprich weiter. Erzähl mir mehr von Shannon, erzähl mir, wie sie ist. Lass uns von den guten und nicht von den schlechten Zeiten reden.« Sie hätte danach fragen können, wann Shannon genau schwanger geworden war und wer ihr Vater war, doch sie wusste, diese Fragen hätten ihre Mutter noch unglücklicher gemacht.

»Die guten Zeiten ... Himmel«, sagte ihre Mutter und runzelte die Stirn. »Tja, ich erinnere mich daran, als sie und ihre Freundin Lorraine ihre Erstkommunion hatten, von allen Nachbarn Geld bekamen und sich davon so viele Süßigkeiten kauften, dass ich dachte, sie verdürben sich die Mägen. Aber das haben sie nicht getan. Shannon hatte sogar ein paar der Schokoriegel aufgehoben und meinte, die würde sie an die armen Menschen in der Dritten Welt schicken, weil deren Kinder sicher niemals etwas so Feines bekämen.«

Mums Gesicht begann bei der Erinnerung zu leuchten. »Oh, und einmal hatte sie sich in den Kopf gesetzt, dass Pater Ryan sich, weil er schließlich Priester war, bei der Kampagne für die nukleare Abrüstung engagieren sollte. Sie konnte nicht verstehen, weshalb er keine Plakate malte und mit ihnen nicht ständig Protestkundgebungen unternahm. Fünfzehn war sie zu dem Zeitpunkt. Ein junger Mann steckte sie damals mit diesem Eifer an. Man muss das Gesamtbild sehen und sich für die wirklich wichtigen Dinge einsetzen, hat sie gesagt.«

»Wobei es ihr weniger um die Sache als vielmehr um die Art zu leben ging«, mischte sich Kerry ein. »Als sie anfing, sich mit den Leuten von der Abrüstungskampagne zu langweilen, hat sie sich halt der nächsten Sache zugewandt. Weißt du noch, die Gruppe, die in die Staaten reisen wollte, um dort gegen irgendwelche geheimen Militärmanöver auf Indianerland zu protestieren? Dafür hat sie sich nur deshalb interessiert, weil sie in die Staaten wollte. Wenn sie am Nordpol stationiert gewesen wären, hätte sie sich garantiert nicht derart engagiert.«

»Ach, sei ihr gegenüber bitte nicht so hart«, bat ihre Mutter. »Sie hat das Herz am rechten Fleck. Sie ist nur eine Idealistin, das ist alles.«

Kerry bedachte Erin mit einem Blick, der besagte, dass sie mit dieser Erklärung zwar nicht einverstanden war, aber keinen Streit anfangen wollte.

Mum sprach endlos davon, wie freundlich, jedoch zugleich ein bisschen weltfremd und wenig praktisch veranlagt Shannon gewesen war. Deshalb hatte sie von Anfang an gewusst, dass sie besser kinderlos bliebe. »Wenn wir zugelassen hätten, dass Shannon dich mitnimmt, hätte sie dich mit den allerbesten Absichten zwischen lauter Fremden in irgendwelchen Wohnwägen aufwachsen lassen und dich von einer Protestkundgebung zur nächsten geschleppt.«

»Dann hätte sie mich also haben wollen, als sie älter war?«, fragte Erin hoffnungsvoll.

»Nicht ganz«, wich Mum ihr aus.

Kerry hielt die fortgesetzten Lobeshymnen auf die abtrünnige Schwester nicht mehr aus. »Als du acht warst, war sie mit einem Typen zusammen, der eine dreijährige Tochter hatte, und sie dachte, wenn du zu ihnen zögest, wäre die Kleine nicht mehr so allein. Deshalb hätte sie dich mit einem Mal gewollt.«

»An das Treffen kann ich mich erinnern«, entsann sich Erin.

»Ja, sie kam zurück, weil sie dachte, dass du ihr vielleicht nützlich wärst!«

»Kerry! So darfst du nicht reden«, fiel ihr Mum ins Wort.

»Es ist die Wahrheit, Mum«, erklärte Kerry vehement. »Und dann kam sie vor sechs Jahren, weil sie die Hoffnung hatte, dass wir ihr was für diese blöde Jugendherberge leihen. Und der einzige Grund, weshalb wir wissen, wo sie lebt, ist, dass sie es prima findet, in der Nähe einer Geldquelle zu sein. Ich hoffe nur, du hast ihr nicht noch einmal was gegeben«, fügte sie hinzu.

»Nein«, antwortete Mum, und beide Töchter wussten, dass sie log.

»Dann kann sie also mit Geld nicht umgehen?«, hakte Erin nach.

»Sie hat nie begriffen, dass man es tatsächlich selbst verdienen muss«, erklärte Kerry sarkastisch.

»Oh.«

Peter und die Mädchen kamen aus dem Ort zurück, und Kerry ging zu ihnen in den Flur.

»Sie ist wütend auf Shannon, weil sie denkt, sie hätte dir und mir viel Schlimmes angetan«, erklärte Mum leise. »Aber du darfst nicht schlecht von Shannon denken. Sie ist kein schlechter Mensch. Sie ist einfach das, was man einen Freigeist nennt. Sie will nicht gebunden sein. Ich habe mir oft gewünscht, sie wäre wie die Töchter meiner Freundinnen: würde einmal heiraten, sesshaft werden und Kinder bekommen. Aber dafür ist sie nicht geschaffen.« Mum seufzte tief.

»Sie hat ihre Wahl getroffen, und es wäre falsch von uns, sie dafür zu verachten. Vielleicht war ich diejenige, die einen Fehler gemacht hat. Vielleicht hätte ich sie zwingen sollen, sich um dich zu kümmern. Vielleicht hätte sie sich dann geändert.«

»Wenn sie sich nicht hätte ändern wollen, hätte sie es ganz bestimmt auch nicht getan«, widersprach Erin. »Man kann niemanden zu etwas zwingen.«

»Ich weiß. Und wir haben dich vom ersten Tag an geliebt. Es war uns eine Freude, dich großziehen zu dürfen.«

Erin betrachtete ihre Mum liebevoll. Shannon hatte sie wohl wirklich nie gewollt. Doch das, was zählte, war, dass Mum und Dad sie liebten. Für sie war sie stets erwünscht gewesen.

Eine Stunde später stand Erin vor dem Haus, in dem Shannon lebte. Insgeheim musste sie zugeben: Wenn sie im Fernsehen eine Frau etwas derart Blödsinniges machen sähe, schaltete sie auf der Stelle um. Aber schließlich wirkte bisher alles, was sie mit Shannon in Verbindung brachte, irgendwie unwirklich auf sie. Das war der so genannte Shannon-Effekt, überlegte sie leicht zynisch.

Die Adresse in Wexford hatte Mum ihr aufgeschrieben. Statt nun zurück zu Greg zu fahren, hatte sie diesen Umweg eingeschlagen. Bevor sie die Familie gemeinsam mit Greg um sieben zum Essen wiedersehen würde, hatte sie noch etwas Zeit. Hätte Erin etwas von ihrem Vorhaben erzählt, hätten Kerry oder Greg bestimmt darauf bestanden sie zu begleiten. Doch sie musste diese Begegnung alleine hinter sich bringen.

Shannon lebte in einem alten Haus mit einem imposanten Namen. »Rectory Lodge« klang jedoch erheblich besser als es aussah. Die Kosten für den Abriss des halb verfallenen Gebäudes, das an einer belebten Straße inmitten zahlreicher Cafés und Läden lag, wären eindeutig höher gewesen als sein derzeitiger Wert. Erin stand neben der Haustür, von der die schwarze Farbe blätterte, und ging die Namen auf den Klingelschildern durch. »Shannon & William« stand in schwungvollen Lettern auf dem Schild unter der Klingel von Apartment Nummer sechs. Angesichts der Tatsache, dass die meisten Stadtbewohner sich die größte Mühe gaben, sich hinter ihren Initialen zu verstecken, fand Erin es leicht naiv von Shannon, ihren Namen derart öffentlich kundzutun. Aber eventuell hatte der ihr unbekannte William ja die Statur von einem Football-Spieler und schützte sie vor aufdringlichen Kerlen. Erin wusste nicht, warum, aber sie stellte sich vor, dass Shannon mit ihren roten Haaren, ihren leuchtenden Augen und ihrem träumerischen Lächeln die Männer reihenweise anzog. Und dass sie wahrscheinlich ihr halbes Leben damit verbrachte zu beteuern: »Aber ich habe ihn nur angelächelt, das war alles. Ich wollte lediglich freundlich zu ihm sein.«

Erin drückte auf die Klingel. Sie war so alt, dass Erin, obgleich sie kräftig und lang anhaltend drückte, nicht ahnte, ob das Ding tatsächlich funktionierte.

»Oh, wenn du zu Shannon willst, die ist gerade nicht da«, sagte eine Stimme, und ein Mädchen in Jeans und T-Shirt marschierte, die Arme voller Pakete, schwungvoll an ihr vorbei. »Du kannst oben auf der Treppe auf sie warten, wenn du willst«, fügte es beim Anblick von Erins rundem Bauch hilfsbereit hinzu. »Es gibt dort keinen Stuhl oder so, aber du könntest dich auf eine Treppenstufe setzen.«

»Nein, danke, ich warte lieber in einem der Cafés«, antwortete Erin. »Du weißt wohl nicht, wann sie zurückkommt, oder?«

Das Mädchen zuckte mit den Schultern, schob wegen ihrer voll beladenen Arme die Haustür mit dem Fuß auf, und Erin überlegte, wo man heutzutage noch auf eine nicht versperrte Haustür traf.

»Keinen Schimmer«, erwiderte das Mädchen. »Aber sie ist zur selben Zeit wie ich gegangen und es sah aus, als wollte sie nur schnell einkaufen gehen. Dürfte also nicht allzu lange dauern.« Dann musterte sie Erin etwas genauer. »Himmel, du siehst ihr unglaublich ähnlich. Bist du ihre Schwester oder so?«

»Oder so«, antwortete Erin.

Im gegenüberliegenden Café bestellte Erin einen koffeinfreien Milchkaffee. Als sie das Glas an ihren Mund hob, dachte sie an den wunderbaren Kaffee, den es in dem winzigen Café in der Nähe ihrer Arbeitsstätte in Chicago gegeben hatte. Wie oft hatte sie dort in der Mittagspause gesessen und von diesem Augenblick geträumt?

Sie behielt das Haus genauestens im Auge, und trotzdem hätte sie die schlanke, hoch gewachsene Gestalt, die über die Straße fegte und trotz der schweren Einkaufstüten leichtfüßig die Stufen zur Eingangstür hinaufsprang, beinahe übersehen. Die Frau war ganz in eine lange cremefarbene Strickjacke eingehüllt und ihr Gesicht war abgewandt. Doch Erin bemerkte ihr lang über die Schulter fallendes, leuchtend rotes Haar. Diese Haarfarbe hätte sie überall erkannt, denn sie hatte – eine Schattierung dunkler – die gleiche. Eilig leerte sie ihr Glas, legte ein paar Münzen auf den Tisch, lief über die Straße, öffnete die Haustür und stieg, ohne den muffigen Geruch des alten, feuchten Teppichbodens wahrzunehmen, die Stufen hinauf. In der ersten Etage lagen die Apartments drei und vier. Im Erdgeschoss lagen also bestimmt Wohnungen eins und zwei, überlegte Erin und stieg ein Stockwerk höher. Hier verstärkte sich der muffige Geruch, und ein Blick auf den Boden hätte ihr verraten, dass der Teppich nicht nur feucht, sondern obendrein löchrig war. Doch sie starrte reglos auf die nur angelehnte schlichte, grüne Holztür des Apartments Nummer sechs, atmete durch und klopfte schließlich an.

»Huhu, bist du das, Ciara? Die Tür ist offen, komm ruhig rein. Ich habe sogar Milch.«

Erin legte eine Hand auf den abgenutzten Türknauf. Sicher würde sie gleich wach und würde entdecken, dass dies alles nur ein Traum war. Aber die Tür war echt. Sie schob sie auf und trat in einen großen, hohen, apfelgrün gestrichenen Raum mit einer offenen Tür, durch die man anscheinend ins Schlafzimmer gelangte. Postkarten und Plakate, auf denen zu Demonstrationen gegen den Krieg und gegen die Globalisierung aufgerufen wurde, schmückten eine der Wände. Das Hauptmöbelstück des Zimmers war eine mit mehreren abgewetzten Decken geschmückte alte Couch. Durch zwei Fenster, deren Rahmen offenbar vor etlichen Jahrzehnten zum letzten Mal gestrichen worden waren, sah man auf die Straße. In einer Ecke des Zimmers hatte jemand mit einem alten Herd und einer Reihe frei stehender, grüngelb lackierter Schränke so etwas wie eine schäbige Küchenzeile gestaltet. Und die beiden Einkaufstaschen lehnten achtlos neben einem verkratzten Klapptisch und drei verschiedenen Stühlen an der Wand. Etliche Schallplatten lagen übereinander gestapelt in einem niedrigen Regal neben einem derart alten Plattenspieler, dass der schon Antiquitätencharakter hatte. Der gesamte Raum ähnelte einer billigen Studentenbude – nur dass es nirgends die modernen Gerätschaften der heutigen Studenten, wie einen teuren Fernseher, einen CD-Spieler oder ein superleichtes Alu-Fahrrad, gab. Verglichen mit den Studentenbuden, die Erin schon gesehen hatte, wirkte dieses Zimmer wie eine Müllhalde. So etwas hätte sie nie erwartet. Wenn ihre Mutter keine völlig mittellose Frau war, konnte dies unmöglich ihr Zuhause sein. Diese Armseligkeit passte nicht zu ihrem Bild von Shannons hedonistischem, freigeistigen Lebensstil. Mum und Kerry hatten ihr erzählt, dass Shannon nicht mit Geld umgehen konnte. So arm konnte sie aber doch bestimmt nicht sein. Niemand würde seine Familie für ein derart jämmerliches Leben verlassen.

Ein leises Rascheln aus dem angrenzenden Zimmer verriet Erin, wo sich der Bewohner oder die Bewohnerin dieser Behausung gerade aufhielt. Und plötzlich hatte sie Angst, dass sie vielleicht in der falschen Wohnung gelandet war. Sie sah bereits vor sich, wie sie hinausgeworfen wurde, während jemand lautstark nach der Polizei kreischte…

Unvermittelt tauchte die Bewohnerin an der Türe auf – und sofort wusste Erin, dass sie hier richtig war.

Die Frau, die sie nun fragend anblickte, sah genauso aus wie sie. Sie hatte die gleichen kastanienroten Haare – eine Spur heller –, die gleichen mandelförmigen Augen, das gleiche schmale Gesicht, die gleiche etwas zu groß geratene Nase, den gleichen vollen Mund.

Jetzt konnte sie verstehen, weshalb das Mädchen vor dem Haus auf die Idee gekommen war, sie wäre Shannons Schwester. Diese Frau sah deutlich jünger aus als die Mitte vierzig, die sie inzwischen zählte. Sie wirkte wie höchstens sechsunddreißig. Ihr Gesicht war faltenlos und wies ein paar lustige Sommersprossen auf. Dies war der Beweis, dachte Erin giftig, dass das beste Mittel zum Erhalt der Jugend die Ablehnung jeder Verantwortung für sich und andere war.

»Hallo«, grüßte die Frau freundlich und wirkte erstaunlich gelassen dafür, dass eine völlig Fremde mitten in ihrer Wohnung stand.

»Tut mir Leid, aber die Tür war offen«, begann Erin und wurde wütend auf sich selbst. Wofür entschuldigte sie sich? Shannon war diejenige, die sich entschuldigen müsste, sie ganz sicher nicht. »Shannon Flynn?«

»Ja.«

Erin blickte in ihr lächelndes Gesicht und ließ die Bombe platzen: »Ich bin deine Tochter, Erin.«

Das Lächeln wurde tatsächlich noch breiter. »Wow, ich meine, echt?«

Erin hatte mit vielem gerechnet, damit jedoch absolut nicht.

»Bist du nicht überrascht?«, fragte sie verblüfft.

»Ich dachte mir, dass du eines Tages auftauchen würdest«, erklärte Shannon ungerührt. »Möchtest du einen Tee? Ich wollte gerade einen Pfefferminztee für mich und einen schwarzen Tee für Ciara aus der Nachbarwohnung kochen.«

»Gerne«, antwortete Erin schwach.

»Weißt du, ich trinke keine Kuhmilch«, erklärte Shannon, während sie sich in die Küchenzeile begab.

Sie hatte Erin weder gebeten, sich zu setzen noch sie in den Arm genommen oder irgendetwas anderes. Man musste allerdings kein Genie sein, um zu sehen, dass sie gängigen Konventionen in ihrem Leben keine allzu große Rolle beimaß, und so setzte sich Erin, ohne dass sie dazu aufgefordert worden wäre, einfach auf einen Stuhl.

»Trinkst du Kuhmilch?«, fragte Shannon derart unbekümmert, als hätten sie sich zufällig an einer Bushaltestelle getroffen und vertrieben sich die Wartezeit bis zur Ankunft ihres Busses mit ein wenig Plauderei. »Kuhmilch ist entsetzlich schädlich. Soja ist viel besser.«

Erin sah Shannon stumm bei der Arbeit zu. Mum war das perfekte Beispiel dafür, wie man Tee kochen, nach dem Braten im Ofen sehen, etwas bügeln und gleichzeitig die Suppe nicht überkochen lassen konnte. Bei Shannon hingegen wirkte bereits das Aufstellen des Wasserkessels wie eine hochkomplizierte Zeremonie, auf die man sich völlig konzentrieren musste, damit sie gelang.

»Von Kuhmilch kriegt man Krebs«, plapperte Shannon fröhlich. »Nachdem ich das gelesen habe, bin ich sofort auf Soja umgestiegen.«

Diese Worte riefen leichten Zorn in Erin wach. »Kerry hatte Krebs. Hast du das gewusst?«

Shannon konzentrierte sich weiter auf die Zubereitung ihres Tees. »Ja«, meinte sie geistesabwesend. »Aber jetzt ist sie doch wieder okay, oder?«

»Hast du sie etwa nicht im Krankenhaus besucht?« Erin hatte Schuldgefühle, weil sie nicht für Kerry da gewesen war. Doch zumindest galt für sie die Entschuldigung, dass sie nicht gewusst hatte, dass ihre Schwester krank war. Diese Ausrede galt für Shannon nicht. »Warum hast du sie nicht besucht?«, bohrte Erin nach.

»Ach, weißt du, ich bin kein Familienmensch«, antwortete Shannon leichthin. »Diese Dinge habe ich bereits vor Jahren abgeschafft. Man sollte sich seine Familie selber suchen, zum Beispiel in einer Kommune.« Bei diesen Worten fingen ihre Augen an zu leuchten. »Als ich bei den Anti-Globalisierungs-Protesten mitgemacht habe, habe ich ein paar Jahre in einer Kommune gelebt. Es war wirklich super.« Sie schien Erins Blick falsch zu interpretieren, denn sie fuhr mit einem »Hast du das etwa noch nie probiert? Oh, du wärst bestimmt total begeistert« fort.

»Woher willst du wissen, wovon ich begeistert wäre oder wovon nicht?«, fragte Erin sie mit einer derart ruhigen Stimme, die jeden, der sie kannte, in die Flucht getrieben hätte.

»Na, ohne all die einengenden Strukturen des normalen, streng geregelten Familienlebens in irgendeinem dämlichen Reihenhäuschen kann man ganz man selbst sein.«

»Ist das der Grund, weshalb du von zu Hause weggegangen bist?«, fragte Erin und schaffte es, den Zusatz »als ich ein Baby war« zu unterdrücken.

»Ich bin gegangen, weil ich frei sein wollte«, antwortete Shannon und strich sich mit einer typischen Handbewegung die langen Haare aus der Stirn. »Ich wusste, ich hätte es nicht ertragen, weiterhin dort festzusitzen. Ein solches Leben hätte mich wahnsinnig gemacht. Weißt du, in der Welt, aus der ich geflohen bin, hat niemand irgendwelche Prinzipien. Sie alle wollen bloß mit irgendeinem öden Job Geld verdienen und abends zu Hause bei der Familie sein. Sie glauben an rein gar nichts.«

Einer der beiden Becher, die sie an den Tisch trug, hatte einen Sprung. Wie gerne hätte Erin sie gefragt, ob sie wirklich dachte, die Aufgabe ihrer Familie im Tausch gegen ein Leben in einer armseligen Wohnung, mit angeschlagenen Bechern und der gelegentlichen Erinnerung an das Leben in irgendeiner Kommune hätte sich gelohnt.

»Ich mache ein bisschen Musik«, erklärte Shannon, die nicht zu merken schien, wie angespannt die Atmosphäre zwischen ihnen beiden war.

»Huhu«, sagte gleichzeitig eine fremde Stimme, und eine große, magersüchtig wirkende Frau mit rabenschwarzen Dreadlocks kam herein.

»Hi, Ciara, das Wasser hat gerade gekocht«, sagte Shannon. »Das ist Erin.«

»Hi, Erin«, grüßte Ciara zurückhaltend, ging hinüber in die Küchenecke und machte sich ihren Tee.

»Oh, ich liebe diese Musik«, meinte Shannon, als ein Lied von Simon and Garfunkel aus dem Lautsprecher des Plattenspielers drang und drehte sich fröhlich einmal um sich selbst.

»Ich bin Shannons Tochter«, erklärte Erin Ciara in der Hoffnung, Shannon irgendeine Reaktion auf diese Worte zu entlocken.

»Wow.« Ciara vergaß ihre anfängliche Schüchternheit und wandte sich zu ihrer Freundin um. »Du hast mir nie erzählt, dass du eine Tochter hast, Shannon.«

Erin hatte gerade ihren Becher an den Mund gehoben, um etwas zu trinken, stellte ihn jedoch jetzt wieder ab. Shannon hatte nie etwas von ihr erzählt! Aber was hatte sie anderes erwartet?

»Ich muss gehen«, erklärte sie mit kalter Stimme.

»Ach, nein«, bat Shannon. »Es gibt doch so vieles zu bereden.«

Erin musterte sie stirnrunzelnd. Für Shannon war sie einfach jemand, der vorübergehend in ihr ruheloses Leben getreten kam. Sie würden eine halbe Stunde miteinander reden, versuchen, Erins gesamtes bisheriges Leben in ein einziges Gespräch zu packen, und dann würde sie erneut in Vergessenheit geraten.

Shannon war gefangen von der Welt des Hippie-Lebens, stets bereit in irgendeinen Bus zu steigen, um zu einer Anti-Kriegs-Demonstration oder einem Rettet-die-Bäume-Projekt gekarrt zu werden. Die paar Poster, die sie zusammenrollen konnte, ihr tragbarer Plattenspieler und die wenigen Kleider, die in ihren Rucksack passten, hätte sie schnell gepackt. Erin hatte Menschen, die für ihre Prinzipien eintraten, zwar stets bewundert. Bei Shannon jedoch war die Frage, ob das Prinzip oder der damit verbundene Lebensstil von größerer Bedeutung für sie war. Und was war mit dem Prinzip der Mutterliebe? Wann hätten sich Shannons viel gepriesene Prinzipien im Umgang mit der eigenen Tochter je gezeigt? Waren Bäume wichtiger als Erin?

Sie hatte nicht wütend werden wollen, doch es begann in ihr zu kochen, weshalb sie verbittert sagte: »Ich glaube nicht, dass eine kurze Unterhaltung reichen würde. Schließlich hast du mich seit siebenundzwanzig Jahren nicht gesehen. Weißt du, Ciara, ich bin der Teil von Shannons Leben, vor dem sie weggelaufen ist. Der Teil, um den zu kämpfen es sich, wie sie meinte, nicht gelohnt hat. Ich bin eben weniger bedeutsam als der Kampf gegen die Globalisierung oder die Rettung irgendwelcher Bäume.« Sie blickte auf Shannons Plakate aus der ganzen Welt und las so wichtige Sätze wie »Rettet die Schlangen!« »Ja, meine Mutter hatte größeres Interesse daran, irgendwelche Schlangen zu retten als ihr eigenes Kind. Was meinst du? Wenn ich eine Bombe in der Hand gehalten hätte oder wenn ich mit dem Aufdruck ›Eigentum der US-Streitkräfte‹ rumgelaufen wäre, hätte sie sich dann vielleicht etwas mehr für mich interessiert?«

Ciara verzog ängstlich das Gesicht, als hätte sie in ihrem Leben schon sehr viele bittere Familienstreitereien miterleben müssen und hätte gehofft, dass sie ihnen dadurch, dass sie alleine lebte, dauerhaft entkam.

»So war es nicht«, erklärte Shannon leise.

»Wie war es denn dann?«, wollte Erin wissen, und sie zuckte hilflos mit den Schultern.

»Ich war damals noch ein Kind, ich wollte frei sein –«

»Frei von was?«, fiel ihre Tochter ihr ins Wort.

»Du weißt schon, von den festgefügten Strukturen meines damaligen Lebens.« Für Shannon war das alles völlig logisch. »Ich wollte einfach ungebunden sein.«

»Und was war mit mir?«

Wieder zuckte Shannon mit den Schultern. »Mum hat sich um dich gekümmert. Sie hat dich geliebt. Als du klein warst, wusste ich, dass es so am besten war.«

»Aber wie konntest du mich einfach verlassen und nie mehr zurückkommen? Hast du mich denn niemals kennen lernen wollen?«

»Mum hat gesagt, sie würde sagen, dass du ihre Tochter bist. Sie sind extra umgezogen und alles, damit niemand etwas erführe und damit es leichter für dich wäre. Weshalb hätte ich das alles ruinieren sollen? Die Leute hätten bestimmt irgendwelche Fragen gestellt und dann hätten irgendwelche Gerüchte die Runde gemacht. Gott, ich hasse diese Dinge. Ich hasse diese engstirnigen Gestalten, die hätten wissen wollen, wer dein Vater war und alles … Das war der Grund, warum ich weggegangen bin.«

»Mit anderen Worten, du hast dich vor der Verantwortung gedrückt«, erklärte Erin bitter.

»Das verstehst du nicht«, wedelte Shannon diesen Vorhalt weg.

»Ich kann durchaus verstehen, wenn ein junges Mädchen aus Angst sein Kind verlässt. Aber ich kann nicht verstehen, wenn eine erwachsene Frau niemals wieder dieses Kind sehen will.« Vor Empörung fing ihre Stimme an zu zittern. »Auch wenn du mich nicht aufziehen wolltest, warum wolltest du mich nicht wenigstens mal sehen, hallo zu mir sagen, dich so verhalten wie die große Schwester, die du doch angeblich warst? Dass du einmal da warst, als ich klein war, zählt nicht. Wo bist du gewesen, als ich größer war?«

»Oh, du bist genau wie Kerry«, erklärte Shannon leicht gereizt. »Ständig liegt sie einem mit ›Früher‹ in den Ohren. Dabei ist das alles inzwischen ewig lange her.«

Erin starrte aus dem Fenster und kämpfte mit den Tränen. Es hatte nicht zu diesem Ausbruch kommen sollen, irgendwie jedoch war sie nach all den Jahren, in denen diese Fragen sie gequält hatten, einfach explodiert. Shannon sollte hören, wie Erin sich gefühlt hatte. Himmel, sie war ihre Mutter! Hatte ihr das wirklich nie etwas bedeutet?

»Du hast mich auf die Welt gebracht«, fügte sie mit rauer Stimme hinzu. »Ich bin dein Kind, das Kind von dir und irgendeinem anonymen Mann, mit dem du geschlafen hast. Bedeutet dir das gar nichts?«

Zum ersten Mal schien Shannon nicht zu wissen, was sie sagen sollte. Sie biss sich auf die Lippe, und Erin konnte sich erinnern, dass auch Kerry sich, wenn sie nicht weiterwusste, auf die Lippen biss. Kerry hatte Recht gehabt. Sie hatte Erin vor einem Treffen mit Shannon gewarnt. Was hatte sie gesagt? »Du wirst bei ihr nicht finden, was du suchst, Erin. Nicht bei Shannon. Sie war schon immer anders.«

Erin stand auf, und es war ihr egal, dass sie gegen den Tisch stieß und deshalb Tee auf die Tischplatte schwappte.

»Leb wohl«, sagte sie und ließ Shannon und Ciara verdutzt zurück.

Als sie auf der Straße stand, verspürte sie nichts anderes als glühend heißen Zorn – und war deshalb erleichtert. Es wäre grauenhaft gewesen, um jemanden wie Shannon auch nur eine Träne zu vergießen. Sie wollte sie nie wieder sehen, nie wieder etwas mit ihr zu tun haben.

Greg war nicht der Einzige, der sich Sorgen machte, wo Erin während der letzten beiden Stunden gewesen war. Er, Mum und Kerry warteten, als sie ins Hotel kam, bereits im Foyer.

»Nimm es nicht so schwer«, erklärte Mum hellsichtig, als Erin mit unglücklichem Gesicht hereinkam. »Shannon will die Menschen nicht verletzen, sie ist halt einfach anders.«

»Verteidige sie nicht«, knurrte Kerry. »Wer weiß, was diese Ziege alles zu Erin gesagt hat.«

Greg nahm Erin zärtlich in den Arm. »Ich habe mir solche Sorgen gemacht, als du nicht zurückkamst. Kerry meinte gleich, du wärst sicher zu Shannon gefahren. Ich vierteile sie, wenn sie dich mit dem, was sie gesagt hat, irgendwie verletzt hat.«

»Sie hat nichts weiter gesagt«, erklärte Erin müde. »Ich habe sie schlichtweg nicht interessiert.«

»Wie ist das möglich?«, fragte Greg mit leiser Stimme.

»Shannon interessiert sich ausschließlich für sich selbst«, antwortete Kerry und schalt ihre kleine Schwester: »Ich habe dir gesagt, dass du nicht alleine zu ihr fahren sollst.«

»Ich musste sie ganz einfach sehen«, widersprach ihr Erin. »Ich musste mit ihr reden.« Auch wenn das Gespräch völlig ergebnislos geblieben war – nun wusste sie, dass Kerry Recht hatte. Shannon interessierte sich eindeutig nur für sich selbst. Alle anderen waren lediglich Statisten in dem Drama, das ihr Leben war.

Als sie plötzlich eine Bewegung in sich spürte, legte sie eine Hand auf ihren Bauch. Das Strampeln ihres Kindes fand sie jedes Mal wieder faszinierend. Sich vorzustellen, dass in ihrem Bauch, warm und sicher, ihr eigenes Baby lag. Die temperamentvoll rudernden Gliedmaßen waren ein Zeichen dafür, dass es gesund und munter war, und Erin konnte es kaum erwarten, es im Arm zu halten und die Bewegungen der Ärmchen und der Beinchen nicht nur zu spüren, sondern endlich auch zu sehen.

Ich werde dich niemals verlassen, gelobte sie ihrem Baby. O nein, ich lasse dich nie im Stich.

27

In der zweiten Augustwoche hatte man den Eindruck, als ob ganz Dunmore ausgeflogen wäre. Das hieß, ganz Dunmore außer der Familie Barton. Infolge all der Dinge, die sich in den letzten Monaten ereignet hatten, hatte Abby an einen Urlaub bisher überhaupt noch nicht gedacht. Sie fand es absurd, an Sonne, Sangria und Badeanzüge zu denken, nachdem Tom ausgezogen war, Jess kaum noch mit ihr sprach und ihre Karriere anscheinend kurz vor ihrem endgültigen Aus stand. Die Bilder im Schaufenster des O'Callaghan'schen Reisebüro, an dem sie täglich auf dem Weg zum Supermarkt vorbeikam, waren jedoch wirklich verlockend: Es gab günstige und tolle Reisen auf die kanarischen Inseln, in die Staaten oder sogar in den Fernen Osten.

Die Zeitungen und Zeitschriften hatten sich ebenfalls auf dieses Thema spezialisiert. Überall wurden Bikini-Diäten angepriesen. Oder es wurde unter Überschriften wie »Sind Sie während Ihrer Reise ausreichend versichert?« ausführlich beschrieben, wie jemand wegen eines gebrochenen Beins Tausende von Pfund in einem ausländischen Krankenhaus hatte berappen müssen, nur, weil er gedacht hatte, er könne das Geld für die Auslands-Krankenversicherung sparen.

Abby hätte zwar nichts dagegen gehabt, an irgendeinem Strand zu liegen, sich zu bräunen, dicke Romane zu verschlingen und sich berauschende Cocktails mit unglaublichen Namen zu bestellen. Doch jedes Urlaubsziel rief Erinnerungen an Reisen mit der Familie in ihr wach.

Frankreich zum Beispiel kam schon mal nicht in Frage. Als Jess noch ein Baby gewesen war, hatten sie einen herrlichen Camping-Urlaub dort verbracht. Abby konnte sich an jede Einzelheit erinnern, obgleich es fünfzehn Jahre her war. Sie und Tom waren total begeistert gewesen von ihrem neuen Leben, ihrem Baby und dem berauschenden Gefühl, als Eltern die Verantwortung für ein Kind zu haben. Wen hatte es schon interessiert, dass sämtliche entlang der Rhone lebenden Insekten konzertierte Angriffe auf Tom gestartet hatten, oder dass die Duschen auf dem Campingplatz bestenfalls als erbärmlich hatten bezeichnet werden können? Sie hatten den Urlaub in vollen Zügen genossen, weil zu jener Zeit in ihrem Leben halt alles gestimmt hatte.

Es war die Art von Urlaub, an dem sich jeder andere Urlaub würde messen lassen müssen. Und ein Urlaub als sozusagen allein erziehende Mutter wäre sowieso völlig anders. Sie und Jess würden irgendetwas zu zweit auf die Beine stellen müssen. Tom hatte eigene Pläne, wovon er Abby bisher nicht in Kenntnis gesetzt hatte. Sie beide sprachen nur noch miteinander, wenn es um die Tochter ging.

Das längste Gespräch seit Wochen hatten sie Anfang August geführt. Anlässlich von Jess' sechzehntem Geburtstag hatte Tom ihr kühl erklärt, er wollte mit der Tochter erst ins Kino und anschließend essen gehen. Abby hatte zugestimmt, obwohl sie wusste, dass er sie damit hatte bestrafen wollen. Es gab keinen Grund, diesen Geburtstag nicht gemeinsam zu feiern.

Seit dem Tag, an dem sie Tom gebeten hatte, es noch einmal zu versuchen, hatten sie die Trennung mit keinem Wort erwähnt. Was es einerseits für Abby leichter machte, weil ihr so der blanke Zorn in seinem Blick erspart blieb, wenn sie einander trafen, ihr das Leben andererseits jedoch erschwerte, weil sie wusste, dass es, wenn ihr Mann sich nicht noch eines Besseren besann, keine Hoffnung mehr für ihre Ehe gab. Einziger Pluspunkt war, dass offenbar noch niemand herausgefunden hatte, dass Tom ausgezogen war. Da sie beide vorher schon oft getrennte Wege gegangen waren, wirkte niemand überrascht, wenn er sie irgendwo alleine sah. Doch könnte sie die Trennung nicht dauerhaft vor aller Welt verbergen. Früher oder später fände irgendjemand es heraus. Dann würde es nicht mehr lange dauern, und schon stünden irgendwelche Klatschreporter bei ihr vor der Tür. Dieser Gedanke erfüllte sie mit Furcht.

Als sie eines Tages nach einem Termin bei Beech in ihrem Wagen saß, kam Abby zu dem Schluss, dass ein Urlaub doch das Richtige wäre. Sie hielt vor einem Reisebüro, rannte hinein und griff sich eine Hand voll Prospekte. Sie brauchte einfach eine Pause. Nach einem Treffen wie eben bräuchte jeder eine Pause.

Abby war in der Erwartung zum Sender gefahren, dass die Durchsicht des Videoclips der ersten Sendung ihr wie stets zuvor allgemeines Lob einbringen würde. Stattdessen hatte sie den Raum mit dem Gefühl verlassen, dass ihr der Boden unter den Füßen weggezogen worden war.

Abby hätte es bereits als Warnung nehmen sollen, dass sie überraschend freundlich von der Hexe Roxie in Empfang genommen worden war.

»Toll, Sie zu sehen«, hatte Roxie mit einem Lächeln, das ihre spitzen Eckzähne hatte zutage treten lassen, zu ihr gesagt.

Sie hatte eindeutig etwas von einem Fuchs, hatte Abby überlegt. Oder vielleicht von einem Vampir? Auf alle Fälle stammte sie von irgendeinem widerlichen, Fleisch fressenden Wesen ab. Das stand eindeutig fest.

Die Jalousien im Besprechungszimmer waren heruntergezogen worden, und sie hatten sich die Rohfassung der ersten Sendung angesehen. Abby hatte gewusst, dass noch Änderungen vorgenommen werden würden, aber trotzdem hatte diese Fassung sie total schockiert.

Sie hatte hart gearbeitet, doch es war eindeutig, dass Roxie mit im Schneideraum gesessen hatte, um darauf zu achten, dass sie möglichst wenig Raum in ihrer eigenen Show bekam. Die Zwillinge waren kristallklar die neuen Stars der Sendung. Abby war nur noch eine Gastmoderatorin – so sah es zumindest aus. Man hatte ihre Szenen hoffnungslos zerstückelt, Mitzi und Linzi bei der Neuzusammenstellung fünfmal so viel Zeit wie ihr selber eingeräumt, und die Entrümpelungssequenz, die sie aufgenommen hatte, wirkte wie der Trailer zur Präsentation der beiden jungen Frauen.

»Was hältst du davon?«, hatte Flora sie im Anschluss an die Vorführung nervös gefragt.

»Was ich davon halte?« Abby hatte jede Silbe dieser Frage sorgfältig betont. »Was zum Teufel glaubst du, dass ich davon halte? Das war mal meine Sendung. Jetzt ist sie das nicht mehr. Wird sie jetzt in *Entrümpeln mit Linzi und Mitzi* umbenannt und mein Name taucht als der einer Gastpräsentatorin klein gedruckt im Abspann auf? Oder lasst ihr meinen Namen lieber völlig weg?« Erfüllt von dem Gefühl, verraten worden zu sein, hatte sie die anderen zornig angeblitzt. Alles war genauso abgelaufen, wie Mike, ihr Agent, vorhergesehen hatte. Da Mike Horowitz als durchaus nicht ungefährlich galt, hatte sie gehofft, Brian und Roxie würden es nicht wagen, sie derart zu brüskieren, doch hatte sich diese Hoffnung nicht erfüllt. Roxie wollte eindeutig die Zwillinge als neue Stars der Sendung, während es für Abby keinen Platz mehr in ihrer eigenen Serie gab.

Vielleicht lag es an ihrem Alter, doch so recht glaubte sie das nicht. Es war einfach so, dass die verdammte Roxie sie aus irgendeinem Grund nicht mochte.

»Hat es Ihnen nicht gefallen?«, hatte Roxie sie scheinheilig gefragt und sie dabei mit gehässig funkelnden Augen fixiert. »Wir alle sind total begeistert, stimmt's?« Herausfordernd hatte sie die anderen angesehen, und niemand hatte etwas zu Abbys Verteidigung gesagt. Sie hatte sie genau dort, wo sie sie hatte haben wollen, war Abby bewusst geworden. Was hieß, dass Abby ohne Job war. Oder es bald wäre.

Froh, dass sie in ihrer lässigen weißen Bluse und den alten

Jeans wie der erfahrene TV-Star wirkte, der es nicht nötig hatte, extra auf sein Erscheinungsbild zu achten, hatte sie sich erhoben und in ruhigem Ton erklärt: »Tja, wir müssen sehen, was Mike von dieser Sache hält.« Weshalb nur hatte sie nicht schon vor Jahren einen Agenten angeheuert? Dann wäre sie jetzt nicht in dieser blöden Position. Ihr Vertrag mit Beech war für sie nicht gerade günstig, und falls sie jetzt ausgebootet würde, könnte sie so gut wie nichts dagegen tun.

Mike hatte ihr deshalb von einer Auseinandersetzung abgeraten. »Ich habe mit Brian gesprochen, sodass er weiß, dass ich an Bord bin. Warten wir also besser erst mal ab und gucken, was sie tun«, hatte er erklärt. »Brian ist nicht dumm – er wird seine Beziehung zu Ihnen bestimmt nicht ruinieren wollen, egal, wie schwach Ihre vertragliche Position ihm gegenüber ist.«

Möglicherweise aber war Brian doch dumm, hatte Abby überlegt. Sobald sie das Haus verlassen hätte, riefe sie Mike an.

»Tschüs.« Um ihnen nicht die Befriedigung ihrer Erschütterung zuteil werden zu lassen, hatte sie hoch erhobenen Hauptes und mit einem kühlen Lächeln auf den Lippen den Besprechungsraum verlassen und erst, als sie in ihrem Jeep gesessen hatte, ihrem Ärger Luft gemacht.

Verdammte Schweinehunde, hatte sie getobt und zornig auf das Lenkrad eingetrommelt. Sie hatte die Idee zu *Entrümpeln* gehabt. Es war ihre Sendung. Wie konnten sie es wagen, derart mit ihr umzuspringen? Mit zitternden Fingern hatte sie Mikes Privatnummer gewählt. Sie hatte keine Ahnung, was er angesichts dieser Katastrophe unternehmen würde, aber irgendetwas fiele ihm sicher ein.

Und tatsächlich war es Mike gelungen, sie halbwegs zu beruhigen.

»Vom rechtlichen Standpunkt her können die das machen«, hatte er ihr erklärt. »Sie hätten diesen Vertrag niemals unterschreiben dürfen, aber jetzt sind Sie daran gebunden, und an neuen Verhandlungen hat Brian kein Interesse. Was ziemlich kurzsichtig von ihm ist. Sie haben jede Menge Talent, Abby, und dass Roxie diese Sendung nur noch von Kindern moderieren lassen will, heißt noch lange nicht, dass auch die Zuschauer das wollen. Ich muss die Rohfassung sehen – die hätte mir der Sender schicken sollen.«

»Sie haben schon gewusst, warum sie das nicht getan haben«, hatte Abby verbittert erwidert, Mike jedoch hatte gut gelaunt gesagt:

»Keine Panik. Wenn Sie erst einen tollen neuen Job bei einer anderen Produktionsgesellschaft haben, wird Brian jeden Morgen in seine Cornflakes schluchzen, weil er Abby Barton nicht zu schätzen wusste. Der Vorteil Ihres blöden Vertrages ist, dass Sie sie nicht halten können. Sie können also jederzeit problemlos gehen.«

Abby hätte gern gefragt, wohin sie bitte gehen sollte. Doch sie hatte nicht allzu negativ erscheinen wollen und hatte nur entgegnet: »Ja, richtig. Danke, Mike. Irgendwie fühle ich mich nach diesem Gespräch wirklich schon etwas besser.«

In Dunmore stand sie nun direkt neben dem Reisebüro an einer roten Ampel. Als sie den Kopf etwas zur Seite drehte, sah sie große Poster mit Leuten, die sich im Urlaub amüsierten. Ein Urlaub wäre bestimmt nicht die Antwort auf ihre Probleme, aber sicher half er. Sie musste einfach raus, und nach der Abschlussprüfung und der Trennung ihrer Eltern hätte auch die arme Jess eine kurze Verschnaufpause verdient.

Als sie zu Hause ankam, war Jess nirgendwo zu entdecken – was nichts Neues war. Seit Anfang der Ferien lebte Jess praktisch bei ihrer Freundin Steph. Das hatte sie ihrer Mutter gegenüber zumindest behauptet. Sie hatte Abby erklärt, sie könnte Oliver nur selten sehen, weil er in der Gärtnerei seines Vaters half. Außerdem jobbte er noch in der Mineralwasserfabrik, um seinen Anteil an der Versicherung des Wagens seiner Mutter bezahlen zu können.

Abby wusste, dass in der Fabrik rund um die Uhr gearbeitet wurde, weshalb ein Schüler, der sich dort ein wenig Geld verdienen wollte, bis zum Umfallen schuften konnte. Niemand konnte demnach behaupten, Oliver wäre ein Faulpelz. Außerdem schien er ein anständiger junger Mann zu sein, der ihre Tochter wirklich mochte. Trotzdem machte sich Abby Sorgen. Sie hatte Jess darum gebeten, täglich bei ihr anzurufen, um zu sagen, wo genau sie war. Als das nicht funktioniert hatte, hatte sie darauf bestanden, sogar mehrmals täglich Bericht erstattet zu bekommen.

»Wenn du mich nicht anrufst, rufe ich bei Oliver und Steph an und werde dir so lange auf die Nerven gehen, bis ich weiß, dass alles in Ordnung ist«, hatte sie ihr streng erklärt. Nach allem, was passiert war, wollte sie sich bestimmt nicht mit ihrer Tochter streiten, aber sie machte sich einfach Sorgen. Dass Jess inzwischen sechzehn und Oliver ein netter Junge war, hatte schließlich nicht viel zu bedeuten.

Sie wählte die Nummer des Handys ihrer Tochter, doch dort war besetzt. Gut, dann würde sie es eben später noch einmal probieren.

Abby ging zum Kühlschrank und schenkte sich ein Glas kühlen Weißwein ein. Sie wusste, sie trank deutlich mehr als früher. Tom und sie hatten sich gelegentlich eine Flasche Wein geteilt, inzwischen jedoch trank sie jeden Abend mindestens zwei Gläser. Sie konnte nichts dagegen tun. Sonst gab es nichts, was ihr in ihrem Elend half.

Sie nahm das Glas mit an den Tisch, setzte sich und griff nach den Prospekten. Die Amerika-Broschüre legte sie gleich beiseite. Nach Amerika hatten sie alle drei zusammen reisen wollen, bevor ihr Leben derart schief gelaufen war. Sie und Tom hatten seit Jahren von einer Reise durch Amerika geträumt. Diesen Traum wollten sie sich erfüllen, wenn sie einmal groß im Lotto gewinnen würden, hatten sie geulkt.

Tom hatte die Strecke bereits sorgfältig geplant: Erstes Ziel hätte New York sein sollen, wo sie sich alles angesehen hätten, ehe sie mit einem Mietwagen in Richtung Süden aufgebrochen wären, um so lange kreuz und quer zu fahren, bis entweder das Ende ihrer Ferien oder ihrer Finanzen erreicht gewesen wäre. Abby hatte sich unbedingt San Francisco anschauen wollen, Tom hingegen hatte schon als Kind von einem Besuch des Grand Canyon geträumt.

»Das ist ein Ort, den man einfach gesehen haben muss, bevor man stirbt«, hatte er ihr oft erklärt. »Wäre das nicht eine wirklich tolle Reise? Du, ich und Jess gondeln durch die Gegend, sehen uns alles an, leben den amerikanischen Traum …«

Abby konnte sich daran erinnern, mit was für leuchtenden Augen er sie dabei angesehen hatte. In diesen Mann hatte sie sich damals verliebt. Inzwischen jedoch hatten seine Augen aufgehört zu leuchten. Wenn er jetzt kam, um seine Tochter abzuholen, war seine Miene ausdruckslos, und seine Augen blickten traurig und irgendwie verhangen. Das hatte sie ihm angetan. Sie hatte aus einem lebensfrohen, leidenschaftlichen Wesen die bloße Hülle eines Mannes gemacht. Abby warf die Amerika-Broschüre auf die Erde.

Vielleicht sollten sie irgendwo in Europa bleiben. Ja, Europa klang nicht schlecht. Natürlich nicht nach Frankreich. Wegen ihres Urlaubs an der Rhone.

Dann vielleicht nach Spanien. In Spanien waren sie noch nie gewesen. Sie blätterte durch den »Entdecke-Spanien«-Prospekt und merkte, dass sich ihre Stimmung langsam hob. Es gab wunderschöne Villen in den Bergen, fantastische Appartements im Süden und elegante Hotels in den großen Städten, in denen man Kunstgalerien besichtigen und den ganzen Tag die umwerfende Architektur bewundern konnte. Doch womöglich fände Jess das langweilig. Abby war sich da nicht mehr sicher. Sie wusste im Grunde nicht, was ihrer Tochter gefiel. Was ein Problem darstellte.

Was wäre, wenn sie überhaupt nicht mit der Mutter in Urlaub fahren wollte? Als Abby klein gewesen war, hatte es keine Familienurlaube gegeben. Zumindest nicht bei ihnen. Die Costellos hatten Irland nie verlassen; sie hatten bereits Glück gehabt, wenn genug Essen auf dem Tisch gestanden hatte. Das Geld für einen Flug und eine Woche im Hotel hätten sie nie gehabt. Und nun, da Abby endlich das Geld hatte, um mit der Familie die exotischsten Orte bereisen zu können, fehlte die Familie. Ihre Mutter war schon lange tot: Sie war ihrem Mann nicht mal ein Jahr nach seinem Tod ins Grab gefolgt. Das hatte Abby immer als die letztendliche Tragödie im Leben ihrer Mutter angesehen: Nachdem sie endlich frei von diesem Trunkenbold gewesen war, dem sie und ihre beiden Kinder völlig egal gewesen waren, war sie krank geworden und gestorben. Selbst im Tod hatte Frank Costello über sie gesiegt.

Abby hatte noch Kontakt zu ihrer Schwester Viv, die inzwischen in Australien lebte und weder Zeit noch Lust hatte, um sie zu Hause zu besuchen. Sie standen einander allerdings nicht wirklich nahe. Ihre Kindheit hatte Nähe oder wahre Schwesternliebe nie gefördert.

Inzwischen bestand Abbys Familie demnach aus Tom und Jess. Oder hatte aus ihnen bestanden. Es war völlig undenkbar, Tom zu fragen, ob er mit ihr in den Urlaub fahren würde. Und auch bei Jess machte sie ein dickes Fragezeichen.

Abby saß am Küchentisch eines wunderschönen Hauses, für das sie sich abgerackert hatte, und brach in Tränen aus. Weshalb hatte sie derart geschuftet, was hatte es ihr genutzt?

Drei Meilen weiter mistete Jess Barton die Hundezwinger im Tierheim aus. Es war eine schmutzige Arbeit, die die meisten freiwilligen Helfer hassten, Jess jedoch machte sie nicht das Geringste aus. Sie liebte die Tiere so sehr und wollte alles tun, was in ihrer Macht stand, um Jean, der Leiterin des Tierheims, behilflich zu sein. In einer abgewetzten Jeans und einem großen Kittel, der ihre Kleidung schützen sollte, schaufelte und schrubbte sie, bis ihr der Schweiß in Strömen über den Rücken rann. Es war ungemein befriedigend, die Zwinger auszumisten. Die Arbeit war einfach, und es ging dabei nicht um Gefühle. Niemand fragte, was man dachte, ob man traurig war oder sich Sorgen machte, wenn man mit einer großen Schaufel Hundekot in die bereitstehenden Eimer gab. Niemand beobachtete einen heimlich, um zu prüfen, ob man mit der Trennung seiner Eltern womöglich nicht zurechtkam. Nein, man schaufelte und schrubbte, bis einem vom Geruch fast übel wurde und der Zwinger sauber war.

Und anschließend kam Jean mit selbst gebackenen Plätzchen und Coladosen aus dem Haus. Jess liebte diese Pausen. Es war wirklich nett mit Jean und Olga, die ganztags im Tierheim arbeiteten, zu plaudern, von den Plänen zur Unterbringung irgendwelcher Tiere in Privathaushalten zu hören und darüber zu sprechen, zu welchen Hunden oder Katzen am nächsten Tag der Tierarzt kam. Zusammen mit Jean und Olga fühlte Jess sich wie ein ganz normaler Mensch, dessen Meinung auch für andere von Interesse war.

Jess konnte gut mit Hunden umgehen, und sie hatte früher als andere bemerkt, dass Lady, ein nervöser Greyhound-Mischling, lahmte. Sie hatte sich um Lady kümmern dürfen, als der Tierarzt da gewesen war, hatte den zitternden, dünnen Körper festgehalten und das Gefühl gehabt, endlich das zu tun, wozu sie berufen war.

Zu Hause war es völlig anders. Jess konnte sich daran erinnern, dass es auch zu Hause einmal schön gewesen war. Doch seit dem Auszug ihres Vaters wurde dort so gut wie niemals mehr gelacht. Das Haus war viel zu groß für Jess und ihre Mutter. Unglücklich und einsam liefen sie darin herum und versuchten so zu tun, als wäre alles in Ordnung, was es absolut nicht war.

Wenn ihr Vater anrief, wurde es noch schlimmer. Falls ihre Mutter an den Apparat ging, reichte sie ihn mit einem Gesicht, als hätte sie sich die Finger am Hörer verbrannt, sofort an sie weiter.

»Wie geht es dir, Jess?«, fragte Dad jedes Mal in einem Ton, der Jess signalisiert, sie solle bloß nicht anfangen zu weinen oder so was.

»Gut, prima«, antwortete sie deshalb regelmäßig. »Ich habe eine Besprechung von einem tollen neuen Film gelesen. Vielleicht könnten wir also Samstag ins Kino gehen.«

»Das wäre toll«, meinte dann Dad erleichtert.

Früher war Dad nie mit ihr ins Kino gegangen, inzwischen jedoch sahen sie sich jede Menge Filme an. Es war unkomplizierter in einem dunklen Raum zu sitzen und die große Leinwand anzustarren, als im Auto herumzufahren oder lange Spaziergänge zu machen. Dann wollte ihr Vater immer reden, Jess hingegen wollte alles andere als das. Auch mit ihrer Mutter wollte sie nicht sprechen, obwohl die sich die größte Mühe mit ihr gab. Wenn sie miteinander sprächen, könnte Jess die Fragen »Warum habt ihr euch getrennt?« und »Warum konntet ihr euch nicht ein bisschen Mühe geben?« bestimmt nicht unterdrücken. Doch sie wusste, diese Fragen waren dumm und wurden nicht beantwortet.

Oliver war der Einzige, dem sie sich anvertrauen konnte. Und selbst ihm konnte sie nicht alles sagen so wie früher ihrer Freundin Steph.

Steph jedoch war derart viel mit Zach zusammen, dass sie gar nicht mehr merkte, was in Jess' Leben geschah. Sie waren noch befreundet – Himmel, sie würden ewig befreundet sein. Doch es war einfach anders. Zach hatte Steph verändert. Sie war plötzlich erwachsener und hatte keine Lust mehr, sich mit ihrer früher besten Freundin über jeden Quatsch zu unterhalten. Was Jess entsetzlich fehlte. Sie sahen sich weit seltener als früher, obwohl Jess' Mutter das nicht wusste. Mum würde verrückt, wenn sie erführe, dass Jess in jeder freien Minute mit Oliver zusammen war. Mum schien zu denken, dass jeder normale Teenager an nichts anderes denken konnte als an Sex, weshalb Jess behauptete, dass sie ihre Freundin traf.

Natürlich dachte sie darüber nach, wie weit sie mit Oliver gehen würde. Nicht, dass er sie bisher darauf angesprochen hätte. So war er glücklicherweise nicht. Unbewusst spielte diese Überlegung eine Rolle. Doch Jess wusste sicher, Oliver würde sie nie bedrängen, irgendwas zu tun, wozu sie nicht bereit war.

Man konnte wirklich gut mit ihm über die meisten Dinge reden, aber sie konnte ihm wohl kaum erzählen, dass sie ihre Mutter weinen hörte, wenn sie dachte, dass sie schlief. Oder dass ihr Vater, wenn sie im Kino saßen, nie auf den Film zu achten schien, sondern in Gedanken ganz woanders war.

Olivers Familie wirkte so gefestigt, sie alle kamen so gut miteinander aus, dass er bestimmt niemals verstünde, wie es war, wenn sich die Eltern trennten. Seit ihr Vater ausgezogen war, war alles völlig anders, und das hasste sie.

Nur, wenn sie hier im Tierheim war und die Hunde versorgte, vergaß sie ihren Stress. Lady, Duke, Marmalade, Oscar und Smudge wollten nichts, außer dass sie sie liebkoste, ihnen Hundekuchen gab oder Stöckchen für sie warf. Ihr besonderer Liebling Twiglet war leider nicht mehr da. Jean hatte sie so lange wie möglich behalten, doch als der Moment gekommen war, an dem er ein neues Zuhause hatte finden müssen, hatte Jess in das zerstörte Leben ihrer Eltern keinen Hund mit heimbringen können.

Er hatte ein gutes Zuhause bekommen, das wusste sie. Jean gab keins der Tiere jemals fort, ohne sich seinen neuen Platz zuvor gründlich anzusehen. Doch obwohl der kleine Hund zu einer Familie mit einem großen Garten gekommen war, hatte Jess die Vorstellung gehasst, dass Twiglet sie verließ.

»Na, wie geht's?« Jean stand in der Tür des Zwingers und merkte, dass das Mädchen ihn doppelt so schnell gesäubert hatte wie die anderen freiwilligen Helfer. Niemand arbeitete härter oder engagierter als die freundliche, zurückhaltende Jess.

Obwohl Jess mit keinem Wort darüber sprach, wusste Jean, dass irgendwas bei ihr zu Hause nicht in Ordnung war. Wenn möglich, war das Mädchen in den letzten Wochen tatsächlich noch ruhiger geworden als zuvor und hatte inzwischen ein erschreckend trauriges Gesicht. Jean hätte gern mit ihren Eltern darüber gesprochen, doch wahrscheinlich mischte sie sich besser nicht in ihre Angelegenheiten. Als Jess ihre Arbeit im Tierheim aufgenommen hatte, hatte ihre Mutter angerufen, um mit Jean zu sprechen und herauszufinden, was für ein Ort das Tierheim war und welche Arbeit ihre Tochter in dem Zentrum übernähme. Jean, eine praktisch veranlagte Person, hatte Abby Barton wirklich nett gefunden, obgleich sie ein Fernsehstar war. Jean hatte keine Zeit für irgendwelche übergeschnappten Diven, doch Jess' Mutter hatte einen wirklich sympathischen Eindruck auf sie gemacht. Sie hatte genau die richtigen Fragen gestellt und hatte eindeutig ehrliches Interesse gehabt zu erfahren, was die Tochter nach der Schule und an den Wochenenden tat. Nur fand Jean es etwas seltsam, dass sie bisher niemals selbst vorbeigekommen war. Allerdings konnte sie nicht wissen, dass Jess alle Bemühungen der Mutter, sich das Tierheim anzusehen, nach Kräften unterband.

»Ich bin kein kleines Kind mehr«, hatte sie geschnauzt. »Und es ist ein ganz normales Tierheim. Guck, hier sind Fotos aus der Zeitung, und hier ist die Broschüre, die man, wenn man etwas spendet, von ihnen bekommt. Es ist also keine heimliche Lasterhöhle, falls du das befürchtest!«

Mum hatte sie unglücklich angesehen, und Jess hatte sich geschämt. Doch sie wollte einfach nicht, dass ihre Mutter sie an jenem Ort besuchte und Jean womöglich erzählte, was bei ihnen zu Hause los war. Jess grauste es bereits bei dem Gedanken, was für ein Gespräch das würde: »Jess' Vater und ich haben uns getrennt, weshalb ich etwas in Sorge um sie bin. Vielleicht könnten Sie sie ja ein bisschen im Auge behalten. Das wäre wirklich nett…«

»Echt gute Arbeit, Jess«, wurde sie jetzt von Jean gelobt. »Ich wünschte, alle würden so hart arbeiten wie du. Ein paar der Leute, die uns anbieten zu helfen, scheinen zu denken, sie bräuchten die niedlichen Hunde und Kätzchen lediglich zu streicheln. Das Baden von ausgewachsenen, räudigen, verdreckten Katzen und das Ausmisten der Hundezwinger passiert ihrer Meinung nach anscheinend von allein.«

Jess lächelte breit, und Jean fragte so ganz nebenbei: »Und, wie geht's sonst so?«

Sie hoffte, das Mädchen würde sich ihr endlich anvertrauen, stattdessen aber rieb es eifrig einen nicht existenten Schmutzfleck von der Wand und murmelte ausweichend: »Bestens, total gut. Lahmt Lady immer noch?«

Jean wusste, dass es sinnlos wäre, Jess weiter zu bedrängen. Und vor allem mischte sie sich ungern ungebeten in die Leben anderer Menschen ein.

»Es geht ihr schon viel besser«, ging sie deshalb auf die Frage ein. »Heute Morgen war der Tierarzt hier und meinte, in ein paar Tagen wäre sie wieder völlig fit. Zeit für eine Pause«, wies sie das Mädchen an. »Wenn du nicht gleich mitkommst, futtert Olga die Plätzchen alle alleine auf. Sie hat nämlich gerade eine Stunde damit zugebracht, das Shetland Pony zu waschen, das neu reingekommen ist, und ist jetzt total k.o.«

»Oh, das Pony ist so süß«, seufzte Jess verträumt. Sie hatte das zierliche kastanienbraune Tier mit der dichten Mähne und dem unter all dem Schmutz sicher blonden Schweif bei ihrer Ankunft aus der Ferne gesehen.

»Süß anzugucken«, grinste Jean. »Weniger süß, wenn man es säubern muss. Es ist ziemlich ruppig, und da es, wenn Olga mal nicht aufgepasst hat, sich gerächt hat, hat sie jetzt jede Menge blaue Flecke.«

»Ich mache nur noch schnell die Hundekörbe fertig«,

meinte Jess und sah Jean mit leichten Schuldgefühlen hinterher. Sie wusste, dass die Frau lediglich versuchte, nett zu ihr zu sein, doch sie wollte einfach nicht erklären, was mit ihr nicht stimmte. Sie hielt lieber den Mund und dachte über alles nach. So war es für sie leichter. Vor allem, da es ja auch schöne Dinge zu bedenken gab. Nachher träfe sie noch Oliver, und sie würden zusammen am Strand spazieren gehen. Sie könnte nicht zu lange bleiben, weil dann ihre Mutter Argwohn schöpfen und sich Sorgen machen würde. Jess überlegte, ob Mum sich, wenn Dad nicht ausgezogen wäre, auch so viele Gedanken machen würde über Oliver und sie. Mum hatte sich allerdings ewig schon Sorgen über alles Mögliche gemacht. Dad hätte ihr jedoch erklärt, dass es für ein Mädchen in Jess' Alter normal war, einen Freund zu haben. Mum wirkte bei dem Gedanken beinahe panisch, nur, dass sie in letzter Zeit sowieso völlig panisch war ... Das hing vermutlich mit der Trennung zusammen. Diese Tatsache stellte ja auch ihr eigenes Leben völlig auf den Kopf. Mum hielt Jess weiterhin hartnäckig für ein Kind und machte sich eventuell Gedanken, ob sie wegen der bevorstehenden Scheidung weinte oder von Alpträumen geplagt wurde, wenn sie nachts im Bett lag.

Doch es war viel komplizierter. Denn sie war halt kein Kind mehr, und nur ein kleines Kind würde sich vielleicht noch Hoffnung machen, dass es zu einer Versöhnung zwischen seinen Eltern kam. Sie predigten ihr ständig, wie wichtig Offenheit im Umgang miteinander war, und sahen dabei nicht, dass es zwischen ihnen beiden schon seit beinahe einem Jahr zu keiner echten Unterhaltung mehr gekommen war. Dad bildete sich sowieso ein, er hätte als Einziger den vollkommenen Durchblick. Eine andere Sichtweise als seine war für ihn unverständlich. Mum hingegen hatte ihm fast jeden Abend irgendeine Story von ihrer Arbeit erzählt, ohne jemals zu erkennen, dass er diese Arbeit hasste. Wobei Jess den Grund für diese Abscheu nicht verstand. Ja, die beiden waren hoffnungslose Fälle. Am liebsten hätte Jess ihnen erzählt, was sie von allem dachte. Doch für ihre Meinung hatten sie sich nie interessiert. Für sie beide war und blieb sie eben selbst mit ihren sechzehn Jahren stur ein unmündiges Kind.

Um halb sechs brach sie im Tierheim auf, um sich mit Oliver zu treffen. Als sie auf ihrem Fahrrad den unebenen Weg in Richtung Straße ratterte, sah Jean ihr hinterher. Sie machte sich wirklich Sorgen um das Mädchen und überlegte schon zum zweiten Mal an diesem Tag, ob nicht vielleicht doch ein Anruf bei der Mutter angeraten war. Oder auch nicht. Jess war ein Teenager, und es war nicht leicht, ein Teenager zu sein. Jean hoffte für sie, dass sie mit dem netten Jungen sprechen konnte – Oliver –, der sie schon ein paar Mal abgeholt hatte und der sehr sympathisch aussah. Möglicherweise machte Jess ja nur eine schwierige Phase durch, mehr nicht. Und ihre Eltern wären nicht unbedingt begeistert, mischte Jean als Fremde sich in ihre Angelegenheiten ein. Was auch immer im Haus Barton eventuell falsch lief, bekäme die Familie garantiert auch ohne ihre Hilfe wieder hin.

Als Jess die Haustür aufschloss, stand Mum so schnell im Flur, dass eindeutig war, dass sie auf sie gewartet hatte. Es war halb neun, und sie hatte mit Oliver ein paar wunderbare Stunden mit guten Gesprächen, fröhlichem Gelächter und Händchenhalten verbracht.

»Hi, Schätzchen, wie geht's?« Mums Stimme klang etwas zu heiter, und sie hielt ein halb geleertes Weinglas in der Hand. »Es gibt da etwas, über das ich mit dir reden möchte.«

»Ja?«, fragte Jess widerstrebend, weil sie zwar keine Ahnung hatte, was als Nächstes kommen würde, jedoch aus Erfahrung wusste, dass der Satz »Es gibt da etwas, über das ich mit dir reden möchte«, nichts Positives verhieß. Wie zum Beispiel: »Wir verlassen Irland mit dem nächsten Flugzeug, um an einem anderen Ort zu leben, weshalb du deinen Vater niemals wiedersehen wirst.« Zurzeit schlösse sie selbst ein solches Vorhaben nicht aus.

»Urlaub, ich möchte mir dir über einen Urlaub reden«, erklärte Abby ihr gut gelaunt. »Wir beide brauchen Urlaub. Ich auf alle Fälle, und ich bin mir sicher, dass du nach dem ganzen Prüfungsstress ebenfalls Erholung brauchen kannst. Also, was hältst du davon, ein bisschen zu verreisen?«

Sie klang derart kindlich aufgeregt, dass es war, als hätten ihre Positionen sich vertauscht. Jess war plötzlich die Erwachsene und ihre Mum das Kind. Das einzige Problem war, dass sie gerade heute Abend kein Interesse an einem Rollenwechsel hatte. Sie wollte in ihr Zimmer gehen, um sich dort aufs Bett zu kuscheln, romantische Musik zu hören und an Oliver zu denken – weiter nichts.

»Meinetwegen«, sagte sie, aber ihre Mutter sah mit einem Mal derart niedergeschlagen aus, dass sie schuldbewusst erklärte: »Ich meine, natürlich könnten wir in Urlaub fahren, aber du weißt genauso gut wie ich, dass es ohne Dad nicht so wäre wie sonst.«

Himmel, so hatte sie es ganz und gar nicht formulieren wollen. Bestimmt bräche Mum jetzt auch noch in Tränen aus.

»Ich wollte damit nur sagen...«, stotterte Jess verlegen. »Ich meine, ich wollte damit einfach sagen, dass es eine andere Art von Urlaub würde, glaubst du nicht?«

Ihre Mutter sah sie unglücklich an. »Tut mir Leid, Jess. Ich weiß, dass das alles für dich nicht gerade einfach ist.« Sie legte ihre Finger noch fester um den Stil ihres Glases, und plötzlich merkte Jess, dass sie weder Nagellack noch irgendwelche Ringe trug. Früher hatte Mum immer die allergrößte Sorgfalt auf die Pflege ihrer Fingernägel verwandt, inzwischen jedoch waren sie ihr egal. »Sicher wird es eine andere Art von Urlaub werden, aber du brauchst dringend eine Pause, und irgendwie müssen wir schließlich ein neues Leben anfangen.« Nun, da sie das Thema angeschnitten hatte, konnte sie genauso gut weiterreden. »Dabei ist ein Urlaub nur der Anfang«, fügte sie also hinzu. »Wahrscheinlich müssen wir nämlich das Haus verkaufen und uns nach etwas anderem umsehen, was nicht so teuer ist.«

Jess musterte sie schweigend.

»Tja, aber jetzt zurück zu unserem Urlaub«, meinte Mum und fragte hoffnungsvoll: »Wie wäre es mit Spanien?«

Jess schaute sie an, als sollte sie ohne Sauerstoff zum Mars. »Spanien?«, fragte sie angewidert. »Nein, ich glaube nicht.«

Steph war mit ihrer Familie vor vier oder fünf Jahren in Spanien gewesen. Damals wäre Jess wahnsinnig gerne ebenfalls gefahren, in diesem Sommer aber nicht. Sie wollte nämlich gar nicht fort aus Dunmore, denn dann wäre sie von Oliver getrennt.

Der Tag hatte Abbys Nerven bereits zur Genüge strapaziert, weshalb sie ungeduldig fragte: »Wo sollen wir deiner Meinung nach denn dann hin?«

»Keine Ahnung«, kam Jess' desinteressierte Antwort. »Warum fragst du nicht Dad?«

»Du weißt genau, dass das nicht möglich ist«, schnauzte ihre Mutter. »Dieser Urlaub ist nur für uns beide, nicht für deinen Vater.« Sie nahm einen erneuten Schluck von ihrem Wein und kehrte zu ihren Broschüren an den Küchentisch zurück. Jess ging ihr wirklich auf die Nerven.

»Wenn du nicht mal weißt, wo du überhaupt hinwillst, warum müssen wir dann überhaupt wegfahren?« Jess schnaubte, machte kehrt und verließ den Raum.

Abby hörte, wie die Tochter hinauf in ihr Zimmer stapfte und geräuschvoll die Tür hinter sich zuwarf. Seufzend wandte sie sich erneut den Prospekten zu. Sie brauchte dringend Urlaub, deshalb würde sie sich am besten umgehend entscheiden.

Schließlich landete sie bei dem Katalog, in dem Trips nach Florida beschrieben wurden. Eine dieser Routen – eine Städtetour mit eingeschlossenem Besuch von Disney World – sagte ihr ganz besonders zu. Auch wenn Jess erklärte, dass sie nicht verreisen wollte, würde es ihr in der Tiefe ihres Herzens doch gefallen. Davon war Abby überzeugt.

Ein paar Tage später lagen die Flugtickets bereit, ein Taxi für die Fahrt zum Flughafen war vorbestellt, und Abby hatte bereits fast fertig gepackt. Für jemanden, der darauf spezialisiert war, die Häuser anderer Menschen zu entrümpeln, tat sie sich erstaunlich schwer damit, für sich selbst zu packen. Sie wusste, am Ziel angekommen, stünde sie mit zwei riesengroßen Koffern voller zerknitterter Kleidungsstücke da, von denen sie nur die Hälfte brauchte. Aber warum nicht? Sie nähme halt ein Bügeleisen mit.

Es gab nur noch eins zu tun, bevor sie endlich starten würden, und das war leider etwas, was sie von Herzen hasste.

Selina von Beech hatte sie angerufen, um zu sagen, dass eine Journalistin von *Style* absolut versessen auf ein Interview mit Abby Barton war.

»Sie heißt Maria Carroll und ist total begeistert von der Sendung«, hatte Selina ihr erklärt. »Sie ist ein harter Brocken und kann ziemlich ätzend über Leute schreiben, aber sie will Sie unbedingt kennen lernen, und es würde sich sicher für Sie lohnen, weil einfach jeder ihre Artikel liest. Ich weiß, dass Sie in Urlaub fahren wollen, Abby, aber bitte, bitte, kriegen Sie vorher noch einen Gesprächstermin mit Carroll hin? Es wäre eine tolle Werbung für die Show und riefe sie den Leuten passend zum Beginn der dritten Staffel in Erinnerung.«

Abby hatte bereits vor der Ausstrahlung der ersten Folge die Nase von der dritten Staffel voll, doch sie würde es Selinas und ihrer eigenen weiteren Karriere wegen tun. »Na, klar«, hatte sie zugestimmt. Da gäbe es jedoch ein verflixtes Problem. Was, wenn die Journalistin sie nach ihrem glücklichen Familienleben fragte? Nur Selina wusste, dass es dieses glückliche Familienleben schon seit Wochen nicht mehr gab, und Abby hatte die allergrößte Angst, dass jemand von der Presse dieses Geheimnis witterte. Überschriften wie »Abbys heimlicher Herzschmerz« wären mehr, als sie ertrüge. O Gott, sie sah die aufgeblähten Geschichten bereits vor sich, in denen ihr Aufstieg zum Ruhm und die Tatsache, dass sie und Tom im Verlauf der Zeit zunehmend öfter getrennte Wege gegangen waren, in allen Einzelheiten beschrieben werden würde. Sie würden ihrem Erfolg die Schuld am Scheitern ihrer Ehe geben, was, wie sie sich eingestehen musste, teilweise sogar stimmte. Außerdem würde in den Artikeln sicher über ihre Zukunft spekuliert, darüber, dass sie und Tom ihr wunderbares Haus verkaufen müssten, und wie wohl ihr zukünftiges Liebesleben aussehen würde. Vielleicht suchten sie ja sogar eine Reihe passender Junggesellen für sie aus? Das hielte sie nicht aus.

»Okay, Selina«, hatte sie also widerstrebend erklärt. »Ich mache das Interview, aber könnten Sie vielleicht dabei sein? Nur um sicherzustellen, dass Maria Carroll nicht irgendwelche grauenhaften Fragen stellt. Wäre das in Ordnung?«

Nun, da sie ihren Willen bekommen hatte, war Selina zu allem bereit.

»Mit Vergnügen, Schätzchen«, hatte sie erwidert, denn die Zusage machte sie großzügig. »Aber Sie wissen, dass die Presse sowieso eines Tages dahinter kommen wird und dass Sie dann mit ihnen werden reden müssen.«

Abby wusste, dass die PR-Frau Recht hatte – was es nicht leichter machte. Es war bereits schwer genug, sich von seinem Ehemann zu trennen, ohne dass die ganze traurige Geschichte auf den Titelseiten aller Zeitungen zu lesen war. Tom, dem ihre Karriere von Anfang an ein Dorn im Auge gewesen war, würde vermutlich zum Rumpelstilzchen, wenn die Journalisten ihrer beider persönliche Geschichte vor ganz Irland ausbreiteten.

»Ich lege einen Termin fest. Alles, was Sie dann noch mitbringen müssen, ist Ihr legendärer Barton-Charme«, hatte

Selina ihr erklärt. »Eine der tollen Seiten an der Zusammenarbeit mit Ihnen, Abby, ist Ihre Professionalität.«

»Genau«, hatte Abby zynisch gemurmelt. »Ich bin ein echter Profi, wie man an meinem souveränen Umgang mit der intriganten Roxie sieht.«

Die Journalistin war eine gepflegte Frau von zirka Mitte vierzig, die unter anderem in einer Lifestyle-Kolumne über ihren Alltag als berufstätige Mutter dreier Kinder schrieb. Abby hatte Maria nie zuvor getroffen, doch sie hatte des Öfteren ihre Kolumne gelesen und nahm an, dass sich hinter den amüsanten Anekdoten über die Tücken des Familienlebens und die beste Art, Katzenhaare vom Sofa zu bekommen, eine zähe Karriere-Journalistin mit einem Herz aus Stahl verbarg. Da ihr die Rescue-Bachblüten-Tropfen vor einem solchen Interview nur ein gewisses Maß an innerer Gelassenheit verschaffen konnten, gestattete Abby sich eine weitere Hilfsmaßnahme: An dem bewussten Tag ließ sie sich im Beauty Spot schminken und die Nägel lackieren.

Außerdem konnte sie sich während der Behandlung endlich wieder einmal mit Erin und Ruby unterhalten.

Als sie durch die Tür kam, wurde ihr bewusst, dass sie in den letzten Wochen nur sehr selten im Salon gewesen war. Seit Sallys Tod war er einfach nicht mehr derselbe anheimelnde Ort. Ruby und Erin machten ihre Sache wirklich gut. Doch jedes Mal, wenn Abby an dem Geschäft vorbeifuhr und die leuchtend pinkfarbenen Vorhänge hinter den Fenstern sah, dachte sie unweigerlich an Sally und an die schöne Zeit, als sie noch gelebt hatte; als bei den Richardsons die lustigsten Partys gefeiert worden waren und Tom noch nicht zu Hause ausgezogen war.

Abby hatte sich die größte Mühe gegeben, den Kontakt zu Steve nicht abbrechen zu lassen, doch seit Sallys Tod hatte er sich völlig zurückgezogen, beendete sämtliche Telefonate bereits nach ein paar kurzen Sätzen und fühlte sich eindeutig unwohl, wenn Abby ab und zu spontan bei ihm reinschaute. Auch als sie letzte Woche bei ihm angerufen hatte, um ihn mit Delia und den Jungen am Sonnabend zum Mittagessen einzuladen, hatte er abgelehnt. Er hatte ein Kindermädchen für die Jungen engagiert, hatte er ihr erklärt, wollte jedoch so oft wie möglich selbst etwas mit ihnen unternehmen, weil sie ihn dringend brauchten.

»Seit Sallys Tod klammert Daniel«, hatte er erläutert. »Immer, wenn ich gehe, denkt er, ich komme nicht zurück. Ihr Zuhause gibt den beiden wenigstens ein Mindestmaß an Stabilität.«

»Aber ihr müsst alle ab und zu mal raus«, hatte Abby erwidert, doch Steve hatte tief durchgeatmet und gestanden: »Das schaffe ich noch nicht.«

Heute im Salon war Erin nirgendwo zu sehen, Ruby jedoch war hellauf begeistert, als sie Abby erblickte.

»Lange nicht mehr gesehen«, jubelte sie quer durch den Salon, und prompt wogten in Abby Schuldgefühle auf. Ehrlich, wenn sich all die Schuldgefühle, die sie in den letzten Wochen entwickelt hatte, durch Selbstvertrauen ersetzen ließen, wäre sie ein glücklicher Mensch.

»Ja, tut mir Leid, Ruby«, antwortete sie reuig. »Ich hatte lange keine Gelegenheit vorbeizukommen, aber heute Morgen führt kein Weg daran vorbei. Ich muss einer Journalistin von *Style* ein Interview geben und würde dabei, wenn irgend möglich, gerne fantastisch aussehen.«

Ruby sah sie strahlend an. »Sicher, Schätzchen, kein Problem.«

»Ist Erin auch da?«, erkundigte sich Abby.

»Nein, heute nicht«, antwortete Ruby und fuhr mit Flüsterstimme fort: »Sie trifft sich mit ihren Eltern und ihrer Schwester. Du hast doch bestimmt gehört, dass sie Kontakt zu ihnen aufgenommen hat, oder?«

Abbys Schuldgefühle nahmen tatsächlich noch zu. Sie

hatte keine Ahnung gehabt, dass Erin ihre Familie wiedergefunden hatte. Sie nahm sich vor, sie so bald wie möglich anzurufen, setzte sich vor einen der großen Spiegel und lehnte ermattet ihren Kopf zurück.

»Ruby«, bat sie. »Tu alles, was nötig ist, um mich auf Vordermann zu bringen. Selbst wenn du dazu eine Schleifmaschine und Spachtelmasse brauchst – alles ist willkommen.«

Zwei Stunden später verließ sie den Salon mit dem Gefühl, eine völlig neue Frau zu sein. Ihre Nägel waren sorgfältig gefeilt und frisch lackiert, und auf ihrem Gesicht lag der seidig weiche Schimmer, der entweder die Folge lebenslanger sorgfältiger Reinigung oder aber von Rubys erstaunlicher halbstündiger Gesichtsmassage war. Auch wenn sie sich nach wie vor nicht wie ein großer TV-Star fühlte, sah sie doch wenigstens so aus.

Sie träfe Selina und Maria Carroll in einem glamourösen Restaurant etwas außerhalb von Cork. Das Restaurant war neu und hatte sich dank seines köstlichen Essens, exorbitanter Preise und eines faszinierenden Dekors innerhalb von kurzer Zeit den Ruf eines Szene-Etablissements erworben. Die Einrichtung erinnerte an das Hollywood der Zwanziger und Dreißiger des vorigen Jahrhunderts und das gesamte Restaurant wirkte wie eine Kulisse aus einem großen alten Film. Abby war noch niemals dort gewesen, hatte es jedoch vor allem deshalb ausgewählt, weil es in dem Ruf stand, es wäre etwas düster – weshalb die Journalistin hoffentlich nicht sehen würde, wenn ihr alle Farbe aus dem Gesicht wich, sobald die Sprache auf ihre Ehe kam.

Sie kam als Erste an, setzte sich an ihren Tisch und trank in der Hoffnung, sich auf diese Weise selbst für die ekligsten Fragen fit zu machen, einen doppelten Espresso.

Selina und Maria, die gleichzeitig erschienen, kreischten: »Schätzchen, toll, dich endlich zu sehen!«, küssten einander die Wangen, und auch wenn Abby diese Theatralik hasste, machte sie doch mit. Sie wusste, täte sie es nicht, finge Maria ihren Artikel mit einem Satz wie »Im Fernsehen ist sie durch und durch charmant, aber im wahren Leben wirkt Abby Barton eher ein wenig steif und unbeholfen« an.

Natürlich bestellten sie Champagner, denn Maria sagte: »Es geht nichts über ein Interview, bei dem man Champagner trinken kann, vor allem, wenn jemand, wie zum Beispiel Beech, die Rechnung übernimmt.«

Selina und Abby tauschten viel sagende Blicke miteinander aus. Es würde bestimmt ein ausgiebiges Essen, dachte Abby, doch Selina war gewappnet und vor allem wusste sie, dass es für den Preis von ein paar Gläsern Champagner jede Menge intensiver Werbung für Abbys Sendung gab.

»Schätzchen«, sagte sie deshalb gut gelaunt zu Maria. »Etwas anderes als Champagner kommt uns gar nicht erst auf den Tisch.«

Abby lächelte derart breit, als sähe sie das ganz genauso. Theoretisch wäre ein Gespräch mit einer alkoholisierten Journalistin einfacher für sie. Allerdings machte Maria nicht den Eindruck, als wisse sie nach drei Gläsern Moët nicht mehr, wer sie war. Jahrelange Übung hatten sie garantiert gestählt, weshalb sie vermutlich frühestens nach drei Flaschen halbwegs angeheitert wäre. Und selbst dann würde ihren Adleraugen sicher nichts entgehen.

Während der ersten zwanzig Minuten plauderten Maria, Abby und Selina über die Filmbranche im Allgemeinen und tauschten die neuesten Klatschgeschichten aus. Sie sprachen so, als wären sie die besten Freundinnen der Welt, Abby jedoch war sich der Tatsache bewusst, dass Marias kleines Aufnahmegerät, das wie eine Schlange mitten auf dem Tisch lag, ohne Pause lief. Auf Außenstehende machte es eventuell den Eindruck, als hätten sie sich freiwillig getroffen, Abby jedoch wusste, dass jedes Wort, das über ihre Lippen kam, Futter für Marias Artikel war.

Bis sie ihre Vorspeise bekamen, waren bereits dreißig Minuten vergangen, weshalb Maria, gerade als sie ihr Hauptgericht erhielten, mit dem Interview begann. Abby hasste es, beim Essen Interviews zu geben – sie konnte sich nie auf ihre Worte konzentrieren, wenn sie gleichzeitig versuchte, ihren Salat zu essen oder einen Schluck von ihrem Mineralwasser zu trinken.

»Erzählen Sie mir von den beiden Neuzugängen«, säuselte Maria mit zuckersüßer Stimme. »Ich habe die Zwillinge noch nicht getroffen, aber es heißt, sie wären wirklich klasse. Wie kommen Sie drei miteinander zurecht?«

Abby hatte sich gerade den letzten Rest ihres mit Butter bestrichenen Brötchens in den Mund gesteckt.

»Mmm …«, murmelte sie kaum verständlich.

»Sie meinen, dass es gewisse Schwierigkeiten gibt?«, fragte Maria freundlich.

»Nein, nein, das meine ich ganz gewiss nicht«, antwortete Abby, nachdem es ihr gelungen war, die letzten Brotbissen runterzuschlucken. »Ich bin total begeistert von den beiden, wir sind wirklich gute Freundinnen und kommen bestens miteinander aus. Ich musste nur gerade meine Brotkrumen zu Ende kauen.«

Sie hatte gewusst, dass dieses Interview nicht einfach werden würde, hätte jedoch nicht gedacht, dass Maria in der Absicht, sie von vornherein in die Pfanne zu hauen, hierher gekommen war. Maria, die auf eine ausführlichere Antwort zu warten schien, schob sich eine Gabel Mozzarella-Ravioli in den Mund, und Abby wurde deutlich, dass ihr nicht mal eine Gabel der Vorspeise gegönnt würde.

»Die Sache ist die, Maria, ich finde die Zwillinge einfach toll«, erklärte sie also mit einem Lächeln, von dem Jess sofort gesehen hätte, dass es künstlich war. »Wie gesagt, wir kommen bestens miteinander aus. In der Tat war die Idee von mir, neue Moderatorinnen für die Sendung zu finden«, log sie, ohne rot zu werden. »Ich fand, dass *Entrümpeln* langsam etwas fade wurde, wenn Sie wissen, was ich meine.«

Sie schenkte der Journalistin weiter ihr falsches Lächeln

und sandte gleichzeitig ein Stoßgebet zum Himmel, dass die Frau ihr nicht auf die Schliche kam. Abby hatte Mitzi und Linzi ja tatsächlich gern. Doch, dass sie Konkurrenz in ihrer eigenen Show bekäme, hatte sie ursprünglich verprellt.

Sicher hätte sich Maria dafür interessiert, wie es hinter den Kulissen aussah, doch das würde ihr Abby bestimmt nicht auf die Nase binden.

»Sie sind echte Naturtalente. Haben Sie schon Aufnahmen mit ihnen gesehen?«, fragte Abby Maria mit unschuldiger Stimme.

Das wenigstens war keine Lüge. Die beiden jungen Frauen machten ihre Arbeit wirklich gut. Aber es war klar, dass Maria etwas anderes erwartet hatte, dass sie davon ausgegangen war, Abby teile, weil sie sich ausgebootet fühlte, mehr oder weniger versteckte Seitenhiebe gegen Linzi und Mitzi aus. Diesen Gefallen würde Abby ihr hundertprozentig nicht tun. Wenn Maria schmutzige Wäsche waschen wollte, sollte sie das, bitte schön, mit jemand anderem tun.

»Nein, das habe ich noch nicht, aber ich glaube, dass ein Video der beiden bereits auf dem Weg in Richtung meines Schreibtischs ist«, antwortete Maria und fügte mit scharfer Stimme, als glaube sie Abbys Geschichte von der tollen neuen Freundschaft nicht, hinzu: »Aber es ist natürlich sehr erfreulich, dass Sie drei sich verstehen.«

»Verstehen?« Abby sah sie strahlend an. »Wir drei haben ständig so viel miteinander zu bereden und zu lachen, dass sich der Regisseur schon ganz überflüssig vorkommt!« Und dann fiel ihr eine wunderbare neue Lüge ein. »Übrigens, ich fahre bald mit meiner Tochter in den Urlaub, und als ich den beiden davon erzählte, waren sie ganz wild darauf, uns zu begleiten.«

Tja, Maria, das musst du jetzt erst einmal verdauen, dachte sie mit grimmiger Befriedigung, musste jedoch bei Marias nächster Frage zu ihrem Leidwesen erkennen, dass sie sich zu weit vorgelehnt hatte.

»Und was ist mit Ihrem Mann?«, fragte Maria und betrachtete sie mit funkelnden Augen. »Ich habe gehört, man hätte Sie beide schon seit einer geraumen Weile nicht mehr zusammen gesehen. Dann fahren Sie also auch getrennt in Urlaub?«

Abby spürte, wie ihr Magen sich zusammenzog. »Es ist ein reiner Frauen-Urlaub«, erwiderte sie eilig und versuchte auf die Reihe zu kriegen, was ein reiner Frauen-Urlaub wäre, bei dem die Mitnahme des Ehemannes überflüssig war. »Wir fliegen in ein Wellnesszentrum in Arizona. Eigentlich hätte ich das niemandem verraten sollen, Maria«, fügte sie geheimnisvoll hinzu. »Aber, bei Ihnen kann ich sicher eine Ausnahme machen«, erklärte sie in einem Ton, der signalisieren sollte, dass Maria jemand ganz Besonderes war. »Aber wir möchten bitte nicht, dass Sie in Ihrem Artikel darüber schreiben, weil dann womöglich eine Karawane dorthin aufbricht.«

Selina, die ihren grünen Salat aß und so platziert war, dass Maria ihr nicht direkt ins Gesicht sehen konnte, zog ihre perfekt gezupften Brauen in die Höhe. »Ein Wellnesszentrum in Arizona? Doch wohl nicht das, in das auch Sandra Bullock immer fährt, wo diese indianischen Heilungszeremonien angewandt werden?«, fragte sie beiläufig interessiert.

»Genau das«, antwortete Abby. »Es heißt, dass diese Zeremonien unglaublich beruhigend wirken. Außerdem kriegt man dort im Morgengrauen diese Schlammpackungen verpasst, die total entgiften.« Ihre Fantasie schlug Purzelbäume, doch Maria kaufte sie ihr augenscheinlich ab. »Männer hassen solche Dinge, und deshalb fliegen nur wir Frauen, wobei jedoch die Zwillinge leider zu beschäftigt sind, um uns zu begleiten.« Sie flehte Selina in Gedanken an, sie möge die Zwillinge impfen, damit sie die Geschichte auf Nachfrage bestätigten, und fing eine allgemeine Diskussion über Wellnesszentren an. Maria schien dort Stammkundin zu sein, und

Abby vermittelte absolut nicht den Eindruck, nie in ihrem ganzen Leben an einem solchen Ort gewesen zu sein. Brillant!

Von da an wurde es leichter, denn sie sprachen darüber, wie schwierig es war, die Arbeit mit der Mutterrolle zu verbinden. Wobei Abby – die sich vorkam wie die heuchlerischste Hochstaplerin – es tatsächlich schaffte, sich zu diesem Thema auszulassen, ohne dass dabei die Sprache auf ihre echten Probleme kam.

»Oh, ich weiß, es ist eine Zumutung, wenn man nach einem langen Arbeitstag nach Hause kommt und dann noch die Wäsche und alle übrigen Haushaltsarbeiten bewältigen muss«, seufzte Maria theatralisch.

Abby hätte ein Monatseinkommen darauf verwettet, dass Maria ein Mädchen hatte und bestimmt nicht mal wusste, wie der Niedrig-Temperatur-Waschgang an ihrer Waschmaschine einzustellen war. Doch sie nickte nur verständnisvoll und meinte, ja, es wäre wirklich schwer, und die Mitmenschen wüssten berufstätige Frauen einfach nicht genügend zu schätzen.

Gleichzeitig kam ihr der Gedanke, dass sie überzeugt davon gewesen war, dass Tom sie ebenfalls nicht zu schätzen wusste, und dass daran unter anderem auch ihre Ehe zugrunde gegangen war.

Schließlich hatte sie's geschafft. Maria schien nach zwei Flaschen Champagner angenehm abgefüllt zu sein, und Selinas durch und durch zufriedener Blick verriet, dass ihrer Meinung nach alles hervorragend gelaufen war. Abby war erleichtert, dass sie endlich flüchten konnte.

»Tschüs«, sagte sie und schaffte es, so betrübt zu klingen, als hätte sie am liebsten noch den ganzen Tag mit Maria hier gesessen, Champagner geschluckt und irgendwelche Tratschgeschichten ausgetauscht.

Vor dem Restaurant sprach sie eine Nachricht auf Mikes Handy.

»Mike, ich muss mit Ihnen reden. Ich habe gerade einer Frau von *Style* ein Interview gegeben. Maria Carroll, ist Ihnen der Name ein Begriff? Fast wäre es ihr gelungen, in meinem Privatleben herumzustochern.« Abby machte eine Pause. Selbst mit Mike, der ihr bereits jede Menge Halt gegeben hatte, fiel es ihr schwer, darüber zu sprechen. »Ich habe Angst, dass unsere Trennung bald bekannt wird. Bitte rufen Sie mich zurück. Wir müssen uns darüber unterhalten, wie ich am geschicktesten vorgehe.« Damit legte sie auf.

Es war schon seltsam, dass Mike Horowitz inzwischen ihr Vertrauter war. Früher hatte sie mit Tom gesprochen, wenn sie im Rahmen ihrer Arbeit auf ein Problem gestoßen war. Ja, er hatte etwas gegen ihre Karriere und vor allem dagegen, dass sie mehr verdiente als er selbst. Aber er war stets für sie da gewesen und hatte ruhige und intelligente Antworten auf alles gehabt, womit sie nicht zurechtgekommen war. Manchmal hatte er sie allerdings mit seiner Gelassenheit genervt. »Es ist doch nur Fernsehen«, hatte er oft lachend gesagt. »Also bitte, Abby, nimm das alles nicht so bierernst. Das ist nicht das Ende der Welt.«

Mit Mike konnte sie sich wunderbar über ihre Arbeit unterhalten, weil er selbst bereits seit Jahren im Geschäft war und natürlich alles und jeden kannte. Mike wusste nicht nur, wo welche Leichen im Keller lagen – er war sogar dabei gewesen, als sie begraben worden waren. Doch Insiderwissen war etwas anderes als Liebe. Tom hatte aus reiner Liebe mit ihr über die Dinge gesprochen, das war ihr inzwischen klar.

Sie war auf dem Weg zurück nach Dunmore, als ihr Handy klingelte.

»Hi, Abby«, drang Mikes kräftige Stimme an ihr Ohr. »Dann ist Ihnen die Frau von *Style* also beinahe auf die Schliche gekommen. Auch wenn ich das nur ungern sage, aber – was haben Sie anderes erwartet?«

»Bitte nicht, Mike«, stöhnte Abby. »Bitte nicht. Ich wusste, dass es eines Tages herauskommen würde, dass es aber so schnell geht, hätte ich nicht gedacht. Ich meine, diese Journalisten scheinen halt immer alles zu wissen.«

»Nun, sie hat offensichtlich nicht alles gewusst«, widersprach Mike mit klarer Logik. »Sie hat mal ein bisschen gestochert, das war alles. Solange sie keinen konkreten Beweis für eine Trennung hat, wird sie nichts drucken. Aber wenn die Meute Wind davon bekommt, werden Sie angerufen und direkt danach gefragt. Für diesen Moment müssen Sie gewappnet sein. Wir müssen endlich etwas unternehmen – und zwar bezüglich Ihrer weiteren Karriere als auch um für Sie persönlich zu werben. Sie müssen karrieremäßig den Absprung schaffen, ehe Ihnen Beech zuvorkommt. Es ist nämlich effektiv leichter, nach einem neuen Job zu suchen, solange man noch den alten hat.«

Abby seufzte. »Himmel, Mike, ich habe zurzeit zu viel um die Ohren. Ich will mich nicht noch damit auseinander setzen müssen, ob ich Beech verlasse oder nicht. Schließlich waren sie sehr gut zu mir, sie –«

»Nein, das waren sie nicht«, fiel Mike ihr ins Wort. Er hatte mit Beech über den gnadenlosen Zusammenschnitt der ersten Zwillings-Folge konferiert, ihnen jedoch klugerweise noch nicht den Krieg erklärt. »Sie wollen ja schließlich im Guten voneinander scheiden«, hatte er Abby zur Begründung seiner bisherigen Zurückhaltung erklärt.

Abby hätte es geliebt, wenn Mike Roxie und Brian den Fehdehandschuh hingeworfen hätte, doch musste sie auf seine Erfahrung als Agent vertrauen.

»Sie waren gut für Beech«, erläuterte er jetzt. »Sie haben der Gesellschaft eine super Fernsehserie beschert, die allein Ihre Idee gewesen ist. Und jetzt booten sie Sie, wenn Sie sich nicht dagegen wehren, Stück für Stück aus. Glauben Sie mir, Roxie hat die Zwillinge nicht bloß zur Aufhübschung angeheuert. Und das Interview, das Sie heute gegeben haben: Haben Sie gewusst, dass die Journalistin eine Freundin von ihr ist?«

»Ach ja? Woher wissen Sie das?«

Fast meinte sie zu hören, wie Mike am anderen Leitungsende lächelte.

»Ich bin Ihr Agent«, antwortete er. »Da muss ich solche Dinge wissen. Aber ich und Selina dachten, es ist besser, wenn wir Ihnen das nicht vorher sagen. Dann hätten Sie sich nur unnötige Sorgen wegen des Gesprächs gemacht.«

»Na, vielen Dank«, antwortete Abby gekränkt. »Ich hätte mich tatsächlich verplappern können. Mit ihrer Frage nach Tom hat sie mich ziemlich aus dem Gleichgewicht gebracht. Vielleicht hätte ich alles vermasselt.«

»Sie hat nichts davon gewusst«, beruhigte Mike sie. »Niemand weiß etwas Genaues, nicht mal Roxie. Wenn es so gewesen wäre, hätte ich Sie bestimmt nicht unvorbereitet zu diesem Interview gelassen. Das wäre ja so wie damals bei den alten Römern, als man die Christen den Löwen zum Fraß vorgeworfen hat. Aber ich wette, dass Roxie ihr aufgetragen hat, dass sie Sie nach Ihrem Verhältnis zu Mitzi und Linzi ausquetschen soll.«

»Dafür hat sie sich tatsächlich interessiert«, gab Abby zu.

»Typisch Roxie«, sagte Mike. »Sie will Sie in ein schlechtes Licht rücken, und das geht am besten mit Hilfe der Presse. Wenn Sie in einem Interview wie eine verbitterte alte Schachtel wirken würden, wäre es für sie etwas leichter, Sie zu feuern. Und genau das wollen wir verhindern. Wenn Sie Beech verlassen, dann, weil sie was Besseres gefunden haben, und nicht, weil Sie gefeuert worden sind.«

»Was für ein besserer Job soll das denn bitte sein?«, fragte Abby hoffnungslos.

»Ich habe erfahren, dass Seven Two Seven Network eine neue Abend-Talkshow produzieren will«, erklärte Mike gelassen. »Dafür wären Sie genau die Richtige. Sie suchen keinen jungen Hüpfer, sondern eine reife, erfahrene Moderatorin, die mit ihrer warmen, einfühlsamen Art die Zuschauer anzieht. Sie wären wie geschaffen für einen solchen Job.«

»Ich habe in meinem ganzen Leben noch keinen Menschen interviewt«, erklärte Abby ihm schockiert.

»Und was machen Sie, wenn Sie für *Entrümpeln* zu den Leuten fahren und sie fragen, wie Sie ihnen ihr Leben verschönern können? Ist das nicht das Gleiche wie sie zu interviewen? Jedes Mal, wenn Sie im Fernsehen sind, interviewen Sie die Leute. Sie sind ein Naturtalent auf diesem Gebiet. Nur ist das bisher weder Ihnen noch« – er lachte leise auf – »den Verantwortlichen bei Beech nur annähernd bewusst. Wenn ich Ihre Karriere erst ordentlich vorangetrieben habe, werden die sich in den Hintern beißen, weil sie Sie haben gehen lassen. Das verspreche ich Ihnen.«

Abby hörte, was er sagte, nur drangen seine Worte nicht richtig zu ihr durch. Sie hielt nicht viel von ihren angeblichen Fähigkeiten. Eigentlich war sie der Überzeugung, ihre Fernsehkarriere einem reinen Zufall zu verdanken – halt einfach der Tatsache, dass sie zur rechten Zeit am rechten Ort gewesen war. Um die Häuser anderer Menschen aufzuräumen, brauchte man doch kein außerordentliches Können.

Es war aber nett von Mike, dass er all diese Dinge sagte, doch er verstand nicht, dass, wenn sie ernsthaft mit den Leuten in einer Talkshow würde sprechen müssen, sofort erkennbar würde, was für eine grauenhafte Hochstaplerin sie war. Sie könnte nie im Leben jemanden interviewen. Sie war nicht das Naturtalent, das man ihr andichtete.

Mike unterbrach die kurze Gesprächspause. »Ich weiß, was Sie gerade denken«, meinte er. »Sie nennen sich gerade unzählige Gründe, die dagegen sprechen, dass sie eine andere Sendung übernehmen, Gründe dafür, dass Sie niemals andere interviewen könnten und dass Sie jedes Vorsprechen ablehnen.«

»Das stimmt nicht«, protestierte Abby. »Ich…« Dann aber stoppte sie sich, denn Mike hatte völlig Recht. Sie redete sich selber den Gedanken an eine neue Sendung gründlich aus. »Dann wollen Sie also, dass ich mich um die Moderation dieser neuen Show bewerbe?«, fragte sie ihn zögernd.

»Ja«, antwortete Mike. »Ich habe im Verlauf der letzten Wochen ein paar Mal mit dem Produzenten gesprochen, und er ist sehr interessiert. Ich habe bisher nichts davon gesagt, um Ihnen keine falschen Hoffnungen zu machen. Aber ich glaube, jetzt wäre genau der richtige Zeitpunkt, um es zu versuchen. Sie sind genau der Mensch, auf den sie warten, Abby, glauben Sie mir. Und glauben Sie an sich.«

»Das ist leicht gesagt.«

»Es ist auch leicht zu tun«, erklärte Mike ruhig. »Sie sind ein Star, Abby, und – wie gesagt – Sie müssen nur noch an sich glauben.«

»Aber ich fliege in ein paar Tagen in Urlaub«, eröffnete sie ihm zaghaft. »Und so schnell kriege ich sicher bei denen keinen Termin.«

»Doch. Wenn Sie mit der Sache warten, bis Sie wieder da sind, machen Sie sich während des gesamten Urlaubs darüber Gedanken. Ich werde einen Termin für übermorgen organisieren. Wenn Sie morgens nach Dublin kommen, werden sie nachmittags die Probeaufnahmen machen, und abends lade ich Sie zu einem tollen Essen ein, bei dem wir uns betrinken und einander all unsere Probleme anvertrauen. Was halten Sie davon?«

»Dublin?«, fragte Abby und kam sich ziemlich dämlich dabei vor. Natürlich, schließlich hatte das 727 Network seinen Sitz in Dublin. »Wenn ich die Sendung bekäme, müsste ich in Dublin arbeiten, nicht wahr?«

»Die Sendung wurde einmal wöchentlich ausgestrahlt«, erklärte Mike. »Also müssten Sie wahrscheinlich zwei, höchsten drei Tage pro Woche, das hieße, zwei Nächte, hier in Dublin sein. Wäre das ein Problem?«

Wäre das ein Problem? Noch vor einem halben Jahr wäre die Antwort ein eindeutiges Ja gewesen. Tom hätte der Gedanke, dass sie zwei Nächte pro Woche außer Haus war, sicher nicht gefallen. Nun aber lagen die Dinge anders. Sie brauchte nicht an Tom zu denken. Sie brauchte nur zu überlegen, inwieweit Jess davon betroffen wäre. Falls, na ja, falls sie diesen Job bekäme, müsste Tom sich um die Tochter kümmern, wenn sie in Dublin wäre. Möglicherweise war Jess davon überzeugt, erwachsen zu sein. Doch davon war sie noch Jahre entfernt. Sie konnte unmöglich allein zu Hause bleiben.

Allerdings – unvermittelt kam Abby eine andere Idee: Sie und Jess könnten nach Dublin ziehen. Es gab nichts mehr, was sie in Dunmore hielt. Natürlich hatte sie dort ihre Freunde, ohne Tom jedoch war ihr Leben dort völlig aus dem Gleichgewicht geraten. Und wäre das Haus erst mal verkauft, gäbe es nichts mehr, was sie aus emotionalen Gründen weiter in dem Städtchen hielt. Jess würde es natürlich hassen, ihren Dad, Steph, Oliver und ihre Freunde aus der Schule zu verlassen, aber sie könnte an den Wochenenden zu ihrem Vater fliegen, und Steph könnte sie ab und zu besuchen. Das mit Oliver war sicherlich nicht ernst. Schließlich brachte Jess auch weiter viel mehr Zeit mit Steph als mit diesem Jungen zu. Außerdem hatte Oliver die Absicht, sowieso im nächsten Jahr aufs College zu wechseln und somit aus Dunmore fortzugehen.

Wenn sie umzögen, könnten sie und Jess sich eine hübsche Wohnung irgendwo im Zentrum, in der Nähe einer guten Schule nehmen. Hätte Jess sich erst einmal daran gewöhnt, würde sie es lieben.

Viele Menschen zogen, wenn sie sich von ihren Partnern trennten, um, und plötzlich konnte Abby diesen Schritt verstehen. Je länger sie darüber nachsann, umso besser erschien ihr die Idee nach Dublin zu ziehen und auf diesem Weg den Erinnerungen an ihr Leben hier mit Tom zu entfliehen. Jetzt brauchte ihr nur noch das Vorsprechen für die Moderation der Talkshow zu gelingen.

»Okay«, sagte sie zu Mike. »Gehen wir die Sache an. Ich

spreche für die Rolle vor. Vielleicht haben Sie Recht. Vielleicht muss ich wirklich fort von Beech – und ebenfalls aus dieser Gegend«, fügte sie hinzu.

»Niemand hat davon gesprochen, dass Sie deshalb umziehen müssen«, erklärte Mike sanft.

»Ich weiß«, antwortete Abby. »Aber auf einmal erscheint mir das wie eine blendende Idee. Ein neuer Job und zugleich ein neues Leben. Ich schätze, alles, was dazu noch fehlt, ist, dass ich die Sendung auch bekomme.«

»Glauben Sie mir, Wenn sie Sie erst sehen, werden sie Sie lieben«, kam Mikes zuversichtlicher Kommentar, worauf Abby bitter lachte und fragte: »Wie kommt es nur, dass ich es unglaubwürdig finde, wenn jemand sagt, dass ich ihm glauben soll?«

»Das liegt daran, dass Sie momentan das Leben allzu schwarz sehen«, antwortete Mike. »Sie brauchen wirklich dringend Urlaub, das steht fest.«

Am Abend vor dem Vorsprechen kam es zwischen Jess und Abby wieder mal zu einem riesengroßen Krach. Wie in den meisten Fällen fing alles harmlos an. Da sich Jess mit Steph getroffen hatte, hatte Abby den gesamten Tag damit verbracht, ihre Behausung zu entrümpeln. Wenn sie Lyonnais verkaufen müssten, wäre es bestimmt von Vorteil, wenn alles blitzblank und ordentlich aussah. Es war wirklich erstaunlich, wie viel Krimskrams die Moderatorin einer Sendung, in der es ums Entrümpeln ging, in ihrem Haus verwahrte: Es gab Schränke voller ausgedienter Haushaltsgegenstände und Schubladen mit Gebrauchsanweisungen und Garantiekarten für elektrische Geräte, deren Existenz Abby gar nicht bewusst gewesen war.

Da Tom nach wie vor bei seinem Kumpel Leo hauste, hatte er außer einem Teil seiner Garderobe nichts abgeholt. Auf den Fächern in seinem Schrank türmten sich jede Menge alter Sachen. Es gab mächtige, mit Papieren und Fotos voll gestopfte Kisten, und auch die Schubladen seiner Kommode waren bis zum Rand mit irgendwelchem Firlefanz gefüllt. Abby hatte das Gefühl, dass es nicht richtig wäre, wenn sie einfach irgendetwas fortwarf. Also stapelte sie in der Absicht, alles ordentlich im Gästezimmer zu verstauen, Toms Besitztümer im Flur. Nach dem Verkauf des Hauses hätten sie beide genug Geld, um sich jeweils eine neue kleine Wohnung leisten zu können. Dann holte Tom seine Sachen bestimmt ab. Bis dahin konnten sie ja weiter hier bleiben. Es war eine elendige Arbeit, doch Abby biss die Zähne aufeinander und zwang sich, Toms Sachen sorgfältig durchzusehen. Es war wirklich erstaunlich, was sich dort alles fand. Sie hatte nicht gewusst, dass er so viel Kleinkram über die Jahre verwahrt hatte. In ihren Augen hatte er sich stets problemlos von alten Sachen getrennt. Doch wie bei vielen Dingen hatte sie sich wohl auch darin gründlich in ihm geirrt.

In einem großen Aktenordner mit der Aufschrift »Planungsfonds Schule« entdeckte sie jeden Brief und jede Karte, die sie im Lauf der Zeit an ihn geschrieben hatte. Selbst Valentinskarten fanden sich in dem ordentlichen Stapel. Dabei konnte sie sich ganz genau daran erinnern, wie sie einmal mit ihm darüber in Streit geraten war, weil er dieses Ritual als völlig nebensächlich abtat. Sie war nämlich von den sentimentalen Kärtchen und Blumensträußchen immer ganz entzückt gewesen. Nie hätte sie geglaubt, dass er die ihm geschenkten Karten aufgehoben hätte. Zwar ohne romantische rote Schleife, aber immerhin …

Um nicht total in ihrem Gefühlschaos zu versinken, schob sie den Aktenordner, ohne einen von den Briefen oder eine von den Karten tatsächlich zu lesen, unter den Stapel auf dem Flur. Vielleicht würde Tom ja denken, dass ihr der Ordner gar nicht aufgefallen war.

Bevor sie dazu kam, die Dinge aus dem Flur ins Gästezimmer zu verfrachten, klingelte es an der Tür. Sie rannte nach unten und brachte eine halbe Ewigkeit im Gespräch mit einem Spendensammler zu. Bis dieser endlich wieder ging, war es beinahe sechs. Abby überlegte, dass sie besser in die Küche gehen und etwas zum Abendessen vorbereiten sollte, damit es fertig wäre, wenn ihre Tochter kam. Kaum hatte sie auf der Suche nach einer Lasagne die Tür des Gefrierschranks aufgezogen, klappte auch schon die Haustür, und sie rief möglichst fröhlich: »Hallo, Schatz.«

Sie hatte festgestellt, dass es die beste Art des Umgangs mit der Tochter war, wenn sie sich gut gelaunt und fröhlich gab, egal, wie muffig oder einsilbig die Reaktion des Mädchens war. Die Rolle der glücklichen Mutter war wahrhaftig nicht immer einfach. Unverdrossen heiter setzte sie hinzu: »Wie war dein Tag?«

Als sie keine Antwort bekam, seufzte Abby leise auf. Offensichtlich würde es mal wieder ein amüsanter Abend. Ob sie wohl die einzige Mutter auf der Welt war, die nicht mit ihrer sechzehnjährigen Tochter kommunizieren konnte? Oder hatten andere Mütter ebenfalls dieses Problem? Das hätte sie herzlich gern gewusst.

»Hi, Mum.« Endlich erschien Jess in der Tür der Küche, und als Abby merkte, wie erschöpft sie aussah, bekam sie sofort Schuldgefühle, weil sie in Gedanken derart ungerecht gewesen war.

»Alles in Ordnung?«, erkundigte sie sich besorgt.

»Ja, alles okay«, antwortete Jess, obwohl ihre Miene deutlich machte, dass irgendetwas absolut nicht in Ordnung war.

Abby hatte Angst, dass sie Jess durch allzu große Neugier dazu brächte, sich ihr wieder einmal völlig zu verschließen. Am liebsten hätte sie gefragt, doch wenn tatsächlich etwas nicht in Ordnung wäre, würde Jess es ihr doch bestimmt erzählen, oder etwa nicht? Allzu neugierige Mütter bekamen nie etwas zu hören, wenn sie jedoch interessiert, gleichzeitig aber unaufdringlich waren, vertrauten ihre Töchter ihnen alles an.

»Du siehst ein bisschen müde aus«, setzte sie zögernd an. Das klang doch wohl okay, oder?

»Ja, das bin ich auch ein bisschen«, antwortete Jess. »Steph und ich haben einen langen Spaziergang gemacht«, fügte sie hinzu – was bereits gelogen war. Steph hatte sich noch nie fürs Spazierengehen interessiert. Außerdem hing sie ständig mit Zach zusammen, weshalb sie den langen Spaziergang mit Oliver unternommen hatte. Das aber wollte sie der Mutter nicht erzählen. Wenn Mum wüsste, wie viel Zeit sie mit Oliver verbrachte, geräte sie bestimmt in Panik, weil sie mehr als bloßes Händchenhalten wittern würde. Dabei ging es tatsächlich nicht um mehr. Es war schon schlimm genug, dass Steph sie ständig löcherte, wann sie und Oliver es denn nun »endlich täten«. So lange zu warten wäre doch nicht normal.

»Ein langer Spaziergang, das klingt nett«, meinte ihre Mutter freundlich und rief dadurch prompt leichte Schuldgefühle in Jess wach.

»Wie lang und weit war der Spaziergang denn?«, hakte Abby überraschend nach.

Jess' Schuldgefühle wurden stärker. Sie hätte ihre Mutter nicht belügen dürfen. »Ach, ungefähr vier Meilen«, sagte sie ausweichend und wandte sich zum Gehen. »Ich geh rauf und nehm vor dem Essen noch ein Bad, okay?«

Ihre Mutter war derart liebevoll, dass sich Jess noch schrecklicher vorkam. Sie war in letzter Zeit wirklich gemein zu ihr. Dabei gab sich Mum die größte Mühe, aber Jess ertrug diese Fürsorge beim besten Willen nicht.

»Ich schau gerade, ob ich noch eine Lasagne für dich finde«, meinte Mum enthusiastisch. »Oder ich kann Pizza für uns bestellen, wenn dir das lieber ist.«

»Super«, meinte Jess, rannte nach oben und riss entsetzt die Augen auf. Dort oben auf dem Treppenabsatz lagen alle Sachen ihres Vaters. All die alten Kisten, die er ständig hatte ausmisten wollen, zusammen mit dem Zeitschriften- und

Bücherstapel, der in seinem Zimmer aufgetürmt gewesen war. Jess starrte das Tohuwabohu entgeistert an. Was machten diese Sachen auf der Treppe? Das hieß, sie wusste genau, warum sie dort lagen: Ihre Mutter hatte die Absicht, alles in den Müll zu stopfen, genau wie sie zuvor Dad einfach weggeworfen hatte. Dad war nicht mehr erwünscht gewesen, deshalb hatte er gehen müssen. Und jetzt müssten auch all seine Sachen verschwinden. In Jess' Augen sammelten sich Tränen. Sie stürzte in ihr Zimmer und warf die Tür hinter sich zu. Wie konnte ihre Mutter so was tun? Wie konnte sie sich nett und freundlich geben, während sie zugleich die geliebten Erinnerungen ihres Vaters entsorgte? Jess war außer sich vor Zorn. Sie schleuderte ihren Rucksack aufs Bett und überlegte, dass sie niemals wieder runtergehen würde. Das würde ihrer Mutter zeigen, was sie von ihr hielt. Nein, Mum sollte ruhig hören, was Jess von diesem Vorgehen hielt. Also stürmte sie wieder aus ihrem Zimmer, rannte die Treppe hinunter und riss die Küchentür auf.

»Wie kannst du Dad das antun?«, schrie sie ihre Mutter an.

Abby hob den Kopf von der Lasagne, die sie gerade zum Auftauen unter fließend warmes Wasser hielt. »Wie bitte?«, fragte sie verwundert. »Wovon redest du, Liebling?«

Dann wurde ihr bewusst, dass sie vergessen hatte, Toms Sachen im Gästezimmer zu verstauen. O Gott, wie musste das für ihre Tochter ausgesehen haben?

»Schätzchen, das hast du falsch verstanden. Ich habe nur aufgeräumt und –«

»Ich verstehe durchaus«, kreischte Jess. »Ich verstehe sogar sehr genau. Du willst, dass Dad für immer aus deinem Leben verschwindet. Aber er ist mein Vater, und aus meinem Leben kannst du ihn ganz sicher nicht vertreiben. Du gemeine Kuh.« Sie wirbelte herum, rannte die Treppe erneut hoch, verschwand in ihrem Zimmer und warf abermals krachend die Tür hinter sich zu.

Abby rutschte mit dem Rücken am Kühlschrank entlang

und lehnte sich mit ausgestreckten Beinen auf dem Boden dagegen. Sie konnte wirklich nichts richtig machen. Ihr Mann wollte sich von ihr scheiden lassen, und ihre Tochter hasste sie. Vielleicht hätte sie genau das Maria gestern verraten sollen. Die hätte daraus eine tolle Story gehäkelt. Aber Abby wollte keine tollen Storys über sich in irgendwelchen Zeitungen oder Magazinen lesen. Alles, was sie wollte, war eine halbwegs vernünftige Beziehung zu Jess und dass es mit ihrer Karriere nicht völlig bergab ging.

Es war für sie kein Trost, sich eingestehen zu müssen, dass sie es nicht zu schätzen gewusst hatte, als in ihrem Leben alles glatt gelaufen war.

Früh am nächsten Morgen fuhr Abby Jess zu ihrer Freundin Steph. Sie hatte beschlossen, Jess bei den Andersons übernachten zu lassen, während sie in Dublin war. Das erschien ihr besser, als die beiden Mädchen, wie Jess vorgeschlagen hatte, allein in Lyonnais wirtschaften zu lassen.

Auf dem Weg zu den Andersons herrschte zwischen ihnen eisiges Schweigen. Jess sah aus, als hätte sie, genau wie Abby, in der letzten Nacht kaum ein Auge zugemacht. Abby hatte sich vor lauter Sorge um die Tochter, um Tom und das ganze Chaos, das sie aus ihrem Leben machte, ruhelos in ihrem Bett gewälzt.

Dankbar für das Geplapper des Radiomoderators, der eine Unterhaltung überflüssig machte, stellte Abby das Radio noch einen Tick lauter. Da Jess am vergangenen Abend erst, nachdem ihre Mutter sich zurückgezogen hatte, wieder aus ihrem Zimmer gekommen war, hatten sie seit ihrem Streit noch kein Wort miteinander gewechselt. Erst, als Abby selbst im Bett gelegen hatte, hatte sie gehört, wie die Tür des Zimmers ihrer Tochter aufgegangen und das Mädchen in die Küche hinuntergeschlichen war. Sie hatte versucht sich damit zu trösten, dass Jess zumindest etwas aß.

Als sie nach einer durch etliche Staus anderthalbstündigen

Fahrt die Gartland Avenue erreichten, dachte Abby, dass sie etwas sagen sollte, um sich mit Jess zu versöhnen.

»Tut mir Leid, dass ich erst morgen wiederkomme, Schatz«, setzte sie zögernd an. »Und…« Sie machte eine Pause. »Auch das mit gestern Abend tut mir Leid. Ich wollte die Sachen deines Vaters ganz bestimmt nicht wegwerfen. Ich habe sie lediglich sortiert, damit er sie, wenn er will, jederzeit abholen kann.« Egal, wie sie es formulierte – es klang falsch. Es gab offensichtlich keinen Weg, der heranwachsenden Tochter zu erklären, dass ihr Vater früher oder später ein eigenes Zuhause haben würde und dass es keine Hoffnung auf eine Fortsetzung ihres ehemals glücklichen Familienlebens gab.

Vielleicht hatte Jess jedoch die ganze Zeit davon geträumt und der Anblick der Sachen ihres Vaters auf dem Treppenabsatz sie deshalb derart aus dem Gleichgewicht gebracht. Sie hatte anscheinend die Hoffnung noch nicht aufgegeben, dass es doch noch zu einer Versöhnung zwischen ihren Eltern kam.

Abby blutete das Herz. Sie wollte Jess nicht verletzen, doch musste sie dem Mädchen gegenüber ehrlich sein. »Jess, du weißt, dass Dad sich eine andere Wohnung nehmen wird und dass wir Lyonnais deshalb verkaufen müssen. Das ist dir doch klar, oder?« Sie blickte ihre Tochter von der Seite an und sah selbst aus diesem Winkel die Erschöpfung in ihrem Gesicht, die dunklen Ringe unter ihren Augen und den herabgezogenen Mund.

»Ja«, murmelte Jess. Sie wünschte, ihre Mutter würde endlich aufhören, mit ihr zu reden wie mit einem kleinen Kind. Sie hasste diese Form der Unterhaltung. Sie hätte nichts dagegen, das alles wie zwischen Erwachsenen zu klären. Doch das war wohl nicht möglich.

Also sah sie reglos aus dem Fenster auf die Leute, die über den Bürgersteig liefen, an dem sie langsam vorüberfuhren: ganz normale Menschen, die auf dem Weg zur Arbeit waren, mit den Hunden Gassi gingen, ihre Kleinen in den Kindergarten brachten. Keiner von ihnen machte auf sie den Eindruck, als ob er in einer solch furchtbaren, kaputten Familie leben musste wie sie selbst.

Vor dem Haus der Andersons hielt Abby schließlich an und bat ihre Tochter eindringlich: »Bitte, Jess, sei doch nicht so traurig. Schließlich fliegen wir in ein paar Tagen nach Florida, und das wird sicher toll.« Sie flehte ihre Tochter in Gedanken an, ihr ein Zeichen dafür zu geben, dass ihr Verhältnis zueinander nicht rettungslos kaputt war. Jess jedoch starrte weiter stumm geradeaus. »Bitte, Jess«, versuchte Abby es deshalb noch einmal. »Florida wird bestimmt super, oder?«

Statt etwas zu erwidern, löste Jess ihren Gurt und griff sich ihren Rucksack, in dem ihre Übernachtungsutensilien waren.

»Ja, sicher, Mum«, erklärte sie dann sarkastisch. »Ein Urlaub wird garantiert sämtliche Probleme in unserem verfickten Leben lösen.«

Abby starrte sie entgeistert an. So hatte Jess, zumindest in der Nähe ihrer Mutter, nie zuvor gesprochen. Ehe sie jedoch etwas erwidern konnte, hatte Jess bereits die Tür des Wagens aufgerissen, war ausgestiegen, donnerte die Tür ohne ein Wort des Abschieds hinter sich zu und stapfte auf die Haustür der Andersons zu.

Abby sah ihr elend und zugleich konsterniert hinterher. Natürlich hatte Jess mit ihrer Antwort Recht. Ein Urlaub würde die Probleme gewiss nicht lösen. Das stand eindeutig fest.

Normalerweise hatte Abby Spaß am Fliegen. Sie liebte es, in der Business-Class zu sitzen. Seit sie Erfolg mit ihrer Fernsehsendung hatte, wurde stets dort ein Platz für sie reserviert. Freundliche Stewardessen boten Kaffee, Tee oder sogar Champagner an, und sie konnte bequem die Beine ausstrecken. Heute jedoch hätte sie draußen auf der Tragfläche angebunden nach Dublin fliegen können, und es wäre ihr nicht weiter aufgefallen.

Sie saß auf ihrem Platz und stierte aus dem Fenster, während die Gepäckträger Koffer und Taschen in den Flieger wuchteten. Selbst als die Stewardess sie vergnügt mit einem »Hallo, Mrs. Barton. Schön, Sie heute wieder an Bord zu haben« grüßte, hellte Abbys Stimmung sich nicht auf. Was nützte es bekannt zu sein, wenn das gesamte Leben den Bach runterrauschte? Es wäre ihr heute sehr recht gewesen, wenn man sie nicht erkannt hätte. Sie hatte keine Zeit gehabt, um sich mit etwas anderem als Mascara und einem Hauch von Lippenstift zu schminken und sah bleich und übermüdet aus. Sie ließ sich außer einer Tasse Kaffee eine Zeitung bringen und versteckte dahinter ihr Gesicht. Sie wusste, dass sie sich geistig auf ihren Auftritt vorbereiten sollte, aber irgendwie war ihr das Vorsprechen völlig schnuppe. Was machte es, wenn auch noch ihre Karriere im Chaos versank?

Am Flughafen von Dublin wurde sie von einem Chauffeur des 727 Network in Empfang genommen und zum ersten Mal an diesem Tag ließ Abbys trübselige Stimmung etwas nach. Aber hallo, ein Chauffeur! Bei Beech hatte sie nie einen Chauffeur gehabt. Bestenfalls hatte man ihr dort ein Taxi bestellt. Normalerweise hatte sie allein zusehen müssen, wie sie zum Flughafen oder von dort an ihren Drehort kam. Diese neue Produktionsgesellschaft legte offenbar Wert darauf, dass sie gut gelaunt zum Vorsprechen erschien.

»Ms. Barton, wie schön Sie zu sehen«, erklärte der Chauffeur und nahm ihr sofort die kleine Reisetasche ab.

Abby wollte gerade sagen, dass sie *Mrs.* Barton war, entschied sich dann jedoch dagegen. Wahrscheinlich sagte er zu jeder Frau, die er abholen musste, Ms., weil er so keinen Fehler machen und ihr dadurch nicht zu nahe treten konnte. Außerdem wäre sie wahrscheinlich wirklich bald Ms. Barton. Ihren Mädchennamen würde sie bestimmt nicht wieder annehmen. Abby Costello klang irgendwie unschön. Ms. Barton aber war okay.

Im Fond der eleganten schwarzen Mercedes-Limousine begann Abby sich etwas zu schminken. Sie würde nicht zu viel Make-up verwenden, weil sie wusste, dass sie vor der Aufnahme noch hergerichtet werden würde. Doch sie wollte auf keinen Fall auf den ersten Blick so aussehen wie Onkel Fester von der Addams Family.

Kaum hatte sie mühsam den Eyeliner aufgetragen, als Mike Horowitz auf ihrem Handy anrief und sie vergnügt fragte: »Na, wie geht es meiner Lieblingsklientin?«

Zum ersten Mal an diesem Tag musste Abby lachen. »Sie wissen, dass ich es verabscheue, wenn Sie solchen Unsinn reden«, beschwerte sie sich grinsend. »Es ist einfach unehrlich, was Ihnen genauso klar ist wie mir. Falls ich wirklich Ihre Lieblingsklientin wäre, was würden Sie dann zu den anderen sagen? ›Hallo, zweitliebste Klientin, hallo, drittliebste Klientin‹ oder etwas in der Art? Das wage ich glatt zu bezweifeln. Wie schon erwähnt – mit Schmeichelei gewinnen Sie bei mir keinen Blumentopf.«

Mike begann ebenfalls zu lachen. »Bei Ihnen sicher nicht«, stimmte er ihr erheitert zu. »Aber genau das ist es, was mir an Ihnen so gefällt – Sie sind total direkt und wollen nicht zehnmal am Tag hören, wie wunderbar Sie sind. Das ist wirklich erfrischend.«

Umgeben vom Inhalt ihres Schminktäschchens, lehnte Abby sich mit einem wehmütigen Schnauben auf ihrem Sitz zurück. Auch Direktheit brachte einen im Umgang mit den Menschen nicht unbedingt weiter. Wie sie erst heute Morgen an der Reaktion ihrer Tochter unmissverständlich gemerkt hatte.

»Gut, wie geht es jetzt weiter?«, fragte sie ihren Agenten, und Mike erklärte, er träfe sie am Sender, wo sie mit den Produzenten sprechen und ganz allgemein die Stimmung ausloten würden, bis es schließlich Zeit für die Probeaufnahme war. Alles würde total entspannt ablaufen.

»Noch mal. Es ist nichts weiter als ein schlichter Probedurchlauf. Niemand erwartet irgendwelche Wunder. Also können wir die Sache völlig gelassen angehen. Sie haben zwei Gäste, die Sie interviewen sollen. Wie Sie wissen, hatte der Sender eigentlich irgendwelche Angestellte als Gäste nehmen wollen. Aber ich glaube nicht, dass so was funktioniert, weshalb sie zwei echte Gäste, einen Schauspieler und eine Schriftstellerin, eingeladen haben. Die beiden wissen, dass es nur eine Probesendung wird, aber das macht ihnen nichts. Natürlich waren sie nur bereit zu kommen, wenn sie für den Fall, dass die Sendung anläuft, unter den ersten Gästen sind.«

Abby war geschockt. »Was meinen Sie damit?«, fragte sie Mike alarmiert. »Ich denke, sie wollen nur sehen, wie ich vor der Kamera wirke.«

»Aber meine Assistentin hat doch eine E-Mail mit sämtlichen Details an Ihre Assistentin geschickt«, kam Mikes leicht ungehaltene Antwort.

Abby dachte an die lange Nachricht, die ihre Assistentin Katya ihr auf Band gesprochen hatte. Sie hatte tatsächlich etwas davon gesagt, dass sie ihre E-Mails durchgehen sollte. Doch Abby hatte ihren Computer in der allgemeinen Hektik schon seit ein paar Tagen nicht mehr angestellt.

»Sie wissen, wie Sie vor der Kamera wirken. Sie haben Ihre Show gesehen«, sagte Mike. »Jetzt wollen sie gucken, wie Sie reagieren, wenn Sie Leute richtig interviewen.«

»O Gott«, entfuhr es Abby. »Ich wusste, dass dieser Tag mit einer Katastrophe enden würde. Für so was bin ich nicht gewappnet, Mike, für so was bin ich einfach nicht bereit. Ich habe letzte Nacht kein Auge zugemacht …« Vor lauter Aufregung kletterte ihre Stimme ein paar Oktaven höher. »Und ich hatte einen Riesenstreit mit meiner Tochter –«

»Machen Sie sich keine Gedanken, Abby«, fiel ihr Mike ins Wort. »Sie werden Ihre Sache hervorragend machen.«

»Ja, bestimmt, hervorragend«, wiederholte Abby, als wären diese Worte so etwas wie ein Mantra, mit dessen Hilfe sie die Dinge, die da kämen, halbwegs unbeschadet überstand.

Anschließend hätte Abby nicht sagen können, ob der Probedurchlauf trotz oder vielleicht gerade wegen des Stresses, unter dem sie stand, so wunderbar gelaufen war. Sobald die Aufnahmen begannen, fing sie an, sich zu entspannen, auch wenn sie keine Ahnung hatte, wie ihr das gelang.

Plötzlich kam ihr die Erkenntnis, dass die Aufnahme einer Probesendung für eine Fernseh-Talkshow gar nicht so wichtig war. Sie konnte sich Mühe geben, um ihre Sache möglichst gut zu machen, mehr aber auch nicht.

Derart von jeder Aufregung befreit, schaffte sie es, sich auf ihre Gäste zu konzentrieren, statt auf ihre Frisur oder auf ihr Gesicht. Sie hatte keine Zeit, sich zu fragen, sehe ich in diesem Outfit womöglich fett aus? Sie hatte zwei Menschen zu interviewen und würde all die Neugier, die Intelligenz und das Mitgefühl darauf verwenden, derer sie fähig war.

Der Schauspieler erwies sich als durchaus netter, doch erst mal sehr zurückhaltender Mensch von Ende sechzig, den man nach über zwanzig Jahren als Star einer Seifenoper plötzlich einfach »rausgeschrieben« hatte. Abby wusste, was für ein Gefühl das war. Roxie hätte sie bestimmt am liebsten ebenfalls längst vor die Tür gesetzt. Die Gleichartigkeit ihrer Situation machte es ihr leicht, mit diesem ihr unbekannten Menschen einfühlsam zu sprechen. Sie beide saßen in bequemen Sesseln und unterhielten sich wie alte Freunde.

»Es muss sehr schwer für Sie gewesen sein, dass Ihre Karriere ein solches Ende genommen hat«, begann sie mit sanfter Stimme. »Vor allem, da der Erfolg der Serie auch Ihnen zu verdanken war.«

»Ja«, gab er unumwunden zu. »Ich hatte das Gefühl, Müll geworden zu sein. Ich war plötzlich zu alt, und niemand wollte mehr etwas von mir. Sie können sich nicht vorstellen, wie das schmerzt.«

»Ich glaube, dass sehr vielen Menschen wirklich Leid tut, was Ihnen widerfahren ist«, meinte Abby mit einem warmen Lächeln, und der Schauspieler feixte traurig.

»Es ist wirklich nicht einfach. Irgendwie fühlt man sich dem verbunden, womit man seinen Lebensunterhalt verdient. Zwanzig Jahre lang war ich der Colin in *Familiy and Friends,* und Knall auf Fall gab es diesen Mann nicht mehr. Ich muss sagen, ich war völlig am Boden zerstört.«

»Und nicht nur Sie waren davon betroffen, oder?«, fragte Abby behutsam. »Auch für die Menschen, die Ihnen nahe stehen, vor allem für Ihre Familie, war das sicher erst unfassbar.«

»Oh, Sie sollten meine arme Frau mal fragen, wie sie damit zurechtgekommen ist«, erwiderte der Mann. »Für Eleanor war es der reinste Alptraum, denn ich war total deprimiert. Also hat sie alles versucht, mir aus meinem Tief herauszuhelfen, mir Geschmack an der Zukunft zu vermitteln.«

»Eleanor hat ebenfalls als Schauspielerin begonnen, oder?«, fragte Abby und versuchte sich an die Notizen zu erinnern, die sie wenige Minuten vor der Sendung in die Hand gedrückt bekommen hatte. »Sie hat Sie während Ihrer Karriere immer unterstützt.«

»Ich weiß nicht, was ich ohne sie getan hätte«, antwortete er nickend und erzählte ausführlich von seiner Frau und davon, wie sie ihm geholfen hatte, die schlechten Zeiten durchzustehen.

Er fand, dass man mit Abby wunderbar reden konnte. Sie versuchte nie ihn zu bedrängen oder etwas aus ihm herauszuquetschen, sondern hatte eine liebevoll interessierte, mitfühlende Art und vermittelte den Eindruck, als ob sie ihn tatsächlich verstand.

Hinter den Kameras tauschten Mike und die Produzenten begeisterte Blicke miteinander aus. Abby Barton war ein echtes Naturtalent – das stand außer Frage. Sicher gab es keine Nuss, die sie nicht knacken könnte. Die Produzenten hatten den zurückhaltenden Schauspieler im letzten Moment gefunden und gemutmaßt, dass er ziemlich schwer zu interviewen war. Abbys sanften Fragen jedoch hatte er sich geöffnet wie niemals zuvor während solch eines Gesprächs.

Mike beobachtete seine Klientin mit unverhohlenem Stolz. Selbst wenn Abby dachte, dass sie nicht seine Lieblingsklientin war, stünde sie, falls er tatsächlich jemals eine Liste machte, auf jeden Fall weit oben. Er mochte ihre Ehrlichkeit, ihren Sinn für Humor und die Tatsache, dass sie an dem Getue und der Schmeichelei, die integraler Bestandteil des Showbusiness waren, keinen Gefallen zu finden schien. Außerdem fand er es spannend, dass sie – eine Seltenheit in dieser Branche – angeborene Fähigkeiten hatte, von denen sie anscheinend absolut nicht überzeugt war. Sie müsste jetzt wohl selbst erkennen, was für ein Talent in ihr schlummerte. Diese Aufnahmen fänden ohne jeden Zweifel allergrößten Beifall, und Abby Barton würde dank der Talkshow ein noch größerer Star als sie es bereits war. Er hoffte lediglich, dass sie gewappnet war für das Drumherum, wenn man landesweite Berühmtheit genoss.

Abby hatte keine Ahnung von den Plänen, die hinter den Kameras geschmiedet wurden. Sie konzentrierte sich darauf, ein möglichst gutes Interview mit einem Mann zu führen, der ihr gesamtes Mitgefühl besaß. Sie konnte sich daran erinnern, dass sie ihn ein paar Mal in *Family and Friends* gesehen hatte und dass ihr der harte Mensch, den er verkörpert hatte, äußerst unsympathisch gewesen war. Nun jedoch, in Fleisch und Blut, wirkte er sanftmütig und verletzlich und nahm sie dadurch für sich ein. Sie wollte wirklich wissen, was er fühlte, wie es war, zwanzig Jahre lang berühmt zu sein und dann mit ansehen zu müssen, wie dieser Ruhm verblasste. Sie sprachen darüber, dass die Welt einen vergaß, sobald man mehr als drei Monate nicht im Fernsehen gewesen war.

Sie machten ihre Scherze darüber, dass er als Berühmtheit im Supermarkt von völlig Fremden angelächelt worden war, dass jedoch kaum ein Mensch sich an seinen wahren Namen hatte erinnern können, weil er für alle stets Colin, der Mann aus der Seifenoper, gewesen war.

Dann wandten sie sich seiner Familie, seinen Kindern und seinen drei Enkelkindern, zu. Zum ersten Mal im Leben hatte er die Zeit, sich mit seinen Enkelkindern zu befassen. Und das fand er wunderbar.

»Wenn man Sie also bitten würde, den Colin wieder zu spielen, würden Sie das tun?«, fragte Abby vorsichtig, und der Schauspieler fing an zu lachen.

»Sie sind die Erste, die sich traut, mich das zu fragen.«

Abby konnte sehen, dass der Regisseur ihr Zeichen machte, das Gespräch langsam zu beenden. »Ich frage nur, weil ich glaube, dass ich die Antwort kenne«, erwiderte sie geschickt, und ihr Gegenüber sah sie grinsend an.

»Die Antwort wäre nein«, erklärte er denn auch. »Denn inzwischen habe ich entdeckt, dass es viel zu viele andere Dinge im Leben zu genießen gibt.«

»Ich wusste, dass Sie das sagen würden.« Abby beugte sich ein wenig vor und tätschelte ihm warm die Hand.

Die Kameraleute klatschten, und der Schauspieler nahm Abby zum Abschied in den Arm.

»Ich glaube nicht, dass ich jemals zuvor ein Interview derart genossen habe«, erklärte er ihr offen. »Es hat mir wirklich Spaß gemacht. Sie sind geboren für diesen Job, Abby.«

Sie errötete, doch ehe sie erwidern konnte: »Reden Sie keinen Unsinn!«, war der Schauspieler bereits verschwunden, und die Schriftstellerin nahm ihr gegenüber Platz.

Wieder hatte Abby keine Zeit, um nervös zu werden, obwohl die Unterhaltung mit der Frau schleppend anlief. Während Abby sich durch die ersten Sätze holperte, wurde ihr bewusst, dass es stimmte, was der Regisseur ihr geantwortet hatte, als sie ihm ihr Versäumnis gestanden hatte: Wegen eines Missverständnisses hätte sie nichts von den Interviews gewusst, weshalb ihr nichts von den Gästen bekannt war als das bisschen, das sie sich während des Schminkens eilig durchgelesen hatte.

Der Regisseur hatte nämlich versichert, dieses Geheimnis für sich zu behalten. Und er hatte hinzugefügt, dass sie ihre Sache wahrscheinlich besser machte, wenn sie sich auf ihren Instinkt verließ, statt stur eine Liste von Fragen abzuhaken, die sie im Geiste erstellt hatte.

»Es gibt nichts Schlimmeres als einen Moderator, der sich nicht von einem Gespräch leiten lassen kann«, hatte er gesagt. »Sehen Sie es einfach so: Wenn Sie es schaffen, jemanden nach einer nur zehnminütigen Vorbereitungszeit zu interviewen, wissen Sie genau, dass Sie auch unter anderen Umständen arbeiten werden können. Das ist alles, worum es bei Life-Programmen geht: dass man ständig auf das Unerwartete gefasst ist. Sie müssen dafür gewappnet sein, dass ein Gast betrunken ist, unter Drogen steht oder plötzlich nicht mehr über etwas reden möchte, womit er vorher einverstanden war. Sie sitzen sozusagen ununterbrochen auf dem heißen Stuhl. Und jetzt viel Glück«, hatte er geendet und sich zu den Kameraleuten gesellt.

Tja, jetzt briet sie tatsächlich auf dem heißen Stuhl, merkte Abby. Dieses zweite Interview verlief alles andere als glatt. Sie suchte angestrengt nach einem verbindenden Thema mit der Frau. Sich über Literatur zu unterhalten, hatte eindeutig nicht funktioniert, weil der Dame nicht einzuleuchten schien, dass Abby keine jubelnde Leserin ihrer Werke war. Einen solchen Fehler würde Abby bestimmt nie wieder machen, falls sie die Sendung tatsächlich bekäme. Sie zermarterte sich das Hirn auf der Suche nach etwas, worüber sie miteinander reden könnten, und endlich fiel ihr etwas ein: Kinder. Irgendwie gelang es ihr, die Frau von der Diskussion der Probleme mit Lesereisen abzubringen.

»Sie haben schon oft von Ihrer Familie gesprochen«, leitete Abby geschickt über, wobei sie damit ein großes Wagnis einging. Denn sie konnte sich zwar vage daran erinnern, dass in der Biographie der Frau Kinder erwähnt worden waren, doch wusste sie nicht mehr, wie viele und hatte keine Ahnung, ob sie vielleicht schon erwachsen waren oder eher noch klein.

Ein paar bange Sekunden lang dachte sie, die Autorin würde rundheraus erklären, dass sie über ihr Privatleben nicht spräche. Dann aber – als hätte Abby einen Schalter bei ihr umgelegt – sprudelte es plötzlich nur so aus ihr heraus. Ja, sie hatte Kinder, Teenager, und Himmel, waren die manchmal schwierig! Ihre jüngste Tochter hatte gerade die Zwischenprüfung abgelegt und bei dem Gedanken an die Resultate, die sie im September mitgeteilt bekäme, hielt die gesamte Familie furchtsam den Atem an. Abby frohlockte innerlich. Jetzt befand sie sich auf sicherem Terrain, und während sie die grauenhafte Lernerei und das Trauma der Examen diskutierten, wurde die kühle Intellektuelle, die ihr gegenüber Platz genommen hatte, zunehmend durch die berufstätige Mutter überdeckt, die die gleichen Probleme hatte wie all die anderen Eltern, die die Sendung sehen würden.

Am Ende des Gesprächs waren sie die besten Freundinnen, und die Leute hinter den Kameras grinsten über beide Ohren, als die Frauen sich umarmten und Abby danach zu Mike lief.

»Abby, ich brauche Ihnen nicht zu sagen, dass Sie fantastisch waren«, lobte er, und Abby begriff, dass er es absolut ehrlich meinte.

»Der Anfang war ein bisschen schwierig, vor allem bei dem zweiten Interview«, gab sie trotzdem unumwunden zu. »Aber ich glaube, danach war es okay.«

»Okay? Es war einfach brillant. Wir alle waren total hingerissen. Ich weiß nicht, was Sie mit den beiden angestellt haben, aber Sie haben alles, selbst ihre verborgensten Gedanken, aus ihnen rausgeholt.«

»Das mache ich genauso, wenn ich das Haus von jemandem entrümpel«, erklärte Abby. »Man kann nicht einfach in das Leben eines Menschen treten und seine kostbarsten Besitztümer von unwichtigem Krempel trennen, ohne zu wissen, wie er tickt. Genau das habe ich heute während der Interviews versucht – herauszufinden, wie die Menschen ticken, mit denen ich sprach.«

»Abby!«, jubelte der Produzent, kam angelaufen und umarmte sie begeistert. »Was für eine Frau! Sie waren geradezu unglaublich. Diese Sendung wird ein echter Hit!«

Abby lachte. »Ich dachte, bisher hätten wir nur davon gesprochen, vielleicht eine Talkshow miteinander zu machen. Ich wusste noch gar nicht, dass bereits irgendwer beschlossen hat, es tatsächlich zu tun.«

»Nach den Aufnahmen von heute«, meinte der Produzent »machen wir sie ganz bestimmt. Und Sie sind dabei der große Star.« Er wandte sich an Mike. »Wir müssen über die Verträge sprechen und prüfen, welche Drehtage Ihr Terminkalender erlaubt.« Dann wandte er sich wieder Abby zu. »Wir wollen die Sache so unkompliziert wie möglich für Sie gestalten und richten uns bei der Planung ganz nach Ihnen.«

»Fabelhaft«, sagte er und schüttelte Abby kräftig die Hand. »Wenn das das ist, was Sie nach einer zehnminütigen Vorbereitung hinbekommen«, wisperte er, »kann ich es kaum erwarten zu erleben, was passiert, wenn Sie aus allen Rohren schießen!«

Kurzfristig genoss Abby die Bewunderung der Leute. Vor allem nach den letzten düsteren Wochen war es ein herrliches Gefühl.

»Danke«, sagte sie aus vollem Herzen. »Sie und Mike können die Einzelheiten klären.« Sie zwinkerte die Männer grinsend an. »Ich für meinen Teil brauche erst mal einen extra starken Kaffee.«

28

In Florida war es drückend heiß. Abby konnte nicht verstehen, wie die Menschen es ertrugen, ständig in einem solchen Klima zu leben und dazu noch einer geregelten Arbeit nachzugehen. Die Hitze stieg in Wellen von den Bürgersteigen auf, waberte einem um die Knöchel, und selbst in ihrer kühlen Leinenhose hatte sie das Gefühl zu braten. Ihre Sandalen klebten an den Füßen und das dünne weiße Baumwoll-T-Shirt klebte an ihrer Haut. Die Temperaturen hatten Jess' alten Krieg abrupt bei ihrer Ankunft in Amerika beendet. Beide stöhnten unisono, weil die Hitze schlichtweg mörderisch war.

»Ich kann einfach kaum glauben, dass es in einem zivilisierten Land so heiß sein kann«, japste Jess, als sie vor ihrem Hotel in Miami aus dem Taxi stiegen. »Wie sollen wir das jemals überleben?«

»Dank einer auf Hochtouren laufenden Klimaanlage, wie ich hoffe«, meinte ihre Mutter. »Im schlimmsten Fall rühren wir uns nicht aus dem Hotel.«

Ein blondes junges Mädchen mit dem Aussehen eines Filmstars fegte auf Roller-Blades an den beiden vorbei. Es trug äußerst knapp sitzende, leuchtend gelbe Shorts, glitt auf seinen langen sonnengebräunten Beinen mühelos dahin, und sowohl Mutter als auch Tochter waren beeindruckt.

»Möglicherweise gewöhnt man sich ja an die Hitze«, überlegte Jess, die dem Mädchen noch immer hinterhersah. »Ich hätte wirklich nichts dagegen, braun zu werden. Und eine Tour auf Roller-Blades wäre sicher toll. Meinst du, dass ich das hinkriege?«

Abby feixte. »Wir könnten es ja zusammen versuchen. Ich wollte das schon immer mal tun. Wobei es natürlich deine Schuld ist, wenn ich mit kaputten Knien und Ellbogen nach Hause fliegen muss.«

»O, nein, Mum«, erklärte Jess lachend. »Mit dir fahr ich bestimmt nicht Roller-Blades. Schließlich will ich mich nicht total blamieren.« Doch Abby begriff, dass das nur ein Scherz war.

Zum ersten Mal seit ihrer Abreise aus Irland wagte Abby, sich ein wenig zu entspannen. Vielleicht würde dieser Urlaub ja doch noch ein Erfolg.

»Wir werden uns morgen darum kümmern, wo wir Roller Blades bekommen«, versprach sie ihrer Tochter. »Lass uns heute erst mal die Kühle des Hotels genießen, auspacken und dann irgendwo hingehen, wo man fantastisch essen kann. Wie klingt das?«

»Super«, meinte Jess. »Außer der Sache mit dem Auspacken. Ich dachte, wir könnten einfach alles in den Koffern lassen und immer nur das rausholen, was wir gerade anziehen wollen.«

Abby blickte auf das elegante Hotel. »Nicht an einem Ort wie diesem«, antwortete sie. »Aber wahrscheinlich packen sowieso die Zimmermädchen alles für einen aus.«

Bei dem Gedanken an ihren schlecht gepackten Koffer seufzte sie insgeheim auf. Aber auf wen wollte sie hier einen guten Eindruck machen? In den Staaten kannte niemand Abby Barton, die Berühmtheit aus dem irländischen Fernsehen. Sie würde Abby Barton, eine ganz normale Mutter und Frau sein, die keine Ahnung davon hatte, wie man Koffer packte. Das wäre absolut entspannend.

Ihr Hotel war nicht eines der großartigen Art Deco-Gebäude, für die Miami so berühmt war, sondern ein riesiger, hochmoderner Komplex, in dem es jeden Luxus gab, den man sich denken konnte. Angefangen mit teuersten Designerläden im Foyer bis hin zu einem riesengroßen Schwimmbecken mit angeschlossenem Wellnesszentrum in der obersten Etage. Als sie beim Einchecken in der Broschüre von dem Wellnesszentrum las, musste Abby leise lachen. Wenn sie daran dachte, dass Maria Carroll ihr die Geschichte von dem Wellnessurlaub in Arizona allen Ernstes abgenommen hatte … Hier in diesem Hotel war von Indianerritualen keine Rede. Doch man konnte sich alle möglichen Massagen angedeihen lassen, einschließlich einer Behandlung mit heißen Steinen und geheimnisvollen Körperpackungen, durch die man mindestens fünf Zentimeter Oberschenkeldurchmesser verlor. Fünf Zentimeter, man stelle sich nur vor! Abby nahm sich vor, sich mindestens zwei dieser Behandlungen zu leisten.

Jess war ganz begeistert davon, dass es in ihrem Zimmer nicht nur einen Fernseher, sondern auch einen DVD-Spieler, ein Videogerät und eine Musikanlage gab. Außerdem könnte sie jede Menge Filme gucken, die in Irland erst in Monaten in die Kinos kommen würden, dachte sie vergnügt.

»Wow, Mum«, sagte sie beim Blick auf die Liste der Filme, die es im Pay-TV zu sehen gab. »Das ist fast unglaublich. Steph und ich haben darüber gesprochen, dass wir uns diesen Film unbedingt anschauen wollen. Aber bei uns kommt er frühestens in einem halben Jahr, und ich kann ihn hier jetzt schon sehen. Steph wird platzen vor Neid!«

»Freut mich, dass dir das alles gefällt«, antwortete Abby und sah sich bewundernd im Badezimmer, einer Oase aus allerfeinstem Marmor, um. Die Handtücher waren so flauschig, als hätte man sie einen ganzen Monat in Weichspüler getaucht.

Jess hingegen hatte sich inzwischen dem Verzeichnis all der riesengroßen Einkaufszentren in der Umgebung zugewandt.

»Wahnsinn, Mum«, sagte sie und klang noch beeindruckter als bei der Durchsicht des Filmprogramms. »In diesen Einkaufszentren gibt es alles – von Versace bis hin zu DKNY.«

»Mit dem Roller-Blading, dem Einkaufen und dem stundenlangen Fernsehen wird uns bestimmt ein Top-Urlaub gelingen, was meinst du?«, fragte ihre Mutter grinsend.

Jess schenkte ihr das strahlende Lächeln, mit dem sie sie

früher so häufig angesehen hatte, bevor alles derart schief gelaufen war. »Ja«, antwortete sie. »Wir werden einen tollen Urlaub haben.«

Und den hatten sie tatsächlich. Die Idee, Irland, und vor allem Dunmore, kurzfristig den Rücken zu kehren, war brillant gewesen, dachte Abby während ihrer zehntägigen Reise oft. In der schwülen Hitze Miamis fand der kalte Krieg tatsächlich ein Ende. Es war wie in alten Zeiten zwischen ihnen. Morgens standen sie früh auf, ließen sich das Frühstück auf ihr Zimmer bringen und genossen Früchte, deren Namen sie nie zuvor gehört hatten, sowie die kalorienreduzierten Mehrkorn-Muffins, von denen Jess gar nicht genug bekommen konnte.

Dann rieben sie sich gegenseitig mit Sonnenschutzcreme ein und begaben sich in luftiger Kleidung an den Strand. Natürlich war es viel zu heiß, um es lange in der Sonne auszuhalten. Deshalb flüchteten sie recht bald in die klimatisierten Läden, in denen Abby alle Vorsicht über Bord warf und ihre Kreditkarte zückte, sobald sie etwas Schönes sah. Nicht, dass Jess derart verwöhnt gewesen wäre, dass sie darauf bestand. Nein, sie hatte nie erwartet, dass Abby irgendwelche superteuren Sachen für sie kaufte.

Im Gegenteil – als Abby 80 Dollar für eine besonders coole CK-Sonnenbrille für sie zahlte, rief sie entgeistert: »Mum, du kannst mir unmöglich eine derart teure Sonnenbrille schenken! Was, wenn ich sie verlieren oder zerbrechen würde oder so …?«

Aus einem unerfindlichen Grund wäre Abby bei den Worten ihrer Tochter am liebsten in Tränen ausgebrochen. Trotz allem, was vorgefallen war – Jess war ein wirklich tolles Mädchen. Schließlich war es nicht ihre Schuld, dass diese schrägen Wachstums-Hormone ihr zu schaffen machten und dass ihr Leben durch die Trennung ihrer Eltern aus dem Gleichgewicht geraten war.

»Ach, ich möchte dir einfach etwas Hübsches kaufen, und

diese Sonnenbrille steht dir halt nun mal super«, bestand sie darauf. Über die Abrechnung ihrer Kreditkartengesellschaft würde sie sich später wundern. Aber falls aus der neuen Talkshow tatsächlich etwas würde, verdiente sie in Zukunft ja auch mehr.

Während der vier Tage in Miami speisten sie statt in den großen Touristenzentren meistens in unbekannten etwas abgelegenen Restaurants, und einmal wagten sie sich sogar in eine Salsa-Bar. Jess genierte sich ein wenig, als sie ein attraktiver kubanischer Junge zum Tanzen aufforderte. Abby hingegen hatte an dem Abend jede Menge Spaß. Tom hatte nie gerne getanzt, und es war ein Vergnügen, von jemandem über das Parkett geführt zu werden, dem der Rhythmus im Blut lag.

Beim Roller-Blading hingegen war ihre Tochter die Expertin. Abby war ein hoffnungsloser Fall und gab nach schrecklichen zwanzig Minuten auf. Sie war ständig in Panik, entweder unschuldige alte Damen niederzumähen – oder sich alle Knochen zu brechen. Jess jedoch machte es einen Riesenspaß und sie glitt bald geschmeidig wie ein Profi über die Strandpromenade.

»Wenn wir wieder nach Hause kommen, kaufe ich mir ein Paar von diesen Dingern«, sagte sie zu ihrer Mutter. »Dann könnte ich damit zur Schule fahren, anstatt den blöden Zug nehmen zu müssen. Wäre das nicht toll?«

Abby bekam Schuldgefühle. Sie hatte ihrer Tochter noch nichts von ihrem Plan erzählt, nach Dublin umzuziehen. Nach einem Umzug könnte Jess vermutlich tatsächlich mit den Dingern in die Schule fahren. Allerdings ginge sie dann nicht mehr auf dieselbe Schule wie ihre Freundin Steph. Nun, darüber könnten sie zu einem anderen Zeitpunkt sprechen. Vorläufig hielte Abby besser noch den Mund.

»Ja, Roller-Blades brauchst du unbedingt«, lachte sie deshalb lediglich ihre Tochter an.

Abends waren sie nie allzu lange unterwegs, denn durch

das frühe Aufstehen waren sie beide zeitig müde. Doch es war herrlich, durch die belebten Straßen zu ihrem Hotel zurückzuschlendern und dabei die fremdartige Atmosphäre zu genießen.

»Miami ist echt super und total lebendig«, schwärmte Jess, wozu Abby nur nicken konnte.

Als der Weiterflug nach Orlando näher rückte, waren sie beide traurig. Zudem entpuppte sich das Packen ihrer Koffer als Alptraum, denn sie hatten so viel Klamotten erstanden, dass Jess sich sogar auf Abbys Koffer setzte, damit diese ihn überhaupt zubekam.

Disney World war völlig anders als Miami. Selbst den übellaunigsten Menschen auf Erden hätte diese wunderbare Märchenlandschaft aufgemuntert, dachte Abby. Sie war nicht nur für Kinder, sondern einfach für jedermann.

Jess, die vor dem Abflug aus Irland steif und fest behauptet hatte, sie wäre viel zu alt, um sich noch in irgendeine blöde Achterbahn zu setzen, wurde geradezu süchtig nach den wildesten und gefährlichsten Geräten. Abby, der ihre Höhenangst zu schaffen machte, wartete meistens unten.

»Amüsier dich nur, mein Schatz. Ich ruh mich einfach ein bisschen aus«, sagte sie zu ihrer Tochter, denn allein der Anblick dieser rasenden Dinger verursachte ihr schon Schwindelgefühle.

Jess gefiel Sea World am besten und Abby die Safari. Das Problem war, dass sie nicht genügend Zeit hatten, alles auszuprobieren.

Die Woche verging rasend schnell. In ihrem Hotel waren sie nur selten, und wenn es Zeit zum Abendessen war, gab es so viele Dinge, über die sie sprechen wollten, so vieles, was sie gesehen hatten, dass leider keine Zeit für ernste Gespräche blieb.

Dabei hatte Abby sehr auf so eine Gelegenheit gehofft. Sie mussten so vieles besprechen: die Trennung, den Verkauf des Hauses, die neue Talkshow und die Möglichkeit des Umzugs nach Dublin. Sie wusste nun, dass Jess wie eine Erwachsene behandelt werden wollte, also wäre es das Beste, sie umgehend in ihre Pläne einzuweihen. Irgendwie jedoch war nie der rechte Zeitpunkt für ein derartiges Gespräch.

An ihrem letzten Abend saßen sie in dem im Stil des Mittelalters gehaltenen Restaurant ihres Hotels und bestellten wie üblich Pizza. Es gab kaum vegetarische Gerichte, und Pizza war für Jess die einfachste Alternative. Nachdem sie die Bestellung aufgegeben hatten, lehnte sich Jess auf ihren Stuhl zurück und betrachtete die anderen Gäste. Vor allem erschöpft wirkende Eltern mit unzähligen quietschfidelen Kindern bevölkerten das Lokal. Komischerweise wurde es Abby auf einmal bewusst, dass sie selbst nie wieder kleine Kinder haben würde. Ein weiteres Zeichen des Alterns, sagte sie sich, überrascht, dass sie sich nach den Zeiten sehnte, in denen ihre Tochter klein gewesen war.

Damals hatte sie das alles andere als amüsant gefunden. Im Alter zwischen zwei und drei hatte Jess den ganzen Tag nur Unsinn im Kopf gehabt, und ihre Wutanfälle hatten alles übertroffen, was in den Büchern als »normale Trotzphase« beschrieben worden war. Darauf zu achten, dass sie sich nicht verletzte und nicht irgendwas zerstörte, war ein 24-Stunden-Job gewesen. Irgendwie war es Jess jedoch gelungen, sich nie mehr als die bei kleinen Kindern normale, gelegentliche Beule oder aufgeschabte Knie zu holen. Sehr merkwürdig, sich nach dieser Zeit zu sehnen. Aber so war das Leben nun einmal. In der Erinnerung blieben nur die schönen Erlebnisse, die schlechten wurden ausgeblendet.

Vermutlich war diese Sehnsucht nichts anderes als Nostalgie. Was aber, wenn sie die Vergangenheit lediglich verbrämte? Was, wenn die Beziehung zwischen ihr und Tom in Wahrheit oberflächlich gewesen war und sie sie nur durch die rosarote Brille als so wunderbar ansah?

»Ich werde in meinem Leben nie wieder Pizza essen«, verkündete in diesem Moment ihre Tochter. »Man sollte meinen, dass denen noch andere vegetarische Gerichte in diesem Schuppen einfallen. Ich würde glatt einen Mord begehen für einen Gemüseburger. Oder für ein Sojawürstchen…«, fügte sie träumerisch hinzu.

Abby lachte erheitert. »Dabei hast du immer gesagt, dass du die Sojawürstchen, die ich für dich kaufe, hasst.«

»Ich verspreche, dass ich das nie wieder behaupten werde.«

Schließlich kamen die Getränke: Cola für Jess und Diet Coke für Abby. Sie müsste zu Hause dringend ein paar Pfund abnehmen, dachte sie. Trotz der tollen Fettverbrennungspackungen, die sie sich genehmigt hatte, hatte sie aufgrund der enormen amerikanischen Portionen ein paar Kilo zugelegt. Und wenn die Werbung für die dritte Staffel von *Entrümpeln* anfing, bräuchte sie nichts weniger als einen Bauch.

Die beiden kleinen Kinder am Nebentisch machten durch ohrenbetäubendes Brüllen deutlich, dass sie aus ihren Hochstühlen genommen werden wollten. Es herrschte ein Lärm, in dem selbst der neueste Song von Britney Spears, der im Hintergrund ertönte, beinahe verschwand. Möglicherweise war das nicht der geeignete Geräuschpegel, doch Abby holte tief Luft und sagte zu ihrer Tochter: »Wir müssen miteinander reden, Jess.«

»Worüber?« Sofort kehrte der unglückliche Ausdruck in die Augen des Mädchens zurück.

»Über die Zukunft. Darüber, wie es weitergehen wird«, erklärte Abby. Sie fühlte sich entsetzlich, weil sie davon anfing. Doch sie musste es tun. Nicht zum ersten Mal wünschte sie sich von ganzem Herzen, dass sie nie mit Jay ins Bett gegangen wäre. Sie war eine Mutter, und es war ihre Hauptaufgabe, die Familie zu beschützen. Dadurch, dass sie mit Jay geschlafen hatte, hatte sie ihre Familie zerstört und saß deshalb, umgeben von lauter glücklichen Familien, in einem Restaurant, wo sie mit ihrem Kind darüber sprechen musste, dass sie ihr Haus verkaufen, sich von seinem Vater scheiden lassen und aus dem Ort fortziehen würde, an dem alle Menschen lebten, die sie kannte – und etliche, die sie liebte.

»Ich fühle mich schuldig«, gestand Abby, »weil ich nie richtig mit dir über das gesprochen habe, was passiert ist und was passieren wird. Ich schätze, ich habe dich wie ein Kind behandelt, obwohl du das nicht mehr bist.«

Jess widerstand dem Bedürfnis vor sich auf den Tisch zu starren. Wenn ihre Mutter mit ihr wie mit einer Erwachsenen spräche, musste sie sich auch wie eine Erwachsene verhalten. Also blickte sie stattdessen in Abbys blau-grüne Augen, denen ihre eigenen Augen so ähnlich waren. Oliver liebte ihre Augen: Er sagte oft, sie wären wunderschön. Bisher hatte sie noch nie daran gedacht, dass sie diese Augen von ihrer Mutter geerbt hatte. Sie war einfach nur stolz darauf gewesen, dass sie sie besaß. Auf einmal wurde ihr jedoch die Bindung, die sie beide zueinander hatten, eigenartig bewusst. Ihre Mutter war kein schlechter Mensch, sie hatte lediglich Fehler gemacht, wie jeder andere auch.

»Also«, meinte Jess. »Worüber genau willst du mit mir reden?«

Jetzt oder nie. Abby atmete tief durch. »Ich weiß, es ist unmöglich für dich zu verstehen, warum ich getan habe, was ich getan habe. Und, ehrlich gesagt, ist es für mich selbst unverständlich. Es gibt auch keine Entschuldigung dafür. Ich liebe deinen Dad. Ich habe Jahre damit zugebracht, dir zu sagen, wie wichtig Liebe und der Respekt vor anderen Menschen sind. Und dann …«, Abby schluckte schwer, »dann habe ich alles kaputtgemacht, weil es mir an Respekt vor deinem Dad gemangelt hat. In ein paar schwachen, unverzeihlichen Momenten habe ich nicht mehr an ihn, sondern nur an mich allein gedacht. Das werde ich bis an mein Lebensende bereuen. Ich werde es bis an mein Lebensende bereuen, dass ich deinen Dad und dich derart verletzt habe.«

Sie schaute ihre Tochter flehentlich an. »Ich würde alles

tun, um die Uhr zurückzudrehen, Jess, aber das ist halt leider unmöglich. Darum müssen wir statt zurück nach vorne sehen. Dein Dad wird sich scheiden lassen wollen.«

»Hat er dir das gesagt?«, fragte Jess entgeistert.

»Nein«, gab ihre Mutter zu. »Aber ich weiß es trotzdem. Er ist so unendlich verletzt und unglücklich über das, was ich getan habe. Männer und Frauen sind einfach verschieden, das ist eine Tatsache«, fügte sie gequält hinzu. »Ich glaube, Frauen kommen über die Affären ihrer Männer einfacher hinweg. Wenn ein Mann in seinem Stolz verletzt ist, gibt es für ihn kein Zurück mehr. Das ist deinem Dad und mir passiert. Ich wäre überglücklich, wenn er zurückkommen würde«, erklärte sie ihrer Tochter ehrlich. »Ich möchte, dass du das weißt. Wenn wir wieder eine Familie sein könnten, würde ich alles tun, damit es funktioniert.«

Jess' Augen füllten sich mit Tränen und in dem verzweifelten Verlangen, ihre Mutter nicht sehen zu lassen, wie unglücklich sie war, senkte sie den Kopf. Nichts auf der Welt würde sie lieber wollen, als dass ihre Eltern wieder zueinander fänden, doch das würde offensichtlich nicht passieren.

Abby schien die Tränen in den Augen ihrer Tochter tatsächlich nicht zu sehen. Sie blickte reglos in die Ferne und suchte die richtigen Worte, um dem Mädchen zu erklären, weshalb der Riss in der Familie entstanden und nicht wieder zu kitten war. »Es ist nicht auszuschließen, dass dein Dad früher oder später eine andere Frau trifft, die er heiraten will«, erklärte Abby tonlos.

Der Gedanke rief eisiges Entsetzen in ihr wach, doch musste sie darüber sprechen. Alles andere wäre nicht fair. Was, wenn Tom eine andere Frau traf und nur deshalb keine Beziehung zu ihr einging, weil seine heranwachsende Tochter nicht damit einverstanden war, weil sie noch immer hoffte, dass es zu einer Versöhnung zwischen ihren Eltern kam? Abby war es ihm schuldig, dass sie ihn völlig freigab, wenn es das war, was er wollte. Es wäre nicht fair, sich weiterhin an ihn zu klammern, nachdem das Zerwürfnis von ihr verursacht worden war. Und sie musste dafür sorgen, dass Jess verstünde, dass das Leben ihres Vaters auch nach einer Scheidung von der Mutter weiterging.

»Wir werden das Haus verkaufen müssen«, fuhr Abby traurig fort. »Ich weiß, dass du es schrecklich fandest, nach Dunmore zu ziehen, sodass dir wenigstens das Haus nicht fehlen wird.«

Jess dachte an Oliver. Monatelang hatte sie Dunmore, die Tatsache, dass sie dort keine Freunde hatte und jeden Abend nach der Schule mit dem Zug von Cork nach Hause fahren musste, tatsächlich gehasst. Dunmore war für sie die reinste Einöde gewesen, sie hatte sich dort völlig fremd gefühlt. Dann aber hatte sie sich in Oliver verliebt: in einen Jungen, der in Dunmore lebte. Doch sie blieb stumm.

»Mit dem Geld, das wir durch den Hausverkauf bekommen, kann sich dein Dad eine neue Wohnung kaufen, in der du bei ihm wohnen kannst. Du und ich, wir werden ein eigenes Zuhause habe: du, ich und Wilbur.« In der Hoffnung, dass das Mädchen bei der Erwähnung seines geliebten Katers ebenfalls ein wenig lächeln würde, sah sie Jess mit einem vorsichtigen Lächeln an.

»Dann würde ich also mal bei Dad und mal bei dir wohnen?«, fragte Jess stattdessen, und plötzlich kam Abby ein schrecklicher Gedanke.

Was, wenn Jess nicht bei ihr leben wollte? Was, wenn sie bei ihrem Vater leben wollte nach allem, was vorgefallen war?

»Ich dachte, du wolltest bei mir leben«, sagte sie deshalb zögernd. »Zumindest ist es normalerweise so – die Kinder bleiben bei der Mutter – nicht, dass du noch ein Kind wärst oder so…« Unglücklich brach sie ab. Womöglich wollten die Kinder nur bei der Mutter bleiben, wenn nicht die Mutter schuld an der Trennung der Eltern war. Eventuell war es in diesem Fall ja anders?

»Nein, das ist okay. Ich bleibe bei dir«, antwortete Jess. »Nur wird es einfach seltsam sein, zwei Zuhause zu haben. Wo glaubst du, werden wir leben?«

Die mit einem mittelalterlichen, hübschen Kostüm bekleidete Serviererin kam mit den beiden Pizzen. »Die vegetarische für dich«, sagte sie freundlich zu Jess, stellte eine riesengroße Pizza vor ihr ab und wandte sich an Abby: »Und einmal die vier Jahreszeiten für Sie, Ma'am. Kann ich Ihnen beiden sonst noch etwas bringen?«

Abby starrte auf die enorme Pizza und überlegte, wie sie je im Leben nur einen einzigen Bissen davon essen sollte. Sie hatte nicht mehr den geringsten Appetit. Doch wie stets gewann die Höflichkeit die Oberhand über das, was sie empfand.

»Nein, danke, wir wurden bereits hervorragend bedient. Wir haben alles, was wir brauchen, vielen Dank.« Hier in Florida sagte sie noch viel öfter als gewöhnlich danke, weil das Personal an allen Orten unglaublich höflich war und weil sie fand, es wäre arrogant gewesen, nicht mindestens genauso nett zu sein. Die Bedienung wandte sich zum Gehen, und Mutter und Tochter fixierten beide stirnrunzelnd ihre Monsterportion.

»Hast du auch manchmal das Gefühl, zu viel bestellt zu haben?«, fragte Jess.

»Bei jeder einzelnen Mahlzeit«, stöhnte Abby.

Jess prustete. »Steph würde die Mahlzeiten hier hassen«, erklärte sie dann. »Sie macht inzwischen ständig irgendwelche Diäten – nicht, dass sie das nötig hätte, sie ist ja total dünn, aber sie jammert andauernd über ihr Gewicht.«

»Solche Gedanken machst du dir doch wohl nicht, oder?«, fragte ihre Mutter in der Sorge, Jess könnte ebenfalls vom Teenager-Diät-Syndrom befallen worden sein.

Jess schüttelte den Kopf. »Ich kann es kaum erwarten, endlich meine Spange loszuwerden, und ich hätte gerne einen, na ja, einen ordentlichen Busen.« Sie errötete ein wenig. »Aber ich denke, dass ich nicht zu dick bin. Obwohl ich wahrscheinlich die Einzige in meiner Klasse bin, die nicht von der Überzeugung geplagt wird, dass sie dringend ein paar Pfund loswerden muss«, fügte sie nachdenklich hinzu.

»Gott sei Dank«, antwortete Abby, die inzwischen bereits für die allerkleinsten Dinge, die noch funktionierten, von Herzen dankbar war.

»He, wahrscheinlich brauche ich, wenn ich älter bin, eine Therapie, um damit zurechtzukommen, dass ich eine Zahnspange und eine Brille hatte«, grinste Jess.

Sie begannen, ihrer Pizza zu Leibe zu rücken und unterhielten sich über Frauen, die sich dem Diätwahnsinn auslieferten, wie Steph. Es war eine rundum vergnügte Unterhaltung und eine Zeit lang hatte Abby das Gefühl, als spräche sie mit einer Freundin und nicht mit ihrem Kind. Jess hatte zu allem eine geradezu vernünftige, humorvolle Einstellung. Man konnte über jedes Thema mit ihr reden. Seltsam, dass ihr das nicht schon viel früher aufgefallen war.

Jess war in der Tat kein kleines Mädchen mehr, sondern eine junge Frau. Sie aßen, redeten und lachten, und Abby kam zu dem Ergebnis, dass sie ihren Plan, Dunmore zu verlassen, jetzt noch nicht erwähnen würde.

Dass sie eine gute Probesendung mit ihr aufgenommen hatten, hieß schließlich noch nicht, dass sie die Talkshow tatsächlich bekam. Diesen Abend wollte sie ungestört mit ihrer Tochter genießen.

Es war beinahe zehn, bis sie fertig gegessen hatten und zurück zu ihrem Zimmer gingen, um die letzten Dinge für den Rückflug am nächsten Vormittag zu packen.

Abby wusste, dass sie kein Auge zutun würde – so ging es ihr vor jedem Flug. Sie hatte ständig Angst, nicht pünktlich wach zu werden oder dass sie die Pässe oder die Flugtickets vergaß.

»Ich glaube, ich leiste mir noch ein Bad«, meinte Jess, als sie im Fahrstuhl standen.

»Gute Idee«, sagte ihre Mutter. »Ich brauche sowieso noch eine halbe Ewigkeit, um alles fertig zu packen. Und dann sollten wir versuchen, noch ein bisschen zu schlafen.«

Oben angekommen, spazierten sie durch den langen Korridor hinab in Richtung ihres Raums.

»Mum«, fing Jess vorsichtig an. »Glaubst du, dass Dad weiß, dass du gerne weiter mit ihm leben würdest, wenn es ihm gelingen würde zu vergessen, was passiert ist?«

In Abbys Augen sammelten sich heiße Tränen. Oh, die arme, arme Jess.

»Ja«, sagte sie mühsam. »Ich glaube, dass er das weiß. Ich habe es ihm auf jeden Fall mehrere Male gesagt. Aber es hat keinen Sinn, ihn zu bitten, zurückzukommen, wenn er das nicht will. Verstehst du das?«

Sie wollte Jess mit diesen Worten sagen, dass sie es versucht hatte, dass Tom jedoch an einer Fortführung ihrer Ehe nicht interessiert gewesen war.

»Man kann niemanden zwingen, einen weiterhin zu lieben, wenn die Liebe gestorben ist«, fügte sie unglücklich hinzu.

Da Jess nicht wagte, etwas darauf zu erwidern, nickte sie wortlos und verschwand, sobald die Tür des Zimmers aufgeschlossen war, umgehend im Bad.

»Es wird ein bisschen dauern, bis ich wieder rüberkomme«, rief sie ihrer Mutter über das Geräusch des einlaufenden Wassers zu.

»Okay«, antwortete Abby.

Jess schloss die Tür des Badezimmers, sank auf den Rand der Wanne und fing leise an zu weinen.

Im Schlafzimmer sank Abby auf den Rand des Bettes und brach ebenfalls in Tränen aus.

29

Ausgeruht und entspannt von ihrem – bis auf kleine Schönheitsfehler – wunderbaren Urlaub flog Abby am Sonntag zurück nach Irland und geriet dort unversehens ins Auge eines Orkans. Irgendwie war Roxie die Nachricht von Abbys Probeaufnahmen bei einem Konkurrenzsender zu Ohren gekommen, und sie und Brian waren außer sich. Roxie hatte einmal und Brian sogar dreimal auf Abbys Anrufbeantworter gegiftet. Der Produzent hatte dabei wutschnaubend erklärt, wenn Beech ihre Idee zu der Entrümpelungsserie damals nicht aufgegriffen hätte, wäre sie ein Niemand. Abby hörte sich die Rede ihres bisherigen Bosses ungerührt an und drückte dann auf Löschen. Sollte Brian toben wie er wollte. Es gab im Leben mehr als nur die Arbeit. Während ihres Urlaubs hatten Jess und sie etwas von ihrer alten Nähe zueinander wieder finden können, und das war ihr sehr viel wichtiger als jeder blöde Job. Außerdem hatte sie schließlich nicht die überfallartige Idee mit den zwei neuen Moderatorinnen für ihre Sendung gehabt. Sie hatte sich trotzdem durch und durch professionell benommen. Brian dagegen benahm sich wie ein kleiner Junge, der seinen Willen nicht bekommen hatte, er quengelte und schrie.

Sie schaltete den Anrufbeantworter abermals ein und rief Mike auf seinem Handy an. Es war Sonntag, aber, verdammt, die Sache eilte. Mike, der gerade geschäftlich in Paris war, war über Brians Wutausbruch nicht sonderlich beunruhigt.

»Machen Sie sich keine Gedanken über Brian«, erklärte er ruhig. »Er regt sich wieder ab. Früher oder später musste er dahinterkommen, dass Sie sich nach etwas anderem umsehen. Übrigens – die Leute vom Seven Two Seven Network sind ganz versessen darauf, Sie für diese Show zu kriegen – was sich deshalb offenbar bereits herumgesprochen hat.«

»Aber die Sache ist noch lange nicht unter Dach und Fach«, protestierte Abby. »Bisher hat uns niemand einen Vertrag oder etwas in der Richtung vorgelegt. Es ist also nicht so, als hätte ich den Job schon sicher in der Tasche.«

»Stimmt«, gab ihr Agent vergnügt zu. »Aber zufällig weiß ich, dass sie noch drei andere Leute für die Sendung haben vorsprechen lassen und dass keiner von ihnen auch nur annähernd so gut gewesen ist wie Sie. Insider-Informationen«, fügte er fröhlich hinzu. »Sie haben sogar mit Candy Wieheißt-sie-noch gesprochen, obwohl ich von vornherein wusste, dass sie ein hoffnungsloser Fall ist – viel zu aufgesetzt und künstlich.«

Abby konnte sich ein zufriedenes Lächeln nicht verkneifen. Dann hatte sich also Candy um denselben Job beworben und die Sache verbockt? Auch wenn ihre Mutter ihr stets gepredigt hatte, es wäre verkehrt, sich über das Unglück anderer zu freuen, konnte sie in diesem Fall ihre Schadenfreude nicht unterdrücken.

»Dann werden sie uns also ein Angebot unterbreiten?«, wollte sie von Mike wissen.

»Morgen, wenn ich aus Paris zurück bin, werde ich den Produzenten und den Regisseur zum Mittagessen treffen, und ich fresse einen Besen, wenn dabei nicht konkret über einen Vertrag gesprochen wird«, erklärte Mike zufrieden. »Und mit etwas Glück geht es dabei um jede Menge Geld.«

Abby dachte daran, wie weit sie mit dem großen Geld in der Vergangenheit gekommen war. Es hatte die Familie aus der Gartland Avenue, wo sie trotz allem glücklich gewesen waren, in dieses wunderschöne alte Haus gebracht. Ein Haus, in dem sie ohne Tom elend alleine lebte und das sie jetzt verkaufen müsste. Geld hatte der Familie Barton bisher nichts als Unglück gebracht. Oder war es nicht das Geld allein gewesen? Vielleicht hatte es die Schwierigkeiten, die schon seit längerem geschwelt hatten, lediglich verstärkt. So oder so würden ihre Probleme jedoch nicht durch ein gutes Einkommen allein gelöst.

»Hören Sie, Mike, es geht mir nicht unbedingt um das große Geld«, erklärte sie deshalb. »Wenn Tom und ich uns scheiden lassen, muss ich natürlich so viel verdienen, dass ich halbwegs vernünftig davon leben kann. Aber ich bin nicht Ivana Trump. Ich brauche kein Vermögen, um es in irgendwelchen Designerläden auszugeben.« Sie spürte Mikes Zögern.

»Abby, vergessen Sie nicht, dass Sie mehr verdienen als Ihr Mann. Tom könnte also Unterhalt und eventuell sogar noch eine Abfindung von Ihnen verlangen.«

Abby lachte freudlos. »Mike, Sie haben Tom nie kennen gelernt, und es ist offensichtlich, dass Sie keine Ahnung haben, was für ein Mensch er ist. Er würde eher unter eine Brücke ziehen, als dass er nur einen Penny von mir nähme.«

»Tut mir Leid«, entschuldigte sich Mike. »Das Ganze geht mich wirklich nichts an. Das ist alleine Ihre Angelegenheit.«

Eigentlich hätte Abby am Montag noch unter der Zeitverschiebung leiden sollen, doch sie wurde bereits früh am Morgen wach und fühlte sich erstaunlich energiegeladen. Deshalb sprang sie schwungvoll aus dem Bett, mixte sich einen Saft aus frischen Früchten und lief, den Discman auf den Ohren, zu einem flotten Vier-Meilen-Walking aus dem Haus. Um halb neun kam sie mit roten Wangen gut gelaunt wieder zurück und dachte, sie träfe die verschlafene Jess eventuell im Badezimmer an. Doch Jess war auf und sah nicht im Geringsten schläfrig aus.

»Dad hat angerufen. Er wollte mit dir sprechen«, erklärte sie der Mutter grimmig.

Abby wusste nicht warum, doch sie hatte die dunkle Ahnung, dass es irgendwelche schlechten Neuigkeiten gab. »Was ist los?«, fragte sie deshalb ängstlich.

»Irgendeine Journalistin hat ihn vor ein paar Minuten angerufen, um sich zu erkundigen, wie er die Sache mit eurer bevorstehenden Scheidung sieht«, antwortete Jess. »Auch hier hat jemand von diesen Leuten angerufen, aber ich habe einfach den Anrufbeantworter laufen lassen.«

Abby sank das Herz bis in die Schuhe. Das hatte ihr gerade noch gefehlt. Sie würde ein Monatsgehalt darauf verwetten, dass Roxie hinter dieser Sache steckte. Die Rache einer betrogenen Ehefrau war harmlos im Vergleich zu dem, was eine Produktionsleiterin machte, wenn die Moderatorin abtrünnig und wortkarg gewesen war. Wer sonst hätte etwas über den Zustand ihrer Ehe an die Presse durchsickern lassen können? Roxie wusste möglicherweise nichts Genaues über ihre Trennung, doch reichte ihre Wut offensichtlich aus, um bereits auf der Grundlage von Gerüchten die Initiative zu ergreifen.

»Dad denkt, dass du der Journalistin einen Tipp gegeben hast, weil du auf diese Weise Werbung für die neue Staffel deiner Sendung machen willst«, fügte Jess mit Grabesstimme hinzu.

Abby war total außer sich. »So ist das ganz und gar nicht gewesen, Jess«, erwiderte sie heftig. »Du weißt, dass ich alles tun würde, um deinem Dad nicht wehzutun. Bevor wir nach Florida geflogen sind, habe ich einer Journalistin ein Interview gegeben. Vor lauter Angst, dass sie etwas rausbekommen könnte, habe ich ihr die allergrößten Lügengeschichten aufgetischt. Ich will genauso wenig wie dein Dad, dass irgendjemand was davon erfährt.«

Es war schrecklich, den gequälten Ausdruck in Jess' Augen zu sehen. Mit einem Mal war das glückliche, offene Gesicht der Tochter wieder verschwunden. Tja, der Urlaub war vorbei – willkommen im harten, wahren Leben. Abby seufzte. Ein ausführliches Gespräch mit Jess müsste noch warten, denn erst war es erforderlich, mit Tom zu klären, was an diesem Morgen vorgefallen war.

Sie wählte seine Nummer, und schon nach dem ersten

Läuten hob er ab. Er wirkte wie ein wütender Stier und griff
sofort an. »Wie konntest du es wagen, vor aller Welt über
unser Privatleben zu reden? Ich schätze, du versuchst mit
allen Mitteln Werbung für deine blöde Serie zu machen.
Aber ich will nicht, dass mein Name oder der Name meiner
Tochter da hineingezogen wird. Such dir einen anderen Weg,
um in die Zeitungen zu kommen. Woher wusste dieses
Weibsbild überhaupt, unter welcher Nummer ich zu erreichen bin?«

Abby versuchte sich nicht anmerken zu lassen, wie schockiert sie über das Ausmaß seines Zornes war. Sie wusste,
dass er ihr nicht verzeihen konnte, und so war es eigentlich
nicht weiter überraschend, wenn er ihr sämtliche Schandtaten zutraute.

»Ich habe keinem Menschen etwas von unserer Trennung
erzählt, und ich habe keine Ahnung, woher sie deine Nummer hatten«, stellte sie nun ruhig klar, obgleich sie nicht
erwartete, dass er ihr glauben würde. Roxie musste seine
Nummer aus Abbys Unterlagen im Büro geklaut haben.
»Ich bin ebenfalls der Meinung, dass unser Privatleben niemanden etwas angeht. Und wenn du denkst, dass es für mich
von Vorteil ist, wenn die Nachricht unserer Trennung in die
Zeitung kommt, dann hast du dich geirrt.«

»Ich habe mich geirrt?«, fragte er sie giftig. »Ich werde dir
sagen, was ein Irrtum war, Abby. Es war ein Irrtum, dir all
die Jahre zu vertrauen. Es war ein Irrtum zu denken, ich
würde dich kennen. Ich habe dich nicht im Mindesten gekannt. Du bist lediglich publicityhungrig, und Jess und ich
sind dir dabei völlig egal.«

Abby wollte erwidern, dass diese Behauptung unfair war,
hielt sich dann jedoch zurück. Vielleicht war sie ja sogar
richtig. Selbst wenn sie niemandem von ihrer Trennung erzählt und sogar alles unternommen hatte, damit nichts
davon in die Zeitungen kam, hatte sie mit einem anderen
Mann geschlafen, weshalb sie verantwortlich für das Ende

ihrer Ehe war. Darauf lief es letztendlich immer wieder hinaus.

»Ich habe niemandem irgendwas davon erzählt«, wiederholte sie deshalb müde. »Aber wenn du glauben willst, dass das nicht stimmt, hast du natürlich ein Recht auf deine eigene Meinung. Du brauchst den Zeitungen gegenüber keine Erklärung abzugeben. Ich werde meine PR-Leute anweisen, alles Nötige zu tun.«

Sobald der Satz heraus war, wusste Abby, dass die Erwähnung der PR-Leute verkehrt gewesen war. Plötzlich klang sie nicht mehr wie Abby Barton, die von ihrem Mann getrennt lebende Frau, sondern wie ein Filmstar, genau wie die Art Mensch, die Tom so hasste. *Ihre PR-Leute*. Weshalb nur hatte sie das gesagt?

Damit hatte sich der Kreis geschlossen, oder etwa nicht? Egal, wie sehr sie das Gegenteil beteuerte. Tom würde jetzt denken, dass sie sich in genau die Frau verwandelt hatte, die er von Herzen hasste.

»Das alles tut mir furchtbar Leid, Tom«, fuhr sie rasch weiter fort. »Ich werde versuchen, die Sache zu klären, aber irgendetwas werden die Zeitungen sicher bringen.«

Sie machte eine Pause und meinte schließlich: »Ich werde meinem Anwalt sagen, dass er sich noch diese Woche mit dir in Verbindung setzen soll. Wir müssen uns wohl wegen unserer Finanzen, dem Verkauf des Hauses und dem Sorgerecht für Jess irgendwie verständigen.«

»Gut«, schnauzte er.

Zitternd legte sie auf, und schon klingelte das Telefon erneut. Als die ölige Stimme eines bekannten Klatschreporters auf den Anrufbeantworter sprach, war sie sehr froh, nicht an den Apparat gegangen zu sein. Gleichzeitig schrillte ihr Handy, und als sie die Nummer ihrer Assistentin auf dem Display erkannte, stellte sie es an.

»Hi, Katya. Was ist los?«, fragte sie, obwohl sie genau wusste, was der Grund für diesen Anruf war.

Katya klang verlegen. »Tja, Abby, hm… mich haben ein paar Leute angerufen. Ich wollte Sie nicht stören, weil Sie gerade erst aus dem Urlaub zurückgekommen sind, aber… nun… sie scheinen zu wissen, dass Sie und Tom sich getrennt haben, und wollen darüber berichten. Ich wusste einfach nicht, wie ich reagieren sollte.«

Trotz ihres eigenen Elends hatte Abby Mitleid mit Katya. »Wer hat bei Ihnen angerufen?«, fragte sie und schlug eine neue Seite eines Din-A4-Blocks auf. »Was genau haben die Anrufer gewusst?«

Nach und nach bekam sie durch Katya ein klares Bild der Situation.

Als Nächste rief Selina an, und Abby konnte hören, dass sie nicht frei sprechen konnte, als sie fragte: »Hallo, wie geht's? Haben Sie heute Morgen schon viele Anrufe erhalten?«

»Sie können nicht reden, stimmt's?«, fragte Abby leise.

»Nein, nicht wirklich«, kam Selinas verschlüsselte Antwort. »Ich würde mich ja gern mit Ihnen auf einen Kaffee treffen, aber vielleicht sprechen Sie vorher noch mit unserem gemeinsamen Freund.«

Mike.

»Das werde ich tun«, versprach Abby. Bis es ihr schließlich gelang, ihren Agenten zu erreichen, hatten sowohl Katya als auch Selina wiederholt angerufen, um sie zu informieren, dass sich noch weitere Journalisten an ihre Fersen geheftet hatten. Und ein paar davon hatten sich sogar auf irgendeine Weise Abbys Privatnummer beschafft. Nach wie vor in ihrem verschwitzten Laufanzug saß Abby neben dem Telefon in ihrem Arbeitszimmer und blickte auf die lange Namensliste, die auf ihrem Zettel stand.

Mike, der gerade erst dem Flugzeug aus Paris entstiegen war, sagte, er kenne eine der besten PR-Frauen des Landes, eine gewisse Nadia Wilson. Er würde sie kontaktieren und sie darum bitten, sich um sämtliche Presseanfragen zu kümmern und der Trennung dabei einen positiven Anstrich zu verleihen.

Wie verlieh man einer Scheidung einen positiven Anstrich?, überlegte Abby düster.

»Es klingt momentan schlimmer als es ist«, erklärte Mike beruhigend. Er hatte in seinem Leben bereits mehr Trennungen als ein Scheidungsanwalt miterleben müssen. »Passen Sie auf sich auf, Abby. Es geht nicht nur darum, der Presse Ihre Version der Geschichte zu erzählen. Passen Sie auf sich und vor allem auch auf Ihre Tochter auf. Es wird für sie sehr schwer werden, wenn sie die Artikel in den Zeitungen liest. Für Sie natürlich genauso. Warum machen Sie nicht eine Therapie oder gehen zu einer Beratung, bis sich die Wogen geglättet haben?«

Mike war stets für eine Überraschung gut. Er war ehrlich um ihr Wohlergehen besorgt. Es ging ihm offensichtlich nicht nur um den zwanzigprozentigen Anteil an ihren Einnahmen, den er verlöre, wenn sie jetzt entnervt aussteigen würde.

»Sie sind ein guter Mensch«, sagte sie, dankbar für seine Unterstützung.

»Sie meinen dafür, dass ich ein Agent bin«, scherzte er. »Eigentlich bin ich der reinste Hai, das wissen Sie, Abby. Denn was sind schon zwanzig Prozent von nichts, wenn Sie einen Nervenzusammenbruch erleiden und nicht mehr als Moderatorin zu gebrauchen sind?«

Lachend legten beide auf, doch Abbys Fröhlichkeit verflog, als sie in die Küche kam und dort ihre Tochter mit düsterer Miene über einer unberührten Schale Müsli sitzen sah.

»Ich weiß, dass das für dich alles nicht leicht ist –«, fing sie zögernd an.

»Nicht leicht?«, schrie Jess, ehe sie den Satz beenden konnte. »Du hast ja keine Ahnung, wie es für mich ist. Du verstehst rein gar nichts. Du hast auch keine Ahnung, wie schwer es für Dad ist. Du weißt, wie stolz er ist – wie wird es wohl an der Schule für ihn sein, wenn sie alle erst gelesen haben, dass ihr euch getrennt habt, weil du mit einem anderen im Bett gewesen bist!« Ihre Stimme begann sich zu überschlagen.

»Das werden sie niemals erfahren«, antwortete Abby entsetzt. »Alles, was sie wissen, ist, dass wir uns getrennt haben. Wir werden ihnen kaum erzählen, was der Grund für diese Trennung war.«

Aber ihre Tochter hatte Recht. Vielleicht fände ja tatsächlich irgendwer heraus, dass die angeblich so perfekte Ehe zwischen Tom und Abby Barton an einem Seitensprung zerbrochen war. Und schlimmer noch: Was, wenn plötzlich Jay öffentlich erklären würde, dass er der dritte Beteiligte an diesem Trauerspiel gewesen war? Bei dem Gedanken wurde es Abby schlecht. Sie schaute Jess an und merkte, dass die Tochter sie so durchdringend ansah, als wisse sie genau, was ihr durch den Kopf ging – und dass sie, angewidert von ihrer eigenen Mutter war.

»Bitte, Jess, du darfst mich nicht hassen«, flehte Abby. »Bitte, hass mich nicht. Wir müssen zusammenhalten, um diese Sache durchzustehen. Ich wollte nicht, dass das passiert, du weißt, dass ich das nicht wollte. Bitte versuch mich doch ein kleines bisschen zu verstehen …«

Jess stand wortlos auf, kippte den Inhalt ihrer Müslischale in den Mülleimer, stopfte die Schüssel und den Löffel in die Spülmaschine und stürmte hinaus in den Flur. Abby wusste, dass es sinnlos wäre, ihr jetzt nachzugehen.

Es dauerte nicht lange und sie hörte, wie die Eingangstür mit einem lauten Knall ins Schloss fiel.

Mit Fernsehleuten war es wirklich seltsam, überlegte Abby. Statt von der Tatsache abgeschreckt zu werden, dass das Privatleben und vor allem das Ende der Ehe ihrer noch nicht unter Vertrag genommenen, neuen Talkshow-Moderatorin akribisch von den Zeitungen durchleuchtet wurde, waren die Leute vom 727 Network noch versessener darauf, dass sie zu ihnen kam.

»Das ist das menschliche Element«, erklärte Nadia Wilson, die exklusive PR-Frau, die Mike angeheuert hatte, um Abby in dieser schweren Zeit zu helfen, und die darauf bestanden hatte, ihr Vorgehen sofort persönlich mit der neuen Klientin zu besprechen. »Sie genießen zurzeit genau die richtige Menge an öffentlichem Mitgefühl. Die Leute werden Schlange stehen, um in der Sendung auftreten zu dürfen, denn nachweislich haben Sie selbst schon jede Menge mitgemacht. Stars werden gern von Menschen interviewt, die ihre Sicht der Dinge verstehen. Das ist der Grund, weshalb das Seven Two Seven Network kein neunzehnjähriges Supermodel engagieren möchte, das noch nie verliebt war, das keine Kinder hat und noch nicht viel erlebt hat. Sie wollen Sie: Abby Barton, die authentische Mutter und zukünftige geschiedene Frau. Alles, was Sie durchgemacht haben, verleiht Ihrem Auftreten ein gewisses Pathos und ruft menschliche Gefühle in den Leuten wach. Außerdem«, fügte Nadia grinsend hinzu, »ist das alles gute Werbung für die Show. Wir dürfen uns der Tatsache bewusst sein, dass inzwischen alle Welt darüber Bescheid weiß, dass Sie als Moderatorin der neuen Talkshow vorgesehen sind.«

Nadia war vollkommen anders, als Abby erwartet hätte. Sie hatte gedacht, dass eine erfolgreiche PR-Frau, die Werbekampagnen für die Reichen und Berühmten initiierte, eine Furcht gebietende Matrone mit dickem Lidstrich, langen, sorgsam manikürten Krallen und streng geschnittenem Designer-Outfit war. Nadia jedoch war eine heitere Frau von Ende dreißig, die ihre wachen dunklen Augen nicht extra betonen musste und die aussah, als wäre sie auf dem Rückweg von ihrem wöchentlichen Einkauf zufällig bei ihr hereingeschneit. Ihre langen dunklen Haare hatte sie zu einem schlichten Pferdeschwanz gebunden und ihre Arbeitsgarderobe bestand aus Jeans, einem schlichten weißen Hemd, flachen Stiefeln und einer Taucheruhr für Männer.

»Das erspart einem am Morgen jede Menge Zeit«, erklärte sie ihre unkomplizierte Erscheinung. »Ich stehe auf, dusche, spring in meine Jeans und zieh eine frische Bluse an. Mehr nicht.«

Genauso direkt ging sie ihre Arbeit als PR-Frau an. Sie riet Abby, ein großes Interview zu geben, in dem sie über das Ende ihrer Ehe sprach.

»Die Hauptthemen werden sich natürlich um *Entrümpeln,* Ihren Fortgang von Ihrer bisherigen Produktionsgesellschaft und die neue Talkshow drehen. Aber Sie müssen auch Ihre Trennung erwähnen«, riet sie Abby. »Sie brauchen dabei nicht ans Eingemachte zu gehen, aber Sie müssen genug verraten, damit die Journalisten Sie anschließend in Ruhe lassen. Wenn wir das Interview mit einer seriösen Zeitung machen, werden Sie uns den Artikel zeigen, ehe sie ihn drucken. Die vorherige Durchsicht des Artikels ist das A und O. Alle Übrigen werden irgendwelche Zitate aus dem Interview herauspicken und ohne den passenden Kontext drucken. Aber zumindest haben Sie auf diese Weise Ihre Version der Geschichte mitgeteilt und kommen halbwegs unbeschadet aus der Sache heraus.«

Abby blinzelte Nadia mit vor Schlafmangel verquollenen Augen an. »Und was ist mit Tom?«, fragte sie. »Wann kann er seine Version der Geschichte erzählen?« Es erschien ihr falsch, dass die Leute ihre Sicht der Dinge hören wollten, nicht aber die von Tom. Nicht, dass Tom jemals mit irgendwem über sein Privatleben hätte sprechen wollen. Doch das war nicht der Punkt.

»Gar nicht«, erklärte Nadia nüchtern. »Sie sind die Berühmtheit, weshalb es allein Ihre Geschichte ist. Einseitig, aber so ist es nun einmal. Ich weiß, Sie wollen nichts tun, um ihn zu verletzen. Deshalb wird das, was Sie erzählen werden, garantiert nicht allzu schmerzhaft für ihn sein.«

»Nein, wahrscheinlich nicht«, antwortete Abby. Sie überlegte, wie sie dieses Interview gestalten könnte – am besten in der Art, sie hätte ihren Mann immer abgöttisch geliebt, nur hätten sie sich im Lauf der Jahre auseinander entwickelt. Oder so ähnlich. Alles, außer, dass ein anderer Mann dabei im Spiel gewesen war.

»Dann wird also der Teil des Interviews, in dem ich über unsere Beziehung spreche, eher kurz?«

»Ja, obwohl er in dem Artikel bestimmt einen größeren Raum einnehmen wird«, erwiderte Nadia, die der Überzeugung war, dass ihre Klienten stets die Wahrheit hören mussten, so schmerzlich sie auch war. »Reden Sie möglichst kurz und möglichst nett. Geben Sie gerade genug preis, dass Ihr Gesprächspartner den Eindruck hat, er hätte was bekommen, worüber zu schreiben sich tatsächlich lohnt. Wenn Sie wissen, was Sie sagen werden, gehen wir die Sache ein paar Mal durch, bis Sie ganz sicher sind, dass Sie nicht zu viel verraten und dass niemand Sie wegen Ihrer Worte kritisieren kann.« Nadia griff nach ihrer Aktentasche und wandte sich zum Gehen. »Sie sollten sich keine allzu großen Vorwürfe wegen dieser Sache machen, Abby«, riet sie ihr zum Schluss. »Sie beide sind nicht die ersten Menschen, die sich trennen. Und Sie werden ganz bestimmt auch nicht die Letzten sein. Spätestens in einem Monat wird bereits das Leben von irgendjemand anderem im Mittelpunkt des öffentlichen Interesses stehen. Ihre Probleme wird man dann völlig vergessen haben.«

Nachdem Nadia gegangen war, setzte sich Abby an den Küchentisch und brach in Tränen aus. Jess war noch unterwegs – Abby hatte keine Ahnung, wohin sie an diesem Vormittag geflüchtet war –, und da auch die Anrufe inzwischen ein Ende gefunden hatten, herrschte eine Grabesstille. Abby fühlte sich entsetzlich einsam. Sie hatte keine Ahnung, mit wem sie reden sollte. Sie bräuchte dringend eine Freundin. Ach, wenn doch nur Sally noch am Leben wäre.

Sally hätte sie bei aller Sympathie für Tom bestimmt verstanden. Als Realistin hätte sie gewusst, dass eine Ehe halt manchmal nicht mehr funktionierte. Es gab nicht viele Menschen wie Sally, denen man etwas erzählen konnte, ohne mit Vorwürfen überschüttet zu werden. Lizzie Shanahan war ein solcher Mensch, schoss es Abby plötzlich durch den Kopf.

Lizzie hatte selbst genug erlitten, um zu wissen, dass nichts jemals wirklich einfach war. Doch Abby hatte schon seit einer Ewigkeit nicht mehr mit ihr gesprochen. Sie war viel zu sehr mit ihrem eigenen Elend beschäftigt gewesen, um sich bei Lizzie, Erin oder irgendjemand anderem zu melden. Dafür zahlte sie jetzt den Preis.

Sie dachte an ihre Schwester Viv in Australien, mit der sie ebenfalls bereits seit Monaten nicht mehr gesprochen hatte. Abby hatte Viv nichts von ihrer und Toms Trennung erzählt. Sie hatte gehofft, dass das nicht nötig sein würde, weil sie sich wieder versöhnten. Das war inzwischen allerdings völlig ausgeschlossen. Aber sie konnte und wollte Viv mit diesen Dingen nicht belasten.

Mit irgendjemandem aber müsste sie sprechen. Es war traurig, dass sie jemanden dafür bezahlen musste, sich ihren Gedankenwirrwarr anzuhören. Doch sie griff entschieden nach dem Telefonbuch und inspizierte die Namen der darin aufgeführten Eheberater.

Obwohl Abby jeden Morgen furchtsam die Zeitungen aufschlug, war bisher noch kein Artikel über sie und Tom erschienen. Die Blätter waren voll mit einem großen Sexskandal, in den der Star einer bekannten Boygroup verwickelt sein sollte. Nadia erklärte ihr, dass sich die Leute dafür momentan viel mehr interessierten.

Jess sprach nur das Allernötigste mit ihr, und Abby hatte keine Ahnung, was schlimmer für sie war: wenn ihre Tochter sie derart ignorierte oder wenn sie sie unglücklich und wütend anschrie.

Nadia hatte für Freitag einen Interviewtermin mit dem *Sunday Sentinel* einberaumt, und Abby fürchtete sich vor diesem Gespräch genauso wie vor dem Besuch bei dem Eheberater, der für Donnerstag festgesetzt worden war. Als sie den Termin vereinbart hatte, war sie von dem Wunsch erfüllt gewesen, endlich jemandem ihr Herz ausschütten zu können. Nun jedoch rief der Gedanke, dass sie einem völlig fremden Menschen vom Ende ihrer Ehe berichten sollte, blankes Entsetzen in ihr wach. War in ihrem ganzen Leben überhaupt noch irgendwas privat?

Jess und Steph fuhren am Donnerstag zusammen in die Stadt. Abby hatte Schuldgefühle, weil sie die einfaltslose Aufmunterungstaktik anwandte, ihrer Tochter Geld für irgendwelche Sachen zu geben. Zumindest hätte Jess auf diese Weise, statt allein daheim herumzusitzen, etwas Spaß. Seit Montag hatte Jess sogar keine Lust, im Tierheim auszuhelfen. Stattdessen hatte sie sich stundenlang in ihrem Zimmer eingeschlossen und brüllend laut Musik gehört. Ach, wenn sie doch nur mit mir reden würde, dachte Abby elend. Jess jedoch hatte eindeutig nicht die Absicht, ihr oder jemand anderem ihre Gefühle anzuvertrauen. Und wenn sie sich jetzt schon derart in sich zurückzog, was tat sie dann, wenn ihre Mutter das Interview gegeben hätte und die ganze Geschichte in der Zeitung stand? In einer Woche finge die Schule wieder an, und in zwei Wochen bekäme sie die Resultate des Examens mitgeteilt – was ein weiterer unangenehmer Spannungsfaktor war.

In Abbys Lieblingszeitschrift war ein ausführlicher Artikel über den Schulstress, unter dem die Jugendlichen heute standen, komplett mit guten Ratschlägen, wie man sich ihnen gegenüber am günstigsten verhielt.

»Ungeachtet der Noten, die sie bei den Prüfungen bekommen, brauchen Teenager unsere ganze Unterstützung«, hieß es dort beispielsweise.

Die Ergebnisse der Zwischenprüfung waren zurzeit ihre

geringste Sorge. Jess könnte in allen Fächern durchgefallen sein, und Abby wäre es nicht in den Sinn gekommen, nur ein strafendes Wort darüber zu verlieren. Weshalb nur hatte sie in letzter Zeit den Eindruck, als liefe sie ständig in hochhackigen Schuhen über ein straff gespanntes Seil?

Tom hatte, als Abby ihn wegen des geplanten Interviews informieren wollte, am Telefon auch nicht gerade freundlich reagiert.

»Ich will gar nichts davon hören«, hatte er sie angeraunzt. »Ich verstehe sowieso nicht, warum du überhaupt irgendetwas dazu öffentlich sagen musst.«

Abby hatte versucht ihm zu erklären, dass die Journalisten erst Ruhe geben würden, wenn die Dinge ausgesprochen wären. Tom interessierte das alles nicht im Geringsten. Alles, worüber er hatte mit ihr reden wollen, war, dass er mit seiner Tochter ein paar Tage verreisen würde, um sie aus »der Schusslinie« zu bringen.

»Und mich auch«, hatte er geschnauzt.

»Natürlich«, hatte Abby daraufhin entkräftet gesagt.

Nun saß sie im Wartezimmer des Eheberatungszentrums und las die Poster, die an den Wänden hingen. Sie hatten alle die Themen Familientherapie, Trennung und Mediation. Mediation war offenbar derzeit der große Renner. Derartig ausgebildete Fachkräfte trafen die streitenden Partner und halfen ihnen, ihren Besitz, das Geld und die Zeit mit den Kindern auf eine Weise aufzuteilen, die beiden Parteien als halbwegs gerecht erschien.

»Gespräche sind gut für die Familie«, warb ein Poster, und Abby starrte es so angeekelt an, als wäre es persönlich verantwortlich dafür, dass ihr Leben völlig aus der Bahn geraten war. Sie saß allein im Wartezimmer, und während sie die abgenutzten Möbel betrachtete, überlegte sie, dass wahre Trennungen weitaus anders verliefen, als man es aus dem Kino kannte. Dort ging alles zack zack, und ehe man sich‘s versah, hatten alle ein neues Leben, neue Häuser und stritten sich höchstens noch darüber, wer die kostbare CD-Sammlung bekam. Dieser Raum kündete vom echten Leben, von richtigen Familien, die auf den nicht zueinander passenden Stühlen gesessen hatten, in der Hoffnung allmählich begreifen zu können, was mit ihnen geschah. Neben einem schwachen Geruch von Zigaretten hing die Erinnerung an Tränen und leidenschaftliche Streitereien in der abgestandenen Luft. Abby konnte sich vorstellen, dass Leute mit rot verheulten Augen die Bitte-nicht-rauchen-Schilder ignorierten, weil sich nur mit einer Zigarette die Sorge und die Aufregung ein wenig lindern ließ.

Hier erlebte man das Gegenteil der hoffnungsvollen, aufgeregten Atmosphäre von Verlobungsfeiern und Hochzeiten. Wären die Menschen wohl noch immer so versessen darauf, vor den Augen ihrer vierhundert »engsten Freunde« vor den Traualter zu treten, wenn sie wüssten, dass alles einmal hier enden könnte, in diesem trübseligen, mit traurigen Postern passend dekorierten Raum?

Um Punkt eins wurde die Tür des Besprechungsraums geöffnet, und die vorherige Klientin kam heraus.

Paul Doherty, der Psychologe, sah Abby lächelnd an und bat sie zu sich herein. Sie hatte wohl zu oft *Frasier* im Fernsehen gesehen, überlegte Abby beim Betreten des gemütlichen Büros. Sie hatte angenommen, alle Therapeuten wären intellektuelle, kultivierte Menschen, die endlos darüber diskutierten, wie viele Engel auf einem Stecknadelkopf tanzen konnten, bevor einer von ihnen herunterfiel.

Paul Doherty hingegen sah eher wie ein Hausarzt aus: Sein Hemd war leicht zerknittert, und er hatte einen etwas müden Blick. Statt hinter dem großen Schreibtisch nahm er, einen Block im Schoß, Abby gegenüber in einem Sessel Platz.

»Hallo, Abby. Wollen Sie mir sagen, weshalb Sie hierher gekommen sind?«, fragte er mit ruhiger, leiser Stimme.

Abby spielte mit dem Gedanken, »eigentlich nicht« zu

antworten, dadurch aber würde sie nur ihrer beider Zeit vergeuden, und so erzählte sie von ihrer Ehe, davon, wie ihr Job und das damit verbundene Einkommen eine Barriere zwischen ihnen errichtet hatte, davon, wie einsam und wie ungeliebt sie sich deswegen vorgekommen war. Sie konnte Tom nicht völlig reinwaschen, denn sie wusste, dass sein Verhalten dazu beigetragen hatte, dass es mit ihrer Ehe bergab gegangen war. Als sie jedoch auf Jay zu sprechen kam, davon, wie begehrt sie sich plötzlich gefühlt hatte und dass sie deshalb mit ihm ins Bett gegangen war, wurde ihre Stimme brüchig. Das war ihre Schuld allein.

»Ich weiß wirklich nicht, warum ich hier bin«, brach sie plötzlich ihre Erzählung ab. »Ich sollte weder Hilfe noch Verzeihung suchen, denn es ist alles meine Schuld. Es war meine Schuld, dass mein Mann mich verlassen hat, und es ist meine Schuld, dass meine Tochter nicht mehr mit mir redet. Das habe ich mir ganz alleine zuzuschreiben. Eine einzige blöde Aktion hat unser Leben zerstört.« Sie wartete darauf, dass der Psychologe etwas sagte, doch er betrachtete sie lediglich weiter schweigend.

»Ich bin diejenige, die reden muss, nicht wahr?«, fragte Abby, und der Hauch eines Lächelns umspielte seine Lippen, als er meinte: »Ich fürchte, Sie müssen tatsächlich den Großteil des Redens übernehmen. So läuft es nun einmal. Worte können uns entlasten. Ich sage nicht, dass dadurch, dass Sie über diese Dinge reden, wie durch ein Wunder schlagartig alles besser wird. Das können Sie durch nichts erreichen. Aber wenn Sie rausfinden können, warum Sie auf diese bestimmte Art gehandelt haben, können Sie daraus etwas lernen und schließlich, statt nur zurück, auch wieder nach vorne schauen.«

Das klang durchaus schlüssig, dachte Abby. Sie wünschte nur, sie könnte dafür sorgen, dass die Entschuldigung schneller ginge, und sie die Selbstvorwürfe und den Schmerz endlich überwand.

Sie rückte das Kissen in ihrem Rücken zurecht und fuhr mit ihrer Beichte fort.

Verglichen mit der Therapiesitzung war das Interview mit der Reporterin vom *Sunday Sentinel* der reinste Alptraum. Die Journalistin war eine echt nette Frau, völlig anders als die eiskalte Maria Carroll, die gnadenlos in Abbys Privatleben herumgestochert hatte. Trotzdem war es für Abby ein schmerzliches Gespräch.

Nun, zumindest war sie in der Lage, positiv von ihrer Karriere und den neuen Möglichkeiten, die sich ihr inzwischen boten, zu berichten. Die erste Folge der neuen Staffel von *Entrümpeln* war bereits gelaufen und sowohl die Kritiker als auch die Zuschauer waren begeistert. Sie mochten das neue Format, mochten die Zwillinge, und trotzdem ließ ihre Anerkennung für Abby nicht im Geringsten nach.

»Abby Barton ist nach wie vor das Beste an der Show«, hatte ein Fernsehkritiker gelobt.

Seltsamerweise jedoch war Abby ihr Erfolg egal. Es ging im Leben eindeutig um mehr als darum, dass man gute Kritiken in den Zeitungen bekam. Aber sie war erleichtert. Und sie umging mit Leichtigkeit die Fragen nach dem Gerücht, sie höre bei Beech auf und übernähme stattdessen die Leitung einer neuen Show. Bisher gäbe es keine Verträge, erklärte sie wahrheitsgemäß, obwohl ihr die Arbeit an einer neuen Sendung sicher Freude machen würde. Denn schließlich liebte sie neue Herausforderungen.

Sie wusste, sie sah gut aus. Durch den Stress hatte sie fast drei Kilo abgenommen, sodass sich ihre Kleidung locker um ihren Körper schmiegte. Dank einer wunderbaren Gesichtsmassage der guten Ruby wirkte ihre Haut jugendlich und straff, und die neuen Strähnchen, die sie sich extra für das Interview hatte machen lassen, verliehen ihrem Aussehen den gewissen Pfiff.

Doch dies waren reine Äußerlichkeiten. Abby hatte lernen müssen, dass sie nicht wirklich wichtig waren, und es fiel ihr schwer, sich gegenüber der Reporterin, die zwar sanft, doch unnachgiebig versuchte, ihr ihre geheimsten Gedanken und Gefühle zu entlocken, nicht anmerken zu lassen, wie unglücklich sie über die Zerrüttung ihrer Familie war. Als das Gespräch endlich vorbei war, sackte Abby innerlich erschöpft zusammen.

Am Sonntag, dem Tag, an dem der Artikel in der Zeitung stehen würde, wurde Abby schon in aller Frühe wach. Es war noch zu früh, um in den Zeitungsladen zu gehen. Allerdings wollte sie die Zeitung nicht hier in der Nachbarschaft erstehen. Also fuhr sie mit dem Auto zu einer Tankstelle ein wenig außerhalb von Dunmore, die durchgehend geöffnet hatte und wo es, wie sie wusste, bereits am frühen Morgen die neusten Presseerzeugnisse zu kaufen gab.

Danach saß sie in ihrem Wagen, zuckte beim Anblick der fett gedruckten Überschrift »Das heimliche Unglück hinter Abby Bartons hellem Lächeln« regelrecht zusammen und blätterte hastig auf die Seiten sechs und sieben, auf denen sich der ausführliche Artikel befand.

Nadia hatte sich das Schriftstück vorher schicken lassen, und da sie es Abby bei ihrem Telefongespräch am Vorabend vorgelesen hatte, war der Inhalt keine Überraschung. Doch es war ein großer Unterschied, ob einem der Text vorgelesen wurde oder ob man ihn gedruckt, zusammen mit zwei wenig schmeichelhaften Bildern von ihr und Tom, in einer Zeitung sah.

Mit zitternden Händen hielt sie die Seiten fest. Es war ein durchaus ausgewogener Artikel, in dem es um ihre erfolgreiche Karriere und nur am Rande um das Ende ihrer Ehe ging. Keiner der Sätze, die sie geäußert hatte, war irgendwie verfälscht, und trotzdem kam ihr der Artikel wie eine einzige horrormäßige Enthüllungsgeschichte vor.

Tom war mit Jess übers Wochenende fortgefahren. Doch

irgendein wohlmeinender Mensch präsentierte ihm sicher eine Ausgabe der Zeitung. Abby wendete stöhnend den Wagen und fuhr zurück nach Hause. Vor lauter Elend konnte sie nicht einmal mehr weinen. Nie zuvor in ihrem Leben hatte sie sich derart einsam und unglücklich gefühlt.

Lizzie holte die Sonntagszeitung auf dem Rückweg von der Messe. Sie war niedergeschlagen gewesen und hatte gehofft, der Gottesdienst lenke sie von ihren sehnsuchtsvollen Gedanken an den netten Simon ab und gebe ihr etwas Kraft. Statt jedoch mit Gott zu kommunizieren, hatte sie sich auf die beiden kleinen Kinder in der Reihe vor ihr konzentriert. Die beiden hübschen Zwillingsmädchen hatten sich während des gesamten Gottesdienstes mit Fingerspielen unterhalten, weshalb Lizzie von der ganzen Messe nichts mitbekommen hatte. Am Schluss bekam sie Schuldgefühle, weil sie sich amüsiert hatte, statt ordentlich zu beten. Also wirklich, was war sie für ein Mensch? Um ihre Konzentrationsfähigkeit war es eindeutig schlecht bestellt. Sie nahm sich vor, zur Wiedergutmachung während der Woche noch einmal die Kirche zu besuchen. Himmel, sie hatte so oft zum lieben Gott gebetet, dass sich in der Ehe ihrer Tochter alles zum Guten wenden möge – da war sie es Ihm ja wohl schuldig, wenigstens auf die Gebete Acht zu geben.

Zuhause angekommen, ging sie direkt in die Küche und warf die Papiertüte mit den Zeitungen und den Zutaten für Debras Frühstück auf den Tisch. Debra liebte ein ordentliches Frühstück, und Lizzie, die sich für gewöhnlich mit Toast und Tee begnügte, hatte es sich angewöhnt, ihr ein anständiges Frühstück zu bereiten, von dem sie selbst aus Gründen der Geselligkeit auch immer etwas aß. All der Schinken und die Eier waren das reinste Gift für die Figur. Debra war schon immer gertenschlank gewesen, nahm niemals nur ein Gramm zu, und Lizzie wünschte sich, sie könnte etwas Ähnliches auch von sich selbst behaupten. Am besten, sie machte, wenn sie wieder alleine lebte, eine stramme Diät.

Lizzie legte die Lebensmittel in den Kühlschrank – niemals hätte sie etwas gekocht, ehe Debra aufstand –, setzte sich an den Tisch und überflog die erste Seite des *Sunday Sentinel.*

»Oh, nein«, entfuhr es ihr, als sie Abbys Namen las. Die arme Abby. Sie tat ihr wirklich Leid.

Niemals würde Lizzie den Schmerz und das Unglück über ihre eigene Scheidung vergessen – wie musste es da sein, wenn man zusätzlich Journalisten Rede und Antwort stehen musste? Sie dachte an das erste Mal, als sie sich mit Abby unterhalten hatte, am Abend von Steves und Sallys Party. Sie hatte Abby wirklich sympathisch gefunden, doch war bereits damals nicht zu übersehen gewesen, dass es zwischen ihr und ihrem Mann Probleme gab.

Vielleicht war ihre Ehe ja bereits seit Jahren nicht in Ordnung gewesen, überlegte Lizzie. Beziehungen konnten äußerlich durchaus harmonisch wirken, während hinter der Fassade Hass und Abneigung regierten.

Auch das Gegenteil war möglich. Dazu brauchte sie nur ihre eigene Ehe anzusehen. Sie hatte standhaft angenommen, sie wäre perfekt, während allen anderen offenbar schon längst klar war, dass das bei ihnen absolut nicht der Fall war. Lizzie riss sich zusammen. Genug des Selbstmitleids, du hast lange genug in der Vergangenheit geschwelgt, sagte sie sich streng. Du hast dich weiterentwickelt, du hast ein neues Leben und hast deshalb kein Recht, noch länger deiner Ehe nachzutrauern.

Aber hatte sie sich wirklich weiterentwickelt, überlegte sie.

Sie wandte sich erneut dem Artikel über Abby zu und runzelte mitfühlend die Stirn, während sie die Worte der Journalistin las. »Im Fernsehen ist Abby Barton eine übersprudelnde, lebhafte Person, wie man sie gern als beste Freundin hätte und von der man am liebsten nicht nur sein Haus, sondern sein gesamtes Leben in Ordnung bringen lassen würde. Im wahren Leben aber ist Abby deutlich ruhiger, ja, beinahe melancholisch. Sie hat die Karriere, von der wir alle träumen, doch hat sie dafür einen hohen Preis bezahlt. Abby und ihr Mann Tom Barton, stellvertretender Rektor einer exklusiven Jungenschule in Cork, haben sich vor ein paar Monaten getrennt. Keiner trägt ausdrücklich die Schuld, wie Abby dem *Sunday Sentinel* erklärte. Sie sind beide sehr unglücklich über das Ende ihrer Ehe, doch Abby Barton ist eine Realistin und sie weiß, wenn etwas vorbei ist, ist es endgültig vorbei.«

Lizzie las weiter. Die Journalistin beschrieb Abbys neue Karriereaussichten, und es gab ein paar lustige Zitate von Abby darüber, wie schwierig es manchmal war, die beliebteste Entrümplerin der Nation und zugleich im Umgang mit dem eigenen Papierkram ein hoffnungsloser Fall zu sein. Lizzie konnte sich vorstellen, wie schwer es Abby gefallen sein musste, sich Scherze einfallen zu lassen, während sie in ihrem tiefsten Innern sicher todunglücklich gewesen war.

Spontan griff Lizzie nach dem Telefon und wählte Abbys Nummer. Dächte sie darüber nach, verlöre sie bestimmt den Mut. Abby hatte sicher unzählige Freundinnen und Freunde, die sich in einer Situation wie dieser um sie scharten. Doch Lizzie wollte zumindest zum Ausdruck bringen, dass sie im Notfall für sie da war.

Abbys Anrufbeantworter sprang an, und Lizzie hinterließ ihr eine Nachricht. »Hi, Abby, hier spricht Lizzie Shanahan. Ich rufe nur an, um dir zu sagen, dass ich, falls du wegen des Artikels in der Zeitung ein bisschen durcheinander bist und vielleicht gerne eine Tasse Kaffee mit jemandem trinken würdest, für dich da bin. Es ist bereits schwer genug, wenn eine Ehe auseinander geht, ohne dass man das an die Öffentlichkeit bringen muss.«

Plötzlich kam Lizzie ein Gedanke. Was, wenn Abby dachte, sie riefe nur aus Neugier bei ihr an. »Oh, Abby, ich rufe nicht an, weil mir irgendwas an Klatsch liegt oder so, ehrlich«, stammelte sie verlegen. »Ich dachte einfach, du solltest wissen, dass ich für dich da bin, falls du reden möchtest. Schließlich habe ich selbst eine Scheidung durchgemacht. Tschüs.« Lizzie legte auf und überlegte, ob ihr Vorgehen wohl richtig gewesen war. Aber diese Frage stellte sie sich regelmäßig bei allem, was sie tat.

Bisher hatten Greg und Erin häufig sonntagsmorgens einen Spaziergang durch den kleinen Ort gemacht. Sie waren durch die Straßen und Gassen geschlendert, hatten sich an der Schönheit der Umgebung erfreut, die Sonntagszeitungen gekauft und sich einen ausgedehnten Brunch in einem hübschen Café gegönnt. So ähnlich hatten sie es auch schon in Chicago gehalten.

An diesem Punkt der Schwangerschaft jedoch hatte Erin, obwohl sie viermal in der Woche schwimmen ging, nicht mehr die Energie für irgendwelche ausgedehnten Bummel. Also begaben sie sich mit dem Auto zu Molly's Coffee Shop, das ihr Lieblingscafé geworden war. Greg nippte ab und zu an seinem Kaffee, Erin trank literweise Tee, und während sie beide genüsslich in ihre großen, gezuckerten Frühstücksmuffins bissen, ging Greg in Höchstgeschwindigkeit sämtliche Zeitungen samt Beilagen durch und deponierte sie auf einem freien Stuhl, von dem sich Erin die für sie interessanten Teile nahm, um sie aufmerksam zu lesen.

Es war Greg, der plötzlich überrascht erklärte: »Hier ist ein Interview mit Abby. Es geht um ihre Ehe. Ich wusste gar nicht, dass sie und Tom sich getrennt haben...« Schnell überflog er den Bericht und reichte ihn dann Erin.

Die Lektüre des Artikels rief in Erin echtes Mitgefühl wach. Erin hatte bereits seit längerem vermutet, dass bei den Barton irgendwas nicht stimmte, doch Abby hatte nie etwas gesagt.

»Ich sollte sie anrufen«, erklärte sie.

»Bist du dir sicher?«, fragte Greg. »Ich wusste gar nicht, dass sie eine so enge Freundin von dir ist.«

»Anfangs ist sie das auch nicht gewesen«, gab Erin zu. »Aber sie ist eine wirklich nette Frau. Ich mag sie. Außerdem wette ich, dass sich kaum jemand in ihre Nähe traut. Und genau das ist der Grund, weshalb sie jede Unterstützung braucht.«

Greg betrachtete seine Frau bewundernd. Erin hatte nie versiegenden Mut und eine enorme Energie. Auch das liebte er an ihr. Vermutlich schreckten alle anderen davor zurück, sich ausgerechnet heute bei Abby zu melden, Erin aber nicht. Sie verstand besser als die meisten Menschen, wie wichtig der Zeitpunkt war, eine nette Stimme zu hören.

Noch während Erin eine Nachricht auf Abbys Anrufbeantworter sprach, kam Abby an den Apparat.

»Oh, hallo, Abby, du bist zu Hause«, sagte Erin überrascht.

»Ja, ich bin zu Hause«, erklärte Abby müde. »Ich trau mich gar nicht mehr auf die Straße. Vielleicht sieht mich da ja irgendwer, zeigt mit dem Finger auf mich und kreischt: ›Guck mal, das ist die Frau aus dem Fernsehen, deren Ehe in die Brüche gegangen ist.‹«

Erins lautes Prusten brachte Abby ebenfalls zum Lachen.

»Ich weiß«, gestand sie stöhnend. »Das klingt total lächerlich, nicht wahr?«

»I wo – kein bisschen«, widersprach Erin lachend. »Mir an deiner Stelle würde es aber bestimmt nicht anders gehen. Wahrscheinlich würde ich sogar erwägen, mir die Haare zu färben, damit niemand mich erkennt. Es ist nicht immer einfach, eine Berühmtheit zu sein.«

»Du sagst es«, antwortete Abby mit einem tiefen Seufzer.

»Okay, wie sieht es aus?«, wollte Erin wissen. »Hättest du Lust heute mit mir auszugehen? Du könntest deine Kritiker dadurch verblüffen, dass du dich jetzt gerade nicht versteckst – es sei denn, du hast schon irgendetwas anderes vor und deshalb keine Zeit.«

Abby war zu gerührt, um sofort zu antworten. Sie hatte mitfühlende und aufmunternde Anrufe von Leuten wie Selina, Nadia, Mike und, überraschenderweise sogar von Stephs Mutter, Lisa Anderson, bekommen. Niemand jedoch hatte sich angeboten, die Sache mit ihr gemeinsam durchzustehen. Außer Erin – und schon vorher Lizzie Shanahan.

»Ich habe noch keine Pläne«, begann sie vorsichtig. »Jess ist bei Tom, aber sicher verbringst du doch den Sonntag lieber mit deinem Mann.«

»Greg kommt sicher einen halben Tag ohne mich zurecht«, erklärte Erin fröhlich. »Allmählich hat er nämlich die Nase voll davon, auf meinen dicken Bauch zu starren und jede Stunde aus dem Haus gehen und mir ein großes Eis und eine doppelte Portion gegrillten Mais holen zu müssen.«

Greg, der das Gespräch verfolgte, meinte lachend: »Vergiss nicht, ihr von den nächtlichen Fahrten zur Tankstelle zu berichten. Der Typ hinter der Kasse begreift nicht, weshalb ich nicht längst ein Magengeschwür habe von all den eigenartigen Esskombinationen, die er mir verkaufen muss.«

»Hast du das gehört?«, wollte Erin wissen. »Also wirklich, Männer! Sie haben es viel zu leicht. Also, Abby, wo gehen wir hin und was stellen wir an?«

Abby hatte keine Ahnung. »Lizzie hat mir vorhin aufs Band gesprochen und vorgeschlagen, dass wir uns auf einen Kaffee treffen. Ob wir das tun sollten?«

»Ich habe eine noch bessere Idee«, trompetete Erin fröhlich. »Warum fahren wir nicht bei Lizzie vorbei, holen sie ab und gehen dann zusammen essen? Ich pass noch wunderbar hinters Steuer, und ihr beide könnt euch zur Freude aller Lästermäuler mit irgendwelchen tollen Cocktails restlos betrinken. Was hältst du davon?«

»Klingt toll«, antwortete Abby und merkte überrascht, dass sie vor lauter Rührung tränenfeuchte Augen bekam.

Lizzie hatte gerade angefangen, Debras Frühstück zuzubereiten, als Abby bei ihr anrief. Sie war ebenfalls total begeistert von dem Plan.

»Das ist eine super Idee. Ich gehe gerne essen, und auf diese Weise kommst du aus dem Haus, was genau richtig ist. Es gibt nämlich nichts Schlimmeres, als wenn man sich an einem solchen Tag verkriecht.«

»Erin holt mich in anderthalb Stunden ab, und dann kommen wir bei dir vorbei«, erklärte Abby. »Wäre das okay?«

»Super«, antwortete Lizzie. »Auf diese Weise habe ich noch Zeit genug, um mich ein bisschen herzurichten. Bis dann.«

Debra war von dieser Änderung der sonntäglichen Routine nicht gerade angetan. Sie liebte es, genüsslich mit ihrer Mutter zu frühstücken und dabei zu wissen, dass Mom, wenn sie noch ein Spiegelei oder ein Stück Toastbrot wollte, sofort aufspringen würde, um dafür zu sorgen. Es war wie zu der Zeit, als sie noch klein gewesen war: heimelig, gemütlich und vor allem sehr bequem.

Als sie jedoch hörte, dass eine der Frauen, mit denen ihre Mutter essen gehen würde, Abby Barton wäre, die berühmte Abby Barton, über die im *Sunday Sentinel* ausführlich geschrieben wurde, hellte sich ihre Stimmung etwas auf.

»Meinst du, dass sie uns die ganze Geschichte ihrer Trennung erzählen wird?«, fragte sie aufgeregt.

Ihre Mutter sah sie ungläubig an.

»Natürlich werde ich sie nicht danach fragen, Mum«, protestierte Debra. »Ich dachte nur, du weißt schon, wenn sie eine Freundin von dir ist, könnte sie uns doch erzählen, wie es tatsächlich gewesen ist. Ich wette, die wirklich pikanten Einzelheiten lassen sie in den Zeitungsartikeln immer aus.«

»Ich kann einfach nicht glauben, dass du so etwas tatsächlich sagst, Debra«, erklärte Lizzie zornig. »Schließlich geht es hier um das Ende einer Ehe. Gerade dir sollte bewusst sein, wie ernst und traurig so was ist. Außerdem wirst du gar nicht bei dem Essen dabei sein.«

Debra zuckte mit den Schultern. »Tja, wenn ich die Sache mit Barry überlebe, kann sie ja wohl über ihre Trennung von diesem Tom oder wie der heißt, wegkommen, findest du nicht auch?«

Lizzie begann sich ernsthaft zu fragen, ob es noch eine Zukunft für die Ehe ihrer Tochter gab. Sie hatte gehofft, der Streit würde sich legen, doch so gefühllos, wie das Mädchen über Barry sprach, war klar, dass ihr an einer Versöhnung offenbar nichts lag. Es schockierte Lizzie, dass ihrer eigenen Tochter ihre junge Ehe völlig unwichtig war. Gab sich Debra nur so kalt, um zu verbergen, wie unglücklich sie war, oder empfand sie wirklich nichts für Barry? Und wenn sie nichts für ihn empfand, war sie eindeutig gefühlskalt, was höchst erschreckend war.

Zum allerersten Mal begann Lizzie sich zu fragen, ob in der Erziehung ihrer Tochter womöglich irgendetwas falsch gelaufen war. Ihre eigene Mutter war zwar liebevoll, doch sehr streng gewesen. Deshalb hatte Lizzie sich bemüht, genau das Gegenteil zu tun, nämlich ihre Kinder ständig zu loben.

Bei Joe hatte die Methode funktioniert. Er war intelligent und amüsant und hatte sich trotz seiner Klugheit und seines schnellen Witzes seine warmherzige Freundlichkeit bewahrt. Bei Debra aber war ein anderes Resultat zu erkennen. Je mehr Zeit sie miteinander verbrachten, umso stärker erinnerte das Mädchen Lizzie an ihre eigene Mutter. Sowohl sie als auch Debra sagten immer, was sie dachten, egal, wie schmerzlich das ab und zu für ihr Gegenüber war.

»Debra, es ist ein großer Unterschied, ob man sich nach siebzehn Jahren oder nach ein paar Monaten trennt«, erklärte sie geduldig. Sie hätte gerne noch hinzugefügt, dass sie außerdem nicht den Eindruck hatte, dass Debra über die Trennung von Barry wirklich traurig war, hielt sich jedoch zurück.

»Vielleicht …«, gab Debra zu und verteilte sorgsam Butter

auf einer Scheibe Toast. »Ich wette, dass Abby jede Menge Kohle von ihrem Mann bekommt. Außerdem haben sie noch dieses Riesenhaus in der Briar Lane. Das ist bestimmt ein paar Millionen wert.«

»Ich glaube nicht, dass sie momentan an Geld denkt«, antwortete Lizzie kühl und ging, langsam desillusioniert von ihrer eigenen Tochter, in ihr Schlafzimmer hinauf.

»Erin, das Restaurant hast du echt super ausgewählt«, meinte Lizzie voller Bewunderung, als sie den lärmerfüllten, glamourösen Raum voller eleganter Menschen betraten, in dem sie sich total underdressed vorkam. Obwohl Erin erst seit sechs Monaten im Land war, hatte sie bereits herausgefunden, wo man sonntags in Cork am besten zu Mittag aß.

Bisher hatte Lizzie sonntags höchstens mal das große Hotel in Dunmore aufgesucht. Dort speiste man gesittet unter schweren Ölgemälden und Brokatvorhängen und unterhielt sich mit gedämpften Stimmen miteinander, während die Ober mit Gesichtern durch die Gegend liefen, als sei es eine Gnade, von ihnen bedient zu werden. Dieses Lokal hier hingegen wirkte, als könnte man sich darin tatsächlich amüsieren. Die Gäste lachten und scherzten miteinander, und die Kellner und Serviererinnen eilten freundlich lächelnd durch den Raum. Das phänomenale Meeresfrüchte-Buffet, das wie ein Kunstwerk aussah, wirkte deutlich spannender als das traditionelle Roastbeef mit Broccoli, das man in Dunmores Hotel serviert bekam.

»Greg und ich sind schon ein paar Mal hier gewesen«, meinte Erin. »Es ist gemütlich, das Essen ist fantastisch, und vor allem dachte ich, es wäre nett, heute mal aus Dunmore rauszukommen.«

»Ich hoffe nur, dass es Greg nichts ausmacht, dass er heute auf dich verzichten muss«, erklärte Abby.

»Nicht das Geringste«, erwiderte Erin. »Auf diese Weise hat er die Wohnung ganz für sich allein und kann so lange

Sport im Fernsehen gucken, wie er will. Davon ist er regelrecht hingerissen.«

»Ach, ist das toll«, sagte Lizzie, während sie mit großen Augen die Speisekarte las. »Normalerweise esse ich sonntags zu Hause.«

»Du solltest das Debra mal zeigen«, meinte Erin. »Das mit ihr und Barry ist natürlich traurig, aber sicher ist es für dich nett, dass sie vorübergehend bei dir wohnt.«

Lizzie reagierte darauf nicht sofort. War es nett, dass Debra bei ihr wohnte? Auf alle Fälle war es anders als sie erwartet hätte. Lizzie hatte sich inzwischen gut daran gewöhnt, allein zu wohnen, ihr eigener Chef zu sein und tun und lassen zu können, was sie wollte.

Doch das konnte sie nicht mal diesen beiden Frauen, denen sie gegenüber ansonsten stets ehrlich war, eingestehen.

»Ja«, stimmte sie Erin halbherzig zu. »Es ist schön, dass sie vorübergehend bei mir wohnt.«

Abby beteiligte sich kaum an dem Gespräch der beiden anderen Frauen. Sie war sich bewusst, dass dies ein öffentlicher Ort war und dass gewiss viele der Gäste sie erkannten. Was würden die jetzt denken? Bestimmt hielten sie sie für absolut herzlos, weil sie sich an dem Tag, an dem die Zeitungen in großen Lettern vom Ende ihrer Ehe kündeten, vergnügt mit anderen zum Mittagessen traf.

Sie hatte sich zwar bemüht, halbwegs attraktiv auszusehen, wusste aber, dass ihr Gesicht von all dem Stress und Schlafmangel bleich und angespannt wirkte.

»Wie geht es Jess?«, fragte Lizzie und wusste, als sie Abbys unglückliche Miene sah, sofort, dass diese Frage falsch gewesen war. Angestrengt überlegte sie, wie sie das Thema wechseln könnte, Erin jedoch hatte eine bessere Idee.

Erin merkte nämlich, dass es wichtig war für Abby, über die Geschehnisse zu reden, und deshalb meinte sie: »Ich wette, sie ist wegen dieses Zeitungsartikels ziemlich fertig.«

»Sie ist völlig am Boden zerstört«, gab Abby unumwunden zu. »Tom ist mit ihr übers Wochenende weggefahren. Sie fürchtet, dass ihr Vater mit dieser ganzen Sache nicht klarkommt. Wenn sie erst liest, was in der Zeitung steht, wird sie durchdrehen. Und, oh … ich bin einfach eine schlechte Mutter«, fügte sie elend hinzu.

»Du? Eine schlechte Mutter?«, fragte Erin mit ungläubiger Stimme. »Red keinen Unsinn, Abby! Du bist eine tolle Mutter. Es ist nur so, dass plötzlich etwas Chaotisches in die wunderbare Fantasiewelt, in der wir alle leben wollen, eingedrungen ist. Du darfst dir selbst gegenüber nicht so streng sein. Obwohl wir das wahrscheinlich alle sind. Ich denke ja ebenfalls die ganze Zeit, dass ich eine schlechte Mutter werde, weil ich vielleicht während der Schwangerschaft irgendeinen Fehler mache. Also zum Beispiel nicht genügend Kalzium oder zu viel Thunfisch zu essen. Aber das ist es, worum es meiner Schwester Kerry zufolge beim Mutter-Sein hauptsächlich geht: darum, dass man ständig wegen irgendetwas fürchterliche Schuldgefühle hat.«

Lizzie prustete erheitert. »Da hast du völlig Recht.« Auch Lizzie war der festen Überzeugung, dass nicht Debra, sondern ganz alleine sie die Schuld an der Herzenskälte ihrer Tochter trug.

»Aber«, meinte Erin. »Wenn du unbedingt von schlechten Müttern reden willst, sollte ich vielleicht mal erzählen, wie das mit meiner Mutter ist.«

Und zu Erins eigenem Erstaunen berichtete sie den beiden anderen ausführlich, wie ihr Treffen mit ihrer leiblichen Mutter verlaufen war.

Erin erzählte alles nüchtern, ohne jedes Selbstmitleid. Doch auch wenn sie sich die größte Mühe gab, es nicht klingen zu lassen, als gäbe sie Shannon die Schuld an allem, was passiert war, konnte sie doch nicht verhindern, dass sie *dachte*, dass sie Schuld an allem hatte. Erin hätte sich gern noch mal mit ihr getroffen, um ihr all die Dinge zu sagen, die ihr durch den Kopf gingen, seit sie nach dem ersten Treffen zum Hotel zurückgefahren war.

»Sie ist einfach anders«, endete sie in der Hoffnung, sich selbst genauso wie die anderen davon zu überzeugen, dass das wirklich der Grund für ihre Probleme war. »Anders kann ich es nicht erklären. Sie ist nicht wie andere Mütter, und ich schätze, ich hätte nicht erwarten dürfen, dass sie wie andere reagiert.«

Das war eine wirklich erstaunliche Geschichte, dachte Abby. Hervorragender Stoff für eine ganze Reihe von Artikeln, überlegte sie und kam zu dem Ergebnis, dass, verglichen mit dem, was Erin da berichtet hatte, die Geschichte vom Ende ihrer Ehe geradezu langweilig erschien. Plötzlich kam sich Abby wieder regelrecht normal und bodenständig vor. Jeder hatte irgendwelche »Leichen im Keller«, nur handhabte man es in den meisten Fällen so, dass der Rest der Welt nichts davon mitbekam.

Lizzie fühlte sich geehrt, weil sie von Erin ins Vertrauen gezogen worden waren. »Keine Sorge«, versicherte sie ihr. »Wir werden niemandem etwas davon erzählen.«

Erin jedoch erwiderte: »Es ist seltsam befreiend, darüber zu reden. Jahrelang habe ich ein großes Geheimnis aus der Geschichte gemacht, und in Amerika habe ich keinem Menschen je davon erzählt. Nun aber, entschuldigt, falls ich klinge wie bei der Werbung für eine Telefongesellschaft – es ist gut, über die Dinge zu reden. Alles verbissen unter Verschluss zu halten, bringt niemanden weiter.«

»Aus dem Grund war ich bei einem Psychologen, um über die Trennung von meinem Mann zu reden«, gab Abby plötzlich zu.

Ihre beiden Freundinnen schienen ganz und gar nicht pikiert, sondern lediglich interessiert. Erin nickte. »Gut, und was hat er gesagt?«

»Nicht besonders viel. Ich war diejenige, die reden musste. Ehrlich gesagt war es anders, als ich erwartet hatte. Eigentlich hätte ich am liebsten weiter alles für mich behalten, aber ich habe solche Schuldgefühle wegen dieser ganzen Sache, vor allem gegenüber Jess, denn für sie ist es wohl am schwersten. Du hast eben erzählt, was deine leibliche Mutter alles vermasselt hat, aber ich muss zugeben, dass ich eine mindestens ebenso schlechte Mutter bin.«

»Nein, das bist du nicht«, widersprach ihr Erin vehement. »Nur, weil deine Ehe gescheitert ist, bist du ja wohl nicht plötzlich eine schlechte Mutter.«

Elend dachte Abby, dass die beiden Frauen das vermutlich anders sehen würden, wenn sie ihnen erzählte, woran ihre Ehe mit Tom zerbrochen war.

»Ich sollte Shannon nicht kritisierten«, meinte Erin, obwohl sie den Wunsch verspürte, genau das zu tun. »Das wäre nicht fair. Sie wollte keine Mutter sein, aber was ist daran so schlimm? Schließlich gibt es jede Menge Leute, die keine Kinder wollen, ohne dass man sie deswegen an den Pranger stellt. Wenn man keine Kinder will, ist man deshalb nicht automatisch gleich ein schlechter Mensch. Ich habe Jahre damit zugebracht, meine Mutter für einen schlechten Menschen zu halten, nur, weil sie nie für mich da gewesen ist. Aber das war falsch.« Wenn sie sich das häufig genug sagte, hoffte Erin, könnte sie es vielleicht irgendwann tatsächlich glauben.

»Sie war noch sehr jung, als sie dich bekommen hat«, fiel ihr Lizzie sanft ins Wort. »Ich war selbst erst zweiundzwanzig, als ich schwanger wurde, und ich gebe zu, dass das ziemlich erschreckend für mich war. Während der ersten Tage, bis ich es endlich jemandem erzählen konnte, hatte ich das Gefühl, als wäre es das Ende meines Lebens. Ich fühlte mich vollkommen allein. Ich kann also durchaus verstehen, dass deine Mutter das Verlangen hatte, dem allen zu entfliehen.«

»Du hast Recht«, gab Erin zu. »Ich muss Shannon endlich verzeihen und statt zurück wieder nach vorne sehen.« Und das würde sie schaffen. Das nahm sie sich fest vor. »Es macht keinen Sinn, Tränen zu vergießen über etwas, was längst Vergangenheit ist«, fügte sie tapfer hinzu. »Ich sollte stattdessen in die Zukunft blicken.«

»Weißt du, genau so etwas hätte Sally garantiert ebenfalls gesagt«, erklärte Abby.

Während eines Moments saßen sie inmitten des Lärms der anderen Gäste und dachten liebevoll an die Freundin und deren wunderbares Vermächtnis, das sie ihnen allen geschenkt hatte.

Lizzie wusste, dass sie sich die größte Mühe gegeben hatte, ihr Leben positiv zu verändern – vor allem, nachdem Myles in Gestalt von Sabine einer neuen Liebe begegnet war. Nur: Keiner ihrer Pläne hatte bisher für ein neues, verbessertes Leben nur ansatzweise funktioniert. Sie saß nach wie vor die meiste Zeit zu Hause und dachte an das Leben, das sie haben könnte, wenn sie sich endlich in Bewegung setzen würde. Was also hielt sie davon ab?

Debra, sagte eine leise Stimme in ihrem Kopf. *Debra hindert dich daran, dich endlich weiterzuentwickeln. Sie will, dass du auch weiterhin dieselbe bleibst wie damals, als sie noch ein Kind war. Sie will jeden Tag zurückkommen in den Kreis einer glücklichen Familie, na, zumindest an einen gedeckten Tisch, zu einer Mutter, die unverändert treu und brav jeden Abend ihr alleine aufopferungsvoll zur Verfügung steht. Und ein Mann wie Simon ist Debra dabei nur im Weg.*

Die Dinge hatten sich jedoch verändert, die Leben aller Mitglieder ihrer Familie hatten sich verändert, sie alle waren älter. Das kapierte Debra offenbar nicht. Aber da Lizzie ihr nicht wehtun wollte, wollte sie sie nicht zwingen, endlich die Wahrheit zu erkennen. Wie sollte sie das machen? Debra brauchte sie, und Lizzie wusste, sie musste für sie da sein. Mütter ließen ihre Töchter nie im Stich.

Abby erinnerte sich daran, dass Sally sie zu Anfang wie ihre ältere Schwester behandelt hatte und dass sie häufig von ihr um Rat gebeten worden war. Im Verlauf der Jahre jedoch hatten alle erkannt, wie weise Sally war, und sie war automatisch diejenige geworden, die man um Rat fragte. Was für einen Ratschlag hätte sie ihr heute gegeben?

Sally und Tom waren bereits miteinander befreundet gewesen, als die beiden Frauen sich zum ersten Mal begegnet waren. Hätte sie deshalb nach der Trennung seine Partei ergriffen und Abby die Freundschaft gekündigt? Abby hoffte das nicht. Sicher hätte Sally sich bemüht, auch weiter ihnen beiden eine Freundin zu sein.

Trotz oder vielleicht gerade wegen der ihr innewohnenden Güte hatte Sally nie moralisiert oder sich gegen jemanden gestellt. Sie war eine Realistin gewesen und hatte zu schätzen gewusst, welches Glück ihr im Leben zuteil geworden war. Wenn sie noch am Leben wäre, hätte sie versucht, Tom und Abby dazu zu bewegen, miteinander zu reden. Hätte sie als Mittlerin zwischen ihnen fungiert? Wer konnte das schon sagen.

»Lizzie, du hast uns doch gefragt, was wir im Gedenken an Sally unternehmen könnten«, meinte Erin nachdenklich. »Du hast ja bereits in ihrem Namen Spenden gesammelt, und ich weiß nicht, was du davon hältst. Aber als ich bei meinen Eltern war, hatte ich plötzlich eine Idee, wie das Geld möglicherweise gut verwendet werden könnte. Das heißt, eigentlich hat mich meine Schwester Kerry darauf gebracht. Sie arbeitet in einem Gesundheitszentrum, in dem sie den Kranken zusätzliche Heilbehandlungen angedeihen lassen. Das Zentrum steht mit der Anti-Krebs-Liga in Verbindung, obwohl es nicht nur für Krebspatienten da ist.«

»Oh«, antwortete Lizzie aufgeregt. »Das müssen die Leute sein, mit denen ich wegen meines Fallschirmsprungs gesprochen habe.«

»Dann kennst du sie also schon?« Erin war begeistert. »Die Sache ist die: Kerry hatte selbst Brustkrebs und war in diesem Zentrum. Sie hat dort gelernt zu meditieren, wurde regelmäßig massiert, und meinte, dass ihr das echt geholfen hätte, nicht ständig alles schwarz zu sehen. Sie meinte, sie würde nie vergessen, wie gut es war, einen Ort zu haben, an dem sie mit anderen reden konnte, einen Ort, an dem sie sich normal vorkam und nicht wie eine Außenseiterin.« Sie atmete tief durch.

»Wie gesagt, das hat mich auf eine Idee gebracht. Stellt euch vor, wir hätten ein solches Zentrum hier in Dunmore, für Krebspatienten und deren Familien. Es würden Massagen verabreicht, es würde meditiert, die Kranken und ihre Angehörigen könnten sich beraten lassen und was auch immer tun. Das soll die normale Medizin natürlich nicht ersetzen. Aber es könnte den Betroffenen helfen, alles unbeschadeter zu überstehen.« Ihr Stimme verriet ihren Enthusiasmus. »Als Sally krank war, wussten wir nicht, wie wir mit ihr umgehen sollten, aber der Besuch eines solchen Heilungszentrums hätte ihr bestimmt geholfen. Außerdem habe ich mich die ganze Zeit gefragt, wie Steve mit der Sache zurechtkommt und wie es wäre, wenn Greg oder ich plötzlich krank würden, und an wen wir uns dann wenden könnten, um Hilfe zu bekommen. Kerry hat gesagt, die Leute wüssten einfach nicht, was sie zu einem sagen sollen, und deshalb würden sie das Thema entweder gänzlich meiden oder dich behandeln, als wärst du eine Art tragisches Opfer. Genau das braucht man als Kranker überhaupt nicht.« Erin trank einen Schluck Wasser.

»Kerry sagt, die Anti-Krebs-Liga hätte bereits eine Forschungsabteilung und ein paar Gesundheitszentren in verschiedenen Ecken Irlands. Aber sie wollten noch weitere derartige Zentren bauen. Wir könnten uns mit ihnen in Verbindung setzen, um von ihnen zu lernen, wie man so was aufbaut. Okay, die endgültige Umsetzung des Vorhabens würde natürlich dauern, weil man für ein solches Zentrum jede Menge Gelder braucht, doch schaffen könnten wir das ganz sicher, glaubt ihr das nicht auch?«

Lizzies Augen begannen zu leuchten. »Das ist eine hervorragende Idee«, sprudelte sie begeistert heraus. »Als ich versucht habe, Geld für meinen Fallschirmsprung zu sammeln, hat mich die Tatsache überrascht, wie viele Menschen Sally in guter Erinnerung hatten und alles getan hätten, um zu helfen. Bestimmt bekämen wir jede Menge Unterstützung, und das hätte dann sie über ihren Tod hinaus bewirkt. Ich bin sicher, dass wir jede Menge Leute für das Vorhaben begeistern könnten, wichtige Leute, Leute mit Beziehungen, Leute, die auch bei den Behörden Gelder locker machen würden. Wir könnten eine eigene Filiale der Anti-Krebs-Liga hier in Dunmore gründen.«

»Und ich könnte meine Kontakte zu den Medien nutzen«, schaltete sich nun auch Abby ein. »Auf diese Weise bekämen wir jede Menge Werbung, denn nach diesem Wochenende bin ich schließlich im ganzen Land bekannt«, fügte sie mit einem Hauch Selbstironie hinzu.

»Außerdem wäre es toll, wenn wir Steve dazu bewegen könnten, sich ein wenig für das Projekt zu engagieren«, meinte Erin. »Ich weiß, es ist für ihn zurzeit bestimmt sehr schmerzlich. Aber ich glaube, er wäre froh, wenn er in Sallys Namen etwas Gutes bewirken könnte, etwas, das anderen Menschen hilft, die das Gleiche durchmachen wie sie es durchlitten hat.«

Plötzlich war jede Lethargie verschwunden, und sie sprachen lebhaft über ihren neuen Plan. Erin hatte wie üblich einen Notizblock in der Tasche und listete darin eifrig all die Dinge, die sie in Angriff nehmen müssten, auf. Zuerst müssten sie natürlich Steve und den Menschen von der Anti-Krebs-Liga ihren Vorschlag unterbreiten.

»Wir könnten die Leute Benefiz-Fallschirmsprünge machen lassen«, schlug Lizzie vor. »Das kommt vor allem bei den Jüngeren gut an – es macht Spaß, und sie tun gleichzeitig etwas für einen guten Zweck. Ich habe mich mit den Leuten von dem Fallschirmspringer-Zentrum angefreundet, und sie wären hundertprozentig bereit, einen Sprungtag ausschließlich für uns zu organisieren.« Dann hätte sie endlich einen Grund, Simon anzurufen, dachte sie beglückt.

Abby kannte eine Frau, die sich für autistische Kinder engagierte und ihr eventuell erklären könnte, wie sie am besten an Spendengelder kam. Und Erin meinte, dass sie zwar nicht die geringste Ahnung vom Spendensammeln hätte, aber eine fabelhafte Organisatorin war.

»Stellt euch vor, Dunmore hätte sein eigenes Anti-Krebs-Zentrum – wäre das nicht super? Einen warmen, freundlichen Ort, an dem den Leuten jede erdenkliche Hilfe und Unterstützung angeboten werden kann«, jubelte sie.

»Und wo die Menschen genaue Informationen über die Krankheit bekommen, damit sie verständlich wird und nicht ganz so erschreckend für sie ist«, fügte Lizzie in dem Gedanken an die Penders und ihre Panik hinzu, als Mr. Pender erklärt bekommen hatte, er litte an Prostatakrebs. »Das erlebe ich immer wieder in der Praxis. Die Menschen sind derart entsetzt, wenn sie das Wort ›Krebs‹ hören, dass sie oft gar nicht daran denken, wie groß die Heilungschancen dank der modernen Medizin inzwischen sind. Dabei ist, wenn man sich das bewusst macht, bereits der halbe Kampf gewonnen. Man muss die Sache positiv angehen und unbedingt wissen, dass es Hoffnung gibt.«

»Kerry würde uns garantiert helfen«, meinte Erin. »Ich werde sie gleich nachher anrufen und fragen, was ihrer Meinung nach das Wichtigste an einem solchen Zentrum ist.«

»Ja«, sagte Abby nicht minder enthusiastisch. »Und ich rufe meine Freundin von der Autismus-Liga an und frage, wie man das Spendensammeln am besten organisiert. Außerdem muss ich noch ein paar Interviews zu meiner Sendung geben, und es wäre natürlich super, wenn ich dabei gleichzeitig ein bisschen Werbung für unsere Sache machen könnte.«

Erin und Lizzie grinsten, als sie die Begeisterung in Abbys Stimme hörten. Noch vor einer Viertelstunde hatte sie schlapp und unglücklich gewirkt, nun jedoch sprühte sie geradezu vor Vitalität.

»Das alles verdanken wir Sally«, meinte Erin. »Sie lebt in unseren Herzen weiter. Empfindet ihr das nicht auch so?«

Zum ersten Mal seit Sallys Tod spürte Abby bei dem Gedanken an die Freundin etwas anderes als Hilflosigkeit und heiße Trauer über den Verlust. Durch ihr Engagement würde in Sallys Namen die Welt ein wenig besser gemacht.

»Wir sollten das Zentrum nach ihr benennen«, schlug sie deshalb vor. »Sally-Richardson-Gesundheitszentrum oder so. Es muss ganz einfach ihren Namen tragen, denn schließlich tun wir es für sie.«

Abby lächelte die beiden anderen Frauen, die zustimmend nickten, breit an.

30

Jess hasste diese Besuche bei ihrer Tante Caroline und ihrem Onkel Phil, doch sie konnte unmöglich etwas dagegen sagen. Ihr Vater hatte sie gebeten, ihn dorthin zu begleiten, und sie wusste: Erstens brauchte er seine Familie, und zweitens brauchte er unbedingt Tapetenwechsel. Der Artikel über seine und Mums Trennung stünde Sonntag in der Zeitung, und Dad hatte geknurrt, er wollte nicht in der Nähe sein, wenn alle Welt davon erfuhr.

»Ein Wochenendausflug ist genau das, was der Arzt verordnen würde«, hatte er ihr verkündet und sich dabei die größte Mühe gegeben, fröhlich zu klingen, obwohl sie genau gewusst hatte, wie unglücklich er war. »Wir besuchen Caroline und Phil«, strahlte er, als wäre das Haus seiner Schwester und deren Mannes in Kent ein unglaublich spannendes Ziel. »Das wird sicher toll.«

Jess hatte es nicht über sich gebracht zu protestieren. Doch auch wenn sie absolut nicht verstand, inwieweit ausgerechnet ein Besuch bei Toms gluckenhafter Schwester wunderbar sein sollte, hatte sie gespürt, dass ihr Vater seine engste Verwandte brauchte. Vermutlich, weil sie halt auf seiner Seite stand.

Manchmal überlegte Jess, wie es wohl mit Geschwistern wäre, mit Menschen, an die man sich wenden konnte, wenn man in Schwierigkeiten steckte, und die wussten, was einem durch den Kopf ging, weil man mit ihnen zusammen aufgewachsen war.

So toll waren Geschwister auch nicht, hatte Oliver erzählt. Er hatte nämlich einen kleinen Bruder und eine kleine Schwester, beide unter zehn. Lustig waren die beiden schon, aber reden konnte man mit ihnen ganz und gar nicht.

Steph hatte eine drei Jahre jüngere Schwester, mit der sie ständig stritt. Steph hatte erklärt, sie könnte sich nicht vorstellen, Natasha jemals irgendetwas Intimes zu erzählen. Und ehrlich gesagt, konnte Jess sich genauso wenig vorstellen, dass ihr Vater über etwas Wichtiges mit ihrer Tante sprach.

Tante Caroline war völlig anders als ihr Dad. Sie war drei oder vier Jahre älter und lebte seit ewigen Zeiten in Kent. Manchmal waren Tante Caroline und Onkel Phil nach Cork gekommen, hatten jedoch nie bei Mum und Dad gewohnt, sondern immer bei Dads Eltern, bis erst Opa und dann, vor beinahe zwei Jahren, Oma gestorben war.

Auf der Beerdigung der Oma hatte Jess die beiden zum letzten Mal gesehen. Onkel Phil war relativ in Ordnung, Tante Caroline hingegen eine wirklich blöde Kuh. Jess wusste, Mum mochte sie auch nicht, hatte es jedoch, um Tom nicht zu verletzen, jahrelang geschafft, sich nicht anmerken zu lassen, was sie von ihrer Schwägerin hielt.

Auch Jess tat inzwischen jede Menge Dinge, um ihrem Dad nicht wehzutun, wobei die Reise zu der Tante – vor allem, weil sie es nicht gut fand, Mum allein zu lassen – ganz oben auf der Liste der erbrachten Opfer stand.

Jess wusste nicht, warum, doch sobald sie etwas Tröstendes zu ihrer Mutter sagen wollte, brachte sie keinen Ton heraus.

Dann hatte sie Schuldgefühle und kam sich gemein vor, weil sie Mum nicht wenigstens ein bisschen half. Sie hatte derart traurig ausgesehen, als sie sie am Freitag zu Tom gefahren hatte, als bräche sie jede Sekunde in heiße Tränen aus. Und als sie davongefahren war, hätte Jess am liebsten auf ihrem Handy angerufen und gesagt: »Es tut mir wirklich Leid. Ich weiß, wie unglücklich du bist. Ich muss halt dieses Wochenende mit Dad verreisen, aber ich bin bald wieder da.« Doch sie hatte es gelassen, und sobald sie die Wohnung ihres Dads betreten hatte, war die Chance vertan, bei ihrer Mutter anzurufen.

Sie flogen nach London, und von dort führen sie mit einem Mietwagen nach Kent. Dad liebte es, Reisen zu organisieren, das Geld und die Tickets zu verwalten und dafür zu sorgen, dass alles reibungslos ablief. Mum konnte so was überhaupt nicht. Das war der Grund gewesen, weshalb ihre Urlaube zu dritt immer so toll gewesen waren – Dad hatte all die langweiligen Sachen übernommen, und Mum und Jess hatten sich amüsiert. Doch diese wunderbaren Zeiten waren endgültig vorbei.

Im Flugzeug blätterte ihr Vater die Duty-Free-Broschüre durch. »Gibt es eventuell irgendetwas, was du gerne hättest?«, fragte er sie, und sie seufzte traurig.

»Dad, nur weil du und Mum euch getrennt habt, braucht ihr mir nicht ständig irgendwelches Zeug zu schenken. Mum hat mir in Florida eine superteure Sonnenbrille spendiert, und jetzt willst du mir noch etwas kaufen. Aber weißt du, ich bin kein kleines Kind mehr. Mir ist durchaus klar, dass eine Scheidung ziemlich teuer werden kann.«

Ihr Vater blinzelte sie unglücklich an.

»Das war nicht böse gemeint«, fuhr sie deshalb rasch fort. »Es ist nur so, dass ich inzwischen sechzehn bin und weiß, dass das Geld nicht auf den Bäumen wächst. Mir ist bewusst, dass wir nach eurer Scheidung nicht mehr so viel haben werden wie bisher.«

»Mach dir darüber keine Gedanken«, wies ihr Dad sie an. »Ich verspreche dir, dass es dir auch in Zukunft an nichts fehlen wird.«

Jess rollte mit den Augen. Weshalb hörte ihr Vater ihr eigentlich niemals wirklich zu?

Das Reisen war ermüdend, erkannte Jess am selben Abend, während sie im Schritttempo die Autobahn hinunterkrochen, ohne dass ein Ende des dichten Verkehrsstroms abzusehen war. Oder es machte nur deshalb derart müde, weil sie zu einem Ort unterwegs waren, an den sie gar nicht wollte. Sie hatte es toll gefunden, nach Florida zu fliegen. Doch allein der Gedanke an ihre Tante Caroline erschöpfte sie schon.

»Wirklich schön, mal ein Wochenende rauszukommen«, erklärte ihr Vater und schien sich nicht einmal daran zu stören, dass sie im Stau steckten. »Außerdem wird es uns beiden gut tun, etwas Zeit miteinander zu verbringen«, fügte er hinzu.

Jess dachte, dass sie wahrscheinlich kaum einen Moment alleine miteinander hätten, weil Tante Caroline Dad total mit Beschlag belegte, sobald sie die Gelegenheit dazu bekam.

»Ich frage mich, ob wohl die Jungens da sein werden.« Damit meinte ihr Vater Ross und David, Jess' Cousins. Sie waren mit ihren Anfang zwanzig beide um Lichtjahre älter als sie selber, und waren ihr nicht sonderlich vertraut. »Obwohl ich glaube, dass Caroline gesagt hat, sie kämen nicht dazu.«

Das war wenigstens ein kleiner Lichtblick, dachte Jess erleichtert. Nichts wäre schlimmer für sie gewesen, als das Wochenende mit den beiden Vettern zu verbringen, die sich nur deshalb gütigst um sie kümmerten, weil es ihnen von der Mutter aufgetragen worden war.

Tante Caroline und Onkel Phil lebten in einem alten Reihenhaus in einem belebten Städtchen, an dem direkt die Autobahn vorbeiführte. Dad parkte den Wagen, und sie beide streckten ihre steifen Glieder, als bereits Tante Caroline aus dem Haus geschossen kam und ihre Arme erst um Jess und dann um ihren Vater schlang. Tante Caroline war so groß wie Dad, doch das war die einzige äußerliche Ähnlichkeit, die es zwischen ihnen gab. Sie war eine dralle, lebhafte Person, trug grauenhafte Omakleider und hatte ein plüschiges Samtband in ihrem dunklen Haar.

»Wie geht es euch beiden?«, quiekte sie schrill, als hätten sie nur knapp einen gefährlichen Unfall überlebt. »Ich habe mir schreckliche Sorgen gemacht, weil ihr schon längst da sein solltet. Kommt rein, kommt rein«, plapperte sie ohne Unterbrechung. »Das Essen ist schon lange fertig, wahrscheinlich ist es inzwischen völlig verbrannt. Oh, ihr armen, armen Dinger. Der Verkehr ist einfach grässlich, findet ihr nicht auch?«

Jess fiel wieder ein, was an ihrer Tante Caroline so störend war. Sie konnte einfach nicht die Klappe halten. Sie meinte es gut, doch der beständige Wortstrom, der sich aus ihrem Mund ergoss, ging einem blitzartig auf die Nerven.

Im Inneren des Hauses nahm die Tante sie beide nochmals in die Arme und fragte, bevor sie ihnen beiden ihre Zimmer zeigte, erneut mit sorgenvoller Stimme: »Also, Tom, wie geht es dir?«

Jess' Bett stand in einer winzigen Kammer, die, dem Schreibtisch und dem Computer nach zu urteilen, die in einer Ecke standen, wohl zugleich das Arbeitszimmer war. Der Raum lag direkt unter dem Dach, war durchaus nicht ungemütlich und vor allem weit von den anderen Schlafzimmern entfernt. Dankbar für diese kleine Gnade schloss Jess, als Caroline endlich gegangen war, die Tür und warf sich der Länge nach aufs Bett.

Endlich hatte sie ihre Ruhe.

Doch dieses Glück sollte nicht lange währen. Jess hatte

kaum die Zeit, um sich ein frisches T-Shirt anzuziehen, als bereits ihre Tante aus der Küche schrie, dass Essen stünde auf dem Tisch, und Mädchen, die was essen wollten, kämen besser schnell herunter und wüschen sich die Hände. Jess zog eine Grimasse. Dachte Tante Caroline, sie wäre noch ein kleines Kind? *Mädchen, die was essen wollen, kommen besser schnell herunter und waschen sich die Hände!* Also wirklich!

Entgegen ihrer ursprünglichen Absicht, aufs Schminken zu verzichten, zog sie jetzt eine dicke braune Linie mit dem Eyeliner, den sie von Steph zum Geburtstag bekommen hatte, und fügte, damit ihre Tante sähe, dass sie kein kleines Kind mehr war, noch Mascara hinzu.

Unten in der großen Küche saß Dad, ein Glas Wein zwischen den Händen, auf einem bequemen Stuhl, während Onkel Phil das Roastbeef schnitt und Tante Caroline Gemüse, Sauce und andere Beilagen auf große Teller gab. Caroline hatte wirklich keine Ähnlichkeit mit ihrem Bruder. Mit ihrer langen Strickjacke, der Seidenbluse, den Perlenohrringen und dem langen Faltenrock machte sie den Eindruck, als stamme sie aus einer anderen Generation. Jess dachte an ihre Mutter, die peppige, moderne Kleider trug und jünger aussah als sie tatsächlich war. Mum hätte die beigefarbene Seidenbluse ihrer Tante bestenfalls als Putzlappen benutzt.

Jess schob sich auf einen Stuhl, und Caroline stellte einen Teller mit einer großen Scheibe Roastbeef vor ihr auf den Tisch.

»Ich esse kein Fleisch, Tante Caroline«, erklärte Jess höflich.

»Unsinn«, erwiderte die Tante. »Ein Mädchen im Wachstum braucht jede Menge Fleisch. Iss auf, hier in diesem Haus dulden wir diesen Vegetarier-Unsinn nämlich nicht.«

Jess blickte Hilfe suchend zu ihrem Vater. Sie wollte nicht unhöflich erscheinen, doch hatte sie seit beinahe drei Jahren kein Fleisch mehr gegessen. Unter Zwang finge sie jetzt nicht auf einmal wieder damit an. Dad jedoch bedachte sie mit einem entschuldigenden Blick, als wolle er ihr sagen: »Los, iss es, reg deine Tante nicht auf.«

Jess starrte auf ihren Teller. Sie konnte Fleisch nicht essen und wollte auch kein Gemüse, das mit Fleisch in Berührung gekommen war. Weshalb hatte Dad das ihrer Tante nicht erklärt? Mum hätte das getan. Mum hätte ihr gesagt, dass Jess bestimmte Dinge halt nicht aß.

Sie hatte einen Bärenhunger, doch erlaubte sie sich nur, die Gemüsestücke zu verzehren, die nicht direkt neben dem anstößigen Roastbeef auf dem Teller lagen, und während Tante Caroline sie immer wieder giftig ansah, futterte sie in Ermangelung von etwas anderem Fleischlosen unzählige geröstete Knoblauchbrot-Scheiben. Falls ihre Tante deshalb auch nur ein Wort verlieren würde, würde sie ihr noch einmal und zwar unmissverständlich erklären, dass sie keine toten Tiere aß.

Zum Glück enthielt sich Tante Caroline eines Kommentars. Sie sprach sowieso fast ausschließlich mit ihrem Vater, was für Jess, da sie dann keine Fragen beantworten musste, völlig in Ordnung war. Der Großteil des Gesprächs drehte sich um das, was ihre Tante als »Du-weißt-schon-was-ich-meine« titulierte.

Jess nahm an, dass sie die Worte Trennung oder Scheidung, solange Jess am Tisch saß, mied. Dachte Tante Caroline, sie wäre nicht schon sechzehn, sondern gerade sechs?

»Das ist nicht das Ende der Welt, und du musst jetzt in die Zukunft blicken«, wiederholte ihre Tante wie ein Mantra. »Jede Menge Leute setzen nach so etwas ihr Leben fort und werden dabei durchaus glücklich.« Ständig tätschelte sie Dad dabei den Arm. Bestimmt hätte er am nächsten Morgen davon blaue Flecke, grinste Jess innerlich. Schließlich war Tante Caroline eine durchaus muskulöse Frau.

Jess half beim Abräumen des Tisches und dann präsentierte Tante Caroline eine riesengroße Schüssel mit einem blass pinkfarbenen glitzernden, grässlich wabbeligen Inhalt, bei dessen Anblick sich Jess' Magen vor Ekel zu einem Knoten verschlang.

»Ich esse nur sehr selten Nachtisch«, erklärte sie hastig.

»Meinetwegen«, meinte Tante Caroline mit der Stimme, mit der Menschen sprachen, wenn sie versuchten, mit schwierigen Kindern umzugehen. »Würdest du eventuell gerne schon aufstehen und ein bisschen fernsehen?«

Dankbar für die Möglichkeit der Flucht, ging Jess über den herablassenden Ton von Tante Caroline hinweg, sagte lächelnd »Ja«, fragte, ob sie sich ein Glas Orangensaft aus dem Kühlschrank nehmen dürfe, und ging ins Wohnzimmer hinüber, wo sie sich aufseufzend in einen breiten Sessel warf.

Durch die halb offene Tür hörte sie die Stimmen der anderen aus der Küche und wusste, dass ihre Tante jetzt in aller Offenheit über die Trennung ihrer Eltern sprach.

Manchmal drangen Fragmente des Gesprächs durch den schmalen Flur bis an ihre Ohren.

»Du hättest sie niemals heiraten sollen«, erklärte Tante Caroline mit weinerlicher Stimme. »Ich habe von vornherein gewusst, dass sie nicht die Richtige für dich ist. Auch Mutter wusste das, aber hast du auf uns gehört? Nein, natürlich nicht.«

Jess ging die diversen Fernsehkanäle durch, bis sie etwas fand, was ihr gefiel, und schaltete ein wenig lauter. Sie wollte nicht hören, wie schlecht ihre Tante über ihre Mutter sprach. Und es machte nicht den Eindruck, als träte Dad für Abby ein. Jess wusste, dass der Anlass der Trennung Mums Schuld gewesen war. Sie wusste, ihre Mutter hatte etwas Unverzeihliches getan, wusste jedoch genauso, dass sie es zutiefst bereute und dass sie überglücklich wäre, käme Dad zu ihr zurück. Doch Dad gab ihr nicht mal die winzigste Chance.

Trotz des lauten Fernsehens hörte sie das Gespräch aus der Küche. Jetzt redete Caroline von Mums Karriere und davon, wie sehr sie der Familie geschadet hatte. Das war einfach nicht gerecht. Mum arbeitete wirklich hart, und ihr Geld hatte der Familie manche Annehmlichkeit beschert. Dad hatte es nie gefallen, dass Mum mehr verdiente als er selbst. Männer waren, wenn es ums Geld ging, reichlich seltsam. Das wusste Jess, da sie manchmal die Artikel in der *Cosmopolitan* von ihrer Mutter las. Sie sollten endlich mal erkennen, dass der Fehler nicht bei ihren Frauen lag, sondern bei ihnen selbst. Das, was wirklich zählte, war die Tatsache, dass die Familie als Einheit genug Geld zum Leben hatte, nicht aber, ob Vater oder Mutter der beziehungsweise die Besserverdienende war. Jess war stolz auf ihre Mum. Keine ihrer Freundinnen hatte eine Mutter, die so erfolgreich war. Auch wenn Jess ständig sagte, sie selbst bräuchte sich nichts darauf einzubilden, dass ihre Mum eine Berühmtheit war, erfüllte diese Tatsache sie insgeheim doch mit Bewunderung.

Das musste Dad verstehen. Falls sie während dieses Wochenendes jemals die Gelegenheit zu einem Gespräch bekämen, würde sie ihm diese Dinge sagen. Das nahm sie sich fest vor.

Sie schaltete den Fernseher noch etwas lauter. Wahrscheinlich würde Tante Caroline sich gleich darüber beschweren, aber das konnte sie abwarten. So, wie es klang, kippten sie drüben in der Küche jede Menge Wein in sich hinein. Wahrscheinlich verstanden sie deshalb schon nicht mehr genau, was sie selber sagten, ganz zu schweigen davon, dass sie mitbekämen, was während ihrer Unterhaltung im Wohnzimmer geschah.

Am nächsten Morgen nach dem Frühstück rief die treue Steph Jess auf ihrem Handy an.

»Und, wie stehen die Aktien, Baby?«, fragte sie vergnügt, und Jess antwortete düster: »Frag mich lieber nicht.«

Zum Frühstück hatte Tante Caroline ihr allen Ernstes Schoko-Pops serviert, was natürlich nett gemeint gewesen war, zugleich jedoch mal wieder ätzend, weil es erneut bewiesen hatte, dass Jess in ihren Augen nach wie vor ein kleines Mädchen war.

»Sie halten mich unverdrossen für ein Kleinkind«, erklärte sie der Freundin wütend. »Es überrascht mich nur, dass mir Tante Caroline nicht ein paar Bilderbücher besorgt hat, die sie mir zusammen mit ein paar Holzbuntstiften und einem dicken Malbuch überreicht hat. Damit wäre ich, während sich die Großen miteinander unterhalten, doch sinnvoll beschäftigt gewesen.«

»Aua, Schoko-Pops, das ist wirklich bitter«, erwiderte Steph. »Du hättest dir meinen Wonderbra und mein schwarzes Chiffon-Top leihen sollen, dann wüssten sie ganz sicher, dass du kein Kind mehr bist.«

Jess prustete erheitert. »Du weißt, dass ich nichts habe, womit ich den Wonderbra ausfüllen konnte, also würde ich darin noch verzweifelter aussehen – wie ein kleines Mädchen, das gern einen Busen hätte, nur eben leider keinen hat.«

»Warum ziehst du dann nicht los, kaufst dir ein paar Zigaretten, setzt dich zum Rauchen in den Garten und machst dabei ein extrem gelangweiltes Gesicht?«, schlug Steph ihr unbekümmert vor. »Das pflege ich zu tun, wenn irgendwer aus meiner Sippschaft mich behandelt wie ein Wickelkind. Das, oder besser das *und* meine durchsichtige Chiffonbluse, machen ihnen deutlich, dass ich erwachsen bin.«

Bei dem Gedanken grinste Jess breit. »Tante Caroline würde mich wahrscheinlich sofort vom Jugendamt abholen lassen, wenn ich mit einer Packung Kippen hier erscheinen würde. Außerdem würde sie wahrscheinlich den, der sie mir verkauft hat, zusätzlich verhaften lassen. Ich hasse es hier«, fügte sie in düsterem Ton hinzu. »Ständig macht sie irgendwelche gemeinen Bemerkungen über Mum. Gestern Abend hat sie damit wenigstens gewartet, bis ich nicht mehr im Raum war, aber heute Morgen hat sie sogar, als ich dabei war, ein paar wirklich hässliche Dinge über sie losgelassen.«

»Ich kann das einfach nicht verstehen«, hatte ihre Tante zu ihrem Dad gesagt, während sie für ihn das Frühstück zubereitet hatte. »Wie kann eine Mutter sich noch selber ins Gesicht sehen, wenn sie ihre Familie benutzt, um billig Werbung für eine banale Fernsehsendung zu bekommen? Das ist wirklich eine Schande.«

Jess hatte darauf gewartet, dass ihr Vater ihre Mutter verteidigen würde, doch er hatte geschwiegen.

»Du weißt nicht, wovon du redest, Tante Caroline«, hatte Jess sich eingemischt. »So ist Mum nicht. Sie wollte mit niemandem über die Dinge reden, die passiert sind. Die Zeitungen interessieren sich halt für sie, weil sie berühmt ist. Und wenn du schon über sie herziehen musst, warte damit bitte, bis ich nicht mehr da bin.«

Daraufhin war sie aufgestanden und empört ins Wohnzimmer gestürmt. Jetzt würde Tante Caroline und vermutlich auch ihr Vater während des restlichen Wochenendes sauer auf sie sein. Doch das war ihr egal. Abby war ihre Mutter, und sie erwartete von Caroline, dass sie sie zumindest respektierte.

»Alte Leute sind total unsensibel«, pflichtete Steph ihr mitfühlend bei. »Es ist das Beste, wenn du diese Ziege einfach ignorierst. Wahrscheinlich ist sie nur neidisch, weil deine Mutter erfolgreich und vital, sie selbst hingegen eine langweilige alte Hausfrau ist. Was für eine Stadt ist das überhaupt, in der deine Tante und dein Onkel leben? Kannst du nicht mal durch irgendwelche Geschäfte ziehen, statt den ganzen Tag bei ihnen rumzuhängen?«

»Gute Idee«, antwortete Jess. Und nachdem sie das Telefonat beendet hatten, machte sie sich auf den Weg. Die Haustür warf sie absichtlich laut hinter sich zu. Sollten sie ruhig merken, dass sie wütend war. Sie lief die Hauptstraße hinunter, schlenderte durch mehrere Geschäfte und dachte, wie viel lustiger es wäre, hätte sie jetzt Steph dabei. Niemand konnte so gut einkaufen wie sie. Wenigstens hatte sie ein bisschen Geld. Mum hatte ihr etwas gegeben und dabei gesagt, vielleicht hätte sie ja Lust, während des Wochenendes bei der Tante mal etwas allein zu unternehmen. Damit hatte sie eindeutig Recht gehabt.

Sie war eine gute Stunde fort, als ihr Vater sie auf ihrem Handy anrief und mit besorgter Stimme fragte: »Hi, Jess, ist alles okay?«

»Alles bestens«, antwortete Jess mit ruhiger, kühler Stimme.

»Hör zu«, bat Dad sie zögernd. »Das vorhin tat mir Leid. Caroline hat das, was sie gesagt hat, bestimmt nicht so gemeint –«

»Doch, das hat sie«, erklärte Jess entschieden. »Und, was noch schlimmer war, du hast Mum nicht verteidigt. Ich bin nicht hier, um ständig hören zu müssen, wie verdorben Mum ist. Ich dachte, ihr würdet euch beide auch nach eurer Trennung wie Erwachsene benehmen.«

»Ja, du bist die Einzige, die sich in dieser ganzen Sache wie eine Erwachsene verhält«, erwiderte ihr Vater nach einem Augenblick des Schweigens. »Es tut mir Leid, Jess. Caroline meint es wirklich gut. Sie versucht mir auf die einzige Art zu helfen, die sie kennt. Aber sie hätte in deiner Anwesenheit nichts Schlechtes über deine Mutter sagen dürfen.«

»Nein, das hätte sie nicht«, sagte Jess und lief auf der Suche nach einem Café die Straße weiter hinab.

»Was machst du gerade?«

»Ich werde einen Kaffee trinken gehen.«

»Kann ich dir dabei vielleicht Gesellschaft leisten?«

Jess dachte kurz darüber nach. »Okay«, sagte sie schließlich. »Komm die Hauptstraße herunter am Mango und Tesco vorbei, bis du an ein kleines Café mit einem großen grünen Schild kommst. Es heißt ›Have a Break‹. Ich sitze dort an einem Tisch.«

Zehn Minuten später kam er, zum Glück alleine, durch die Tür. Jess hatte mit einem Mal die grausige Vorstellung gehabt, Tante Caroline würde ihn begleiten, um sich zu entschuldigen und ihr zur Wiedergutmachung entweder eine große Eiscreme oder eine neue Puppe kaufen.

»Möchtest du noch einen Cappuccino?«, fragte ihr Vater, und sie nickte. Seit sie Oliver kannte, hatte sie sich das Kaffeetrinken richtig angewöhnt.

»Wie gesagt, das, was vorhin passiert ist, tut mir wirklich Leid«, sagte Dad noch einmal, als er mit ihren Tassen kam.

»Mum schlecht zu machen ist gegen die Regeln«, klärte Jess ihn unmissverständlich auf. »Mir als Kind der getrennt lebenden Eltern ist es beispielsweise verboten, euch gegeneinander auszuspielen, aber dafür solltet ihr auch nicht schlecht übereinander reden, wenn ich in der Nähe bin. Was Mum übrigens wirklich niemals macht.«

Ihr Vater wirkte leicht beschämt und wiederholte: »Tut mir Leid. Das habe ich weder gewollt noch hätte ich es tun sollen. Du hast völlig Recht.«

»Na, okay. Im Grunde hast du ja nicht gegen Mum gestänkert«, schränkte Jess den Vorwurf ein. »Aber Tante Caroline. Und du hast es geschehen lassen. Ich weiß, dass Mum etwas Schlimmes getan hat, aber das heißt nicht, dass sie ein schlechter Mensch ist und dass du sie für den Rest deines Lebens hassen musst. Ich werde weiter bei ihr leben und dich regelmäßig sehen. Also müsst ihr zwei versuchen, euch zu arrangieren, wenn die Situation für mich nicht unerträglich werden soll.«

»Wie haben wir dich nur verdient?«, staunte ihr Vater beeindruckt und schüttelte den Kopf. »Ich dachte, du wärst mein kleines Mädchen. Und jetzt stellt sich heraus, dass du die Erwachsenste und die Vernünftigste von uns allen bist.«

»Das liegt allein an dem neuen Sozialkundeunterricht an unserer Schule«, scherzte Jess und lächelte. »Ich glaube, den mache ich zu meinem neuen Hauptfach. Aber im Ernst, wir reden in der Schule sehr oft über den richtigen Umgang miteinander, was echt spannend ist. Außerdem gibt es jede Menge Zeitschriftenartikel zu dem Thema, sodass man unmöglich die Augen ständig davor verschließen kann. Das ist das Problem mit den Jungen – sie lesen nie über Beziehungen und Emotionen. Deshalb haben sie keine Ahnung, wie sie mit uns Mädchen halbwegs klarkommen sollen oder wie man vernünftig miteinander kommuniziert.«

Das war nicht ganz richtig. Auch wenn Oliver garantiert keine Frauenzeitschriften las, konnte man mit ihm fantastisch reden. Er war von Natur aus ein einfühlsamer Mensch. Jess kannte ihren Vater gut genug, um zugeben zu müssen, dass er bei allen positiven Eigenschaften, die er sicher hatte, nicht gerade sensibel oder einfühlsam zu nennen war.

»Weißt du, wir sollten uns endlich mal über die Zukunft unterhalten«, erklärte sie und fuhr trotz des verdutzten Blicks ihres Vaters unbeirrt fort. »Werdet du und Mum euch scheiden lassen? Ich will nicht neugierig erscheinen, nur wüsste ich gern Bescheid. Mum sagt, dass du dich scheiden lassen willst, aber dass sie es jederzeit noch mal versuchen würde, wenn du ihr eine Chance gäbst.«

Tom verzog schmerzlich das Gesicht. »So einfach ist das nicht, Jess.«

»Warum nicht?«, bohrte seine Tochter nach. »Du sagst immer, dass selbst die kompliziertesten Probleme, wenn man sie genau betrachtet, leicht zu lösen sind.«

»Na ja«, wich ihr Vater aus, »aber das hier ist –«

»Was anderes?«, fragte Jess sarkastisch. »Es ist überhaupt nichts anderes. Warum könnt ihr nicht dafür sorgen, dass es zwischen euch wieder funktioniert? Ihr habt euch über Jahre hinweg gut verstanden und sogar geliebt. Na gut, manchmal habt ihr auch gestritten, und es hat dich genervt, dass sie wegen ihrer Arbeit so oft außer Haus war. Aber diese Dinge kann man überwinden. Ich weiß, dass es dir nicht gefallen hat, dass sie mehr verdient als du, aber selbst das ist bestimmt kein unlösbares Problem.«

Man hätte Toms fassungsloses Gesicht fotografieren müssen, mit dem er seine Tochter ansah. »Was willst du damit sagen?«, röchelte er überrumpelt.

»Ich will damit sagen, dass es anscheinend schwierig für dich war, dass Mum besser verdient als du. Ich habe in der *Cosmopolitan* gelesen, dass es für Männer schwer ist, wenn ihre Frauen mehr verdienen als sie selbst. Doch wir sollten stolz auf Mum sein wegen der Dinge, die sie geleistet hat.«

»Ich war auch stolz auf sie«, protestierte Tom. »Und dass sie mehr verdient hat, war nie das Problem.«

»Also bitte, Dad«, winkte Jess verärgert ab. »Wie gesagt, ich bin kein kleines Kind mehr, dem man irgendwelche Märchen erzählen kann.«

»Das will ich damit auch nicht sagen«, erwiderte ihr Vater.

»Aber du denkst es, und du behandelst mich so«, widersprach sie. »Vergiss nicht, Dad, ich war dabei, als du und Mum euch darüber gestritten habt, dass sie den Jeep gekauft hat. Du hast gesagt, die Familie wäre vorher bestens mit deinem Gehalt ausgekommen, und wir bräuchten keinen großen, schicken vierradangetriebenen Wagen. Ich habe es *gehört.* Dann hat Mum gesagt, es wäre ihr Geld, und sie würde damit tun und lassen, was sie will. Außerdem habe ich gehört, wie ihr euch wegen des neuen Hauses in Dunmore in die Haare gekriegt habt.« Jess seufzte leise. »Ich meine, ich weiß, dass ich nicht umziehen wollte. Aber du wolltest es auch nicht. Ich wollte nicht von Steph weg, aber du wolltest deshalb nicht nach Dunmore, weil das Geld für den Hauskauf vor allem von Mum kam. Du kannst also nicht behaupten, dass ihr euch nicht wegen Geld gestritten habt.«

Jahre später würde Tom sich daran erinnern, dass ihm in dieser Minute endgültig bewusst geworden war, dass er eine erwachsene Tochter hatte.

Sie hatte über die Ehe ihrer Eltern nachgedacht und war dabei zu erstaunlichen Ergebnissen gekommen, auf die Tom, wie er sich zu seiner Schande eingestehen musste, nie von allein gestoßen wäre. Er war so damit beschäftigt gewesen,

Abby die Schuld an allem zu geben, dass ihm seine Mitschuld nicht klar geworden war. Die Erkenntnis traf ihn wie ein Fausthieb. Auch er musste sich für vieles schämen. Zwar hatte er mit keiner anderen Frau geschlafen, doch gab es verschiedenste Arten des Verrates.

Jess hatte gesagt, sie wäre stolz auf ihre Mutter und auf ihre Karriere. Tom hingegen musste sich eingestehen, dass er in der Tiefe seines Herzens von Anfang an eifersüchtig auf die Leistung seiner Frau gewesen war. Als sie mit ihrem Teilzeitjob begonnen hatte, hatte er das noch gebilligt, weil er weiter der Ernährer und der Vorstand der Familie gewesen war. Doch mit ihrem wachsenden Erfolg hatten sich die Positionen zunehmend verschoben.

Bereits auf dem College war er brillant gewesen, und alle seine Freunde hatten im festen Glauben, er wäre ein außergewöhnlich kluger Mensch, bewundernd zu ihm aufgesehen. Dank seiner Intelligenz hatte er den durchaus guten Job des Konrektors bekommen. Insgeheim war er allerdings der Überzeugung, dass er für die Stelle des Schulleiters geradezu prädestiniert war. Dann aber begann Abby ihn karrieremäßig plötzlich zu übertrumpfen.

Er war der Gescheitere von ihnen beiden, doch sie verdiente besser. Und die Auswirkungen des von ihr verdienten Geldes bekam er täglich vorgeführt. Lauter kleine Dinge, die sich auf subtile Art und Weise in ihr Leben eingeschlichen hatten – wie bessere Kleider, besseres Essen, teurere Flaschen Wein.

»Ich hoffe nur, dass du dich dadurch nicht veränderst«, hatte er Abby ständig gewarnt. Doch der Mensch, der sich verändert hatte, war nicht sie gewesen, sondern ganz allein er selbst. Er hatte sich abgewertet gefühlt durch ihren Erfolg.

Schuldbewusst dachte er an die Jubiläumsparty zum zehnjährigen Bestehen ihrer Produktionsgesellschaft zu Beginn des Jahres, als er sich in der Anbetung der beiden jungen Mädchen schamlos gesonnt hatte. Er hatte wohl bemerkt, dass Abby außer sich vor Zorn gewesen war, doch hatte ihn das nicht berührt. Er hatte es gehasst, sozusagen als ihr Begleiter auf der Party zu erscheinen. Nicht als Tom Barton, der allseits anerkannte Lehrer, sondern als Tom Barton, Ehemann einer berühmten Frau.

»Glaubst du, dass ich deine Mutter in die Arme dieses anderen getrieben habe?«, fragte er Jess unvermittelt.

Diese Frage kam für ihn genauso plötzlich wie für Jess. Bisher war sie für ihn sein Kind gewesen, und er wäre nicht im Traum darauf gekommen, sie zu fragen, wie sie seine Ehe sah. Nun aber erkannte er, dass Jess nicht nur eine junge Frau war, sondern gleichzeitig die beste Zeugin für den Niedergang seiner Beziehung. Falls irgendjemand wusste, was passiert war, dann ganz sicher sie.

Jess zuckte mit den Schultern. »Keine Ahnung. Ich nehme an, dass Mum nicht glücklich war und dass sie es deswegen getan hat. Aber sie gibt nicht dir, sondern ganz allein sich selbst die Schuld daran.«

Tom wusste, dass das stimmte. Er wusste, dass Abby alle Schuld auf sich genommen hatte, weil sie einfach so war. Manche Menschen – wie Abby – luden stets die Schuld an allen Dingen auf sich. Andere – wie er selbst – niemals. Doch er hatte ebenso Anteil an der Zerrüttung ihrer Ehe. Noch dazu gab sich Abby die Schuld an den Problemen, die sie mit ihrer Tochter hatte. Auch hier musste er erkennen, dass er seiner Frau in dieser Hinsicht keinerlei Hilfe gewesen war. Er hatte Abby lediglich rüde angefahren und ihr barsch erläutert, Teenager wären nun mal schwierig. Als wäre er aufgrund seiner Arbeit der Experte, und sie hätte keinen blassen Schimmer vom Umgang mit dem eigenen Kind.

»Hast du vor, dir eine andere Frau zu suchen?«, schreckte ihn seine Tochter aus seinen Grübeleien.

»Red keinen Unsinn«, antwortete er überrumpelt. Er war verdutzt von dem Tempo, mit dem Jess von einem auf das nächste Thema kam. »Deshalb bin ich hundertprozentig nicht von zu Hause fort.«

Und als ob sich ein Vorhang gehoben hätte, wurde ihm bewusst, dass er nur geflüchtet war, weil er das Gefühl nicht ertragen hatte, im Schatten seiner Frau zu stehen. Die Tatsache, dass sie mit einem anderen Mann geschlafen hatte, war nur der letzte Tropfen gewesen, der das Fass gefüllt hatte.

Nach dem Motto: Wie entmanne ich meinen Partner mit einem endgültigen, nicht übersehbaren Schritt?

»Ich will keine andere Frau«, fasste Tom zusammen. »Deine Mum und ich waren sehr lange zusammen und haben uns nicht getrennt, weil wir irgendwelche anderen Partner haben wollen.«

»Ach – warum versucht ihr es nicht wieder zusammen?«, fragte Jess, als wäre dieser Schritt das Natürlichste der Welt. »Ihr könntet zur Eheberatung gehen und dort über eure Probleme reden«, fuhr sie fort.

Tom kramte ein leichtes Grinsen zusammen. Wie hatte er dieses kluge Wesen als unmündiges Kind ansehen können? Jess war zwar erst sechzehn, doch sie klang wie eine weise Frau. »Ist das der Rat, den sie einem in der *Cosmopolitan* erteilen?«

»Es ist gut, wenn man über Probleme redet«, erklärte Jess würdig. »Wenn du ein junger Mann wärst, würdest du das verstehen. Aber du als alter Knacker…«, zog sie ihn feixend auf.

»Kannst du vielleicht einem alten Knacker ein paar neue Tricks beibringen?«, fragte Tom hoffnungsvoll.

»Keine Ahnung«, meinte Jess. »Aber wir können es probieren.«

Tom dachte an Abby, die ganz allein in Dunmore mit den Folgen des Zeitungsartikels über ihre Trennung fertig werden musste. Er war ungerecht gewesen, als sie mit ihm hatte darüber reden wollen. Im Grunde seines Herzens hatte er die ganze Zeit gewusst, dass Abby nicht der Typ war, der ihre Geschichte aus Gründen der Publicity gewissenlos verkaufte. Doch weil er verletzt und wütend gewesen war, hatte er sich an ihr abreagiert.

Wenn sie wieder in Dunmore wären, würde er sie um Verzeihung dafür bitten. Selbst wenn es zu spät war, ihre Ehe zu retten, war er es ihr schuldig. Er wollte ehrlich zugeben, dass er nicht schuldlos an den Problemen zwischen ihnen war. Seine Offenheit machte natürlich nichts ungeschehen, doch wäre dadurch zumindest ein Anfang für einen zivilisierten Umgang miteinander gemacht.

31

Jahrelang war Erin davon überzeugt gewesen, dass nur gelangweilte Hausfrauen sich für wohltätige Zwecke engagierten. Nun, da sie selbst mit einem Mal ins Spendensammeln involviert war, merkte sie, dass das Gegenteil der Fall war. Es war eine regelrechte Knochenarbeit und erforderte jede Menge Engagement und Organisation. Entschlossen, ihre Arbeit professionell zu erledigen, hatte sie damit begonnen, sich über die Gesetze für die Gründung von Wohltätigkeitsorganisationen zu erkundigen. Anschließend hatte sie mit Leuten der Anti-Krebs-Liga gesprochen, bei denen sie mit ihrem Vorhaben auf große Begeisterung gestoßen war. Es war klar, dass ihre Planung ein langfristiges Projekt war. Sie mussten bis zur Eröffnung ihres Zentrums anderthalb bis zwei Jahre rechnen – wenn die Spenden kräftig flossen.

Als Nächstes müssten sie ihre Idee mit Sallys Familie besprechen.

Abby meinte, sie hätte Steve während des Sommers nur sehr selten gesehen. Und selbst bei den wenigen Malen hätte er kaum mehr als ein kurzes Hallo gesagt.

»Eventuell liegt es nur an mir«, fügte sie hinzu. »Möglicherweise lehnt er mich ab, weil ich mich von Tom getrennt habe.«

»Blödsinn«, widersprach Erin vehement. »Denk doch, was er durchgemacht hat – ich bin sicher, dass es ihm unglaublich schwer fällt, mit der Welt überhaupt Kontakt aufzunehmen. Mit dir und Tom hat das nicht das Geringste zu tun. Greg begegnet Steve täglich bei der Arbeit, und er meint, er hätte das Gefühl, dass Steve noch nicht so weit ist, dass er andere Leute sehen möchte. Er hat ihn ein paar Mal eingeladen – ohne Erfolg. Würden wir es nicht genauso machen?«

»Wahrscheinlich«, gab Abby, wenn auch zögernd, zu.

Am Ende schaffte Erin es, Steve in seiner Mittagspause in einem Pub unweit seines Büros zu treffen.

»Ich habe nicht viel Zeit«, erklärte er ihr bereits beim Betreten des Lokals.

Erin sah in sein allzu hageres Gesicht mit den gequälten Augen, und wieder wogte tiefes Mitgefühl in ihr auf. Sie konnte ihn nur zu gut verstehen.

»Was machen Jack und Daniel?«, fragte sie ihn, da sie wusste, dass es sinnlos wäre, sich nach seinem eigenen Befinden zu erkundigen. Wie sehr er unter dem Verlust von Sally litt, war schließlich nicht zu übersehen.

»Es geht ihnen gut«, antwortete Steve und kurzfristig fielen der Schmerz und die Spannung von ihm ab. »Wir haben dieses wunderbare Kindermädchen, Andrea, die die beiden lieben. Delia wohnte eine Zeit lang bei uns, nachdem ... Aber sie ist inzwischen wieder in ihrer eigenen Wohnung. Ich wollte, dass für die beiden Kinder alles so normal wie möglich ist.«

Erin nickte und hatte die Befürchtung, sie finge jeden Moment an zu weinen. Seit Beginn der Schwangerschaft hatte sie lästigerweise äußerst nah am Wasser gebaut.

»Daniel spricht die ganze Zeit von Sally. Jack nicht, aber dafür wird er jede Nacht von Alpträumen geplagt«, fuhr Steve leise fort. »Ich hätte nie gedacht, dass kleine Kinder

Alpträume bekommen können. Ich frage mich immer wieder, ob es gut war, sie bei der Beerdigung in die Kirche mitzunehmen. Ich dachte, dass sie richtig Abschied nehmen können sollten, um sich daran zu erinnern, wenn sie älter sind, aber jetzt ...« Er starrte auf einen Flecken an der Wand. »Entschuldigung«, lenkte er ab. »Du wolltest mit mir über etwas reden, oder?«

»Ich wollte dir von einer Idee erzählen, die wir Frauen hatten«, setzte sie an und schluckte. Sie durfte jetzt nicht heulen. Stockend erst und zunehmend von Begeisterung getragen, begann sie ihm von den Gesundheitszentren zu erzählen und von ihrem Plan, Geld zu sammeln für ein solches Zentrum in Dunmore. Ein Zentrum mit dem Namen seiner toten Frau. Steve hörte sich alles schweigend an, und Erin hatte schon die Befürchtung, er verabscheue ihre Idee.

»Es war nur so ein Gedanke. Ich wollte dich bestimmt nicht noch trauriger machen«, stammelte sie deshalb.

»Das hast du auch nicht.« Ein kurzes Lächeln huschte über Steves Gesicht und ließ für einen Moment den attraktiven Mann durchblitzen, der Erin bei ihrer ersten Begegnung von Sally beschrieben worden war. »Das ist eine wunderbare Idee. Sie wäre hingerissen davon gewesen. Danke.«

»Wir erwarten nicht, dass du uns hilfst«, fuhr Erin eilig fort. Es war ihr deutlich anzusehen, wie erleichtert sie war. »Wir wissen, dass du weiß Gott genügend am Hals hast.« Wie zum Beispiel zwei kleine Jungen ohne Mutter großzuziehen.

Steve nickte. »Irgendwann würde ich euch gerne helfen, aber jetzt noch nicht. Dazu ist es für mich noch zu früh.«

»Das verstehe ich.«

»Tut mir Leid, ich muss wieder ins Büro. Wir haben dort zurzeit alle Hände voll zu tun«, erklärte Steve und stand auf.

Er hatte höchstens ein Viertel seines Sandwiches gegessen, und auch Erin schob, da sie ebenfalls nicht den geringsten Hunger hatte, ihren Teller fort und schloss sich ihm an.

Als Nächstes sprach sie mit Abby und mit Abbys Freundin, um herauszufinden, welche Aktionen in einem Fall wie ihrem zum Spendensammeln angeraten waren. Außerdem besuchte sie Kerry erneut und verbrachte viele Stunden mit fröhlichen Gesprächen über ihre Kindheit sowie damit, sich ausführlich darlegen zu lassen, was Krebspatienten wirklich wollten und was überflüssig war.

Greg freute sich, sie derart gut beschäftigt zu sehen, vor allem, da sie seit ihrem unglücklichen Treffen mit Shannon bedrückt gewesen war. Zugleich jedoch war er in Sorge, dass sie sich möglicherweise übernahm.

»Ich möchte nicht, dass du dich überanstrengst, Liebling«, sagte er deshalb zu ihr. »Ich weiß, dass ›Ruhe‹ nicht unbedingt zu deinem Grundwortschatz gehört, aber ein paar freie Stunden täglich täten dir ganz sicher gut.«

»Mach dir um mich keine Gedanken«, antwortete Erin. »Ich habe gern etwas zu tun. Schließlich helfe ich nur zwei Tage pro Woche im Schönheitssalon aus, weshalb ich einfach noch was anderes brauche, um nicht vor Langeweile zu vergehen. Entweder das, oder ich gebe jeden Penny, den wir haben, für neue Babysachen aus.« Sie hatte bereits eine große Auswahl hübscher Babykleider – ausnahmslos in weiß, weil sie ja nicht wussten, ob es ein Mädchen oder Junge werden würde. Und sowohl ihre Mum als auch ihre Schwester strickten wie besessen. Erin fand die Vorstellung, dass Kerry strickte, regelrecht zum Gackern.

»Ich kann mir gar nicht vorstellen, dass du überhaupt weißt, wie man Stricknadel und Wolle buchstabiert«, sagte sie belustigt, als Kerry ihr während eines Telefongesprächs eröffnete, dass sie gerade mit einem winzigen weißen Morgenjäckchen beschäftigt war.

»Haha«, antwortete Kerry empört. »Natürlich kann ich stricken. Dass du in mir nach wie vor den wilden Feger von vor zehn Jahren siehst, heißt noch lange nicht, dass mir häusliche Beschäftigungen fremd sind. Schließlich kann ich auch Plätzchen backen und gärtnern, wie du selbst gesehen hast.«

»Du klingst wie eine von den Waltons«, meinte Erin kichernd. Jetzt erst wusste sie, wie sehr die Schwester ihr gefehlt hatte in all den Jahren. »Es ist super, wieder daheim zu sein«, platzte sie heraus. »Wirklich super. Danke, danke für alles, was du für mich getan hast und auch jetzt noch tust.«

»Na, möglicherweise dankst du mir nicht mehr, wenn du das Jäckchen erst siehst«, meinte Kerry zweifelnd. »Ich weiß, dass ich stricken kann, aber ich bin nicht gerade brillant, und die Ärmel machen mir etwas zu schaffen…«

»Das Jäckchen habe ich nicht gemeint.«

Am nächsten Wochenende würde die gesamte Familie zu ihnen nach Dunmore kommen, und Erin hatte eine wunderhübsche kleine Privatpension für sie ausfindig gemacht.

»Jemand muss schließlich dafür sorgen, dass du dich genügend ausruhst«, hatte Mum am Telefon gesagt. »Ich weiß, dass du dich inzwischen für dieses Gesundheitszentrum engagierst, Erin. Aber trotzdem brauchst du Ruhe. Oder vielmehr braucht dein Baby eine ausgeruhte Mutter. Wenn das Kleine erst mal auf der Welt ist und du kaum mehr zum Schnaufen kommst, wird es dir Leid tun, dass du nicht vorher mehr geschlafen hast.«

»Oh, Mum, bist du und Kerry etwa nicht Tag und Nacht an meiner Seite, wenn das Baby da ist?«, hatte Erin sie schalkhaft gefragt. »Ihr wisst, dass ich keinen blassen Schimmer habe, wie man richtig mit ihm umgeht. Ich habe also nicht die Absicht, dann nur einen Finger krumm zu machen – die Arbeit überlasse ich gerne euch!«

Ihre Mum begann zu prusten, und Erin wurde deutlich, dass sie fast vergessen hatte, was für ein ansteckend fröhliches, melodisches Geräusch das Lachen ihrer Mutter war.

»Du bist vielleicht ’ne Marke, Erin Flynn. Ich bin viel zu

alt, um nur in die Nähe eines Babys zu geraten«, alberte ihre Mutter zurück.

»Du wirst nie zu alt sein«, hatte Erin liebevoll erwidert. Keine der beiden Frauen hatte je davon gesprochen, dass ihr Baby die vierte Generation in der Familie wäre. Das war nämlich nicht wichtig. Erins Baby würde, ob als Enkel oder Urenkel, von ihnen allen heiß geliebt.

»Leg zumindest so oft es geht die Füße hoch. Das ist wirklich wichtig«, hatte ihre Mutter beharrt.

»Ja, Mum«, hatte Erin artig zugestimmt. Es war genau wie früher. Und darüber war sie von ganzem Herzen dankbar.

Der folgende Donnerstag war einer von Erins Tagen im Salon. Sie saß am Empfangstisch und suchte im Terminkalender, ob sich irgendwo noch eine Lücke für die Kundin fände, die verzweifelt angerufen hatte, um noch eine Wachsbehandlung der Bikinizone vor ihrem Urlaub zu erflehen. Das Geschäft lief gut, und im Salon herrschte den ganzen Tag lebhafter Betrieb.

Heute waren sämtliche Behandlungsräume durchgehend belegt. Nur eine Gesichtsbehandlung fiel kurzfristig aus, weshalb Ruby rasch in das kleine Café gegenüber gelaufen war, um dort heiße Getränke und ein paar Muffins zu erstehen. Erin konnte es kaum erwarten, bis sie zurückkam. In den letzten Wochen hatte sie ständig einen derartigen Appetit, dass sie den Eindruck hatte, sie äße nicht für zwei, sondern mindestens für drei. Sie rief die Enthaarungskundin an, gab ihr einen Termin, und wollte sich gerade in die Rechnungsbücher vertiefen, als sich die Tür des Ladens wieder einmal öffnete, sie gewohnheitsmäßig den Kopf hob – und ihr vor lauter Überraschung die Kinnlade herunterfiel.

Es war nicht Ruby mit dem dringend erhofften Lebensmittelnachschub, sondern Shannon. Ihre langen kupferroten Haare waren zu einem lässigen Pferdeschwanz gebunden. Sie trug einen weich fließenden, gelben Kaftan über einem

T-Shirt und alte Jeans, einen großen Rucksack und einen Saftkarton in ihren Händen.

Als sie Erin entdeckte, hellte sich ihre Miene auf.

»Hallo. Ich wusste nicht genau, ob ich dich hier finden würde«, sagte sie so normal, als wären sie und Erin gute Freundinnen und suchten einander öfter spontan auf einen kurzen Plausch an ihren jeweiligen Arbeitsplätzen auf.

Nach ein paar Sekunden fand Erin ihre Stimme wieder und fragte: »Was machst du denn hier?«

»Ich wollte dich sehen«, antwortete Shannon mit kindlicher Schlichtheit und stellte ihren Rucksack auf dem Boden ab. »Tut mir Leid, dass unser letztes Treffen nicht netter für dich war – Kerry meinte, du wärst ziemlich unglücklich gewesen, als du von mir zurückkamst.«

Erin konnte es kaum glauben, dass eine Frau so wenig Einfühlungsvermögen haben konnte, erst von einem anderen Menschen zu hören, dass das Treffen alles andere als angenehm verlaufen war. Nur jemandem wie Shannon, jemandem, der auf einem völlig anderen Planeten lebte, konnte diese Tatsache verborgen geblieben sein.

»Wann hast du mit ihr gesprochen?«, fragte Erin eigentlich uninteressiert.

»In den letzten Tagen«, kam Shannons vage Antwort. »Es war ein Schock für mich, dich plötzlich zu sehen und obendrein zu merken, dass du nicht nur erwachsen, sondern auch noch schwanger bist«, fügte sie hinzu und wies auf Erins Babybauch, als fiele er ihr jetzt erst richtig auf.

Erneut ging die Tür auf, und diesmal war es Ruby, die mit ihrer verführerisch duftenden Beute aus dem Café zurückkam.

»Kräutertee mit dem Geruch von alten Socken für dich«, sagte sie und stellte einen Pappbecher vor Erin auf den Tisch. »Und dazu ein Blaubeermuffin. Ich weiß, dass du die Dinger liebst«, fuhr Ruby fröhlich fort, brach dann jedoch, als sie die angespannte Atmosphäre bemerkte, plötzlich ab.

»Ruby, das ist…« Erin machte eine Pause. »… eine Verwandte, die überraschend vorbeigekommen ist. Ich mache eine kurze Pause und gehe mit ihr rüber ins Café. Meinst du, du kannst allein alles im Auge behalten, solange ich nicht da bin?«

Falls Ruby es eigenartig fand, dass Erin ihr diese Verwandte zum einen nicht mit ihrem Namen vorgestellt und zum anderen sie eine Verwandte hatte, die so ungewöhnlich aussah, war sie viel zu höflich, um sich etwas anmerken zu lassen. »Kein Problem, Mädel. Ich hab sowieso die nächste Dreiviertelstunde nichts zu tun.«

Eine Dreiviertelstunde würde bestimmt genügen, überlegte Erin, während sie ihre Tasche holte und mit Shannon in das kleine Café auf der anderen Straßenseite ging. Wahrscheinlich wären fünfundvierzig Minuten sogar viel zu lange. Sie war allerdings neugierig zu hören, weshalb Shannon überhaupt hier war. Von Wexford bis nach Dunmore war es eine ziemlich weite Strecke, vor allem, wenn man keinen Wagen hatte und deshalb auf Bahnen und auf Busse angewiesen war. Erin hoffte nur, dass Shannon kein Geld von ihr erbitten würde – Kerry hatte ihr ja erzählt, dass sie pausenlos pleite wäre. Es würde der letzte Nagel zum Sarg ihrer Beziehung bedeuten, wenn Shannon nur erschienen wäre, um sich Geld von ihr zu leihen.

»Was willst du?«, fragte sie, als sie am Kuchentresen standen, deshalb ungewöhnlich scharf.

Shannon dachte gründlich über diese Frage nach, brauchte dann genauso lange, um sich zu entscheiden, welches der unzähligen auf einer Tafel aufgeführten Getränke ihr genehm war, und entschied sich für einen Tee mit Apfel- und Schwarze-Johannisbeer-Aroma. Erin bestellte einen normalen schwarzen Tee für sich und zahlte beides. Dann nahmen sie an einem kleinen Tisch in einer Ecke Platz, an dem sie von den anderen Gästen möglichst weit entfernt waren.

Erin hatte beschlossen, Shannon das Gespräch beginnen

zu lassen. Shannon jedoch zeigte keine Neigung, irgendwas zu sagen, sondern saß still vergnügt an dem kleinen Tisch und blickte sich, als wäre sie noch nie an einem derart interessanten Ort gewesen, mit großen Augen um. Zwar war Erin keiner von den Menschen, die jede kurze Pause in einem Gespräch sofort mit irgendwelchen Sätzen füllten. Shannons fortgesetztes Schweigen jedoch rief ein gewisses Unbehagen in ihr wach.

»Was machst du hier?«, fragte sie schließlich.

»Oh, ich habe Freunde in West Cork und dachte, ich könnte sie wieder mal besuchen«, antwortete Shannon. »Sie haben ein hübsches kleines Bauernhäuschen und sogar ein bisschen Land. Wie im Paradies. Dann fiel mir ein, dass du in Dunmore lebst, und ich dachte, es wäre toll, bei dir vorbeizuschauen und dich ein bisschen besser kennen zu lernen.« Sie strahlte Erin an, als hätte sie in ihrem ganzen Leben nie eine bessere Idee gehabt. Sie fuhr nach West Cork zu irgendwelchen Freunden – und schlug gleich zwei Fliegen mit einer Klappe: Nebenbei stattete sie der lang verschollenen Tochter eine kurze Stippvisite ab, dachte Erin erbost.

»Und wann erwarten dich deine Freunde in West Cork?«, fragte sie und hatte dabei den unguten Verdacht, dass sie die Antwort bereits wusste.

Shannons jugendliches Gesicht war vollkommen offen, als sie erklärte: »Oh, wir haben nichts Genaues ausgemacht. Ich kann kommen, wann ich will, und ich dachte, vielleicht übernachte ich einfach bei dir. Du hast doch bestimmt ein Gästebett oder ein altes Sofa, auf dem ich schlafen kann.«

Zufrieden wartete Shannon im Auto, während Erin durch die Gänge des Supermarktes fegte, um etwas zum Abendessen einzukaufen und gleichzeitig per Handy mit Greg sprach.

»Was sollen wir nur machen? Sie erwartet allen Ernstes, dass sie bei uns übernachten kann. Worüber sollen wir bloß miteinander reden?«, jammerte sie, während sie alle möglichen unnötigen Dinge in ihren Einkaufswagen warf.

»Du wolltest sie doch besser kennen lernen.« Gregs Stimme klang völlig gelassen.

»Ja, aber ich hätte nicht erwartet, dass sie plötzlich vor der Tür steht und erklärt, sie wolle bei uns übernachten. Das ist doch nicht normal.«

»Nach allem, was du mir bisher erzählt hast, glaube ich nicht, dass Shannon das ist, was ich als normal bezeichnen würde«, gab Greg zu bedenken. »Und vielleicht tut es euch beiden ja tatsächlich gut, ein bisschen Zeit miteinander zu verbringen. Ich kann mich heute Abend gern verdünnisieren …«

»Wag das ja nicht«, quietschte Erin entgeistert. »Ich will nicht alleine mit ihr bleiben.«

Als Nächstes rief sie ihre Schwester an.

»Sie hat mich gefragt, wo du wohnst, und ich wusste gleich, dass sie früher oder später bei dir auftauchen würde«, erklärte Kerry ebenfalls gelassen. Es war offenbar keineswegs etwas Besonderes, dass Shannon unvermittelt bei ihr aufgetaucht war.

»Aber ich weiß nicht mal, was ich zu ihr sagen, worüber ich mit ihr reden soll«, protestierte Erin, während sie ein paar Fertiggerichte zu den anderen Dingen in den Wagen plumpsen ließ.

»Du warst doch diejenige, die sie unbedingt kennen lernen wollte«, stellte Kerry klar.

»Das war, bevor ich sie getroffen hatte«, antwortete Erin. »Ich dachte, wir könnten irgendeine Beziehung zueinander aufbauen. Ich wusste schließlich nicht, dass sie in ihrem Alter noch ein verdammter Hippie ist.«

»Na ja, dann gehst du eben heute Abend eine Beziehung mit ihr ein«, schlug Kerry leicht amüsiert vor und fügte hinzu: »Hör zu, vergiss am besten, dass sie deine Mutter ist. Stell dir vor, sie wäre deine Schwester. Die lang verschollene, exzentrische Schwester, die du nur vom Erzählen her kennst. Es ist der Gedanke, dass sie dich geboren hat, der bei dir alles durcheinander bringt. Versuch also am besten zu vergessen, dass sie deine Mutter ist. Sieh in ihr die verrückte Shannon, die vor Jahren von zu Hause weggelaufen ist. Denn das ist die Tatsache.«

»Mag sein, dass du Recht hast«, meinte Erin langsam. Shannons plötzliches Erscheinen hatte sie derart aus dem Gleichgewicht gebracht, dass sie nicht mehr wusste, was sie denken sollte.

Aber vielleicht hatte Kerry wirklich Recht: Sie sollte in Shannon die lang verschollene Schwester sehen und sich nicht länger damit quälen, dass Shannon ihre Mutter und sie vor all den Jahren im Stich gelassen hatte.

»Okay«, sagte sie mit einer Zuversicht, die sie beileibe nicht empfand. »Genau das werde ich tun. Ich rufe dich dann morgen an, um dir zu erzählen, wie es gelaufen ist.«

Als sie nach Hause kamen, wurden sie bereits von Greg erwartet, worüber Erin abgrundtief erleichtert war.

»Gott sei Dank bist du schon hier«, wisperte sie, während sie ihm ihre Arme um den Hals schlang.

»Bist du sicher, dass ich euch beide nicht doch lieber alleine lassen sollen?«, wisperte er zurück.

»Ganz sicher«, zischte Erin inbrünstig zurück.

Shannon schien sich echt darüber zu freuen, Greg kennen zu lernen. Sie reichte ihm höflich die Hand, wanderte dann in das große, luftige Wohnzimmer hinüber und schaute sich dort um.

»Wow, ihr habt es wirklich schön hier«, meinte sie, schlenderte durch den Raum, betrachtete die Bilder und nahm bewundernd einzelne Bücher und Nippsachen in die Hand.

Erin merkte, dass sich ihr Magen schmerzlich zusammenzog. Sie hatte keine Ahnung, wie sie reagieren sollte, aber was hatte Kerry ihr vorhin geraten? Stell dir einfach vor, sie wäre deine exzentrische ältere Schwester, die du nur vom Hörensagen kennst. Schwester, also gut. Das müsste doch zu schaffen sein.

»Gefallen dir die Malachit-Teller?«, fragte sie, als Shannon die beiden leuchtend grünen, mit Gravuren verzierten Teller an einer der Wände eingehend inspizierte. »Wir haben sie in Mexiko gekauft, als wir dort im Urlaub waren. Wir haben die Grenze bei Nogales überquert, sind ein bisschen weiter ins Landesinnere gefahren, haben dort ein paar Mal übernachtet und die beiden Teller in einem kleinen Ort entdeckt. Es ist schön, kleine Souvenirs zu haben, die einen an Urlaube erinnern, findest du nicht auch?«

»Ja.« Shannons Stimme hatte einen wehmütigen Klang. »Ich war noch nie in Mexiko. Als ich mit ein paar Freunden in New Mexiko gelebt habe, wollte ich immer hin, aber irgendwie ist nichts daraus geworden.«

»Oh«, meinte Erin. »Warum nicht?«

Shannon sah sie unbehaglich an. »Ach, na ja, es gab irgendwelche Probleme mit unseren Papieren…«

Erin, die sich denken konnte, was für Schwierigkeiten das gewesen waren, sah Greg viel sagend an. Falls Shannons Freunde regelmäßig Demonstrationen vor Militärbasen der Amerikaner abgehalten hatten, waren vermutlich einige von ihnen mit dem Gesetz in Konflikt geraten. Am besten, sie wechselten das Thema.

»Du hast doch sicher ein paar tolle Sachen auf deinen Reisen um die Welt zusammengetragen. Erzähl mal, wo bist du überall gewesen?«

Damit hatte Erin genau das Richtige gefragt. Ein Glas Wasser vor sich – Shannon trank, um ihren Körper rein zu halten, niemals Alkohol – begann sie zu erzählen. Angefangen hatte alles mit den Protesten gegen die nukleare Aufrüstung in Amerika, die zunehmend weitere Kreise gezogen hatten. Sie war in ihrem Leben tatsächlich viel herumgekommen, und Greg und Erin waren überrascht zu hören, welche Gegenden sie kannte, und wie engagiert Shannon von den diversen Kampagnen sprach, an denen sie beteiligt gewesen war.

Es war deutlich, dass sie diesen Lebensstil genoss. So normale Dinge wie das pünktliche Bezahlen der Stromrechnung oder der Miete spielten für die Menschen, mit denen sie herumgereist war, anscheinend keine Rolle. Doch wurde genauso deutlich, dass sie fest an die Dinge glaubte, für die sie lebte. Es gab nicht den geringsten Zweifel, dass Shannon, wenn sie von den Gefahren eines Krieges sprach, diese Gefahren auch tatsächlich erkannte.

Im Verlauf des Abends wurde Erin deutlich, dass sie ohne Greg, der das Gespräch am Laufen hielt, nicht zurechtgekommen wäre. Sie hätte Shannons Nähe nicht ertragen, denn Shannon sprach mit ihr als wären sie nicht mehr als bestenfalls flüchtige Bekannte. Nie gab es eine Einleitung wie »Damals, als du noch ein Baby warst« oder überhaupt eine Erwähnung der Familie Flynn. Was Erin wirklich wehtat.

Shannon sah eindeutig die Leute, mit denen sie herumgereist war, als ihre Familie an. Eine Gruppe von Menschen, die sie im Verlauf der Jahre kennen gelernt hatte, und die inzwischen auf der ganzen Welt verstreut lebten – so wie ihre Freunde in West Cork.

»Wie seid ihr finanziell über die Runden gekommen, während ihr unterwegs wart?«, fragte Greg sie ehrlich interessiert.

Shannon musterte ihn lächelnd. »Wir haben alles Mögliche gearbeitet. Zum Beispiel haben wir uns manchmal im Bereich der Landwirtschaft versucht. Ich kann euch sagen, dabei habe ich mich absolut dusselig angestellt. Schließlich war ich nicht mit Tieren aufgewachsen, weshalb der Umgang für mich reichlich gewöhnungsbedürftig war. Manchmal hatten wir sogar selber etwas Land und haben dort Gemüse für den Eigenbedarf und zum Verkaufen angebaut. An anderen Orten haben wir auf irgendwelchen Farmen ausgeholfen. Tja, auf diese Weise haben wir immer bestens überlebt.«

Erin hatte sich Shannons Leben völlig anders vorgestellt. Sie hatte angenommen, Shannon lebe in einem winzigen Dorf in Frankreich, hätte die Gebräuche der Einheimischen übernommen und spräche derart fließend ihre Sprache, dass alle längst vergessen hatten, dass sie keine Ureinwohnerin des Ortes war. Oder dass sich Shannon irgendwo in den Staaten niedergelassen hatte und sehnsüchtig von Irland sprach, gleichzeitig jedoch fester Bestandteil ihrer dortigen Gemeinde war.

»Und manchmal haben wir irgendwo geputzt oder als Zimmermädchen in irgendwelchen Hotels ein bisschen Geld verdient«, fuhr Shannon unbekümmert fort. »Das Bügeln war das Schlimmste. Einmal haben wir über einer Reinigung gewohnt und statt Miete zu bezahlen täglich ein paar Stunden gebügelt. Ich habe es gehasst, aber wenn wir nicht verhungern wollten, durften wir nicht wählerisch sein.«

»Als ich erfahren habe, dass du meine Mutter bist und dass du von zu Hause fortgegangen warst, um durch die Welt zu reisen, habe ich mir dein Leben völlig anders vorgestellt«, brach es nun aus Erin heraus. »Ich dachte, du hättest ein derart wunderbares Leben, dass du deshalb nie zu mir zurückgekommen bist. Ich hätte nie gedacht, dass du deinen Lebensunterhalt damit verdient hast, dass du die Sachen anderer Leute bügelst oder irgendwo Gemüse anpflanzt und verkaufst.«

»Das vor ein paar Wochen tut mir Leid«, ging Shannon überraschend auf Erin ein. »Dein Erscheinen war für mich ein leichter Schock, das war alles. Ich wusste zwar, dass du eines Tages auftauchen würdest, aber ich hatte nicht erwartet, dass du schon so erwachsen bist.« Wieder umspielte das kindlich unschuldige Lächeln ihren vollen Mund. »Ich habe an dich beharrlich als Kind gedacht, und dann standest du wie vom Himmel gefallen da und warst eine erwachsene Frau, die selbst ein Kind erwartet.«

Erin wollte nicht, dass dieses Mal ihr Ärger erneut alles ruinierte. »Aber dir muss doch bewusst gewesen sein, dass ich längst erwachsen bin«, antwortete sie. »Ich bin siebenundzwanzig, Shannon, es ist siebenundzwanzig Jahre her, seit du mich geboren hast.«

»Die Zeit vergeht tatsächlich wie im Flug«, erklärte Shannon hilflos. »Und immer, wenn wir unterwegs waren und ich Freundinnen mit Babys hatte, habe ich mir vorgestellt, dass du ein kleines Kind bist und dass Mam sich um dich kümmert. Der Gedanke hat mich glücklich gemacht. Sie war eine gute Mutter, und ich wusste, dass du bei ihr in den allerbesten Händen warst.«

»Und deshalb hast du mich bei ihr gelassen?«, fragte Erin mehr verdutzt als verletzt. »Weil du wusstest, dass ich bei ihr in besseren Händen wäre als bei dir?«

»Ich schätze, ja«, erwiderte Shannon langsam. »Zu Beginn der Schwangerschaft wollte ich dich gar nicht haben. Ich hatte fürchterliche Angst. Und dann, als ich älter wurde, tja, da warst du dort, wo du warst, eindeutig besser aufgehoben.«

»Wer hat mir meinen Namen gegeben?«, erkundigte Erin sich. Es war nämlich seltsam gewesen, als Shannon sie zum ersten Mal als Erin angesprochen hatte. Der Name war ihr nur mühsam über die Lippen gekommen. Es hatte nicht geklungen, als wäre er ihr unauslöschlich in Erinnerung geblieben.

»Oh, das war Mam«, gab Shannon denn auch prompt zu. »Ist das nicht offensichtlich? Sie liebt all diese irischen Namen: Shannon, Kerry, Erin. Mir hätte Spring Flower gefallen, aber sie hat gesagt, so könnte man ein Kind nicht nennen, das wäre schlichtweg blöd.«

Erin und Greg konnten ihre Erheiterung nicht mehr verbergen, und Greg erklärte prustend: »Also bitte, Shannon,

Spring Flower? Frühlingsblume? Das ist ehrlich ein unmöglicher Name für ein Kind.«

Shannon lachte ebenfalls. »Es gibt noch viel absurdere Namen. Frühlingsblume ist doch nett. Ich kenne eine Frau mit Namen Gelbwurz, die hat's echt schwer.«

»Spring Flower Flynn«, sprach Erin den Namen laut aus. »Nein, ich bin froh, dass sich Mum für Erin entschieden hat.«

Als es Zeit war, das Abendessen zu bereiten, überraschte Shannon Greg und Erin mit der Frage, ob sie sich in irgendeiner Weise nützlich machen könne.

»Tja«, antwortete Erin. »Ehrlich gesagt, hatte ich einfach ein paar von diesen Fertigmahlzeiten in den Ofen stellen wollen. Ich bin abends jetzt immer hundemüde und habe nicht die Energie, was Richtiges zu kochen.«

»Dann überlass das ruhig mir«, schlug Shannon fröhlich vor. »Ich koche gerne und habe nicht oft die Gelegenheit, es in einer derart hübschen Küche zu tun. Die meisten Wohnungen, in denen ich gelebt habe, waren diesbezüglich nicht gerade gut bestückt.«

Das sagte sie nicht, weil sie Mitleid heischen wollte, merkte Erin. Sie nannte einfach Fakten. Shannon hatte ihr Leben freiwillig gewählt und schien die Wahl nicht zu bereuen. Sicher hatte sie kein dickes Konto, doch sie schien durchaus glücklich zu sein.

Erin setzte sich an den kleinen Küchentisch und schaute Shannon bei der Arbeit zu. Kochen schien sie zu entspannen und während sie schnippelte und rührte, berichtete sie weiter von den verschiedenen Orten, an denen sie gelebt, und von den herrlichen Rezepten, die sie dort gesammelt hatte. Sie erzählte davon, wie sie mit weniger als einem Kilo Hackfleisch und etwas selbst gezogenem Gemüse eine Pastete für dreißig Leute zubereitet hatte, und von fantastischen Büfetts als Ausgleich für die harten Zeiten, wenn gerade von irgendwoher Geld hereingeschneit war.

»Also, hierfür brauchst du eigentlich frische Kräuter«, meinte Shannon, während sie mit dem Talent einer Fernsehköchin eine Marinade rührte. »Aber wir kriegen das bestimmt auch so hin.«

»Gibt es in deinem Leben irgendjemanden Besonderen?«, lenkte Erin das Gespräch in eine andere Richtung. »Mir ist aufgefallen, dass auf deinem Klingelschild in Wexford ›Shannon und William‹ steht.«

»Das mit dem echten William hat nicht lange gedauert«, enthüllte Shannon, ohne ihre Augen von ihrer Arbeit abzuwenden. »Wir haben uns vor zirka einem halben Jahr getrennt. Aber danach ist dieser streunende Kater bei mir eingezogen. Den habe ich William den Zweiten genannt. Obwohl auch er nicht lange blieb«, gab sie zu. »Anscheinend habe ich kein Glück mit den Williams. Das ist bestimmt der Grund. Ich hätte ihm einen anderen Namen geben sollen wie …« Sie konzentrierte sich auf die Suche nach einem anderen Namen, als wäre das die wichtigste Angelegenheit der Welt.

»Michael«, schlug Erin nach kurzem Schweigen vor.

»Ah nein, Michael ist kein guter Katzenname«, erklärte Shannon ernst. »Oder hast du schon mal einen Kater mit Namen Michael gesehen?«

Erin dachte, dass bestimmt genauso wenig Kater auf den Namen William hörten, enthielt sich jedoch eines Kommentars.

Es war seltsam, mit Shannon zu reden. Sie dachte in völlig anderen Bahnen als normale Menschen, weshalb auch keine der normalen Unterhaltungsregeln galt. Shannon hatte kein Interesse daran, über ihren Job zu reden – sie arbeitete, um die Miete bezahlen zu können, als Teilzeitkraft in einer Wäscherei –, wollte sich nicht über die Familie unterhalten, und auch Erins Schwangerschaft hatte sie nur einmal kurz zu Gesprächsbeginn erwähnt. Erin wurde bewusst, dass es an ihr lag, das Gespräch am Leben zu erhalten.

»Soll ich dir Bescheid sagen, wenn das Baby da ist?«, fragte sie deshalb.

»O ja, bitte«, antwortete Shannon, als wäre sie versessen darauf, alles über Erins Nachwuchs zu erfahren, und hätte aus reiner Schüchternheit noch nicht danach gefragt.

Also begann Erin mit ihrer Geschichte und holte sogar die Ultraschallaufnahmen. Shannon hielt die grobkörnigen Schwarz-Weiß-Aufnahmen voller Ehrfurcht in die Höhe und zog mit ihren Fingerspitzen die Konturen des zusammengerollten Fötus nach.

»Ist sie nicht wunderschön?«, fragte Greg mit stolzer Stimme. »Ich glaube, dass es ein Mädchen wird, obwohl wir es nicht sicher wissen.«

»Dein Enkelkind«, erklärte Erin leise. »Dein Enkel oder deine Enkelin.«

Shannon sah die beiden mit derart großen Kullerugen an, als würde ihr die Tatsache, dass sie die Großmutter dieses Babys wäre, erst in dieser Sekunde bewusst.

»Stellt euch vor«, hauchte sie hingerissen. »Aber es muss mich doch nicht Oma nennen, oder?«

Das Essen war ein durchschlagender Erfolg. Shannons New-Mexiko-Hühnchen war würzig, scharf und derart köstlich, dass selbst Erin anfing, sich ein wenig zu entspannen. Kerry hatte Recht gehabt: Es war ganz sicher leichter, Shannon als eine lang verschollene Verwandte anzusehen als sich das Hirn darüber zu zermartern, dass sie in Wahrheit ihre Mutter war.

Shannon war für die Mutterrolle nicht geschaffen. Sie war viel zu kindlich dazu. Sie war selbstsüchtig und egozentrisch, trat jedoch zugleich mit höchstem Enthusiasmus für die Rettung der Erde ein.

Gegen halb elf richtete Greg das Sofa für sie her.

»Ich weiß nicht, ob es bequem ist«, meinte Erin zweifelnd. »Bisher hat noch niemand darauf geschlafen. Es ist nämlich ganz neu.«

»Du hättest ein paar der Lagerstätten sehen sollen, auf denen ich bereits geschlafen habe«, meinte Shannon vergnügt. »Dieses Sofa wirkt wie für eine Königin gemacht.«

Plötzlich beugte sie sich vor und nahm die überrumpelte Erin in den Arm. Es war das allererste Mal, dass es zu einer solchen Berührung zwischen ihnen kam.

Dies ist meine Mutter, überlegte Erin verblüfft, schlang Shannon ebenfalls die Arme um die Taille und drückte sie an sich. Nein, dachte sie dann, dies war nicht wirklich ihre Mutter. Shannon mochte mit ihr neun Monate schwanger gewesen sein, aber trotzdem sähe sie sie besser als große Schwester an. Schließlich hatte sie schon eine wunderbare Mum.

In dieser Nacht schlief Erin wie ein Stein, und als sie am nächsten Vormittag erwachte, fühlte sie sich wunderbar leicht, so als wäre eine schwere Last von ihr gefallen. Sie räkelte sich genüsslich in ihrem wohlig warmen Bett und überlegte gerade, wohin Greg entschwunden war, als er mit einem Tablett mit Tee, Toast und einem saftig-frischen Obstsalat wieder im Schlafzimmer erschien.

»Dann bist du also endlich wach geworden, du Murmeltier«, begrüßte er sie liebevoll.

»Ich weiß, ich weiß, es ist eine Schande«, antwortete Erin und blickte auf den Wecker. Es war fünf vor acht. »So lange habe ich schon seit Wochen nicht geschlafen. Ist Shannon auch schon wach?«

»Ja«, erklärte er. »Sie ist sogar schon vor mir aufgestanden und hat sich zum Meditieren auf den Balkon gesetzt.«

»Schön für sie«, meinte Erin und setzte sich auf, damit er das Tablett auf ihre Beine stellen konnte.

»Ich muss allmählich ins Büro.« Greg küsste Erin zärtlich auf den Mund. »Meinst du, du kommst allein zurecht?«

Erin nickte. »Kein Problem.«

Nach einem genüsslichen Frühstück und einer ausgedehnten Dusche ging Erin ebenfalls auf den Balkon.

»Morgen, Shannon«, grüßte sie fröhlich. »Wie sehen deine Pläne für heute aus?«

Sie war zu dem Schluss gekommen, dass es die beste Art des Umgangs mit der unkonventionellen Shannon war, wenn man ihr die Chance gab, zu machen, was sie wollte. Man durfte sie nicht bedrängen oder gar von ihr erwarten, dass sie irgendwo bliebe, wenn es sie schon längst in eine neue Richtung zog. Erin selber hatte heute Zeit, denn sie musste nicht in den Salon und hatte sich nichts Dringenderes vorgenommen als wegen ihres Wohltätigkeitsprojekts zu telefonieren und einkaufen zu gehen. Wenn sie jetzt allerdings sagte, sie hätte noch nichts Festes vor, übte sie dadurch möglicherweise bereits Druck auf Shannon aus.

»Ist es nicht ein wunderbarer Tag?«, fragte Shannon und blickte hinunter auf den sonnenhellen Hafen. »Ein guter Tag, um am Leben zu sein. Weißt du, ich glaube, ich fahre nachher ganz gemütlich weiter nach West Cork und genieße dabei die wunderschöne Landschaft.«

»Ach? Kann ich dich eventuell fahren?«, fragte Erin vorsichtig.

Shannon schüttelte den Kopf. In ihrer weiten Kuli-Hose und der schlichten Leinenbluse wirkte sie entspannt und frisch. »Ich werde trampen. Ich habe Busse und Züge immer schon gehasst. Trampen hingegen ist super – man bekommt die Gelegenheit, Leute kennen zu lernen und sich gleichzeitig die Landschaft anzusehen.«

»Aber Trampen ist gefährlich.« Es entsetzte Erin, dass in Zeiten, in denen haufenweise Serienmörder und Verrückte durch die Gegend spazierten, noch irgendjemand per Anhalter fuhr.

»Nein, das ist es nicht«, widersprach Shannon. »Du kannst dir gar nicht vorstellen, was für Abenteuer ich dabei schon erlebt habe.«

»Oh, doch, das kann ich«, meinte Erin schaudernd. »Trotzdem glaube ich es kaum, dass du das tatsächlich machst.«

»Es ist wie in allen Lebensbereichen«, erläuterte Shannon. »Du kriegst das zurück, was du vorher investierst.«

Was sollte Erin dazu sagen? Schließlich einigten sie sich auf einen Kompromiss. Erin würde Shannon bis zu einem kleinen Dorf kutschieren, von dem aus sie sich von irgendwem weiter nach West Cork mitnehmen lassen würde. Erin war zwar weiterhin der Ansicht, dass es völlig idiotisch war zu trampen, aber Shannon war entschlossen. Es fiele ihr nicht mal im Traum ein, mit einem Bus oder dem Zug zu fahren, wenn es so viele einsame Autofahrer gab, die froh darüber waren, wenn sie eine nette Begleitung hatten, die sich mit ihnen unterhielt.

Als sie Dunmore verließen, fing es an zu regnen, und Erin hoffte, Shannon gäbe ihr Vorhaben auf und führe doch mit einem Bus. Aber nein, Shannon war gewappnet. Sie hatte ihren uralten, durchsichtigen Regenponcho in der Tasche, unter dem sie während zahlloser Protestmärsche selbst bei allerschlimmstem Regen halbwegs trocken geblieben war. Also hielten sie in einem winzigen Ort und gingen erst noch einmal gemeinsam in den Pub. Erin spürte, dass sich Shannon bereits von ihr entfernte. Die Distanz war beinahe körperlich zu fühlen. Sie wollte fort, zu ihrem nächsten Ziel. So lebte sie offenbar ihr gesamtes Leben – alles hatte seinen eigenen Ort und seine eigene Zeit, Freunde kamen in die eine Kiste, die Familie in eine andere. Und sie hatte kein Problem damit, den Deckel einer der beiden Kisten zufallen zu lassen und den Inhalt vorübergehend völlig zu vergessen. Wann sie beide sich wiedersähen, stand deshalb in den Sternen.

Erin wurde klar, dass auch weiterhin stets Shannon diejenige wäre, die bestimmte, wann es zu Treffen zwischen ihnen käme. Sie war schließlich beschäftigt – immer auf dem Sprung zum nächsten Ort, zur nächsten Party, zur nächsten Protestkundgebung. Sie hatte gewusst, dass ihre Tochter in den besten Händen war und dass es für sie selbst, falls sie einmal irgendwo unterkommen müsste, ebenfalls ein festes Zuhause gab.

Mum hatte mit der Behauptung Recht gehabt, dass man, wenn man Shannon nahe bleiben wollte, schlicht akzeptieren musste, wie sie ihr Leben lebte. Das hatte Erin nun ebenfalls kapiert.

Sie hatte nur noch eine letzte Frage. Und als sie Platz an einem Tisch in der kleinen Kneipe genommen hatten, platzte sie heraus:

»Erzähl mir von meinem Vater«, bat sie. »Ich will wissen, wer er ist.«

Shannon wirkte weder überrascht noch sonderlich erfreut.

»Ich hatte gehofft, dass du mich das nicht fragen würdest«, meinte sie leicht verärgert, als hätte Erin von ihr wissen wollen, ob sie ihre Haare färbte oder nicht.

»Das ist ja wohl normal, dass mich das interessiert.« Erin konnte nicht verhindern, dass auch ihre Stimme einen gereizten Klang bekam.

»Ich weiß«, antwortete Shannon. »Aber das alles ist so furchtbar lange her …«

»Also bitte«, fauchte Erin. Sie verlor nur selten die Beherrschung, jetzt aber stand sie kurz davor. »Dass ich anscheinend das Ergebnis irgendeines One-Night-Stands bin, an den du dich kaum erinnerst, heißt noch lange nicht, dass ich nicht das Recht habe zu wissen, wer er ist.« Zum ersten Mal, seit sie sie kannte, wirkte Shannon tatsächlich schockiert.

»So ist es nicht gewesen«, protestierte sie. »Es war kein kurzes Abenteuer. Er war ein echter Freund.«

»Sprich weiter.« Auf der Suche nach einer halbwegs bequemen Position lehnte sich Erin auf ihrem Stuhl zurück.

»Wie gesagt, er war ein Freund. Wir sind zusammen aufgewachsen, waren zusammen in der Schule«, fuhr Shannon widerstrebend fort. »Wir sind nicht wirklich miteinander gegangen, und er wusste, dass ich nicht ewig in Kilbarrett bleiben würde. Wir waren nur gute Kumpel.«

Erin, die angenommen hatte, dass ihr Vater aus der Demonstrantenszene stammte, in der Shannon damals zu Hause gewesen war, hörte schweigend zu.

»Seine Name war Paul«, erklärte Shannon. »Paul Whelan. Eigentlich wollte er Kunst studieren, aber dafür fehlte ihm das Geld. Sein Vater hatte eine Schlachterei, also hat er eine Schlachterlehre gemacht. Wir waren immer Freunde – nie ein echtes Paar. Geschlafen haben wir trotzdem ein paar Mal miteinander. Du weißt sicher, wie das ist. Und jeder von uns hat sein Leben so gelebt, wie er es für richtig gehalten hat… Er hat in der Schlachterei gearbeitet und dort dieses Mädchen kennen gelernt. Ich hatte andere Dinge mit meinem Leben vor – und merkte plötzlich, dass ich schwanger war. Aber das konnte ich ihm unmöglich erzählen.«

»Dann hat er also nie erfahren, dass du schwanger warst?«, fragte Erin verblüfft.

»Am Ende schon«, erwiderte Shannon. »Ich war rund wie eine Tonne, und als er mich gefragt hat, habe ich behauptet, das Kind wäre nicht von ihm. Das war die einfachste Lösung. Seine Mutter war tiefreligiös, sie hätte ihn ermordet. Also war es das Beste, dass er nichts davon erfuhr. Deshalb habe ich gesagt, dass jemand anderes der Vater meines Babys ist.«

»Hast du ihn danach jemals wiedergesehen?«, hakte Erin nach.

»Nein«, antwortete Shannon ungerührt. »Aber er war hochintelligent und hätte studieren sollen, so viel steht fest. Ach, hätten sie doch nur genügend Geld gehabt, und hätte sein Vater begriffen, dass es eine gute Idee gewesen wäre, ihn auf die Universität zu schicken. Doch wer weiß, vermutlich hat der gute Paul zwischenzeitlich eine ganze Reihe von Schlachtereien eröffnet.«

Alarmiert verzog Shannon auf einmal das Gesicht. »Du

gehst doch nicht los, um ihm mitzuteilen, dass er dein Vater ist, oder?«

Erin wusste, dass es sinnlos wäre, Shannon zu erklären, dass sie Mum und Dad, weil sie in all den Jahren für sie da gewesen waren, als ihre wahren Eltern betrachtete. Aber das hieß nicht, dass sie nicht das brennende Verlangen danach hatte, ihren leiblichen Vater kennen zu lernen. Ihren guten alten Dad konnte niemals ein anderer ersetzen. Aber sie musste einfach wissen, woher genau sie kam, wo ihre Wurzeln lagen.

»Und die ganze Familie hat diesen Typen, diesen Paul, gekannt?« Erin sprach seinen Namen zum ersten Mal in ihrem Leben aus. »Warum hast du ihnen nicht erzählt, dass er der Vater war?«

»Weil Mum und Dad dann ganz bestimmt gewollt hätten, dass ich mich mit ihm zusammentue, um dich mit ihm gemeinsam großzuziehen. Das wollte ich jedoch nicht. So wollte und könnte ich nicht leben. Das kannst du mir nicht zum Vorwurf machen«, verteidigte sich Shannon. »Ich wäre sowieso keine gute Mutter gewesen, und so habe ich dir den bestmöglichen Start ins Leben ermöglicht, oder etwa nicht?«

Sie wollte Vergebung, und Erin wusste, dass es sinnlos wäre, wenn sie ihr diese Vergebung weiter vorenthielt. Sie dachte daran, wie ihr Leben verlaufen wäre, hätte Shannon sie behalten – ständig wären sie in der Welt herumgegondelt, und Shannon hätte sie beide mühsam, ohne ein Mindestmaß an Sicherheit, über die Runden gebracht. Es wäre kein gutes Leben für sie gewesen. Egal, aus welchen Motiven Shannon sie zurückgelassen hatte: Sie hatte das einzig Richtige für ihr Kind getan.

»Ja, das hast du«, sagte sie deshalb. »Mum und Dad sind wirklich tolle Eltern.«

Shannon sah sie strahlend an, und schließlich lächelte Erin und wiederholte: »Ja, du hast das Richtige getan.«

32

Drei Wochen nach Debras und Barrys Streit begann Lizzie langsam die Hoffnung aufzugeben, dass es je zu einer Aussöhnung zwischen den beiden käme. Die beiden hatten ab und zu miteinander telefoniert, sich dabei jedoch jedes Mal lautstark angekeift.

Es war nicht so, dass Debra deshalb allzu niedergeschlagen wirkte – ganz im Gegenteil schien sie die Freiheit und die Fürsorge der Mutter sogar zu genießen. Und seit Lizzie ihr versprochen hatte, dass sie kein Interesse an irgendwelchen Männern – das hieß, an Simon – hatte, kamen sie hervorragend miteinander zurecht.

Gwen, die ständig an der Nichte herumnörgelte, meinte, das läge vor allem daran, dass Lizzie ihrer Tochter freie Hand im Umgang mit ihrer Kreditkarte gewährte. Von der Szene wegen Simon hatte Lizzie ihr erst nach langer Zeit erzählt. Das Ganze war ihr furchtbar peinlich, und sie hätte es nicht ertragen, wenn Gwen über ihr Verhalten ebenso empört gewesen wäre wie zuvor Debra. Stattdessen hatte sie sich zu Lizzies Erleichterung äußerst mitfühlend gezeigt.

Simon hatte am Tag nach dem Zusammensein bei ihr angerufen, doch wegen der Geschehnisse des Abends hatte Lizzie ihm erklärt, Debra hätte gerade eine schwere Zeit und ihn gefragt, ob er etwas dagegen hätte, ein wenig zu warten, bis sie sich wieder treffen konnten.

»In Ordnung«, hatte Simon ruhig erwidert. »Ich würde dich wirklich gerne wiedersehen. Am besten rufst du mich an, wenn sich die Lage etwas beruhigt hat.«

Doch Lizzie hatte sich seither nicht noch mal bei ihm gemeldet, denn Debra schien regelrecht darauf zu lauern, ob sie am Telefon mit irgendwelchen Männern sprach. Vielleicht hatte die Tochter mit der Behauptung, Männer machten nur alles komplizierter, ja tatsächlich Recht.

Wenigstens war das Zusammenleben mit Debra inzwischen leichter – solange Lizzie für den Abend keine Pläne machte, von denen das Mädchen ausgeschlossen war. Zugleich aber war Lizzie voller Sorge, dass der Graben zwischen den jungen Eheleuten, wenn die Trennung weiter anhielt, unüberbrückbar werden würde. Damit käme Debra auf Dauer sicher nicht zurecht.

Das Problem bestand nach Lizzies Ansicht darin, dass Debra offenbar felsenfest davon ausging, dass Barry auf Knien angekrochen kam. Er hatte zu gestehen, wie Leid ihm alles täte. Und der Neuanfang bestünde darin, dass sie endgültig die Oberhand in der Beziehung gewann. Die Wahrscheinlichkeit, dass es so käme, schwand allerdings täglich mehr.

Schließlich kam Myles auf die Idee, ein Treffen beider Familien zu arrangieren, in dessen Verlauf die jungen Eheleute auf neutralem Boden die Gelegenheit bekämen, über ihre Schwierigkeiten zu sprechen. »Eventuell kommt sie ja, wenn sie uns alle so versammelt sieht, endlich zur Vernunft und erkennt, worum es innerhalb einer Familie und einer Ehe geht«, meinte er hoffnungsvoll.

Sicher steckte Sabine hinter diesem Vorschlag, überlegte Lizzie, denn es war höchst unwahrscheinlich, dass Myles von allein auf einen solchen Gedanken kam.

Joe hielt den Gedanken an eine Familienkonferenz für völlig absurd. »Wenn Debra nicht zu Barry zurückkehren will, ist es reichlich unwahrscheinlich, dass sie es sich, nur weil du und Dad und Barrys Eltern und wer sonst noch alles an ihr herumredet, noch einmal überlegt«, erklärte er seiner Mutter während eines Telefongesprächs.

»Aber wir müssen es doch versuchen«, widersprach Lizzie.

»Mum, das Einzige, was ihr versuchen müsst, ist, dass ihr endlich aufhört, Debra zu behandeln, als wäre sie ein Kind. Sie ist eine erwachsene Frau, und wenn sie Barry fünf Minuten nach der Hochzeit schon wieder verlassen will, ist das allein ihre Sache.«

»Ich weiß, dass es ihre Sache ist«, protestierte Lizzie, doch Joe fiel ihr ins Wort.

»Ach ja? Warum lasst ihr sie diese Angelegenheit dann nicht alleine regeln? Wenn sie wirklich erwachsen wäre, müsste sie sich eine eigene Wohnung suchen und gucken, wie sie ihr Leben weitergestalten will. Solange du und Dad sie derart verhätschelt, braucht sie das nicht zu tun. Wenn für sie etwas schwierig wird, rennt sie einfach zu einem von euch beiden, der die Dinge für sie ins Reine bringt.«

Das war nicht ganz richtig, wurde Lizzie klar. An Myles konnte sich Debra nicht mehr mit allen Dingen wenden. Das hatte sich am Abend von Lizzies Fallschirmsprung eindeutig herausgestellt. Debra war zu ihm geflüchtet und bereits am nächsten Tag zu Lizzie zurückgekehrt. Sabines Einfluss hatte Myles' Beziehung zu der Tochter nachhaltig verändert. Er behandelte Debra wie eine Erwachsene und nicht mehr wie ein kleines Mädchen. Also erwartete er, dass sie ihr Leben selber in die Hand nahm. Natürlich war Debra der festen Überzeugung, dass sie wegen einer anderen Frau von ihrem Vater vernachlässigt wurde. Selbstverständlich fand sie Sabine deshalb nicht mehr im Mindesten sympathisch und fauchte einmal zornig: »Ich weiß echt nicht, weshalb sie überhaupt zu meiner Hochzeit eingeladen war.« Debra verzieh es Sabine absolut nicht, dass sie an dem Abend in der Wohnung ihres Vaters zum Ausdruck gebracht hatte, wie lächerlich und kindisch Debras Verhalten in ihren Augen war.

Lizzie hielt den Mund, während sie sich insgeheim fragte, weshalb es angesichts der kurzen Dauer von Debras Ehe überhaupt noch wichtig war, wer bei der Hochzeit dabei gewesen war. Inzwischen verstand sie sich hervorragend darauf, nur dann etwas zu sagen, wenn es ungefährlich war, sie also keinen Gefühlsausbruch von Debra heraufbeschwor.

Joe war der Einzige, der anscheinend wusste, wie das Zusammenleben mit der Tochter für sie war. Alle anderen fanden, es wäre natürlich traurig, dass die jungen Eheleute solche Schwierigkeiten hatten. Aber bis sie wieder zueinander fänden, wäre es doch herrlich, dass sie bei ihrer Mutter eingezogen war. Die Leute schienen zu denken, Lizzie wäre, wenn sie allein lebte, einsam und gelangweilt, und deshalb wäre die Gesellschaft ihrer Tochter für sie das größte Glück.

»Mum, du musst ihr sagen, dass sie ausziehen und auf eigenen Füßen stehen muss«, erklärte Joe. »Du hast dich lange genug um sie gekümmert.«

Auch von Simon hatte Lizzie Joe noch nichts erzählt. Nach wie vor rief die Erinnerung an jenen Abend einen kalten Schauder in ihr wach.

Im Grunde ihres Herzens wusste sie, dass Joe Recht hatte mit seiner Meinung. Seit ihrer Scheidung hatte sie, wenn auch eher unbewusst, eine deutliche Wandlung durchgemacht. Sie hatte sich daran gewöhnt, allein zu leben und tun und lassen zu können, was sie wollte, ohne jemandem Rechenschaft dafür schuldig zu sein. Möglicherweise war das sogar ein Grund dafür, weshalb sie noch keine neue Bindung eingegangen war.

»Ich kann ihr nicht befehlen auszuziehen«, sagte sie zu ihrem Sohn. »Das wäre nicht richtig. Schließlich bin ich ihre Mutter.«

»Eher eine Übermutter«, kritisierte Joe. »Lass sie bitte endlich los, Mum, wenn sie nicht vollständig das Kommando über dein Leben übernehmen soll. Das sage ich nicht nur deinetwegen, sondern ebenso, weil es für sie das Beste ist.«

»Ach, dann sag es ihr doch selber«, grummelte Lizzie wütend. Allmählich hatte sie genug davon, dass ihr jeder sagte, was sie tun sollte. Weshalb diskutierte niemand diese Dinge je mit Debra, die doch mindestens genauso betroffen von der ganzen Sache war?

»Meinetwegen«, antwortete Joe gleichmütig. »Hol sie mir mal an den Apparat.«

Lizzie wusste nicht genau, was Joe zu seiner Schwester sagen würde, doch als Debra nach der Unterhaltung mit dem Bruder wieder in die Küche kam, hatte sie ein zornrotes Gesicht.

»Was zum Teufel bildet Joe sich eigentlich ein?«, fragte sie mit vor Empörung schriller Stimme.

»Was ist los? Was hat er gesagt?«, fragte Lizzie und hasste sich dafür, dass sie zu feige war, um offen zuzugeben, dass sie genau wusste, worum es bei dem Gespräch gegangen war.

»Er hat gesagt, dass ich entweder zu Barry zurückkehren oder mir eine eigene Wohnung suchen soll«, erklärte Debra wütend. »Er meint, wenn Barry und ich uns wirklich trennen wollten, sollten wir das Haus verkaufen und die Scheidung einreichen, dass ich aber nicht länger hier bei dir bleiben soll, weil du ein eigenes Leben hast. Als ob er auch nur die geringste Ahnung davon hätte, wovon er spricht!«

Debra schnappte sich ihre Packung Zigaretten und zündete sich verbittert einen der Glimmstängel an. Lizzie mochte es nicht, wenn sie in der Wohnung rauchte. Doch da Debra sowieso stets machte, was sie wollte, ersparte sie sich einen Kommentar.

»Ich habe ihm gesagt, dass du mich gern hier bei dir hast, dass es tröstlich für dich ist, jemanden im Haus zu haben, nachdem du jahrelang allein gewesen bist«, fuhr Debra schnaubend fort. »Oder ist das etwa falsch?«

»Keineswegs«, antwortete Lizzie schwach und fühlte sich noch feiger als zuvor.

»Und dann …« Debra atmete tief durch, »dann hat er noch gesagt, womöglich fändest du ja selbst bald einen Freund, und wie es dann wohl weitergehen sollte. Ich habe ihm gesagt, dieser Gedanke wäre total absurd. Ich habe gesagt, dass du niemals einen anderen lieben würdest als unseren Dad.«

Lizzie wurde schmerzlich bewusst, dass Debra an dem Abend, an dem sie sie mit Simon überrascht hatte, zum Teil deshalb so wütend geworden war, weil sie den Gedanken, dass ihre Mutter einen anderen Mann als ihren Vater lieben könnte, nicht ertrug. Es fiel ihr ja bereits schwer zu akzeptieren, dass es für ihren Vater eine andere Frau gab. Mit der Vorstellung, dass Lizzie eventuell ebenfalls einen anderen Mann fände, kam sie eindeutig noch weniger zurecht. Selbst mit Anfang zwanzig war Debra in Bezug auf ihre Mama nach wie vor ein Kind. Und eine brave Mama hatte nun mal keinen Freund.

Am Ende war es Barrys Mutter Flossie, die Lizzie eines Tages in der Praxis anrief, um anzuregen, irgendetwas in dieser Sache zu unternehmen.

Es versetzte Lizzie einen leichten Schock, als sie Flossies Stimme hörte – vor allem, weil sie nicht sicher wusste, ob Flossie dachte, dass der Streit zwischen den Kindern ausschließlich Debra zuzuschreiben war. Wenn ja, rief sie eventuell einzig deshalb bei ihr an, um ihr schwere Vorwürfe zu machen. Und für eine solche Auseinandersetzung wäre Lizzie nicht gewappnet.

Doch schien es Flossie gar nicht in den Sinn zu kommen, irgendjemandem die Schuld an irgendwas zu geben. Alles, was sie wollte, war, dass Barry glücklich war, und das war er zurzeit eindeutig nicht. »Er sitzt mutterseelenallein in diesem Haus und ist ohne Debra offensichtlich verloren. Das weiß ich, weil er unglaublich elend aussieht, wenn er manchmal zum Essen zu uns kommt. Wir müssen etwas unternehmen, damit die beiden sich endlich wieder vertragen, Lizzie«, erklärte sie eindringlich. »Der arme Barry ist fertig. Ich hasse es, ihn derart leiden zu sehen. Aber das Problem ist, dass sie beide furchtbar jung sind und keine Ahnung haben, wie sie offen über die Dinge reden und auf diese Weise eine Einigung erzielen sollen.«

»Nein, das wissen sie nicht«, stimmte ihr Lizzie mit dem Gedanken an ihre eigene Ehe, in der auch nie offen über die Dinge geredet worden war, voller Inbrunst zu. Wenn sie offener gewesen wären, wären sie vielleicht noch heute verheiratet. »Myles hat vorgeschlagen, dass wir eine Art Familienkonferenz initiieren«, fuhr sie fort. »Wenn wir alle dabei sind, sind sie gezwungen, miteinander zu reden, statt sich nur lautstark anzuschreien.«

»Das ist eine hervorragende Idee«, meinte Flossie enthusiastisch. »Weißt du, die beiden sind zu stur, um sich zu treffen und über alles zu sprechen. Ihrer beider Starrsinn ist das Hauptproblem.«

Sie fassten den Plan, dass Lizzie Debra nächsten Samstag um eine bestimmte Uhrzeit in ein bestimmtes Restaurant einladen würde, während Flossie das Gleiche mit ihrem Jungen täte. Wenn die beiden auf diese Weise die Gelegenheit bekämen, miteinander zu reden, fänden sie sicher einen Weg aus der Sackgasse heraus.

Nur Joe und Gwen waren der Ansicht, dass der Plan idiotisch war, aber Gwen und Debra hatten sich schließlich noch nie wirklich gemocht. Gwen hielt ihre Nichte für einen verwöhnten, hochmütigen Fratz, während Gwen für Debra eine herrische und altmodische Schachtel, also das genaue Gegenteil der braven, sanftmütigen Lizzie war.

»Ich schätze, egal, was bei der Sache rauskommt, wirst du am Ende die Rechnung für das Essen bezahlen«, meinte Gwen, als sie am Telefon von dem Vorhaben erfuhr.

»Es geht nicht um Geld oder darum, wer für das Essen bezahlt«, stellte Lizzie ungeduldig klar.

»Also, bitte«, sagte Gwen. »Natürlich geht es auch um Geld. Denk nur an all die Scheine, die du und Myles für die verdammte Hochzeit hingeblättert habt. Wenn Debra sich schon damals darüber klar gewesen wäre, dass sie und Barry überhaupt nicht zueinander passen, hättet ihr, statt den teuersten Tag, den es im ganzen Bezirk jemals gegeben hat, zu finanzieren, jede Menge gespart.«

»Um Himmels willen.« Jetzt verlor Lizzie endgültig die Beherrschung. Nicht nur, dass Joe ihr ständig Vorhaltungen machte, wie sie ihr Leben leben sollte, mischte sich zudem noch Gwen ungefragt in alles ein. »Ich wünschte, dass ihr mich endlich alle in Ruhe lassen würdet.«

»Nicht ich bin diejenige, auf die du wütend sein solltest, Lizzie«, erklärte Gwen ungerührt, »sondern auf Debra. Irgendjemand müsste deiner Tochter endlich mal die Leviten lesen. Früher oder später werde ich eine Gelegenheit dazu am Schopfe packen«, fügte sie mit grimmiger Entschlossenheit hinzu.

Treffpunkt für das große Versöhnungsessen war ein großes Familienrestaurant in Dunmore, für das sich Flossie deswegen entschieden hatte, weil wegen des dort herrschenden Lärms sicher niemand mitbekommen würde, falls es am Tisch der Shanahans und Cronins zu einem etwas lauteren Gesprächsaustausch kam. Bei dem Gedanken an das Vorhaben zog sich Lizzies Magen schmerzlich zusammen. Es war ihre Aufgabe, eine hübsch zurechtgemachte Debra in das Restaurant zu lotsen. Deshalb hatte sie ihr vorgegaukelt, sie hätten sich ein glamouröses sonntägliches Mittagessen außer Haus verdient, und zu diesem Anlass machten sie sich beide so schick wie möglich.

»Das hier soll glamourös sein?«, fragte Debra ungläubig, als Lizzie ihren Wagen vor dem Hungry Hunter parkte, einem Lokal, das weniger für seine Eleganz als vielmehr für die Gelassenheit bekannt war, mit der die Ober reagierten, wenn kleine Kinder ihre Pommes frites durch die Gegend schossen oder, weil sie ihren Willen nicht bekamen, gellend kreischten.

»Na ja, sonntags haben sie hier ein völlig anderes Publikum als werktags«, log Lizzie in der panischen Befürchtung, Debra käme nicht mit hinein. »Los, Debra, es wird sicher lustig.«

Knurrend folgte Debra ihrer Mutter durch die Tür. Lizzie hoffte nur, dass die anderen bereits da waren, denn wenn die Bedienung sie an einen Tisch für sechs Personen führte, roch ihre Tochter sicher Lunte. Dann entdeckte sie Barry und seine Familie und atmete erleichtert auf. Sie hatte das Ihre zum Gelingen ihres Planes beigetragen, der Rest lag bei dem jungen Paar.

Sie fragte sich, mit welcher Lüge Barry wohl hierher beordert worden war, doch er nippte mit durchaus zufriedenem Gesicht an einem großen Bier. Nur Myles war bisher nirgends zu entdecken, und Lizzie hoffte, er hätte sich lediglich bis zu ihrem Eintreffen irgendwo versteckt. Was tatsächlich stimmte.

»Lizzie! Debra!« Myles kam hinter einer Säule hervorgesprungen, schlang die Arme um die Tochter und führte sie schnurstracks zu dem großen Tisch, an dem Barry saß.

»Das ist eine hinterhältige Falle«, keifte Debra und blitzte Barry zornig an.

Doch zumindest nahm sie ihm gegenüber Platz.

»War das deine Idee?«, zeterte sie.

»Dasselbe wollte ich dich gerade fragen«, kam Barrys scharfe Antwort. »Ich habe dir bereits bei unserem letzten Telefongespräch gesagt, dass ich mich nicht bei dir entschuldige, weil ich nichts getan habe, verstanden?«

»Was willst du damit sagen, du hast nichts getan? Das ist alles ganz alleine deine Schuld gewesen«, giftete Debra laut.

Schreiende kleine Kinder war man hier gewohnt, dass Erwachsene so etwas taten, kam hingegen nur selten vor. Reale Seifenopern aber waren stets unterhaltsam, und so wandten sich die anderen Gäste dem Tisch der Shanahans mit gespanntem Interesse zu.

»Aha, das ist also deine neueste Rolle«, giftete Barry zurück, dem die Blicke der anderen Restaurantbesucher ebenso egal waren wie Debra. »Das kleine Fräulein Tugendsam, das immer alles richtig macht.«

Lizzie hatte überlegt, ob sie sich überhaupt setzen sollte. Nun aber sank sie müde neben Flossie, und die beiden

Frauen sahen einander traurig an. Das Ganze verlief eindeutig anders als geplant.

Myles blickte sie Hilfe suchend an, und unvermittelt wogte heißer Zorn in Lizzie auf. Das Treffen war seine Idee gewesen, und nun, da sie alle hier versammelt waren, hielt er sich aus dem Streit der beiden jungen Leute feige heraus.

Es war Barrys Vater, der sich schließlich einmischte. »Hört zu, ihr beiden«, erklärte Stan im Ton des Mannes, der gewohnt war, dass man ihm gehorchte. »Wir alle haben uns große Mühe gegeben, euch beide hier an einen Tisch zu kriegen, weil wir denken, dass ihr füreinander geschaffen seid. Und wir wollen nicht, dass eure Ehe bereits nach sechs Wochen den Bach hinuntergeht. Ihr müsst lernen, dass man aus einer Ehe nicht gleich ausbricht, wenn es mal ein bisschen schwierig wird. Wenn das der Fall wäre, gäbe es nur noch geschiedene Leute auf der Welt!«

Flossie bedachte Lizzie mit einem entschuldigenden Blick, weil ihr Mann vergessen hatte, dass sie geschieden war. Doch Stan sprach entschlossen weiter, und so blieb für Takt Debras Eltern gegenüber kein Raum.

»Eine Ehe ist wie eine Reise. Es ist, als ob man bei der Hochzeit mit einem großen Ozeandampfer in See sticht...«

»Wie auf der *Titanic*«, schlug Barry trocken vor.

»Nicht wie auf der *Titanic*«, widersprach ihm Stan. »Man kann nicht einfach von Bord gehen, sobald das Meer ein wenig unruhig wird.«

»Ich wette, du hast ihnen erzählt, es wäre alles meine Schuld«, fauchte Debra Barry an.

»Nein, aber ich habe ihnen erzählt, dass du eine verwöhnte Göre bist«, antwortete Barry. »Und das bist du wahrhaftig. Ich verstehe wirklich nicht, warum ich überhaupt mit dir vor den Traualtar getreten bin. Wenn Dad mich nicht gezwungen hätte, wenn er nicht gesagt hätte, Mum fiele tot um, wenn ich dich plötzlich sitzen lassen würde, wäre ich gar nicht erst in der Kirche erschienen.«

Stille senkte sich über den Tisch. Eine Stille, die sich automatisch auf die anderen Tische übertrug. Obgleich es Momente gab, in denen Lizzie ihrer Tochter am liebsten eine Ohrfeige gegeben hätte, damit sie endlich erkannte, was sie durch ihr egoistisches Verhalten heraufbeschwor, tat Debra ihr in dieser Minute unendlich Leid. Ungläubig und entgeistert starrte das Mädchen Barry an.

»Was?«, entfuhr es ihr erstickt.

Lizzie versuchte sie von ihrem Stuhl zu ziehen. »Komm, Debra, wir sollten besser gehen. Es ist sinnlos, hier in aller Öffentlichkeit miteinander zu streiten. Du und Barry müsst diese Angelegenheit unter vier Augen klären. Es war ein Fehler, euch hierher …«

Aber Debra schüttelte sie ab und starrte Barry weiter an und fragte: »Du hast mich gar nicht heiraten wollen?«

»Was denkst du denn?«, schnauzte Barry. »Es ist wirklich schade, dass ich auf Dad gehört und die Sache durchgezogen habe. Wenn ich denke, wie viel Geld wir alle hätten sparen können …«

Debra wurde kreidebleich und noch einmal versuchte Lizzie, sie von ihrem Stuhl zu zerren. »Komm, Debra …«

»Ich wusste gleich, dass wir nicht hätten heiraten sollen«, fuhr Barry kühl fort. »Du hast mich dazu gedrängt und mir ununterbrochen erklärt, nachdem wir uns so lange kannten, wäre es an der Zeit, Verantwortung zu übernehmen und sich endgültig zu binden. Aber du hast nicht die geringste Ahnung, was Verantwortung überhaupt ist, Debra Shanahan. Du bist die egozentrischste, egoistischste Person, die mir in meinem Leben je über den Weg gelaufen ist. Dir geht es nie um andere, sondern einzig und allein um dich, dich, dich. Nichts, was ich getan habe, ist dir jemals gut genug gewesen, oder?«

»So darfst du nicht mit mir reden«, flüsterte Debra mit schmerzerfüllter Stimme.

»Ich konnte weder während unserer Hochzeitsreise noch

als wir nach Hause kamen, irgendetwas richtig machen. Weshalb also hätten wir weiter zusammenbleiben sollen?«, fragte Barry verbittert. »Du hast mich nicht gewollt, Debra. Du wolltest einfach einen Ehemann, irgendeinen Mann, der dir gehört. Und ich war der arme Tropf, der sich zur falschen Zeit am falschen Ort aufgehalten hat. Aber das Blatt hat sich gewendet, Debra. Nachdem du mir jahrelang das Gefühl gegeben hast, nicht gut genug für dich zu sein, und das größte Glück gehabt zu haben, weil ich dich bekommen habe, ist mir jetzt bewusst geworden, dass andersherum du nicht gut genug für mich bist!«

Lizzie hätte ihre eigene Scheidung zehnmal durchgemacht, wenn sie dafür den Schmerz in Debras Augen hätte löschen können. »Komm, Debra«, rief sie in dem verzweifelten Verlangen, ihre Tochter endlich dazu zu bewegen, dass sie diesen Ort verließ.

Dieses Mal ließ sich Debra von ihrer Mutter fortziehen und stolperte hinter ihr aus dem Restaurant. Draußen blieben sie beide stehen, und Lizzie nahm das Mädchen in die Arme. Debra stand eindeutig unter Schock, weshalb Lizzie sie kaum verstehen konnte, als sie leise stöhnte: »Warum? Warum hat er all diese Dinge gesagt? Ich liebe ihn, ich wollte ihm nicht wehtun. Es ist nur so, dass ich nicht wollte, dass er mich, wie Dad dich, als selbstverständlich nimmt. Wenn wir so angefangen hätten, wäre es immer so weitergegangen, und dann hätte er mich in zwanzig Jahren fallen gelassen, so wie Dad dich fallen gelassen hat. Das wollte ich um jeden Preis vermeiden.«

Dass sie auf der ganzen Fahrt nach Hause kein Wort sagte, war beinahe noch schlimmer. Wenn sie getobt und Barry mit sämtlichen Schimpfwörtern unter der Sonne belegt hätte, hätte dies bedeutet, dass sie sich bereits auf dem Weg der Besserung befand. Das Elend und der Schmerz in ihrem Gesicht jedoch erzählten eine gänzlich andere Geschichte.

Lizzie wusste, was ihr Kind empfand. Debra hatte gedacht, sie würde geliebt. Und diese Liebe hatte ihr die Kraft gegeben, Barry zu verlassen, da sie davon überzeugt gewesen war, er wollte sie zurück und würde sich aus diesem Grund am Ende allen ihren Forderungen beugen. Sie war die Starke in ihrer Beziehung gewesen. Und mit einem Mal war alles völlig anders. Barry hatte zugegeben, dass er sie gar nicht hatte heiraten wollen. Nun musste sie sich die bittere Wahrheit, dass er sie nicht genug liebte, dass er ohne sie gut zurechtkam, endlich eingestehen. Die märchenhafte Ehe war vorbei, und Lizzie hatte Schuldgefühle, weil ganz offensichtlich ihre und Myles' ebenfalls nicht funktionierende Ehe mit schuld daran gewesen war.

Zu Hause klingelte das Telefon, doch Lizzie ging nicht an den Apparat. Sie wusste, dass es wahrscheinlich Myles, Stan oder Flossie wäre, um zu fragen, wie es Debra ging. Niemandem konnte das Entsetzen in ihrem Gesicht verborgen geblieben sein. Niemand konnte einen Zweifel daran haben, dass Barry all das wirklich meinte, was er ausgesprochen hatte. Es war endgültig vorbei.

»Tut mir Leid, Mum, ich glaube, ich gehe rauf ins Bett«, sagte Debra mit leiser Stimme.

»Soll ich dir einen Tee oder sonst irgendwas bringen?«, fragte Lizzie ängstlich und wünschte sich, sie könnte einen größeren Trost bieten als lediglich ein heißes Getränk.

Doch Debra schüttelte den Kopf. »Ich glaube, ich muss etwas allein sein, danke.«

Lizzie überlegte, ob sie Joe anrufen sollte, um ihm zu berichten, was passiert war. Inzwischen hatte sie den Eindruck, als wäre er der Einzige in der Familie Shanahan, der nicht völlig blind gewesen war. Er hatte sofort erkannt, dass Debra und Barry nicht im Geringsten zueinander passten. Lizzie, Myles und Debra hingegen hatten wie völlige Idioten blind darauf vertraut, dass dies nur eine kurze Krise zwischen den Eheleuten war. Doch wir hätten es wissen müssen, dachte Lizzie betreten.

Gerade ihr hätte bewusst sein müssen, dass die Ehe ihrer Tochter von vornherein zum Scheitern verurteilt gewesen war. Sie hätte die Lektion aus ihrer eigenen Ehe lernen müssen. Was hatte Debra auf der Autofahrt zu ihr gesagt? Dass sie nicht gewollt hatte, dass Barry sie als selbstverständlich nahm, so wie Lizzie von Myles über all die Jahre als selbstverständlich hingenommen worden war. Was für ein Erbe hatte sie der Tochter aufgeladen, dachte sie betrübt.

Auf dem hübschen Magnet an ihrem Kühlschrank stand geschrieben, dass man seinen Kindern ebenso Wurzeln wie Flügel geben sollte. Nun, sie hatte Debra noch etwas anderes gegeben: eine völlig abstruse Vorstellung davon, worum es in einer Ehe ging.

Gut gemacht, Lizzie, beglückwünschte sie sich, griff nach dem Telefon und wählte die Nummer ihres Sohnes. Eins der vielen guten Dinge, die man von Joe behaupten konnte, war, dass er niemals Sätze von sich gab wie: »Habe ich es doch gesagt.«

33

Die Rückkehr in die Schule wurde Jess Barton dadurch, dass der September mit Sonnenschein und Wärme begann, nicht unbedingt erleichtert. Während der letzten Ferienwoche hatte es ununterbrochen geregnet, und nun, da sie sich wieder in die Schuluniform zwängen und sich in Erwartung der Ergebnisse der Zwischenprüfung in die Schule schleppen musste, hatten sie ein Wetter wie auf einer griechischen Insel im Hitzemonat August.

Jess wäre eventuell damit einschließlich der Tatsache, dass ihre Mutter ständig wie ein Trauerkloß herumlief, weil ihr Vater sich nach wie vor in Schweigen hüllte, klargekommen. Doch zusätzlich überraschte Abby sie noch mit der grauenhaften Nachricht von der neuen Talkshow. Natürlich hatte

Jess gewusst, dass Mum die neue Talkshow übernehmen würde. Das Problem war, dass sie deshalb plötzlich ernsthaft einen Umzug von Dunmore nach Dublin in Erwägung zog.

»Lyonnais müssen wir sowieso verlassen«, hörte sie sie eines Tages jemandem am Telefon erzählen. »Ich denke, ein neuer Anfang in einer neuen Stadt wäre genau das Richtige für uns. Mit meinem Teil des Geldes, das wir für das Haus bekommen, könnten Jess und ich uns etwas Schönes in Dublin suchen, am besten ein Apartment, denn, ehrlich gesagt, habe ich von der Gartenarbeit inzwischen genug.«

Jess traute ihren Ohren nicht. Sie hatte keine Ahnung, mit wem sich Abby unterhielt, doch dieser Mensch bekam eindeutig mehr Informationen über die Zukunft ihrer Tochter als eben diese Tochter selbst.

»Ja, Mike, lass dir mit den Vertragsverhandlungen ruhig Zeit – ich habe es nicht eilig«, fuhr ihre Mutter fort. »Ich weiß immer noch nicht, ob es die richtige Entscheidung ist. Vielleicht will Jess ja gar nicht weg aus Cork, wer weiß? Sie steht momentan ziemlich unter Stress, denn in ein paar Tagen werden die Ergebnisse der Prüfungen bekannt, und ich weiß, wie wichtig sie ihr sind.«

Oben auf dem Treppenabsatz wäre Jess vor Zorn beinahe geplatzt. Woher wollte ihre Mutter wissen, ob sie Cork verlassen wollte oder lieber hier blieb, wenn sie nicht mit ihr darüber sprach?

»Okay«, beendete Abby das Gespräch. »Ich könnte nächste Woche kommen, um mich mit den Leuten zu treffen und mir eventuell schon mal ein paar Apartments anzusehen, um ein Gefühl dafür zu kriegen, was im Rahmen meiner Möglichkeiten liegt. Auf alle Fälle muss die Wohnung in der Nähe einer guten Schule liegen. Nein, ich will noch mit niemandem darüber sprechen, solange die Frage, ob ich die Sendung übernehme, nicht endgültig entschieden ist.«

Jess wartete vergeblich darauf, dass ihre Mutter sie in ihre Pläne einweihen würde, und der Examensstress war nichts im Vergleich zu dem Stress, den es ihr machte, nicht zu wissen, ob sie ihre Sachen packen müsste oder nicht.

Das, was ihr ohnehin stark angeknackstes Selbstvertrauen jedoch endgültig zerstörte, war das Verhalten der verhassten Saffron Walsh.

Saffron war mit tiefer Sonnenbräune (»eindeutig aus dem Solarium«, wie Steph schnaubend behauptet hatte) und dem festen Entschluss, ihrem Groll gegen Jess endlich freien Lauf zu lassen, aus den Ferien zurückgekehrt.

»Sie hat dir nicht verziehen, dass du im Englischunterricht behauptet hast, sie hätte die Individualität eines Schafs«, seufzte Steph am ersten Schultag, als Saffron und ihre Kumpaninnen eine nach der anderen vor den Schließfächern mit Jess zusammengerasselt waren und dabei leise Worte wie »hässliche Ziege« ausgestoßen hatten.

»Mir doch egal«, antwortete Jess, was eindeutig nicht wahr war. Vielleicht trug sie keine Spange mehr – vor Begeisterung darüber hätte sie den Kieferorthopäden beinahe geküsst – und ging mit dem tollen Oliver aus der sechsten Klasse, aber trotzdem war sie eine leichte Beute für die rachsüchtige Saffron.

Es nützte auch nicht viel, dass Steph erklärte, Saffron hätte es ständig nur auf Leute, von denen sie sich bedroht fühlte, derart abgesehen.

»Weshalb sollte sie sich von mir bedroht fühlen?«, hatte Jess geknurrt.

»Weil du intelligenter als sie bist, einen wirklich coolen Freund hast, ohne deine Spange super aussiehst und eine berühmte Mutter hast. Ganz zu schweigen davon, dass sie bestimmt erbärmlich bei der Prüfung abgeschnitten hat. In Saffrons Augen bist du eine Konkurrentin, und deshalb hasst sie dich.«

Jess hätte zwar damit leben können, dass Saffron sie nicht ausstehen konnte. Das beruhte schließlich auf Gegenseitigkeit. Doch womit sie nicht zurechtkam, war die plötzliche

Schwemme gemeiner Kurznachrichten, die sie ohne Absender über ihr Handy zugeschickt bekam. »Du hältst dich für was Besonderes – aber das bist du nicht!«, war noch die netteste Botschaft, die sie auf diesem Weg erreichte. Und dann verschwanden ihre neuen Turnschuhe aus ihrem Schließfach und tauchten später nagellackverschmiert wieder auf. Jess wusste nicht warum, doch der Anblick ihrer neuen blauweißen, mit blutrotem Nagellack verunstalteten Schuhe, brachte sie vollends aus dem Gleichgewicht. Es lag nicht so sehr daran, dass sie sie nicht mehr tragen könnte, sondern daran, dass jemand sie derart hasste, dass er zu einer solchen Untat fähig war.

»Du weißt, dass das dieses Miststück Walsh gewesen ist«, zischte Steph, als sie die Schuhe sah. »Am besten, du meldest diese Sache Docker.« Docker war Mrs. Doherty, die Leiterin der Schule.

»Das kann ich nicht«, antwortete Jess. »Ich habe keine Beweise dafür, dass sie es war, und dann würde Saffron mir das Leben nur noch schwerer machen als bisher.«

»Tja, dann erzähl es Oliver oder am besten deiner Mum.«

Doch Jess weigerte sich standhaft, Oliver damit zu belasten. Seit dem Beginn des neuen Schuljahrs war er sowieso schon viel zu ernst.

»Das liegt alleine daran, dass in neun Monaten die Abschlussprüfung ist. Dies ist das wichtigste Jahr in meinem Leben«, hatte er ihr oft erklärt. »Ich muss dieses Jahr jede Menge lernen, und deshalb habe ich für dich einfach nicht mehr so viel Zeit.«

»Ja, ich weiß«, antwortete sie so gleichmütig wie möglich, um sich nicht anmerken zu lassen, wie verletzt sie war.

Jess wusste, dass Oliver ehrgeizig war und eine gute Prüfung machen musste, um mit dem von ihm gewünschten Studium anfangen zu können. Aber sie verstand nicht, weshalb er schon in der ersten Woche nach den Ferien derart vom Arbeitseifer besessen war.

Ihre letzte Hoffnung war die große Party, die ein alter Freund von Zach am ersten Wochenende nach Beginn der Schule gäbe. Jess hatte sich bereits seit Wochen auf das Fest gefreut und hoffte, sie und Oliver würden sich derart amüsieren, dass er kurzfristig seine Strebsamkeit vergessen und erkennen würde, dass auch während des letzten Schuljahrs Spaß nicht per Gesetz verboten war.

Außerdem wäre es die erste Party, auf die sie seit dem Besuch beim Kieferorthopäden ginge. Zum ersten Mal in ihrem Leben kam sie sich bezüglich ihres Aussehens nicht völlig unzulänglich vor.

»Du wirst fantastisch aussehen«, hatte Steph nach gründlichem Durchforsten ihres Kleiderschranks auf der Suche nach einem passenden Outfit für die Freundin gesagt. Am Ende hatten sie beschlossen, dass Jess ihre eigenen Jeans, ein silbergraues weitmaschiges Stricktop und darunter ein schwarzes Trägerhemdchen trüge. Stephs Mutter hatte eine knubbelige Strickjacke, die wie ein Designerstück aussah, und Steph hatte sie Jess »für den Fall, dass es kalt wird, wenn ihr beiden draußen knutscht« in die Hand gedrückt.

»Wir knutschen ganz bestimmt nicht draußen«, hatte Jess grinsend erwidert. »Das können wir auch drinnen. Nur Leute wie du und Zach, die es ständig nach neuen Kicks verlangt, machen an irgendwelchen Bushaltestellen oder auf verschwiegenen Parkbänken herum.«

»Sonst können wir schließlich nirgendwo hin«, hatte Steph protestiert. »Wenn wir so wie du ständig allein zu Hause wären, könnten wir auch dort miteinander in die Kiste gehen, aber so …«

»Ich bin nicht ständig allein zu Hause, und Oliver und ich gehen nirgends miteinander in die Kiste«, hatte Jess ihr widersprochen.

»Dann bist du wahrscheinlich die letzte Jungfrau unserer Klasse«, hatte Steph nahezu mitleidig gesagt und viel sagend hinzugefügt: »Es ist wirklich fantastisch.«

»Das wirst du sicher nicht mehr denken, wenn du auf einmal schwanger bist.«

»Uh, sei doch nicht so negativ.«

»Du hättest diese Sache nicht derart überstürzen sollen«, hatte Jess ihr rundheraus erklärt. Sie wusste, dass Zach enormen Druck auf Steph ausgeübt hatte, damit sie mit ihm schlief. Und das fand sie absolut nicht richtig. »Ich hasse diese blöden Sätze nach dem Motto ›Wenn-du-mich-wirklich-lieben-würdest-würdest-du-es-tun‹.«

»Also bitte. Ich bin ja wohl durchaus alt genug«, hatte Steph entgegnet. »Wir sind beide alt genug. Schließlich sind wir keine Kinder mehr. Ich meine, schließlich gab es eine Zeit in der Geschichte, in der wären wir mit sechzehn längst verheiratet gewesen.«

»Und das würde dir gefallen?«, hatte Jess gestichelt. »Damals wurden Frauen wie Leibeigene behandelt. Sie durften nicht wählen, hatten kein Eigentum, wurden gehalten wie verdammte Kühe. Fändest du das etwa gut?«

»Ich sage doch nur ...« Steph hatte die Stirn gerunzelt und Jess die Zunge rausgestreckt. »Für jemanden, der es kaum erwarten konnte, Geschichte endlich abwählen zu können, weißt du über diese Dinge überraschend gut Bescheid.«

»Wirklich witzig«, hatte Jess daraufhin geknurrt.

»Ich wette, dass du nicht nein sagen würdest, wenn Oliver dich fragen würde, ob du mit ihm schläfst.«

»Er weiß, dass ich nein sagen würde«, hatte Jess erwidert und beim Anblick von Stephs ungläubiger Miene vergnügt gekichert.

»Wie anständig von dir«, hatte Steph gealbert und war ebenfalls in Kichern ausgebrochen.

In Wahrheit hätte Jess nicht sagen können, was sie machen würde, wenn Oliver sie fragte, ob sie mit ihm schliefe. Sie war sich ziemlich sicher, dass er, anders als Zach, niemals versuchen würde, sie mit ihren Gefühlen zu erpressen. Dazu war Oliver zu gradlinig. Wenn er sie also fragen würde, ob sie mit ihm schliefe, dann, weil er sie liebte und weil er es wirklich wollte. Jess hatte allerdings keine Ahnung, wie sie darauf reagieren würde.

Während des Sommers hatte sich alles vollkommen verändert. Manchmal konnte sie immer noch nicht glauben, dass er tatsächlich mit ihr ging. Er hätte, sowohl in seiner eigenen als auch in ihrer Stufe, jedes Mädchen haben können. Doch er wollte nur sie. Was ihr heftig schmeichelte und sie zugleich mit Angst erfüllte, dass er eines Tages vielleicht doch eine andere besser finden würde als sie. Doch trotz dieser Befürchtung würde sie nicht sofort mit ihm in die Kiste steigen, nur, weil er Lust dazu hatte.

Am Abend der Party erzählte Steph zu Hause, dass sie in Dunmore bei den Bartons übernachten würde. Das war eine Lüge. In Wahrheit waren sie und Zach Teil einer großen Gruppe, die in dem Haus nächtigen wollte, in dem die Party stattfand. Der Typ, der sie alle eingeladen hatte, sagte, seine Eltern kämen erst am nächsten Mittag wieder, und wenn nicht irgendjemand wegen der Musik die Bullen rufen würde, wäre alles okay.

»Meine Mutter ruft bestimmt nicht bei euch an«, erklärte Steph der Freundin zuversichtlich. »Sie sagt, dass sie seit der Trennung deiner Eltern einfach nicht mehr weiß, was sie zu deiner Mutter sagen soll.«

»Wirklich praktisch«, meinte Jess und fühlte sich mehr und mehr wie eine spießige, ältliche Verwandte. Sie hatte sich so auf die Party gefreut, doch wegen des Betrugsmanövers, das die Freundin angezettelt hatte, wuchs ihr allmählich das Ganze über den Kopf. Was, wenn Mrs. Anderson am nächsten Morgen anrief, um mit Steph zu sprechen? Jess hatte die grässliche Vision, dass sie dann einen puterroten Kopf bekommen und hilflos stottern würde, Steph stünde gerade unter der Dusche oder säße auf dem Klo.

»Sag ihr das«, erklärte Steph gelassen, »und dann ruf mich auf meinem Handy an, und ich rufe sie zurück.«

»Und was ist, wenn sie mir nicht glaubt?«, fragte Jess ängstlich. »Oder wenn meine Mutter vor mir ans Telefon geht?«

»Himmel«, stöhnte Steph. »Ich will doch nur eine einzige Nacht mit Zach. Improvisier halt! Leg den Telefonhörer daneben, bis ich dich auf deinem Handy anrufe und sage, dass ich mit Mum gesprochen habe, oder so.«

»Okay«, erklärte sich Jess bereit, wenn auch widerstrebend. Sie wusste nicht, warum, aber sie hatte wegen dieser Sache ein ungutes Gefühl.

Was jedoch das Allerschlimmste war – Zach erzählte, dass auch Ian Green und seine Clique kommen würden, also wäre auch die blöde Saffron mit von der Partie.

Abby fuhr Oliver und Jess mit dem Auto zu der Feier und erklärte streng, sie erwarte ihre Tochter spätestens um halb zwölf wieder daheim.

»Kein Problem, Mrs. Barton«, meinte Oliver. »Ich rufe uns rechtzeitig ein Taxi.«

»Gut«, antwortete Abby. »Und lasst euch ja nicht von jemandem mitnehmen, der was getrunken hat. Dann ruft mich lieber an. Mindestens fünfundsiebzig Prozent aller tödlichen Unfälle werden von jungen, unerfahrenen Fahrern verursacht, die …«

»Mum!«, fiel ihr Jess genervt ins Wort. »Wir nehmen ein Taxi, okay?«

Sie hoffte nur, dass ihre Mutter nicht auf Stephs Mum träfe und dass dadurch das falsche Übernachtungsarrangement vorzeitig aufflog.

Doch darüber hätte sich Jess keine Gedanken zu machen brauchen. Es war bereits nach zehn, und die Party war in vollem Gange, bevor Steph und Zach mit einer halben Flasche Wodka und einem Six-Pack Alcopops auf dem Fest erschienen. Sie beide rochen nach Zigarettenrauch und Whiskey, der zweifellos aus der Hausbar von Stephs Dad stammte.

Als wäre das nicht bereits schlimm genug, zog Zach aus

der Brusttasche seiner Jacke auch noch zwei wunderbar gerollte Joints.

»Ist er nicht ein braver Junge?«, seufzte Steph und schlang ihm beide Arme um den Hals.

»Steph, was soll das?«, zischte Jess. »Wenn sie dich erwischen –«

»Wer soll mich hier erwischen? Schließlich haben wir heute Abend sturmfreie Bude.«

Ihre Freundin hatte zwar Recht, doch Jess machte sich Sorgen, weil Steph sich absolut nicht normal verhielt.

Sie war allerdings nicht die Einzige, die sich eigenartig benahm. Oliver wirkte den ganzen Abend unnatürlich ruhig, und als Jess ihn fragte, ob er irgendwelche Sorgen hätte, meinte er, sein Dad hätte ihm eine Standpauke gehalten. Für ihn sei dieses Schuljahr derart wichtig, dass er sich die größte Mühe geben müsste, und es mache sich bestimmt nicht gut, dass Oliver bereits am ersten Wochenende nach den Ferien, statt zu lernen, auf eine Party ging.

»Das kann doch nicht sein Ernst sein!«, protestierte Jess. »Die Prüfungen sind erst im Juni, und niemand arbeitet so viel wie du!«

»Tja, nun, mein Vater meint, ich müsste die Zulassung zum Studium gleich beim ersten Mal bekommen, denn er könnte es sich nicht leisten, mich das Schuljahr und die Prüfung wiederholen zu lassen. Wenn ich nicht sofort die erforderlichen Noten kriege, müsste ich zum Tutorium, und das ist furchtbar teuer. Das Geld kann er nicht aufbringen.« Oliver wirkte total gestresst. »Ich habe nur diese eine Chance. Also wird dieses Schuljahr für mich das anstrengendste.« Er erhob sich abrupt von seinem Platz. »Ich hole mir noch was zu trinken. Willst du auch was?«

Sie schüttelte den Kopf und verfolgte, wie er in Richtung des mit Dosen und Flaschen beladenen Tisches schlenderte, wo sich ihm sofort ein Mädchen mit einem eng anliegenden Träger-Top und einem superkurzen Minirock an den Hals warf. Es war Sherry, eine von Saffrons Busenfreundinnen, eine echte Kuh. Oliver jedoch ging durchaus freundlich auf ihre Avancen ein, und es sah absolut nicht aus, als stöhne er in dem Moment ebenfalls über den enormen Druck, unter dem er dieses Schuljahr stand.

Verärgert machte sich Jess auf die Suche nach Steph, die sich gerade einen Weg zur Toilette bahnte, um sich dort zu schminken. Stephs Schwanken verriet Jess, dass sie bereits reichlich angetrunken war.

»Alles in Ordnung?«, fragte Jess besorgt. »Du siehst ziemlich fertig aus. Bist du sicher, dass du nicht nach Hause fahren willst?«

»Reg dich ab«, erwiderte die Freundin. »Du brauchst nicht auf mich aufzupassen, Jess.« Da man nicht mit ihr reden konnte, wenn sie in dieser Verfassung war, ging Jess wieder nach unten, wobei sie auf der Treppe die blöde Saffron traf. Wie üblich sah Saffron in ihrem teuren Glitzertop und ihrer tief sitzenden Jeans wie mindestens zwanzig aus.

»Hallo, Baby«, grüßte sie verächtlich. »Hat deine Mami dich heute auch mal vor die Tür gelassen?«

»Fick dich, Saffron«, antwortete Jess und versuchte, sich an ihr vorbeizuschieben.

»Oh, was für eine ungepflegte Ausdrucksweise«, spottete die Ziege Saffron. »Obwohl es sich nach allem, was ich gehört habe, bei dir darauf beschränkt, dass du vom Ficken sprichst, statt es tatsächlich zu tun. Hast du vielleicht Angst, Baby? Hast du Angst vor Sex?«

»Lass mich in Ruhe«, schnauzte Jess verwirrt. Woher wusste Saffron, dass sie noch nicht mit Oliver geschlafen hatte?

»Er wird dir sowieso den Laufpass geben. Er hat nämlich kein Interesse an einem Kind wie dir«, zischte Saffron böse. »Weshalb sollte er mit dir zusammen bleiben, wenn du noch zu klein bist, um mit ihm zu schlafen?«

Jess starrte Saffron betroffen an. Oliver hatte doch bestimmt mit niemandem über sie beide geredet, das konnte nicht sein…

Aber Saffron hatte einen sechsten Sinn für Jess' Gedanken. »Du denkst, dass er nicht darüber reden würde, stimmt's?«, stichelte sie deshalb weiter. »Sie reden alle darüber, ist dir das nicht klar? Die Kerle lieben Sex, und der Gedanke daran kommt ihnen ungefähr alle zehn Sekunden in den Kopf. Es ist das Einzige, wovon sie reden. Oliver ist wirklich cool und braucht jemanden, der ihn versteht.«

Jess fand ihre Stimme wieder. »Ich schätze, jemanden wie dich?«

Saffrons Augen wurden zu zwei schmalen Schlitzen. »Nein, ich habe bereits einen Mann, Baby. Aber er mag meine Freundin Sherry. Er war schon im August, als du mit deiner Mami im Urlaub warst, mit ihr auf dieser Party. Hat dir das niemand erzählt?«

Jess starrte Saffron an. Sie log, sie *musste* einfach lügen.

Dann aber spielte Saffron ihre größte Trumpfkarte aus. »Außerdem weiß er, dass deine Freundin heute Nacht mit Zach hier bleibt und kann nicht verstehen, warum du das nicht auch tust. Aber das kleine brave Mädchen würde so was niemals tun, nicht wahr? Du hältst dich für total clever und bildest dir wer weiß was auf deine berühmte Mutter ein, aber wir haben dich alle durchschaut. Du bist nichts weiter als ein dummes, kleines Mädchen.«

Jess rannte die Treppe hinunter und machte sich auf die Suche nach Oliver, der, als sie gegangen war, neben dem CD-Spieler gestanden hatte und jetzt im Durchgang zwischen der Küche und der Speisekammer lehnte, wo er sich lachend mit jemandem unterhielt. Und zwar mit Ian Green, dem Freund von Saffron. Worüber auch immer die beiden gerade sprachen, schien total witzig zu sein, denn Oliver warf seinen Kopf zurück und brach in lautes Lachen aus. Auch Sherry war dabei und strich lachend mit den Händen über ihren Minirock, damit ja niemand ihre superlangen, superschlanken, nackten Beine übersah.

Dieses Schwein! Jess wollte ihn noch nicht mal mehr zur Rede stellen, so sehr hasste sie Oliver mit einem Mal. Also schnappte sie sich ihre Jacke, stürzte durch die Tür nach draußen und schrieb ihm, während sie weinend die Einfahrt hinunterlief, eine SMS: »Musste nach Hause. Komm mir ja nicht hinterher.«

Es dauerte zwanzig Minuten, bis sie endlich in einem Taxi saß. Während der ganzen Zeit rief Oliver nicht an und schickte ihr auch keine Nachricht – was bewies, dass Saffron Recht gehabt hatte und dass sie ihm egal war. Wahrscheinlich knutschte er bereits mit Sherry und war froh, dass Saffron die Drecksarbeit für ihn erledigt hatte und er Jess jetzt los war.

Jess wischte sich die Tränen von den Wangen und hatte das Gefühl, als bräche ihr das Herz. Am besten, sie schaltete ihr Handy erst mal aus. Selbst wenn Oliver noch anrief, wollte sie nicht mit ihm reden, denn was hätte das genutzt?

Zu Hause konnte sie nicht schlafen. Selbst als sie es sich durch Zurechtrücken des Kissens so bequem wie möglich machte, bekam sie kein Auge zu. Also ging sie hinunter in die Küche, holte sich ein paar Riegel Schokolade, legte sich wieder ins Bett und fing an zu überlegen. Mum wollte umziehen und hielt es nicht einmal für nötig, ihr etwas davon zu sagen; Oliver wollte sich von ihr trennen und hatte feige jemand anderen mit der Botschaft zu ihr geschickt; Saffron ruinierte ihr Leben, indem sie sie ständig drangsalierte, und niemandem fiel das überhaupt auf. Nicht mal Steph war für sie da gewesen, dachte Jess und tat sich plötzlich schrecklich Leid. Sie war vollkommen allein.

Sie rollte sich auf ihrem Bett zusammen und weinte sich bitterlich in den Schlaf.

Den Sonntag sollte sie mit ihrem Dad verbringen, und so stand sie zeitig auf und rief ihn an. Er klang begeistert, als er ihre Stimme hörte, sagte jedoch, leider müsse er die geplante Wanderung mit ihr verschieben.

»Ich muss noch die Pläne für den Umbau der Turnhalle durchgehen«, erklärte er entschuldigend. »Aber ich hole dich ab, und du kannst fernsehen oder einen Video gucken, bis ich fertig bin. Und dann können wir was essen oder ins Kino gehen, okay?«

Da Jess die ganze Nacht kaum ein Auge zubekommen hatte, wäre sie sowieso zu müde für eine Wanderung gewesen. Also war sie durchaus zufrieden mit dieser Änderung. Sie wollte nicht zu Hause sein, denn sie wollte weder mit Steph noch mit Oliver noch mit sonst jemandem reden. Deshalb wäre das Treffen mit ihrem Vater das Beste. Für den Fall, dass irgendwer versuchen sollte, sie zu kontaktieren, ließ sie sogar ihr Handy in ihrem Zimmer liegen. Wenn schon gestern Abend niemand hatte mit ihr reden wollen, bräuchten sie es heute auch nicht zu tun.

Am Ende brachte ihr Vater so viel Zeit mit den Plänen der Architekten und den Berichten der Ingenieure zu, dass es zu spät war, um den von Jess gewünschten Kinofilm zu sehen.

»Wir können uns was zu essen kommen lassen«, meinte er mit hoffnungsvoller Stimme.

»Ja, super«, antwortete Jess und tat sich noch mehr Leid als am Abend zuvor. War es vielleicht zu viel verlangt, dass sie *irgendeinem* Menschen, den sie kannte, wirklich wichtig war?

Der Gedanke fortzulaufen kam ihr, als sie am Montagmorgen im Zug in Richtung Schule saß, sich die Nase an dem schmutzigen Fenster platt drückte und verfolgte, wie die regnerische Landschaft an ihr vorüberzog. Sie wünschte sich von ganzem Herzen, sie könnte einfach fort aus Dunmore, fort von Lyonnais, fort von den Quälereien an der Schule – und vor allem fort von dem erniedrigenden Wissen, dass sie von Oliver fallen gelassen worden war. Sie hatte sogar einen späteren Zug genommen, um ihm garantiert nicht zu begegnen. Aber jetzt müsste sie Saffron in der Schule gegenübertreten. Wer wusste, welche neuen Qualen Saffron für sie bereithielt? Schickte sie ihr möglicherweise weitere bösartige Kurznachrichten auf ihr Handy oder hatte sie den Inhalt ihres Schließfachs auf dem Fußboden verstreut?

Mit all dem wäre sie zurechtgekommen, hätte Oliver sie nicht so eiskalt abserviert.

Sie wusste, dass er bei ihr angerufen hatte: Sie war die Nachrichten auf ihrem Handy durchgegangen, und sowohl Samstagabend als auch mehrere Male sonntags war seine Nummer aufgetaucht. Doch es brächte sie um, aus seinem Mund zu hören, was sie bereits wusste – nämlich, dass es aus war. Also hatte sie die Mitteilungen ungehört gelöscht. So wie er sie aus seinem Leben gelöscht hatte, dachte sie verbittert.

Steph hatte ihr am Sonntagabend mit verkaterter Stimme eine Nachricht auf ihr Band gesprochen, doch sie hatte nicht zurückgerufen, weil sie wusste, dass sie heulen würde, wenn sie mit der Freundin spräche. Außerdem würde sie es nicht ertragen, ausführlich erzählt zu bekommen, was nach ihrer überstürzten Flucht auf der dämlichen Party noch alles vorgefallen war.

Niemand würde sie vermissen, wenn sie fortlief, überlegte sie. Selbst ihre eigenen Eltern interessierten sich nur noch für ihre eigenen Probleme und nahmen sie nicht mehr richtig wahr.

Mum wirkte, als wäre ihr Gehirn durch die Elektroden eines Roboters ersetzt. Sie sprach mit Jess und ging zur Arbeit, doch alles völlig automatisch. Das Einzige, was sie etwas lebendig werden ließ, war die Sammlung von irgendwelchen Spenden im Gedenken an Sally Richardson. Doch selbst dann murmelte sie ständig, wie grauenhaft es wäre, dass die arme Sally nicht mehr am Leben war, während andere

Menschen, die nicht zu schätzen wussten, was sie hatten, weiterlebten wie zuvor.

Dad war auch nicht besser. Jess kam zu dem Schluss, dass es die reinste Zeitverschwendung gewesen war, ihm während des Besuchs bei Tante Caroline ein paar Wahrheiten zu sagen. Statt mit Mum zu sprechen, fragte er ständig sie, was ihre Mutter tat, als wollte er zwar wissen, wie es Abby ging, hätte jedoch nicht den Mut, sie persönlich anzurufen. Genauso wie gestern. Steif hatte er sich nach Mum erkundigt und sich, als Jess ihn angefahren hatte: »Warum fragst du sie nicht selbst?«, wortlos wieder seinen Papieren zugewandt.

Ihre Eltern schienen nicht zu kapieren, dass sie zwischen den Stühlen saß und ihrer beider Unglück auszubaden hatte, während sie ihr eigenes Leben nur noch mühsam in den Griff bekam. Allmählich hatte sie endgültig genug davon.

Die Felder wichen ersten Häusern, diese den ersten Ausläufern der Stadt, und schließlich rollte der Zug langsam und lethargisch in den grauen Bahnhof ein. Fast hätte sich Jess gewünscht, er hielte bereits vorher, und sie könnte ewig sitzen bleiben, statt auszusteigen, in die Schule zu gehen und sich abermals mit dieser Hexe Saffron herumschlagen zu müssen. Die Erinnerung an Samstagabend rief dieselbe nervöse Anspannung in ihrem Innern wach wie ein bevorstehendes Gewitter in ihrem Kater Wilbur. Sämtliche Lehrer waren in Erwartung der Ergebnisse der Zwischenprüfung euphorisch, und die Schüler waren aus demselben Grund deprimiert.

Examensprobleme, Probleme mit dem Freund, Probleme mit den Eltern, Probleme mit Hänseleien an der Schule – Jess hatte von allem reichlich.

Weshalb aber könnte sie nicht einfach einen anderen Weg als zur Schule einschlagen? Die Idee war derart simpel, dass es Jess überraschte, nicht schon viel früher draufgekommen zu sein. Sie würde schlicht nicht in die Schule gehen. Wenn sich niemand mehr gut und anständig benahm, weshalb dann ausgerechnet sie?

Sie würde irgendwohin verschwinden und alle mit ihren blöden Problemen alleine lassen. Zum ersten Mal in ihrem Leben würde sie die Schule schwänzen, überlegte sie. Am Bahnhof stieg sie nur kurz aus, um eine Limo am Bahnsteig zu erstehen. Danach stieg sie in den Gegenzug, fuhr zurück nach Dunmore und schloss, wieder zu Hause angekommen, obwohl sie wusste, dass ihre Mutter nicht da war, behutsam die Haustür auf.

Auf der Rückfahrt nach Dunmore war ihr eine Idee gekommen, wohin sie gehen könnte. Sie hatte von einem fantastischen neuen Tierheim in der Nähe von Galway gelesen, in dem sich junge Menschen zu Tierpflegern ausbilden lassen konnten. Jess war sich sicher, dass in dem Artikel auch gestanden hatte, dass man keine schwere Eignungsprüfung machen musste. Es genügte, wenn man hart arbeiten konnte und zeigte, dass man tierlieb war. Dorthin würde sie fahren und gucken, ob sie eventuell einen Job bekam. Alle sprachen ständig von der Zukunft, deshalb nähme sie jetzt ebenfalls ihre Zukunft entschlossen in die Hand. Sie würde nach Galway fahren und fragen, ob sie nach Beendigung der Schule und vielleicht schon vorher in den Ferien eine Arbeit dort bekam. Schließlich wäre sowieso allen egal, wo sie in den Ferien wäre.

Mum könnte nach Dublin ziehen, Dad könnte sich weiter mit dem tollen Turnhallenbau beschäftigen, und Oliver, Saffron und Sherry könnten bleiben, wo der Pfeffer wuchs.

Jess konnte sich nicht mehr an alle Einzelheiten des neuen Tierheimes erinnern, aber sie würde sich im Internet informieren – und gleichzeitig darüber, wo sie eine billige Unterkunft in Galway fand. Sie war nicht gerade reich, aber für ein paar Tage in der Jugendherberge oder in einer billigen Pension hätte sie bestimmt genug. Wenn nötig, könnte Jean telefonisch Auskunft über sie erteilen. An einer jungen, begeisterungsfähigen, billigen Arbeitskraft wären die doch bestimmt interessiert.

Es dauerte nicht lange, bis sie die Adresse des Tierheims und der Jugendherberge fand. Froh, ein Ziel zu haben, stopfte sie ein paar Kleider in ihren Rucksack und tauschte die Schuluniform gegen ihre Jeans, einen Pullover und die neue Cordjacke, in der sie, wie Steph behauptet hatte, wie mindestens achtzehn aussah. Gut, wenn sie nämlich nicht älter wirkte als sie war, ginge ihr Plan nicht reibungslos auf.

Bankkarte, Handy und Adressbuch kamen in die kleine Außentasche, und dann griff sie noch spontan nach dem braunen, mit Sand gefüllten Welpen, der seit Jahrzehnten ihr Lieblingsstofftier war. Er sah bereits ein wenig mitgenommen aus, doch wäre sie mit ihm nicht völlig allein.

Wilbur lag auf einem Handtuch auf der Heizung im Bad und miaute protestierend, als Jess ihn von seinem gemütlichen Lager hob und eng an ihre Brust zog, doch sie erklärte ihm, sie müsste verreisen, wäre aber spätestens in ein paar Tagen wieder da.

»Du wirst mich bestimmt vermissen, oder, Wilbur?«, murmelte sie in sein flauschig warmes Fell. Zur Antwort jedoch entwand der Kater sich entschieden ihrem Griff und hieb ihr zum Abschluss noch mit seinen spitzen Krallen empört in den Arm.

»Wenigstens dies eine Mal hättest du nett sein können.« Mit Tränen in den Augen wandte Jess sich ab.

In der Küche packte sie ein paar Müsliriegel und zwei kleine Flaschen Orangensaft zu ihren Kleidern in den Rucksack, nahm dreißig Pfund aus dem kleinen Holzkästchen, in dem ihre Mutter Bargeld für Leute wie die Fensterputzer aufbewahrte, und schrieb noch eine kurze Nachricht. Auch wenn sich ihre Eltern nicht die Mühe machten, sie über Dinge wie ihre bevorstehende Scheidung auf dem Laufenden zu halten, würde sie sich zumindest anständig verhalten, dachte sie zynisch. Sie lehnte den Zettel gegen den Kalender ihrer Mutter, sah sich noch einmal in der gemütlichen Küche um, schnappte sich im letzten Augenblick noch einen Schirm und ihre Regenjacke und verließ das Haus wie eine Diebin durch die Hintertür. In einer halben Stunde führe der nächste Zug, und sie wollte zusehen, dass sie noch vor Einbruch der Dunkelheit in Galway war.

Als Abby nach Erfüllung eines privaten Entrümpelungsauftrags am Nachmittag zurückkam, rief Katya bei ihr an, um ein paar Nachrichten an sie weiterzugeben, die bei ihr eingegangen waren. Obwohl Abby das Lämpchen des Anrufbeantworters hektisch blinken sah, ging sie nicht davon aus, dass es wirklich dringend wäre, schaltete nach dem Gespräch mit Katya das Gerät aus, ging hinüber in die Küche, schenkte sich ein Glas Wasser ein und heizte den Ofen für das Abendessen vor. Dann erst kehrte sie zum Telefon zurück, spielte die Nachrichten ab und runzelte, als sie die Stimme der letzten Anruferin vernahm, überrascht die Stirn.

»Mrs. Barton, hier spricht Rebecca Tierney von der Bradley Secondary School. Es ist Montagmittag, und ich rufe an, weil Jess heute nicht zur Schule gekommen ist. Wenn eine Schülerin krank ist oder aus anderen Gründen nicht zum Unterricht erscheinen kann, erwarten wir, dass die Eltern uns darüber informieren. Wir wären Ihnen dankbar, wenn Sie sich daran halten würden.« Sie rasselte noch eine Telefonnummer herunter und legte auf.

Abby musste die Nachricht noch einmal abhören, um die Nummer zu verstehen, schrieb sie mit zitternder Hand auf einen Zettel, rief sofort in der Schule an, doch ging dort weder jemand an den Apparat noch schaltete sich ein Anrufbeantworter ein.

Scheiße. Sie blickte auf die Uhr. Es war bereits nach fünf, und es war vermutlich niemand mehr im Sekretariat. Also wählte sie die Nummer von Jess' Handy, wurde jedoch auf die Mailbox umgeleitet. Hektisch sagte sie: »Jess, ich bin es,

Mum. Kannst du mich bitte kurz zurückrufen, wenn du deine Nachrichten abhörst?«

Dann zog sie das Telefonbuch aus der Schublade des Flurschränkchens, fand sämtliche Durchwahlnummern von Jess' Schule, konnte jedoch niemanden erreichen und wurde langsam panisch.

In ihrem Adressbuch fand sie die Handynummer der besten Freundin ihrer Tochter, wählte, bekam zu hören, dass sich die Nummer geändert hatte, und rief deshalb bei Steph zu Hause an. Lisa Anderson kam an den Apparat und schien zu denken, Abby riefe lediglich an, um ein wenig zu plaudern.

»Eigentlich geht es um Jess«, fiel Abby ihr ins Wort. »Ich mache mir Sorgen. Sie war heute nicht in der Schule, ihr Handy ist ausgeschaltet, und als ich versucht habe, Steph auf ihrem Handy zu erreichen, bekam ich zu hören, die Nummer hätte sich geändert. Könnten Sie mir wohl die neue Nummer geben?« Noch während sie dies fragte, wurde ihr schlechtes Gewissen noch schwärzer. Sie hatte nicht einmal die Handynummer von Jess' bester Freundin. Das konnte doch nur heißen, dass sie eine absolute Rabenmutter war.

»Wenn die beiden geschwänzt haben, bringe ich sie um«, antwortete Lisa. »Obwohl ich mir das eigentlich nicht vorstellen kann. Auf die beiden ist normalerweise Verlass. Allerdings sehen wir Jess nicht mehr ganz so oft, seit sie in dem Tierheim aushilft. Steph sagt, dass Jess diese Arbeit liebt. Sie haben wirklich eine tolle Tochter, Abby. Niemand kann behaupten, sie wäre egoistisch oder Ihr Ruhm oder Ihr Geld hätten einen negativen Einfluss auf das Mädchen gehabt.«

Abbys Magen verknotete sich. Dann hatte sich anscheinend nicht ihr Kind verändert, sondern sie.

Lisa nannte ihr Stephs neue Nummer. »Rufen Sie mich einfach noch mal an, wenn Sie die beiden nicht erreichen. Steph hat mich so lange genervt, bis ich ihr das Geld für eine neue Hose gegeben habe. Also gehe ich fast jede Wette ein, dass sie in der Stadt sind und dort sämtliche Geschäfte in der Patrick Street danach durchwühlen. Wir werden die beiden schon finden.«

Mit der Erkenntnis, dass sie seit der Rückkehr aus dem Urlaub so niedergeschlagen gewesen war, dass sie nicht mal mitbekommen hätte, wenn es Pflastersteine geregnet hätte, legte Abby auf.

Was waren die Gründe für ihre Deprimiertheit? Lauter Dinge, die, verglichen mit der Tatsache, dass Jess verschwunden war, völlig unwichtig erschienen.

Sie war bedrückt, weil Tom, wenn sie miteinander telefonierten, in einem Ton mit ihr sprach, als hätte sie eine Krankheit, die sich durch die Leitung auf ihn übertrug. Sie musste der Tatsache ins Auge sehen, dass es keine Hoffnung mehr für ihre Ehe gab. Sie war unglücklich, weil Roxie nun, da Abby mit größter Wahrscheinlichkeit zu einem anderen Sender wechselte, keinen Hehl mehr daraus machte, wie unsympathisch sie ihr war. Es hatte sie nicht mal aufgemuntert, dass Mike seine Beziehungen zur Presse hatte spielen lassen, um öffentlich zu machen, dass man bei Beech zu spät erkannt hatte, wie schlecht man mit seinem Star umgesprungen war. Wegen einiger Fernsehkommentare, dass *Entrümpeln* nur dank Abby derart erfolgreich war, hatte Brian hastig eine Kehrtwendung gemacht, um Abby dazu zu bewegen, dass sie bei ihnen bliebe. Doch dazu war es eindeutig zu spät. Vor allem, da Brians heuchlerische Freundlichkeit ihr gegenüber Roxie nicht davon abhielt, weiterhin Gift in Abbys Richtung zu versprühen.

Doch all diese Dinge waren völlig unwichtig, wurde ihr mit einem Mal bewusst.

Wie egoistisch war sie doch gewesen, sich tatsächlich einzubilden ihre eigenen Probleme wären wichtiger als das Gespräch mit ihrem eigenen Kind. Sie war derart in ihre Karriere- und Eheprobleme verstrickt gewesen, dass sie ihre Tochter vergessen hatte.

Steph durchforstete tatsächlich die Geschäfte in der Patrick Street, als Abby sie erreichte, doch sie war allein.

»Nein, Jess war heute nicht in der Schule, und ich habe ihr ungefähr zwanzigmal gesimst, um zu fragen, wo sie steckt«, erklärte Steph empört. »Aber sie hat sich nicht bei mir gemeldet. Ich dachte, dass sie vielleicht krank ist, weil sie sich auch schon gestern nicht bei mir zurückgemeldet hat.«

»Nein, sie ist nicht krank.« Abby war diejenige, die plötzlich das Gefühl hatte, sterbenskrank zu sein.

»So etwas hat sie noch nie gemacht.« Inzwischen klang Stephs Stimme nicht mehr empört, sondern besorgt. »Glauben Sie, es ist wegen Saffron und der Probleme, die sie mit ihr hat? Ich habe ihr gesagt, dass sie mit jemandem darüber reden soll, aber sie meinte, die Lehrer hätten keine Ahnung, was man gegen Quälereien unter Schülern machen soll.«

»Quälereien?« Abby war froh, dass sie am Fuß der Treppe stand, denn ihre Beine gaben nach, weshalb sie sich schnell auf eine der Stufen sinken ließ. »Ich ... ich hatte keine Ahnung. Was für Quälereien?«

Stephs langgezogenes »Tja ...« machte deutlich, dass sie nicht ganz sicher war, ob sie dadurch, dass sie ihr davon erzählte, Vertrauensbruch beging.

»Bitte sag es mir. Es ist wirklich wichtig, Steph. Jess ist verschwunden, die Sache ist also ziemlich ernst.«

»Es ist so ... Jess hat Saffron am Ende des letzten Schuljahrs vor der Klasse brüskiert, wofür sich Saffron dieses Schuljahr anscheinend an ihr rächt. Seit die Schule wieder angefangen hat, kriegt Jess ständig gehässige Texte auf ihr Handy geschickt und andauernd wird irgendwas mit ihren Sachen angestellt. Ende letzter Woche zum Beispiel hat irgendjemand ihre neuen Turnschuhe mit rotem Nagellack beschmiert. Wir dachten, dass es Saffron war, und ich glaube, sie hat Jess auch am Samstag auf der Party das Leben schwer gemacht. Sie ist eine widerliche Hexe.« Steph hatte gehört, Saffron und Jess hätten gestritten, doch hatte niemand sagen können, was der Grund für ihren Streit gewesen war. Ein, zwei interessante Dinge jedoch hatte sie über Saffron in Erfahrung bringen können, und sie schwor sich, wenn Jess zurückkam, würden sie der blöden Saffron eine Lektion erteilen, die sie nicht so schnell vergaß.

»Was waren das für Texte, die Jess auf ihr Handy bekommen hat?«, fragte Abby mit zornbebender Stimme.

»Oh, irgendwelche Schimpfwörter und dass niemand sie leiden könnte. Lauter Sachen in der Art. Ich habe gesagt, dass sie zu Docker, ich meine, Mrs. Doherty, gehen soll«, erklärte Steph. »Aber Jess meinte, sie könnte nichts beweisen, weil der Absender anonym war. Vor allem würde Saffron die Sache früher oder später langweilig werden und dann hörten die blöden Kurznachrichten wieder auf. Ich hätte Saffron zur Rede gestellt, aber Jess ist halt anders. Sie hasst jede Form von Streit. Hat Sie Ihnen denn nichts von alldem erzählt, Mrs. Barton?«

»Nein. Ich wünschte, das hätte sie getan. Jess würde sich doch wohl nichts antun, oder?«

»Verdammt, nein!«, erklärte Steph erschrocken. »O Gott, tut mir Leid, Mrs. Barton, ich wollte nicht fluchen. Aber so was würde Jess ganz sicher niemals tun. Und wenn sie abgehauen wäre, hätte sie doch sicher eine Nachricht hinterlassen, oder?«

Abby rannte hinauf ins Zimmer ihrer Tochter. Die Schuluniform lag auf dem Bett, abgesehen davon jedoch schien alles normal. Nirgends lag ein Zettel oder Brief. Sie lief in ihr eigenes Zimmer, fand dort ebenfalls nichts und stürzte hinunter in die Küche. Dort entdeckte sie endlich den gefalteten Zettel, der neben ihrem Terminkalender lag.

Mum, ich bin ein paar Tage weg. Mach dir keine Sorgen, ich komme schon zurecht. Ich habe Geld und mein Handy mitgenommen und rufe dich an.

Jess

Nachdem sie von Oliver genauso wenig erfuhr, nämlich dass es auf der Party irgendein Missverständnis zwischen ihm und Jess gegeben hatte und dass er, obwohl er unzählige Nachrichten auf ihrem Handy hinterlassen hatte, nicht von ihr zurückgerufen worden war, überlegte Abby, dass Jess vielleicht ins Tierheim geflüchtet war.

Während sie aus der Stadt hinausfuhr, fing es an zu regnen. Abbys Schuldgefühle wurden noch stärker. Statt warm und sicher zu Hause in ihrem Zimmer zu sitzen, lief ihre Tochter nass und deprimiert irgendwo herum. Sie folgte dem Wegweiser in die schlammige Old Farm Road und fragte sich, wie irgendjemand ohne allradgetriebenen Wagen – oder gar ganz ohne Auto, nur mit einem Fahrrad – je bis zum Tierheim kam. Das fünfte Tor links, hatte ihr ein Mann, der seinen Hund gerade ausführte, erklärt. Abby sah sich suchend um, doch das große Holzschild mit der eingebrannten Inschrift »Tierheim Dunmore« war nicht zu übersehen.

Da das Tor geschlossen war, kämpfte sich Abby durch den sintflutartigen Regen, schob es mühsam auf, fuhr hindurch und schob es der Anweisung »Tor immer geschlossen halten« folgend gehorsam wieder zu.

Das Bellen der Hunde lockte eine Frau aus einer großen Scheune, die Abby fragend ansah. Sie war sehr dünn, sehr groß, zirka Ende vierzig, trug einen riesengroßen Regenmantel und hatte ihre Haare unter einer großen Strickmütze und einer durchsichtigen Plastikregenhaube, wie Abby sie seit den Zeiten ihrer Großmutter nicht mehr gesehen hatte, versteckt.

»Hallo«, sagte die Frau.

»Ich bin Abby Barton«, antwortete Abby. »Ich bin auf der Suche nach Jess.«

»Jean«, meinte die Frau und reichte ihr die Hand. »Sie ist nicht hier.«

»Oh, nein.« Abby ließ die Schultern sinken und brach in Tränen aus.

Jess hatte die Jugendherberge in Galway um sechzehn Uhr erreicht. Es hatte einer Zug- und einer Busfahrt sowie eines halbstündigen Fußmarsches bedurft. Nun, da sie ihr Ziel erreicht hatte, stellte Jess fest, dass das Haus, das im Internet so hell und freundlich ausgesehen hatte, mit seinen fast antik anmutenden Etagenbetten erschreckend schäbig war. Doch sie war ja nicht hier, um einen luxuriösen Urlaub zu genießen, erinnerte sie sich, während sie das ihr zugewiesene obere Etagenbett erklomm. Zumindest lag das Haus nur eine Meile von dem neuen Galway'schen Tierzentrum entfernt.

Sie rief sofort in dem Tierheim an und sprach mit einem wirklich netten Mann, der ihr erklärte, sie wären häufig auf der Suche nach freiwilligen Helfern. Zurzeit und ebenfalls während der nächsten Ferien hätten sie jedoch genug.

»Vielleicht können wir im nächsten Jahr jemanden brauchen, aber wenn du noch in der Schule bist, nützt dir das natürlich nichts«, sagte er zu ihr. »Warum rufst du nicht mal beim Tierheim in Kildare an? Wie ich gehört habe, sind sie noch auf der Suche nach jemandem, der sich in den Ferien um die Tiere kümmern will.«

»Aber… ich bin extra von Cork hierher gefahren.«

»Tut mir Leid, du hättest besser vorher anrufen sollen«, antwortete er.

Das war nicht das, was sie erhofft hatte. Verzweiflung packte Jess. Nachdem sie so lange unterwegs gewesen war, brauchte sie dringend eine positive Antwort. Sie konnten sie unmöglich abweisen, ohne sie kennen gelernt zu haben. Vielleicht würden sie, wenn sie sie sähen, ja erkennen, wie sehr sie Tiere liebte und wie geeignet sie für diese Arbeit war. »Darf ich denn wenigstens einmal vorbeikommen und persönlich mit Ihnen sprechen?«, bat sie ihn deshalb. »Ich kann wirklich gut mit Tieren umgehen, und falls jemand in den Weihnachtsferien ausfällt, springe ich gerne für ihn ein.«

Nach kurzem Zögern erklärte der Mann: »Ruf am besten morgen noch mal an und sprich mit Kenny. Er leitet dieses

Zentrum. Ich kann dir nichts versprechen, aber vielleicht kann dich Kenny ja zumindest auf die Warteliste setzen.«

»Super«, antwortete Jess, dachte jedoch, als sie den Hörer sinken ließ, dass diese Reise eventuell doch keine so gute Idee gewesen war.

Es war einer der schwersten Anrufe, die Abby je hatte tätigen müssen. Jean hatte ihr eine Tasse Tee gegen den Schrecken angeboten, doch Abby hatte abgelehnt und ihr erklärt, sie müsse sofort wieder nach Hause, um dort zu sein, falls ihre Tochter anrief. Vor allem müsste sie Jess' Vater darüber informieren, was vorgefallen war.

Zögernd wählte sie Toms Nummer, und er kam bereits beim zweiten Klingeln an den Apparat.

»Jess ist verschwunden. Ich habe keine Ahnung, wo sie ist. Sie hat mir eine Nachricht hinterlassen, aber es gibt nicht die geringste Spur. Steph konnte mir nichts sagen und wenn man sie auf ihrem Handy anruft, geht sie nicht dran«, platzte es aus ihr heraus.

»Warte«, meinte Tom, der trotz des Heidenschrecks versuchte, die Sache möglichst nüchtern anzugehen. »Seit wann ist sie verschwunden? Bist du dir sicher, dass sie nicht bloß die Schule geschwänzt hat oder im Tierheim ist?«

»Ja«, antwortete Abby und ihre Stimme brach. »Ich war schon dort, und sie haben sie seit Tagen nicht mehr gesehen. Sie ist eindeutig verschwunden. Ich habe mit Steph gesprochen, und sie meint, dass Jess unter anderem heute nicht in der Schule gewesen ist. Die Schule hat mich als Erste angerufen, um mich darüber zu informieren. So bin ich überhaupt erst draufgekommen, dass sie verschwunden ist. Sie ist bereits seit heute Morgen weg, und ich hatte keine Ahnung. Ich habe mit Olivers Mutter telefoniert, und sie hat mir seine Nummer gegeben. Er ist in der Schule, aber ich glaube, er und Jess haben sich gestritten. Er hat sie seit der Party nicht mehr gesehen und klang deshalb ziemlich besorgt. Er meint, er hätte am Sonntag ständig bei ihr angerufen, aber sie hätte nicht darauf reagiert.«

»Hast du schon die Polizei verständigt?«, fragte Tom, der sich darauf besann, wie er als Lehrer mit einer solchen Situation umgehen würde.

»Dann rufe ich sie an und komme anschließend zu dir«, erklärte er, als sie verneinte. Bereits eine halbe Stunde später stand er zusammen mit einer freundlichen Polizistin namens Anna Dunne bei Abby vor der Tür.

Weinend warf sich ihm Abby in die Arme.

»Das ist alles meine Schuld. Wenn ich da gewesen wäre, hätte ich gewusst, dass sie nicht in der Schule war, und wir hätten schon viel früher anfangen können, nach ihr zu suchen, und, oh, mein Gott, Tom, ihr kann *alles Mögliche* passiert sein.«

Es war, als wären sie niemals getrennt gewesen, fuhr es Tom durch den Kopf, während er Abby tröstend an sich drückte, ihr über das Haar strich und beruhigend murmelte: »Es wird alles gut. Es wird alles gut. Wir werden sie finden. Sie ist sicher nicht weit. Sie weiß, dass wir sie lieben und dass wir uns Sorgen um sie machen. Sie ruft bestimmt an.«

Im Rahmen seiner Arbeit hatte er schon öfter mit Kindern zu tun gehabt, die von zu Hause abgehauen waren. Doch es war etwas völlig anderes, wenn es um die eigene Tochter ging.

Irgendwie klang die Erklärung der Polizeibeamtin, dass Teenager oft mal von zu Hause fortliefen und dass die meisten nach kurzer Zeit gefunden wurden, weniger beruhigend als bei fremden Kindern.

Da Jess noch keine achtzehn war, galt ihr Verschwinden automatisch als riskant, erklärte Sergeant Dunne. Die Tatsache, dass sie eine Nachricht hinterlassen hatte, war positiv zu werten. Trotzdem aber ginge die Polizei bei der Suche nach dem Mädchen nach dem Standardverfahren vor.

»Wenn Sie damit einverstanden sind, dass wir uns an die

Öffentlichkeit wenden, könnten wir versuchen, Jess' Foto noch heute Abend in den Nachrichten zu bringen. Und morgen kommt zusätzlich in die Zeitungen eine ausführliche Beschreibung samt Foto.«

Abby umklammerte Toms Hand. »Ja«, sagte sie entschieden. »Wir wollen, dass Sie an die Öffentlichkeit gehen. Tun Sie alles, was in Ihrer Macht steht, um sie möglichst schnell zu finden.«

»Haben Sie mit Jess gestritten?«, fragte Sergeant Dunne und zog ein Notizbuch aus der Tasche.

Abby schüttelte den Kopf. »Heute und gestern nicht.« In den letzten Monaten hatte es in ihrem Haus so häufig Streit gegeben, dass Jess' Verschwinden sicher nicht die Folge eines einzelnen Streits war. »Tom und ich haben uns getrennt«, erläuterte sie seufzend. »Das war für Jess anfangs sehr schwer. Aber wir haben an uns gearbeitet und kommen inzwischen ziemlich gut damit zurecht. Ich glaube, sie hatte einen Streit mit ihrem Freund. Sie waren Samstag auf einer Party. Sie ist früher von dort heimgekommen und hat seitdem nicht mehr mit ihm geredet. Außerdem wird sie in der Schule von einer Mitschülerin schikaniert«, fügte sie unglücklich hinzu.

Tom starrte sie entgeistert an. »Sie wird in der Schule schikaniert?«

Abby nickte. »Davon habe ich nichts gewusst«, gab sie der Polizistin gegenüber zu. »Ihre beste Freundin Steph hat es mir heute erst erzählt. Eins der Mädchen in ihrer Klasse hat sie im Visier. Sie schickt ihr gemeine Texte auf ihr Handy und benimmt sich auch ansonsten wohl ziemlich daneben. Steph hat gesagt, sie könnten nicht beweisen, dass die Texte von ihr kommen, aber sie beide wären sicher, dass sie die Absenderin ist. Ich weiß nicht, ob es das war, was das Fass zum Überlaufen gebracht hat, oder die Sache mit ihrem Freund.«

Abby fing an zu weinen, und erneut zog Tom sie tröstend in den Arm. Ihm fielen die Situationen ein, in denen er schockierten Eltern irgendwelcher Schüler hatte erklären müssen, sie schikanierten andere oder würden schikaniert. Jedes Mal hatte er sich darüber gewundert, dass sie keine Ahnung davon gehabt hatten, was im Leben ihrer Kinder vorging. Doch nun erteilte ihm das Leben eine schmerzliche Lektion. Über seinen eigenen Problemen hatte er Jess sträflich vernachlässigt, musste er sich eingestehen. Er hatte den ganzen Sonntag mit ihr verbracht und gedacht, sie wäre in Ordnung – vielleicht ein bisschen still, aber ansonsten völlig okay. Und abgesehen von dem Wochenende in Kent, als sie ihn verblüfft hatte mit ihren klugen Überlegungen zu den Problemen zwischen ihm und Abby, hatte er sie nie danach gefragt, wie sie selbst sich seit der Trennung ihrer Eltern fühlte. Er hatte halt bequemerweise angenommen, sie käme irgendwie damit zurecht. Er war mit riesengroßen Scheuklappen rumgerannt.

Anna Dunne sprach eine Stunde lang mit ihnen über Jess' Freundinnen und Freunde, die Orte, an denen sie sich gerne aufhielt, die Dinge, die sie in ihrer Freizeit tat, und Abby erzählte ihr schluchzend von ihrer Tätigkeit im Tierheim.

»Ich war niemals dort«, gestand sie weinend. »Als sie anfing da zu arbeiten, habe ich mal angerufen und mit Jean gesprochen. Aber Jess hat nicht gewollt, dass ich sie dort besuche. Sie wollte, dass das alleine ihr Ort ist. Mir hätte spätestens da klar sein sollen, dass irgendwas nicht stimmt.«

»Dass sie nicht wollte, dass Sie in das Tierheim kommen, hat nicht unbedingt etwas zu bedeuten«, erklärte die Beamtin mit ruhiger Stimme. »Schließlich hat sie Ihnen freiwillig erzählt, dass sie dort aushilft. Teenager brauchen ein gewisses Maß an Eigenständigkeit. Sie wollen von ihren Eltern unabhängig sein, und vielleicht war die Arbeit in dem Tierheim für Jess genau dieser Ausdruck für ihre Unabhängigkeit. Diesen Quälereien in der Schule müssen wir natürlich auf den Grund gehen. Außerdem müssen wir mit ihren Freundinnen und mit ihrem Freund sprechen, um zu prüfen, ob sie uns irgendwie weiterhelfen können.«

»Diese Saffron Walsh bringe ich um, wenn ich sie zu fassen kriege«, schwor Abby voller Inbrunst. »Wie kann sie es wagen, Jess so etwas anzutun?«

»So etwas gibt es häufig«, erklärte Sergeant Dunne. »Unzählige Kinder werden inzwischen über das Handy gequält. Unzählige Kinder werden in der Schule drangsaliert, und die wenigsten vertrauen ihre Ängste ihren Eltern an. Den Schulen fällt es zunehmend schwerer, dieser Sache Herr zu werden. Dazu kommt, dass viele Eltern es nicht glauben wollen, wenn man ihnen eröffnet, dass ihre Söhne oder Töchter andere tyrannisieren.«

Tom wollte darauf erwidern, dass es an seiner Schule ein ausgezeichnetes Programm gegen Gewalt – egal, ob psychischer oder physischer Art – unter den Schülern gäbe. Doch dann hielt er sich zurück. Was machte es für einen Eindruck zu erzählen, wie fantastisch man an seiner Schule mit diesen Problemen umging, während seine Tochter hatte leiden müssen, ohne dass es dem eigenen Vater aufgefallen war?

Sergeant Dunne ließ sich ein Foto von ihrer Tochter geben, erklärte, sie würden sich noch heute Abend an das Radio und die Presse wenden, obwohl es den Sendern und Verlagen selber überlassen bliebe, ob sie die Story brächten oder nicht, und meinte, sie selbst bliebe mit den Bartons in ständigem Kontakt.

»Natürlich lassen Sie uns bitte sofort wissen, wenn sie sich bei Ihnen meldet«, bat sie die beiden zum Abschied. Als sie gegangen war, saßen Tom und Abby, einander an den Händen haltend, als könne die körperliche Nähe sie vor schlechten Nachrichten bewahren, unglücklich am Tisch.

»Sie ist nicht der Typ, der einfach wegläuft, damit wir uns Sorgen machen. Der Gedanke, dass sie mutterseelenalleine irgendwo herumirrt…« Sie brachte den Satz nicht zu Ende. Die Welt war voller kranker und perverser Menschen. Ach, riefe Jess doch an! »Wie konnte mir nur so lange verborgen bleiben, dass sie in der Schule gequält worden ist?«, fuhr sie mit ihren Selbstvorwürfen fort. »Ich hätte es unbedingt merken müssen. Seit dem Wochenende war sie so erschreckend still, aber ich habe gedacht, es läge an uns beiden und an unserer Trennung. Ach, hätte ich sie doch bloß danach gefragt.«

»Ach, hätte *ich* sie doch gefragt«, machte sich Tom die gleichen Vorwürfe. »Wenn sie sich am Samstag mit Oliver gestritten hat, muss sie doch am Sonntag total unglücklich gewesen sein, und ich habe nichts davon gemerkt.«

Keiner von beiden bekam in dieser Nacht ein Auge zu. Sie lagen, vollständig bekleidet, einander an den Händen haltend, auf dem breiten Bett, in dem sie jahrelang gemeinsam geschlafen hatten. Sie sprachen über die Zeit, als Jess noch klein gewesen war, über die lustigen Dinge, die sie mit ihr hatten erleben dürfen, darüber, dass sie sie mehr als alles andere liebten, und wie schnell sie groß geworden war.

Nachdem an Schlaf nicht zu denken war, stand Tom um halb sechs auf, ging hinunter in die Küche und kochte starken, süßen Tee, während Abby völlig übermüdet in Jess' Zimmer hinüberwandelte, sich auf das Bett ihrer Tochter legte und mit geschlossenen Augen fragte: »Wo bist du, Jess? Ich weiß, dass du unglücklich bist, aber bitte, bitte, komm zu uns zurück. Wir machen uns schreckliche Sorgen und vermissen dich.«

Viele Meilen von Lyonnais entfernt lag Jess hellwach in dem unbequemen Jugendherbergsbett und lauschte auf das Schnarchen des Mädchens, das eine Etage tiefer lag. Sie hielt ihr Handy fest umklammert. Vor einer halben Stunde war sie wach geworden und hatte Angst bekommen, weil sie nicht sofort gewusst hatte, wo sie sich befand. Dann war ihr wieder eingefallen, dass sie weggelaufen war, ohne zu bedenken, welche Wirkung ihr Verschwinden auf ihre Familie und ihre Freunde hätte. Nun, nachdem es zu spät war, fing sie an zu überlegen. Sie dachte an die Angst, die ihre Mutter sicher um sie hätte, und an ihren Dad. Er hatte sie ständig vor fremden Männern, die versuchten, junge Mädchen in ihre Autos zu locken, gewarnt.

»Dad«, pflegte sie daraufhin entnervt zu erwidern. »So was passiert doch nur in Filmen.« Wirklich, er war immer viel zu besorgt. Doch sie wusste, dass ihr Vater diese Dinge echt glaubte. Und dass er jetzt vielleicht die Befürchtung hatte, ihr wäre tatsächlich irgendwas passiert. Sie hätte längst anrufen sollen, um ihnen zu sagen, dass sie in Ordnung war.

Dann dachte sie an Oliver. Sie wusste nicht warum, doch sie hatte Schuldgefühle. Sie hatte ihm keine Chance gegeben, mit ihr zu sprechen und ihr alles zu erklären. Sie war am Samstag derart wütend und verletzt gewesen, dass sie spontan davongelaufen war. Nun jedoch verstand sie, dass der Oliver, den Saffron ihr beschrieben hatte, nicht ihr Oliver war. Saffron war eine Hexe. Sie täte alles, um Jess unglücklich zu machen.

Jess schaltete ihr Handy ein, und das laute Piepsen machte deutlich, dass sie Nachrichten bekommen hatte, doch wollte sie sie noch nicht hören. Vielleicht hatte ja Oliver versucht, sie zu erreichen, und der Klang seiner Stimme wäre mehr als sie ertrug. Auch ihre Mutter hatte sicher nicht nur einmal ihr Glück auf dem Handy versucht.

Sie könnte eine Kurznachricht an ihre Eltern schicken, um sie zu beruhigen. Aber dann würden sie sie abholen wollen, wären sicher total sauer, weil sie abgehauen war. Es gäbe neuerlichen Streit, und dem wollte sie sich nach all den Streitereien in den letzten Wochen nicht mehr aussetzen.

Ihre Augen gewöhnten sich ans Dunkel, und sie sah sich in dem kleinen Schlafsaal um. Obwohl es eigentlich keine so schlechte Idee war, wenn ihre Eltern sie abholten. Dies hier war nicht gerade das Ritz. Natürlich hätte sie vorher das Tierheim anrufen sollen, statt sich sofort auf den Weg zu machen. Wie hatte sie so blöd sein können, sich in den Zug zu setzen, ohne vorher zu fragen, ob es in Galway eine freie

Stelle für sie gab. Oliver hätte diesen Ausflug natürlich viel besser organisiert. Er fehlte ihr entsetzlich, wurde ihr mit einem Mal bewusst. Sie wünschte sich, sie hätte seine Nachrichten nicht ausnahmslos gelöscht, denn dann könnte sie jetzt seine Stimme hören. Sie drückte einen Knopf an ihrem Handy und blickte auf das beleuchtete Display: fünf Uhr fünfundvierzig. Viel zu früh, um eine Kurznachricht zu schicken oder anzurufen. Bestimmt lagen alle noch im Bett. Bestimmt wüssten sie auch so, dass sie nichts Dummes täte. Also hätte ihr Anruf noch ein wenig Zeit.

Tom kam mit zwei Tassen Tee ins Zimmer seiner Tochter. Etwas zu Essen mitzubringen hätte keinen Sinn gemacht. Seit dem Abend hatten er und Abby keinen Bissen mehr heruntergebracht.

»Setz dich auf und trink ein bisschen Tee«, bat er Abby mit sanfter Stimme.

Zur Stärkung hatte er Milch und jede Menge Zucker mit dem Getränk verrührt.

»Ich glaubte, dass sie dieses Zimmer am schönsten finden würde«, sagte Abby mit verträumter Stimme. »Weißt du noch, als wir das Haus zum ersten Mal besichtigt haben, Tom? Bereits damals dachte ich, dass ihr dieser Raum gefallen würde, weil man von hier aus den ganzen Ort überblicken kann und weil die Kirschbäume direkt unter dem Fenster stehen. Es sah aus wie eins der Kinderzimmer in den Büchern, die ich als Mädchen so geliebt habe. Ich hätte immer gerne ein solches Zimmer gehabt.«

Tom dachte an das Zuhause aus Abbys Kindheit. Er war nicht allzu häufig dort gewesen – zum letzten Mal, als Abbys Mutter krank und von ihnen ins Hospital gefahren worden war. Ein kleines, schäbiges Häuschen ohne den mindesten Komfort. Abbys Vater hatte das meiste Geld der Familie vertrunken. So hatten sie sich nie etwas Besseres leisten können, weshalb ganz sicher kein Kirschbaum unter dem Fenster des Zimmers gestanden hatte, in dem Abby aufgewachsen war. Tom verspürte heißes Mitgefühl mit ihr. Sie hatte sich so sehr bemüht, Jess all die Dinge zu ermöglichen, die für sie selbst als Kind nur als Traum existiert hatten. Und er selber hatte ihr, statt sie zu unterstützen, deshalb nur Vorwürfe gemacht. Sie hatte gedacht, es wäre gut, dass sie das Geld für dieses wunderbare Heim verdiente, er aber hatte ihr insgeheim verübelt, dass sie erfolgreicher als er gewesen war.

»Tut mir Leid, Abby«, erklärte er ihr deshalb und meinte es ehrlich, als er düster fragte: »Ich war dir kein guter Ehemann, nicht wahr? Du hast dein Möglichstes getan, um uns alle glücklich zu machen, aber ich war derart in meiner Eifersucht gefangen, dass mir das nicht bewusst geworden ist. Es tut mir echt und ehrlich furchtbar Leid.«

»Es war nicht deine Schuld«, erwiderte sie müde. »Ich hätte einfach sehen müssen, dass du mit meiner Arbeit nicht zurechtkommst. Ich dachte, es wäre toll, wenn ich mehr Geld verdiene, weil wir uns dann luxuriösere Urlaube, ein größeres Haus und was weiß ich noch alles leisten können. Weil ich als Kind all diese Dinge nicht hatte, dachte ich, sie wären wichtig. Doch das war eindeutig verkehrt. *Wir* waren wichtig, die Familie war wichtig, die anderen Sachen nicht.«

»Aber wir hätten beides haben können«, widersprach Tom. »Wir hätten einfach als glückliche Familie dieses bessere Leben führen können. Ich war derjenige, der damit nicht zurechtgekommen ist.« Er ergriff entschlossen ihre Hand. »Wir könnten es noch mal versuchen, Abby, ganz bestimmt. Jess wäre darüber sicher glücklich. An dem Wochenende bei Caroline und Phil hat sie mich gefragt, warum wir uns nicht wieder vertragen. Hätte ich doch nur gesagt, dass wir das tun, dann wären wir alle jetzt eventuell nicht in dieser Lage.«

Abby sah ihn elend an. »Du warst nicht derjenige, aufgrund dessen Tun die Familie auseinander gebrochen ist.«

»Aber es hat nicht wirklich was bedeutet, oder?«, fragte er, und Abby wusste, dass sie ihm trotz des Schmerzes und der Angst, die sie zurzeit durchlitt, eine umfassende und ehrliche Antwort darauf schuldig war.

»Nein«, erklärte sie voll Inbrunst. »Es hat nie wirklich was bedeutet. Das habe ich dir schon gesagt, und auch wenn du es mir nicht geglaubt hast, ist es wirklich wahr. Ich liebe dich, Tom. Ich habe dich die ganze Zeit geliebt. Ich schätze, dass diese Liebe in den schlechten Zeiten bei mir etwas in Vergessenheit geraten ist und dass ich einfach zu dumm war, um das rechtzeitig zu sehen.«

»Ich war zu dumm, um das zu sehen«, klagte Tom sich hart an. »Aber ich liebe dich auch. Und deshalb kriegen wir das alles bestimmt wieder hin.«

»Bevor wir an uns denken können, müssen wir erst das hier überstehen«, erklärte Abby seufzend, drückte ihm jedoch zugleich liebevoll die Hand.

Wenn sie daran dachte, welche Phobien sie entwickelt hatte, nur weil vielleicht irgendjemand mitbekäme, dass Tom ausgezogen war. Diese Angst und Sorge waren absolut belanglos, verglichen mit der Panik darüber, dass ihr Kind in diesem Moment womöglich einsam und verängstigt war.

»Soll ich dir ein Frühstück machen?«, fragte Tom fürsorglich. »Ich könnte ein paar frische Früchte in den Mixer tun.«

Abby sah ihn nun lächelnd an. »Das ist wirklich nett von dir, aber ich kriege beim besten Willen nichts herunter.«

»Ich weiß«, antwortete er. »Mir geht es genauso. Aber wir sollten sehen, dass wir bei Kräften bleiben.«

»Ich glaube, ich gehe etwas raus«, erklärte Abby, obgleich sie keine Ahnung hatte, weshalb sie das Verlangen hatte, sich in den Garten zu begeben. Aber es war ein wunderbar sonniger Morgen, und eventuell ließe das Gefühl, keine Luft mehr zu bekommen, draußen ja ein wenig nach.

Sie setzte sich auf die Treppe der Terrasse, Tom setzte sich daneben, und nebeneinander blickten sie stumm in den Garten. Tautropfen glitzerten wie Diamanten auf dem grünen

Rasen, und Abby sinnierte, wie oft sie morgens aus dem Küchenfenster gesehen hatte, ohne dabei je zu würdigen, welch schöne Dinge es im Leben gab.

»Sind wir schlechte Eltern?«, wollte sie unvermittelt von Tom wissen, und er schüttelte den Kopf.

»Nein, das sind wir nicht. Wir haben unser Kind nur deshalb eine Zeit lang wenig beachtet, weil wir in unseren eigenen Problemen gefangen waren.«

»Ach, könnten wir doch die Uhr zurückdrehen«, seufzte Abby.

Tom legte einen Arm um ihre Schulter und zog sie dicht an sich heran. »Wir dürfen die Hoffnung nicht verlieren«, sagte er zu ihr. »Sie ist seit weniger als vierundzwanzig Stunden fort. Vielleicht geht es ihr, wo auch immer sie sich momentan aufhält, richtig gut. Daran müssen wir uns einfach festhalten.«

»Das haben wir über Sally auch oft gesagt«, erklärte Abby leise.

Wilbur kam durch die Flügeltür des Wohnzimmers gestrichen und tapste mit hoch aufgerichtetem Schwanz und aufmerksamen grauen Augen, als wolle er fragen: »Was ist denn hier los?« an ihnen vorbei. Abby konnte den Kater fast nicht ansehen. Er erinnerte sie viel zu sehr an Jess.

»Sie wollte, dass wir diesen Welpen aus dem Tierheim zu uns nehmen«, sagte sie zu Tom. »Ich dachte, er mache zu viel Arbeit, und im Verlauf der Zeit ließe ihr Interesse sicher nach, sodass einer von uns beiden sich um ihn kümmern müsste, und habe deshalb nein gesagt. Oh, Tom.« Weinend vergrub sie ihr Gesicht an seiner breiten Brust. »Warum habe ich nur nein gesagt?«

Vor lauter Schluchzen hätte sie das Piepsen ihres auf dem Küchentisch liegenden Handys beinahe überhört, dann aber sprangen sie und Tom gleichzeitig auf die Füße und rannten ins Haus. Das Display zeigte den Eingang einer SMS, und mit zitternden Fingern rief Abby die Kurzmitteilung ab.

»O, mein Gott«, entfuhr es ihr. »Mein Gott, Tom. Sie ist von Jess.«

»Hi, Mum«, stand dort geschrieben. »Tut mir Leid, dass ich einfach abgehauen bin. Bin okay. Musste einfach weg. Ruf mich an, damit wir reden. Alles Liebe, Jess.«

»O Tom«, rief Abby selig.

»Hier, gib mir das Handy.« Er nahm ihr das Gerät entschieden aus der Hand, wählte hastig die Nummer seiner Tochter und hörte kurz darauf ein völlig verschlafenes Hallo.

»Jess«, sagte er und versuchte dabei, das Handy so zu halten, dass auch Abby etwas hörte.

»Hi, Dad«, sagte Jess. Nachdem sie die Kurznachricht an ihre Mum gesendet hatte, hatte sie sich erleichtert noch einmal im Bett herumgedreht. »Warum rufst du an?«

Tom lachte in einer Mischung aus Erleichterung und Freude auf.

»Liebling, ist mit dir alles in Ordnung?«, fragte Abby ängstlich.

»Ja, Mum, alles okay«, antwortete Jess. »Entschuldige, dass ich einfach weggelaufen bin. Ich brauchte Zeit für mich und –«

»Das ist völlig egal«, fiel ihre Mutter ihr ins Wort. »Nichts ist von Bedeutung, außer dass du in Ordnung bist. Wo bist du? Wir holen dich, egal wo, ab.« Tom zog das Handy wieder an sich.

»Oh, ich kann auch mit dem Bus nach Cork fahren und dann den Zug zurück nach Dunmore nehmen«, schlug seine Tochter vor. »Schließlich bin ich so auch hergekommen.«

»Du wirst nichts dergleichen tun. Deine Mutter und ich kommen dich holen. Sag mir, wo du bist«, entschied ihr Vater rigoros.

»Und ihr seid auch ganz bestimmt nicht sauer?«, fragte Jess mit unsicherer Stimme.

Zum ersten Mal seit langer Zeit wäre Tom beinahe in Tränen ausgebrochen, als er ihr erklärte: »Nein, mein Schatz, wir sind ganz bestimmt nicht sauer. Wir sind einfach nur glücklich, dass dir nichts zugestoßen ist.«

Ein paar Stunden seligen Tiefschlafs später rief Jess Steph in einer Unterrichtspause an.

»Meine Eltern würden mich lynchen, wenn ich so was machen würde«, meinte Steph, nachdem sie einen ausführlichen Bericht von Jess erhalten hatte. »Deine Eltern waren sogar schon bei der Polizei und so was. Übrigens«, fügte sie nach einer kurzen Pause vorsichtig hinzu, »wirst jetzt vielleicht du mich lynchen, aber ich habe deiner Mum von Saffron und den gemeinen Kurzmitteilungen erzählt.«

»Ich wünschte, das hättest du gelassen«, seufzte Jess.

»Ich dachte, du wärst deshalb abgehauen«, antwortete Steph.

»Nein«, erklärte Jess. »Ich bin aus allen möglichen Gründen abgehauen, vor allem aber wegen dem, was Saffron auf der Party von Oliver behauptet hat. Sie hat mir erzählt, er wäre nur mit mir zusammen, weil ihm gerade nichts anderes über den Weg gelaufen war. Sie hat mich gefragt, ob ich etwa nicht wüsste, dass er mich für ein blödes Baby hält, weil ich noch nicht mit ihm im Bett gewesen bin.«

»Oh, Jess, du Obertrottel«, fauchte Steph sie zornig an. »Gerade dir sollte doch bewusst sein, dass man dieser intriganten Saffron kein Wort glauben kann. Sie ist nur eifersüchtig auf dich. Zach hat herausgefunden, dass sie Oliver schon immer gut gefunden hat, nur dass der sich für sie nicht interessiert. Ich glaube, dass sie sich allmählich mit dem tollen Ian langweilt, vor allem, weil er schlichtweg dämlich ist. Ich bin sicher, dass sie sich eine Chance bei Oliver ausrechnete, wenn sie dich und ihn auseinander brächte.«

»Wirklich?«, fragte Jess, und in ihrem Herzen keimte leise Hoffnung auf.

»Hast du mit Oliver gesprochen, bevor du Samstagabend

grußlos abgehauen bist?«, wollte ihre Freundin wissen. »Oder hat dir bereits genügt, was die bescheuerte Saffron behauptet hat?«

Es war Jess unendlich peinlich, zugeben zu müssen, dass sie kein Wort mit Oliver gewechselt hatte, bevor sie davongelaufen war. Weshalb in aller Welt hatte sie einem Mädchen, das sie ständig schikanierte, mehr geglaubt als ihrem eigenen Freund?

»Paranoia ist echt eine schlimme Sache«, konstatierte Steph ernst. »Aber für Leute wie dich gibt es Medikamente, solche, die der Arzt verschreiben muss – oder die Holzhammernarkose, die –«

»Ich komme mir vor wie eine Idiotin«, fiel ihr Jess stöhnend ins Wort. »Und Mum und Dad haben tatsächlich die Polizei verständigt? Warum denn das? Ich habe ihnen doch eine Nachricht hinterlassen, als ich gegangen bin.«

»Eine Nachricht? Du schwänzt einfach die Schule und haust von zu Hause ab, ohne irgendwem zu sagen, wo du hingehst. Und dann erwartest du, dass sie mit einer kurzen Nachricht zufrieden sind? Jess, werde bitte endlich wach! Die Bullen waren gestern Abend sogar noch bei uns. Meine Mutter ist völlig ausgeflippt, als sie das von Saffron mitbekommen hat. Sie meinte, wir hätten deiner Mum davon erzählen sollen, aber ich habe eingewandt, wir könnten deiner Mum unmöglich alles verraten, weil sie sonst womöglich einen Herzinfarkt kriegt.«

Jess fing an zu kichern. »Das hast du nicht wirklich gesagt, oder?«

»Tja, ich war ziemlich aufgeregt«, entschuldigte sich Steph. »Ich habe mir Sorgen um dich gemacht. Ich habe den ganzen Tag versucht, dich zu erreichen, aber dein Handy war die ganze Zeit nicht an. Wo bist du überhaupt?«

Jess erzählte ihr von ihrer Fahrt nach Galway.

»Und deine Eltern kommen dich abholen?«

»Ja«, antwortete Jess. »Und wahrscheinlich hast du Recht –

entweder sie drehen mir den Hals um – oder ich darf bis zu meinem achtzehnten Geburtstag nicht mehr aus dem Haus.«

»Hast du Oliver schon angerufen?«, fragte ihre Freundin.

»Wie hätte ich das machen sollen nach allem, was passiert ist?«

»Wenn die Polizei gestern bei mir war, ist sie sicher auch bei ihm gewesen, so dass er weiß, dass du verschwunden bist, und sich bestimmt die allergrößten Sorgen um dich macht.«

Jess stöhnte. »So weit habe ich gar nicht gedacht«, gab sie widerstrebend zu. »Ich habe extra eine Nachricht für meine Mutter hinterlassen, um den ganzen Ärger zu vermeiden. Ich habe ihr geschrieben, ich wäre in ein paar Tagen wieder da. Dass sie einen solchen Wirbel darum machen, hätte ich nie geglaubt.«

»Ruf am besten gleich bei Oliver an«, empfahl Steph mitfühlend. »Denn wenn deine Eltern dich erst in den Fingern haben, kannst du bestimmt nie mehr telefonieren und die Chance, dich bei ihm zu entschuldigen, ist endgültig vertan. Am besten, ich kaufe dir eine Brieftaube, denn das dürfte der einzige Weg sein, auf dem du in Zukunft noch mit deiner Umwelt kommunizieren kannst«, fügte sie hinzu.

»Du verstehst es wirklich einen aufzubauen«, beschwerte sich Jess.

»Dafür sind Freundinnen ja wohl da«, erklärte Steph fröhlich. »Ich muss allmählich los, es hat bereits geklingelt.«

Jess kannte Olivers Stundenplan genauso gut wie ihren eigenen und wusste, dass er jetzt im Mathematikunterricht saß. Da sein Handy sicher ausgeschaltet wäre, spräche sie ihm eine Nachricht auf sein Band. Sie wusste nicht so genau, was sie sagen sollte, nur, dass das Wort Entschuldigung ganz zu Anfang kommen würde, stand unumstößlich fest.

Zu ihrer Überraschung kam nach dem zweiten Klingeln Oliver persönlich an den Apparat.

»Jess!«

»Eh … hallo, Oliver«, stammelte sie verwundert. »Ich hätte

nicht gedacht, dass du persönlich drankommst. Du hast doch gerade Mathe.«

»Denkst du etwa allen Ernstes, dass ich in Mathe sitze, solange du verschwunden bist?«, fragte er sie leicht aufgebracht.

»Ich bin nicht mehr verschwunden«, antwortete sie. »Ich musste nur kurz mal allein sein.« Das klang ein bisschen lahm. »Tut mir Leid, Oliver«, fügte sie deshalb umgehend hinzu. »Das mit Samstagabend. Ich habe mich wie eine doofe Kuh benommen, das ist mir inzwischen klar.«

»Und du bist wirklich okay?«, fragte er sie besorgt.

»Ich bin wirklich okay«, bestätigte sie ihm. »War die Polizei gestern auch bei dir?«

»Ja, und wenn du weiter verschwunden geblieben wärst, wären sie bestimmt noch mal zurückgekommen, hätten unser Haus durchsucht, und wenn sie dann den Baseballschläger mit dem ganzen Blut gefunden hätten, hätte ich ernsthaft in Schwierigkeiten gesteckt«, erwiderte er scherzhaft.

»Oh, Oliver, das alles tut mir ehrlich furchtbar Leid«, wiederholte Jess. Sie müsste eine ganze Reihe Leute dafür um Verzeihung bitten, dass sie einfach so abgehauen war. »Ich mache es ganz sicher wieder gut. Das heißt, falls mich meine Eltern jemals wieder vor die Haustür lassen. Steph geht davon aus, dass sie mich entweder erwürgen oder dass ich bis zu meinem achtzehnten Geburtstag Hausarrest bekomme dafür, dass ich weggelaufen bin.«

»Das wird garantiert nicht passieren«, widersprach er. »Sie werden heilfroh sein, dass du wieder da bist. Und das bin ich auch«, fügte er liebevoll hinzu.

»Nach allem, was passiert ist, freust du dich, wenn ich wieder da bin?« Jess bekam vor lauter Freude einen richtig heißen Kopf.

»Was denkst du denn? Aber du musst mir ausführlich erzählen, was am Samstagabend auf dem Fest passiert ist. Ich war völlig außer mir, als du plötzlich nicht mehr da warst, und alles, was ich von dir hatte, diese knappe Nachricht auf meinem Handy war. Ich bin mit einem Taxi zu deiner Mum gefahren, aber alle Lichter waren aus, und ich wollte nicht klingeln und sie dadurch wecken. Ich hatte keine Ahnung, was ich tun sollte – ich war total in Sorge, dass du vielleicht nicht heimgefahren warst.«

»Du warst Samstagnacht vor meinem Haus?«

»Ja, sicher.«

»Oh, Oliver.« Sie hatte einen solchen Kloß im Hals, dass ihr das Sprechen schwer fiel. »Ich kann es gar nicht erwarten, dich wiederzusehen. Das ist unglaublich lieb.«

Neben dem Eingang der Jugendherberge fand sich ein alter Baumstumpf, auf dem man wunderbar sitzen konnte, und Jess nahm in Erwartung der Ankunft ihrer Eltern darauf Platz. Sie hatte sich in aller Ruhe Frühstück in der bescheidenen Herbergsküche gemacht und sich dann hinaus in die Sonne gesetzt. Steph hatte Recht: Ihre Eltern würden sie lynchen, das stand eindeutig fest. Wie sollte sie den beiden bloß erklären, dass sie die Idee von dem Trip nach Galway einfach gut gefunden hatte, dass sie ihnen mit ihrem Verschwinden bestimmt keinen Schrecken hatte einjagen wollen, dass aber alles so grässlich gewesen war, dass ihr der Gedanke, fortzufahren, durchaus vernünftig erschienen war? Weder ihre Mutter noch ihr Vater würden das jemals verstehen.

Steph schickte laufend Kurznachrichten auf ihr Handy. »Hast du mit dem tollen Oliver gesprochen?« »Sind sie schon da?« »Sei tapfer.« »Melde dich, wenn du nach dem Erwürgen noch fähig bist.«

Keine der Botschaften erfüllte Jess mit Zuversicht. Die Polizei war bei allen ihren Freundinnen gewesen, um zu prüfen, ob sie eventuell wussten, wohin sie verschwunden war. Mum und Dad mussten wirklich außer sich gewesen sein vor Sorge, sonst hätten sie die Polizei niemals alarmiert.

Inmitten all des Elends jedoch gab es in ihrem Herzen eine Oase reinen Glücks – Oliver hatte ihr verziehen, und sie konnte es kaum erwarten, ihn wiederzusehen. Sie kam sich total dämlich vor, wenn sie an die Party dachte und daran, welche Schlüsse sie aus Saffrons Worten gezogen hatte. Auch in dieser Hinsicht hatte Steph eindeutig Recht: Die einzig vernünftige Art mit Typen wie Saffron umzugehen, war, sie zu ignorieren. Genau das würde Saffron zur Weißglut bringen.

Noch während Jess darüber nachsann, dass sie ihre Widersacherin ab sofort wie Luft behandeln würde, rumpelte Abbys Jeep den Weg herauf.

»Oh, Gott, was soll ich jetzt nur machen?«, murmelte Jess. Ganz bestimmt brächten ihre Eltern sie auf der Stelle um.

Direkt vor ihr kam der Jeep zum Stehen. Dad saß hinter dem Lenkrad, und noch ehe er den Motor abgeschaltet hatte, wurde bereits die Beifahrertür des Wagens aufgestoßen, und ihre Mutter sprang heraus.

»Oh, Jess, Jess«, jubelte Abby. »Gott sei Dank ist dir tatsächlich nichts passiert. Wir haben uns solche Sorgen um dich gemacht. Komm, lass dich ansehen. Bist du okay? Bist du auch wirklich völlig okay?« Damit schlang sie beide Arme um die Tochter und zog sie eng an ihre Brust.

Jess versank in der Umarmung, und als sie das Zittern ihrer Mutter spürte, wurde ihr klar, wie groß die Angst der Eltern um sie gewesen war.

»Es tut mir wirklich Leid, Mum«, sagte sie und brach in Tränen aus. »Ich wollte dir nicht wehtun. Ich musste einfach eine Zeit lang allein sein, weil … weil mir halt alles zu viel geworden ist.«

Plötzlich war auch ihr Dad da, schlang die Arme um sie beide und hielt sie innig fest.

»Uns tut es Leid, Jess«, erklärte er, und seine Stimme klang eigenartig heiser. »Uns tut Leid, was du unseretwegen hast durchmachen müssen. Wir waren schrecklich egoistisch, haben nur an uns gedacht und gar nicht mehr an dich. Aber du hättest uns sagen sollen, was du empfunden hast, und du hättest uns auch sagen sollen, dass du in der Schule Schwierigkeiten hast.«

»Allerdings«, stimmte Abby leidenschaftlich bei. »Wenn ich diese Saffron in die Finger kriege, bringe ich sie um! Am besten, wir fahren zu ihr nach Hause, damit ich sie und ihre Eltern zur Rede stellen kann.«

»Nein, bitte nicht«, fiel ihre Tochter ihr ins Wort. »Es war nicht wirklich Saffrons Schuld, dass ich weggelaufen bin. Es war alles zusammen. Alles.«

»Okay, das werden wir jetzt in Ruhe klären«, meinte ihre Mutter und wischte sich entschieden die Tränen aus dem Gesicht.

»Aber die Polizei ...«, begann Jess und überlegte, wie groß das Ausmaß des Ärgers, den sie deshalb bekäme, war.

»Sie sind froh, dass du gesund und munter bist«, antwortete Tom. »Wir haben mit ihnen gesprochen, nachdem du uns angerufen hattest. Sie sind erleichtert, dass nichts Schlimmes passiert ist. Ich habe gesagt, du hättest nicht gewollt, dass wir uns Sorgen machen, und wir würden mit dir reden.«

»Tut mir Leid, tut mir wirklich Leid«, wiederholte Jess und fühlte sich noch schlechter als zuvor.

»In ein paar Zeitungen haben sie was über dich gebracht«, fuhr ihr Vater fort, »aber in die Nachrichten von gestern Abend hast du es nicht geschafft.«

»In die Nachrichten?« Jess war total schockiert.

»Du warst verschwunden«, erklärte ihre Mutter. »Was die Polizei glücklicherweise sehr ernst genommen hat.«

»Aber deshalb hatte ich doch eine Nachricht hinterlassen«, stöhnte Jess entgeistert. »Ich hatte doch geschrieben, dass du dir keine Sorgen machen sollst und dass ich mich bei dir melden würde.«

»Du bist noch keine achtzehn«, erwiderte ihr Vater. »Das

reicht, um dich von der Polizei suchen zu lassen, und ich bin echt froh, dass sie so engagiert gewesen sind. Ich weiß wirklich nicht, wie deine Mum und ich ohne ihre Unterstützung zurechtgekommen wären.«

»Wie gesagt, es tut mir furchtbar Leid.«

»Das tut es uns allen«, antwortete ihr Dad. »Wir wissen, dass du ziemlich unter Druck gestanden hast und dass wir daran nicht unschuldig gewesen sind.« Er legte ihren Rucksack in den Kofferraum des Jeeps, und sie stiegen alle ein. »Wie wäre es mit einem Mittagessen?«, schlug er glücklich vor. »Ich habe einen Bärenhunger. Deine Mum und ich haben schon seit einer halben Ewigkeit nichts mehr gegessen.«

»Super Idee«, antwortete Jess. Sie war ebenfalls hungrig, was wirklich seltsam war, denn noch vor einer halben Stunde hatte sie befürchtet, vor lauter Aufregung wegen der bevorstehenden Konfrontation mit den Eltern würde sie ihr Frühstück in der entgegengesetzten Richtung wieder los. Nun aber hatte sich ihr Magen beruhigt.

»Wohin?«, fragte Abby fröhlich.

Vom Rücksitz aus verfolgte Jess verwundert, wie ihr Vater zärtlich die Hand der Mutter nahm.

Und die beiden tauschten Blicke miteinander aus, wie Jess sie schon seit viel zu langer Zeit zwischen ihnen nicht mehr mitbekommen hatte. Sie lehnte sich auf ihren Sitz zurück und brachte aus Furcht, den wunderbaren Moment dadurch zu zerstören, keinen Ton heraus. War es vielleicht möglich, dass ihre Eltern sich versöhnten? Sie wagte kaum, es zu hoffen.

Nicht weit von der Jugendherberge entfernt fanden sie ein gemütliches Lokal, gingen gemeinsam hinein, setzten sich an einen freien Tisch – und nun musste Jess unbedingt etwas sagen, als ihre Mutter jetzt verstohlen die Hand ihres Vaters ergriff.

»Ich weiß, dass ich in den allergrößten Schwierigkeiten stecke, wahrscheinlich bis zu meinem achtzehnten Geburtstag das Haus nicht mehr verlassen darf, kein Taschengeld bekomme und mit den Kniescheiben am Boden festgenagelt werde«, ulkte sie halb ernst, halb lachend. »Aber könntet ihr mich vielleicht lange genug wie eine Erwachsene behandeln, um mir etwas zu beichten?« Sie warf einen bedeutungsvollen Blick auf die verschränkten Hände ihrer Eltern.

Abby griff mit ihrer zweiten Hand nach den Fingern ihrer Tochter.

»Wir waren diejenigen, die sich total einfältig verhalten haben, Jess«, erklärte sie. »Nicht du. Du hast schlicht eine kurze Auszeit genommen, als dir alles über den Kopf gewachsen ist. Du warst nur vierundzwanzig Stunden fort, während dein Dad und ich über Monate hinweg voreinander und vor der Realität davongelaufen sind.«

»Was uns durch dich erst bewusst geworden ist«, meinte ihr Vater ernst. »Ich habe die ganze Zeit darüber nachgedacht, was du mir bei Caroline gesagt hast, nämlich dass ich auch nicht gerade der perfekte Ehemann gewesen bin.«

Abby hörte sich die kurze Rede schweigend an.

»Sie hat mir ein paar unschöne Wahrheiten serviert«, wandte sich Tom an sie. »Darüber, dass ich mit deiner Karriere nicht klargekommen bin. Das hast du ebenfalls behauptet, und ihr hattet beide Recht. Ich hatte damit wirklich massive Probleme, was schwachsinnig war. Du hast dich für uns alle abgerackert, damit wir ein besseres Leben haben. Und ich habe mich, statt dich dabei zu unterstützen, in meine lächerliche Eifersucht verbohrt.«

Als er Abby ansah, hatte er denselben liebevollen Blick wie früher, dachte Jess beglückt. Allzu lange hatten ihre Eltern einander nur noch giftig angestarrt – Mum hatte Dad mit ihrem Laserblick bedacht, und er hatte angespannt und zynisch darauf reagiert. Dies aber war der Blick, wie ihn Jess vor Jahren zum letzten Mal gesehen hatte, und er rief die Hoffnung in ihr wach, dass ihr Vater und ihre Mutter wirklich wieder zueinander gefunden hatten.

»Dann verdankt ihr diese Erkenntnis also ausschließlich mir?«, fragte sie in kessem Ton, und ihre Mutter lachte. Auch dieses vergnügte, freie Lachen hatte Jess lange nicht mehr gehört.

»Allerdings«, erklärte Abby ihr. »Aber bilde dir ja nicht ein, dass du deshalb ungeschoren davonkommst«, fügte sie in gespielter Strenge hinzu. »Du hast keine Ahnung, welche Angst wir beide um dich hatten. Wenn du ein paar Stunden später angerufen hättest, hätten sie landesweit auf allen Sendern eine Suchmeldung gebracht.«

Jess fuhr sich schuldbewusst durch die Haare. »Ich wollte nicht, dass ihr die Polizei mobilisiert.«

»Ich weiß«, erklärte ihre Mutter. »Und ich weiß auch, dass du sechzehn bist und durchaus auf dich selbst aufpassen kannst. Aber du warst noch nie alleine von zu Hause fort, ohne dass wir wussten, wo du bist. Deshalb hatten wir beide eine grauenhafte Angst. Bitte, tu so was nie wieder.«

»Nie wieder, versprochen«, antwortete Jess. »Aber nur, wenn ihr beide versprecht, mir auch nie wieder einen solchen Stress zu machen wie in der letzten Zeit.«

»Frieden, Frieden«, flehte Tom. »Lasst uns erst mal was bestellen.«

Jess aber wollte sicher sein, dass alles wieder würde wie früher. »Ziehst du jetzt wieder zu Hause ein, Dad?«, fragte sie ihn deshalb rundheraus. »Lasst ihr euch jetzt nicht mehr scheiden?«

Abby und Tom sahen einander an. In der Sorge um die Tochter hatten sie kein Wort darüber verloren, ob Tom wieder nach Hause zöge oder ob die Scheidungspläne aufgehoben waren. In dieser grauenvollen Situation hatte es genügt, einander nahe zu sein und so miteinander zu reden, wie es früher zwischen ihnen normal gewesen war.

Abby wartete gespannt, was Tom ihrer Tochter antworten würde. Schließlich hatte sie ihm diese Frage vor ein paar Wochen ebenfalls gestellt und würde nie vergessen, wie schmerzlich seine Reaktion darauf für sie gewesen war. Er hatte ihr mehr oder weniger deutlich zu verstehen gegeben, dass die Hölle gefrieren würde, ehe er zu ihr zurückkam. Und, schlimmer noch, hatte er jede Mitverantwortung für ihre Misere kategorisch abgelehnt.

Bis heute. Sie konnte es kaum glauben, dass er gerade endlich eine Teilschuld an ihren Problemen eingestanden hatte. Doch es wäre an ihm, den letzten Schritt zu gehen. Sie hatte ihm deutlich zu verstehen gegeben, dass sie ihn noch immer liebte und überglücklich wäre, gäbe er ihnen beiden eine Chance. Doch er müsste erkennen, dass zu einer Trennung, genau wie zu einer Versöhnung, immer zwei Menschen gehörten, nie einer allein.

Die Bedienung war bereits auf dem Weg zu ihrem Tisch. Noch zwei Sekunden, und sie hätte sie erreicht, und der Zauber des Moments wäre verflogen, dachte Abby angespannt.

»Ich würde gern wieder nach Hause kommen«, antwortete Tom endlich und fügte vorsichtig hinzu: »Das heißt, wenn deine Mutter mich noch will. Abby?«

»Möchten Sie bestellen?«, fragte die Bedienung und zückte ihren Bleistift.

Ein glückliches Lächeln ließ Abbys müdes Gesicht erstrahlen, als sie ihren Mann und ihre Tochter betrachtete, und sie antwortete mit einem inbrünstigen Ja.

Die drei grinsten einander selig an, und als Jess erkannte, dass ihre Eltern vor lauter Rührung kein Wort rausbrachten, ergriff sie die Initiative und erklärte: »Drei vegetarische Pizzas und dreimal Pommes frites.«

34

Lizzie musste erkennen, dass das Zusammenleben mit Debra seit dem katastrophalen Treffen der beiden Familien nicht gerade einfacher geworden war. Seit sie hatte einsehen müssen, dass es keine Hoffnung auf eine Versöhnung zwischen ihr und Barry gab, brach Debra bereits bei der Erwähnung seines Namens unweigerlich in Tränen aus.

»Ich denke, dass du ihn noch mal treffen solltest, das ist alles«, versuchte sie das Mädchen zu beruhigen. »Auch wenn ich damit nicht sagen will, dass er Recht hat, mit dem was er behauptet, und dass du im Unrecht bist.«

»Du verstehst mich einfach nicht«, pflegte Debra dann zu schluchzen. »Er hat mich belogen. Er hat mir an unserem Hochzeitstag gesagt, dass er mich liebt. Und jetzt stellt sich heraus, dass er mich gar nicht heiraten wollte. Das kann ich ihm nicht verzeihen. Er hat mich öffentlich brüskiert. Wie sollen wir da jemals wieder zueinander finden? Kannst du mir das sagen?«

Darauf hatte ihre Mutter natürlich keine Antwort.

Das Einzige, was Debra ihr Unglück kurz vergessen ließ, waren ausgedehnte Einkaufsbummel und gemeinsames abendliches Amüsement. Wobei es stets Lizzie war, die, obgleich sie nach der Arbeit und dem Spendensammeln in Gedenken an ihre Freundin Sally für gewöhnlich total erschöpft war, sowohl für die Organisation der Unterhaltung – einen Besuch im Restaurant oder im Pub oder aber das Bestellen einer Mahlzeit und das Besorgen eines Videos – als auch für die Finanzierung zuständig war. Worauf ihr Konto nach einer Weile mehr als rachitisch wurde.

Und was erschwerend hinzukam, war ihr Ende September drohender fünfzigster Geburtstag, dem sie entgegensehen musste, ohne dass in ihrem eintönigen Leben wie von ihr geplant eine offensichtliche Veränderung eingetreten war. Bisher hatte sie weder fremde Männer angesprochen noch sonst etwas Verrücktes unternommen. Der Fallschirmsprung war und blieb der einzige Versuch, etwas Aufregung in all ihre Langeweile zu bringen. Bisher war sie noch nicht wieder an den Flugplatz zurückgekehrt. Der wunderbare Simon dachte sicherlich inzwischen, sie hätte sich einen dummen Scherz mit ihm erlaubt. Sie sollte sich allmählich bei ihm melden, aber ihr fehlte dazu der Mut. Er hätte jedes Recht dazu, sofort den Hörer aufzulegen, denn schließlich hatte sie ihn wochenlang ignoriert. Und was nützte es, ihn anzurufen und ihn um Entschuldigung zu bitten, solange Debra sie noch brauchte? Also gab sie sich die größte Mühe, nicht an ihn zu denken, denn wenn sie es tat, dachte sie unweigerlich daran, wie wunderbar sie beide sich verstanden hatten und wie anziehend er war. Und diese Erinnerung rief ein Gefühl des schmerzlichen Verlustes in ihr wach.

Nachdem sie jahrelang gedacht hatte, sie träfe niemals einen Mann, der ihr gefiele und der gleichfalls an ihr Interesse hatte, war es ihr gelungen, die Sache gründlich zu vermasseln, als ihr ein solcher Mann tatsächlich begegnet war.

»Wir könnten heute das neue Restaurant in der Castle Street besuchen«, schlug Debra eines Donnerstagabends, als Lizzie von einem besonders anstrengenden Arbeitstag nach Hause kam und sich nur noch müde aufs Sofa werfen wollte, fröhlich vor. »Es heißt, dass man dort super essen kann.«

»Okay«, sagte ihr Mutter, die gerade noch im Supermarkt eingekauft hatte, verfrachtete die Hühnerteile, die sie hatte braten wollen, in den Kühlschrank, verstaute die übrigen Einkäufe in der Speisekammer und überlegte, wie sie mit ihren geschwollen Füßen je wieder in ihre Schuhe kommen sollte. Der Briefträger hatte am Morgen zwei Briefe für sie gebracht: eine unglaubliche Forderung der Telefongesellschaft und eine ebenso empörende Rechnung über den verbrauchten Strom.

Das Telefon schrillte, und Debra stürzte sich auf den Hörer. Da inzwischen nur noch äußerst selten jemand für sie anrief, packte Lizzie weiter die Lebensmittel aus und war beinahe überrascht, als Debra sagte: »Tante Gwen für dich.«

Für gewöhnlich rief die Schwester nicht zweimal täglich bei ihr an, überlegte Lizzie, die bereits am Morgen in der

Praxis mit ihr gesprochen hatte. Ihre Gespräche empfand sie in der letzten Zeit als sehr tröstlich. Sie waren eine wohltuende Abwechslung zu den Unterhaltungen mit Debra, bei denen Lizzie jeden Satz abwägen musste, damit ihr ja kein falsches Wort entschlüpfte. Gwen hingegen lachte vergnügt, wenn sie sich womöglich im Ton vergriff. Sie war nie gekränkt.

»Shay hat heute seinen Pokerabend, und ich dachte, ich komme vorbei und muntere dich etwas auf«, erklärte Gwen. »Du hast doch gesagt, dass du heute Abend zu Hause bleiben wirst.«

»Tja, wir haben es uns anders überlegt und gehen essen«, antwortete Lizzie und hasste sich dafür, dass sie ein solcher Feigling war. Erst am Morgen hatte sie der Schwester unglücklich von ihrer ständigen Erschöpfung und den erschreckend hohen Rechnungen erzählt.

Gwens Schweigen konnte Lizzie dank neunundvierzigjähriger Übung problemlos übersetzen: Du bist müde, du bist pleite, und jetzt gehst du aus, weil Debra es will und du nie nein zu ihr sagen kannst.

»Na, dann komme ich mit«, verkündete die Schwester kategorisch.

Auf dass ich den ganzen Abend zwischen zwei Stühlen sitze, dachte Lizzie stöhnend. Genau das hatte ihr zu ihrem Glück gefehlt.

Da in dem neuen Restaurant kein Tisch mehr frei war, führte Gwen ihre Schwester und die Nichte entschieden in die nebenan liegende Rock's Tavern, einen im Stil einer amerikanischen Ranch eingerichteten Pub, in dem die Kellnerinnen Cowboyhüte trugen, während im Hintergrund Countrymusik erklang.

»Was für ein nettes Lokal«, erklärte Gwen, setzte sich vergnügt an einen Tisch und tat zwei Dinge, die in Debras Augen äußerst ungehörig waren: Zum einen zog sie ihre müden Füße aus den flachen Schuhen und pflanzte sie auf die Sprossen des neben ihr stehenden Stuhls, und zum anderen bestellte sie sich ein Glas Bier.

Debra, die zu Ehren des eleganten neuen Restaurants, in dem sie hatte speisen wollen, wieder mal ein Paar neue Sandalen trug, starrte Gwen entgeistert an. Nie im Leben hätte sie sich ein Bier bestellt, und bereits der Gedanke, unlackierte Zehen für jeden sichtbar auszustrecken, rief blankes Grauen in ihr wach.

Gwen jedoch schien gar nicht zu bemerken, wie entsetzt ihre Nichte über ihren Auftritt war – oder ihr war Debras Missfallen vollkommen egal.

»Das nenne ich Leben!«, seufzte sie zufrieden, lehnte sich auf ihrem Stuhl zurück und trank einen großen Schluck von ihrem Bier. »Ich komme viel zu selten raus. Vielleicht sollte ich mir an dir ein Beispiel nehmen, Debra, den armen alten Shay verlassen und jeden Abend mit euch Mädels ausgehen.«

Bei dem Gedanken, dass die Schwester ihren Mann verlassen würde, um das Singleleben zu genießen, fing Lizzie an zu kichern. Debra hingegen verzog bei der Vorstellung, dass ihre verknöcherte Tante plötzlich wie eine junge Frau anfinge, das Leben zu genießen, angewidert das Gesicht.

Gwen und Lizzie bestellten sich Pommes frites mit Würstchen, Debra aber konnte auf der Speisekarte nichts entdecken, was in ihren Augen nur halbwegs essbar war. Obgleich sie bei ihrer Mutter mit Vergnügen gebratenen Speck und Spiegeleier aß, legte sie, wenn sie außer Haus war, Wert darauf, dass man sie gesunde, exklusive Dinge essen sah.

»Hier gibt es nichts, was ich gerne esse«, erklärte sie beleidigt, nachdem sie die Steaksandwichs und die zahlreichen fett gebratenen Fleischgerichte auf der Karte registriert hatte. »Das ganze Zeug schwimmt ja regelrecht in Cholesterin. Ich verstehe wahrhaftig nicht, weshalb wir hier sitzen, statt in ein anständiges Restaurant zu gehen.«

Gwen nippte nachdenklich an ihrem Bier. »Und das aus dem Mund des Mädchens, das es als selbstverständlich nimmt, dass seine Mutter jedes Wochenende ein großes Frühstück für sie zubereitet.«

Lizzie rang nach Luft. Sie hatte Gwen nichts von Debras kindlichem Verlangen nach einem ausgedehnten Wochenendfrühstück erzählen wollen, hatte es aber offenbar irgendwann getan. Jetzt wäre Debra sicherlich beleidigt, und der Abend wäre ruiniert.

Debra jedoch war schlau genug, die Kritik der Tante besser wegzustecken als eine von ihrer Mutter. »Einmal in der Woche ist es völlig in Ordnung, wenn man dieses Fettzeug isst«, erklärte sie erhaben.

»Dann kriegst du fette Sachen also ohne weiteres runter, wenn deine arme Mutter sie bezahlt und zubereitet, bist dir jedoch, wenn du ausgehst, dafür zu fein?«

»Nein«, begann Debra. Ehe sie jedoch weitersprechen konnte, fiel ihr Gwen bereits ins Wort.

»Und wo wir gerade beim Thema Essen sind: Wann fängst du endlich damit an, deiner Mutter etwas dafür zu bezahlen, dass du bei ihr wohnen kannst? Sie hat dich inzwischen wochenlang ernährt, und auch wenn du lautstark über cholesterinhaltige Speisen jammerst, hast du eindeutig einen Riesenappetit.«

Lizzie versteinerte, doch wenn Gwen in Fahrt gekommen war, hielt nichts und niemand sie mehr auf.

»Sie zahlt die Stromrechnung, die Gasrechnung, die Hypothek und was weiß ich noch alles. Und trotzdem erwartest du allen Ernstes, dass sie sonntagmorgens aufsteht und das Frühstück für dich macht. Wann wird sich das endlich ändern, Debra?«

»Oh … ich …«, stammelte die junge Frau.

»Tja, ich kann verstehen, dass du nicht weißt, was du darauf sagen sollst«, erklärte ihre Tante. »Es ist allerhöchste Zeit, dass dir mal jemand die Leviten liest, mein liebes Mädchen. Ich würde mich schämen, wenn du meine Tochter wärst. Du treibst deine Mutter an die Grenze der Erschöpfung und des finanziellen Ruins. Weißt du, dass sie ernsthaft überlegt, sich noch einen Nebenjob zu suchen? Und weißt du auch, warum?« Gwen machte eine dramatische Pause, ehe sie erklärte: »Weil sie jeden Penny, den sie hatte, in deine verdammte Hochzeit investiert hat, und sich jetzt noch weiter von dir aussaugen lässt, obwohl du selber ziemlich gut verdienst.«

Lizzie schielte ihre Tochter vorsichtig von der Seite an. Debra wirkte nicht weniger erschüttert als bei dem Treffen der Familien Cronin und Shanahan.

»Bitte, Gwen…«, bat sie deshalb ihre Schwester.

»Du bist einfach viel zu gutmütig, Lizzie«, erklärte Gwen scharf. »Ich sage alle diese Dinge auch für dich. Ich habe monatelang den Mund gehalten, aber jetzt muss endlich was passieren. Guck sie dir doch an. Sie sitzt hier wie Madame Rockefeller, besitzt nicht mal den Anstand, uns etwas zu trinken zu spendieren und ist sich dann auch noch zu fein, die Sachen zu essen, die es in dieser Kneipe gibt.«

»Bin ich nicht«, protestierte Debra.

»Bist du doch«, antwortete Gwen. »Du bist hoffnungslos verwöhnt, das ist dein Problem. Du bist unglücklich wegen der Sache mit Barry und verlangst, dass deshalb auch alle anderen unglücklich sind. Ist das nicht derselbe Grund, weshalb du einen solchen Wutanfall bekommen hast, als du den neuen Freund deiner Mutter in ihrem Haus gesehen hast?«

Lizzie wartete mit angehaltenem Atem darauf, dass Debra sie attackieren würde und wissen wollte, weshalb Gwen von dieser Sache Kenntnis hatte. Aber Debra schwieg.

»Das hätte ich nicht tun dürfen«, gab sie leise zu.

»Nein, das hättest du nicht tun dürfen«, schnauzte ihre Tante. »Wie konntest du es wagen, dich derart in das Leben deiner Mutter einzumischen? Hat sie nicht ebenfalls ein bisschen Glück verdient?«

»Ich war aufgeregt und habe mir Sorgen gemacht –«

»… und zwar ausschließlich um dich selbst. Wenn es einen

neuen Mann für deine Mutter gäbe, wärst du für sie nicht mehr die Nummer Eins«, führte Gwen den Satz zu Ende. »Es ist allerhöchste Zeit, dass du endlich erwachsen wirst, Debra. Deine Mutter schafft es nicht, sich gegen dich zur Wehr zu setzen, und das nutzt du weidlich aus. Aber das muss ein Ende haben. Was wäre zum Beispiel, wenn du und Barry euch doch noch mal versöhnen würdet? Ich wette, du würdest keine Sekunde daran denken, was aus deiner Mutter wird, wenn du sie allein lässt. Es wäre dir absolut egal, dass du ihr zuvor die Chance auf ein Leben mit diesem Mann genommen hast.«

»Ich habe –«, setzte Debra an, doch wieder fiel ihr Gwen roh ins Wort.

»Weshalb nur fangen alle deine Sätze mit ›ich‹ an? Ich, ich, ich. Das liegt ganz einfach daran, dass du nie an jemand anderen denkst.«

»Es tut mir Leid, Mum«, schluchzte Debra und brach in Tränen aus.

»Spar dir die Tränen«, warnte ihre Tante. »Und hör auf, deine Mutter wie einen Fußabtreter zu behandeln, sonst kriegst du es gewaltig mit mir zu tun.«

»Aber es tut mir Leid.«

»Wenn es dir wirklich Leid tut, reicht es nicht, das zu behaupten«, giftete Gwen. »Lass gefälligst Taten folgen.«

»Aber sie hat nie ein Wort zu mir gesagt«, verteidigte Debra sich schniefend.

»Weil sie dich liebt und dich nicht verletzen will«, erklärte Gwen. »Und da du nur dich selbst liebst, hast du dieses schlimme Spiel begeistert mitgespielt.«

»Es tut mir Leid, Mum, es tut mir wirklich Leid. Ich habe einfach nicht nachgedacht«, schluchzte Debra, und zum ersten Mal klang es, als meine sie es ernst. »Ich liebe dich und würde dir nie wehtun wollen.« Tränen rollten über ihre Wangen, als sie sich erhob. »Ich gehe kurz aufs Klo.«

Lizzie stand auf, um sie zu begleiten, doch Gwen hielt sie

zurück. »Lass sie gehen. Du kannst sie nicht vor allem schützen, Lizzie, vor allem nicht vor sich selbst. Sie muss endlich erwachsen werden und erkennen, dass man andere Menschen mit Respekt behandeln muss.«

Seufzend nahm Lizzie wieder Platz. »Du warst zu hart.«

»Nein, das war ich nicht. Du warst dein Leben lang zu weich, Lizzie. Gott hab unsere Mutter selig, aber sie hat einiges verkehrt gemacht. Zum Beispiel hat sie dir eine solche Angst vor strengen Menschen eingeflößt, dass du Debra von klein auf alles hast durchgehen lassen. Das ist genauso verkehrt wie zu große Strenge. Wie üblich ist auch hier der goldene Mittelweg am besten.«

»Sie ist völlig durcheinander«, wandte Lizzie unglücklich ein.

»Debra ist wesentlich zäher als du denkst, Lizzie. Sie ist jung genug, um sich zu ändern. Wenn sie jetzt nicht lernt, Rücksicht auf andere zu nehmen, dann lernt sie es nie. Und meinst du, dass sie glücklich werden wird, wenn sie bis an ihr Lebensende oberflächlich und egoistisch ist?«

»Nein«, gab Lizzie zu.

Ein paar Minuten später kam Debra mit noch tränenfeuchten Augen zu ihnen zurück. »Wenn wir den ganzen Abend streiten, wird es sicher nicht besonders lustig«, erklärte sie mit unsicherer Stimme, ergriff Lizzies linke Hand und sah ihre Tante mit einem vorsichtigen Lächeln an. »Seid ihr bereit für die nächste Runde?«

»Lädst du uns dazu ein?«, grinste Gwen.

Debra besaß den Anstand, leicht zu erröten, und sie erwiderte mit fester Stimme: »Ja.«

Lizzies Idee, dass viele Leute zugunsten ihrer Stiftung Fallschirm springen sollten, war bei der Anti-Krebs-Liga auf eine solche Zustimmung getroffen, dass Erin ein Treffen mit dem Koordinator auf dem Flugplatz Santa Monica zur Besprechung der Einzelheiten verabredete.

Eigentlich hatte Erin gemeinsam mit Lizzie, den Termin wahrnehmen wollen. Doch in letzter Minute musste sie absagen.

»Mein Blutdruck ist nur ein bisschen erhöht«, erklärte sie Lizzie bei ihrem Anruf. »Deshalb begreife ich es nicht, weshalb mir der Arzt Bettruhe verordnet hat.«

»Soll ich Greg anrufen und ihm empfehlen, dass er die Bettdecke am Boden festnageln soll?«, zog Lizzie sie auf, die wusste, wie schwer es Erin fiel, nur ein paar Minuten untätig irgendwo zu sitzen.

»Ich habe noch so viel zu tun«, jammerte Erin auch prompt. Schließlich war sie die Organisatorin dieser Spendensammlung. Glücklicherweise hatten sie zumindest jemanden gefunden, der sie im Salon vertrat.

»Wir haben diese Spendensammlung langfristig geplant«, tröstete Lizzie sie. »Wenn du jetzt ein paar Tage im Bett liegst, ist wahrhaftig nichts verloren.«

»Ich weiß, aber jetzt hängt an dir die ganze Arbeit, Lizzie«, antwortete Erin unglücklich.

Statt die Reichen und die Schönen von Dunmore persönlich aufsuchen zu können, um sie zu überreden, sich für das geplante Zentrum mit zu engagieren, musste sich Erin aufgrund der fortschreitenden Schwangerschaft darauf beschränken, mit ihnen zu telefonieren. Zusätzlich verbrachte Abby seit der Versöhnung mit Tom verständlicherweise deutlich mehr Zeit mit der Familie als mit Spendensammeln.

»Bald bin ich wieder voll dabei«, hatte sie Erin und Lizzie versprochen. »Aber momentan brauchen wir ein bisschen Zeit für uns. Es ist nämlich herrlich, morgens aufzuwachen und zu wissen, dass wir wieder alle zusammen sind.«

Das Einzige, wofür Abby nicht zu beschäftigt war, war die Organisation der Überraschungsparty anlässlich Lizzies fünfzigstem Geburtstag. Was jedoch keine echte Arbeit war, vor allem, da sie sowohl von Tom als auch von Jess jede Menge tolle Vorschläge und Unterstützung bekam.

Lizzie hatte natürlich Verständnis dafür, dass Abby wenig oder gar keine Zeit für sie hatte. Schließlich war der Umgang mit der Familie die wichtigste Aufgabe, die es für einen Menschen gab.

Natürlich hatten all diese Umstände zur Folge, dass sie selbst den Großteil ihrer gemeinsamen Arbeit übernahm. Zum Glück jedoch machte ihr diese Tätigkeit jede Menge Spaß.

Mit ihrem natürlichen Mitgefühl und dank ihrer Herzlichkeit hatte sie die besten Voraussetzungen für den Job. Niemand konnte ihr die Unterstützung verweigern, wenn die Menschen in ihre warmen Augen blickten und sie die Pläne für das Zentrum erläuterte.

»Wenn du erst mal einen Fuß bei den Leuten in der Tür hast, Lizzie, hast du schon gewonnen«, hatte Abby beeindruckt erklärt, als ihr von einem Gespräch zwischen Lizzie und dem knallharten Direktor des Victorian Hotels in Dunmore berichtet worden war. Es hatte nämlich damit geendet, dass Lizzie nach einer ausgedehnten Führung durch den Ballsaal einen fünfundsiebzigprozentigen Rabatt auf die Miete zugesagt bekommen hatte. Also fände der erste große Wohltätigkeitsball für das Gesundheitszentrum dort statt.

»Wie hast du das geschafft?«, hatte Erin ehrfürchtig gefragt. »Der Kerl gilt als beinhart. Mir wurde geraten, gar nicht erst mit ihm zu reden und mich gleich auf andere Räumlichkeiten zu konzentrieren.«

»Lizzie ist umwerfend charmant, sie hat Augen, denen keiner widerstehen kann, und sie sieht super aus«, hatte Abby daraufhin erklärt. »Das ist ihr Geheimnis.«

»Hört auf«, hatte Lizzie kopfschüttelnd gebeten.

»Kaum lernt die Finanzwelt sie kennen, ist sie ihr auch schon hoffnungslos verfallen«, hatte Abby unverdrossen weitergeschwärmt. »Keiner dieser Industrie-Magnate ist gegen den Liebreiz der guten Lizzie gefeit. Und sie alle würden sogar ihre Großmütter in Zahlung geben, um ihr zu Gefallen zu sein.«

»Würden sie nicht«, hatte Lizzie mit rotem Kopf widersprochen. Es hatte ihr schon geschmeichelt, dass eine glamouröse Frau wie Abby auf einen solchen Gedanken kam. Doch sie glaubte keine Sekunde, dass ihr Erfolg bei Männern in Bezug aufs Spendensammeln nur im Geringsten ihrer Persönlichkeit zu verdanken war.

»War nur ein Scherz«, hatte Abby daraufhin feixend erklärt. »Aber dieser Typ vom Victorian gilt als zäher Brocken. Also hast du deine Sache echt super gemacht. Du hast ein außerordentliches Talent, die Leute dazu zu bewegen, uns zu unterstützen.«

Lizzie hatte gelächelt. Nie im Leben hätte sie den beiden verraten, dass der Mann ihre Hand beim Abschied etwas länger als erforderlich festgehalten und vorgeschlagen hatte, die Einzelheiten bei einem guten Abendesen zu besprechen.

Leider hatte sie an ihm nicht das mindeste Interesse, hatte sie seufzend überlegt. Es gab nur einen Mann, den sie wiedersehen wollte, und sie hoffte, dass es dazu käme, wenn sie den Termin am Flugplatz wahrnahm.

An dem betreffenden Mittwoch brauchte sie eine halbe Ewigkeit, bis sie fertig angezogen war. Zwar wäre es ein quasi geschäftlicher Termin, doch es konnte sicher nicht schaden, wenn sie recht gut aussah. In der Hoffnung, zwar wie eine Geschäftsfrau, gleichzeitig jedoch freundlich und einnehmend zu wirken, zog sie einen pinkfarbenen Seidenpulli über eine schmal geschnittene dunkelblaue Hose und sprühte sich etwas Haarfestiger von ihrer Tochter in die widerspenstigen Locken.

Der Stapel fast gepackter Koffer und der Karton mit Krimskrams, die in Debras Zimmer in der Ecke standen, waren Zeugnis dafür, dass das Mädchen am Wochenende auszog. Die Mitbewohnerin ihrer Freundin Frieda musste arbeitsbedingt für sechs Monate ins Ausland, weshalb Debra übergangsweise ihr Zimmer übernahm.

Debras und Barrys hübsches Haus würde vorläufig vermietet. Das war das Vernünftigste, wie Debra sagte, denn sie bekämen bei einem Verkauf niemals ihr Geld zurück, und auf diese Weise wäre das Gebäude für sie beide mittelfristig vielleicht sogar eine Gewinn bringende Investition.

»Außerdem fände ich es schrecklich, das Haus schon wieder zu verkaufen – findest du das dumm?«, hatte Debra, als sie ihrer Mutter von ihren Plänen berichtet hatte, unsicher hinzugefügt.

Lizzie hatte verneint. Es klang alles durch und durch vernünftig. Sie war stolz darauf, dass Debra diese Dinge inzwischen in die Hand nahm. Gleichzeitig hatte sie jedoch noch insgeheim die Hoffnung, dass die Zeit und die Distanz vielleicht dabei hülfen, dass das junge Ehepaar seine Probleme überwand.

Barry war sogar einmal abends zu ihnen gekommen, um die mögliche Vermietung des Hauses zu besprechen. Dabei war die Atmosphäre Lichtjahre entfernt gewesen von der hasserfüllten Stimmung, in der er seiner Frau beim letzten Mal begegnet war. Debra hatte es geschafft, sich höflich und geschäftsmäßig mit ihm zu unterhalten, auch wenn sie, als sie dann wieder alleine war, erneut in heiße Tränen ausgebrochen war.

»Tut mir Leid, Mum«, hatte sie geschluchzt und sich schließlich die Augen abgetupft. »Ich wollte dich und Dad nicht derart enttäuschen. Tut mir wirklich Leid.«

Trotz des Mitleids, das sie für Debra empfand, war Lizzie wütend auf sich, weil sie über allzu viele Jahre derart nachsichtig mit ihrer Tochter umgegangen war. Hätten sie und Myles dem Mädchen nicht pausenlos in allen Dingen nachgegeben, wäre diese Katastrophe womöglich nie passiert. Erst die klaren Worte ihrer Tante hatten sie – anders als von Lizzie befürchtet – nicht unglücklicher gemacht, sondern sie dazu bewogen, endlich einmal nachzudenken und sich bewusst zu werden, wie verwöhnt und egozentrisch sie bisher gewesen war.

»Sie wird sich nicht über Nacht völlig verändern«, hatte Gwen gewarnt, als Lizzie ihr berichtet hatte, wie viel leichter das Zusammenleben mit Debra seit dem Abend in dem Pub geworden war. Das war bestimmt richtig, doch die neue, erwachsenere Debra war nicht mehr zu vergleichen mit dem launischen, kindischen Wesen, das sie in den letzten Monaten gewesen war.

Schließlich trug Lizzie noch rosa Lipgloss auf, wischte ihn, um nicht allzu aufgetakelt zu erscheinen, jedoch wieder ab.

Vielleicht würde sie Simon ja überhaupt nicht sehen. Falls aber doch, wollte sie zwar möglichst nett aussehen, nicht aber, als hätte sie sich allzu sehr darum bemüht.

Gerade, als sie das Haus verlassen wollte, rief ihre Schwester an.

»Hi, Lizzie«, grüßte Gwen. »Was treibst du gerade?«

»Ich wollte gerade los zu einem Termin wegen unserer Spendensammelei«, erklärte Lizzie vage.

»Ach. Und worum geht's genau?«, fragte Gwen sie ehrlich interessiert. Sie war fasziniert vom Vorhaben der Frauen und hatte sich bereits als Helferin erboten.

»Hmm… Ich treffe die Leute vom Fallschirmspringerzentrum, weil wir ein Wochenende ausschließlich für Sprünge zugunsten unserer Sammlung reservieren wollen«, gab Lizzie in dem Bewusstsein, dass ihre Schwester sofort die richtigen Schlüsse daraus ziehen würde, widerstrebend zu.

Und tatsächlich kam von ihrer Schwester ein lang gezogenes »Oh«, gefolgt von den beiden indiskreten Fragen: »Da arbeitet doch dieser wunderbare Simon, oder? Bist du also wenigstens in voller Kriegsbemalung unterwegs?«

»Hör auf, Gwen«, warnte Lizzie, froh dass ihre Schwester sie nicht sehen konnte, weil das Scharlachrot ihres Gesichtes sich mit der Farbe ihres Oberteiles biss.

»Ich war einmal mit ihm essen, das hat nichts zu sagen. Heute geht es um unser Projekt. Und außerdem«, fügte sie, als wäre dies ein stichhaltiges Argument, hinzu, »bin ich zu alt für alberne Rendezvous.«

»Spricht da Debra oder Lizzie?«, gackerte Gwen unbeeindruckt.

»Die reine Vernunft«, erklärte Lizzie beleidigt. Dass sie Gwen von Simon und ihrem anfangs wunderbaren, am Ende jedoch unglückseligen gemeinsamen Abend überhaupt berichtet hatte, tat ihr inzwischen mehr als Leid.

»Scheiß auf die Vernunft«, empfahl Gwen, was Lizzie ein schockiertes Ächzen entlockte.

»Was ist bitte falsch daran, wenn eine Frau in deinem Alter mit einem Mann ausgeht?«, hakte Gwen nach. »Du bist körperlich unversehrt, hast noch alle Zähne, und, soweit ich weiß, lebst du noch nicht im Altersheim. Nicht, dass das etwas zu bedeuten hätte«, fügte sie hinzu. »Nimm zum Beispiel Myra, die früher neben uns gewohnt hat. Nach dem Tod des armen Howard ist sie erfüllt mit Trauer und in der Erwartung, ihm nach kurzer Zeit zu folgen, ins Shady Pines Seniorenheim gezogen. Und jetzt kam mir zu Ohren, dass sie nächsten Monat Oswald heiraten wird, diesen Mann, den sie beim Korbflechten kennen gelernt hat. Für die Liebe ist man also nie zu alt.«

»Wie schön für Myra«, antwortete Lizzie. »Ich muss ihr unbedingt eine Glückwunschkarte schicken.«

»Lass dir deine Sicht der Dinge nicht von Debra trüben«, fuhr ihre Schwester fort. »Vor allem ist sie, wenn sie sich so verändert hat, wie du behauptest, vielleicht inzwischen selbstständig genug, um sich von dir abzunabeln und dich dein Leben so leben zu lassen, wie du es leben willst.«

»Das tut sie längst«, protestierte Lizzie. »Sie zieht dieses Wochenende aus und hat sich für alles tausendmal bei mir entschuldigt. Sie fängt also wirklich ein neues Kapitel ihres Lebens an.«

»Hmmm«, grunzte Gwen nicht sehr überzeugt. »Das will ich für sie hoffen, sonst rück ich nämlich noch mal mit ihr zusammen. Wird dieser Simon heute dort sein?«

»Ich glaube nicht«, blockte Lizzie ab, als hätte sie sich nicht extra für den Fall der Fälle, derart schick gemacht.

»Tja, falls du ihn siehst, entschuldige dich bei ihm dafür, dass du nicht längst schon angerufen hast und lade ihn irgendwohin ein.«

»Ich soll ihn einladen?« Die Welt musste verrückt geworden sein, wenn ihre stockkonservative Schwester ihr einen solchen Rat gab. »Das kann ich nicht.« Dann jedoch fiel ihr die Liste all der Dinge, die sie machen sollte und die sie nach wie vor in ihrer Handtasche mit sich herumtrug, ein. Auch dort wurde dieser Rat erteilt. Natürlich stand dort auch, frau solle sich ein teures Schmuckstück kaufen, was ihr aus diversen Gründen bisher natürlich ebenfalls noch nicht gelungen war. Eventuell sollte sie ihn tatsächlich fragen, ob er mit ihr ausgehen wollte. Er würde vermutlich sowieso ablehnen. Vor ein paar Wochen wäre ein gemeinsames Essen vielleicht noch möglich gewesen. Doch das hatte sie alles durch ihren Rückzieher ruiniert. Wahrscheinlich würde er nicht mal mehr mit ihr reden.

Als sie den Parkplatz des Flughafens erreichte, standen dort zwei Transporter mit den Logos eines Unternehmens sowie ein großer Bus. Wahrscheinlich sprang heute die Belegschaft dieser Firma, überlegte sie. Aus dem riesigen Hangar, in dem die Schüler mit Ausrüstung springen lernten, drang ein ungeheurer Lärm. Jedes Mal, wenn jemand, um das richtige Abrollen und das Abfedern des Aufpralles zu üben, von der zehn Meter über dem Boden befindlichen Plattform auf die dick gepolsterte Matte sprang, hörte sie Schreie und Gelächter und empfand eine Spur von Neid. Sie hatten diese Wahnsinnserfahrung des ersten Sprungs noch vor sich. Lizzie würde nie vergessen, was für ein wunderbarer Zauber das gewesen war, als sie wie ein Vogel durch die Luft geglitten war. Wie gerne spränge sie noch einmal! Simon hatte gesagt, er würde einmal Tandem mit ihr springen, hatte es sich nach der peinlichen Begegnung mit Debra aber garantiert anders überlegt. Welcher Mann, der noch bei Trost war, hätte gern mit einer Frau zu tun, die es nicht mal schaffte, sich gegen ihre Tochter zu behaupten?

Als sie in das Büro trat, begrüßte sie ein kleiner, kahlköpfiger Mann, den sie nicht kannte. Er stellte sich als Trevor vor, und Lizzie erklärte, da Erin leider verhindert wäre, käme sie allein.

Über einer Tasse Kaffee erläuterte Trevor in freundlichem, jedoch geschäftsmäßigem Ton die Organisation von Gruppensprüngen für wohltätige Zwecke. Nach einer halben Stunden wusste Lizzie genauestens Bescheid.

»Danke, Trevor«, sagte sie, als er sie zu ihrem Wagen brachte, ohne dass sie einen der Lehrer, die sie kannte, zu Gesicht bekommen hätte. »Wir melden uns wegen des Textes der Karten für die Sponsoren und um einen Termin zu finden, der uns allen gleichermaßen passt.«

Damit war alles gesagt, und enttäuscht setzte sich Lizzie hinter das Lenkrad ihres Wagens und legte den Sicherheitsgurt an. Weshalb nur hatte sie sich extra derart schick gemacht? Falls das Schicksal in der Liebe eine Rolle spielte, waren sie und Simon offensichtlich nicht füreinander bestimmt.

Als es an ihrem Fenster klopfte, drehte sie in der Erwartung, dass Trevor noch etwas vergessen hätte, ihren Kopf. Doch statt dessen kahlen Schädel blinzelte sie in Simons kantiges, lächelndes Gesicht. Hastig kurbelte sie die Scheibe herunter.

»Hi«, sagte Simon.

»Hallo, wie geht es dir?«, keuchte Lizzie atemlos.

»Oh, gut«, erklärte er. »Gut. Du hast mich nie zurückgerufen.«

»Tut mir Leid«, erklärte Lizzie zerknirscht. »Es war nur so...«

»... dass die Situation ein bisschen schwierig war?«, führte er den Satz zu Ende. »Das Gefühl hatte ich auch. Ich hatte nicht den Eindruck, dass deine Tochter unbedingt begeistert über meine Anwesenheit war.«

»Nein«, gab Lizzie zu. »Das war sie nicht. Sie war völlig verwirrt.«

»Ich hoffe, ich habe dir keine Schwierigkeiten gemacht.«

»Oh, nein, das hast du nicht«, wiegelte Lizzie erschreckt ab. Nicht Simon, sondern ihre eigene Tochter hatte ihr Schwierigkeiten gemacht. Und weil Lizzie nicht den Mut gefunden hatte, sich gegen sie zu wehren, hatte sie die beginnende Beziehung zu diesem wundervollen Menschen ruiniert.

»Es war alles meine Schuld«, erklärte sie spontan. »Debra hat es nie verwunden, dass ihr Vater und ich uns haben scheiden lassen. Deshalb kam sie mit der Vorstellung, ich könnte einen anderen finden, nicht zurecht. Nicht, dass ich nach meiner Scheidung je auch nur mit einem einzigen Mann ausgegangen wäre«, fügte sie in der Befürchtung, Simon könnte denken, sie hätte ständig irgendwelche Typen in ihrem Haus zu Gast, beinahe flehentlich hinzu.

Der Hauch eines Lächelns umspielte Simons Lippen – verführerische Lippen, dachte Lizzie, und spürte ein unbekanntes leises Kribbeln. »Tja«, fuhr sie, ehe sie der Mut verlassen konnte, eilig fort. »Es tut mir ehrlich Leid, dass ich nicht angerufen habe. Es war nicht so, dass ich nicht gewollt hätte – nur dass es in unserer Familie in den letzten Wochen drunter und drüber gegangen ist. Inzwischen hat sich alles soweit beruhigt. Aber ich habe mich nicht getraut, dich nach einer derart langen Zeit anzurufen.«

»Verstehe«, antwortete er schmunzelnd. »Und ich wollte nicht anrufen, weil ich dachte, dass du dann womöglich erneut Probleme kriegst.«

»Ich dachte, du hättest mich längst abgeschrieben.« Sie sah ihn strahlend an, und er schüttelte den Kopf.

»Oh, nein, ganz sicher nicht.«

»Ich bin heute hier, weil wir ein Gruppenspringen für einen wohltätigen Zweck veranstalten wollen«, fuhr sie nach einer kurzen Pause fort. »Und ich muss zugeben, dass ich gehofft hatte, ich würde dich hier sehen.« So, jetzt war's raus.

Simon lehnte bequem an ihrer Autotür. »Ich wollte gerade Feierabend machen. Hättest du vielleicht Lust, mit mir zu Jimmy's Seafood Shack zu fahren und eine Kleinigkeit zu essen?«

»Nichts lieber als das«, antwortete Lizzie. »Warum nehmen wir nicht gleich meinen Wagen?«

Während sie zu Jimmy fuhren, hatte Lizzie das Gefühl, dass sie Simon eine Erklärung für ihr Verhalten schuldig war. »Debra hat in den letzten Wochen ziemlich viel durchgemacht«, fing sie seufzend an. »Sie hat sich von ihrem Ehemann getrennt, und ich wollte sie halt nicht noch stärker belasten, indem ich plötzlich mit einem ihr fremden Mann ankam. Aber meine Feigheit hast du ausbaden müssen, Simon, und das tut mir wirklich Leid.«

»He, du brauchst dich nicht pausenlos bei mir zu entschuldigen«, antwortete er. »Wir hatten auch unsere Probleme mit Adam, meinem Sohn … Mit der Familie hat man es nicht immer leicht.«

»Du sagst es«, pflichtete ihm Lizzie voller Inbrunst bei.

Sie blieben bei dem Thema, wobei Lizzie ihm versicherte, Debra hätte ihre Krise inzwischen überwunden. Was Lizzie wunderbar fand, war, dass Simon ein guter Zuhörer war. Er gab ihr keine Ratschläge, wie sie mit ihrer Tochter, ihrem Leben oder mit sonst was umzugehen hatte. Er ließ sie in aller Ruhe ausreden …

»Mit dir ist es herrlich unkompliziert«, sagte sie deshalb, als sie das Restaurant erreichten. »Du empfiehlst mir nicht wie alle anderen, was ich tun und lassen soll.«

»Gefällt es dir, wenn dir die Leute ungebetene Ratschläge geben?«, wollte er wissen.

»Nein«, erklärte Lizzie. »Ich mag es überhaupt nicht. Zeit meines Lebens habe ich mir die mehr oder weniger guten Tipps der Leute angehört. Allmählich habe ich davon restlos genug.«

»Das ist gut«, grinste er. »Dann kommen wir beide auf Dauer bestens miteinander klar.«

Obwohl es noch recht früh war, herrschte in dem Restaurant lebhafter Betrieb. Aber Jimmy fand einen gemütlichen Ecktisch für sie beide, worauf Lizzie überlegte, ob Simon wohl regelmäßig mit irgendwelchen Frauen hier aß. »Bist du in dem Lokal so was wie ein Stammkunde?«, erkundigte sie sich deshalb in möglichst beiläufigem Ton.

»An den meisten Wochenenden futtern wir hier mit der ganzen Gruppe.« Er schien den Grund für ihre Frage zu verstehen, denn er fügte noch hinzu: »Falls Jimmy dich ein bisschen seltsam anschaut, dann deshalb, weil er mich noch nie allein mit einer Frau hier gesehen hat.«

»Und ich dachte, ich hätte meine Frage diplomatisch – versteckt formuliert«, erklärte Lizzie lachend.

»Ich finde, dass Diplomatie häufig überbewertet wird«, antwortete er und musterte sie lächelnd.

In dieser Sekunde schrillte Lizzies Handy. »Verzeihung«, entschuldigte sie sich, während sie das Gerät aus ihrer Tasche zog. Sie lugte auf das Display, verzog angespannt das Gesicht und meldete sich vorsichtig: »Hallo.«

»Hi, Mum, ich habe mich schon gefragt, wo du steckst«, erklärte ihre Tochter. »Ich war im Supermarkt und habe diese Champignonpasta, die du so gern isst, mitgebracht. Ich dachte, zur Abwechslung könnte ich mal kochen, und wir könnten dann zusammen essen.«

»Ich fürchte, daraus wird nichts werden«, erwiderte Lizzie und schaute Simon fast schuldbewusst an. »Ich sitze nämlich mit Simon – du erinnerst dich bestimmt, der Mann aus dem Fallschirmspringer-Zentrum – in einem Restaurant.«

Nach kurzem Schweigen meinte Debra: »Super. Na, dann wünsche ich euch beiden jede Menge Spaß.«

»Danke, Schatz.«

Endlich wich die Anspannung aus Lizzies Gesicht, und sie blickte Simon glücklich und mit leuchtenden Augen an.

35

Am Tag der Party anlässlich von Lizzies fünfzigstem Geburtstag begann Erin sich Sorgen darüber zu machen, dass die Feier womöglich nicht den gleichen Glanz bekäme wie die legendären Feste bei Sally und Steve.

»Ruby kriegt, wenn sie mir von den Partys erzählt, regelmäßig einen schwärmerischen Gesichtsausdruck«, sagte sie zu Abby. »Vor allem die Party, auf der ihr alle Conga getanzt habt und die Nachbarn die Polizei gerufen haben, muss umwerfend gewesen sein. Manche Leute haben einfach das Talent, mühelos die tollsten Feten steigen zu lassen. Ich hingegen habe letzte Nacht vor lauter Sorge kein Auge zugekriegt. Hätten wir zum Beispiel statt einer Riesenfeier nur eine lauschige Dinnerparty planen sollen? Nichts gegen euer Haus, Abby, es ist wirklich fantastisch. Aber ich krieg allein bei dem Gedanken die Krise, dass womöglich nicht die rechte Stimmung aufkommen könnte…«

Sie machten eine kurze Pause in der Küche von Lyonnais, dessen gesamte untere Etage am Samstag von Abby, Tom, Erin, Greg, Jess, Steph, Oliver, Ruby und Gwen in einen mit Ballons und unzähligen kleinen Lämpchen sowie einem mächtigen, sorgfältig von Steph (der besten Malerin des Teams) mit den Worten »Alles Gute zum Geburtstag, Lizzie« beschrifteten, pinkfarbenen Banner geschmückten Ballsaal verwandelt worden war. Auch auf die Terrasse könnten die

Gäste sich begeben, und da man sich Ende September nicht auf die Beständigkeit des Wetters verlassen konnte, hatte Abby ein paar Heizstrahler und einen großen Baldachin von Freunden geliehen. Tom hatte die Verantwortung für die Getränke und den geborgten riesigen Restaurant-Kühlschrank, der im Haushaltsraum des Hauses stand, mit Eiswürfeln, Bier, Wein und einer ganzen, von Joe spendierten Kiste Champagner reichhaltig bestückt. Joe und seine Freundin kämen am späten Nachmittag extra aus London angereist.

»Unsinn, Erin«, erklärte Abby ihr gelassen. »Wenn du dir solche Gedanken machst, liegt das nur an deiner Schwangerschaft. Das kannst du mir glauben. Kein Wunder, dass du nicht schlafen konntest, denn dann fängt ja das Baby, wie du selbst erzählt hast, wild zu strampeln an. Es wird alles hervorragend laufen, und es wird garantiert eine Party, an die man sich noch lange gerne erinnern wird.«

Das glaubte sie tatsächlich. Seit sie Jess' Verschwinden überstanden hatte, machte sich Abby kaum noch über irgendetwas trübe Gedanken. Es war, als hätte das Entsetzen darüber, nicht zu wissen, wie es ihrer Tochter ging, ihr erst bewusst gemacht, was echte Angst und Sorge war.

Tom ging es genauso. Wie die Überlebenden einer Beinahe-Katastrophe hatten sie aufgehört, ständig ängstlich zu überlegen, was alles passieren könnte, und genossen jeden Augenblick der Ruhe und des Friedens. Natürlich hatte ihre neu gewonnene Gelassenheit sehr viel mit ihrer Versöhnung zu tun. Nichts war mehr wie vorher. Ihre Beziehung war tiefer, stärker und ehrlicher geworden. Sie führten nämlich nun offene Gespräche darüber, was jeder von ihnen empfand.

Sie und Tom hatten gemeinsam einen Termin mit ihrem Psychologen vereinbart. Merkwürdigerweise vermittelte das Wartezimmer mit den Postern zum Thema Mediation nicht mehr den trübsinnigen, hoffnungslosen Eindruck wie bei ihrem ersten Besuch.

Zu ihrer Überraschung ging Tom inzwischen geradezu begeistert zu jedem Termin. Nachdem er in den ersten Sitzungen so steif auf seinem Stuhl gesessen hatte, als warte er darauf, dass ihm ohne Betäubung ein Weisheitszahn gezogen würde, hatte er sich ganz allmählich geöffnet. Fast hätte man denken können, er hätte den Vorschlag, eine Eheberatungsstelle aufzusuchen, selbst gemacht.

»Allmählich wirst du ein zweiter Woody Allen«, hatte sie ihn eines Abends aufgezogen, als er nach der Sitzung weiter darüber hatte diskutieren wollen, wie sein eigener konservativer familiärer Hintergrund – der arbeitende Vater, die für den Haushalt und die Kinder zuständige Mutter – seine Vorstellung von einer guten Ehe geprägt hatte.

»Ich habe ja wohl deutlich mehr Haare«, hatte er gespielt beleidigt erwidert, und sie hatte ihm fröhlich den dichten, dunklen Schopf zerzaust.

»Das ist auch nicht weiter schwierig.«

»Was, wenn Simon Lizzie nicht pünktlich herbringt oder wenn sie uns auf die Schliche kommt? Dann wäre die ganze Überraschung zum Teufel«, unkte Erin gerade und hasste sich selbst für ihre Jammerei.

Sie hatten alles sorgfältig vorbereitet. Das Gelingen ihrer Überraschung hing von einer ganzen Reihe von Faktoren ab, die darin gipfelten, dass Simon und Lizzie sie besuchen sollten, um, wie Simon ihr schmackhaft machen musste, Jess' neuen Welpen, einen süßen Jack Russel namens Kim, in Augenschein zu nehmen. Erst danach würden sie – wie Lizzie denken sollte – mit ein paar Verwandten und Freunden essen gehen. Bei diesem Plan könnte doch so furchtbar vieles schief gehen, überlegte Erin.

Himmel, früher war sie nie derart ängstlich gewesen. Sie hatte eine hochdotierte Stelle im Personalwesen gehabt und hatte die Spendensammlung für das Dunmore'sche Gesundheitszentrum minutiös geplant. In den letzten Tagen jedoch war sie furchtbar schreckhaft und nervös und hatte sich sogar mit Greg darüber gestritten, dass die Verfugung ihrer Dusche, obwohl sie sie wie eine Verrückte mit einer alten Zahnbürste porentief reingeschrubbt hatte, grau und eklig sei.

»Das hier ist eine neue Wohnung«, hatte sie ihn angefaucht. Aufgrund der unbequemen Hockstellung, in der sie die Fugen zu säubern versucht hatte, hatte ihr bereits der Rücken enorm wehgetan.

»Erin, Liebling, du brauchst das nicht zu tun«, hatte Greg versucht sie zu beruhigen. Obgleich er keinen Unterschied zwischen den geschrubbten und den noch ungeschrubbten Stellen hatte sehen können, hatte er mild hinzugefügt: »Ich kann das doch auch tun.«

»Nein, das schaffe ich alleine«, hatte sie ihn angeschnauzt, und er hatte schulterzuckend das Bad verlassen.

Er hatte in ihrem Schwangerschaftsratgeber gelesen, dass der letzte Monat häufig etwas schwierig wäre, hatte aber das Gefühl, dass die Warnung absolut untertrieben war. Er hatte sogar Kerry seine Sorge um diese völlig fremde, launische Erin anvertraut, doch sie hatte erwidert, er solle sich beruhigen, denn diese explosiven Stimmungsschwankungen gehörten schlichtweg dazu.

»Warte, bis das Baby da ist und morgens um drei kreischend etwas zu trinken verlangt«, hatte sie gesagt.

»Du meinst, dass es dann leichter werden wird?«, hatte er sie hoffnungsvoll gefragt, doch sie hatte schallend gelacht.

»Nein, du Hornochse, dann wird es bestimmt noch schlimmer. Aber die Erschöpfung, der Schlafmangel und das Gefühl, dass du nichts richtig machen kannst, werden durch das Glück über das Baby mehr als wieder wettgemacht.«

»Danke, Kerry«, hatte Greg gestöhnt. »Diese Unterhaltung hat mich echt aufgebaut.«

»Setz dich hin und kümmer dich um Kim«, befahl Abby Erin und drückte ihr den zappeligen Welpen entschlossen in den Arm. »Dabei kannst du schon mal üben, wie man so ein kleines Wesen beruhigt.«

»Aber Babys zappeln nicht in dieser Art«, meinte Erin, als Kim versuchte, an ihrem Ohrläppchen zu knabbern.

»O doch«, erklärte Abby lachend und ging ins Wohnzimmer hinüber, um dort nach dem Rechten zu sehen.

»Schwarz oder pink?«, fragte Steph und machte eine Drehung vor dem Spiegel in Jess' Zimmer.

Jess, die mit gekreuzten Beinen auf dem Bett saß und sich die Zehennägel lackierte, hob den Kopf um ihre Freundin einer kritischen Begutachtung zu unterziehen.

»Pink ist cooler, schwarz sieht eher ein bisschen nuttig aus.«

Sie beide inspizierten prüfend den unter dem pinkfarbenen Stricktop hervorblitzenden pinkfarbenen BH.

»Okay, dann bleibe ich bei pink, und du bekommst den schwarzen«, schlug Steph ihr fröhlich vor. »Zach ist es gewohnt, dass ich in vollem Nuttenoutfit durch die Gegend laufe. Deshalb ist es höchste Zeit, dass Oliver dich ebenfalls mal in heißen Sachen sieht.«

»Nein, ist es nicht«, widersprach Jess, zog aber trotzdem probeweise den schwarzen Büstenhalter an. Oliver war nach Hause gefahren, um sich vor der Party umzuziehen, und es wäre tatsächlich eine Abwechslung, wenn er mal eine erwachsenere Version von ihr zu sehen bekam. Trotzdem war sie noch nicht bereit, den letzten Schritt zu tun. Das wusste er genau.

»Was ist überhaupt mit der neuen Talkshow, die deine Mutter moderieren soll?«, fragte Steph, die merkte, dass Jess nicht weiter über dieses Thema reden wollte.

»Mum sagt, dass sie den Job nur übernimmt, wenn Dad und ich es wollen.«

»Cool«, erklärte Steph. »Und? Wollt ihr, dass sie die Sendung macht?«

»Ja, denn sie ist dabei garantiert richtig gut«, antwortete Jess. »Die Schwierigkeit ist – sie will Dad und mich nicht drei Tage pro Woche hier alleine lassen, während sie in Dublin dreht.«

»Ich würde mir eine solche Chance nicht entgehen lassen«, meinte Steph verträumt. »Stell dir vor, eine echte Talkshow. Dann wird sie noch berühmter, als sie es bisher gewesen ist.«

»Im Leben geht es um mehr, als nur berühmt zu sein.«

»Worum?«

Ehe Jess etwas darauf erwidern konnte, klingelte es an der Haustür, und sie sprang, da sie, bis Oliver und Zach erschienen, Türdienst hatte, eilig auf.

»Das sind bestimmt die ersten Gäste. Eines Tages werde ich dir all die Dinge aufzählen, die wichtiger sind als der größte Ruhm.«

»Die Mühe kannst du dir sparen«, rief Steph ihr hinterher und fügte seufzend den Nachsatz hinzu: »Ruhm ist nämlich das Wichtigste überhaupt.«

Vergnügt öffnete Jess die Tür. Sie würde nie vergessen, wie loyal die Freundin war. Vor Jess' Rückkehr an die Schule war Steph zu Mrs. Doherty gegangen und hatte ihr ausführlich von Saffron Walshs Gemeinheiten erzählt. Die Rektorin war außer sich gewesen, hatte, vor allem, weil die Quälereien Jess dazu bewogen hatten fortzulaufen, die Polizei gerufen, und jetzt hing Saffrons weiteres Verbleiben an der Schule davon ab, dass sie sich tadellos benahm. Die Geschehnisse hatten die früher unangreifbare Saffron total erschüttert, und als sie sich bei Jess entschuldigt hatte, hatte es geklungen, als meine sie es wirklich ernst.

Steph war echt eine tolle Freundin, wenn auch manchmal total verrückt. Wenn sie aber dachte, Ruhm wäre das Wichtigste im Leben, müsste sie noch vieles lernen. So viel war Jess klar.

Debra bemerkte den Ring an Ninas Finger, als diese Myles am Flughafen zur Begrüßung die Arme um den Hals schlang.

Das mit drei Diamanten besetzte weißgoldene Schmuckstück war zart und wunderschön und passte geradezu perfekt an Ninas schmalgliedrige Hand.

»Ihr habt euch verlobt!«, rief Debra, denn sie hatte die Eigenschaft, erst zu reden und dann zu überlegen, noch nicht zur Gänze abgelegt.

»Bei der Fensterbaufirma vergeudest du ganz offensichtlich dein Talent«, erklärte Joe ihr trocken. »Mit deiner Beobachtungsgabe gehörst du eindeutig zur Polizei.«

Debra boxte ihn spielerisch gegen die Schulter. »Erst mal hallo, großer Bruder. Tut mir Leid, ich wollte euch nicht die Überraschung kaputtmachen.«

Ganz allmählich lernte sie, sich selbst nicht mehr pausenlos so ernst zu nehmen und auch auf die Gefühle anderer zu achten.

»Gratuliere«, strahlte ihr Vater und nahm Nina noch ein wenig fester in den Arm. »Zeig mir den Ring. Oh, echt ein Prachtstück! Du bist mir vielleicht einer…«, wandte er sich grinsend an seinen Sohn.

»Wir wollten euch nicht gleich damit überfallen, weil dieser Abend allein Mum gehört«, antwortete Joe.

»Ich nehme den Ring während der Party ab, denn es wäre schrecklich, Lizzie an ihrem Geburtstag die Show zu stehlen«, fügte Nina hinzu. Eigentlich hatte sie den Ring bereits im Flugzeug in die Tasche stecken wollen. Aber sie empfand ihn und alles, was er repräsentierte, nach nur einer Woche regelrecht als Teil von sich.

Myles schüttelte den Kopf. »Tu das nicht«, bat er sie. »So ist Lizzie nämlich nicht. Sie ist der am wenigsten egozentrische und der liebevollste Mensch, dem ich in meinem Leben je begegnet bin. Sie wird sich riesig für euch beide freuen.«

Glücklich fassten Joe und Nina einander an der Hand.

Debra versetzte der Anblick des harmonischen Paares einen leichten Stich. Doch es war wohl kaum die Schuld des Bruders, dass ihre eigene Ehe schief gelaufen war. Schuldbewusst dachte sie an ihre eigene Verlobung und die darauf folgende Hochzeit: Nie wäre sie auf die Idee gekommen, ihrer Mum zuliebe ihren Verlobungsring nur für ein paar Minuten zu verstecken. Und dann hatte sie sogar die neue Freundin ihres Vaters zu ihrer Hochzeit eingeladen… Dass musste für ihre Mutter schwer gewesen sein, doch hatte sie ihr zuliebe nicht das geringste Aufheben darum gemacht.

Alle in der großen Eingangshalle hielten gespannt den Atem an, das hieß alle außer Kim, der nicht verstand, weshalb er sich nicht mit melodischem Japsen erkenntlich zeigen sollte, weil der ganze Raum doch voll netter Menschen war. Dass Tom und Abby mit Lizzie und Simon vor der Haustür standen, konnte ja wohl nicht heißen, dass er die merkwürdig schweigende Menge nicht mit schrillem Gebell etwas aufmuntern sollte.

»Pst«, sagte Jess und küsste Kims herrlich weiches Köpfchen. Mit seinen samtigweichen kastanienbraunen Zottelohren und seinen spitzbübisch blitzenden schwarzen Augen wirkte er, wenn er auf dem Rücken lag, wie eine gestrandete kleine Fledermaus.

Oliver kitzelte dem Winzling den Bauch, worauf sich Kim genüsslich in den Armen seines Frauchens wand.

Jack und Daniel Richardson standen neben Jess. Sie hatte ihnen versprochen, sie dürften sich alleine um das Hündchen kümmern, wenn der Überraschungsteil vorbei und die Party in Schwung gekommen wäre.

Neben Steve, dessen eine Hand auf Jacks Schulter ruhte, stand Ruby. Sie war fest entschlossen, den ganzen Abend nicht von seiner Seite zu weichen, denn eine Party musste die Hölle für ihn sein, und sie war es Sally schuldig, ihn im Auge zu behalten, hatte sie Erin und Abby erklärt.

»Es ist super, dass er überhaupt kommen will«, hatte ihr Erin beigepflichtet. Sie wusste, dass sich Steve bemühte, wieder etwas mehr am Leben teilzunehmen, und dass Lizzies

Überraschungsparty seit dem Tod von Sally sein erster Ausflug ins reale Leben darstellte.

»Es war so nett von dir, Lizzie und Abby, in Sallys Namen diese Spendensammlung zu organisieren«, hatte er Erin erklärt, als sie ihn zu der Party eingeladen hatte. »Ich komme ganz bestimmt mit den Jungen vorbei. Wahrscheinlich werden wir nicht lange bleiben, aber…«

»Bleib einfach, so lange du willst«, hatte Erin erklärt. »Wir werden uns auf jeden Fall alle riesig freuen, dich zu sehen.«

»Hörst du was?«, flüsterte Greg ihr jetzt ins Ohr.

Durch die Glastür der Eingangshalle konnten alle Tom und Simon sehen, die näher kamen.

»Wo ist Lizzie?«, fragte Clare Morgan und setzte ihre Brille auf.

»Ich glaube, sie kommt direkt hinter ihnen. Macht euch bereit«, wisperte Erin.

»… ein wirklich süßer Kerl«, sagte Tom gerade, öffnete weit die Tür – und plötzlich stand Lizzie mit Simon vor mindestens sechzig Leuten die ihr ausgelassen entgegenschrien: »Überraschung!« Und dann ertönte ein makellos gemeinsam gegröltes: »Alles Gute zum Geburtstag!«

Sprachlos tastete Lizzie nach Simons Hand und blickte fassungslos erst zu Abby, danach in die lächelnden Gesichter all ihrer Freunde und Verwandten, die bereits gefüllte Sektgläser in den Händen hielten, und schließlich auf die Ballons, die Lichter und das riesengroße Spruchband, das über der Wohnzimmertür hing.

»Oh, wie herrlich«, stammelte sie. »Umwerfend, wunderbar.«

Die Überraschungsparty war eindeutig ein riesiger Erfolg, wie alle Beteiligten noch Jahre später bezeugten. Selbst Leute, die nicht eingeladen waren, konnten das dank des hell erleuchteten Anwesens sehen. Trotz der lauten Musik, des ständigen Gelächters und den Unmengen von Alkohol, die an dem Abend flossen, verhielten sich alle durch und durch zivilisiert.

Die Shanahans waren wirklich zu bewundern, denn Myles und Lizzie waren nach dem Scheitern ihrer Ehe neue Bindungen eingegangen, hatten es aber gleichzeitig geschafft, ihre Familie zu bewahren. Das war das Wichtigste im Leben: die Familie. Und dazu die Vermischung der neuen mit der alten Familie, ohne dass es dabei zu Zwistigkeiten kam. Myles war mit seiner neuen Partnerin Sabine zur Feier erschienen. Sie und Lizzie hatten sich lange unterhalten und viel miteinander gelacht, während Lizzies neuer Partner, ein hoch gewachsener, attraktiver Mann mit Namen Simon, in einer Ecke mit ihrem Sohn zusammenstand. Natürlich war es bedauerlich, dass die Ehe ihrer Tochter Debra mit dem jungen Barry Cronin nicht gehalten hatte. Doch jede Familie trug an irgendeiner Last. Auf alle Fälle schien Joe Shanahan mit dieser liebreizenden jungen Frau aus London, Angestellte einer Galerie, rundrum glücklich zu sein.

Gwen Hoban, Lizzies Schwester, die niemals ein Blatt vor den Mund nahm, erzählte der wunderbaren Dr. Morgan, dass Debra in den letzten Wochen deutlich reifer geworden wäre und fügte noch hinzu, es würde sie nicht überraschen, fänden sie und Barry früher oder später doch wieder einen Weg zueinander. Schließlich hatten sie ihr Haus behalten, spekulierte Gwen und tippte sich bedeutsam an die Nase, als ob dies ein wichtiger Hinweis darauf wäre, was in Zukunft aus den beiden würde.

Und die Shanahans waren nicht die Einzigen, die sich prächtig amüsierten. Greg und Erin Kennedy quetschten sich gemeinsam in einen großen Sessel, und Erin erklärte ihrem Gatten unter Tränen, es täte ihr Leid, dass sie am Vorabend eine solche unausstehliche Hexe gewesen wäre. Sie hätte keine Ahnung, was zurzeit mit ihr los sei. Auf jeden Fall hatten sich die beiden seit ihrem Herzug aus Chicago bestens eingelebt. Er hatte eine hohe Stellung bei der Telekommunikationsgesellschaft, und alle Angestellten dort hatten nur Gutes über ihn zu berichten, Erin wiederum engagierte sich voll in der Gemeinde und hatte nach dem Tod der armen Sally Richardson dazu beigetragen, dass der Beauty Spot weiter bestens florierte. Jetzt betrieb sie mit großer Energie die Errichtung eines Gesundheitszentrums in Dunmore in Sallys Namen, wobei es ihr gelang, ihren Enthusiasmus auf jeden zu übertragen, der damit in Berührung kam.

Bei ihrer Ankunft hatte sie einen starken amerikanischen Akzent gehabt, doch hatte sich herausgestellt, dass sie aus Irland stammte und innigen Kontakt zu ihrer Familie in Wexford und Portlaoise unterhielt. Sie ging oft mit einer blonden Frau, bei der es sich um ihre Schwester handeln musste, und die bei ihren Besuchen stets zwei kleine Mädchen im Schlepptau hatte, unten am Hafen spazieren. Das ältere der beiden Kinder war zirka sechs Jahre alt, hatte glatte schwarze Haare, hielt meistens die Hand der Tante fest und plapperte eifrig vor sich hin, während sie fröhlich neben ihr hersprang. Das andere war noch ein kleines Baby mit leuchtenden, dunklen Augen, die einen aus dem Kinderwagen entgegenstrahlten. Erin würde bald ihren eigenen Kinderwagen schieben – sie war inzwischen rund wie eine Tonne und konnte nur noch kurze Strecken laufen. Deshalb saß sie häufig mit der Sechsjährigen auf einer Bank, während die blonde Frau neben ihr sanft den Buggy schaukelte.

Und die Bartons – nun –, ihre Geschichte war ein ganz besonderer Erfolg. In den Zeitungen hatte man etwas von einer Trennung lesen können, doch so wie sie bei dieser Party Arm in Arm mit diesem netten Steve Richardson zusammenstanden, konnte man nicht glauben, dass an den Gerüchten etwas dran gewesen war. Die Ehe dieser beiden Menschen ruhte auf grundsoliden Füßen. Das konnte jeder feststellen.

Auch ihre Tochter war ein wirklich nettes Mädchen und hatte dem Vernehmen nach eine hervorragende Zwischenprüfung an der Schule abgelegt. Sie kümmerte sich rührend um Steves beide kleine Jungs und ging gerade in Begleitung eines hoch gewachsenen, freundlich dreinblickenden jungen Mannes mit den beiden in den Garten, wo sie die Buben für ihren Welpen begeistert Stöckchen werfen ließ.

Ja, diese Party war eindeutig die Party des Jahres. Schade, dass Sally Richardson dieses Fest nicht miterleben konnte. Sie hatte immer wunderbare Partys organisiert. Aber sicher saß sie genau jetzt auf einer Wolke, blickte lächelnd auf die Feiernden herab, rief die anderen Engel zu einem Nektarpunsch herbei und ließ das himmlische Orchester laut aufspielen. Falls es jemals eine Frau gegeben hatte, der die Bedeutung von fröhlichem Gelächter und ungetrübter Lebensfreude bewusst und ein dringendes Anliegen gewesen war, dann hieß diese Frau hundertprozentig – Sally Richardson.

Nachwort

Beim Schreiben dieses Buches war es eine schmerzliche Notwendigkeit, dass die Hauptperson an Brustkrebs sterben würde. Mich hat der Gedanke, dass dies vielleicht jemanden, der gegen eine Krebserkrankung kämpft, betroffen machen würde, zutiefst erschüttert. Da im Durchschnitt eine von elf Frauen die Krankheit irgendwann bekommt, kennen wir vermutlich alle mutige und couragierte Frauen, deren Kampf gegen den Brustkrebs erfolgreich verlaufen ist. Die Heftigkeit und die Geschwindigkeit, mit der der Krebs bei Sally fortgeschritten war, ist der am schlimmsten vorstellbare Fall – und zum Glück sehr selten. Tatsächlich ist die große Mehrheit (75%) der Frauen, bei denen metastatischer Brustkrebs diagnostiziert wurde, fünf Jahre nach der Diagnose noch am Leben und damit über den Berg. Dieser Prozentsatz nimmt beständig zu.

Die Anti-Krebs-Liga ist meine Erfindung, aber natürlich gibt es eine große Anzahl realer ähnlicher Hilfsorganisationen, die unsere Unterstützung wahrhaftig verdienen.

Dank an Lucy Kelly und Deborah Hutchings vom britischen Krebsforschungsverband für ihren fachmännischen Rat. Auch wenn es sicher keiner besonderen Erwähnung bedarf, möchte ich trotzdem anmerken, dass für möglicherweise in dem Roman auftretende Fehler ich alleine verantwortlich bin.

Endlich raus aus der Stadt – und rein ins Chaos!

448 Seiten. ISBN 978-3-442-37522-6

Maz Harwood ist Tierärztin in London und hat vom Stadtleben genug: Mit viel Liebeskummer im Herzen beschließt sie, dem Hilferuf ihrer Freundin Emma zu folgen und deren Praxis in Devonshire für 6 Monate zu übernehmen. Allerdings birgt das Landleben so seine Tücken: komatöse Hamster, epileptische Hunde und preisträchtige Katzen fordern Maz' ganzen Einsatz, sind aber immer noch pflegeleichter als der alte Miesepeter, dem die zweite Tierarztpraxis vor Ort gehört. Um das Chaos perfekt zu machen, verliebt sich Maz ausgerechnet in den umwerfenden Sohn ihres starrköpfigen Konkurrenten ...

Lesen Sie mehr unter: **www.blanvalet.de**